SHIRLEE BUSBEE

Stürmische See

Buch

Die junge Nicole ist in der Geborgenheit ihres Elternhauses bis zu dem Tag glücklich, an dem Lord und Lady Ashford, ihre Eltern, durch einen grausamen Unfall ums Leben kommen. Ihre Tante und ihr Onkel nehmen sie zu sich auf, jedoch verfolgen sie damit nur das eine Ziel: Die Erbschaft Nicoles an sich zu bringen.

Nicole verachtet ihre geldgierige Verwandtschaft, und eines Tages wagt sie die Flucht aus ihrer englischen Heimat. Eher zufällig gerät sie dabei auf ein amerikanisches Kaperschiff, das im Unabhängigkeitskrieg alle Beutechancen zu nutzen versteht.

Der Kapitän des Schiffes, genannt Saber, ist eine Naturgewalt wie das Meer. Er stürzt Nicole in eine grenzenlose Verwirrung der Gefühle, lehrt sie alle Lust der Sinne und weckt in ihr eine unbezähmbare Hingabe. Saber betont aber immer wieder, daß er sie auf keinen Fall liebt. Wütend rennt Nicole gegen seine – vielleicht nur gespielte? – Gleichgültigkeit an, und dabei bedient sie sich aller Waffen einer Frau …

Autorin

Shirlee Busbee gelang bereits mit ihrem ersten Roman »Dem Feuer verfallen« der Sprung in die Bestsellerlisten. Mit ihren folgenden Romanen konnte sie diese Erfolgslinie fortsetzen. Shirlee Busbee lebt mit ihrer Familie in Kalifornien.

Von Shirlee Busbee außerdem bei Goldmann lieferbar:

In Liebe gefangen. Roman (42661)
Süße Verheißung. Roman (35084)
Umarmung um Mitternacht. Roman (9732)
Zauber der Leidenschaft. Roman (43809)

SHIRLEE
BUSBEE

Stürmische See

ROMAN

Aus dem amerikanischen Englisch
von Helga August

PORTO
BELLO

Die Originalausgabe erschien unter dem Titel
»Lady Vixen«
bei Avon Books, New York

Umwelthinweis:
Alle bedruckten Materialien dieses Taschenbuches
sind chlorfrei und umweltschonend.
Das Papier enthält Recycling-Anteile

Portobello Taschenbücher erscheinen im Goldmann Verlag,
einem Unternehmen der Verlagsgruppe Bertelsmann GmbH

Einmalige Sonderausgabe April 2000

Umschlaggestaltung: Design Team München
Illustration: Agentur Schlück/Daeni
Druck: Elsnerdruck, Berlin
Verlagsnummer: 55187
RM · Herstellung: Schröder
Made in Germany
ISBN 3-442-55187-0

1 3 5 7 9 10 8 6 4 2

I

Es war einer dieser warmen, schwülen Augusttage, die wie eine liebkosende Hand über den sanften Hügeln und Tälern nahe der kleinen Ortschaft Beddington's Corner lagen. Die wie feingesponnenes Gold in Nicole Ashfords Zimmer fallenden Sonnenstrahlen lockten mit unwiderstehlicher Kraft, und doch konnte sich Nicole eine ganze Zeit lang nicht dazu aufraffen, die weiche Wärme ihres Federbettes zu verlassen. Instinktiv verkroch sie sich tiefer in die Kissen und zog die Bettdecke über ihren schmalen Körper höher. Doch schließlich fiel die Schläfrigkeit von ihr ab, und sie drehte sich mit einem langen Seufzer auf den Rücken. Verträumt wanderte der Blick ihrer topasfarbenen Augen durch den Raum, blieb hängen an dem glänzenden Rosenholz ihres Sekretärs, dem Armsessel aus Kirschbaumholz, glitt über die fröhlich leuchtenden Farben des Blumenteppichs, der den Boden bedeckte. Blütenweiße Vorhänge aus dem gleichen Stoff wie dem der Vorhänge ihres Bettes kräuselten sich vor den hohen Fenstern. Eine schwere, mit altem Spielzeug gefüllte Mahagonitruhe stand unter einem der Fenster, links davon befand sich ein Schaukelstuhl aus Eichenholz, über dessen Lehne sie gestern abend achtlos ihr Kleid geworfen hatte.

Als ihr Blick auf das Kleid fiel, wurde ihr bewußt, daß sie endlich aufstehen mußte, denn heute war ein besonderer Tag – heute gaben ihre Eltern ein Gartenfest, an dem sie und ihr Zwillingsbruder Giles teilnehmen durften. Für viele mag ein Gartenfest zwar nichts besonders Aufregendes sein, aber da Nicole noch nicht ganz zwölf Jahre alt und es ihre erste Party mit Erwachsenen war, mußte man ihre Vorfreude verstehen. Außerdem kam es nicht oft vor, daß Annabelle und Adrian Ashford sich auf ihrem Landsitz in Ashland aufhielten, und

Nicole bewahrte die wenigen Stunden, die sie mit ihren Eltern zusammen war, wie einen kostbaren Schatz in ihrem Herzen auf.

Mit einem Gefühl freudiger Erwartung warf sie die Bettdecke zurück und wollte sich aus dem Bett schwingen, als die Tür aufflog und Giles ins Zimmer stürzte.

»Liegst du immer noch im Bett, du Schlafmütze? Beeil dich und zieh dich an! Shadow hat heute nacht ihr Fohlen bekommen!« schrie er, und seine Stimme überschlug sich fast vor Stolz und Aufregung. Seine Augen, die vom gleichen leuchtenden Braun waren wie die seiner Schwester, glühten, und eine Locke dunkelbraunen Haares war ihm in die Stirn gefallen.

Nicoles kleines Gesicht strahlte vor Freude auf, hastig schlüpfte sie aus dem Bett, während die Fragen nur so über ihre Lippen sprudelten. »Oh, warum hast du mich nicht früher geweckt? Warst du dabei, als das Fohlen zur Welt kam? Wie sieht es aus? Ist es ein Hengst oder eine Stute?«

Giles lachte. »Laß mich auch mal etwas sagen, du Plappermaul. Nein, ich war bei der Geburt nicht dabei, und es ist eine Stute, eine wunderschöne schwarze kleine Stute, so wie Shadow, und es kam kurz nach Mitternacht zur Welt. Oh, warte nur, bis du es siehst, Nicky! Es ist so sanft und schön und hat große braune Augen.« Seine kindliche Brust schwoll vor Stolz, als er verkündete: »Vater sagt, es soll mir gehören.«

»O Giles, wie schön, ich beglückwünsche dich«, erwiderte Nicole aufrichtig. Sie hatte schon vor einem Jahr ihr eigenes Pferd bekommen und war nun ehrlich erfreut, daß Giles auch eines besitzen würde.

Hastig streifte sie das Kleid über, das sie gestern so achtlos auf den Schaukelstuhl geworfen hatte. Um ihr Dienstmädchen nicht noch mehr zu verärgern, wusch sie sich flüchtig das Gesicht und bürstete ihre wirren Locken. Eine Minute später rannten die Zwillinge die Treppe hinunter, durchquerten die weite, elegante Eingangshalle und traten durch die schwere Doppeltür ins Freie. Sie sprangen die Stufen des breiten Aufgangs hinunter und waren im nächsten Augenblick um die Ecke des hochherrschaftlichen Landsitzes verschwunden.

Völlig außer Atem erreichten sie wenige Minuten später die Ställe am hinteren Ende des Besitzes. Der scharfe Pferdegeruch, vermischt mit dem Duft frischen Heus, drang in ihre Nasen, als sie sich auf Zehenspitzen der großen Box am Ende des langgezogenen Stalles näherten, wo ihr Vater mit Tom Brown, seinem ersten Reitburschen, bereits auf sie wartete. Er sah sehr gut aus in seinen ledernen Reithosen und der mit silbernen Knöpfen besetzten blauen Jacke. Lächelnd bedeutete er seinen Kindern, näher zu treten.

»Du hast sie also aufgeweckt, Giles? Konntest du nicht warten?« fragte er, und ein warmes Lächeln spielte um seinen gutgeschnittenen Mund.

»Nein, ich konnte nicht warten. Außerdem würde Nicky wie eine Furie getobt haben, wenn ich es ihr nicht gleich gesagt hätte. Du weißt, was für ein Hitzkopf sie sein kann«, antwortete Giles.

Nicole streckte ihrem Bruder die Zunge heraus, zeigte ihrem Vater ein strahlendes Lächeln und verkündete voller Ernst: »Ich bin jetzt erwachsen, und junge Damen sind keine Hitzköpfe.«

Giles brach in schallendes Gelächter aus, in das, sehr zu Nicoles Mißfallen, auch ihr Vater und Tom Brown einstimmten. Schwungvoll hob Adrian Ashford seine Tochter auf den Arm und murmelte zärtlich: »Ja, du wirst erwachsen, mein Alles, und ich werde mich bald daran erinnern müssen, daß du nicht mehr mein kleines Mädchen bist.«

»O Vater! Ich werde immer dein kleines Mädchen bleiben«, versprach Nicole voller Ernst, schlang die Arme um seinen Hals und preßte den Kopf an seine Wange. Ihr Vater küßte sie auf die Stirn und stellte sie wieder auf den Boden. Ihr zärtlich eine Locke ihres glänzenden schwarzen Haares hinter das Ohr streichend, erwiderte er: »Ja, das wirst du, mein Liebling. Aber nun komm, laß uns Shadows süße kleine Tochter bewundern.«

Das Fohlen sah genauso aus, wie Giles es beschrieben hatte

– schwarz wie Ebenholz, mit großen sanften braunen Augen. Mit einem Freudenschrei und ohne sich darum zu kümmern, daß sie ihr Kleid beschmutzen könnte, sank Nicole auf den strohbedeckten Boden und murmelte: »O du süßes Ding! Wie schön du bist!«

Shadow, ein schmalgliedriges Vollblut, drückte ihre Nase gegen ihr staksiges Ebenbild und schnaubte sanft.

»Ich glaube, Shadow ist sehr stolz auf ihre Tochter«, sagte Nicole lachend. Dann wandte sie sich aufgeregt an ihren Bruder: »Wie soll es heißen?«

»Ich dachte, *du* würdest einen Namen für es aussuchen – ich durfte ja auch deinem Pferd den Namen geben«, erwiderte Giles.

»Oh, darf ich wirklich, Giles? Ich darf ihm einen Namen geben?«

»Natürlich, du Dummes. Wer sollte es sonst tun?«

Ihre braunen Augen schimmerten wie kostbare Juwelen, als Nicole sich wieder dem Fohlen zuwandte und es nachdenklich betrachtete. Nach einer Weile verkündete sie zaghaft: »Ich weiß, es ist nicht einfallsreich, aber ich würde es gerne Midnight nennen. Du sagtest, es wurde kurz nach Mitternacht geboren, und es ist schwarz wie die Nacht.«

»Das ist ein wunderschöner Name, Nicky.«

»Wirklich eine ausgezeichnete Idee«, pflichtete ihr Vater bei. »Jetzt aber glaube ich, daß wir lange genug hier gewesen sind. Eure Mutter wird sich wahrscheinlich schon fragen, wo wir bleiben. Vergeßt nicht, daß wir in wenigen Stunden Gäste erwarten.«

»Wie könnte ich!« rief Nicole.

Giles warf ihr einen verschmitzten Blick zu und murmelte: »Wenn ich allerdings deine zerzausten Haare betrachte, und falls das das Kleid ist, das du tragen willst, sieht es ganz so aus, als hättest du es doch vergessen.«

»Du weißt genau, daß es nicht so ist. Warte nur, bis du mich nachher siehst.« Damit drehte sie sich um und eilte davon.

Als Nicole zwei Stunden später auf der breiten Eingangs

treppe stand und die Gäste begrüßte, hätte niemand sie mit dem Wildfang in Verbindung gebracht, der im Stall auf der Erde gekniet war. Sie trug ein hübsches Kleid aus gelbem Musselin, unter dem die Spitze ihrer zarten Beinkleider hervorlugte. Ihr langes Haar ringelte sich in ordentlichen Locken fast bis zur Taille hinunter. Sie war durch und durch die Tochter eines Aristokraten. Von dem zarten gelben Band, das ihre Locken zusammenhielt, bis zu ihren weißen Schuhen bot sie das Bild einer Tochter, auf die jeder Vater stolz gewesen wäre. Daß Adrian Ashford zufrieden mit seinen beiden Kindern war, ließen seine liebevollen Blicke erkennen, die er ihnen immer wieder zuwarf.

Nicole war glücklich; lediglich der Umstand, daß ihre Mutter die Gäste im Garten begrüßte und nicht hier neben ihrem Mann und ihren Kindern stand, stimmte sie ein wenig traurig.

Die Party war ein voller Erfolg; frohgestimmte Mitglieder des englischen Geldadels ergingen sich in dem von Rosenduft erfüllten Garten, während eine Schar von Dienern in weißgoldener Livree mit riesigen Tabletts umhereilte und verlockende Erfrischungen anbot. Für diejenigen Gäste, die lieber im Schatten sitzend einen Plausch halten wollten, waren zierliche weiße Tische und Stühle unter den alten Eichen und Kastanienbäumen aufgestellt worden.

Nicole und Giles, vollgestopft mit süßer Torte, rannten von einer Gruppe zur anderen und genossen die Aufmerksamkeit, die man ihnen schenkte. Trotzdem vergaßen sie keinen Augenblick, daß sie sich auf einer Erwachsenenparty befanden, und sie benahmen sich erstaunlich gut, erstaunlich vor allem deshalb, weil jeder in der Nachbarschaft wußte, welch übermütige kleine Teufel die Ashford-Kinder sein konnten.

»Die reinsten Engel«, bemerkte Colonel Eggleston. »Man möchte nicht glauben, was für Streiche sie aushecken können. Habe ich Ihnen schon erzählt, wie sie einmal einen Fuchs fingen und ihn dann in Lord Saxons Hühnerstall brachten? Besonders die kleine Nicole ist der reinste Wildfang. Erst vorige Woche kletterte sie hoch in den Gipfel des alten Nußbaums neben unserem Eingangstor. Das war wohl nicht gerade ein sehr damenhaftes Verhalten.«

In diesem Augenblick trat Nicole auf den Colonel und seine Frau zu, die sich mit dem Vikar und dessen Gattin unterhielten. Sie fing die letzten Worte des Colonels auf, und heiße Wut kochte in ihr hoch. Muß er das denn jedem erzählen? dachte sie zornig. Dieser alte Schwätzer! Doch ihre Wut verflog ebenso schnell wieder, wie sie gekommen war, und mit lächelndem Gesicht sagte sie: »Guten Tag, Colonel Eggleston, Mrs. Eggleston, Herr Vikar und Mrs. Summerton.«

»Wie hübsch du heute aussiehst«, sagte Mrs. Eggleston, der Nicoles anfängliche Verärgerung nicht entgangen war, rasch.

Und weil Mrs. Eggleston mit ihrem weißen Haar und ihren freundlichen blauen Augen Nicoles Vorstellung von einer Großmutter am nächsten kam und Nicole sich vorgenommen hatte, sich gut zu benehmen, vergaß sie die Bemerkung des Colonels. Trotzdem hielt sie sich nicht lange bei dieser Gruppe auf, denn sie hatte ihren Vater entdeckt, der allein an einer Ecke des Hauses stand. Sie lief hinüber.

Er legte einen Arm um ihre schmalen Schultern und zog sie an sich. »Bist du glücklich, mein Kind?«

»O ja ... Doch das ständige Freundlich-Sein ist auf die Dauer sehr anstrengend. Verschwinden sie nicht alle bald?«

Adrian lachte laut auf. »Wirklich sehr taktvoll. Doch mir geht es genauso.« Er blickte sich suchend um und fragte beiläufig: »Wo ist deine Mutter? Ich habe sie schon eine ganze Weile nicht mehr gesehen.«

»Sie geht mit Mr. Saxon im Rosengarten spazieren, glaube ich. Zumindest habe ich sie dort zuletzt gesehen.«

Überrascht bemerkte Nicole, wie der Körper ihres Vaters sich versteifte, und sie sah neugierig zu ihm auf. Sein Gesicht wirkte plötzlich schmal, die Falten darin waren schärfer geworden. Doch dann lachte er wieder und sagte: »Nun, warum sollen wir sie nicht suchen?«

Und da Nicole nichts mehr liebte, als ihren charmanten

Vater und ihre schöne Mutter um sich zu haben, lief sie glücklich neben ihm her, als er mit langen Schritten zum Rosengarten eilte, der sich links an den großen gepflegten Rasen anschloß.

Wenige Augenblicke später fanden sie Annabelle und Robert Saxon im hinteren Teil des Gartens. Annabelle, die ein blattgrünes Baumwollkleid mit hochgezogener Taille trug, das mehr von ihrem vollen Busen sichtbar werden ließ, als schicklich war, saß lässig zurückgelehnt auf den weichen gelben Kissen einer niedrigen Couch, die man in den Schatten einer hohen Weide gestellt hatte. Robert Saxon saß, mit ihr aufmerksam zugewandtem Kopf, neben ihr. Kindlicher Stolz durchzuckte Nicole, und sie blickte voll Bewunderung ihre Mutter an, die mit ihren flammend roten Haaren, dem makellos geschnittenen Gesicht und den katzengleichen braunen Augen atemraubend schön aussah. Annabelle Ashford war zweifellos eine der schönsten Frauen Englands.

»Oh, hier bist du, meine Liebe?« sagte Adrian mit kühler Stimme. »Findest du es nicht ein wenig taktlos, deine Gäste allein zu lassen?«

Annabelle zuckte gleichgültig die Schultern, dann streckte sie mit ihrem bezaubernden Lächeln Nicole die Arme entgegen, woraufhin Nicole spontan auf sie zulief. Es geschah nicht oft, daß ihre Mutter zärtlich zu ihr war, und Nicole genoß diese wenigen Augenblicke. Sie lehnte ihren Kopf gegen die Brust ihrer Mutter und lächelte Robert Saxon zaghaft an, der ihr Lächeln ein wenig spöttisch erwiderte.

Annabelle warf ihrem Mann einen belustigten Blick zu und murmelte: »Es ist so warm, Adrian, und du weißt, wie sehr mich diese Landpartys anstrengen. Ich werde gleich wieder zu den anderen gehen, doch ich brauchte einfach ein paar Minuten der Ruhe, und Robert war so freundlich, mir seine Begleitung anzubieten.«

Nicole blickte ihre Mutter erstaunt an. »Du magst diese Party nicht, Mama?«

»Natürlich mag ich sie, mein Liebling. Sie ist nur nicht so aufregend wie unsere Partys in London. Das war alles, was ich damit sagen wollte. Zerbrich dir deshalb nicht den Kopf.«

Nicole war zufrieden gestellt und kuschelte sich an ihre Mutter. Robert Saxon betrachtete das liebliche Bild, das die beiden abgaben, und sagte: »Sie sind zu beneiden, Ashford, eine solch schöne Frau und ein solch entzückendes Kind ihr eigen zu nennen. So wie Nicole schon heute aussieht, werden in wenigen Jahren die Verehrer vor ihrer Tür Schlange stehen.«

Nicole errötete und wandte ihren Kopf ab, obwohl sie sich sehr geschmeichelt fühlte. Adrian warf Saxon einen langen kühlen Blick zu und machte irgendeine unverbindliche Bemerkung. Nicole spürte, daß die drei Erwachsenen vor ihr nicht offen reden mochten, und sagte: »Bitte, entschuldigt mich. Ich möchte Giles suchen.«

»Geh nur, mein Liebes«, erwiderte Adrian, und Nicole lief über den mit Steinplatten gedeckten Weg auf das Haus zu.

Der Garten war erfüllt von dem schwachen Duft von Lavendel, vermischt mit dem schweren Duft der Rosenbüsche, die den Weg säumten. Nicole sog tief die Luft ein. Heute war ein ganz besonderer Tag gewesen, den sie nie vergessen würde. Ihre erste Party unter Erwachsenen, dazu ihre wunderschöne Mutter und ihr gutaussehender Vater. Es war herrlich, auf Ashland zu leben und einen Bruder wie Giles und Eltern wie die ihren zu haben.

Voll Stolz ging sie auf das stattliche Gebäude zu, das sie ihr Zuhause nannte, und dachte an die Generationen von Ashfords, die schon in diesem Haus gelebt hatten, an die Ashfords, die über die Weltmeere gesegelt waren, an die Ashfords, die gegen Cromwell gekämpft hatten und mit ihrem Prinzen ins Exil hatten gehen müssen, an die Ashfords, die zu den engsten Beratern und Freunden verschiedener Könige gehört hatten. Eines Tages würde auch sie Großes tun. Ja, das würde sie. Und Giles und Mama und Papa würden sehr stolz auf sie sein.

Schließlich mußte sie über sich selbst und ihre verrückten Gedanken lachen, und sie machte sich daran, Giles zu suchen, den sie nach einer Weile, wie erwartet, auf dem Heuboden über den Ställen fand. Von hier oben aus hatte man einen ausgezeichneten Blick auf Shadow und Midnight, und die Zwillinge beobachteten eine Zeitlang die immer noch unsicheren Bewegungen des kleinen Fohlens. Schließlich erhob sich Nicole, zupfte das Stroh von ihrem Kleid und sagte: »Ich glaube, wir sollten wieder zu den Gästen gehen. Vater findet es unhöflich, sie allein zu lassen.«

Widerstrebend stimmte Giles ihr zu und kletterte langsam die Leiter hinunter. Nicole folgte ihm, doch plötzlich glitt sie aus und drohte zu fallen. Sie versuchte, sich festzuhalten, aber sie konnte ihr Gleichgewicht nicht wiedergewinnen und fiel und fiel und fiel ...

Mit einem erstickten Schrei richtete Nicole sich in ihrem Bett auf und blickte mit fiebrigen Augen suchend im Zimmer umher. Es war ihr Schlafzimmer, und es war so, wie es immer gewesen war, und doch hatte es sich verändert. Die Möbel waren die gleichen, aber die früher mit Spielsachen gefüllte Truhe war leer, und auf dem Schaukelstuhl lag kein Kleid. Und auch sie selbst hatte sich verändert, und sie wurde sich bewußt, daß sie wieder einmal geträumt hatte, und bei diesem Gedanken zog sich ihr Herz schmerzhaft zusammen. Sie hatte von diesem wundervollen Tag geträumt, der nun schon über ein Jahr zurücklag. Sie hatte geträumt davon, wie es damals gewesen war, als Giles und Mama und Papa noch lebten.

Ein Aufschluchzen unterdrückend, warf sie die Bettdecke zurück und starrte auf die Tür ihres Zimmers. Sie wußte, daß Giles nie wieder hereinstürmen und ihr Vater sie nie wieder sein kleines Mädchen nennen und Mama sie nie wieder in die Arme nehmen würde. Sie stöhnte auf und stolperte mit schweren Schritten auf das Fenster zu, von dem aus sie den hinteren Teil des Rasens überblicken konnte, wo vor einem Jahr diese wunderbare Party stattgefunden hatte. Mit blinden Augen starrte sie aus dem Fenster und fragte sich, wie all das möglich gewesen war. Sechs Wochen nach dem Gartenfest waren sie nach Brighton gefahren, nachdem Vater erklärt hatte, eine Reise an die See würde eine erfreuliche Abwechslung für sie alle sein. Und das war es auch ... zu Anfang ...

Giles und sie liebten die See, und oft unternahm die ganze Familie Segeltouren in der Bucht von Brighton: Sie genossen die frische Meeresluft und das Rauschen der Wellen. Der Vater hatte ihnen sogar eine eigene kleine Jacht gekauft und sie »Nicole« getauft, worauf Nicole vor Stolz fast außer sich geraten wäre. O ja, es war eine wunderbare Zeit gewesen ... bis zu jenem Tag ...

An jenem Tag war der Himmel leicht von Wolken überzogen, eine steife Brise wehte über die Bucht, und die See war unruhig. Adrian und Annabelle Ashford hatten sich plötzlich entschlossen, an diesem Tag allein hinauszusegeln. Annabelle hatte erklärt, sie wolle ihren Mann einmal für sich allein haben. Aber Giles war so unternehmungslustig und ausgelassen gewesen, daß er beschlossen hatte, heimlich an Bord zu gehen und sich in der Kajüte zu verstecken und sich erst zu zeigen, wenn sie weit draußen sein würden.

Hätte Nicole sich nicht den Knöchel verstaucht gehabt, hätte sie also herumtollen können, wäre Giles vielleicht bei ihr geblieben. Andererseits hätte sie sich dann vielleicht gemeinsam mit Giles auch an Bord geschlichen. Doch das Schicksal hatte anders entschieden, und so blieb Nicole allein zurück und mußte vom Balkon ihres Zimmers aus mitansehen, wie der Unfall passierte. Den Fuß auf einen Stapel weicher Kissen gestützt, beobachtete sie, wie die »Nicole« vom Dock ablegte und rasch über die aufgewühlte See glitt. Ein Lächeln huschte über ihr Gesicht, als sie sich vorstellte, wie Giles plötzlich an Deck trat. Doch dann verschwand das Lächeln, denn die »Nicole«, die vor dem Wind lief, begann plötzlich, sich wie verrückt zu drehen, bis sie sich schließlich auf die Seite legte. Und vor Nicoles entsetzten Augen versank die glänzende weiße Jacht in Sekundenschnelle in den aufgewühlten Fluten.

Während der folgenden Stunden wartete sie in ständig wachsender Angst auf ein Lebenszeichen ihrer Familie. Sie können nicht ertrunken sein, sie dürfen es nicht, wiederholte sie sich immer und immer wieder. Freunde der Ashfords reisten unverzüglich an, auch Mrs. Eggleston war unter ihnen. Und Mrs. Eggleston war es auch, welche die schwere Aufgabe übernahm, Nicole den unabänderlichen Tod ihrer Eltern mitzuteilen, als deren Leichen angespült wurden. Giles' Leichnam wurde nie gefunden. Man nahm an, daß die Kajüte, in der er sich versteckt hatte, zur Todesfalle für ihn geworden war, aus der er sich nicht mehr hatte befreien können.

Und während Nicoles Gedanken wieder bei diesen schrecklichen Ereignissen weilten, stand alles so lebhaft vor ihr, daß sie es nicht mehr ertragen konnte und sie laut aufschluchzend die Augen schloß und betete, daß doch alles nur ein Alptraum gewesen sein möge. Aber es war kein Alptraum.

Irgendwie fehlte ihr Giles noch mehr als ihre Eltern, denn diese waren, wie viele Angehörige der gehobenen Gesellschaftsklasse, oft zu beschäftigt gewesen, um sich Zeit für ihre Kinder zu nehmen. Nicole und Giles waren deshalb mehr an die Gesellschaft ihrer Kindermädchen gewöhnt gewesen als an die ihrer Eltern.

Für Nicole war der Tod ihrer Familie eine grenzenlose Tragödie. Ihre Lage wäre nicht so ganz verzweifelt gewesen, wenn man den Colonel Eggleston zu ihrem Vormund ernannt hätte. Bei ihm und seiner Frau hätte sie wenigstens Liebe und Geborgenheit gefunden. Doch Annabelle hatte eine Stiefschwester namens Agatha Markham. Agatha und ihr Mann William behaupteten, in direkter Verwandschaft zu den Ashfords zu stehen.

Die Markhams waren in Wirklichkeit nur entfernte Verwandte, doch ihre Rechte waren größer als die Rechte teilnahmsvoller Nachbarn, wie der Egglestons, und so erhielten Agatha und ihr Mann die Vormundschaft über Nicole zugesprochen.

Das war eine sehr harte Entscheidung für Nicole. Fremde lebten jetzt in den Räumen, in denen ihre Eltern gewohnt hatten. Sogar Giles' Zimmer waren nicht verschont geblieben – Edward, der siebzehnjährige Sohn der Markhams, hatte sie mit Beschlag belegt.

Das Verhältnis der Ashfords zu den Markhams war nie

sehr eng gewesen, denn die beiden Stiefschwestern hatten eine unüberwindbare Abneigung gegeneinander empfunden. Hinzu kam, daß Annabelle aus einer angesehenen reichen Familie stammte, während Agatha – obwohl ihre verwitwete Mutter das Glück gehabt hatte, einen reichen Witwer zu heiraten – von keiner vornehmen Herkunft war. Und nun stand Nicole also unter der Obhut einer Tante, die sie kaum kannte, und eines Onkels, dessen ungehobeltes Wesen allgemein Anstoß erregte.

Verloren lehnte sie ihren Kopf gegen das Fensterkreuz und blickte aus tränennassen Augen dem neuen Tag entgegen. Wenn nur Giles noch lebte, dann wäre alles leichter zu ertragen gewesen. Dann wären ihr auch die Markhams nicht so schrecklich vorgekommen. Zumindest hätten Giles und sie einander trösten können. Aber so... Ihr Herz lag wie ein Stein in ihrer Brust, als sie mit kraftlosen Schritten zu ihrer marmornen Waschkonsole hinüberging und aus der danebenstehenden Kanne Wasser in die Waschschüssel goß.

Erst als sie ihr Kleid anzog, fiel ihr ein, daß Mrs. Eggleston sie am Vormittag besuchen wollte, und für einen kurzen Augenblick empfand sie so etwas wie Mitgefühl. Wenn sie an Mrs. Egglestons schweres Schicksal dachte, vergaß sie vorübergehend ihren eigenen Kummer. Der Colonel war vor knapp zwei Wochen gestorben, und Nicole sagte sich, daß *sie* es nun sein müsse, die Mrs. Eggleston zu trösten habe. Wir müssen uns gegenseitig aufrichten, dachte sie unglücklich, und gemeinsam werden wir auch mit unserem Schicksal fertigwerden.

2

»Sie dürfen mich nicht verlassen!« schrie Nicole. »Das können Sie nicht tun! O Mrs. Eggleston, sagen Sie, daß es nicht wahr ist! Warum müssen Sie denn fort?«

Aus Nicoles Gesicht war alle Farbe gewichen, zu groß war ihr Entsetzen über das, was Mrs. Eggleston ihr soeben eröffnet hatte. Die beiden saßen in dem blauen Zimmer im vorderen Teil des Hauses, und Mrs. Eggleston hatte Nicole mit leisen Worten die niederschmetternde Mitteilung gemacht, daß sie morgen früh ihre Zelte hier abbrechen und nach Kanada gehen würde.

Nicoles Stimme klang so trostlos und verzweifelt, daß Mrs. Egglestons Entschluß für einen Augenblick ins Wanken geriet. Es war der Dame klar gewesen, daß ihre Mitteilung Nicole sehr treffen würde, doch sie zwang sich zu einem entschiedenen Lächeln und sagte: »Mein Liebes, so gern ich bleiben würde und so sehr ich dich auch vermissen werde – ich *muß* England verlassen.«

Ihre traurigen Augen schienen um Verständnis zu werben, als sie mit sanfter Stimme fortfuhr: »Wir alle sind manchmal gezwungen, Dinge zu tun, die wir eigentlich nicht wollen. Glaube mir, mein Kind, ich würde alles dafür geben, dich gerade jetzt nicht allein lassen zu müssen, doch es ist unmöglich, länger auf Rosehaven zu bleiben.«

»Aber warum?« fragte Nicole, den Tränen nahe.

Mrs. Eggleston kam sich jämmerlich und erbärmlich vor und suchte verzweifelt nach Worten des Trostes. Armes Kind, dachte sie voller Mitleid. Sie erinnerte sich daran, wie alles Licht aus dem kleinen Gesicht gewichen war, als sie ihr die Nachricht vom Tode ihrer Eltern überbracht hatte. Und dieses Licht war nie mehr zurückgekehrt. Mrs. Eggleston zwang sich, nicht an die Markhams zu denken, und an das, was sie dem Kind antaten, während sie fortfuhr: »Mein Liebes, ich weiß, daß du es jetzt sehr schwer hast, aber eines Tages wird es dir vielleicht nicht mehr so schrecklich vorkommen. In ein paar Jahren wirst du eine junge Dame sein und elegante Bälle in London besuchen, und all dies wird dir wie ein böser Traum erscheinen.«

Diese Worte waren nicht sehr glücklich gewählt, und nun brachen die Tränen, die Nicole mühsam zurückgehalten hatte, unaufhaltsam hervor und rannen über die kleinen Wangen. Mrs. Eggleston spürte, wie auch ihre Augen feucht wurden, und mit einem erstickten Schluchzen zog sie das zitternde

Kind an ihre Brust. »O mein Liebling, weine nicht. Bitte, weine nicht. Gleich werde ich auch weinen, und das führt zu nichts.«

Nicole bemühte sich verzweifelt, ihre Fassung wiederzugewinnen, und schließlich gelang es ihr auch, den Tränenfluß zu stoppen; ihr Atem ging in kurzen, heftigen Stößen. Sie entwand sich Mrs. Egglestons Armen und sagte mit kaum hörbarer Stimme: »Es tut mir leid, daß ich mich wie ein kleines Kind benehme. Ich habe einfach nie daran gedacht, daß Sie weggehen könnten.«

»Nicole, mein Liebes«, erwiderte Mrs. Eggleston sanft, »Kanada ist nicht das Ende der Welt. Ich werde dir schreiben, und du mußt mir versprechen, auch an mich zu schreiben. Wir werden weiterhin voneinander wissen, wie es uns geht – es ist mir klar, das ist nicht dasselbe, als wenn man sich sehen kann, wann immer man möchte, aber es muß eben genügen. Du wirst sehen, daß ich recht habe.«

»Oh, wie können Sie so etwas sagen! Sie wissen, daß meine Tante wegen jedem Penny, um den ich sie bitte, Krach macht – ich kann sie jetzt schon hören, wie sie die enormen Kosten für einen Brief nach Kanada beklagt«, antwortete Nicole heftig; eine Spur ihres alten Temperamentes war zurückgekehrt.

Mrs. Eggleston biß sich auf die Lippen. Was Nicole sagte, entsprach zweifellos der Wahrheit. Das Haus, das Land, das Vermögen – alles gehörte Nicole, und doch behandelten die Markhams sie wie ein lästiges Anhängsel, mit dem sie nun einmal leben mußten. Oft genug hatte Mrs. Eggleston mitansehen müssen, wie Agatha das Mädchen herumkommandierte wie ein Dienstmädchen. Und auch Edward machte keinen Versuch, seine Abneigung gegen seine Base zu verbergen. Er behandelte Nicole mit einer Gehässigkeit, die Mrs. Eggleston fast Furcht einjagte. Und für William konnte sie nur Verachtung empfinden – er machte ständig geschmacklose, anzügliche Bemerkungen, tätschelte andauernd Nicoles Wange oder kniff sie in den Arm und schien sich dabei köstlich zu amüsieren.

Während Mrs. Eggleston die schlanke Gestalt in dem weißen Musselinkleid betrachtete, schien es fast nicht glaubhaft, daß das magere kleine Mädchen mit dem blassen Gesicht und den traurigen Augen, das ihr so entmutigt und ohne jede Hoffnung gegenüberstand, die gleiche Nicole war, die sie so glücklich auf dem Gartenfest erlebt hatte. Würde dieses Kind jemals wieder fröhlich, wieder glücklich sein können?

Doch dann rief Mrs. Eggleston sich in Erinnerung, daß sie ohnehin nichts an der Lage dieses Kindes ändern konnte und ein weiteres Ausdehnen dieser traurigen Unterhaltung nur qualvoll für sie beide sein würde. So sagte sie denn mit erzwungener Fröhlichkeit: »Also, schreib mir, wenn du kannst, mein Liebling. Und nun muß ich gehen.«

Es kostete sie fast übermenschliche Kraft, dieses unglückliche Kind zu verlassen, doch sie wußte, daß es keine andere Wahl gab. Sie selbst befand sich in einer noch prekäreren Lage als Nicole, denn diese hatte wenigstens ein Dach überm Kopf. So wandte sie sich brüsk um und verließ den Raum, doch ihr Herz lag schwer wie ein Stein in ihrer Brust.

Nicht alle ihre verzweifelten Gedanken galten Nicole. Mrs. Eggleston hatte selbst Sorgen, große Sorgen, aber um nichts in der Welt hätte sie sie irgend jemandem anvertraut – ganz gewiß nicht der armen kleinen Nicole, die selbst eine solch schwere Last zu tragen hatte.

Der plötzliche Tod ihres Mannes, den eine Lungenentzündung hinweggerafft hatte, war ein Schock für Mrs. Eggleston gewesen. Doch ein noch größerer Schock war es für sie, als sich herausstellte, daß ihr der Colonel nicht nur keinerlei Vermögen hinterlassen hatte, sondern im Gegenteil hochverschuldet war. Rosehaven, ihr schönes Heim, in dem sie über zwanzig Jahre lang gelebt hatte, mußte ebenso verkauft werden wie jeder andere Wertgegenstand, der sich im Laufe ihrer vierzigjährigen Ehe angesammelt hatte. Niemand, am allerwenigsten Nicole, kannte das Ausmaß ihres Elends, und in einer Art trotzigen Stolzes hatte sie sich geschworen, daß auch niemand es je erfahren sollte. Ihren Freunden hatte sie lächelnd erklärt, daß Rosehaven mit zu vielen Erinnerungen für sie verbunden sei; außerdem sei das Haus viel zu groß für eine alte Frau; und überhaupt wolle sie sich eben einmal verändern. Sie erzählte also jedem, der sie fragte, daß sie zu entfernten Verwandten nach Kanada zöge. Tatsächlich hatte sie das Glück gehabt, eine Anstellung als Gesellschafterin einer älteren französischen Dame zu finden, die ihren Wohnsitz nach Kanada verlegte. Und da Mrs. Bovair vorhatte, am Mittwoch aufzubrechen, war heute Mrs. Egglestons letzter Tag in Beddington's Corner.

Sie kehrte nach Rosehaven zurück und verbrachte den Rest des Vormittags damit, zu packen. Die Nacht über würde sie sich im »Bell and Candle«, dem einzigen Gasthof von Beddington's Corner, einmieten und am nächsten Morgen nach London aufbrechen. Und so legte sie, niedergeschlagen und traurig, die Kleidungsstücke, die sie für ihre neue Rolle als Gesellschafterin geeignet hielt, in den größten Koffer, den sie besaß. Anschließend blieben ihr nur noch wenige Stunden, bis der Wagen sie abholen würde zu dieser letzten Reise, und sie ging noch einmal durch die leeren Räume ihres Hauses.

Wie viele Erinnerungen sind mit diesem Haus verbunden! dachte sie wehmütig. Vor dem Fenster, von dem aus man den Fischteich sehen konnte, blieb sie stehen, und als wäre es erst gestern gewesen, glaubte sie, den jungen Christopher Saxon zu sehen, wie er, das dunkle Gesicht von dichtem blauschwarzem Haar umrahmt, lachend eine kreischende, vier Jahre alte Nicole aus dem seichten Wasser zog.

Was mag wohl aus diesem fröhlichen Jungen geworden sein? fragte sie sich wehmütig. Jahrelang hatte sie nicht mehr an Christopher gedacht, denn es war eine schmerzliche Erinnerung. Nun hätte sie gern gewußt, ob er noch lebte. Er hatte so gut ausgesehen in jenem Frühling vor neun Jahren – groß, mit glatter, bronzefarbener Haut und unglaublich bernsteinfarbenen Augen. Sie mochte nicht daran denken, daß ein so lebenslustiger junger Mensch tot sein könnte oder daß er fähig gewesen sein könnte, all die schrecklichen Dinge zu tun, welche die Leute ihm nachsagten.

Auch Christopher hatte Mrs. Eggleston von seiner Kindheit an gekannt, und auch er war – ebenso wie die Zwillinge – ein häufiger Gast bei ihnen gewesen. Ein bitteres Lächeln glitt über ihre Züge, als ihr bewußt wurde, wie sehr sie sich immer noch zu Kindern hingezogen fühlte, obwohl sie selbst nie welche gehabt hatte. Christopher war für sie so etwas wie ein Enkelkind, und sie weigerte sich, dem Gerede über ihn Glauben zu schenken. Entschlossen wandte sie sich vom Fenster ab, doch dann fiel ihr plötzlich das ein, was damals geschehen war, als sie in Beddington's Corner nicht zur Stelle gewesen war. Wenn sie damals nicht mit ihrem Mann nach Spanien gereist wäre, lebte Christopher vielleicht heute noch hier und müßte sich nicht – wenn er überhaupt noch am Leben war – verachtet und verdammt irgendwo in der Fremde herumtreiben. Und deshalb hatte sie auch Angst, Nicole zu verlassen, denn sie wußte ja, in welch unglücklicher Lage sich das Kind befand. Andererseits wußte sie aber auch, daß sie ihr nicht helfen konnte. Nicole mußte also ihren eigenen Weg gehen.

Und tatsächlich begann nach der Abreise von Mrs. Eggleston ein neues Leben für Nicole – ein Dasein voller Gefahren und Hinterhältigkeiten. Irgendwie schien die Gewißheit, nun ganz allein zu sein, ihren fast apathischen Zustand noch verstärkt zu haben, denn als sie zusammen mit den Markhams beim Mittagessen saß, wirkte sie noch schweigsamer als sonst und in sich versunken.

Nach dem Essen wandte sich Edward mit spöttischem, hartem Blick an Nicole: »Du armes Baby, nun bist du ganz allein. Was willst du jetzt nur anfangen?« Als sie nichts erwiderte, fuhr er, sie aus zusammengekniffenen Augen musternd, fort: »Nun, da die alte ›Eggi‹ fort ist, werden wir hoffentlich etwas mehr Frieden im Haus haben und nicht mehr dauernd über sie stolpern müssen. Und vielleicht wirst du jetzt auch etwas netter zu uns sein, liebstes Cousinchen?«

Nicole warf ihm einen verächtlichen Blick zu. Gewöhnlich gelang es ihm, sie mit seinen Sticheleien in Wut zu bringen, doch heute war sie viel zu verzweifelt über Mrs. Egglestons Abreise, um sich über seine Bosheiten aufzuregen.

Als Edward dies erkannte, stand er achselzuckend auf und verließ den Raum. Agatha blickte ihm voll mütterlichen Stolzes nach. Ihr Gesicht trug noch immer Spuren ihrer früheren Schönheit, doch ihre Lockenfrisur hätte eher zu einem jungen Mädchen gepaßt, und ihr Kleid war zwar modisch, aber viel zu eng für ihre füllige Figur.

Als Edward das Zimmer verlassen hatte, ergriff Agatha wieder den Brief, aus dem sie ihrem Mann vorgelesen hatte. Er stammte von einer engen Freundin aus London.

»Hör dir das an, William. Beth schreibt, daß sie Anne Saxon getroffen hat.« Und sie begann laut vorzulesen.

»Vorige Woche hatte ich das Glück, eine deiner Nachbarinnen zu treffen. Sagtest du nicht, daß Ashland in der Nähe des Anwesens von Baron Saxon liegt? Nun, und wem begegnete ich, als ich mich kürzlich in die Bücherei von Hockham's Landing begab? Der jungen Anne Saxon! Sie ist wirklich ein schönes Mädchen mit ihren blonden Locken und unwahrscheinlich blauen Augen. Sie hält sich während der Saison hier auf, und die Männerwelt liegt ihr schon jetzt zu Füßen. Ich möchte wetten, daß sie noch vor Ende der Saison in festen Händen ist.«

Agatha ließ den Brief sinken und warf Nicole einen mürrischen Blick zu. »Wußtest du, daß Anne nach London wollte?«

Nicole seufzte. Ihrer Tante lag sehr viel daran, von der oberen Gesellschaftsschicht anerkannt zu werden, und sie fühlte sich immer wieder gekränkt und gedemütigt, wenn sie erkennen mußte, daß das arme Waisenkind Nicole überall mit offenen Armen empfangen wurde, während man sie und ihren Mann eher mied.

Nicole, die nicht bereit war, sich der negativen Meinung ihrer Tante über »gewisse« Leute anzuschließen, erwiderte mit Entschiedenheit: »Nein, Anne ist achtzehn und fast erwachsen. Warum sollte sie mir erzählen, daß sie nach London fahren will?« Und um ihre Tante wieder ein wenig zu beschwichtigen, fügte sie mit scheinbarem Interesse hinzu: »Warum bewegt es dich so sehr, was Anne macht?«

Agatha warf ihr trotzdem einen wütenden Blick zu. »Du

hast eine ziemlich lose Zunge.«

William, dessen Gesicht vom Genuß mehrerer Gläser Wein gerötet war, mischte sich beschwichtigend ein: »Aber, aber, Liebling, geh nicht so unsanft mit unserer kleinen Nicole um. Vergiß nicht, was wir ihr zu verdanken haben. Wenn sie ein wenig älter ist, wird sie sich sicher auch für die Skandale und Skandälchen interessieren und dir davon erzählen können, nehme ich an.«

In diesem Augenblick war Nicole ihrem Onkel dankbar für sein Einlenken, doch das machte ihn ihr nicht sympathischer. Sie hielt den Blick gesenkt und wünschte zum hundertsten Mal, daß auch sie bei ihren Eltern auf der Jacht gewesen wäre. Sie haßte diese ewigen Streitereien, und daß ihr Onkel sie häufig auf väterliche Art verteidigte, war oft noch schlimmer für sie als das Gekeife der Tante.

Agatha war noch nicht zufriedengestellt. »Das bezweifle ich. Sie ist ausgesprochen dumm.«

Ihr Onkel unternahm einen weiteren Beschwichtigungsversuch. »Nun übertreibe bitte nicht, meine Liebe. Wenn Nicole erst einmal ihre erste Ballsaison erlebt, wird sie sich schon ändern.«

»Aber sie wird nie eine Ballsaison erleben!« schrie Agatha.

Nicole hob abrupt den Kopf, und so konnte sie den warnenden Blick auffangen, den ihr Onkel seiner Frau zuwarf.

»Warum werde ich nie eine Ballsaison erleben?« fragte sie.

Ihre Tante überhörte die Frage. »Das reicht für heute. Du darfst aufstehen.«

Nicole spürte, daß etwas nicht stimmte, und wiederholte hartnäckig: »Warum werde ich nie eine Ballsaison erleben?«

Agatha sah sie voll offener Abneigung an und erwiderte: »Weil du Edward heiraten wirst. Es ist also nicht nötig, Geld für eine Ballsaison auszugeben, damit du einen Ehemann findest. Es ist alles schon geregelt.«

Einen Augenblick lang konnte Nicole ihre Tante nur sprachlos anstarren. Edward heiraten? Diesen faulen, bösartigen Sohn zweier Menschen, die sie so sehr verabscheute? »Edward?« brach es aus ihr heraus. »Ich will ihn nicht heiraten! Ihr müßt verrückt sein, das zu glauben!«

Plötzlich mischte sich ihr Onkel, dessen Gesicht noch röter geworden war, in befehlendem Ton ein: »Nun reg dich nicht auf, mein Mädchen, und hör mir zu. Du besitzt ein großes Vermögen, und wir sind deine einzigen Verwandten. Und wir wollen nicht, daß man dich darum betrügt.« Er legte eine Pause ein und fuhr dann mit ruhiger Stimme fort: »Wenn du Edward heiratest, bleibt alles in der Familie. Wir werden nicht zulassen, daß irgendein Mann dich wegen deines Geldes ehelicht.«

»Ihr seid selbst hinter meinem Geld her!« schrie Nicole haßerfüllt; ihre dunkelbraunen Augen waren fast schwarz vor Zorn, flammende Röte überzog ihre Wangen. Sie sprang auf und fuhr mit vor Wut zitternder Stimme fort: »Ihr scheint ganz zu vergessen, daß ihr nicht direkt mit mir verwandt seid und das Vermögen, um das ihr euch so viel Sorgen macht, nicht euch gehört, sondern mir!« Damit drehte sie sich auf dem Absatz um und rannte, ohne auf die Stimme ihres Onkels zu achten, aus dem Zimmer, rannte aus dem Haus, zu den Ställen hin.

In der Stille der Ställe blieb sie schweratmend stehen und lehnte ihren heißen Kopf gegen das seidige Fell ihres Pferdes. Aber nicht einmal mehr das Pferd gehörte ihr allein, denn William, der zu geizig war, um Edward ein eigenes Reitpferd zu kaufen, hatte angeordnet, daß Edward ihr Pferd reiten durfte, wann immer er wollte.

Ihr Vater hatte ihr Maxwell zu ihrem elften Geburtstag geschenkt, und es widerstrebte ihr, das edle Tier mit einem Menschen wie Edward teilen zu müssen, der es zudem noch sehr schlecht behandelte. Zärtlich strich sie über die halbverheilten Wunden, die Edwards Sporen bei Maxwell hinterlassen hatten. Warum nur kann Edward kein anderes Pferd reiten, dachte sie unglücklich.

Sie besaßen noch andere Pferde, aber keines war so edel wie Maxwell, denn ihr Onkel hatte alle anderen Jagd- und Vollblutpferde verkauft. Er hätte auch noch Maxwell verkauft, wenn sie sich nicht so energisch dagegen gewehrt hätte. Und ihr Onkel hatte nachgegeben, auch um eventuellen Fragen über den Verbleib des Geldes keine Nahrung zu geben.

Das Geräusch sich nähernder Schritte riß sie in die Gegenwart zurück, und hastig verkroch sie sich in die hinterste Ecke des Stalles. Gerade jetzt mochte sie mit niemandem reden, und sie hoffte verzweifelt, daß die Schritte sich wieder entfernen würden. Doch ihr Wunsch erfüllte sich nicht. Sie hörte Stimmengemurmel, darauf ein Lachen, dann herrschte wieder Stille. Neugierig spähte sie um die Ecke und blieb wie angewurzelt stehen. Edward und Ellen, das Küchenmädchen, lagen im Heu; er hatte seine Hose ausgezogen, seine Hände machten sich unter ihren Röcken zu schaffen. Fassungslos blickte Nicole dem unglaublichen Treiben zu.

»O Master Edward, was würde Miss Nicole sagen, wenn sie uns sehen könnte?« kicherte Ellen und umschlang den auf ihr liegenden Mann mit ihren Schenkeln.

Nicole war alt genug, um zu wissen, was die beiden da miteinander trieben, und wandte sich voller Ekel ab.

Edward gab einen unartikulierten Laut von sich und murmelte dann: »Sie wird tun, was man ihr sagt.«

Nicole fühlte Übelkeit in sich aufsteigen, aber sie kämpfte dagegen an und wartete mit geschlossenen Augen, bis das Schauspiel vorüberging. Doch es schien eine Ewigkeit zu dauern. Erst nach langem hörte sie, wie die beiden aufstanden und Edward sagte: »Kommst du heute nacht zu mir?«

Nicole konnte Ellens gemurmelte Antwort nicht verstehen, und sie war dankbar dafür. Sie hatte genug gehört. Lange Zeit blieb sie noch wie erstarrt stehen, dann raffte sie sich auf und rannte in Richtung des Waldes davon, bis sie, nach Atem ringend, vor dem kleinen Pavillon anlangte, der ihr Lieblingszufluchtsort geworden war.

Der Pavillon befand sich nicht mehr auf dem Besitz der Ashfords, sondern gehörte ihrem Nachbarn, dem Baron Saxon. Der Pavillon hatte schon von jeher eine starke Anziehungskraft auf Nicole ausgeübt, und in letzter Zeit flüchtete sie sich immer öfter hierher, weil sie da zeitweilig ihre Sorgen vergessen konnte. Der Pavillon erinnerte sie an glückliche

Zeiten, in denen sie noch unbeschwert und ohne Sorgen gewesen war.

Im Laufe der Jahre war er ziemlich verwahrlost; die ehemals grünen Stühle und Liegen mit ihren roten Kissen waren verblichen und verschlissen. Und auch das Gebäude selbst hatte seine fröhliche gelbe Farbe verloren; der abbröckelnde Mörtel ließ kaum noch etwas vom ehemaligen Charme des Gebäudes erkennen.

Vor Jahren hatten Nicole und Giles die kleine Dachkammer entdeckt, die damals als Vorratskammer diente, und sie hatten sie zu ihrem Geheimversteck erwählt, in dem niemand sie stören konnte. Hier hatten sie auf dem Boden gelegen, durch das Loch im Dach in den blauen Himmel gestarrt und einander ihre geheimsten Wünsche und Träume anvertraut. Doch das ist vorbei, dachte Nicole traurig, als sie die schmale Treppe hinaufstieg.

Die Ereignisse des heutigen Tages hatten ihr nur noch deutlicher gezeigt, welch düstere Zukunft sie erwartete. Jetzt konnte sie sich nicht mehr einreden, es würde schon alles von selbst gut werden. Die Markhams glaubten ganz offensichtlich, daß sie über ihr Leben und ihr Vermögen verfügen konnten, wie es ihnen beliebte. Doch das werde ich ihnen versalzen, schwor sie sich voller Ingrimm.

Aber was soll ich tun? dachte sie verzweifelt. Auf keinen Fall werde ich ihren Plänen zustimmen. Edward wird das, was er heute mit Ellen gemacht hat, nicht mit mir tun. Der Gedanke an die Geräusche der erregten Körper, denen sie unfreiwillig hatte zuhören müssen, ließ sie vor Ekel schaudern.

Nachdem sie diesen Entschluß gefaßt hatte, fühlte sie sich wesentlich besser. Doch sie wußte, daß sie ihr Schicksal selbst in die Hand nehmen mußte, wenn sie dem Los, Edward heiraten zu müssen, entgehen wollte. Und zum ersten Mal formte sich in ihr der Gedanke an eine Flucht vor den Markhams.

Sie begann, sich über ihre möglichen Fluchtwege Gedanken zu machen. Zuerst dachte sie daran, auf einer möglichst weit entfernten Poststation als Barmädchen zu arbeiten. Oder als Stubenmädchen nach London zu gehen. Oder vielleicht eine Anstellung als Gesellschafterin einer alten Dame zu suchen? War sie dafür noch zu jung? Oder sollte sie sich als Junge verkleiden und ein abenteuerliches Leben bei den Soldaten führen ... am besten bei der Königlichen Marine? Auch Giles hatte Marineoffizier werden wollen. Und nachdem ihr Vater ihr lachend erklärt hatte, daß das kein Beruf für ein Mädchen sei, hatten sie und Giles Pläne geschmiedet, sie heimlich an Bord zu schmuggeln, damit sie gemeinsam gegen die Franzosen kämpfen konnten. Je länger sie darüber nachdachte, desto besser gefiel ihr dieser Plan. Ein tiefer Seufzer entrang sich ihrer Brust, und mehr denn je sehnte sie sich nach der Geborgenheit, die sie bei Giles stets gefunden hatte.

Das Geräusch sich schnell nähernder Schritte ließ sie zusammenfahren, und sie spähte ängstlich aus ihrem Versteck hinunter. Zu ihrer Erleichterung erkannte sie, daß es nur ihre Freundin Sally, die Tochter des ehemaligen ersten Reitburschen ihres Vaters, war, den William entlassen hatte. Sally Brown war älter als Nicole – bald würde sie sechzehn werden. Die Freundschaft der beiden hatte in letzter Zeit ein wenig gelitten, seit Sally Gefallen am anderen Geschlecht gefunden hatte. Jungen waren ein Thema, das Nicole noch entsetzlich langweilte.

»Bist du da oben, Nicky?« rief Sally.

»Ja. Was willst du?« antwortete Nicole, ein wenig verärgert über die Störung.

»Komm herunter, du dumme Gans, dann werde ich es dir sagen.«

Nicole schnitt eine Grimasse, denn sie war sicher, daß Sally ihr wieder eine ihrer dummen Geschichten über Jungen auftischen würde. Trotzdem freute sie sich, Sally zu sehen, denn diese war ein liebes, nettes Ding, und ihr fröhliches Geplapper würde sie vielleicht aus ihren trübsinnigen Gedanken reißen.

Mit verklärtem Blick stieß Sally hervor: »O Nicky, du mußt dir den tollen Mann ansehen, der im Gasthof abgestiegen ist. Er ist eben erst angekommen. Peg sagt, er wird leider nur eine Nacht bleiben. Ach, wie sehr ich mir wünschte, im Gasthof zu arbeiten. Peg begegnet den schönsten Männern und wird auch noch bezahlt dafür.«

Nicole erwiderte in gelangweiltem Ton: »Ist das alles? Ich dachte, du hättest mir etwas Interessantes mitzuteilen.«

»Wenn das nicht interessant ist! Du mußt ihn sehen – groß ist er, hat fast blauschwarzes Haar, und seine Augen ... seine Augen erinnern mich an die eines Löwen. Er wirkt so wild und aufregend.«

»Woher weißt du das? Hast du ihn gesehen?« fragte Nicole, deren Interesse nun doch geweckt war.

»Natürlich. Ich durfte ihm das Essen servieren, und ich mußte mich beherrschen, ihn nicht einfach anzurühren – er ist so ganz anders als andere Männer. Er heißt Kapitän Saber und ist Amerikaner. Peg sagt, er will hier Freunde besuchen und morgen nach London weiterreisen. Stell dir vor, er hat ein eigenes Schiff. Er soll in England Ladung für Amerika aufgenommen haben, und angeblich sucht er noch ein oder zwei Schiffsjungen.« Sally kicherte. »Könntest du dir Jim oder Tim als Seeleute vorstellen? In Beddington's Corner wird Kapitän Saber wohl kaum Leute finden.«

Ein gespannter Ausdruck trat in Nicoles Augen. »Sagtest du, er sucht Schiffsjungen?«

»Ja. Zumindest hat er das Peg erzählt, als sie ihn fragte, warum er hier sei.« Als wollte sie die Neugier ihrer Schwester Peg entschuldigen, fügte sie hinzu: »Es kommen ja nicht oft Fremde hierher, und Peg wollte nur wissen, was ein Gentleman wie er in Beddington's Corner sucht.«

Nicole, deren Gedanken schon weit vorausgeeilt waren, fragte ungeduldig: »Wo ist er jetzt?«

Sally zuckte die Schultern. »Ich weiß es nicht. Er ist gleich nach dem Essen weggegangen und wird sicher erst spät zurückkommen.« Sie seufzte. »Ich werde ihn wohl nicht mehr wiedersehen.«

»Pssst!« zischte Nicole plötzlich und hob lauschend den Kopf. »Schnell hinauf in die Dachkammer! Es kommt jemand!«

»Das kann uns doch egal sein«, widersprach Sally, doch Nicole schenkte ihr keine Beachtung und kletterte hastig die Stiege hinauf.

Sally zögerte einen Augenblick, folgte ihr dann aber resignierend. Sie waren kaum oben angelangt, als ein großer Mann den Pavillon betrat.

»Er ist es! Es ist Kapitän Saber!« stieß Sally leise hervor.

Der Mann war in der Mitte des Pavillons stehengeblieben und schaute sich langsam um. Als Nicole sein Antlitz sehen konnte, war auch sie gegen ihren Willen fasziniert von dem dunklen, bärtigen Gesicht.

Lange Zeit blieb der Mann so stehen, und Nicole hatte das seltsame Gefühl, daß der Pavillon mit Erinnerungen für ihn verbunden war, aber das schienen keine glücklichen Erinnerungen zu sein, denn er ergriff eines der verblichenen roten Kissen und schleuderte es mit einem zornigen Ausruf in eine Ecke.

In diesem Augenblick waren wieder Schritte zu hören; die beiden Mädchen blickten gebannt zur Tür und erkannten zu ihrem großen Erstaunen Robert Saxon, den einzigen lebenden Sohn Lord Saxons.

»Ich hätte nicht geglaubt, daß du mich überhaupt noch sehen willst«, begann Robert, ohne zu grüßen.

Kapitän Saber lächelte. »Ich bin kein Kind mehr, mit dem man machen kann, was man will. Und dieses Mal bin ich vorbereitet – beim letzten Mal habe ich dir noch vertraut.«

Robert sah den anderen aufmerksam an. Sollten ihn die Worte Kapitän Sabers verärgern, ließ er es sich jedenfalls nicht anmerken, sondern sagte ruhig: »Es war ein glücklicher Zufall, daß ich dich auf dem Weg zum Haus getroffen habe. Es wäre nicht gut für Simon gewesen, wenn er dich gesehen hätte. Es hätte ihn nur noch unglücklicher gemacht.«

»Das sagst du – doch du erlaubst, daß ich deine Worte anzweifle.«

Robert lächelte dünn: »Aber du bist dir nicht sicher, nicht wahr, sonst hättest du meinen Vorschlag, dich zuerst mit mir zu treffen, wohl kaum angenommen? Und nun möchtest du gern wissen, was ich dir zu sagen habe, nicht wahr?«

Die bernsteinfarbenen Augen Sabers verengten sich zu gefährlichen Schlitzen, während er in verächtlichem Ton erwiderte: »Nicht unbedingt, aber da ich nun einmal so dumm war, mich auf deinen Vorschlag einzulassen, wird mir wohl nichts anderes übrigbleiben, oder?«

»Es scheint so«, pflichtete Robert ihm bei. »Mein Vater erlitt letzten Monat einen schweren Anfall, und man befürchtete, er würde ihn nicht überleben. Er ist sehr krank, und ich bezweifle, daß dein Anblick ihm im Moment gut tun würde. Zu unserer Überraschung befindet er sich wieder auf dem Weg der Besserung. Du brauchst also keine Angst zu haben, daß er im Sterben liegen könnte. Jede Aufregung kann aber zu einem neuen verhängnisvollen Anfall führen. Wenn du dennoch darauf bestehst, ihn zu sehen – einen Mann wohlgemerkt, der dich nicht zu sehen wünscht –, würde ich vorschlagen, daß du damit noch ein paar Wochen wartest.«

»Das kann ich nicht«, fuhr Kapitän Saber auf, um nach einer Weile zögernd fortzufahren: »Ich möchte ihn sehen, Robert. Mein Schiff sticht Ende der Woche in See, und ich bezweifle, daß ich je nach England zurückkehren werde. Meine Zukunft liegt in Amerika. Du brauchst also nicht zu fürchten, daß ich mich aufdrängen will. Ich möchte ihn nur noch einmal sehen. Vielleicht werden wir einander dann besser verstehen.«

»Wirklich bewundernswert«, antwortete Robert trocken, dem das bewegte Zittern in der Stimme des anderen entgangen zu sein schien. »Aber leider ist es unmöglich. Ich schlage vor, daß du noch heute abend abreist und dich damit abfindest, Lord Saxon nie mehr wiederzusehen.«

Als Robert den trotzigen Zug um den Mund des anderen bemerkte, fügte er vorsichtig hinzu: »Ich weiß, du traust mir nicht, und das vielleicht aus gutem Grund. Aber was ich getan habe, war nur zu deinem Besten.«

Kapitän Saber machte einen wütenden Schritt auf Robert zu, doch dieser hob beschwichtigend die Hände.

»Also gut! Ich habe keine Lust, mich mit dir zu streiten. Du traust mir nicht, aber jetzt solltest du es ausnahmsweise einmal tun. Wenn du darauf bestehst, werde ich versuchen, Lord Saxon vorsichtig auf dich vorzubereiten, damit der Schock nicht zu groß für ihn ist. Doch mach mir keine Vorwürfe, wenn es mir nicht gelingt.«

»Warum sollte ich dir trauen? Woher weiß ich, daß du nicht lügst?« knurrte Kapitän Saber.

»Du brauchst mir ja nicht zu glauben, doch der Gesundheitszustand meines Vaters ist wirklich so ernst, daß die kleinste Aufregung ihn umwerfen kann. Aber bitte, du kannst es ja darauf ankommen lassen.«

»Du verdammter Hund«, preßte Kapitän Saber zwischen den Zähnen hervor. »Du weißt genau, daß ich das nicht wage, nach dem, was du mir erzählt hast. Also gut, ich werde tun, was du sagst. Aber ich bitte dich, Robert, hilf mir ...«

»Mein lieber Junge, vergiß nicht, daß er mein Vater ist und ich nichts tun werde, was ihm schaden könnte. Du freilich interessierst mich nicht im geringsten, aber ich werde sehen, was sich machen läßt. Wo wohnst du?«

»Im ›Bell and Candle‹«, erwiderte Kapitän Saber. »Und denk daran, ich muß morgen nach London weiterreisen. Du mußt also noch heute abend etwas unternehmen.« Fast entschuldigend fügte er hinzu: »Ich weiß, ich hätte direkt nach meiner Ankunft in England jemanden benachrichtigen sollen, aber damals dachte ich mit keinem Gedanken daran, ihn aufzusuchen. Erst gestern faßte ich den Entschluß dazu.«

»Mmmh. Diese Idee wäre dir besser überhaupt nicht gekommen. Doch ich werde tun, was ich kann. Solltest du allerdings bis morgen früh um zehn Uhr nichts von mir hören, ist mein Bemühen fehlgeschlagen. Und sei versichert, daß jeder eigenmächtige Versuch, den alten kranken Mann zu überraschen, seinen Tod bedeuten kann.«

Kapitän Saber mußte sich zwingen, ruhig zu bleiben. »Also gut, ich verstehe. Wenn ich bis zehn Uhr nichts von dir höre, werde ich wissen, daß sich nichts geändert hat.«

Die beiden Männer wechselten kein weiteres Wort mehr,

verließen den Pavillon und gingen in entgegengesetzten Richtungen davon.

Als sie wieder allein waren, sahen die zwei Mädchen sich verständnislos an.

»Ich möchte wissen, was das zu bedeuten hat?« sagte Sally. »Warum möchte Kapitän Saber unbedingt Lord Saxon sehen?«

Nicole erwiderte nichts; die Unterhaltung, deren unfreiwillige Zeugin sie soeben geworden war, interessierte sie nicht, sie interessierte sich nur für die Tatsache, daß Kapitän Saber zwei Schiffsjungen suchte. Ausschließlich diese Tatsache beherrschte ihre Gedanken, sonst nichts. Was kümmerte es sie, warum er Lord Saxon sehen wollte? »Wer weiß?« sagte sie daher. »Vielleicht hat er einmal hier gearbeitet und das Silber gestohlen und möchte nun sein Gewissen beruhigen.«

»Vielleicht, aber ich glaube es nicht«, meinte Sally enttäuscht. »Wäre es nicht viel aufregender, wenn es mehr als das wäre, wenn er ...«

»O Sally, hör auf!« rief Nicole ärgerlich und wünschte plötzlich, daß Sally sie allein ließe.

Sally schien ihre Gedanken zu erraten und erwiderte in beleidigtem Ton: »Wenn es so ist, werde ich jetzt gehen. Du bist noch so jung, Nicole, ich weiß wirklich nicht, warum ich mich überhaupt um dich kümmere.«

Sofort bereute Nicole ihre Heftigkeit; sie hatte Sally ja nicht weh tun wollen. »Es tut mir leid, Sally, aber ich würde jetzt wirklich gern allein sein. Bitte, versteh das.«

»Schon gut«, antwortete Sally. »Sehe ich dich nächste Woche auf dem Pferdemarkt, oder wird deine Tante dir verbieten, hinzugehen?«

»Wahrscheinlich letzteres, wenigstens nehme ich es an«, erwiderte Nicole geistesabwesend.

Als sie allein war, blieb sie lange Zeit nachdenklich sitzen. Die See – vielleicht war das die Lösung. Amerika war so weit weg von den Markhams. Hier bot sich ihr eine unverhoffte Chance zur Flucht. Nicole war sicher, daß Sallys Auftauchen im Pavillon eine Fügung des Schicksals war. Tausend Gedanken schwirrten ihr durch den Kopf. Hastig kletterte sie die Stiege hinunter und machte sich auf den Heimweg nach Ashland.

Erst nach dem Mittagessen, das in peinlicher, gedrückter Stimmung eingenommen wurde, konnte sie an die Verwirklichung ihrer Pläne gehen. Nachdem sie beharrlich alle Sticheleien ihrer Tante ignoriert hatte, wurde sie endlich auf ihr Zimmer entlassen. Sie schloß die Tür hinter sich und begann, mit vor Aufregung zitternden Händen in der großen Truhe zu kramen, in der sie die wenigen ihr kostbaren Dinge aus dem Besitz ihres Bruders versteckt hatte. Endlich fand sie, wonach sie suchte – eine verblichene Hose, eines seiner Hemden und seine Lieblingsjacke aus weichem, abgetragenem braunen Tweed. Schnell streifte sie ihr Kleid ab und zog die ungewohnten Kleidungsstücke an, wobei sie die Schärpe ihres Kleides als Hosenträger benutzte. Fest entschlossen, sich von so banalen Dingen wie einer ausgebeulten Hose und einer Jacke mit viel zu langen Ärmeln nicht entmutigen zu lassen, blickte sie in den Spiegel.

Als sie die clowneske Gestalt im Spiegel betrachtete, mußte sie aber doch lachen. Dann freilich wurde sie wieder ernst, als sie zu dem Schluß kam, daß sie ihre langen glänzenden Locken auf keinen Fall behalten durfte. Kurz entschlossen griff sie zu einer Schere und ging der herrlichen Lockenpracht zu Leibe. Die abgeschnittenen Haare sammelte sie sorgfältig und stopfte sie in ein Kissen, das sie später in den nächstbesten Brunnen werfen wollte. Das, was von ihren Haaren übriggeblieben war, stand nun in seltsam aussehenden Büscheln von ihrem Kopf ab, doch es verlieh ihr ein jungenhaftes Aussehen. Zufrieden unterzog sie ihr Spiegelbild einer nochmaligen eingehenden Prüfung. Gott sei Dank hatte sie noch keinen Busen, aber ihr Gesicht machte ihr Sorgen. Große, weit auseinanderstehende, topasbraune, von dichten schwarzen Wimpern beschattete Augen blickten ihr aus dem Spiegel entgegen. Ihre freche gerade Nase wirkte noch recht kindlich; der breite, schön geschwungene Mund mit der vollen Unterlippe und das entschlossene kleine Kinn vollendeten das Bild.

Nach einer weiteren kritischen Prüfung kam sie zu der Überzeugung, daß sie durchaus einen hübschen Jungen abgab, wenn man von den sehr weiblich gebogenen Wimpern absah. Nun, Verzweiflungstaten erfordern harte Maßnahmen, sagte sie sich, näherte ihr Gesicht dem Spiegel und schnitt sorgfältig die störenden Wimpern ab, bis praktisch nichts mehr von ihnen vorhanden war. Nach einem letzten langen Blick in den Spiegel war sie sicher, daß niemand ihr Geschlecht erraten würde, und voll düsterer Entschlossenheit schwor sie sich, nie mehr in dieses Haus zurückzukehren, was auch geschehen möge. Sie würde den Mann im »Bell and Candle« aufsuchen, und sie würde ihn dazu bringen, sie mit auf See zu nehmen. Ohne sich noch einmal umzublicken, schwang sie sich aus dem Fenster und kletterte den Stamm der alten Eiche hinunter, die dicht am Haus stand.

3

Kapitän Saber saß im Privatsalon des Gasthofes und hing, einen großen Krug schäumenden Bieres in der Hand, seinen düsteren Gedanken nach. Seine augenblickliche Situation gefiel ihm ganz und gar nicht, doch im Moment konnte er nichts gegen sie tun. Diskrete Nachforschungen unter den Dorfbewohnern hatten ergeben, daß Roberts Einschätzung der Lage richtig war: Simon Saxon hatte im Januar einen Herzanfall erlitten, der immer noch zu einem raschen Tod führen konnte. Doch trotz dieser Information war Saber wütend auf sich selbst, weil er Robert Saxon erlaubt hatte, sich in seine Angelegenheiten einzumischen. Nun mußte er auf dessen diplomatische Künste vertrauen. Er wußte, daß es töricht von ihm gewesen war, zurückzukommen, töricht, zu glauben, daß Lord Saxon ihm vergeben oder die Wahrheit erfahren haben könnte. Überdies war es gefährlich, Robert so viel erzählt zu haben. Er hätte auf jeden Fall Higgins mitnehmen sollen. Doch er hatte überall verlauten lassen, daß er nicht die Absicht habe, zu bleiben, sondern in Kürze wieder abreisen und nie wieder zurückkehren werde. Das würde Robert davon abhalten, irgendwelche unangenehmen Überraschungen zu planen – Überraschungen von der Art wie die letzte, die er ausgeheckt hatte. Voller Ingrimm überlegte Saber, ob Robert dieser Hexe Annabelle wohl von seiner Rückkehr erzählt haben mochte.

Ein bitterer Zug trat auf sein Gesicht, in seinen bernsteinfarbenen Augen glomm ein düsteres Licht. Vier lange Jahre hatte es ihn gekostet. Vier Jahre voll unaussprechlicher Grausamkeit und Brutalität bei der Königlichen Marine – alles säuberlich eingefädelt von dem netten Robert Saxon! Vier Jahre, in denen aus einem unbeschwerten Jungen voller Ideale ein harter, berechnender Mann geworden war, der blutige Seeschlachten mitgemacht und auf seinem Rücken die Lederpeitsche gespürt hatte, von der ihm lebenslange Narben beigebracht worden waren.

Bei der Erinnerung an diese Jahre krampfte sich seine Hand um den Bierkrug, bis die Knöchel weiß hervortraten. Wütend über sich selbst und seine Unbeherrschtheit stürzte er dann das Bier in einem Zug hinunter und schleuderte den Krug auf den Boden. Grimmig zwang er sich, nicht mehr an jene schlimme Zeit zu denken und sich daran zu erinnern, daß Robert ihm auf eine gewisse Weise auch einen Gefallen getan hatte. Kapitän Saber lachte hart auf und erhob sich ungeduldig von seinem Stuhl; er wünschte, sich nicht den Privatsalon gemietet zu haben. Heute abend brauchte er Gesellschaft und nicht die Abgeschiedenheit des kleinen Raumes.

Beddington's Corner war eine kleine Gemeinde, und das »Bell and Candle« einer der typischen Gasthöfe, die man in solchen Orten findet. Er wurde hauptsächlich von Bauern frequentiert. Der Privatsalon wurde selten benutzt – nur wenige Angehörige der oberen Gesellschaftsschicht machten Station in Beddington's Corner. Um endlich seinen düsteren Gedanken zu entfliehen, verließ Saber den Salon und gesellte sich zu den lärmenden Gästen in der dunklen, eichenholzvertäfelten Gaststube. Als er das dralle Barmädchen entdeckte, gab er seinen Vorsatz, sich sinnlos zu betrinken, auf, und wenige Minuten später saß das Mädchen kichernd auf seinem Schoß. Zwischen Lachen und halbherzigen Protesten gegen seine Küsse erzählte sie ihm, daß sie Peggy heiße, um Mitternacht Feierabend habe und vielleicht damit einverstanden sei, ihm heute nacht Gesellschaft zu leisten. Er setzte sich an einen kleinen Tisch in einer ruhigen Ecke der Gaststube und beobachtete lächelnd das Treiben an der Bar. Peggy wehrte routiniert die Annäherungsversuche der angetrunkenen Bauern ab und blickte immer wieder zu dem großen, dunkelhaarigen Mann hinüber, der in lässiger Haltung in der Ecke saß.

Mein Gott, sieht der gut aus, dachte sie, und ein richtiger Gentleman ist er auch mit seinem sauber gestutzten Bart, der gestärkten weißen Krawatte und den gepflegten Händen. Schauer freudiger Erwartung liefen über ihren Körper, je näher Mitternacht heranrückte. Bald würde sie mit ihm über die Hintertreppe nach oben schleichen, und als sie den trägen, amüsierten Blick auffing, den er ihr unter seinen dichten schwarzen Wimpern hervor zuwarf, wurde das körperliche Verlangen nach ihm fast unerträglich.

Saber, der wußte, daß er den Rest der Nacht auf angenehme Weise verbringen würde, trank nur wenig von dem dunklen starken Bier. Mit klarem Kopf stieg er schließlich neben Peggy die Treppe hinauf. Oben angekommen, drückte er die Tür auf und schob Peggy ins Zimmer. Sie betrat den dunklen Raum und stieß einen unterdrückten Schmerzensschrei aus, als ein dumpfer Gegenstand auf ihren Kopf niedersauste und sie zu Boden streckte. Saber sprang mit einem Satz zur Seite und preßte sich gegen die Wand des Ganges. Alle seine Sinne waren angespannt, und seine Finger umklammerten sein schweres Seemannsmesser. Vorsichtig wandte er den Kopf zur Tür und versuchte zu erkennen, was in dem Zimmer vor sich ging.

Verschwommen glaubte er in dem düsteren Raum die Umrisse zweier Gestalten auszumachen. Einer der beiden Männer stieß einen derben Fluch aus, als er sich über Peggys wie leblos daliegenden Körper beugte. »Wir haben das Barmädchen erwischt. Wo ist der Mann?«

Die beiden Gestalten wirbelten herum und rannten in den Gang hinaus, gerade in dem Augenblick, als Saber mit gezücktem Messer aus seinem Versteck hervortrat. Vor Schreck wie erstarrt, blieben sie einen Augenblick stehen, warfen sich dann auf ihn, doch er sprang geschickt zur Seite und gab dem einen der Männer einen Stoß, der ihn mit dem anderen zusammenprallen ließ, worauf die beiden die schmale Treppe hinunterkullerten. Kapitän Saber sprang ihnen nach und war über ihnen, ehe sie wieder auf die Beine kommen konnten; er widerstand der Versuchung, sie beide zu töten, weil er daran dachte, daß, wenn er neben zwei Leichen gefunden würde, dies Robert ebenso ausnützen konnte wie seinen Tod oder sein Verschwinden. Also hielt er die beiden Schurken mit dem Messer nur in Schach und schrie nach dem Wirt.

Nach einer Stunde war alles erledigt – leider nicht zur vollen Zufriedenheit von Kapitän Saber. Peg war zwar wieder bei Bewußtsein, doch an Liebe dachte sie in dieser Nacht nicht mehr. Die beiden Männer beteuerten lautstark ihre Unschuld und gaben vor, sich im Zimmer geirrt und die Frau nicht angerührt zu haben. Peg konnte sich beim besten Willen an nichts mehr erinnern, und so blieb Kapitän Saber nichts anderes übrig, als ihre falschen Entschuldigungen voller Erbitterung hinzunehmen und zuzusehen, wie der Wirt den beiden die Tür wies. Sie waren ortsbekannte Schlägertypen, und der Wirt wollte keinen Ärger mit ihnen haben.

Verdrießlich dachte Kapitän Saber über den Ablauf des Abends nach. Das Techtelmechtel mit Peg war vorbei. An Schlaf durfte er nicht denken, denn nun wußte er, daß er vor Robert Saxon auf der Hut sein mußte. Er bezahlte und wollte sich sein Pferd vorführen lassen. Die beiden Männer hatten sich natürlich nicht im Zimmer geirrt, und wenn er sich – wie er es ursprünglich vorgehabt hatte – betrunken hätte, wäre es ihnen ein leichtes gewesen, ihren Auftrag auszuführen. Ob sie ihn nun umgebracht oder, wie er vermutete, zurück zur Marine gebracht hätten, wäre sich fast gleich geblieben. Der Überfall machte ihm jedenfalls klar, daß es empfehlenswert war, zu verschwinden, weil keine Aussicht für ihn bestand, Simon Saxon noch zu sehen. Das würde Robert schon verhindern.

Der Wirt war verständlicherweise sehr unglücklich über die Ereignisse des Abends und versuchte wortreich den Zwischenfall herunterzuspielen, während Saber ungeduldig auf sein Pferd wartete. Doch Saber wollte dem Gerede des Wirts nicht länger zuhören und machte sich auf den Weg zu den Ställen. Im schwachen Licht der Laterne entdeckte er einen Jungen, der sich mit schlaftrunkenen Handgriffen an seinem Pferd zu schaffen machte. Wütend herrschte er ihn an: »Hör auf und geh wieder ins Bett! Ich mache das schon selbst!«

Gerne begab sich der Junge wieder zu seinem Lager im Heu, während Saber selbst sein Pferd sattelte. Er wollte es gerade aus dem Stall führen, als ein leiser Zuruf ihn zurückhielt.

»Bitte, Sir, sind Sie der Herr aus London, der zwei Schiffsjungen sucht?«

Neugierig drehte Saber sich um, doch als er die kleine Gestalt, die sich aus dem Dunkel löste, sah, mußte er unwillkürlich lachen. Der Junge trug einen schlechtsitzenden Anzug und starrte ihn aus weitaufgerissenen, fast wimpernlosen Augen an. Unter dem Rand seines schwarzen Schlapphutes lugten zottige Büschel dunklen Haares hervor. Saber schätzte, daß der Junge nicht älter als zehn Jahre war, und lächelte ihn freundlich an, als er sagte: »Ich sehe, hier machen Neuigkeiten schnell die Runde. Ja, ich habe zwei Schiffsjungen gesucht, doch meine Pläne haben sich nun geändert, und ich muß sofort abreisen. Hättest du dich für den Job interessiert?«

Nicoles Herz klopfte so laut, daß sie sich sicher war, er müsse es hören. »Ja, Sir. Wollen Sie mich nehmen? Ich bin viel kräftiger, als ich aussehe, und bin bereit, hart zu arbeiten«, stieß sie hervor.

Saber zögerte und blickte, seltsam angerührt von diesem Jungen, in die großen bittenden Augen. Nicole spürte, daß sein Entschluß ins Wanken geraten war, und drängte: »Bitte, geben Sie mir eine Chance, Sir.«

Saber wäre vielleicht davongeritten, wenn der Stalljunge nicht durch das Geräusch der Stimmen aufgewacht wäre und sich eingemischt hätte.

Obwohl das »Bell and Candle« nur ein einfacher Landgasthof war, achtete man doch darauf, daß die Gäste nicht von Bettlern oder anderem Gesindel belästigt wurden. Zornig kam der Stalljunge näher und herrschte Nicole an, sich davonzumachen. Sie am Kragen packend, schrie er: »Verschwinde, du kleiner Zigeuner! Belästige diesen Gentleman nicht!«

Nicole, welche die Hoffnung schon aufgegeben hatte, geriet außer sich vor Wut, stieß und trat nach dem Stalljungen und ging sogar so weit, ihn in den Arm zu beißen. »Laß mich los! Ich werde zur See gehen, ich werde es, ich werde es!«

Der Stalljunge war viel größer als Nicole, und nachdem er seine Überraschung überwunden hatte, beschloß er, diesem kleinen Bettler die Abreibung seines Lebens zu verpassen. Doch Nicole kämpfte wie eine Wilde, geriet freilich dennoch rasch ins Hintertreffen. Es war ein ungleicher Kampf, der sicher böse für Nicole geendet hätte, wenn Saber sie und den Stalljungen nicht getrennt hätte. »Also gut, mein kleiner Tiger, du kannst mitkommen«, sagte er lachend zu Nicole.

Ihre Überraschung war so groß, daß sie wie angewurzelt stehenblieb. Sie vergaß ihre blutende Nase und den pochenden Schmerz in ihrem Auge und grinste Saber an. Und Saber, der sich selbst nicht mehr verstand, grinste zurück.

Er stieg auf sein Pferd und zog ihren leichten Körper hinter sich in den Sattel. Dann ritten die beiden durch die dunklen Gassen von Beddington's Corner in die Nacht hinein. Von wilder Freude erfüllt, preßte Nicole ihren Kopf gegen Sabers Rücken und umklammerte seinen Körper. Es war geschafft! Sie würde zur See gehen!

I. TEIL

1813
Der junge Nick

»Laß das Morgen sein –
überlasse dem Schicksal deine Zukunft.«
Charles Swain, »Imaginary Evils«

4

Die Lagune lag wie ein blanker Spiegel in der Sonne, und Nicole starrte verträumt auf das glatte, türkisgrüne Wasser; ihre Gedanken schienen sich dem trägen Rhythmus der Wellen anzugleichen. Sie hatte das Schiff verlassen, um sich ein paar Stunden der Ruhe zu gönnen, und lag nun neben ihrem Freund an dem warmen Ufer einer der vielen kleinen Inseln, die zu den Bermudas gehörten. Kapitän Saber hatte schon immer gerne an dieser Insel angelegt, und die Tatsache, daß die britische Marine auf der Hauptinsel stationiert war, verlieh diesem Unterfangen einen zusätzlichen Nervenkitzel.

Die über dreihundert winzigen Inseln spannten sich wie ein hügeliges grünes Halsband über diesen Teil des Atlantischen Ozeans und boten ideale Verstecke für die vielen amerikanischen Kaperschiffe, welche den britischen, französischen oder spanischen Handelsschiffen auflauerten. Die Bermudas waren die letzten Landflecken bis zu den Azoren, und der warme Golfstrom, der die mit Gewürzen, Tabak und Zucker aus Westindien beladenen Schiffe in die kälteren Gewässer des Nordatlantik trug, floß direkt an ihren Korallenriffen vorbei.

Es gab einfach zu viele dieser meist unbewohnten kleinen

Inseln, als daß die britische Marine in der Lage gewesen wäre, sie wirkungsvoll zu kontrollieren. Überdies waren die Piratenschiffe auch schnell genug, um ihre Chance zu nutzen – abgesehen davon, daß sie keine Angst vor der größten Seemacht der Welt hatten. Auf freche, unverschämte Weise gelang es ihnen immer wieder, die schwerfälligen Kriegsschiffe der Engländer auszumanövrieren. Sie wagten es sogar, die britischen Kriegsschiffe anzugreifen, und oft gelang es ihnen, eines zu kapern. Durch den 1812 von Präsident Madison erklärten Krieg konnten sie sich sogar den Anschein geben, mit jedem gekaperten Schiff eine patriotische Tat zu verrichten. Die Verluste, die sie der englischen Kriegsflotte beibrachten, hielten sich in Grenzen, aber ihr eigentliches Ziel waren auch nicht die Engländer. Ihr Hauptinteresse galt den schwerbeladenen Handelsschiffen, die auf dem Weg von Westindien nach Europa über den Golfstrom fuhren. Kapitän Saber, der wie viele andere mit mehr als einem Kaperbrief segelte, war auf diese Weise zu Reichtum gekommen.

In letzter Zeit allerdings, so fand Nicole, schien er die Piraterei nur noch als Spiel anzusehen. Er handelte eher wie ein wohlgenährter Tiger, der, obwohl satt und zufrieden, der Verlockung durch die prallen Schweinchen, die da in Gestalt der englischen Handelsschiffe an seiner Nase vorbeizogen, nicht widerstehen konnte. »La Belle Garce«, sein wendiges, schwerbewaffnetes Schiff, hatte in den letzten sechs Monaten nur zwei Eroberungen gemacht, und Nicole vermutete, daß Kapitän Saber die beiden Schiffe – einen englischen Segler und ein spanisches Handelsschiff – nur gekapert hatte, um die Besatzung seines Schiffes wieder einmal zufriedenzustellen.

Nachdenklich starrte Nicole in das einladende Wasser der kleinen Bucht und machte sich Gedanken über einen Mann, der sein Schiff »La Belle Garce« – »Die schöne Hure« – nennen konnte. Seit Monaten benahm sich Saber ihr gegenüber sehr seltsam, und Nicole hätte gern gewußt, ob er ahnte, daß sie ein Mädchen war. Unruhig bewegte sie sich in dem weichen Sand; sie dachte nicht gern über diese Dinge nach.

Warum kann nicht alles so bleiben wie bisher? dachte sie wehmütig. Sie hatte viel gelernt in den letzten fünf Jahren, die voller Aufregungen und Gefahren gewesen waren. Manchmal vergaß sie sogar, daß sie ein Mädchen war und nicht der große schlanke Schiffsjunge. Die Natur hatte ihr in der ersten Zeit geholfen, ihr Geheimnis zu bewahren, denn sie hatte ihr eine für ein Mädchen ungewöhnliche Größe und eine tiefe, heisere Stimme verliehen.

Der Kapitän hatte sie damals einfach an Deck abgeladen und sie prompt vergessen. Nicole hatte mehrere Wochen in Elend und Angst in dem engen Laderaum des Schiffes verbracht, bevor er sie wieder bemerkte. Dann schuftete sie von morgens bis abends und konnte nur noch todmüde in ihre Hängematte sinken, die wie die der anderen Besatzungsmitglieder auf dem Deck aufgespannt war. Jede schmutzige Arbeit mußte sie verrichten, vom Ausleeren der Abfalleimer bis zum schweißtreibenden Schrubben der Schiffsplanken. Da sie rangniedrigstes und zugleich jüngstes und neuestes Mitglied der Mannschaft war, konnte eigentlich jeder über sie verfügen, und in diesen fürchterlichen Wochen hatte sie das Gefühl, daß sie nichts anderes täte, als ständig zwischen den Decks hin und her zu hetzen. Doch erstaunlicherweise gelang es ihr, das alles zu überstehen. Der Gedanke, den Markhams entkommen zu sein, richtete sie immer wieder auf, und die frische, saubere, salzige Meeresluft vertrieb die quälenden Überlegungen, ob ihr überhasteter Schritt auch der richtige gewesen sei.

Doch es gab auch manches Erfreuliche für sie während dieser ersten Zeit; sie war glücklich, wenn man sie in die Takelage hinaufschickte, wo sie furchtlos und nahezu schwindelfrei flink und geschickt wie ein Affe herumturnte. Und da war das Meer, waren die ständig wechselnden Witterungsverhältnisse von den schönsten, ruhigen Sonnentagen bis hin zum Donnern und Krachen der Stürme. Und es gab so viel Aufregendes.

Niemals würde sie ihr erstes Seegefecht vergessen ... an jenem Tag, an dem sie ein spanisches Handelsschiff sichteten und »La Belle Garce» wie ein Habicht auf seine Beute niederstieß. Nachdem die ersten Warnschüsse gefallen waren, hätte Nicole sich am liebsten vor Angst verkrochen, doch dann hatten plötzlich Kampfgeist und Abenteuerlust auch sie überkommen, und sie hatte sich ungeduldig und mit Begeisterung an dem Gefecht beteiligt. Als der Kapitän die schlanke Gestalt inmitten des Kampfgetümmels entdeckte, beorderte er sie in barschem Ton in die Kabine, wo sie in Sicherheit war, und auch auf ihre drängende Bitte hin, wieder an Deck gehen zu dürfen, blieb er hart.

Vielleicht hatte ihn die offensichtliche Jugend des Jungen berührt – jedenfalls machte er Nicole zu seinem persönlichen Bediensteten, und bald kursierten Gerüchte und anzügliche Bemerkungen über »Kapitän Sabers hübschen Jungen« an Bord. Aber Nicole, die sich der Gefahr, in der sie schwebte, durchaus bewußt war, hielt ihre Zunge im Zaun und tat, als überhöre sie das Gerede – oder als verstünde sie dessen Bedeutung nicht.

Nachdem sie erst einmal in die persönlichen Dienste des Kapitäns getreten war, wurde auch die Gefahr, daß man ihre wahre Identität entdeckte, geringer, denn er behandelte sie in derselben gleichgültigen Art und Weise, wie er seinen Hund behandelt haben würde. Er hatte ihr einen Schlafplatz in einer Ecke seiner Kabine zugewiesen. Ihre neue Aufgabe bestand darin, sich um seine persönlichen Sachen zu kümmern und die Kabine in Ordnung zu halten, doch von dieser Arbeit war sie nicht allzu begeistert.

Sie ließ sich ihre Enttäuschung auch deutlich anmerken und warf dem Kapitän düstere, wütende Blicke zu, wenn er ihr eine neue Anweisung erteilte, was ihn wiederum zu belustigen schien. Oft schalt er sie undankbar. »Mein lieber Nick«, sagte er dann, »du weißt, daß sich jeder andere um deinen Posten reißen würde. Also zeig ein bißchen mehr Elan, bitte.«

Häufig gelang es Nicole dann nicht, sich Bemerkungen zu verkneifen, worauf sie wiederholt derbe Ohrfeigen in Kauf nehmen mußte. In solchen Augenblicken dachte sie oft, daß sie ebensogut als Stubenmädchen in London hätte arbeiten können. Ein Zufall befreite sie von ihrer ungeliebten Aufgabe, wenn auch die neue Arbeit, die ihr zugeteilt wurde, sie wieder nur halb befriedigte. Eines Tages entdeckte Kapitän Saber, daß sie lesen und schreiben konnte, und von da an war es ihre Aufgabe, Listen über Piratenbeute zu führen.

Ihr war klar, daß es wesentlich schwerer gewesen wäre, ihr Geschlecht zu verheimlichen, wenn sie weiterhin unter der Mannschaft gelebt hätte. Der Kapitän würdigte sie nämlich kaum eines Blickes, solange sie ihre Pflichten ordentlich erfüllte. Trotzdem wurde sie den Verdacht, daß er ihr Geheimnis entdeckt haben könnte, nie ganz los, und so fragte sie auch jetzt, als sie träge im Sand lag, ihren Vertrauten Allen Ballard: »Glaubst du eigentlich, daß Kapitän Saber weiß, daß ich ein Mädchen bin?«

»Um Gottes willen, das hoffe ich nicht. Dann wäre dein Leben keinen Pfifferling mehr wert«, erwiderte Allen entsetzt.

Als sie sein offenes, dunkles Gesicht, die lockigen Haare, die sich im Wind kräuselten, betrachtete, fragte sie sich zum wiederholten Male, was ihn dazu gebracht haben konnte, in Kapitän Sabers Dienste zu treten.

Allen Ballard war ein Rätsel für Nicole. Er war auf die »Belle Garce« gekommen, nachdem er vor etwa einem Jahr von der britischen Marine desertiert war, und Nicole hatte oft über seine Gründe für diesen Wechsel nachgedacht. Sie wußte nur wenig über ihn, doch seine gepflegte Kleidung und seine guten Manieren zeigten deutlich, daß er aus besseren Verhältnissen stammte. Er war ganz offensichtlich Offizier bei der Marine gewesen, und so war es nicht verwunderlich, daß Kapitän Saber ihn auch zu seinem Ersten Offizier gemacht hatte. Nicole hatte sich sofort zu ihm hingezogen gefühlt, denn irgendwie hatte er sie an Giles erinnert. Und da sie den größten Teil ihrer freien Zeit miteinander verbrachten, hatte es nicht sehr lange gedauert, bis Allen entdeckte, daß Nicole nicht der schlanke Schiffsjunge war, für den sie sich ausgab.

Es war ein ähnlicher Tag wie heute gewesen, als er sie nackt im Sand einer abgeschiedenen kleinen Bucht liegend gefunden hatte. Zuerst mochte er seinen Augen nicht trauen. Nicole flehte ihn inständig an, sie nicht zu verraten, und erzählte ihm ihre ganze Geschichte. Doch ihm gefiel die Sache nicht, und er bot ihr an, sie nach England zu ihrer Familie zurückzubringen. Doch Nicole widersprach mit versteinertem Gesicht jedem seiner Argumente, und es wunderte sie nur, daß er ihr nicht damit drohte, sie beim Kapitän auffliegen zu lassen.

Manchmal hatte sie den Eindruck, daß er ganz etwas anderes war als das, was er zu sein vorgab, denn er zeigte großes Interesse an allem, was in der Kajüte des Kapitäns vorging, insbesondere an den Schiffspapieren und den Listen über die gekaperten Schiffe und deren Ladungen. Anfangs glaubte sie, er sei mehr als die anderen am Erlös der Beute beteiligt, bis sie ihn eines Tages dabei ertappte, daß er in Kapitän Sabers persönlichen Papieren herumwühlte. Auf seinem Gesicht lag ein Ausdruck grenzenlosen Hasses, und als er merkte, daß er entdeckt war, spiegelten sich Bestürzung, Verwirrung und Resignation in seinen Zügen wider.

Es war eine sehr unangenehme Begegnung gewesen, doch Allen gelang es, sie zum Schweigen über diesen Vorfall zu verpflichten, indem er ihr versprach, auch seinerseits weiterhin ihr Geheimnis für sich zu behalten.

Seltsamerweise hatte dieser Vorfall sie einander nähergebracht, und Nicole empfand nun auch nicht mehr ihre uneingeschränkte, fast ehrfürchtige Bewunderung für Kapitän Saber. Doch jetzt wollte sie nicht mehr nachdenken, sie wollte diese kurze Zeit des Friedens genießen. Das einzige, was dieses herrliche Losgelöstsein einschränkte, war das Gefühl des rauhen Baumwollstoffes auf ihrer Haut.

Wenn sie allein gewesen wäre, hätte sie sich ausgezogen, doch Allen war in diesen Dingen etwas empfindlich. So trug sie ein Paar Hosen, die sie bis zum Ansatz des Hintern abgeschnitten hatte; das Hemd hatte sie hochgekrempelt und unter der Brust zusammengeknotet. Auf dem Schiff trug sie grundsätzlich eine lange Hose, denn niemand, der ihre wohlgeformten Beine gesehen hätte, hätte noch Zweifel an ihrem Geschlecht hegen können.

Nach einer Weile erhob sie sich und betrachtete den auf dem Bauch liegenden Allen. Er war ähnlich gekleidet wie sie, nur war sein kräftiger, muskulöser Rücken nackt, und ein langes Seemannsmesser steckte in seinem Gürtel. Er braucht kein Hemd zu tragen, dachte sie neidisch, doch wie immer wechselte ihre Stimmung rasch, und sie fragte unternehmungslustig: »Wollen wir von den Felsen ins Wasser springen?«

Obwohl die Bucht Allen sehr gefiel, mochte Nicole sie nicht besonders; eine düstere bedrückende Stimmung lag über ihr. Vielleicht lag es an den schwarzen vulkanischen Felsen, die zu beiden Seiten der Bucht wie unheimliche Arme steil aus dem Wasser ragten. Vielleicht war es auch die fast schwarze unergründliche Tiefe des Wassers, die in Nicole ein beklemmendes Gefühl hervorrief. Andererseits konnte man von den Felsen wunderbar ins tiefe, kühle Wasser springen.

»Geh schon voraus, Nick. Ich komme vielleicht nach«, erwiderte Allen schläfrig.

Also kletterte Nicole allein auf die Felsen. Oben angelangt, blieb sie eine Zeitlang stehen und blickte auf das offene Meer hinaus. Hier war das Wasser fast fünfzehn Meter tief, und es gab keine verborgenen Felsen – somit ein ideales Gewässer zum Tauchen. Sie blickte sich um und sah, daß auch Allen die Felsen emporkletterte. Ihm fröhlich zuwinkend, setzte sie zum Sprung an und bot dabei ein bezauberndes Bild der Anmut. Ihr schlanker Leib und die langen gebräunten Beine schossen wie ein in die Sonne getauchter Pfeil durch die Luft ins Wasser. Einen Augenblick später tauchte sie prustend wieder an der Oberfläche auf. Träge dahinschwimmend genoß sie nach der Hitze der Sonne die Frische des Wassers und wartete, bis Allen oben auf dem Felsen erschien. Als er endlich auftauchte, rief sie lachend: »Komm, spring, es ist himmlisch!«

Allen, der etwa fünf bis sechs Meter über ihr stand, blickte lächelnd auf sie herab und erfreute sich des bezaubernden

Anblicks, den sie bot, doch plötzlich versteifte sich sein Körper, und er schrie mit angsterfüllter Stimme: »Nick! Vorsicht! Unter dir!«

Sofort hörte sie auf zu schwimmen, ließ die Beine herabsinken und starrte ins Wasser. Und da erkannte sie auch schon die drohende Gefahr – etwa fünf Meter unter sich sah sie den langen Körper des Todfeindes aller Seeleute – eines Hais!

Eisiger Schreck durchfuhr ihre Glieder und behinderte ihre Bewegungen, als sie in wilder Panik auf das etwa hundert Meter entfernte Ufer zuschwamm. Der Strand war ihre einzige Hoffnung, denn an den steilen Felswänden konnte sie nicht emporklettern. Verzweifelt betete sie, daß der Hai nur neugierig sein möge, und als sich ihre erste Panik ein wenig gelegt hatte, schwamm sie in ihrem gewohnt kraftvollen schnellen Stil. Doch der Hai war mehr als nur neugierig. Er umschwamm Nicole in immer enger werdenden, bedrohlichen Kreisen, und Nicole spürte, daß es nur noch eine Frage kürzester Zeit sein konnte, bis die Bestie ihre langen zuckenden Beine packen würde.

Als wäre er noch unentschlossen, schwamm der Hai nun in einer Entfernung von etwa sechs Metern vor ihr hin und her und schnitt ihr – Zufall oder Absicht? – den Weg zum rettenden Ufer ab.

Nicole warf Allen einen hilfesuchenden Blick zu. Er stand noch immer auf dem Felsvorsprung; sein Gesicht war weiß wie das ihre, und seine Augen blickten wie hypnotisiert auf den unheimlichen Körper, der jetzt etwa drei Meter vor Nicole hin und her glitt.

Allen versuchte ihr Mut zu machen und schrie: »Schwimm weiter, Nick! Um Gottes willen, behalte die Nerven und schwimm weiter!«

Sie holte tief Luft und zwang sich zur Ruhe. Nein, ihr Leben sollte nicht im Rachen einer solchen Bestie enden. Doch sie sah, daß der Hai nun wieder direkt unter ihr war, und beobachtete mit glasigen Augen, wie er, die todbringenden Kiefer weit aufgerissen, langsam nach oben auf sie zuschwamm. Und sie wußte, daß sie sterben mußte.

Nur im Unterbewußtsein hörte sie das Aufklatschen von Allens Körper im Wasser; das Geräusch und das plötzlich in Bewegung geratene Wasser schienen den Hai erschreckt zu haben, denn er gab seinen tödlichen Angriff auf und verschwand. Als Nicole Allen neben sich auftauchen sah, schrie sie: »Bist du verrückt? Jetzt sind wir beide in Gefahr!«

»Ich weiß«, entgegnete er grimmig. »Aber sollte ich vielleicht mitansehen, wie er dich packt? Also, sei ruhig, Nick, und schwimm weiter.«

Der Hai, der sich nicht weit entfernt hatte, kam zurück, hielt sich diesmal aber mehr in Allens Nähe auf. Allen sah die Bestie und machte mit seinem langen Messer Front gegen sie.

»Mach, daß du wegkommst, Nick, verdammt noch mal!« schrie er ihr über die Schulter zu.

In rasendem Tempo schwamm Nicole auf das Ufer zu, getrieben von der Angst, die todbringenden Zähne jeden Augenblick in ihrem Körper zu spüren. Nachdem sie den Strand erreicht hatte, blickte sie zurück auf Allen und schloß aus der Art, wie er ins Wasser unter sich starrte, daß die Bestie ihm noch immer folgte. Verzweifelt suchten ihre Augen das Ufer ab nach irgend etwas, womit sie Allen helfen konnte, doch sie entdeckte nichts.

Den grauen, stromlinienförmigen Körper unter sich keine Sekunde aus den Augen lassend, schwamm Allen weiter. Der Hai war nicht besonders groß, höchstens drei Meter lang, doch auch ein solches Exemplar war schon ein tödlicher Feind für einen im Wasser schwimmenden Menschen. Allen hielt den Griff des Messers fest umklammert, und das Gefühl, nicht ganz wehrlos zu sein, ebenso wie das näher kommende Ufer ließen ihn ein wenig ruhiger werden. Aber Allen hatte Erfahrung mit Haien, und das Verhalten dieses Hais gefiel ihm ganz und gar nicht.

Keine zwei Meter von Allen entfernt schwamm die Bestie jetzt neben ihm her; ein paarmal änderte sie plötzlich ihre Richtung und schwamm so dicht unter Allens Körper dahin, daß ihre Rückenflosse diesen fast berührt hätte.

Sie waren jetzt schon ziemlich nahe am Ufer, und Nicole konnte den todbringenden Schatten unter Allen im Wasser deutlich erkennen.

O Gott, rette ihn, betete sie. Er hat mich gerettet – laß ihn nicht dafür sterben. Bitte!

Sie wollte ins Wasser springen, um Allen zu helfen, aber sie wußte, daß sein mutiger Einsatz dann gänzlich umsonst gewesen wäre, und hielt sich zurück. Gelähmt vor Angst und Entsetzen beobachtete sie, wie der Hai wieder dicht unter Allen hinwegschwamm. Und plötzlich drehte er sich um und schoß direkt auf Allen zu, um den tödlichen Angriff auszuführen.

Allen erkannte die Bedrohung, und ihm war klar, welch schwaches Verteidigungsmittel sein Messer im Vergleich zum Rachen seines Gegners war. Doch er wußte auch, daß ein Mann imstande sein konnte, eine Bestie wie diese zu besiegen, denn er hatte schon einmal einen solchen Kampf mitangesehen, und so betete er, daß es auch ihm gelingen möge.

In einer gewaltigen Woge, die Allen fast den Atem nahm, schoß der Hai auf ihn zu, doch Allen behielt die Nerven. Als der Hai nur mehr eine Armeslänge von ihm entfernt war, warf Allen sich zur Seite und stieß das Messer tief in den Unterleib des Tieres. Durch die Eigenbewegung der Bestie wurde deren Körper vom Schwanz bis zu den Kiemen aufgeschlitzt, und Allen sah, wie das tödlich verwundete Tier, aus dessen Leib Blut und Eingeweide quollen, aufs offene Meer hinaustrieb. Mit letzter Kraft schwamm er an Land und taumelte in Nicoles offene Arme.

Lange Zeit hielten sich die beiden wortlos umschlungen, bis Nicole, noch immer leichenblaß, murmelte: »O mein Gott, Allen, es war so entsetzlich!«

Allens Atem ging in tiefen, heftigen Zügen. »Ja, auch ich habe mich nicht ganz wohl gefühlt«, erwiderte er grinsend.

Nicole begann zu lachen – es war ein hysterisches Lachen voll grenzenloser Erleichterung –, und bald wälzten sich beide lachend im Sand.

Nicole fing sich als erste wieder und sagte ernst: »Du hast

mir das Leben gerettet, Allen. Wie kann ich dir je dafür danken?«

Einen Moment glitten seine Augen über ihr Gesicht und ihren schlanken Körper, dessen Rundungen sich deutlich unter den nassen Kleidungsstücken abzeichneten, dann antwortete er lachend: »Unsinn, kleiner Nick! Aber ich glaube, wir sollten hier nicht mehr schwimmen gehen. Ich möchte das nicht noch einmal durchmachen.«

Schaudernd blickte Nicole auf das ruhige Wasser der Lagune hinaus. »O nein, bestimmt nicht.«

Allen wollte sie nicht mehr daran erinnern, wie nahe sie dem Tod gewesen war und sagte nur: »Nun komm, vergiß es und schwimm in Zukunft nicht mehr so weit hinaus.«

Nicole lächelte schuldbewußt. »Ich werde nur noch in seichten Gewässern baden, das verspreche ich.«

Schweigend zogen sie sich an. Nicole wußte, daß sie für immer in Allens Schuld stehen würde. Er war ungeheuer mutig gewesen, und sie würde es nie vergessen.

5

Die »Belle Garce« wirkte verlassen, als sie wenig später an Bord zurückkehrten. Nicole hatte ihre Haare zu einem straffen Schwanz zurückgekämmt; dadurch wirkte ihr Gesicht härter und männlicher. Sie trug nun ein Hemd und eine weite lange Hose und sah wirklich wie ein hochaufgeschossener schlanker Junge von fünfzehn Jahren aus.

Ein paar Männer saßen beim Würfelspiel, und Nicole entdeckte unter ihnen sofort den rotblonden Schopf von Jake. Sie blickte zu ihm hinüber und war neugierig auf all die Fragen, die er ihr nun wieder stellen würde. Jake schien ihren Blick zu spüren, denn er hob den Kopf und sah sie an. Er war eine sehr unauffällige Erscheinung, die man schon fünf Minuten, nachdem man sie gesehen hatte, wieder vergaß. Nicole nickte ihm kurz zu und ging schnell zur Kapitänskajüte hinüber. Jake war neu an Bord, und Nicole konnte sich auch bei ihm des Eindrucks nicht erwehren, daß er etwas zu verbergen hatte.

»Hallo, Mister Higgins!« rief sie fröhlich, als sie die Kajüte betrat, in der der Erste Steuermann über eine auf dem Tisch liegende Karte gebeugt stand.

»Morgen, Nick. Suchst du den Kapitän?«

Nicole mochte Mister Higgins. Seine braunen Knopfaugen blickten stets fröhlich, und auch er schien sie zu mögen, denn mehr als einmal hatte er sie schon vor dem Kapitän in Schutz genommen.

»Nein, eigentlich nicht. Ich dachte nur, ich sollte mich wieder einmal an Bord sehen lassen, nachdem ich den ganzen Morgen weg war«, sagte sie mit schuldbewußtem Lächeln.

»Der Kapitän ist nicht da. Er macht Besuche.« Ein aufschlußreiches Grinsen glitt über Higgins' Gesicht, als er leiser hinzufügte: »Wir wissen schon, wen er besucht, nicht wahr?«

»Louise Huntleigh«, antwortete Nicole bedrückt und hätte selbst nicht sagen können, warum diese Tatsache sie traurig stimmte.

Higgins nickte, sein Grinsen verstärkte sich. »So ist es. Und wenn er nicht aufpaßt, werden seine Tage auf See bald gezählt sein.«

»Das glaube ich nicht«, ertönte plötzlich eine tiefe Stimme von der Tür her.

Nicole drehte sich um und fühlte, daß ihr Herz wie wild zu schlagen begann, als sie dem Blick der bernsteinfarbenen Augen des Kapitäns begegnete. In letzter Zeit ging es ihr jedesmal so, wenn sie ihn sah, und sie ärgerte sich darüber – und auch darüber, wie er jetzt so ungeniert, nur mit einem um die Hüften geschlungenen Badetuch angetan, in der Tür stand. Seine Haut war von einem tiefen Goldbraun, seine Brust breit und von einem Pelz dunkler Haare bedeckt, seine Beine waren lang und schlank, und er erinnerte Nicole an einen geschmeidigen wilden Panther. Er war offensichtlich gerade im Meer geschwommen, denn unter seinen nackten Füßen bildete sich eine Wasserlache. Gleichgültig nahm er das Handtuch von den Hüften, und Nicole blickte schnell zur Seite, als er – nackt, wie Gott ihn geschaffen hatte – an ihnen vorbei in seine Privaträume ging.

Higgins hatte ihren Blick bemerkt und sah sie fragend an. Nicole warf ihm jedoch nur ein schwaches Lächeln zu und sagte nichts, worauf Higgins sich achselzuckend wieder seiner Karte zuwandte. Bevor Nicole ihrer Verwirrung ganz Herr werden konnte, ertönte die Stimme Kapitän Sabers: »Nick, wo, zum Teufel, hast du die schwarze Hose, die ich kürzlich in Boston gekauft habe, hingetan?«

Nicole verdrehte die Augen; sie wußte, die Zeit der Ruhe war vorbei. Seufzend begab sie sich in seine Privaträume. Higgins grinste mehr und mehr.

Saber hatte Nicole den Rücken zugewandt und wühlte in einer offenen Schublade der Eichentruhe. Er war noch immer nackt, und einen Moment lang blickte Nicole fasziniert auf seinen schönen männlichen Körper. Verzweifelt wünschte sie sich, daß sie ihn ebenso unbefangen und gleichgültig ansehen könnte, wie die anderen Männer an Bord ihn ansahen. Aber das war ihr nicht möglich. Er verwirrte sie, und in letzter Zeit hatte diese Verwirrung ein Stadium erreicht, das sie daran hinderte, sich in seiner Gegenwart weiterhin ungezwungen zu benehmen.

Auch dieses Mal war es so, und Saber blickte ungeduldig über seine Schulter, als sie linkisch über einen Stuhl stolperte. Er wirbelte herum und hielt sie an den Schultern fest, sonst wäre sie unweigerlich der Länge nach hingefallen.

»He! Daß ich es eilig habe, heißt doch nicht, daß du dich mir zu Füßen legen mußt«, sagte er grinsend, und seine weißen Zähne schimmerten wie Perlen inmitten seines dunklen Bartes.

Wieder begann ihr Herz wie rasend zu klopfen, und sie war sich seines nackten, nach Meerwasser riechenden Körpers so bewußt, daß sie einen schrecklichen Augenblick lang fürchtete, in seine Arme sinken und ihre Lippen auf seinen Mund pressen zu müssen. Doch rechtzeitig erinnerte sie sich daran, daß er sie für einen Jungen hielt, und kämpfte die Versuchung nieder.

Abrupt löste sie sich aus seinen Armen und sagte: »Ihre Hose ist in der Truhe, in die ich sie damals hineinlegen sollte.«

»Tatsächlich?« erwiderte er und sah sie irritiert an, als sie ihm das Kleidungsstück reichte. »Ist irgend etwas nicht in Ordnung, Nick?« fragte er dann unerwartet.

»Doch, doch«, stammelte sie. Erleichtert atmete sie dann auf, als er erklärte, keine Wünsche mehr zu haben, und verließ das Zimmer.

Sie wäre nicht so erleichtert gewesen, wenn sie den Blick gesehen hätte, den er ihr nachsandte. Was, zum Teufel, ist mit Nick los? dachte Saber. Der Junge war doch furchtbar nervös, und ich will wissen, warum. Schließlich beschloß Saber, Higgins zu fragen – dieser schien alles zu wissen, was unter der Mannschaft vor sich ging. Ein Lächeln glitt über Sabers Gesicht, als er an all die Jahre dachte, die er und Higgins schon zusammen verbracht hatten.

Von Anfang an, als man den verwirrten jungen Mann in die Arme der alles andere als zimperlichen Königlich Britischen Marine gestoßen hatte, war Higgins derjenige gewesen, welcher sich schützend vor ihn gestellt hatte. Diese ersten Monate waren die Hölle gewesen, auch wenn Higgins sich mit allen ihm zur Verfügung stehenden Mitteln für ihn eingesetzt hatte. Noch heute trug Sabers Rücken Spuren aus jener Zeit, weil es Higgins nicht immer gelungen war, seinen hitzköpfigen jungen Freund zur Mäßigung zu bewegen. Zurückblickend dachte Saber oft, daß er wohl verrückt geworden wäre, wenn Higgins ihm nicht zur Seite gestanden hätte. Doch auch Higgins hatte unter dem brutalen System gelitten, und als Saber ihm den Vorschlag gemacht hatte, zu desertieren, war er bereit gewesen, mitzumachen. Von da an übernahm Saber die Führung. Es gab nur zwei Menschen in jener Zeit, denen er vertraute; der eine war Higgins, der andere ein schwarzer ehemaliger Sklave namens Sanderson.

Auch Sanderson hatte viel Elend durchgemacht, als er Higgins und Saber, kurz nachdem sie das Schiff verlassen hatten, begegnet war. Er hatte im Sklavenviertel von New Orleans gelebt und sollte verkauft werden, angeblich, weil er frech zu seinem Herrn gewesen war. Es war ein Zufall, daß Higgins und Saber an jenem heißen Vormittag am Sklavenmarkt vorbeikamen, und der Anblick dieses kräftigen Mannes, der seine Ketten mit wildem Ausdruck trug, beeindruckte Saber sehr. Sie legten ihre Ersparnisse zusammen, überboten alle anderen Interessenten und standen kurz darauf völlig mittellos, dafür aber als Besitzer eines Sklaven da.

Sie gaben schon ein seltsames Bild ab, als sie den Sklavenmarkt verließen – der kleine, gnomenhafte Higgins, der große, breitschultrige jugendliche Saber und ein finster dreinblickender schlanker Neger. Sie gingen zu einem Schmied, von dem sie die Ketten entfernen ließen. Danach drückte Saber dem verdutzten Schwarzen den Kaufvertrag und eine letzte Goldmünze in die Hand und erklärte ihm, er sei frei. In diesem Augenblick gewann er einen treu ergebenen Freund.

Saber schüttelte die Gedanken an die Vergangenheit ab und ging zu Higgins hinüber, der noch immer über die Karte gebeugt stand. Er mußte wieder an Nicoles eigenartiges Benehmen denken und fragte: »Ist dir in letzter Zeit irgend etwas an Nick aufgefallen? Der Junge scheint Angst vor mir zu haben, und ich habe keine Ahnung, warum.«

Higgins zögerte einen Augenblick mit der Antwort; auch er hatte schon bemerkt, wie schüchtern und befangen Nick in letzter Zeit war, wenn der Kapitän in seine Nähe kam. »Ich glaube, der Junge wird erwachsen, und es gefällt ihm nicht mehr, nur ein besseres Dienstmädchen zu sein. Vielleicht beginnt er Ehrgeiz zu entwickeln.«

»Das bezweifle ich«, erwiderte Saber. »Er ist entweder frech und unverschämt zu mir, oder er benimmt sich wie ein Tölpel. Aber vielleicht hast du trotzdem recht. Ich werde mich etwas mehr um seine Zukunft kümmern müssen.«

Nicole wäre entsetzt gewesen bei dem Gedanken, daß der Kapitän Pläne für ihre Zukunft machte, doch glücklicherweise wußte sie nichts von dieser Unterhaltung der beiden Männer. Sie erledigte ihre Arbeit, als wäre nichts geschehen, obwohl sie merkte, daß Saber sie beobachtete, und wieder fürchtete sie, daß er ihr Geheimnis entdeckt haben könnte. Sogar nachts mußte sie an ihn denken, und sie verfluchte ihn innerlich. Verdammter Saber! Selbst wenn er nicht anwesend war, verfolgte er sie!

Als sie ein paar Tage später wieder im warmen Sand am Ufer einer kleinen Bucht lag, kreisten ihre Gedanken abermals um ihn. Dieses Mal war sie allein; der Schock, den sie bei ihrem Bad im Meer durch den Hai erlitten hatte, war inzwischen wieder überwunden, doch sie mied die kleine Bucht, in der es geschehen war, und schwamm auch nicht mehr weit hinaus. Der Kapitän würde mich sicher einen Feigling nennen, wenn er es wüßte, dachte sie. Seufzend drehte sie sich auf den Bauch und wünschte, daß ihre Gedanken nicht immer wieder zu diesem verwirrenden Mann abgleiten würden.

Bis vor kurzem noch hatte sie sich über ihr Verhältnis zu ihm nicht viel Gedanken gemacht. Er war vorhanden gewesen, aber das war auch alles. In der ersten Zeit auf der »Belle Garce« freilich hatte sie ihn wie einen Gott verehrt – er hatte ihre Träume wahr werden lassen, hatte sie vor den Markhams gerettet und ihr ein aufregendes Leben geboten.

Eigentlich ist es doch sehr seltsam, dachte sie plötzlich, daß er sich nie für die Vergangenheit seines jungen Sekretärs interessiert hatte. Er hatte nie gefragt, warum sie damals unbedingt zur See gewollt hatte, oder ob sie Familie besaß.

Sie vermutete, daß es unter den hartgesottenen Männern auf den Kaperschiffen einfach nicht üblich war, sich für dergleichen zu interessieren. Es war ein ungeschriebenes Gesetz, daß niemand, nicht einmal der Kapitän, nach den Gründen fragte, welche die Leute bewogen hatten, ein anonymes Leben auf See zu führen. Saber hatte ihr nie Beachtung geschenkt, solange sie ihre Arbeit ordentlich erledigte, und er war nie hart oder gar grausam gewesen, obwohl er ein sehr energischer Vorgesetzter sein konnte. Auch sie hatte nie irgendwelche Fragen gestellt. Und sie hatte ihn bewundert, allerdings nur bis zu dem Augenblick, in dem er seine ganze Unbarmherzigkeit zeigte.

Es war vor drei Monaten gewesen – ein achtzehnjähriger Seemann hatte eine Frau an Bord geschmuggelt, als sie in Frankreich in See stachen, um nach New Orleans zu segeln. Die Frau war eine Dirne, eine von den vielen, die sich in den Häfen herumtrieben, und Nicole verstand nicht, was dem jungen Tom an dieser Frau gefiel. Doch Tom liebte sie, und – was noch schlimmer war – sie hatte ihn überzeugt, daß ihr Leben ohne ihn sinnlos sei. Er war blind vor Liebe, und die Frau, die wesentlich älter war als er, hatte ihn dazu gebracht, eines der wichtigsten Gesetze an Bord zu brechen, das besagte, daß keine Frau auf dem Schiff sein dürfe, wenn sie auf hoher See waren. Nach zwei Tagen wurde die Frau entdeckt, und Nicole lief noch jetzt ein kalter Schauer über den Rücken, wenn sie daran dachte, welche Wut in Sabers Augen loderte, als man ihm die beiden vorführte. Das Urteil für Tom war schnell gefällt – dreißig Peitschenhiebe und den Rest der Fahrt in der Brigg.

Nicole hatte, wie alle, der Züchtigung beiwohnen müssen und den Rücken Toms gesehen, der blutig und aufgerissen von den Hieben war. Die Strafe war hart, doch Tom hatte das Risiko gekannt. Nicole war zwar nicht unbedingt mit Sabers Spruch einverstanden, doch sie mochte ihn deshalb nicht verurteilen. Nein, es war die von ihm über die Frau verhängte Strafe, die ihr übel werden ließ.

Nachdem Tom seine Hiebe erhalten hatte, fiel Sabers kalter Blick auf die Frau. Er schaute sie lange an, als wüßte er nicht, was er mit ihr anfangen sollte. Doch sie mißverstand seinen Blick und erwiderte ihn kokett. Mit ausdruckslosem Gesicht sagte er: »Bringt sie nach unten. Auf dieser Reise kann jeder ihre Dienste in Anspruch nehmen.«

Die Augen der Frau weiteten sich vor Entsetzen, doch ohne sich um ihre Schreie und Bitten zu kümmern, schleppten ein paar Männer sie nach unten. Nicole wußte, was der Frau bevorstand, und sie fühlte sich hundeelend dabei. Saber ist ein kaltes, brutales, gefühlloses Schwein, sagte sie sich voller Zorn.

Nicole tat die Arme schrecklich leid. Keine Frau, nicht

einmal eine Straßendirne, sollte gezwungen werden, der ganzen Mannschaft gefällig zu sein, so oft diese es wollte.

Männer sind wie Tiere, dachte sie unglücklich und verkrampfte ihre Finger im Sand. Doch dann spielte ein liebevolles Lachen um ihren Mund – nein, nicht alle sind so. Allen ist anders. Lieber, lieber Allen, dachte sie. Er war es auch gewesen, der Saber zu verstehen gegeben hatte, daß es nicht unbedingt zu Nicks Bestem sei, wenn er alles mitbekam, was in der Kajüte des Kapitäns vor sich ging. Saber hatte sie lange nachdenklich angesehen, und zweifellos war ihm eingefallen, wie oft er sich schon mit irgendeinem Dämchen amüsiert hatte, während Nick sich schlaflos in seiner Ecke herumwälzte. Schließlich hatte er Allen grinsend befohlen, sich um eine andere Schlafstelle für den Jungen zu kümmern. Und kurz darauf war Nicole stolze Besitzerin einer eigenen, wenn auch winzigen Kammer neben den Räumen des Kapitäns geworden.

Die Kammer war wirklich winzig, doch Allen ließ einige geringfügige Veränderungen vornehmen, so daß neben der Hängematte noch Platz für eine kleine Kiste war, in der Nicole ihre wenigen Habseligkeiten aufbewahren konnte. Und sie war Saber dankbar, daß er Allens Vorschlag nachgekommen war.

Inzwischen war es zu heiß geworden, um noch länger in der Sonne zu liegen. Nicole stand auf und ging zum Wasser hinunter. Langsam watete sie in die seichten Fluten und schwamm ein kurzes Stück hinaus. Sie schwamm im Kreis, bis sie müde wurde, dann breitete sie die Arme aus und ließ sich im seichten Wasser treiben. Sie glaubte sich unbeobachtet und benahm sich so natürlich und unbefangen, wie es nur ein junges Mädchen tun kann. Vergnügt hielt sie ihr Gesicht der Sonne entgegen; das blaugrüne Wasser umspielte ihre Hüften wie ein herrlich schimmerndes Satinkleid. Doch sie war nicht allein.

Der Mann stand hinter dichten grünen Büschen versteckt und starrte gebannt auf das schöne Mädchen im Wasser, dessen Haare wie ein Cape über ihren Schultern lagen.

Nicole war zu einem großen, schlanken Mädchen herangewachsen. Sie war schmalgliedrig und wohlproportioniert, mit schöngeformten Schultern und hochangesetzten Brüsten. Als der Mann ihre schmale Taille und die schön geschwungenen Hüften betrachtete, fragte er sich, wie irgend jemand Zweifel an ihrem Geschlecht haben konnte. Und als sie zum Strand zurückging und ihre nassen schlanken Beine wie Gold in der Sonne glänzten, nahm ihm ihre Schönheit fast den Atem. Ihre glatte aprikosenfarbene Haut war makellos, und ihr voller sinnlicher Mund weckte in ihm das Verlangen, sie in die Arme zu nehmen und ihre lockenden Lippen auf den seinen zu spüren. Er wollte zu ihr gehen, als ein Geräusch ihn aufhorchen ließ. Er blickte sich um und bemerkte einen Mann, der in ihrer Richtung über den Strand ging.

»Verdammt, Nick! Wie oft habe ich dich schon gewarnt! Jeder kann hier vorbeikommen und dich sehen.«

Erschrocken fuhr Nick herum, doch als sie Allen erkannte, lachte sie erleichtert auf. »Ach, Allen, du machst dir viel zu viele Gedanken. Das Schiff liegt auf der anderen Seite der Insel, und die Männer gehen nie aus der Stadt heraus. Sie sind hinter Schnaps und Weibern her. Weshalb um alles in der Welt sollten sie hierherkommen?«

»Es könnte trotzdem passieren, und dann säßen wir ganz schön in der Tinte. Ich habe dich doch gebeten, daß du es mir sagen sollst, wenn du baden gehst. Dann kann ich wenigstens aufpassen.«

Nicole, die sich ihrer Nacktheit in keiner Weise bewußt zu sein schien, schnitt eine Grimasse und erwiderte: »Ich glaube, du übertreibst, Allen.«

Allen schüttelte den Kopf. »Und ich glaube, du bist dir der Gefahr gar nicht bewußt. Zieh dir etwas an.«

Gut gelaunt schlüpfte Nicole in ihre Baumwollhose und streifte das weiße Leinenhemd über, wobei sie sich nicht die Zeit nahm, ihre Brust wie sonst flachzubinden. »Zufrieden?« fragte sie dann.

Ein Lächeln glitt über Allens Gesicht, und mit schalkhaft aufblitzenden Augen antwortete er lachend: »Ja, ich bin zufrieden, aber ich muß gestehen, so wie du eben warst, hast du mir besser gefallen. Und nun komm her, damit ich deine Mähne in Ordnung bringen kann.«

Gehorsam ging Nicole zu ihm und blieb dicht vor ihm stehen. Er setzte sich auf einen im Wasser stehenden Felsen, während Nicole sich vor ihm niederkniete. Dann begann er, ihre Haare zu entwirren und zu einem langen Schwanz zusammenzubinden. Danach stand er auf, reichte ihr die Hand und half ihr auf die Beine. Als er in ihre topasfarbenen Augen blickte, fragte er sich einmal mehr, wie lange sie ihre Maskerade noch würde aufrechterhalten können. Ihr voller Mund wirkte alles andere als maskulin, und auch ihre schmale, leicht nach oben gebogene Nase war viel zu weiblich.

Daß sie sich für drei Jahre jünger ausgegeben hatte, half ihr allerdings beträchtlich. Noch konnte man sie für einen hübschen fünfzehnjährigen Jungen halten.

»Wie lange, glaubst du, wirst du diese Rolle noch spielen können, Nicole? Früher oder später wirst du aufhören müssen damit. Oder hast du vor, ein alter Seebär zu werden?«

Nicole zuckte die Schultern und wich seinem forschenden Blick aus. »Wenn ich jetzt, wie du mir immer rätst, nach England zu den Markhams zurückkehren würde, hätte ich nichts als eine fünfjährige Erholungspause erreicht. Ich bin noch immer minderjährig, und die Markhams könnten nach wie vor über mich und mein Vermögen bestimmen. Für mich gibt es also nur zwei Möglichkeiten: zu warten, bis ich volljährig bin, oder zu heiraten.« Und schelmisch fügte sie hinzu: »Willst du mich heiraten, Allen?«

Völlig verblüfft starrte er sie an, und Nicole brach ob seines verdutzten Gesichtsausdrucks in schallendes Gelächter aus. »Siehst du, mir bleibt nichts anderes übrig, als zu warten, bis ich volljährig bin.«

Allen merkte, daß sein Schweigen nicht gerade ein Kompliment für Nicole war, und versuchte stotternd, sich zu entschuldigen. Nicole sah ihn ironisch an. Sie war selbstbewußt wie ein Mann, und Allen fragte sich verzweifelt, ob sie sich überhaupt darüber im klaren war, daß sie eben kein Mann war. Er war nicht verliebt in sie, aber er mochte sie wie einen jüngeren Bruder – doch manchmal, so wie jetzt, wurde ihm schmerzhaft bewußt, daß sie ein Mädchen war.

Nicole kannte keine Scheu; sie war offen und aufrichtig und sagte, was sie dachte. Es gab bei ihr keine Launen und kein mädchenhaftes Erröten. Allen mußte unwillkürlich lachen, als er sich vorstellte, welche Verwirrung sie in London hervorrufen würde, wenn sie ihren schönen Mund öffnen und einen der fürchterlichen Flüche ausstoßen würde, die sie von den rauhen Seeleuten gelernt hatte. Kameradschaftlich legte er einen Arm um ihre Schultern und geleitete sie zu dem schmalen Pfad, der in den Wald führte. »Ich würde dich heiraten, meine schöne junge Dame, aber ich fürchte, meine Nerven würden das nicht aushalten.«

»Ich wünschte wirklich, du würdest mich heiraten, Allen«, erwiderte Nicole vergnügt. »Bist du sicher, daß du es nicht kannst? Nach allem, was wir beide zusammen erlebt haben, bin ich überzeugt davon, daß es dir gelingen würde, die Markhams zu verjagen.«

Doch Allen schüttelte nur den Kopf. »Nicole, Nicole, was bist du doch für ein seltsames Mädchen! Träumst du nie davon, dich zu verlieben?«

Nicole starrte ihn verblüfft an. »Aber ich liebe dich doch. Ich liebe dich mehr als jeden anderen Menschen auf der Welt«, sagte sie.

»Das ist nicht die richtige Liebe, Nicole«, antwortete Allen sanft. »Eines Tages wirst du wissen, was ich damit meine, und dann wirst du auch verstehen, wenn ich sage, daß das, was du für mich empfindest, nicht genug ist.«

Sie sah ihn voller Zweifel an, und Allen tippte ihr leicht auf die Nase. »Mach dir keine Gedanken darüber. Vergiß es, du wirst früh genug erfahren, was ich meine, wenn du erst einmal richtige Frauenkleider trägst.«

Nicole öffnete den Mund und wollte etwas erwidern, doch Allen schubste sie entschieden vorwärts, und Nicole ging widerstrebend weiter.

»Komm, kleiner Nick«, versuchte er sie abzulenken. »Ich

habe eine Überraschung für dich, eine, über die du dich hoffentlich freuen wirst.«

Langsam gingen sie den Pfad entlang und entschwanden aus dem Blickfeld des heimlichen Beobachters, der nach einer Weile aus dem Gebüsch trat und ebenfalls den Pfad entlangschritt. Ein häßliches Grinsen verunstaltete sein Gesicht, als er daran dachte, daß der junge Nick nicht der einzige sein würde, der eine Überraschung erleben würde.

6

Nicole und Allen, die nicht ahnten, daß sie beobachtet worden waren, setzten ihren Weg über den schmalen Pfad fort, der sie durch dichte tropische Flora führte, bis sie das Ende des Waldes erreichten und Ausblick auf erste Anzeichen einer menschlichen Betriebsamkeit hatten. Man hatte einen Teil des Waldes gerodet, um Zuckerrohrplantagen anlegen zu können, und hier und da hob sich ein Haus vor dem gleißend blauen Himmel ab. Sie durchschritten die Felder und erreichten schließlich ihr Ziel – ein einzelnes kalkgetünchtes weißes Haus.

Das Haus gehörte dem Aufseher Jan McAlister, einem Schotten, den Allen zur gleichen Zeit getroffen hatte, in der Saber dem nicht unbeträchtlichen Charme von Louise Huntleigh, der Tochter von McAlisters Arbeitgeber, erlegen war. Und während Saber Louise den Hof machte, entwickelte sich eine tiefe Freundschaft zwischen Allen und McAlister. Wann immer die »Belle Garce« die Bermudas anlief und Allen seine Arbeiten an Bord erledigt hatte, besuchte er McAlister, meist zusammen mit Nicole.

Es dauerte nicht allzulange, bis der schlaue Schotte hinter Nicoles Geheimnis kam. Brummend erklärte er sie zwar für verrückt, weil sie diese alberne Maskerade fortsetzen wollte, im übrigen stellte er sich aber taub und blind. Wenn das Mädchen lieber ein Junge sein wollte, sollte ihm das egal sein.

Martha aber, seine Frau, eine kleine, hübsche Mulattin, sah

das etwas anders. Sie war zugleich Louises Mädchen, und die ganze Situation verstieß gegen ihr Gefühl der Ordnung. Ein strenger Blick und eine Zurechtweisung ihres geliebten Jan ließen sie jedoch verstummen. Bei aller Mißbilligung hatte Martha ein weiches Herz, und sie bewunderte Nicoles Mut. Und als Allen sie gebeten hatte, ihm zu helfen, war sie sofort bereit gewesen dazu.

Als Nicole das kühle Innere des Hauses betrat, blickte sie sich neugierig um und suchte nach irgend etwas, das Allens Überraschung sein konnte. Doch das Haus mit seinen dunklen, glänzend polierten Dielen und den weißen Wänden erschien unverändert wie immer.

Martha erhob sich aus ihrem mit Segeltuch bespannten Stuhl. Jan, die unvermeidliche Pfeife zwischen den Zähnen, trat lächelnd auf Nicole zu. »O weh, Sie werden nicht mehr wissen, wo Ihnen der Kopf steht, wenn Sie all den Plunder sehen, den Martha zusammengesucht hat.«

Voll böser Ahnungen blickte Nicole Allen und Martha an, und Martha beeilte sich zu protestieren: »Sei still, Jan. Und Sie kommen mit, Miss Nicole, und kümmern sich nicht um ihn.«

Wie ein Tier, das eine drohende Gefahr wittert, sah Nicole sich vorsichtig in dem Raum um. Allen mußte unwillkürlich lächeln, als er sie so verwirrt dastehen sah. »Nun geh schon mit Martha, Nick. Sie wird dir nichts tun.«

Martha, die bereits etwas ungeduldig geworden war, ergriff Nicoles Hand und führte sie in ein kleines Schlafzimmer. Sie schloß die Tür und betrachtete prüfend ihren Schützling.

Nicole war steif in der Mitte des Zimmers stehengeblieben und spähte ahnungsvoll zu der mit duftendem Wasser gefüllten Zinkbadewanne hinüber. Auf dem Bett lag ein Kleid aus zartem, gelbem Musselin ausgebreitet. Nicoles Blick erfaßte die Bürsten und Kämme und seltsamen Töpfe und Döschen, die auf dem niedrigen Toilettentisch standen. Abwehrend trat sie einen Schritt zurück, doch Martha bat mit schmeichelnder Stimme: »Kommen Sie, Miss Nicole, wollen Sie nicht sehen, was ich alles kann? Es ist nur zu unserem Vergnügen. Hätten

Sie nicht Lust, einmal in weichem Regenwasser zu baden, anstatt immer nur in salzigem Meerwasser?«

Zögernd trat Nicole auf die Wanne zu und tauchte eine Hand ins Wasser. Es fühlte sich angenehm weich an, und da sie es nicht übers Herz brachte, unhöflich und undankbar Allen und Martha gegenüber zu sein, die ihr doch eine Freude machen wollten, gab sie schließlich ihren Widerstand auf. Sie ließ sich von Martha in die Wanne helfen, und zu ihrem Erstaunen stellte sie fest, daß sie das Ganze plötzlich schön fand. Sie war auch Frau genug, um Gefallen an der nach Lavendel duftenden Seife zu finden, mit der Martha sie einseifte. Das Haarewaschen behagte ihr allerdings weniger, sie ließ es sich aber gefallen, bis Martha ihr seelenruhig einen Eimer kaltes Wasser über den Kopf schüttete. Darüber schimpfte Nicole, doch Martha kümmerte sich nicht darum, sondern setzte ihre Arbeit ruhig fort, als wäre Nicole eine junge Dame aus besseren Kreisen, die an die Dienste ihres Mädchens gewöhnt war und sie zu ertragen hatte. Nach dem Bad saß Nicole, in ein riesiges weißes Badetuch gehüllt, auf einem bequemen Stuhl und fühlte sich so entspannt, daß sie fast eingeschlafen wäre, als Martha ihre langen Haare trockenbürstete. Geschickt steckte Martha dann Nicoles glänzende Haare zu hübschen Locken auf ihrem Kopf auf und bestäubte ihr Gesicht mit Puder. Danach zog sie ihr ein hartes Unterkleid an, bevor sie ihr das gelbe Kleid überstreifte. Es war ein sehr elegantes Kleid, aber das konnte Nicole natürlich ebensowenig wissen wie die Tatsache, daß es aus dem Besitz von Louise stammte. Martha hatte es ihrer Herrin abgebettelt, als sich herausstellte, daß es viel zu groß für die zierliche Louise war. Martha hatte es geringfügig geändert, und nun paßte es Nicole, als wäre es für sie gemacht worden.

Verwirrt betrachtete Nicole sich im Spiegel und wollte nicht glauben, daß das schöne Geschöpf, das ihr da entgegenblickte, sie selbst war. Das Kleid war tiefausgeschnitten und ließ ihre schönen Schultern und den Ansatz ihrer Brust sehen. Ein unter ihrem Busen verlaufendes moosgrünes Satinband war vorne zu einer kleinen Schleife gebunden, von wo aus das Kleid in weichen Falten bis zu Nicoles nackten Füßen hinunterfiel. Unglücklicherweise war es Martha nicht gelungen, passende Schuhe für Nicoles große schmale Füße zu finden. Doch das störte Nicole nicht; aufgeregt stürmte sie in das Zimmer, in dem Allen und Jan sich gerade über die neuesten politischen Ereignisse unterhielten.

Die beiden Männer blickten auf, und der fassungslose Ausdruck in ihren Gesichtern war ein Kompliment für Marthas Künste. In seinen kühnsten Träumen hätte Allen sich nicht vorzustellen vermocht, daß Nicole so schön sein könnte, und er starrte sie an, als sehe er sie zum ersten Mal. Sie ist wirklich ein bildhübsches Mädchen, dachte er und ließ seine Augen über ihr glänzendes Haar, ihre hohe Stirn und die schwarzen Augenbrauen gleiten. Völlig unnötigerweise hatte Martha dem Schwarz derselben noch künstlich nachgeholfen und Lippenstift auf Nicoles volle Lippen aufgetragen. Doch Nicoles strahlender Blick war echt, als sie ins Zimmer tanzte und jauchzte: »Schaut mich an! Bin ich nicht großartig? Findet ihr mich hübsch?« Sie senkte die Augen und fügte schelmisch hinzu: »Sag mir, Allen, bin ich ebenso hübsch wie die Frau bei Madam Maria, die du und Saber immer besucht?«

Madam Maria führte ein bekanntes Bordell in New Orleans; Allen fühlte sich ziemlich unbehaglich, räusperte sich und erwiderte: »Nick, du solltest dich nicht mit ihr vergleichen – außerdem sprechen junge Damen nicht von solchen Dingen.«

»Aber ich bin keine junge Dame, und andere Frauen kenne ich nicht«, erklärte Nicole mit entwaffnender Offenheit.

»Nun, dann werden wir in Zukunft dafür sorgen, daß du eine junge Dame wirst«, antwortete Allen amüsiert.

Die Antwort war ein wenig damenhafter Kraftausdruck, doch dann ließ Nicole sich auf ein Sofa sinken und sagte plötzlich sehr ruhig: »Ich fühle mich jedenfalls wohl so, wie ich bin, und es geht dich wirklich nichts an, was ich tue.«

Allen überhörte ihre spitze Antwort, setzte sich ihr gegenüber und ergriff ihre Hand. »Hör mir zu«, sagte er sanft. »Mein Vorschlag wird dir nicht schaden, sondern helfen. Du mußt lernen, ein Mädchen und früher oder später auch eine Dame zu werden. Martha und ich wollen dir beibringen, wie sich eine junge Dame zu benehmen hat. Wenn du je wieder deinen Platz in der Gesellschaft einnehmen willst, kannst du nicht ewig in Männerkleidern herumlaufen und wie ein Seemann fluchen. Denk einmal darüber nach.«

Nicoles Lippen waren schmal geworden bei seinen Worten, und sie entzog ihm ihre Hände. Am liebsten wäre sie aus dem Zimmer gerannt und hätte sich das Kleid vom Leib gerissen, doch sie beherrschte sich. Er hatte zweifellos recht, aber Nicole hatte nie über ihre mögliche Rückkehr in die Gesellschaft nachgedacht. Das war etwas, das für sie in weiter, nebelhafter Ferne lag. Sie würde eines Tages zurückkehren, die Markhams davonjagen und glücklich und zufrieden für alle Zeiten sein, gewiß, doch als sie nun darüber nachdachte, welche Konsequenzen Allens Vorschlag für sie haben konnte, war sie sich diesbezüglich nicht mehr so sicher. »Was genau soll ich tun?« fragte sie trocken.

Allen mußte insgeheim lächeln ob ihrer offensichtlichen Bereitwilligkeit. Sie war noch so kindlich – nein, ein Kind war sie nicht mehr, nicht einmal ihre unter dem Rock hervorlugenden nackten Füße konnten über die Tatsache, daß sie ein schönes junges Mädchen war, hinwegtäuschen. Doch sie war sehr eigensinnig, und er wußte, daß seine Aufgabe nicht leicht sein würde. Vielleicht gelang es ihm, in ihr selbst den Wunsch zu wecken, wieder in ihre alte Welt zurückzukehren. Sehr vorsichtig antwortete er daher: »Martha und ich dachten, es würde dir vielleicht gefallen, wie eine junge Dame behandelt zu werden. Wenn du damit einverstanden bist, könnte Martha immer, wenn die ›Belle Garce‹ im Hafen liegt, dein Mädchen spielen. Es wird eine ganz neue Erfahrung für dich sein, die dir sicher gefallen wird. Du hast wirklich nichts zu verlieren.«

Nicole sah ihn nachdenklich an. Sie konnte keine geheime List in Allens Vorschlag erkennen, trotzdem war sie mißtrauisch. Warum sollte sie lernen, eine Dame zu werden, wenn sie nicht vorhatte, in absehbarer Zeit in die Gesellschaft zurückzukehren? Sie sah Martha an, dann Jan und Allen. Deren Gesichter zeigten aber nichts als liebevolles Interesse. Warum eigentlich soll ich ihnen nicht den Gefallen tun, wenn ihnen soviel daran liegt? dachte sie schließlich.

Und am folgenden Abend stellte sie fest, daß es ihr wirklich Spaß machte. Allen machte ihr reizende kleine Komplimente, die ihre Wangen erglühen ließen. Und Martha und Jan behandelten sie wie einen Gast. Was ihr nicht gefiel, waren nur jene Augenblicke, in denen die drei ihre derbe Aussprache korrigierten oder darauf hinwiesen, daß eine junge Dame sich nicht so ungezwungen in einen Sessel flegeln und auch nicht rülpsen dürfte, wenn sie Champagner trank. Lachend stellte Allen fest, daß sie verliebt in ihr Spiegelbild sei.

Doch sie konnte es nicht ändern. Sie war fasziniert von ihrem Spiegelbild, aber nicht aus Eitelkeit starrte sie wieder und wieder in den Spiegel, sondern voller Verblüffung und Erstaunen. Sie mußte immer wieder hineinsehen, um sich zu vergewissern, daß wirklich sie das Mädchen im Spiegel war.

Allen war sehr zufrieden mit dem Verlauf des Abends, doch er behielt diesen Gedanken für sich, als sie nebeneinander zum Schiff zurückgingen. Ein langer Weg lag vor ihr, aber der erste Schritt, um ihr vor Augen zu führen, daß es noch eine andere Lebensform gab, war getan. Und nicht zum ersten Mal wünschte er sich, daß sie bei Martha und Jan geblieben wäre. Die beiden hätten sich gefreut, und wenn auch ein Aufseher und dessen hübsche Frau nicht unbedingt die Lösung waren, die Allen sich für Nick wünschte, so wäre dieselbe doch wesentlich besser für sie gewesen, als weiter auf der »Belle Garce« unter Sabers unerbittlichen Augen zu leben.

Er wäre noch viel zufriedener gewesen, wenn er gesehen hätte, mit welchem Bedauern Nicole ihr Kleid ausgezogen und sich von Martha alle Spuren der Schminke hatte abwischen lassen. Sie war erfüllt gewesen von dem verrückten Wunsch, daß Kapitän Saber sie in ihrem gelben Kleid und mit hochgestecktem Haar hätte sehen können. Dieser Gedanke erschreckte und verwirrte sie zugleich, und sie fühlte sich äußerst unbehaglich, als sie auf der »Belle Garce« in ihre Hängematte kroch.

Dieser Tag hatte Erinnerungen und halbvergessene Gewohnheiten in ihr wachgerufen. Sie hatte vorher nie mehr an ihr »altes« Leben, das verwöhnte Leben einer Miss Nicole Ashford, zurückgedacht, doch der heutige Abend hatte, wie gesagt, Reminiszenzen geweckt – Reminiszenzen an ihre lachende, schöne Mutter, ihren gutaussehenden Vater und ihren geliebten Bruder Giles.

Sie wurde sich bewußt, daß sie wieder viel zuviel über Saber und Dinge, die sie besser vergessen sollte, nachdachte, und bemühte sich verzweifelt, einzuschlafen. Doch es half nichts. Zuviel ging ihr im Kopf herum, und zum ersten Mal bedrückte sie die Enge ihres Schlafplatzes. Zum Teufel mit Allen! Warum mischte er sich in ihr Leben ein?

Was sollte sie tun? Sie besaß nicht viel mehr als die Kleidungsstücke, die sie trug. Ihr Anteil an der Beute der gekaperten Schiffe war gering gewesen, und sie hatte nichts davon gespart, sondern in den Tag hineingelebt.

Eine Rückkehr nach England würde eine Unmenge Schwierigkeiten mit sich bringen. Allein die Schwelle ihres Hauses in Beddington's Corner zu betreten schien ihr ein übergroßes Problem zu sein. Wahrscheinlich würde sie ihre Identität nachweisen müssen – und wovon sollte sie leben, bis ihr Anspruch geklärt war? Wahrscheinlich würde ihr niemand glauben. Bei diesem Gedanken preßte sie erbittert die Lippen zusammen. Sie war Nicole Ashford, und sie würde sich ihr Vermögen zurückholen – aber wie?

Ruhelos wälzte sie sich in der Hängematte hin und her. Verdammter Allen! Warum ließ er sie nicht weiter so leben wie bisher? Ich bin glücklich, dachte sie grimmig. Wozu brauchte sie dämliche Kleider und duftende Seifen? Nein, sie brauchte sie nicht! Sie liebte es, im Meer zu baden, und sie liebte ihr Leinenhemd und ihre Baumwollhose. Gegen ihren Willen mußte sie an das seidene Unterkleid denken. Wie weich es sich auf ihrer Haut angefühlt hatte! Ein Seufzer entrang sich ihrer Brust.

Allens Befürchtungen, Nicole könne vergessen, daß sie eine Frau war, waren unbegründet. In letzter Zeit, genauer gesagt in den letzten ein bis zwei Jahren, war ihr ihre Maskerade immer lästiger geworden, und voll Neugier und Interesse hatte sie die wenigen Frauen, denen sie begegnete, beobachtet – nicht die billigen Dirnen, mit denen sich die Mannschaft die Zeit vertrieb, sondern die Damen von etwas höherem Niveau, die Saber zu sich einlud.

Es war schon sehr spät, und Nicole zerrte wütend ihre leichte Decke zum Kinn hoch. Sie wollte nicht mehr daran denken. Sie war müde und ein wenig beschwipst vom Wein, den sie heute abend getrunken hatte. Sie fragte sich, ob Saber wohl beeindruckt gewesen wäre, wenn er sie heute abend gesehen hätte – doch gleich darauf schalt sie sich dumm und töricht, in diesem Zusammenhang an ihn zu denken. Was kümmerte es sie, was Saber dachte! Sie wußte ja schon, welche Art Frauen ihm gefiel – niedliche kleine Blondinen wie die hübsche Louise, und nicht die große, dunkelhaarige dumme Göre, die sich in Männerkleidern wohler fühlte als in Samt und Seide.

7

Nicole blickte Saber düster an. Seit sie die Bermudas verlassen hatten, hatte sie das Gefühl, er lege es darauf an, sie zu ärgern. Er hielt sie ständig in Trab, scheuchte sie hierhin und dorthin nach allen möglichen Dingen, die er natürlich sofort brauchte. Und wenn er sie einmal nicht mit Aufträgen herumjagte, ließ er sie die Listen der Schiffsladung abschreiben. Nicole sah keinen Sinn in dieser Arbeit, und sie hatte den bösen Verdacht, daß er sie nur beschäftigen wolle. Am meisten verwirrte sie jedoch sein plötzlicher Hang zur Unordnung. Mutwillig schien er immer neues Durcheinander zu schaffen, und anstatt sie dann allein zu lassen, blieb er in der Tür stehen und sah kritisch zu, wie sie aufräumte. Er wollte sie ganz offensichtlich provozieren, doch Nicole biß sich auf die Lippen und schwieg.

»Ist das alles, Sir?« fragte sie, nachdem sie sein Bett gemacht hatte.

»Hm, ich glaube ja.«

Nicole war froh, endlich seiner an den Nerven zerrenden Gegenwart entfliehen zu können, und wollte gehen, doch er blieb unbeweglich in der Tür stehen. Nicole wußte nicht, was sie davon halten sollte. Ein seltsames Glitzern stand in seinen bernsteinfarbenen Augen, und dieser Blick machte sie noch nervöser. Sie geriet über sich selbst in Wut und fragte: »Darf ich vorbei, Sir? Oder wünschen Sie noch etwas?«

»Wie alt bist du, Nick?« fragte er unvermittelt.

Erschrocken starrte sie ihn an und stammelte: »Acht... fünfzehn.«

Ein häßliches Lächeln glitt über seine Züge. »Fünfzehn? Hm. Ein bißchen alt für einen Schiffsjungen, nicht wahr?«

Nicole blickte ihn überrascht an, als er zu seinem Schreibtisch ging, auf dem ein paar Karaffen standen. Er schenkte sich eine reichliche Portion Jamaica-Rum ein, setzte sich auf die Schreibtischkante und starrte sie an. Einen Augenblick lang spürte Nicole ein seltsames Kribbeln in ihren Lenden, als sie seinem Blick standzuhalten versuchte, und sie konnte nicht umhin, festzustellen, wie männlich und dynamisch er wirkte. Und gerade jetzt, als er ihr mit seinem bis zur Taille offenstehenden Hemd, das seine muskulöse Brust mit ihrem dunklen Pelz sehen ließ, gegenübersaß, wurde sie sich seiner Männlichkeit schmerzhaft bewußt – einer Männlichkeit, die außerordentlich anziehend auf Frauen wirkte. Erinnerungen an seine Schäferstündchen mit Gespielinnen in eben diesem Raum hier stiegen in ihr auf und trieben ihr die Röte in die Wangen. Wütend über sich selbst starrte sie ihn an und fragte angriffslustig: »Wollen Sie damit andeuten, daß Sie meine Dienste nicht mehr länger wünschen, Sir?«

»Habe ich das gesagt?« erwiderte er unwillig, und scharf fügte er hinzu: »Wenn du mir ebenso bereitwillig zuhören würdest wie deinem Freund Allen, wäre manches leichter zwischen uns, Nick. Doch das nur nebenbei. Ich habe festgestellt, daß du für die Arbeit, die du zu erledigen hast, eigentlich zu alt bist. Ich könnte dich zum Zimmermann oder zum Kanonier ausbilden lassen. Hättest du Lust dazu?«

Lange Zeit hatte sie sich das gewünscht, doch jetzt bekam sie Angst. Sie konnte ihre Verkleidung nicht aufrechterhalten, wenn sie unter der Mannschaft lebte. Trotzdem erwiderte sie: »Das würde ich schrecklich gern, am liebsten würde ich Kanonier werden.«

Ihre Bereitwilligkeit schien ihn zu ärgern. Er stellte das Glas auf den Tisch und sagte scharf: »Nun, du kannst es vergessen. Ich habe mich inzwischen an deine freche Art gewöhnt.«

Nicole ärgerte sich, weil er sie unnötig erschreckt hatte, und konnte sich nicht beherrschen. »*Sie* haben damit angefangen«, sagte sie schnippisch. »Ich hätte Sie weiter auf meine freche Art bedient.«

»Sei nicht vorlaut, Nick«, entgegnete er leise. »Treib es nicht zu weit, sonst werde ich dich so behandeln, wie du es verdienst.«

Der drohende Unterton in seiner Stimme brachte sie wieder zur Besinnung; sie senkte den Blick und sagte: »Ich bitte um Entschuldigung, Sir. Wenn Sie erlauben, mache ich jetzt mit meinen Listen weiter.«

Die Listen lagen noch immer auf dem Tisch ausgebreitet. Nicole setzte sich und begann zu schreiben, doch es fiel ihr ungeheuer schwer, sich zu konzentrieren, während Saber so nahe bei ihr war. Aus den Augenwinkeln heraus konnte sie seine sonnengebräunte Hand sehen, die lässig mit einem auf dem Schreibtisch liegenden Stück Bindfaden spielte. Inständig wünschte sie sich, daß er ginge. Sie wußte, daß er sie beobachtete, und fühlte, wie sich ihre Nackenmuskeln anspannten. Und sie hätte laut schreien mögen, als sie merkte, wie ihre Hand zitterte, als sie nach einem neuen Blatt Papier griff.

»Nun sei ruhig, Nick. Ich werde dich nicht schlagen«, meinte er belustigt.

Wieder vergaß Nicole die Rolle, die sie zu spielen hatte,

und warf ihm einen giftigen Blick zu.

Er sah sie grinsend an. »Lieber Nick, es scheint mir, daß wir trotz der fünf Jahre, die wir nun schon miteinander verbracht haben, sehr wenig voneinander wissen. Kannst du mir sagen, warum das so ist?«

Nicole scheute sich nicht zu antworten: »Ich bezweifle, daß Kapitäne sich sehr für ihre Schiffsjungen interessieren. Was erwarten Sie mehr von mir, als daß ich meine Pflichten ordentlich erfülle?«

»Letzeres tust du nicht«, erwiderte er mit düsterer Miene. »Du bist unverschämt und magst mich nicht – und bemühst dich auch gar nicht, das zu verbergen, wie ich hinzufügen möchte. Wenn ich bedenke, wie inständig du mich gebeten hast, dich mitzunehmen, könnte ich eigentlich erwarten, daß du mich auf gewisse Weise auch magst.« Seine Stimme war hart, als er schloß: »Aber das tust du nicht, nicht wahr, Nick?«

»Ich habe nicht gedacht, daß das so wichtig ist«, antwortete sie vorsichtig. »Sie haben sich früher nie darüber beschwert, und wenn ...« Sie zögerte einen Augenblick, ehe sie weitersprach: »... wenn meine Abneigung so offensichtlich gewesen wäre, wie Sie das nun plötzlich behaupten, hätten Sie sicher schon früher etwas gesagt.« Mutig fügte sie hinzu: »Ich glaube, Sie bilden sich das ein.«

»Wirklich, Nick? Habe ich mir den Blick, den du mir gerade zugeworfen hast, auch nur eingebildet? Und all die haßerfüllten Blicke, die du mir oft nachwirfst?« fragte er trocken.

O Gott, wo ist Allen? dachte Nicole voller Unbehagen. Gibt es niemanden, der diese entsetzliche Unterhaltung stören könnte? Sie riß sich zusammen und sah ihm in die Augen. »Ich kann mich nur entschuldigen, Sir. Es tut mir leid, wenn ich Sie geärgert habe, und ich werde mich bemühen, Ihnen in Zukunft keinen Anlaß zur Beschwerde mehr zu geben.«

Es klang aufgesetzt, und sie wußte das auch, doch sie wollte, daß das Gespräch ein Ende nahm und er endlich ging.

Sabers Lippen waren schmal geworden bei ihren Worten; er herrschte sie an: »Ich will deine Entschuldigungen nicht, verdammt noch mal! Du bist sehr geschickt darin, Fragen auszuweichen, mein Freund.« Er beugte sich vor, sein Gesicht war nur noch Zentimeter von dem ihren entfernt, als er sie anknurrte: »Und jetzt erzähl mir endlich, warum du es so schrecklich findest, mich zu bedienen. Ich verlange eine Antwort und keine Ausflucht.«

Während sie in das harte Gesicht starrte, das dem ihren so nahe war, wurde sie von den widersprüchlichsten Empfindungen heimgesucht. Fast schmerzhaft spürte sie seine Nähe, die Nähe eines Mannes, nahm den schwachen Duft nach Tabak und Seesalz wahr, der von ihm ausging, und nahezu unerträglich war ihr die unmittelbare Nähe seiner Lippen. Sie fragte sich töricht, wie er wohl reagieren würde, wenn sie sich vorbeugen und ihre zitternden Lippen auf die seinen pressen würde.

»Ich warte, Nick.«

Seine Worte rissen sie abrupt in die Wirklichkeit zurück, und mit weitaufgerissenen unschuldigen Augen antwortete sie: »Ich glaube, daß alle Jungen irgendwann einmal eine Zeit durchmachen, in der sie aufsässig und rebellisch ihren Vorgesetzten gegenüber sind. Und wenn es manchmal so aussieht, als möge ich Sie nicht, muß das der Grund dafür sein.«

Ein derber Fluch Sabers war die Antwort. »Sehr klug, Nick. Eine Antwort, die keine ist.« Er setzte sich abermals auf die Schreibtischkante und ergriff sein Glas. »Wir müssen bald wieder miteinander reden. Ich glaube, ich bin meinen Verpflichtungen dir gegenüber nicht immer nachgekommen und muß mich deshalb in Zukunft mehr um dich kümmern.«

Er stand auf, nachdem er den Rest des Rums hinuntergegossen hatte, und während er in Nicks erstauntes Gesicht blickte, sagte er freundlich lächelnd: »Ich bin sicher, daß es dir gefallen wird.« Damit verließ er den Raum.

Nicole starrte ihm einige Sekunden lang nach. Was, zum Teufel, hat er damit gemeint? fragte sie sich. Dann wandte sie sich aufseufzend wieder den Listen zu, stellte jedoch bald fest, daß es ihr unmöglich war, sich zu konzentrieren. Sabers überraschendes Interesse an ihr paßte nicht zu ihm. Sie hätte schwören können, daß er sie bis zum heutigen Morgen kaum wahrgenommen hatte. Was mochte hinter dieser plötzlichen Laune stecken?

Auch die Art, wie seine Augen über ihren Körper gewandert waren, hatte ihr nicht gefallen. Er hatte sie früher nie beachtet, aber heute hatte er sie mit forschenden Blicken angesehen. Ahnte er etwas? War ihr Gesicht inzwischen zu feminin geworden? Nervös blickte sie auf ihren Busen hinunter, den sie, wie üblich, flachgebunden hatte. Nein, das einzige, was ihn hätte mißtrauisch machen können, war das Fehlen männlicher Muskeln. Ihre Verkleidung war perfekt, da war sie sich sicher ... zumindest *fast* sicher.

Wahrscheinlich hat er ganz einfach Langeweile gehabt und wollte mich reizen, dachte sie schließlich. Nein, er ahnt nichts, sonst hätte er eben nicht bei mir auf dem Schreibtisch gesessen. Ein kalter Schauer lief ihr über den Rücken, als sie an das Schicksal der rothaarigen Dirne dachte.

Alles war still, nur das sanfte Geräusch der Wellen, die gegen den Bug des Schiffes plätscherten, und das leise Flüstern des Windes in den Segeln drang an Nicoles Ohren.

Die »Belle Garce« war vor vier Jahren nach Sabers Wünschen erbaut worden. Sie war ein Vier-Mast-Schoner, lang, niedrig und ziemlich schmal. Das Schiff hatte eine Ladefähigkeit von dreihundertneunzehn Tonnen und war mit zwanzig Schiffskanonen bestückt. Zur Bewaffnung gehörten auch noch sechsunddreißig Jagdgewehre.

Die Tür wurde geöffnet, Nicole blickte auf. »Gott sei Dank, du bist es, Allen«, sagte sie erleichtert.

Lachend setzte er sich zu ihr auf die Schreibtischkante. »Was ist los, Nick?« fragte er. »Hat dich der Kapitän wieder geärgert?«

Nicole warf den Federkiel auf den Tisch und erwiderte besorgt: »Könntest du dir vorstellen, daß er weiß, daß ich ein Mädchen bin, Allen?«

Sofort wurde Allen ernst und fragte betroffen: »Wie kommst du darauf? Hat er etwas gesagt?«

Sie zuckte die Schultern und brummte: »Er benimmt sich

äußerst seltsam. Vorhin hat er darüber geredet, daß wir uns wenig kennen und er sich mehr um mich kümmern muß.«

Allen pfiff leise durch die Zähne und kratzte sich nachdenklich am Kinn. »Du, das gefällt mir gar nicht. Jeder, der dich näher ansieht, kann Verdacht schöpfen, und Saber ist kein Dummkopf. Damit dürfte etwas klar sein, Nick. Wenn wir in New Orleans sind, werde ich mich deiner Zukunft annehmen müssen.«

»O Allen, mir wird davor angst, was werden soll. Ich möchte deshalb lieber doch nicht so schwarz sehen, was ihn anbelangt.«

»Sei dir da nicht so sicher. Er gleicht in mancher Beziehung einer Katze, die gern mit der Maus spielt. Ich meine es deshalb ernst, Nick: Wenn wir im Hafen sind, gehst du von Bord. Ich werde alles in die Wege leiten. Falls du dich weigerst, bleibt mir keine andere Wahl, als dem Kapitän die Augen über dich zu öffnen.«

Sie sah ihn schweigend an und fragte sich, warum er plötzlich diese Drohung ausstieß. Aber auch sie konnte ihm drohen, und sie tat es, indem sie sagte: »Vergißt du, was ich dem Kapitän über dich erzählen könnte?«

Allens Gesichtszüge schienen zu gefrieren. Er erwiderte: »Nun, du kannst natürlich zu Saber laufen, aber du hast keine Beweise gegen mich in der Hand. Deine Maskerade jedoch wird im Nu aufgedeckt sein. Also – was dann? Andererseits«, fuhr er fort, »kannst du deinen Mund halten und warten, bis ich alles für deine Rückkehr nach England vorbereitet habe.« Und leise fügte er hinzu: »Ich mag dich doch, Nicole, und ich will nur dein Bestes.«

»Ich verstehe«, erwiderte sie widerstrebend. »Nun, ich fürchte, mir bleibt nichts anderes übrig, als mich dir unterzuordnen.«

Er ergriff mit beiden Händen ihre Rechte. »So darfst du es nicht sehen, Nicole. Wenn du darüber nachdenkst, wirst du mir recht geben, daß ich als dein Freund handle. Ich werde auch deine Fahrkarten bezahlen, du brauchst dir darüber keine Gedanken zu machen. Ich bin glücklich, es tun zu dürfen. Sollte es dich sehr stören, kannst du mir ja das Geld später mal zurückzahlen.« Und bittend fügte er hinzu: »Laß uns Freunde bleiben, Nicole. Wir haben so viel gemeinsam erlebt, daß wir uns nicht im Unfrieden trennen dürfen.«

Ein diskretes Hüsteln hinter ihnen ließ die beiden herumfahren, und entsetzt sahen sie Saber in der Tür stehen. Er hatte die Arme über der Brust verschränkt und betrachtete sie. »Ist irgend etwas nicht in Ordnung mit Nicks Hand?« fragte er kalt.

Allen ließ ihre Hand los, als wäre sie ein Stück glühende Kohle, und stotterte: »Emh ... Nick ... ich dachte, er bekäme einen Furunkel, dabei ist es nur ein Kratzer.«

Voll Ironie sagte Saber: »Ein Mediziner sind Sie also auch noch. Ich werde dem Schiffsarzt ausrichten, daß er sich an Sie wenden soll, wenn er mal einen Assistenten sucht.« Dann stieß er abrupt die Tür auf und fügte mit eiskalter Stimme hinzu: »Sie werden an Deck gebraucht, Ballard. Falls Sie es nicht bemerkt haben sollten – es gibt dort eine Menge zu tun. Wir haben ein Schiff gesichtet, und das ist wichtiger als Nicks Furunkel, verdammt noch mal. Im übrigen ist es meine Sache, mich um Nick zu kümmern, nicht die Ihre.«

Allens Lippen waren grimmig zusammengepreßt, als er an Saber vorbei hinausging. Nachdem sich die Tür hinter ihm geschlossen hatte, herrschte Saber Nicole an: »Und wie oft macht ihr das so?«

Nicole bemühte sich, unbekümmert zu wirken. »Bitte? Ich verstehe nicht, was Sie meinen. Darf Mr. Ballard nicht hier sein?«

Saber stieß einen derben Fluch aus und starrte sie wütend an. »Halte mich nicht zum Narren, Nick! Ich glaube, wir beide müssen uns einmal ganz eingehend unterhalten.«

Ein heftiges Klopfen unterbrach ihr Gespräch. Saber öffnete ungeduldig die Tür und fuhr den davor stehenden Jake wütend an: »Was ist los?«

»Wir sind schon ganz nahe beim Schiff. Es ist ein englisches, will aber einen Kampf vermeiden. Sollen wir es verfolgen?«

Saber warf Nicole einen Blick über die Schulter zu und

befahl ihr: »Du bleibst hier! Ich will dich nicht an Deck sehen, verstanden?«

Nicole nickte, doch ihr Magen zog sich schmerzhaft zusammen. Über sich hörte sie das Geräusch der Füße der Männer, die hastig die Vorbereitungen für den Kampf trafen. Polternd wurden die Kanonen in Position gebracht. Die Scharfschützen kletterten mit schußbereiten Gewehren in die Takelage, und Nicole wußte, daß das Hauptdeck jetzt einem einzigen Waffenarsenal glich. Jeder Gegenstand, der nicht für das Gefecht gebraucht wurde, war unter Deck gebracht worden. Saber würde von seinem Gefechtsstand aus letzte Anweisungen brüllen, während die beiden Schiffe einander immer näher kamen.

Es störte sie nicht, wenn sie ein spanisches oder französisches Schiff angriffen, doch wenn es sich um ein englisches handelte, hatte sie jedesmal einen inneren Kampf auszufechten. Wurden am Ende die Gefangenen an Bord gebracht, nachdem die Sieger das unterlegene Schiff geentert hatten, fühlte sie sich elend und beschämt, weil sie am Kampf gegen ihre eigenen Landsleute teilgenommen hatte, ganz egal, in welcher Form.

Sie versuchte, nicht an die Vorgänge um sie herum zu denken und weiter an den Listen zu arbeiten. Doch das Donnern der Kanonen machte ihr das unmöglich, und sie beobachtete das Geschehen durch eine Luke.

Es war ein harter Kampf. Die Geschosse wühlten die im Sonnenlicht liegende See auf, die Luft war erfüllt vom Pulverdampf und von den Schreien der Verwundeten. In einem verzeifelten Versuch feuerte das englische Schiff eine volle Breitseite auf die »Belle Garce« ab, doch der erhoffte Erfolg blieb aus, denn die britischen Kanonen hatten nicht die gleiche Reichweite wie die Kanonen der »Belle Garce«.

Als endlich Stille eintrat, ging Nicole in Sabers Privaträume. Das britische Schiff hatte einen heroischen Kampf geliefert, seine Segel waren zerrissen, der Hauptmast verschwunden, es hatte schwere Schlagseite. Überall auf dem Deck lagen Tote und Verwundete. Nicole wurde es fast übel.

Warum nur mußte Saber auch englische Schiffe angreifen?

Sie hatte in den vergangenen Monaten völlig vergessen gehabt, daß zwischen den Vereinigten Staaten und England Krieg herrschte, und erst ein Ereignis wie das jetzige rief ihr diese Tatsache wieder ins Gedächtnis zurück. Die Kämpfe in Kanada waren so weit entfernt von ihr, und die schweren Schlachten an den Great Lakes und die Blockade auf Chesapeake berührten sie wenig. Sie konnte sich nicht mehr aufregen über einen Krieg, der schon lange andauerte und dessen Ausgang bereits feststand. New Orleans und die Karibischen Inseln waren weit entfernt von Fort Stephenson am Sandusky River in Ohio, das von den Engländern angegriffen worden war. Doch die jetzige Eroberung des britischen Schiffes und die Gefangennahme seiner Besatzung brachten ihr den Krieg Präsident Madisons wieder nahe.

Die Tür öffnete sich; sie blickte schnell hoch, und wieder zog sich ihr Herz zusammen, als sie Saber erkannte, dem Allen folgte. Über Sabers Stirn verlief eine blutige Schramme, unter dem Arm trug er einen Messingkasten. Er warf ihr einen Blick voller Siegesstolz zu, stellte den Kasten auf den Tisch und sagte: »Wir haben einen Schatz erbeutet, Nick. Wenn die britische Marine ihn wiederhaben will, wird sie uns viel dafür bezahlen müssen.«

Neugierig trat Nicole etwas näher. Das Schloß des Kastens war durch einen Pistolenschuß gesprengt worden, und als Nicole in den Kasten hineinspähte, war sie enttäuscht, denn sie konnte nur ein paar kleine schwarze Bücher und einige Papiere erkennen.

»Was soll das sein?« fragte sie.

»Britische Code-Bücher«, antwortete Saber.

Gespanntes Schweigen folgte seinen Worten. Während Nicole noch immer in den Kasten starrte, fühlte sie Sabers prüfenden Blick auf sich ruhen. Sie bemühte sich, ein möglichst gleichgültiges Gesicht zu zeigen und ihre Bestürzung zu verbergen.

Mit Hilfe dieser kleinen Bücher konnte man die britischen Depeschen entschlüsseln, die den Amerikanern in die Hände gefallen waren. Sie brachten den Amerikanern einen unschätzbaren, unverdienten Vorteil gegenüber den Engländern.

Saber setzte sich an den Tisch, zündete sich eine dünne Zigarre an und nahm eines der Bücher aus dem Kasten. Nun rührte sich auch Allen endlich. Er machte eine unwillkürliche Bewegung, als wollte er Saber das Buch entreißen. Doch Saber sah ihn mit ironischem Lächeln an und fragte gedehnt: »Interessiert es Sie, Ballard?«

Allen zwang sich zur Ruhe und erwiderte: »Nicht besonders. Doch die Bücher erklären, warum das Schiff ein solch verzweifeltes Gefecht lieferte. Ich kann nur nicht verstehen, warum der Kapitän sie nicht vernichtete, bevor sie in unsere Hände fallen konnten.«

Saber grinste. »Er war so dumm, bis zur letzten Minute zu warten, und als er sie dann doch über Bord werfen wollte, waren wir schon über ihm.« Er blickte Allen unverwandt an und fügte hinzu: »Ein Jammer, daß wir ihm zuvorkamen und ihn daran hinderten, nicht wahr?«

Allen schwieg. Saber schien das Interesse an ihm zu verlieren und blätterte in dem Buch. »Hm, ich kann nicht viel damit anfangen, aber ich bin sicher, die Militärs in New Orleans werden sich sehr darüber freuen.« Als Allen keine Anstalten machte, den Raum zu verlassen, sah Saber ihn scharf an und sagte: »Gibt es an Deck keine Arbeit für Sie?«

Dunkle Röte überzog Allens Gesicht, und ohne ein weiteres Wort drehte er sich um und verließ den Raum. Saber blickte ihm nach, bis die Tür hinter ihm ins Schloß gefallen war, und drehte sich dann wieder zu Nicole herum. Er schien darauf zu warten, daß sie etwas sagte, doch ihr fiel beim besten Willen nichts ein.

Hin und her gerissen zwischen ihrer Loyalität Saber gegenüber und dem Wissen darum, daß diese kleinen Bücher Hunderten von Engländern das Leben kosten könnten, überlegte Nicole fieberhaft, was sie tun konnte. Ich könnte ihm das Buch aus der Hand reißen, den Kasten packen und beides ins Meer werfen, dachte sie. Saber schien aber ihre Gedanken zu erraten, denn er lachte laut auf und sagte: »Ich würde es nicht versuchen, Nick. Und wenn ich du wäre, würde ich auch mehr darauf achten, daß sich meine Empfindungen nicht so deutlich auf meinem Gesicht abzeichnen.«

Obwohl ihr Herz wie wild in ihrer Brust trommelte, sah sie ihm mutig in die Augen. »Es tut mir leid, aber ich verstehe Sie nicht, Sir«, sagte sie. »Was meinen Sie eigentlich?«

Er nahm die Zigarre aus dem Mund, warf das Buch in den Kasten zurück und erhob sich. Er war Nicole jetzt sehr nahe, und sie trat nervös einen Schritt zurück. Er lachte leise und trat noch näher an sie heran. Sie zwang sich, nicht weiter zurückzuweichen, denn genau das schien er zu wollen. Als sie zu ihm aufblickte, war sein Mund nur noch wenige Zentimeter von ihrem entfernt. Einen Augenblick lang schloß sie die Augen und hatte eine verrückte Vorstellung, daß er sie küssen würde. Sie kannte das Glitzern seiner Augen nur zu gut, wenn er eine Frau begehrte, und sie hätte schwören mögen, dieses Glitzern soeben einen Moment lang in seinen Augen gesehen zu haben. Doch wenn das wirklich der Fall gewesen sein sollte, war es schnell wieder verschwunden. Nicole wurde immer nervöser; sie schluckte und fragte noch einmal dümmlich: »Was meinten Sie damit?«

»Ich denke, du weißt sehr genau, was ich meine, Nick«, erwiderte er und strich – Nicole wäre dabei beinahe ohnmächtig geworden – langsam mit einem Finger über ihr Gesicht. »Solch eine zarte Haut«, murmelte er. »Ich frage mich, ob du wirklich ein Junge bist.«

Von panischer Angst ergriffen, warf sie den Kopf zurück und eilte in die entgegengesetzte Ecke des Raumes. Ihre ohnehin etwas heisere Stimme war durch ihre Erregung noch tiefer geworden, als sie in grobem Ton erwiderte: »Seien Sie nicht albern, natürlich bin ich ein Junge. Was sollte ich sonst sein? Ich finde, Sie haben seltsame Launen in letzter Zeit, und ich möchte nicht, daß Sie sie an mir auslassen.«

»Seltsame Launen?« entgegnete er belustigt. Ein rätselhafter Ausdruck lag in seinen Augen, als er sie ansah, und sie wünschte inständig, daß er gehen möge. Sie fürchtete schon, er würde sie mit weiteren Fragen quälen, doch plötzlich galt seine Aufmerksamkeit wieder den Code-Büchern. Als wäre ihm das sonderbare Spiel langweilig geworden, zuckte er die Schultern, ging zum Schreibtisch zurück und ergriff die kleinen Bücher.

»Ich glaube, sie sind am besten im Tresor aufgehoben«, sagte er, und mit widersprüchlichen Gefühlen sah Nicole zu, wie er die Bücher in dem neben seinem Bett stehenden Tresor verschloß. Er besaß den einzigen Schlüssel zu dem Tresor, der etwa mannshoch und mehrere Zentner schwer war.

Hilflos mußte sie erkennen, daß sie nichts tun konnte, um die Bücher zu retten, und sie war sich nicht einmal sicher, ob sie es überhaupt wollte. Solange die Bücher im Tresor waren, konnte mit ihnen kein Schaden angerichtet werden.

Nicole befand sich in einem inneren Zwiespalt – obwohl sie die Vereinigten Staaten sehr mochte, fühlte sie sich immer noch als Engländerin. Und diese kleinen schwarzen Bücher brachten sie in eine sehr unangenehme Lage. Ein Teil ihres Ichs wollte die Bücher zerstören, ungeachtet der Tatsache, daß sie tief in ihrem Herzen mit den Amerikanern sympathisierte. Ein Seufzer entrang sich ihrer Brust, als ihr klar wurde, daß sie nicht mehr wußte, auf welcher Seite sie im Krieg zwischen England und Amerika stand.

Als sie am Abend an Deck spazierenging, um frische Luft zu schnappen, begegnete sie Allen. Sie sagte ihm, wie gern sie die Bücher verschwinden lassen würde. Allen warf ihr einen eigenartigen Blick zu und fragte sie: »Tut es dir denn leid, daß die Amerikaner die Informationen gegen deine eigenen Landsleute verwenden werden – daß so viele britische Soldaten den Tod finden werden?«

Nicole fühlte sich, als wäre es ihre Schuld gewesen, daß die Bücher in Sabers Hände gefallen waren. »Ja, es tut mir leid«, erwiderte sie mit leiser Stimme. »Aber wir befinden uns im Krieg, Allen, und ich bin sicher, daß die britischen Schiffe ebenso darauf bedacht sind, den Amerikanern Schaden zuzufügen.«

Allens Gesicht wurde hart. »Spricht so eine Engländerin?«

Nicoles innere Erregung wurde immer größer, und sie

flüsterte unglücklich: »Allen, ich bin seit fünf Jahren aus England weg, und danach bin ich nur noch mit Amerikanern zusammengekommen.«

Allens blaue Augen wurden fast schwarz vor Zorn. Seine Hände ballten sich zu Fäusten, und Nicole hatte das Gefühl, daß er sie am liebsten bei den Schultern gepackt und durchgerüttelt hätte.

Dann endlich sprach sie die Frage aus, die seit langem zwischen ihnen schwelte: »Du bist kein britischer Deserteur, nicht wahr, Allen?«

In der Dunkelheit spürte sie seine Anspannung. Lange Zeit antwortete er nicht, und sie starrten schweigend über die Reling auf die schwarzen rollenden Wogen hinunter.

Schließlich brach Allen das Schweigen. »Ich möchte es einmal so ausdrücken: Ich wäre froh, wenn dieser verdammte Krieg endlich zu Ende ginge, und ich will alles in meiner Macht Stehende tun, damit das so schnell wie möglich geschieht.«

Nicole wußte nicht, ob sie sich ärgern sollte, weil Allen ihrer Frage ausgewichen war. Aber war das denn wirklich so wichtig? Oder kam es allein darauf an, daß der Krieg aufhörte?

Nachdenklich murmelte sie: »Auch ich würde alles dafür tun. Zwei Länder, die durch so vieles miteinander verbunden sind, sollten nicht Krieg gegeneinander führen.«

»Dann hilf mir, Nick«, erwiderte Allen schnell. »Durch diese Code-Bücher wird es ein schreckliches Blutvergießen geben. Doch wenn wir sie an uns bringen und vernichten, wird keine Seite mehr damit Schaden anrichten können.«

»Wir sollen sie also stehlen?« fragte sie unsicher. Der Gedanke, sich gegen ihn zu stellen, behagte ihr nicht.

»Ja, das müssen wir, Nick! Verstehst du nicht, daß wir damit das Leben vieler Menschen – Engländer und Amerikaner – retten?«

Sie zögerte noch immer; sie wußte, daß sie damit einen Verrat an Saber begehen würde, doch schließlich stimmte sie zu – überzeugt, auf diese Weise zu einem schnelleren Ende des Krieges beizutragen. Sie traf diese Entscheidung nur mit halbem Herzen und wollte nicht länger darüber nachgrübeln. Sie würde Allen helfen und ihren Teil dazu beitragen, daß die Feindseligkeiten zwischen England und Amerika eingestellt wurden.

In ihren Augen stand ihre innere Not, als sie tonlos fragte: »Was soll ich tun, Allen?«

Allen sah sie eindringlich an; er spürte, daß sie nicht aus voller Überzeugung handelte, doch er brauchte ihre Hilfe. »Es wäre nicht gut, sofort etwas zu unternehmen – selbst wenn wir es könnten. Wir hätten keine Möglichkeit zu fliehen, und wenn Saber den Verlust der Bücher bemerkt, wird er wissen, daß jemand von der Besatzung sie gestohlen haben muß. Wir werden daher warten, bis wir Barataria erreichen. Deine Aufgabe ist es bis dahin, Saber zu beobachten und es mich wissen zu lassen, falls er die Bücher aus dem Tresor holt.«

Kurz darauf trennten sie sich. Nicole ging schweigend in ihre kleine Kammer, während Allen an der Reling stehenblieb und mit ausdruckslosen Augen auf die bewegte See starrte. Er hätte die Bücher so gerne sofort an sich gebracht, doch er wußte, daß er dabei zuviel riskieren würde. Eine Genugtuung war ihm der Gedanke, daß die Bücher Saber keinen Gewinn bringen würden, denn sie würden nicht in die Hände der Amerikaner fallen.

8

Obwohl es zu keinen Auseinandersetzungen zwischen ihr und Saber mehr kam, lebte Nicole in einem ständigen inneren Gewissenskonflikt. Sie träumte davon, daß sich die verdammten Bücher in Luft auflösten und sie auf diese Weise nicht mehr gegen Saber zu arbeiten brauchte. Wenn sie in Sabers Privaträumen weilte, saß sie oft vor dem Tresor und wünschte sich, ihn durch bloße Willensanstrengung verschwinden lassen zu können. Doch er verschwand nicht, und sie wußte, daß sie verpflichtet war, die Bücher an sich zu bringen.

Als Barataria Bay in Sicht kam und Nicole die Umrisse von Grand Terre und Grand Isle erkennen konnte, wurde in ihr ein Gefühl freudiger Erwartung wach, denn die östlich von Grand Isle liegende Insel Grand Terre, wo Jean Lafitte, der bekannte adelige Schmuggler, sein Hauptquartier aufgeschlagen hatte, war zu einer zweiten Heimat für sie geworden. Hier hatte Lafitte riesige Lagerhäuser errichtet, in denen die vielen im Hafen liegenden Schiffe ihre Ladungen löschten. Bordelle, Spielkasinos und Cafés sorgten für den Zeitvertreib der Piraten. Lafitte war der König der Seeräuber, und unbefangen und frech schlenderte er durch die Straßen von New Orleans – ein großer, gutaussehender Mann, der sich Seite an Seite mit den reichen, wohlangesehenen Bürgern zeigte.

Kaum einer nahm Anstoß an seinem dreisten Auftreten, denn das Schmuggeln wurde im unteren Louisiana schon fast als ehrbares Handwerk angesehen. Es gab mehr als nur eine adelige Familie, die ihren Reichtum dem Schmuggeln zu verdanken hatte – sehr zur Verwirrung und zum Verdruß der Amerikaner. Die Kreolen sahen nichts Schlechtes darin, und wenn amerikanische Geschäftsleute oder Beamte darauf hinzuweisen versuchten, daß das Schmuggeln ungesetzlich sei, ernteten sie verständnislose Blicke und Ausrufe wie: »Da täuscht ihr euch! Unsere Großväter waren schon große Schmuggler! Es ist eine Form zu leben wie jede andere!«

Ja, es war eine Lebensform, und die vielen kleinen Buchten unterhalb von New Orleans boten ideale Schlupfwinkel für die Schmuggler. Das sumpfige Gebiet war wie ein riesiges Labyrinth mit vielen verborgenen Plätzen, an denen die Beute versteckt werden konnte, bevor sie heimlich über die schlammigen Wege in die Lagerhäuser der Stadt transportiert wurde.

Die Zahl der Schmuggler, die hier ihr Geschäft ausübten, war groß, doch die auf Grand Terre tätige, über tausend Mann starke Lafitte-Gruppe war bei weitem die größte. In Barataria Bay lagen Schiffe aller Größen vor Anker: Feluken, Lugger mit roten Segeln und Schoner; Piratenschiffe und auch einige Privatboote. Und nun lief, stolzer als alle anderen und gefolgt von drei erbeuteten Schiffen, die »Belle Garce« in den Hafen ein.

Wie immer bei der Ankunft eines Schiffes herrschte reges Treiben sowohl an Bord des Schiffes selbst als auch an Land. Normalerweise liebte Nicole diese aufregende Aktivität, doch die letzte Reise unterschied sich in unerfreulicher Weise von den vorhergegangenen, und so stand sie verdrießlich an der Reling, denn sie wußte, daß sie und Allen bald nicht mehr dazugehören würden. Wenn die Code-Bücher erst einmal in ihren Händen waren, gab es kein Zurück mehr. Nie wieder würde sie auf der »Belle Garce« segeln, nie wieder Sekretär des Kapitäns sein, nie wieder in ihrer kleinen Kammer schlafen, nie wieder ihr Geschlecht unter Männerkleidern verbergen. Es war das Ende eines langen Abenteuers, und sie hätte nicht sagen können, ob sie glücklich oder traurig darüber war.

Allen und sie hatten einen einfachen Plan ausgearbeitet. Sie wußten, daß der größte Teil der Mannschaft an Land und nur der Kapitän an diesem ersten Tag an Bord sein würde, und hatten beschlossen, ihn in seinen Privaträumen zu überwältigen. Nachdem sie ihn geknebelt und gefesselt haben würden, müßte es ein leichtes sein, die Schlüssel, die er um seinen Hals trug, an sich zu bringen, den Tresor zu öffnen, die Bücher herauszunehmen und mit ihnen an Land zu rudern. Niemand würde Verdacht schöpfen, wenn sie zusammen an Land gehen würden – der junge Nick lief ja fast immer hinter Ballard her. Und niemandem würde es seltsam vorkommen, daß sie einen kleinen Koffer bei sich trugen und sich angeblich sofort auf den Weg nach New Orleans machten. Die meisten der Besatzungsmitglieder würden nichts anderes im Kopf haben, als die bevorstehende Nacht mit Alkohol und Weibern zu verbringen, und nur Nicole und Allen würden wissen, daß ihr Ziel nicht New Orleans war.

Der einzige Unsicherheitsfaktor in ihrem Plan war die Möglichkeit, daß Saber früher als erwartet mit den Büchern von Bord gehen könnte. Es war wichtig für das Gelingen ihres Vorhabens, daß sich die Mannschaft nicht mehr auf dem Schiff befand – es wäre schrecklich, wenn ein Matrose in

Sabers Kajüte kommen würde, um sich noch eine letzte Anweisung zu holen. Allen plante, sich draußen in der Nähe von Sabers Kajüte aufzuhalten, und Nicole mußte dafür sorgen, daß Saber in der Kajüte blieb, bis die Leute das Schiff verlassen haben würden. Aus diesem Grund hatte Allen ihr eine kleine Pistole zugesteckt, ihr jedoch auch eingeschärft, sie nur zu benutzen, wenn Saber die Kajüte verlassen wollte. Doch sie hoffte, daß Saber diesen Versuch nicht machen würde, bis Allen bereit war, in Aktion zu treten.

Nicole war nervös wie ein junges Rennpferd vor seinem ersten Start. Die kleine Pistole, die sie unter ihrem Hemd versteckt trug, mutete sie wie eine Kanone an, und jedesmal, wenn Saber etwas sagte, glaubte sie, er habe schon das Komplott entdeckt. Sie zwang sich aber, kühl zu bleiben, und gab vor, mit irgendwelchen Arbeiten an ihrem Schreibtisch beschäftigt zu sein.

Saber schien es nicht eilig zu haben, von Bord zu kommen, und Nicole war froh darüber. Sie wußte zwar, daß sie in der Lage war, mit ihrer Pistole Saber notfalls zu erledigen, aber sie hätte sich trotzdem sicherer gefühlt, wenn Allen bei ihr gewesen wäre. In Wirklichkeit kämpfte sie immer noch gegen ihre Gefühle an, die sich im Widerstreit befanden. Tief in ihrem Inneren wußte sie, daß sie Saber ein gewisses Maß an Loyalität schuldete, doch andererseits durfte sie nicht zulassen, daß er die verdammten Bücher den Amerikanern auslieferte. In Gedanken versunken zog sie die Stirn in Falten.

»Hast du Sorgen, Nick?« fragte Saber sie mit sanfter Stimme, und Nicole sah ihn entsetzt an.

Sie hörte auf, in den Papieren zu wühlen, und wandte ihm das Gesicht zu. »Warum, Sir? Ich habe mich nur auf meine Arbeit konzentriert. Sie wissen, wie das ist«, erwiderte sie steif.

Ein ungläubiges Brummen war die Antwort. Saber ließ sich in einen der schweren Ledersessel neben dem Schreibtisch sinken. Er war nur unvollständig angekleidet, sein weißes Hemd stand offen, und Nicole empfand plötzlich den unbändigen Wunsch, ihre Hände über seine Brust gleiten zu lassen.

Obwohl es noch früher Morgen war, goß er sich ein großes Glas Rum ein. Zwischen seinen Lippen steckte eine schwarze Zigarre, deren schwerer Duft den Raum erfüllte. Als sie ihn unter gesenkten Lidern hervor ansah, wurde sie sich wieder des starken Gefühls gezügelter Kraft bewußt, das von ihm ausging. Nichts als das Geräusch der leise gegen den Schiffsrumpf schlagenden Wellen war zu hören. Nicole spürte, daß er mehr von ihr erwartete, und fragte schroff: »Hat Ihnen meine Antwort nicht gefallen, Sir?«

Er zerdrückte seine Zigarre in einem kleinen chinesischen Aschenbecher und sagte nachdenklich: »Nein, sie hat mir nicht gefallen, aber ... deine Antworten gefallen mir ja nie, nicht wahr?«

Nicole wollte keine Diskussion aufkommen lassen und schwieg.

»Hast du nichts zu sagen, Nick?« fragte er und sah ihr in die Augen.

Nicole schüttelte den Kopf und wandte ihm den Rücken zu. Sie hörte, wie er aufstand, und erschrak, als er bemerkte: »Ein schweigsamer Nick ist äußerst ungewöhnlich. Führst du etwas im Schilde?«

Nicole ließ den Kopf gesenkt und wünschte, er möge sie in Ruhe lassen. Sie konnte es einfach nicht ertragen, wieder in eine jener entnervenden Unterhaltungen verstrickt zu werden, die zu nichts führten. Als Saber merkte, daß sie heute durch nichts aus der Ruhe zu bringen war, drehte er sich um und ging in den Raum nebenan, in dem sich auch der Tresor befand.

Nicole vermutete, daß er sich nun für seinen Landgang vollständig ankleiden würde. Ihre Kehle war trocken; sie wußte, daß sie sich ihm in den Weg würde stellen müssen, wenn Allen nicht bald erschien. Nervös glitt ihre Hand über den Pistolenknauf, und sie drehte sich gerade in dem Augenblick nach der Tür um, als Saber wieder erschien, vollständig angekleidet und mit dem Messingkasten unterm Arm. Der Augenblick ist gekommen, sagte sie sich entschlossen.

Saber warf ihr einen erstaunten Blick zu, als sie sich erhob und zur Ausgangstür strebte. »Willst du weggehen, Nick? Wenn du noch einen Augenblick wartest, kannst du mit mir kommen.«

Er schien die drohende Gefahr nicht zu spüren, denn er schenkte Nicole keine weitere Beachtung mehr. Er stellte den Kasten auf den Schreibtisch und öffnete ihn, prüfte den Inhalt, schlug den Deckel wieder zu und verschloß den Kasten sorgfältig. Dann nahm er ihn abermals unter den Arm, drehte sich um und wollte zur Tür gehen, blieb jedoch wie angewurzelt stehen, als er Nicole mit gezogener Pistole dort stehen sah.

»Du lieber Himmel!« sagte er fast belustigt. »Du wirst es doch nicht etwa ernst meinen?«

Nicole schluckte und überhörte seine ironischen Worte. »Stellen Sie den Kasten auf den Schreibtisch!« preßte sie hervor.

»Aber natürlich, alles, was du willst, mein Lieber. Ich hoffe nur, daß du nicht nervös bist, Nick, denn es würde mir gar nicht gefallen, wenn du mir aus Versehen ein Loch in den Kopf schießen würdest«, sagte er, wobei er ihre Anweisung befolgte. Er stellte den Kasten auf den Tisch, lehnte sich gegen denselben und verschränkte die Arme vor der Brust. »Warten wir jetzt auf Allen, oder machst du das auf eigene Faust?« erkundigte er sich scheinbar fasziniert.

Hat er doch etwas geahnt? fragte Nicole sich erschrocken. Der ruhige Klang seiner Stimme und sein gelassenes Verhalten brachten sie völlig aus der Fassung. Sie blickte ihm forschend ins Gesicht und bemerkte plötzlich einen harten Zug um seinen Mund, als er fortfuhr: »Du willst nicht antworten? Sehr klug. Ich sehe, Allen hat dich hervorragend instruiert.« Plötzlich wandte er seine Augen von ihr ab und blickte auf die Tür hinter ihr. »Ach, da ist der schlaue Allen ja schon ...«

Erleichtert drehte Nicole sich um, und im gleichen Augenblick sprang Saber vor. Nicole war auf einen der ältesten Tricks der Welt hereingefallen. Mit eisernem Griff hielt Saber sie umklammert, während er ihr die Pistole entwand. Mit dem Mut der Verzweiflung versuchte Nicole sich zu befreien, doch Saber hielt sie fest gegen seine Brust gepreßt.

»Du kleiner Narr!« keuchte er. »Hast du wirklich geglaubt, daß dir das gelingen würde?«

Nicole war viel zu wütend, um Angst zu haben, und ihre Augen waren schwarz vor Zorn. »Lassen Sie mich los! Sie sollen mich loslassen!« fauchte sie.

Sie kämpfte verbissen weiter, bis sie sich plötzlich des seltsamen Blicks bewußt wurde, mit dem er sie ansah. Ein zufriedenes Grinsen lag um seinen Mund, und seine Hände, die sie noch ebenso eisern umklammert hielten, schienen sie jetzt fast zärtlich zu berühren. Sie warf den Kopf in den Nacken, und ihre Augen wurden starr und weit, als ihr langsam die Erkenntnis dämmerte.

»Sie wissen es?« flüsterte sie.

Er zog sie wieder eng an sich, und wie aus weiter Ferne hörte sie ihn murmeln. »Aber natürlich, meine kleine Hexe.« Eine Sekunde später lag sein Mund auf ihren Lippen.

Sein Atem schmeckte nach Rauch, sein Kuß war wild und zärtlich zugleich. Nicole war nicht mehr Herrin ihrer selbst, sie war nicht in der Lage, einen klaren Gedanken zu fassen. Steif stand sie in seiner Umarmung und wünschte, daß er sie losließe. Eine Ewigkeit schien ihr vergangen zu sein, als sich seine Lippen endlich wieder von den ihren lösten und der Druck seiner Arme sich lockerte. Ein spöttischer Ausdruck lag auf seinem Gesicht, als er fragte: »Bin ich es, dem du deine Gunst schenkst, oder ist es Allen?«

»Warum fragen Sie ihn nicht selbst?« fauchte sie.

»Das habe ich auch vor, mein Mädchen. Ich werde ihm so manche Frage stellen.«

Wie auf Kommando wurde die Tür aufgestoßen, und zwei stämmige Seeleute standen auf der Schwelle. In ihrem Griff hielten sie Allen, der erschöpft und blutbesudelt war.

Als Nicole Allen sah, wollte sie zu ihm eilen, doch Saber hielt sie zurück. »Benimm dich!« sagte er scharf. »Oder willst du dich zu ihm gesellen? Den beiden Männern würde das sicher gefallen.«

Als sie die Bedeutung seiner Worte erfaßte, erstarrte sie

und fragte sich, wieso ihr Plan hatte mißlingen können und seit wann Saber wußte, daß sie ein Mädchen war. Hatte er es schon von Anfang an gewußt? Nein, sicher nicht, denn dann hätte er bestimmt nicht einem Kind dieses oft rauhe, grausame Leben auf See zugemutet. Wie aus weiter Ferne hörte sie die Stimmen der Männer, doch sie erwachte aus ihrer Erstarrung, als Saber befahl: »Bringt ihn hinunter und legt ihn in Ketten! Ich werde mich später mit ihm beschäftigen.«

»Nein!« schrie sie und wollte sich von Saber losreißen, aber er hielt eisern ihren Arm umklammert und versetzte ihr einen Schlag ins Gesicht. Wütend und überrascht zugleich schrie sie ihn an: »Sie schlagen mich, Sie gemeiner Hund!«

Seine Augen waren zu schmalen Schlitzen geworden, als er mit leiser Stimme sagte: »Ja, ich schlage dich, und ich werde es wieder tun, wenn du das noch einmal versuchst.«

»Ihr habt gehört, was ich gesagt habe. Schafft ihn mir aus den Augen«, wandte er sich an die Männer. »Und haltet euren Mund über die Angelegenheit.«

Drückendes Schweigen lag über dem Raum, als die beiden Matrosen, Allen mit sich fortzerrend, den Raum verlassen hatten. Nicole wagte nicht, zu Saber hinüberzusehen, der mit dem Rücken zu ihr vor einer Luke stand und sich eine Weile nicht bewegte. Sie war so verwirrt von den Ereignissen der letzten Minuten, daß sie sich leer und ausgepumpt fühlte und nicht wußte, was sie tun sollte. Langsam wurde ihr klar, daß sie nicht würde bestimmen können, was mit ihr zu geschehen hatte.

Obwohl sie noch jung war und noch keine Erfahrung in der Liebe besaß, wußte Nicole über die animalischen Triebe, von denen Männer abhängig waren, schon mehr, als sie hätte wissen sollen. Es war ihr klar, daß Saber sie begehrte. Als er sie vorhin so eng umklammert hielt, sprach sein Körper eine deutliche Sprache. Sie erinnerte sich an die Wärme seines Körpers und den Druck seiner harten Männlichkeit.

Nicole schluckte, ihre Kehle war plötzlich wie ausgetrocknet. Es ist ungerecht, dachte sie traurig, daß ich zur Frau werden soll, noch bevor ich die Möglichkeit hatte, ein Mädchen zu sein. Und sie fragte sich, ob Saber sie mit wilder, brutaler Leidenschaft nehmen oder ob er zärtlich und sanft mit ihr umgehen und auf ihre Jungfräulichkeit Rücksicht nehmen würde. Plötzlich sah sie ihn in ihrer Erinnerung, wie er in eben diesem Raum mit anderen Frauen geschlafen hatte. Sie wußte, daß er sanft sein konnte, denn sie hatte ihn so erspäht, doch sie wußte auch, daß er wie ein Tier zu sein vermochte, und sie konnte nur hoffen, daß er ihr dies ersparte.

Bereit, sich in ihr Schicksal zu ergeben, hob sie aufseufzend die Schultern, und Saber, der sie hörte, drehte sich nach ihr um. Von dem wilden Kampf mit ihr hing ihm das Haar noch wirr ins Gesicht und ließ ihn verwegen aussehen. Als sie dem Blick seiner harten Augen begegnete, begann ihr Herz wieder wie rasend zu schlagen. Um ihre Nervosität zu überspielen, hob sie trotzig das Kinn und fragte mit kühler Stimme: »Was haben Sie jetzt mit uns vor?«

»Du hast alles falsch gemacht, Nick«, sagte er und ein böses Lächeln lag um seinen Mund. »Anstatt verbissen zu schweigen, hättest du die Unwissende spielen und fragen sollen, wie Allen in seine augenblickliche Lage geraten ist. Du hast dich viel zu schnell geschlagen gegeben. Ich bin enttäuscht von dir, Nick. Ich hatte angenommen, daß du versuchen würdest, dich herauszuwinden.«

Nicoles Körper versteifte sich bei seinen Worten; sie konnte sich nicht beherrschen und fauchte ihn an: »Was hätte es genutzt? Sie haben ja offensichtlich alles gewußt.«

»Ja, das stimmt – aber, meine kleine Füchsin, du darfst eine Niederlage nie so offen zugeben. Vielleicht hättest du mich überzeugen können, daß du mit Allens Anschlag nichts zu tun hast. Schade, daß du nicht klüger warst.«

Nicole zwang sich, Ruhe zu bewahren, heftete ihren Blick auf einen Punkt irgendwo über seinem Kopf und schwieg verbissen.

Saber mußte insgeheim lächeln. Was für eine eigensinnige, kleine Füchsin sie doch ist, dachte er, und sie ist sich ihrer Schönheit gar nicht bewußt. Ein Gefühl ungeheurer Zufriedenheit überkam ihn, während er sie betrachtete. In Zukunft würde ihn der Gedanke an ihren verführerischen Körper, den er damals in der kleinen Bucht in seiner ganzen Schönheit heimlich hatte bewundern können, nachts nicht mehr quälen und ihm den Schlaf rauben.

Es kümmerte ihn nicht, wer sie war und warum sie sich als Junge verkleidet auf das Schiff eingeschlichen hatte. Sie war ein schönes, begehrenswertes Mädchen, das sich an einem Komplott gegen ihn beteiligt hatte. Bei diesem Gedanken wurden seine Augen hart; lange ruhte sein Blick auf ihrem dunklen Haar, dem die durch die Luke der Kajüte fallenden Sonnenstrahlen rötliche Lichter aufsetzten. Aber was sonst konnte ich von ihr erwarten? dachte er ungerecht. Frauen mit roten Haaren darf man nicht trauen. Ich habe meine Lektion gelernt, dachte er bitter, und plötzlich stand Annabelles Gesicht vor ihm ... Annabelle mit den flammendroten Haaren und den grünen Augen. Annabelle, die gelogen, betrogen und durch ihre Intrigen seinen Untergang verschuldet hatte, sogar dann noch, als er ihr sein junges Herz zu Füßen gelegt hatte. Hure! Verlogene, hinterhältige Hure!

Nicole, die immer noch angestrengt an ihm vorbeisah, ertrug die Ungewißheit nicht länger. Sie hatte nicht vor, sich einschüchtern zu lassen. Unglücklicherweise war es ihr aber nicht gegeben, ihre Empfindungen zu verheimlichen, so daß ihr ihre Angriffslust deutlich anzusehen war.

Als Saber dies erkannte, verflogen seine dunklen Erinnerungen, und leise auflachend sagte er: »Willst du ewig so stehenbleiben? Sei versichert, daß es dich nach ein paar Stunden entsetzlich anstrengen wird.«

Sie sah ihn frostig an. »Was soll ich sonst tun?« Ihre Stimme war kalt wie Eis, und als sie das amüsierte Lächeln auf seinem Gesicht bemerkte, hätte sie ein Messer nach ihm werfen können.

Er ging langsam auf sie zu. Sanft hob er ihren Kopf und ließ seine Lippen zärtlich über ihren Mund gleiten. »Du scheinst ungeduldig zu sein. Hast du es so eilig, mit deinen neuen Pflichten anzufangen?« murmelte er. Seine Lippen wanderten weiter über ihre Wangen zu ihrem Ohr. »Wenn du willst, können wir natürlich sofort beginnen. Es ist lange her, seit wir die Bermudas verlassen haben, und ich könnte mir keine vorstellen, mit der ich meine erzwungene Enthaltsamkeit lieber beenden würde als mit dir.«

Nicole wich zurück. »Nicht einmal Louise Huntleigh?«

Seine Augen blitzten wütend auf, und Nicole bemerkte erstaunt, daß er nun doch seine Gelassenheit verlor. »Laß sie aus dem Spiel!« fauchte er.

Doch wie unter einem inneren Zwang fuhr sie fort: »Warum? Ist sie nicht Ihre Geliebte? Glauben Sie, daß sie sich freuen wird, wenn sie erfährt, daß Sie es mit einer anderen versucht haben?«

»Du bist noch sehr jung, nicht wahr, Nick? Sicher jedoch nicht erst fünfzehn, wie du mich glauben machen willst«, stellte er fest, aber dann kam ihm eine andere Idee. »Und wenn du schon einmal dabei bist, kannst du mir auch verraten, wie du wirklich heißt. Ich kann dich doch nicht weiterhin Nick nennen, nicht wahr? Obwohl du für mich wahrscheinlich immer Nick bleiben wirst, egal, was geschieht.«

Widerstrebend gab Nicole ihm die gewünschte Antwort.

»Und nun, Nicole, noch eine andere Frage. Wie lange warst du Allens Geliebte?«

Sein scharfer Ton ließ Nicole mit der Antwort zögern. Er würde ihr wahrscheinlich nicht glauben, wenn sie beteuerte, nie Allens Geliebte gewesen zu sein und auch nicht die irgendeines anderen Mannes. Wenn er sie jedoch nahm, und das würde er sicher tun, würde er bemerken, daß sie noch unberührt war. »Ich war nie seine Geliebte«, murmelte sie also schließlich doch.

»Mein liebes Kind, erwartest du, daß ich dir das abnehme?« fragte er beißend.

»Es gibt einen Weg, das herauszufinden«, antwortete sie mit belegter Stimme und blickte ihn an. Doch als sie das Aufblitzen seiner Augen sah, fügte sie hinzu: »Aber ich verspreche Ihnen, ich werde mich wehren, und Sie werden keine Freude daran haben.«

»Was? Ich sollte keine Freude daran haben, der erste zu

sein?« lachte er ungehemmt. »Du mußt noch sehr jung sein, wenn du das glaubst. Ein Mann liebt es, wenn er bei einer Frau der erste ist.«

Nicole hielt es für ratsamer, das Thema zu wechseln. »Was haben Sie mit Allen vor?« fragte sie.

Sofort verschwand das Lächeln aus seinem Gesicht, und es trug wieder die gewohnt harten, unerbittlichen Züge. »Du solltest ihn vergessen«, antwortete er kalt.

»Ihn vergessen? Sie müssen verrückt sein! Ich liebe ihn! Ich kann ihn nicht einfach beiseite schieben, als wäre nichts geschehen!« schrie sie außer sich.

»Du liebst ihn?« erwiderte er trocken. »Eben noch hast du gesagt, daß das nicht der Fall ist. Was stimmt denn nun wirklich?«

»Zum Teufel mit Ihnen! Sie wollen mich ja nicht verstehen! Ich werde überhaupt nichts mehr sagen! Machen Sie, was Sie wollen!« Und grimmig fügte sie hinzu: »Das tun Sie ja sowieso.«

Nicoles Augen waren fast schwarz vor Wut, doch er schien völlig unberührt von ihrem Ausbruch zu sein und sah sie an, als wäre sie ein drolliges kleines Kind. Damit brachte er sie noch mehr in Wut. Sie stemmte die Hände in die Hüften, stampfte mit dem Fuß auf und schrie: »Ach, gehen Sie zum Teufel, Saber! Grinsen Sie nicht so dumm! Sagen Sie mir endlich, was Sie mit Allen vorhaben!«

Er brach in schallendes Gelächter aus. »Eigentlich wäre es ja wohl an mir, Fragen zu stellen. Vergiß das nicht, mein kleiner Hitzkopf.«

Nicole geriet nun vollends außer sich. Wie konnte er so kalt und gefühllos bleiben, nachdem er ihr ganzes Leben auf den Kopf gestellt und Allen eingesperrt hatte? Allen, der sich selbst in Lebensgefahr begeben hatte, um ihr Leben zu retten! Sie drehte sich auf dem Absatz um und wollte hinausrennen, doch seine Stimme, die nun gar nicht mehr belustigt klang, hielt sie zurück.

»Setz dich, Nicole! Du bleibst hier! Deine Loyalität deinem ... Verbündeten gegenüber ist völlig nutzlos. Wenn ich dich nicht begehren würde – der Himmel weiß, warum –, würde ich dich ebenfalls in Ketten legen lassen. Und«, fügte er beiläufig hinzu, »du würdest mit ihm hängen.«

»Sie können ihn nicht hängen!« schrie sie in panischem Entsetzen. »Dazu haben Sie nicht das Recht!«

»Ich selbst werde ihn auch nicht aufhängen lassen«, erwiderte er gleichmütig. »Das werden die zuständigen Behörden in New Orleans tun. Dein lieber Allen ist nämlich ein britischer Agent.«

»Woher wissen Sie das? Sie haben keine Beweise dafür.«

»Ich brauche keine Beweise. Ich weiß, daß er Angehöriger der Königlich Britischen Marine ist – Kapitän, um es genau zu sagen. Falls du es vergessen haben solltest, England und Amerika liegen im Krieg gegeneinander. Selbst wenn er nicht versucht hätte, die Bücher an sich zu bringen, würde die Tatsache, daß er sich auf mein Schiff eingeschlichen hat, genügen, um ihn hängen zu lassen.«

»Was wollen Sie gegen ihn vorbringen? Allen hat nichts getan, während er an Bord Ihres Schiffes war«, entgegnete Nicole zornig und versuchte, die Angst niederzukämpfen, die sich wie eine kalte Faust um ihr Herz gelegt hatte.

Saber sog tief die Luft ein und widerstand dem Wunsch, sie übers Knie zu legen und ein bißchen Vernunft in sie hineinzuprügeln. Sie schien den Ernst ihrer Lage einfach nicht zu begreifen, und ihr blindes Vertrauen in Allen brachte ihn immer mehr in Wut. »Bevor Allen auf die ›Belle Garce‹ kam, fuhr er auf zwei amerikanischen Schiffen, von denen jedes, kurz nachdem er jeweils an Bord gekommen war, von den Engländern erobert wurde. Seltsame Zufälle, nicht wahr? Und auch, daß er in beiden Fällen ›entfliehen‹ konnte, nur um kurz darauf wieder auf einem anderen amerikanischen Schiff aufzutauchen?«

Nicole war verwirrt, doch sie blieb bei ihrer aggressiven Haltung. »Sie wollen ihn nur anschwärzen«, beharrte sie. »Und außerdem ... warum sollte ein Kapitän der britischen Marine mit der ›Belle Garce‹ fahren? Unser Schiff ist ein privates und kein militärisches.«

Saber amüsierte sich insgeheim, als er sie von der »Belle Garce« als »unserem Schiff« reden hörte, doch seine Stimme verriet nichts von seinen Gedanken. »Allen ist nicht dumm. Während er auf der ›Belle Garce‹ fuhr, konnte er seine Vorgesetzten über die technischen Daten und Routen vieler anderer Schiffe informieren.«

Als Nicole ihn ungläubig anschaute, fügte er hinzu: »Auch ich habe meine eigene Methode, Nachforschungen anzustellen. So habe ich mich bei einem Freund in Jamaica nach einem angeblichen Bekannten bei der Marine erkundigt, natürlich ohne etwas von meinem Verdacht zu äußern, und die Auskunft, die er mir gab, besagt unter anderem, daß die Admiralität in London große Stücke auf den jungen Kapitän Allen Ballard hält.«

Nicole erblaßte. Die Tatsache, daß sich ihr eigener Verdacht, Allen betreffend, bestätigt hatte, störte sie wenig, doch sie zweifelte keinen Augenblick daran, daß Saber seine Informationen an die zuständigen Behörden weiterleiten würde. In Anbetracht der großen Gefahr, in der Allen dadurch schwebte, vergaß Nicole fast ihre eigene prekäre Lage. Forschend sah sie Saber an.

Er schien ganz offensichtlich unberührt von den Ereignissen des heutigen Tages. Wenn es ihm genutzt hätte, daß Allen weiter auf seinem Schiff blieb, hätte er es ihm sicher erlaubt. Über seine Einstellung zu ihr war sie sich nicht ganz sicher, doch sie vermutete, daß er das bisherige Spiel einfach leid war und es beenden wollte. Sie war überzeugt, daß sein Verlangen nach ihr den letzten Ausschlag gegeben hatte, und sie suchte nach einer Möglichkeit, seine leidenschaftlichen Gefühle für sie auszunutzen. Vorsichtig fragte sie daher: »Böte man Ihnen einen Preis, würden Sie dann vergessen können, wer Allen ist, und ihm die Flucht ermöglichen?«

»Willst du mich kaufen?« fragte er amüsiert.

Sie nickte langsam, von einer seltsamen Erregung erfaßt. Doch Saber riß sie brutal aus dieser Stimmung. »Was hast du zu bieten?« fragte er. »Du besitzt keinen Penny, und ich glaube, auch Allen kann mich nicht bezahlen.«

Es war eine heikle Situation, und Nicole spielte mit großem Risiko, doch sie glaubte zu wissen, daß Saber sie lieber haben wollte, wenn sie hingebungsvoll und bereitwillig war und nicht widerspenstig und um sich schlagend und kratzend. Sie nahm deshalb all ihren Mut zusammen und entgegnete: »Ich habe nichts zu bieten als mich selbst und schlage Ihnen einen Handel vor: Ich steige freiwillig in Ihr Bett und bleibe bei Ihnen, solange Sie es wünschen, und Sie schenken Allen als Gegenleistung dafür die Freiheit. Ich stehe zu meinem Wort.«

9

Nicoles Vorschlag schien Saber zu verwirren, denn er schwieg lange Zeit, bis er schließlich absolut überflüssigerweise noch einmal fragte: »Willst du damit sagen, daß du meine Geliebte werden willst, wenn ich Allen freilasse?«

»Genau das«, erwiderte sie, und ihre Miene strahlte mehr Zuversicht aus, als sie wirklich empfand.

Saber ließ seinen Blick über ihren Körper gleiten. Empört über diese unverhohlene Begutachtung ihrer Formen konnte Nicole sich nicht beherrschen und fauchte: »Nun, ist das ein Angebot?«

Ein ungehemmtes Lächeln spielte um Sabers Mund, als er langsam auf sie zuging und sie in seine Arme zog.

»Warum nicht?« murmelte er und küßte sie.

Widerstandslos und unsicher lag sie in seinen Armen und sagte sich, daß sie das alles nur für Allen tue. Ihre unerfahrenen Lippen erwiderten seinen Kuß nicht.

»Du wirst schon etwas mehr tun müssen, Nick«, sagte Saber nach einer Weile.

»Wie kann ich das, wenn ich nicht weiß, was von mir erwartet wird?« fragte Nicole voll entwaffnender Ehrlichkeit.

Saber zog spöttisch die Augenbrauen hoch. »Willst du mir schon wieder das Märchen von deiner Unberührtheit auftischen? Das würde ich an deiner Stelle nicht tun. Ich habe dich und Allen gesehen, als ihr euch damals in der Bucht so innig umarmt habt. Also halte mich nicht zum Narren, meine liebe Nick.«

»Ich sage die Wahrheit«, erwiderte sie erbittert. »Es wäre ja auch dumm von mir, eine Behauptung aufzustellen, deren Unrichtigkeit sich rasch ergeben würde.«

Sie blickte in das bärtige, dunkle Gesicht, das dem ihren so nahe war, und wünschte sich, daß er seine Gefühle nicht so geschickt verbergen würde. Was ging vor hinter diesen unergründlichen bernsteinfarbenen Augen? Seine Miene verriet nichts, und Nicole fühlte sich unbehaglich, als er sie schweigend in den Armen hielt. »Ja, es gibt nur eine Möglichkeit, das herauszufinden, nicht wahr?« sagte er schließlich ruhig.

Nicole nickte langsam, ihr Herz hämmerte wie verrückt in ihrer Brust. Saber sah sie prüfend an, ließ sie dann los und sagte unvermittelt: »Wir gehen woanders hin. Ich kenne einen sehr hübschen Schlupfwinkel für uns.«

Nicole sagte nichts. Er hatte ihr Angebot angenommen, und sie mußte ihr Wort halten. Zumindest wußte sie nun, daß Allen gerettet war. Saber hatte das zwar nicht ausdrücklich zugesagt, doch Nicole vertraute ihm diesbezüglich.

Er hob den Kasten auf seine Schulter und sagte, als er Nicoles bekümmerten Blick bemerkte, mit kaltem Lächeln: »Es hätte sowieso nichts genutzt, Nick. Die Code-Bücher haben das Schiff schon verlassen, als du heute morgen im Vorratsraum warst. Higgins ist mit ihnen auf dem Weg nach New Orleans.«

Aus Nicoles Gesicht wich alle Farbe, und fast stotternd vor Wut fragte sie: »Wie ist das möglich? Sie sind kein einziges Mal in die Nähe des Tresors gekommen.«

»Du bist eben doch nicht so schlau, wie du denkst, Nick. Es war ein leichtes, sie gestern abend herauszunehmen und sie meinem Ersten Steuermann anzuvertrauen. Higgins ist sehr zuverlässig«, entgegnete er in seiner typischen schleppenden Redeweise, die Nicole nur noch mehr aufregte.

Sie betraten das Deck, wo die wenigen zur Wache eingeteilten Matrosen faul herumstanden. Niemand sprach ein Wort, als das Beiboot ins Wasser gelassen wurde und Nicole hineinkletterte. Es war eine schweigsame Fahrt zum Ufer hinüber; nur das Quietschen der Ruderriemen, das Plätschern der Wellen und der gelegentliche Schrei einer Möwe waren zu hören.

Saber schenkte Nicole kaum Beachtung, und als sie aus dem Boot stiegen, war sie einen Augenblick lang versucht, davonzulaufen und sich in einem der strohbedeckten Häuser in Sicherheit zu bringen.

»Ich würde es nicht tun, wenn ich du wäre, Nick.« Er schien wirklich Gedanken lesen zu können.

Trotzdem fragte Nicole unschuldsvoll: »Was meinen Sie damit?«

»Du weißt sehr genau, was ich meine«, entgegnete er auflachend. »Hör auf, mich zum Narren halten zu wollen.«

Thibodaux House war eine Plantage, die schon existierte, als New Orleans noch nicht mehr als ein Haufen kleiner Holzhütten gewesen war, die sich an einer sumpfigen Biegung des schmutzigen Mississippis eng aneinanderschmiegten. Wo sich einstmals Sümpfe und Zypressen befunden hatten, erstreckten sich jetzt Baumwoll- und Zuckerrohrfelder bis zum Ufer hinunter und bildeten einen natürlichen Schutz gegen die Wasserfluten.

Das Haus war vor längerer Zeit zerstört und später durch ein neues, eleganteres ersetzt worden. Obwohl das neue Haus erst zwanzig Jahre alt war, säumten hohe, über hundertjährige Eichen die Auffahrt zum Haus. Ihre knorrigen Äste griffen fast ineinander und bildeten einen langen schattigen Bogengang, durch den Nicole und Saber auf das Haus zuschritten, das majestätisch im Glanz der Wintersonne vor ihnen lag. Magnolienbäume und wieder Eichen standen in scheinbarer Unordnung um das Haus herum. Lange schattige Galerien umgaben das Gebäude, das Obergeschoß war von einem luftigen, mit grünem Gitterwerk eingefaßten Balkon umgeben, während die Säulen der Galerie im Erdgeschoß in unglaublichem Weiß erstrahlten. An den Fensterläden, mit denen die vielen schmalen, hohen Fenster versehen waren, wiederholte sich das Grün des oberen Balkons, ebenso wie in den beiden Treppenaufgängen zu beiden Seiten des Hauses.

Einen Augenblick stand Nicole bewundernd vor der erhabenen, beinahe überheblichen Schönheit des Hauses, und sie fragte sich, wieso Saber hierher ging. Besaß er so reiche Freunde, und durfte er deren Haus aufsuchen, wann immer er wollte, oder gehörte ihm das Haus gar selbst? Doch sie wollte sich von der Schönheit des Hauses nicht allzusehr beeindrucken lassen.

Sogar der schwarz-weiße Marmorboden und die im hübschen Rhombenmuster angelegten Platten rissen sie nicht zu Ausrufen der Bewunderung hin. Steif stand sie an Sabers Seite, als er leise mit einem großen, schlanken, in strenges Schwarz gekleideten Neger sprach, dessen dunkle Hautfarbe durch das strahlende Weiß seines Hemdes noch unterstrichen wurde. Sie schenkte der Unterhaltung der beiden Männer keinerlei Beachtung, sondern starrte mit ausdruckslosem Gesicht in die Halle, ohne jedoch wirklich etwas zu sehen oder zu hören. Sie war so vertieft in ihr Bemühen, gleichgültig zu erscheinen, daß sie erschrocken aufschrie, als Saber leicht ihren Arm berührte und sie zu der eindrucksvollen Eingangstür hinführte.

Saber sah sie kalt an und fragte: »Nervös, meine Liebe? Das brauchst du nicht zu sein. Ich versichere dir, ich habe nicht die Absicht, wie ein reißender Wolf über dich herzufallen.«

Nicole warf ihm einen haßerfüllten Blick zu, worauf Saber laut auflachend ihren Arm fester ergriff und sie auf die Galerie hinausführte. Es kam ihnen eine junge Negerin entgegen, um deren Kopf ein Tuch in fröhlichen rot-weißen Farben geschlungen war. Saber begrüßte sie freundlich, während Nicole die beiden mürrisch beobachtete und sich fragte, wie er es fertigbrachte, seine Mitmenschen, wenn er es wollte, mit seinem Charme immer wieder für sich zu gewinnen. Mich kann er damit jedenfalls nicht beeindrucken, dachte sie ärgerlich.

Er schien ihre Gedanken erraten zu haben, denn er blickte lächelnd auf sie herab und sagte: »Du wirst sicher bemerkt haben, wie sich meine Dienstboten über meine Rückkehr freuen. Aus irgendwelchen unerklärlichen Gründen scheinen sie gerne für mich zu arbeiten. Sie besitzen eben nicht so viel Menschenkenntnis wie du.«

Die Gelangweilte spielend, entgegnete sie: »Ihr Verhältnis zu Ihren Dienstboten interessiert mich nicht. Alles, was mich im Augenblick interessiert, ist ein Bett und ein Bad.«

»Dann werden dir die Dienste Galenas sicher sehr willkommen sein. Solange du hier bist, steht sie dir als dein Mädchen zur Verfügung, falls du irgendwelche Wünsche hast.«

»Ich werde keine Wünsche haben«, antwortete sie.

Saber grinste, dann machte er sich auf den Weg zum Büro des Aufsehers in einem kleinen Bau aus Ziegelsteinen, der sich unterhalb des Küchenhauses befand.

Wie in Louisiana häufig, befand sich auch hier die Küche in einem separaten Gebäude hinter dem Haupthaus, an das sich das Büro des Aufsehers anschloß; dahinter lag der Taubenschlag, in dessen Nähe sich die in zwei Reihen errichteten Hütten der Sklaven befanden. Im Anschluß an die Sklavenhütten erstreckten sich die grünen Zuckerrohrfelder.

Staunend ging Nicole in dem hübsch eingerichteten großen Schlafzimmer umher und fragte sich, wie Saber sich soviel Luxus leisten konnte. Es war ein wunderschöner Raum – weiche Wollteppiche bedeckten fast den ganzen Holzboden; an einer Wand stand ein riesiges, mit Schnitzereien verziertes Bett aus Mahagoniholz; eine leuchtendgelbe Seidendecke lag darüber; mehrere kleine Tischchen mit kostbaren Mosaikmustern standen im Zimmer verteilt, und ein paar mit ausgesuchtem Damast bezogene Stühle waren um den Kamin gruppiert; über dem Kamin hing ein gewaltiger goldener Spiegel, in dem sich der ganze Raum widerspiegelte.

Nicole trat an eines der hohen schmalen Fenster, vor denen Satinvorhänge im gleichen leuchtenden Gelb wie dem der Bettdecke hingen, und sah mit düsterem Blick hinaus. Das Leben ist die reinste Hölle, stellte sie unglücklich fest. Gestern war ihre und Allens Welt noch in Ordnung gewesen und heute... Saber hatte alles in Trümmer geschlagen. Sie blickte in den im schwindenden Tageslicht liegenden Garten hinunter und fragte sich, was sie wohl morgen empfinden werde, morgen, nach der kommenden Nacht.

Schweigend beobachtete sie den Sonnenuntergang, und als die Sonne hinter den hohen Eichen und Zypressen verschwand, wünschte sie, daß die Nacht schon hinter ihr läge. Doch sie hatte einen Handel abgeschlossen, und eine Vertragsbrüchige war sie nicht. Natürlich hätte sie ihr Versprechen lieber nicht eingehalten, und als Galena ein dunkelgrünes Kleid aus zarter Seide und ein etwas helleres Unterkleid, das ebenso durchsichtig war wie das Kleid, auf dem Bett ausbreitete, wäre sie am liebsten zu Saber gelaufen, um ihn zu bitten, ihren törichten Vorschlag zu vergessen. Doch der Gedanke an Allens Schicksal brachte sie wieder zur Besinnung. Sie mußte ihr Wort halten, wenn sie ihn retten wollte.

Grimmig wie ein Gladiator, der sich auf den Kampf vorbereitet, erlaubte sie Galena, ihr die Haare zu waschen. Danach stieg sie in eine nach Jasmin duftende Wanne und versuchte, sich in der wohligen Wärme des Wassers zu entspannen, was ihr zu ihrer Überraschung auch gelang. Mit Bedauern verließ sie die Wanne und ließ sich in ein großes flauschiges Badetuch wickeln und zum Bett führen, wo Galena mit geübten Händen ihren Körper massierte. Anschließend rieb Galena ein leicht nach Jasmin und Geißblatt duftendes Öl in ihre Haut ein. Nicole fühlte sich nun wohlig und entspannt und schlüpfte benommen in die bereitgehaltenen Gewänder. Diese Benommenheit war so stark, daß auch Sabers Erscheinen Nicole nicht erschrecken konnte. Er trug ein Gewand aus schwerer Seide.

Als gehörte es zu ihren alltäglichen Gewohnheiten, Männer in ihrem Schlafzimmer zu empfangen, sah sie gelassen zu, wie Sanderson, der schwarze Hausdiener, mit dem Saber vorher gesprochen hatte, einen der kleinen Tische deckte und begann, das Abendessen zu servieren. Es war ein königliches Mahl, bestehend aus Shrimps, einem Filet mit Champignons und Austern. Zum Hauptgericht wurde ein tiefroter Burgunder gereicht, und Nicole stürzte den Inhalt ihres Glases in einem Zug hinunter.

Saber, der träge auf seinem Stuhl saß und seine Zigarre und den Brandy genoß, beobachtete lächelnd, wie sie trotzig ein zweites Glas Wein hinunterkippte. Sie blickte zu Sanderson hinüber, um ihn um ein weiteres Glas Wein zu bitten, doch dieser hatte Sabers abwehrende Geste wohl verstanden und räumte schnell den Tisch ab, dann verließ er den Raum.

Voll Entsetzen sah Nicole den Diener gehen, aber dann sagte sie sich, daß Angriff die beste Verteidigung sei, holte tief Luft und fragte herausfordernd: »Und jetzt?«

Saber sah sie mit charmantem Lächeln an und drückte seine Zigarre aus. Dann verschwand das Lächeln, und er entgegnete gedehnt: »Und nun, meine kleine Füchsin – nun wollen wir herausfinden, ob du die Wahrheit gesagt hast.«

10

Die Worte trafen sie wie ein eisiger Wind. Mit vor Erregung dunklen Augen beobachtete sie, wie er sich von seinem Stuhl erhob und auf sie zukam. Einen Augenblick blieb er neben ihr stehen und blickte auf ihr Gesicht hinunter. Ihr glänzendes dunkles Haar lockte sich bis auf ihre Schultern und gab ihr das Aussehen einer edlen Statue. Seine Augen verweilten auf ihrem halbgeöffneten Mund, wanderten weiter zu ihrem reizvollen Busen und starrten wie hypnotisiert auf die sich immer schneller hebenden und senkenden Rundungen unter dem Stoff ihres Kleides.

Nicole war sich nie zuvor ihres Körpers so bewußt gewesen, doch sie hatte auch noch nie ein solches durchsichtiges Kleid getragen, sie hatte vor allem auch noch nie Sabers brennendes Verlangen nach ihr gespürt.

Sie fühlte sich wie losgelöst von ihrem Körper, fast, als geschehe dies alles mit einer anderen Person. Sogar als er sie in seine Arme nahm, wich dieses Gefühl nicht von ihr. Es war nicht sie, die er küßte und an sich preßte, es war irgendein anderes Mädchen, und sie selbst war nur Zuschauerin.

Saber schien das zu spüren, denn er hob den Kopf und sah sie aus schmalen Augen an. Vielleicht war sie wirklich noch Jungfrau, doch er bezweifelte es. Und da er glaubte, daß sie ihn zum Narren hielt, vergeudete er wenig Zeit für das Vorspiel und streifte ihr mit einer schnellen Bewegung das Kleid ab.

Nackt und bewegungslos stand sie vor ihm, ihr schlanker Körper schimmerte im Glanz des Kerzenlichts. Als er sie so betrachtete – ihre hochangesetzten Brüste mit den rosa Brustwarzen, die schlanke Taille, den flachen Bauch und das liebliche, dunkle Dreieck zwischen ihren Schenkeln –, brach das Verlangen wie ein Vulkan in ihm aus. Er hob sie auf seine Arme und trug sie zum Bett.

Dann sank er neben sie auf die duftenden Laken; ihr Haar lag wie ein Schleier um ihren Kopf ausgebreitet. Fast ohne sie zu berühren, beugte er sich zu ihr hinüber und küßte sie zärtlich. Doch Nicole erwiderte seinen Kuß nicht. Verärgert stützte er sich auf einen Ellbogen und starrte in ihr Gesicht. Nicole erwiderte seinen Blick und spürte das animalische Verlangen, das von ihm ausging und das angenehme Gefühl des Losgelöstseins in ihr zerstörte.

»Sieh mich an, Nick«, sagte er ruhig, hob ihr Kinn und zwang sie, ihm in die Augen zu sehen. »Wenn ich dich küsse, möchte ich spüren, daß ich eine Frau küsse und keine gefühllose alte Jungfer«, fuhr er fort, und seine Stimme verriet seinen wachsenden Ärger.

Er preßte seinen Mund auf den ihren und zwang sie, die Lippen zu öffnen. Nicole erlebte das drängende Spiel seiner Zunge und bemerkte voll hilfloser Verwirrung, wie auch ihr Körper von einer seltsamen Erregung ergriffen wurde. Ihre Lippen wurden plötzlich weich und hingebungsvoll. Saber spürte ihre Bereitschaft und ließ seine Finger zärtlich über ihr Kinn, ihren Hals, ihre Schultern gleiten.

Nicole hatte das Gefühl, als habe ein fremdes Wesen von ihrem Körper Besitz ergriffen, und wie von selbst legten sich ihre Arme um Sabers Hals. Ihre Hände streichelten seinen Kopf und glitten dann an seinem schlanken Körper hinunter, während seine Hände hungrig ihren Körper erforschten. Nicole versank in einem Meer unbekannter Empfindungen, sie konnte nicht mehr denken, war ganz und gar erfüllt von diesem brennenden Verlangen, das bei jeder seiner Berührungen noch stärker wurde. Sein harter Körper schien sie tiefer und tiefer in diese Sehnsucht, in Besitz genommen zu werden, hineinzutreiben. Sie nahm den weichen Flaum seiner Brusthaare, die sie an ihrem Busen spürte, wahr, seine kräftigen Beine, die sich gegen die ihren drängten, und das warme, ungeduldige Zeichen seiner Männlichkeit zwischen seinen Schenkeln.

Als Sabers wachsendes Verlangen jeden logischen Gedanken auslöschte, war er nicht länger in der Lage, seine Gefühle zu kontrollieren. Er konnte es nicht länger ertragen, ihre seidige Haut nur leicht zu berühren. Ohne an ihre mögliche Jungfräulichkeit zu denken, griff seine Hand blind in den köstlichen Flaum zwischen ihren Schenkeln, und seine Finger drangen ohne Vorwarnung in sie ein.

Bei dieser unsanften Berührung versteifte sich Nicoles ganzer Körper vor Schreck. Plötzlich tauchten vor ihrem geistigen Auge wieder Erinnerungen daran auf, wie er mit anderen Frauen im Bett gelegen hatte, und sie wußte, daß sie es nicht würde ertragen können. Ihre Gedanken verdrängten die Leidenschaft, die sie eben noch empfunden hatte; sie entwand sich seiner Umarmung und rollte sich zur Seite. Halb auf dem Bett liegend, halb auf dem Boden kniend, starrte sie ihn an. Sie versuchte, ihm die Gründe für ihren plötzlichen Gefühlsumschwung zu erklären, und stammelte: »Ich ... ich ... kann nicht. Bitte, verstehen Sie mich doch ...«

Er schien wie betäubt durch ihre Worte und war offensichtlich nicht in der Lage, sie zu begreifen, denn eine lange Minute starrte er sie nur verständnislos an. Dann jedoch fiel ihm wieder ein, daß sie möglicherweise noch unberührt war, und sein Verhalten änderte sich schlagartig; zärtlich blickte er in ihr verängstigtes Gesicht. »Ruhig, mein Liebling. Komm zu mir. Ich werde dir nicht weh tun ... das verspreche ich dir. O Nicole, laß mich dich lieben«, sagte er heiser und zog sie sanft in seine Arme. Eine Zeitlang lagen sie in dieser Umarmung, und Nicole spürte erbebend seinen nackten Körper. Als er ihren Mund mit kleinen zärtlichen Küssen bedeckte, fühlte sie, wie wieder dieses berauschende, alles andere auslöschende Verlangen in ihr wach wurde. Unendlich zärtlich glitten seine Hände über die sanften Rundungen ihres Körpers. Ihrer Sinne kaum mehr mächtig, versuchte sie, sich aus dem Netz, das er um sie spann, zu befreien, doch ihr Körper schwamm bereits willenlos auf einer Welle der Leidenschaft, die er auf so geschickte, erfahrene Weise in ihr zu wecken verstand. Ein Seufzer entrang sich ihr, als seine Lippen sich von ihrem Mund lösten und langsam zu ihren steil aufgerichteten Brustwarzen hinunterglitten. Sie war nicht vorbereitet auf diese köstlichen Wonnen, die seine Zähne ihr bereiteten, als er sanft in ihre zarte Haut biß, und ein Schauer puren animalischen Verlangens lief über ihren Rücken. Seine Hände glitten weiter über ihre Haut, ihren Nacken, ihren Rücken, ihre Hüften und machten es ihr unmöglich, einen klaren Gedanken zu fassen. Er zog sie enger an sich heran, und sie spürte, daß er bereit für sie war. Schnell ergriff er ihre Hand und führte sie, ihren erschrockenen Protest ignorierend, an seine harte Männlichkeit.

Nicole wußte instinktiv, was er von ihr erwartete, und eine Welle der Zärtlichkeit überflutete sie, als sie hörte, wie er scharf den Atem einzog, nachdem ihre unerfahrene Hand begonnen hatte, ihn zu liebkosen. Ein schwaches Stöhnen entrang sich seiner Brust; er spürte, wie sein Verlangen nach ihr wuchs, und er wußte, daß er nicht mehr länger warten konnte.

Sein Kuß war voll heißer, drängender Leidenschaft, aber als seine Hand sanft zwischen Nicoles Schenkel fuhr, zuckte das Mädchen doch noch einmal leicht zusammen. »Wehr dich nicht, mein Liebling«, murmelte er an ihrem Mund. »Es wird schön sein ... ich verspreche es dir.«

Erbebend blickte Nicole ihm entgegen, als er sich zwischen

ihre Schenkel schob und mit heiserer Stimme flüsterte: »Laß mich zu dir, Geliebte, laß mich dich ganz ausfüllen und mich in dir verlieren.«

Nicole hörte seine Stimme kaum, ihr ganzes Ich drängte ihm entgegen – sie fühlte, wie er ihre Hüften anhob und sanft in sie eindrang, so sanft, daß sie nur einen kurzen Augenblick des Schmerzes empfand, bevor er ganz in die feuchte Wärme zwischen ihren Schenkeln vorstieß. Nicoles Gefühle überschlugen sich, Angst und höchste Erregung zugleich erfüllten sie, als sie versuchte, sich seinen Bewegungen anzupassen. »So, mein Kleines, nun bist du eine Jungfrau gewesen«, flüsterte er zwischen seinen Küssen. Plötzlich jedoch stöhnte er auf und murmelte: »O Gott, ich weiß nicht, ob ich mich noch länger beherrschen kann ... ich bin so verrückt nach dir.« Seine Zunge wühlte sich in ihren Mund, und er begann, sich langsam in ihr zu bewegen. Dann jedoch konnte er nicht mehr an sich halten, vergaß ihre Unerfahrenheit und stieß tief und schmerzhaft in sie hinein. Obwohl er sich bemühte, ihr nicht weh zu tun, konnte Nicole sich nicht auf seine plötzlichen fast brutalen Bewegungen einstellen und schrie vor Schmerz laut auf. Sofort verlangsamte er seine Bewegungen, doch es drängte ihn, den weichen Körper unter sich auszufüllen, ihn zu nehmen, wie er noch nie einen genommen hatte. Irgend etwas, das er nicht verstand, trieb ihn, Nicole mit solcher Intensität zu nehmen, daß sie ihm für immer gehören würde. Und Nicole, die nichts mehr spürte außer seinem starken Körper, empfand plötzlich auch die gleiche, alles andere auslöschende Leidenschaft; ihr Körper paßte sich seinen rhythmischen Bewegungen an, ihre Arme umklammerten ihn, als könnte sie nicht genug von ihm bekommen. Und nachdem sie endlich in einem nicht enden wollenden Rausch dem Höhepunkt ihrer Leidenschaft zugetrieben waren, bettete Saber Nicoles zitternden Körper sanft in seine Arme. Sie war völlig erschöpft von dem Sturm der Gefühle, den er ausgelöst hatte, und verwirrt darüber, wie leicht sie seinem Liebesspiel erlegen war. Sie hatte kein einziges Mal an Allen gedacht, und schuldbewußt rief sie sich jetzt in Erinnerung, daß sie sich nur seinetwegen Saber hingegeben hatte.

Als sie so in Sabers Armen lag, war ihr Herz plötzlich von einer grenzenlosen Trauer erfüllt. Saber war sehr sanft mit ihr umgegangen, das mußte sie zugeben, doch das vermochte die Tatsache, daß sie niemals stolz sein konnte auf das, was passiert war, nicht auszulöschen. Sie sagte sich, daß sie es für Allen getan hatte und es diesem nicht zum Vorwurf machen konnte – sie verdankte ihm ihr Leben, und dafür war der Preis, den sie gezahlt hatte, sicher nicht zu hoch. Und doch plagten sie Zweifel, ob sie sich Saber wirklich nur für Allen hingegeben hatte. Sie kam zu keiner Lösung und wollte die Antwort auch nicht wissen. Sie rückte von Saber ab und befand sich nach wenigen Minuten in einer Art Dämmerzustand, aber schlafen konnte sie nicht. Die aufsteigenden Tränen unterdrückend, setzte sie sich schließlich im Bett auf, ohne einen Blick auf Saber zu werfen.

»Wo willst du hin?« fragte er träge.

»Ich ... ich weiß es nicht. Sie haben bekommen, was Sie wollten. Es gibt nichts mehr, was ich Ihnen geben könnte.«

Saber lächelte warm. »O doch. Ich werde dich eine ganze Zeit lang immer wieder haben wollen. Ich sehne mich schon jetzt wieder nach dir, weißt du das?«

Sie sah ihn an, wandte jedoch den Blick schnell wieder ab, als sie das aufkeimende Verlangen in seinen Augen bemerkte. Schließlich faßte sie einen Entschluß. Allen würde den Handel, den sie seinetwegen geschlossen hatte, nicht billigen, also konnte sie diesen Handel unmöglich fortsetzen. Sie hatte Saber bereits ihre Unschuld geschenkt, und mehr wollte sie ihm nicht geben, denn sie hatte Angst vor sich selbst.

Saber bemerkte nichts von ihren Qualen. Zärtlich glitten seine Finger über ihren Rücken, und er küßte ihre Schulter. »Komm zu mir, Nick«, bat er mit belegter Stimme.

»Nein, niemals!« schrie sie. Ihr wurde plötzlich übel, als ihr bewußt wurde, wie tief sie gesunken war. Mit vor Scham dunklen Augen sprang sie aus dem Bett. »Es war ein dummer Handel, auf den ich mich eingelassen habe. Ich kann nicht Ihre Geliebte werden. Ich dachte, ich könnte es, aber es geht nicht. Ich habe es nur für Allen getan. Ich kann keine billige Dirne werden, und schon gar nicht die Ihre!«

Sabers Lippen wurden schmal. Wie konnte sie nur denken, daß es so schnell vorbei sein würde! »Sprich nicht von unserem Handel«, brummte er. »Ich habe nicht die Absicht, Allen Ballard freizulassen, und es gibt nichts, was du tun könntest, um mich umzustimmen.« Als er ihren ungläubigen Gesichtsausdruck bemerkte, lachte er. »Ich habe nie gesagt, daß ich ihn freilassen würde, oder?«

»A ... aber Sie ... Sie ...«, stammelte sie und versuchte verzweifelt, sich in Erinnerung zu rufen, was er gesagt hatte.

»Ich sagte: Warum nicht? Ich gebe zu, das konntest du mißverstehen. Aber, mein Kind, du hättest dir Gewißheit verschaffen sollen, bevor du annahmst, ich hätte zugestimmt.«

Als er ihr verzweifeltes Gesicht sah, flaute seine Wut ab, und er fügte sanft hinzu: »Er befindet sich ja noch nicht in den Händen der Amerikaner. Aber ich werde ihn nicht freilassen, Nicole, zumindest nicht sofort. Wenn ich glaube, daß er keinen Ärger mehr machen kann, werde ich wieder darüber nachdenken.«

»Aber Sie haben es versprochen!« protestierte Nicole hitzig; sie schien ihn gar nicht richtig verstanden zu haben.

»Und du?« schoß er zurück. »Du hast versprochen, meine Geliebte zu sein, solange ich es will. Aber du willst dich jetzt schon wieder aus dem Staub machen.«

»Das ist etwas anderes«, erwiderte sie abwehrend.

»Nein«, knurrte er. »Außerdem ist noch alles offen. Allen lebt, und er befindet sich noch nicht im Gefängnis von New Orleans.«

»Sie widerliches, ekelhaftes Biest! Sie haben mich absichtlich getäuscht!« schrie Nicole wütend, ihre Augen sprühten dabei Funken. »Sie wissen, daß ich geglaubt habe, Sie würden ihn freilassen!«

»Und du wärst verduftet, nicht wahr? Du wärst zu deinem Komplizen gelaufen, nachdem du mich hinters Licht geführt hast.« Seine Stimme hatte einen gefährlichen Klang.

Nicole war ehrlich entsetzt, daß er ihr soviel Unaufrichtigkeit zutraute, und sie fragte: »Können wir Allen und den Handel nicht vergessen? Ich habe ganz einfach meine Meinung geändert. Ich will nicht Ihre Geliebte sein, Saber – und das hat nichts mit Allen zu tun.«

»Aber du hast mir dein Wort gegeben«, entgegnete er.

»Auch Sie haben mir Ihr Wort gegeben und es nicht gehalten.«

»Das stimmt nicht ganz«, erwiderte er mit kaltem Lächeln. »Ich habe dir nie mein Wort gegeben. Das hast nur *du* getan, und du willst es brechen. Ich werde dir etwas sagen, mein Kind. Ich mag Leute nicht, die ihre Schulden nicht zahlen. Gut, vergessen wir den Handel, und ich werde mit dir so umgehen, wie es einer Verräterin geziemt.« Er streckte die Arme nach ihr aus, und in dem Augenblick, in dem er aus dem Bett springen wollte, durchzuckte ihn die Erkenntnis, daß die Frauen alle gleich seien – sie lügen und betrügen, und diese hier war kein bißchen anders als jene Frau, durch deren Verschulden er verbannt und an die britische Marine verkauft worden war. Verdammte Schlampen waren sie alle, ohne Ausnahme.

Nicole hatte die Veränderung, die in ihm vorgegangen war, wohl bemerkt, und sie verschanzte sich hinter dem Eßtisch. Kalte Angst überlief sie, als sie ihn auf sich zukommen sah; sie spürte, daß im Augenblick etwas Fremdes, das sie nicht begreifen konnte, sein Handeln bestimmte.

Langsam schlichen sie um den Tisch herum, der Jäger und die Gejagte. Nicole suchte verzweifelt nach einer Fluchtmöglichkeit oder nach irgend etwas, mit dem sie ihn abwehren konnte, und ihr Blick fiel auf den schweren gläsernen Pokal, aus dem er während des Mahls getrunken hatte. Mit einer schnellen Bewegung ergriff sie ihn und schlug ihn auf den Tisch, so daß sie nur noch den scharfen ausgezackten unteren Teil in Händen hielt.

Ein böser Ausdruck flackerte in seinen Augen auf, und er sagte leise: »Glaubst du, daß du mich damit einschüchtern kannst?«

Nicole nickte heftig und voll grimmiger Entschlossenheit.

»Du weißt, daß du es nicht kannst«, fuhr er kalt fort. »Ich will dich haben, und nichts wird mich daran hindern.«

Er sprang über den Tisch, und nun befand sich nichts mehr zwischen ihren nackten Körpern außer den scharfen, glitzernden Kanten des Pokals. Nicole hielt ihn wie ein Messer in der vorgestreckten Hand und zog sich vorsichtig zurück. Sie war völlig verwirrt, ihr Herz hämmerte rasend in ihrer Brust. Mit eiskalten Augen und zusammengepreßten Lippen sprang Saber auf sie zu, und Nicole war so erschrocken über seinen plötzlichen Angriff, daß sie über einen Stuhl stolperte und ihre Balance nicht sofort wiedergewinnen konnte. Saber packte ihre Hand, die den Pokal hielt, und drehte ihr den Arm auf den Rücken. Er schob sie quer durchs Zimmer und stieß sie mit dem Gesicht nach unten auf das Bett.

Der Schmerz im Arm war fürchterlich, und einen Augenblick fürchtete sie, in den weichen Kissen ersticken zu müssen. Doch plötzlich ließ der Druck nach, und bevor sie irgend etwas tun konnte, fühlte sie, wie er ihre Hüften packte und sie hochhob. Sie wehrte sich verzweifelt, aber er hielt ihre Taille mit eisernem Griff umklammert. Dann griff eine Hand von ihm zwischen ihre Schenkel. Eine Sekunde lang war Nicole starr vor ungläubigem Entsetzen, denn sie wußte instinktiv, was er vorhatte. Sie wehrte sich noch ungestümer und wollte auf keinen Fall dem betäubenden Schmerz in ihren Lenden nachgeben, doch ihr Widerstand stachelte ihn nur noch mehr an. Er hob mit beiden Händen ihre Hüften an, warf sie herum und drang unvermittelt von hinten in sie ein.

Nicole konnte nicht entkommen, sie wußte nicht einmal, ob sie es überhaupt wollte – sie spürte nur den starken Körperteil, der sich in ihr bewegte, und dann erfuhr sie zum zweiten Mal – gegen ihren Willen und dennoch voll Entzükken – den Höhepunkt sexueller Lust. Schließlich war dieser brutale und zugleich erregende Liebesakt vorbei; mit einem tiefen Aufstöhnen rollte Saber sich von ihr herunter, und Nicoles geschändeter Körper sank in die Kissen zurück. Sie spürte einen dumpfen Schmerz zwischen den Beinen, ihr Verstand jedoch arbeitete kühl und klar. Wie aus weiter Ferne hörte sie ihn sagen: »Es tut mir leid, das hast du nicht verdient. Ich hätte die Beherrschung nicht verlieren dürfen ...«

Sein schockierender Undank löste Nicoles aufgestaute Empörung und Verbitterung, und mit einem wilden Aufschrei schwang sie den zerbrochenen Pokal blindwütig nach ihm.

Obwohl Saber mit der Schnelligkeit einer Schlange auswich, konnte er nicht unverletzt entkommen. Nicole brachte ihm eine vom Brustkorb über den Bauch bis zu seinen Oberschenkeln verlaufende Wunde bei, die nicht tief war, aber doch stark blutete. Saber wich vor Nicole zurück, doch sie war noch nicht fertig mit ihm und bedrängte ihn weiterhin, Schritt für Schritt. Nur ein Gedanke erfüllte sie dabei – sie wollte jenen Körperteil von ihm zerstören, der ihr ihre Unberührtheit genommen hatte.

Saber ließ sie nicht aus den Augen. Es war offensichtlich, daß sie ihn entmannen wollte, und noch offensichtlicher, daß ihr das Spaß machen würde. Als sie nun in umgekehrten Rollen – sie der Jäger, er der Gejagte – durch das Zimmer glitten, sah er ihr unverwandt in die Augen.

Sabers Verstand hatte nicht gelitten. Er plante, sie nah an sich herankommen zu lassen und erst im letzten Augenblick ihrer Waffe auszuweichen. Wieder und wieder tänzelte er vor ihr davon und zog sie so mit sich in die gewünschte Richtung.

Wütend über sein pausenloses Umhertänzeln wurde Nicole leichtsinnig und wandte für eine Sekunde den Blick von ihm ab. In diesem Moment packte Saber sein Gewand und wirbelte es herum, ähnlich wie ein Matador sein Cape herumzuwirbeln pflegt. Es wand sich um Nicoles Arm und ihre Hand und setzte somit ihre Waffe außer Gefecht. Sofort faßte Saber zu und umklammerte ihre Hand, die immer noch das Pokalstück hielt. »Laß es fallen, Nick!« schrie er, doch Nicole wollte noch nicht aufgeben.

»Ich will nicht«, keuchte sie und versuchte, ihm ihr Handgelenk zu entwinden. »Ich will nicht.«

Sabers Griff wurde immer schmerzhafter, und Nicole wußte, daß er ihr das Handgelenk brechen würde, wenn sie nicht nachgab. Der Schmerz wurde fast unerträglich – und dann war es plötzlich vorbei. Das Pokalfragment fiel zu Boden, und Nicole sank erschöpft gegen Sabers Brust.

Ein Seufzer der Erleichterung entschlüpfte ihm, als er merkte, daß sie kapituliert hatte. Fast zärtlich hob er sie empor und legte sie aufs Bett. Ein dumpfer, pochender Schmerz tobte in ihrem Handgelenk, und Nicole spürte, wie ihr die Tränen kamen. Ich werde nicht weinen, dachte sie wütend. Ihre Erniedrigung war schon groß genug. So lag sie, ein jämmerliches Häufchen Elend, auf dem Bett, aber sie würdigte Saber keines Blickes.

Saber sah mit ausdruckslosem Gesicht auf sie hinunter, die widersprüchlichsten Empfindungen erfüllten ihn. Ihm wurde bewußt, daß er sie schon wieder begehrte. Gleichzeitig jedoch empfand er eine große Zärtlichkeit für sie und ein tiefes Bedauern darüber, daß er sie so hatte behandeln müssen. Und er mußte sich eingestehen, daß es ihn auf seltsame Art und Weise befriedigte, daß sie, was ihre Jungfräulichkeit betraf, die Wahrheit gesagt hatte. Wütend über sich selbst und seine törichten Gedanken wandte er sich ungeduldig von ihr ab.

Der Raum befand sich nach ihrem Kampf in großer Unordnung, und Saber läutete nach einem Dienstboten. Dann ging er zum Bett zurück, schlüpfte in seinen Morgenmantel und deckte Nicole zu. Als Sanderson eintrat, befahl ihm Saber, aufzuräumen und ein paar Dinge zu bringen. Sandersons Gesicht verriet nicht, was er über die Unordnung im Zimmer dachte. Ruhig stellte er die umgekippten Stühle wieder auf und fegte die Glasscherben zusammen. Dann verließ er den Raum, um kurz darauf mit einem silbernen Tablett zurückzukehren, auf dem eine Flasche Brandy stand und die anderen Dinge, die Saber verlangt hatte, lagen. Nachdem er das Tablett auf den Tisch gestellt hatte, fragte er formell: »Ist das alles, Sir?«

Saber entließ ihn mit einem kurzen Kopfnicken, schenkte sich einen Brandy ein und zündete sich eine Zigarre an. Einige Sekunden lang starrte er auf Nicoles bewegungslos daliegenden Körper hinunter.

Nicole hatte nur einen Wunsch: zu sterben. Nein, dachte sie dann, ich wünschte, Saber wäre tot. Unter Schmerzen rollte sie sich auf die andere Seite – man soll seinen Feind nie aus den Augen lassen.

Saber erwiderte ihren Blick und fragte sich wieder einmal, warum sie sich nicht wenigstens bemühte, ihre Empfindungen zu verbergen. Dann nahm er den Krug mit warmem Wasser, eine Schüssel und die Tücher, die Sanderson ihm gebracht hatte, und ging zu Nicole. Sie erinnerte ihn wieder an eine Füchsin, die er einmal beobachtet hatte. Das Tier hatte seinen näher kommenden Feind genauso angesehen wie Nicole ihn – ängstlich und doch bereit, um ihr Leben zu kämpfen. Der Ausdruck ihrer Augen berührte ihn, und er zögerte. Schließlich sagte er: »Ich werde dir nicht mehr weh tun.« Aus Angst, zu weich zu erscheinen, fügte er jedoch sofort hinzu: »Es sei denn, du zwingst mich dazu.«

Nicole zuckte mit den Schultern, ihr Mund war zu einem schmalen Strich geworden, ihre Augen schimmerten dunkel vor Verachtung.

Unberührt von ihrer Feindseligkeit zog Saber ihre Bettdecke zurück, und Nicole zwang sich, ruhig zu bleiben, als er leicht ihre Schenkel und Hüften berührte. Saber kämpfte das in ihm schon wieder aufsteigende Verlangen nieder und ergriff Nicoles verletztes Handgelenk.

Obwohl er es sehr vorsichtig angefaßt hatte, wimmerte Nicole auf, und Saber sah sie mitfühlend an.

»Es tut mir leid, mein Kind. Ich wollte dich nicht verletzen, aber ich hatte keine Lust, den Rest meines Lebens mit piepsender Mädchenstimme herumzulaufen.«

Normalerweise hätte Nicole über solche Worte gelacht, doch jetzt war sie nicht in der Stimmung dazu. Obwohl sie es nicht wahrhaben wollte, fühlte sie sich noch immer zu ihm hingezogen. Wie war es nur möglich, ihn nach alldem noch attraktiv zu finden?

Saber tastete vorsichtig ihr Handgelenk ab. Er war sicher, daß es nicht gebrochen war, aber er stellte fest, daß es stark angeschwollen war und ihr große Schmerzen bereitete. Geschickt legte er ihr einen Verband an, dann schüttete er eine Opiumtinktur in ein Glas, gab etwas Brandy hinzu und reichte ihr das Ganze.

»Wollen Sie mich jetzt betäuben?« fragte sie spöttisch.

Er lächelte schwach. »Genau das, meine kleine Füchsin. Aber es ist nur zu deinem Besten. Sei ein liebes Kind und trink es.«

Nicole verzog resigniert das Gesicht, nahm das Glas und stürzte den Inhalt in einem Zug hinunter. Dann legte sie sich in die Kissen zurück und sah ihn an, neugierig, was er nun tun mochte. Ihre Verzagtheit verflog, als ihr schmerzendes Handgelenk verbunden war und sie nun die Wärme des Brandys in ihren Adern spürte. Und plötzlich blickte sie mit mehr Zuversicht in die Zukunft.

Saber stellte sein leeres Glas auf den Tisch. Und dann begann er, sehr zu Nicoles Erstaunen, ihren ganzen Körper abzuwaschen. Kein bißchen Verlangen lag mehr in seinem Gesicht, als er sanft die Spuren ihrer verlorenen Jungfräulichkeit beseitigte. Seine plötzliche Zartheit verunsicherte sie. Die Opiumtinktur machte sie schläfrig, und sie wünschte, er möge sie allein lassen. Er hatte sich genommen, was er wollte, oder?

Doch Saber schien noch nicht fertig mit ihr zu sein. Aus weit aufgerissenen Augen beobachtete sie, wie er sich auszog und sich neben sie ins Bett legte. Die Opiumtinktur hatte ihre Reflexe verlangsamt, doch sie hob abwehrend die Fäuste gegen ihn. Laut auflachend ergriff er ihre Hände, achtete aber darauf, ihr keine Schmerzen zuzufügen. Er drückte ihre Arme zu beiden Seiten ihres Kopfes herunter und beugte sich über sie. »Nicht schon wieder«, murmelte sie. »Sie werden es nicht wagen, schon wieder über mich herzufallen.«

Um seinen Mund zuckte ein amüsiertes Lächeln. Er legte sich voll auf sie, drückte ihre Knie mit seinen Beinen auseinander und flüsterte: »Du wirst schon noch merken, daß ich eine ganze Menge Dinge zu tun wage.«

11

Wie gewöhnlich wachte Saber auf, als der erste schwache Schimmer der Morgendämmerung ins Zimmer drang. Nicole lag schlafend neben ihm; ihr Körper war warm und weich. Er betrachtete sie aus schläfrigen Augen und genoß ihren Anblick.

Ein schwaches Lächeln glitt über sein Gesicht, und er empfand plötzlich so etwas wie Gewissensbisse. Sie ist ein kleiner Hitzkopf, dachte er zärtlich. Wenn er sie jetzt aufweckte, würde sie nicht mehr so friedlich neben ihm liegen, sondern mit zornsprühenden Augen sofort wieder den Kampf aufnehmen und ihm Flüche und Beschimpfungen an den Kopf werfen.

Wirklich schade, dachte er betrübt. Wenn sie das, was geschehen war, doch nur als den natürlichen Lauf der Dinge ansehen könnte. Früher oder später mußte es doch passieren – wenn nicht mit ihm, dann mit einem anderen.

Es war doch alles so einfach. Er hatte seine Freundinnen stets gut behandelt – das wußte Nicole sehr genau. Grinsend erinnerte er sich an ihr erstauntes Gesicht, als er einer seiner Lieblingsgespielinnen zum Abschied eine Kutsche mit vier Pferden geschenkt hatte. Sicher wußte sie auch, daß er nicht weniger für sie tun würde, eher mehr, um dem Verlust ihrer Unschuld Rechnung zu tragen. Warum war sie nicht in der Lage, logisch zu denken? Sie bot ihm eine Ware an, für die er zu zahlen bereit war – ganz einfach war das alles.

Ihre Nähe störte seine Gedankengänge; er spürte, wie sich schon wieder das Verlangen nach ihr in ihm regte. Leicht berührte er ihren ausgestreckten Arm und knabberte zärtlich an ihrem Ohr, doch sogar im Schlaf wehrte sie ihn ab, indem sie den Kopf auf die andere Seite drehte.

Voll Bedauern ließ er von ihr ab. Vielleicht war es ihr bandagiertes Handgelenk oder der süße Ausdruck ihres Gesichts im Schlaf, der ihn zurückhielt.

Bald darauf befand er sich auf dem Weg nach Grand Terre. Er hatte verschiedene Dinge zu erledigen – nicht zuletzt mußte er sich um Allens weitere Behandlung kümmern, und er beschloß, Lafitte um seine Meinung dazu zu befragen.

Wenige Stunden später kam Grand Terre in Sicht; Saber entließ den Bootsführer und ging den Strand hinunter. Hinter den spärlichen Baumreihen, welche die Insel umsäumten, standen die strohbedeckten Häuser der Piraten und Schmuggler. Bordelle, Spielkasinos, Cafés und andere Unterhaltungsetablissements bildeten das Zentrum der Insel. Das Sklavenviertel lag am südlichen Ende in der Nähe der großen Lagerhäuser, und im Herzen der Kolonie erhob sich Lafittes Herrenhaus.

Das Haus war verschwenderisch eingerichtet; der Fußboden war belegt mit feinen Teppichen, Gemälde berühmter zeitgenössischer Maler und schwere goldene Spiegel zierten die Wände. Über allem erstrahlten riesige Kristall-Lüster. Geschäftsleute, Plantagenbesitzer und Sklavenhändler – sie alle kamen zu Lafitte, dem ersten Kaufmann am Platze. Es gab kaum eine Ware, die von Lafitte nicht vertrieben wurde. Er verkaufte nur die besten Qualitäten. Spitzen, Seide, Brandy, Wein, Tabak, Gewürze und eine Reihe anderer teurer, begehrter Artikel füllten seine Lagerhäuser.

Seitdem der Sklavenimport vor mehreren Jahren verboten worden war, sah der durchschnittliche Plantagenbesitzer nur noch hier eine Möglichkeit, seinen Sklavenbestand zu erschwinglicheren Preisen zu erhöhen. Auch im Sklavenhandel hatte Lafitte eine führende Position inne, und es waren keine dunklen Geschäfte hinter verschlossenen Türen, die er abwickelte, sondern er konnte ehrbare und anständige Bürger zu seinen Kunden zählen. Gouverneur Claiborne und die amerikanischen Behörden in New Orleans mußten seinem illegalen, äußerst lukrativen Gewerbe ohnmächtig zusehen.

Claiborne hatte sogar Plakate aushängen lassen, auf denen demjenigen fünfhundert Dollar Belohnung geboten wurden, der ihm den berüchtigten Piraten Lafitte auslieferte. Lafitte hatte nur gelacht und eine Gegenoffensive gestartet – er hatte eintausendfünfhundert Dollar geboten für den, der ihm den Gouverneur auslieferte.

In der Erinnerung an diese erst kurze Zeit zurückliegenden Ereignisse mußte Saber unwillkürlich lächeln, als Lafittes Diener ihm öffnete und ihn ins Büro führte.

»Wie schön, dich zu sehen, mein Freund! Seit der Ankunft der ›Belle Garce‹ habe ich stündlich mit dir gerechnet. Wo warst du so lange?« begrüßte ihn Lafitte.

Grinsend nahm Saber eine Zigarre aus dem gläsernen Kasten auf dem Schreibtisch und erwiderte: »Es gab da noch eine andere Sache, die mich aufhielt.«

Lafitte warf ihm einen vielsagenden Blick zu. »Es handelt sich sicher um den Schiffsjungen, der gar kein Junge ist und den der Kapitän in seinen Privaträumen umarmt hat«, meinte er wissend.

»Ich will verdammt sein!« knurrte Saber und sah Lafitte verblüfft an. Er zog sich einen der karmesinroten, mit Samt bezogenen Stühle heran, die großzügig über den Raum verteilt waren, und machte es sich bequem.

Noch immer lächelnd, nahm Lafitte wieder hinter seinem Schreibtisch Platz. Saber hatte ihn offenbar mitten in der Arbeit gestört, denn ein großer Stapel von Papieren türmte sich vor ihm auf, doch das kam häufig vor, und Lafitte freute sich immer, einen seiner ersten Kapitäne zu sehen.

Beide waren hochgewachsene Männer, wenngleich Saber vielleicht noch ein wenig größer war als Lafitte. Letzterer zählte ein paar Jahre mehr, doch auch er war noch ein ungewöhnlich gutaussehender Mann mit feinen, regelmäßigen Zügen. Er besaß einen dunklen Teint, und seine lebhaften schwarzen Augen zeugten von seiner französischen Abstammung. Sein Haar war schwarz wie das seines Freundes, und er strahlte Würde und Eleganz aus, so daß niemand, der ihn nicht kannte, ihn für einen Schmuggler gehalten hätte.

Seine Vergangenheit lag im dunkeln. Außer, daß er und sein Bruder Pierre vor ein paar Jahren eine Schmiede in New Orleans eröffnet hatten, war nicht viel über ihn bekannt. Auch damals schon hatten die Brüder ihr Geld mit dem Schmuggel verdient, und bald hatten sie sich ein Landhaus in der Nähe von St. Philip leisten und das erste Lagerhaus auf den Docks gründen können. Doch die schlampigen kaufmännischen Gepflogenheiten der Händler, welche die Piraten belieferten, befriedigten sie nicht, und so zogen sie nach Grand Terre, wo sie alsbald die vielen Piratenbanden unter ihre Kontrolle brachten und die größte Organisation in der Geschichte des Schmuggels gründeten. Männer wie Dominique You, die berüchtigten Piraten Gambi und Chighizola, genannt Nez Coupé, sowie der erfahrene Seemann und Schmuggler Renato Beluche, den die Lafittes »Onkel« nannten, gehörten zur großen Lafitte-Familie und respektierten Jean, den älteren der Lafitte-Brüder, als ihren Anführer, ihren »Boss«. Und Kapitän Saber war einer seiner ergebensten Leute.

Eine Zeitlang unterhielten sie sich über belanglose Dinge, dann kam Saber auf das Thema zu sprechen, das ihm am meisten am Herzen lag – auf Allen Ballard.

Lafitte runzelte die Stirn. »Was hast du mit ihm vor? Er ist schließlich dein Gefangener, und solange er keine Informationen mehr weitergeben kann, interessiert mich sein Schicksal nicht besonders. Wir können ihn den Amerikanern ausliefern und uns auf diese Weise ihr Wohlwollen sichern. Oder wir können ihn an die Engländer verkaufen. Wir können nur gewinnen, was immer wir tun.« Er hielt inne und lächelte zufrieden. »Eine äußerst angenehme Ausgangsposition, nicht wahr?«

»Ich glaube, ich werde ihn noch eine Weile bei mir gefangenhalten«, entgegnete Saber. »Ich möchte noch mehr von ihm erfahren. Wir können später immer noch über sein Schicksal entscheiden. Hast du etwas dagegen, wenn ich ihn vom Schiff in dein Gefängnis hier auf der Insel schaffen lasse?«

Lafitte erklärte sein Einverständnis und beauftragte auf Sabers Bitte hin einen Diener, eine diesbezügliche Nachricht zur »Belle Garce« zu bringen. Als der Diener gegangen war, fragte Saber beiläufig: »Möchtest du dabei sein, wenn ich ihn vernehme?«

Lafittes Augen blitzten spöttisch auf, als er erwiderte:

»Kaum. Ich glaube, daß dich meine Anwesenheit auch nur stören würde. Du kannst mich nicht täuschen, mein Freund. Du benutzt den Mann für deine persönlichen Zwecke, und das ist auch der Grund, warum dir daran gelegen ist, daß er in mein Gefängnis überstellt wird. Wenn es anders wäre, hättest du ihn mir gegenüber gar nicht erwähnt.«

Kein bißchen verlegen über Lafittes klare Einschätzung der Lage gab Saber grinsend zu: »Es könnte sein, daß ein oder zwei meiner Leute mit meinen Entscheidungen nicht einverstanden sind. Ballard war sehr beliebt bei der Mannschaft.«

»Das sind Spione meistens«, entgegnete Lafitte trocken. »Aber da wir gerade von Spionen reden«, setzte er hinzu, »als du das letzte Mal von hier fortgesegelt bist, hat man sich auf Grand Terre sehr eingehend nach dir erkundigt.«

»Wonach fragte man?« antwortete Saber überrascht.

»Zum Beispiel nach deinem wirklichen Namen. Und: ›Woher kommt er?‹«

Saber starrte ihn überrascht an. »Warum sollte sich irgend jemand in dieser Weise für mich interessieren? Weißt du, wer es war?«

»Nein. Auf Grand Terre verbreiten sich Gerüchte wie Lauffeuer, und niemand weiß dann mehr, wie sie entstanden sind. Es mag nichts zu bedeuten haben, aber ich wollte dich auf jeden Fall warnen. Vielleicht ein eifersüchtiger Ehemann? Oder jemand, dem es Nutzen bringt, dir zu schaden? Wer weiß?«

Einen Augenblick dachte Saber an Robert Saxon in England, doch er verwarf diesen Gedanken sogleich wieder als absurd. So lang war selbst Roberts Arm nicht.

Lafittes Mitteilung beunruhigte ihn nicht allzusehr, und er lenkte das Gespräch in eine andere Richtung. »Welchen Preis würdest du mir für die ›Belle Garce‹ zahlen?« fragte er unvermittelt.

»Wie bitte?« erwiderte Lafitte verblüfft. »Ich habe mich wohl verhört. Hast du mich eben gefragt, ob ich dein Schiff erwerben will?«

»Ja, das tat ich. Ich habe beschlossen, es zu verkaufen. Ich will anständig werden.«

Hätte Saber erklärt, er wolle in ein Kloster eintreten – Lafitte hätte nicht entsetzter sein können. »Die ›Belle Garce‹ verkaufen und anständig werden?« wiederholte er, die letzten Worte voll Abscheu aussprechend. »Du mußt verrückt geworden sein! Warum? frage ich dich.«

Lafitte konnte es kaum fassen, und Saber, dem er leid tat, erwiderte sanft: »Ich habe deiner Organisation angehört und nicht schlecht dabei gelebt, aber ich bin nicht mehr der jugendliche Draufgänger, der ich noch vor zehn Jahren war. Ich habe keine Lust mehr, den Piratenkapitän zu spielen, auch wenn man dieser Position heute die freundliche Bezeichnung ›Kommandant eines Kaperschiffes‹ verleiht. Kurz und gut, ich brauche die ›Belle Garce‹ nicht mehr. Ich bin inzwischen so reich, daß ich es mir leisten kann, mich ins Privatleben zurückzuziehen.«

Lafitte, der sich ein wenig von seiner Verblüffung erholt hatte, seufzte tief. »Du willst also deine Freunde verlassen und ein sogenannter ehrbarer Bürger werden?«

Saber lachte. »Ich werde meinen Freunden nie ganz den Rücken kehren und werde auch nie ein Muster an Anstand und Ehre werden.«

Der Anflug eines Lächelns glitt nun auch über Lafittes Gesicht. »Ich verstehe.« Dann wurde er wieder ernst und fragte: »Bist du sicher, daß du das auch wirklich willst und nicht in einem halben Jahr wieder deine Meinung ändern wirst?«

»Ja, ich bin sicher«, erwiderte Saber mit Nachdruck. »Und ich möchte auch dir einen Rat geben ... den du mir aber bitte nicht übelnehmen darfst. Wenn ich du wäre, würde ich dasselbe tun und mich von Grand Terre und allem, was damit zusammenhängt, trennen.«

Lafitte fuhr zusammen, und Saber, der Lafittes Verärgerung bemerkte, fuhr beschwichtigend fort: »Hör mir zu, Jean. Wenn du alle Zeichen richtig deutest, wirst du erkennen, daß unsere größte Zeit vorbei ist. Die Amerikaner werden uns nicht länger vor ihrer Haustür dulden, und – was noch schlimmer ist – sie haben die Kreolen davon überzeugt, daß wir eine Gefahr für sie sind und deshalb ausgemerzt werden müssen. Es ist nur eine Frage der Zeit, wann sie den Kampf gegen uns aufnehmen.« Er hielt einen Augenblick inne und fügte bedächtig hinzu: »Der Sklavenaufstand in St. Jordan the Baptist vor ein paar Jahren hat dir sehr geschadet.«

Lafitte brummte zustimmend. Es war viel Wahres an Sabers Worten. Nach dem Blutbad von Haiti wurde ein Aufstand vorbereitet, und als man entdeckte, daß die Rädelsführer Sklaven waren, die Lafitte aus Afrika eingeschmuggelt hatte, war der größte Teil der Bevölkerung entsetzt und empört. Doch Lafitte wollte, anders als Saber, in diesem Vorgang noch nicht den Anfang vom Ende sehen. Böse fragte er daher: »Und du bist eine Ratte, die das, wie du annimmst, sinkende Schiff verläßt, nicht wahr?«

Sabers Mund wurde zu einem schmalen Strich, seine Hand umklammerte das Weinglas. »Nein! Wenn ich das wäre, würde ich noch sechs oder zwölf Monate warten.« Er hielt inne und fügte dann hinzu: »Steig aus, Jean, ehe du alles verlierst.«

»Ach, Quatsch! Du gehst mir auf die Nerven. Bei deiner Einstellung ist es ohnehin besser, wenn du die Organisation verläßt.«

Saber erhob sich und verbeugte sich förmlich. Er wollte hinausgehen, doch Lafitte knurrte: »Warte!«

Nichts als höfliche Neugier stand in Sabers Augen, als er Lafitte ansah. Lafitte erhob sich auch und sagte: »Ich entschuldige mich. Wir sind Freunde, und als solche müssen wir auch in der Lage sein, ruhig miteinander zu diskutieren. Ich gebe zu, ich bin verärgert, sehr sogar, doch wir sollten uns nicht im Bösen trennen.«

Sabers Mund verzog sich zu einem langsamen, trägen Lächeln, und er sagte: »*Du* warst böse, nicht ich.«

Lafitte streckte ihm lächelnd die Hand entgegen. »Ich werde dir einen guten Preis für dein Schiff zahlen, mein Freund. Bis wann soll alles abgewickelt sein?«

Saber zuckte die Schultern. »Ich habe es nicht allzu eilig, obwohl ich es jetzt, nachdem mein Entschluß einmal gefaßt ist, vorziehen würde, alles zügig hinter mich zu bringen. Sagen wir in einer Woche, am 1. Dezember? Bis dahin werde ich wohl auch entschieden haben, was mit dem guten Allen Ballard geschehen soll.«

»Sehr gut. Es tut mir sehr leid, in dir einen meiner besten Kapitäne zu verlieren, doch ich hoffe, dich in Zukunft als guten Kunden bei mir begrüßen zu können. Ich darf dich doch zum Abendessen erwarten?«

Saber nickte grinsend. »Ganz der Geschäftsmann, nicht wahr?«

»Aber natürlich, mein Freund.«

Als Saber Lafittes Haus wenige Minuten später verließ, um sich auf den Weg zum Gefängnis zu machen, war er froh, seinen warmen Überzieher bei sich zu haben, denn vom Wasser her blies ein eisiger Wind. Es berührte ihn doch ein wenig seltsam, daß dieser Abschnitt seines Lebens nun beendet sein sollte. Doch die Ära hatte ihren Sinn gehabt, und jetzt stand sein Entschluß, einen neuen Weg zu beschreiten, fest.

Als er das Gefängnis betrat, entdeckte er zu seiner großen Zufriedenheit, daß Allen gerade hergebracht worden war und soeben in einer zum Hof hin gelegenen Zelle in Ketten gelegt wurde. Das Gefängnis war nicht groß; es bestand nur aus einem größeren Raum und vier winzigen Zellen. Mehr brauchte man auf Grand Terre nicht, denn die meisten Auseinandersetzungen wurden mit den Fäusten oder dem Messer ausgetragen und entschieden, und das Gefängnis war eher ein äußeres Zeichen für Lafittes Sinn für Ordnung und Gerechtigkeit. Das bedeutete jedoch nicht, daß es baufällig oder nur ein Notbehelf gewesen wäre; nein, es war fest und solide gebaut.

Als Saber sich durch den dunklen Gang zu Allens Zelle begab, rümpfte er angewidert die Nase. Es roch nach Schweiß und Urin, und er dachte böse, daß diese neue Unterkunft Allen wohl kaum zusagen würde. Allen war an die Wand geschmiedet, seine Kleider waren zerrissen und blutbefleckt, sein Gesicht von blutigen Schrammen entstellt. Saber bemerkte eine frische Wunde und fragte interessiert: »Haben Sie zu fliehen versucht, als man Sie an Land brachte? Ich kann mich nicht erinnern, daß Sie so übel zugerichtet waren, als wir uns das letzte Mal sahen.«

Allens Kopf flog hoch, und er zerrte wütend an seinen Ketten.

»Sie Schwein!« schrie er, und seine Augen waren dunkel vor Wut. »Was haben Sie mit Nick gemacht?«

»Sie meinen sicher Nicole?«

Allen fuhr erschrocken zusammen. »Sie hat es Ihnen eingestanden?« fragte er schließlich ungläubig.

»Sagen wir lieber ... ich habe es selbst herausgefunden. Sie war, ebenso wie Sie, nicht sehr entgegenkommend.«

Allen sah sein Gegenüber scharf an. Sein eigenes Schicksal nahm er gelassen hin; er hatte sein Risiko stets gekannt. Nicole war ein anderes Kapitel. »Wo ist sie?« fragte er grimmig.

Saber sah ihn höhnisch an. »Das ist meine Sache.«

»Hören Sie zu, Saber«, meinte Allen ernst, und dann erzählte er, alle Vorsicht außer acht lassend, Nicoles ganze Geschichte. Sie selbst hatte Saber nur ihr Alter und ihren Vornamen verraten, doch Allen berichtete nun Saber, aus ehrlicher Besorgnis um Nicole, alles über sie: ihren vollständigen Namen, ihre Vergangenheit, ihre Herkunft, alles! Er redete und redete, und erst, als ihm bewußt wurde, daß Saber ihn die ganze Zeit mit kaltem, höhnischem Lächeln musterte, stoppte er seinen Redefluß. Wenn er Sabers Gedanken gekannt hätte, wäre er von Furcht und Entsetzen erfaßt worden.

Saber kannte den Namen Ashford nur allzu gut – jahrelang hatte er ihn verflucht. Er war für immer in sein Gedächtnis eingebrannt und verbunden mit Undankbarkeit, Lügen und Betrug. Welche Ironie des Schicksals, dachte Saber, daß mir ausgerechnet die verwaiste Nicole Ashford in die Hände fallen mußte!

»Haben Sie mich nicht verstanden?« unterbrach Allen seine Gedanken. »Nicole Ashford entstammt einer angesehenen Familie. Sie muß nach Hause zurückgebracht werden, so schnell wie möglich.«

»Warum sagen Sie mir das erst jetzt? Ihre Besorgnis um Nicole kommt reichlich spät.«

Allen biß sich auf die Unterlippe; er mochte nicht zugeben, daß die Gründe für sein Schweigen alles andere als uneigennützig gewesen waren. Saber wartete schweigend, und als die Stille unerträglich wurde, fragte Allen: »Was haben Sie jetzt vor?«

Gleichgültig musterte Saber seine Fingernägel. »Nichts, ich habe gar nichts vor«, entgegnete er schließlich kühl. »Ich finde es so viel amüsanter. Es wird mir sicher Spaß machen, zu sehen, wie sie sich bemüht, die Wahrheit vor mir zu verbergen – die Wahrheit, die Sie, ihr bester Freund, so bereitwillig vor mir ausgebreitet haben.«

»Haben Sie denn kein bißchen Mitgefühl, Saber? Sind Sie so skrupellos, ein junges, unschuldiges Mädchen ins Unglück zu stürzen?«

Eine Augenblick lang sah Saber ihn mitleidig an, dann sagte er kalt: »Ja, so skrupellos bin ich.«

Allens Lippen verzogen sich in hilfloser Wut, doch Saber lachte nur und trat ein wenig von ihm zurück. An der Tür wandte er sich noch einmal um. »Sie haben mit Nicoles Zukunft nichts mehr zu tun«, erklärte er. »Ich habe beschlossen, sie unter meine Fittiche zu nehmen.« Er schloß die Augen und murmelte kaum hörbar: »Ich bin sicher, Sie wissen, was das bedeutet.«

Allen zerrte wütend an seinen Ketten. »Verdammt noch mal, Saber! Hören Sie mir zu!« Doch seine Worte stießen auf taube Ohren. Saber verließ mit einem höhnischen Grinsen die Zelle.

Allens Gedanken wanderten zu Nicole. Die Vorstellung, daß sie Sabers Geliebte werden würde, war ihm unerträglich. Und was würde mit ihm selbst geschehen? Wie lange würde Saber ihn gefangenhalten, und was für Pläne hatte Saber mit ihm? Allen versuchte, die Ereignisse der letzten Tage logisch zu durchdenken, doch er kam zu keinem Ergebnis. Irgendwie mußte Saber hinter ihren Plan gekommen sein. Warum sonst hatte er die beiden Seeleute auf ihn angesetzt? Vom ersten Augenblick an, als sie gestern seine Kabine betreten hatten, hatte er gewußt, daß etwas schiefgegangen war, und wie ein Narr hatte er zu fliehen versucht. Zum Teufel mit Saber! Woher um alles in der Welt hatte er gewußt, wann er zuschlagen mußte? Eine halbe Stunde später, und er und Nicole wären in Sicherheit gewesen. Und was war jetzt mit Nick? Hatte Saber sie vielleicht gar schon gezwungen, seine Geliebte zu werden? Wo, zum Teufel, hielt Saber sie verborgen?

Zur gleichen Zeit befand sich Nicole auf dem Rückweg nach Grand Terre. Sie war aufgewacht, als Saber verschwunden war. Einige Minuten lang war sie noch im Bett geblieben. Sie fühlte sich noch sehr erschöpft von dem Kampf mit Saber und versuchte, sich in der fremden Umgebung zurechtzufinden. Das Bett war weich und warm, und sie hätte sich am liebsten tiefer in die Kissen gekuschelt, doch eine unvorsichtige Bewegung erinnerte sie an ihr schmerzendes Handgelenk und die Ereignisse in der vergangenen Nacht.

Vorsichtig blickte sie sich im Zimmer um und stellte erleichtert fest, daß Saber nicht zugegen war. Mühsam setzte sie sich auf und durchdachte ihre Lage.

Das Schlimmste war eingetreten – ihre Maskerade war aufgedeckt worden. Allen lag in Ketten, und sie selbst war Sabers Gefangene. Er hatte sie zur Frau gemacht und ihr beinahe das Handgelenk gebrochen. Gott sei Dank, daß alles vorüber war. Sie lebte, ein wenig zerschlagen und verwundet zwar, doch ihr Verstand hatte nicht gelitten.

Sie vernahm ein leises Geräusch und drehte sich erschrokken um, doch als sie Galenas rundes Gesicht erkannte, atmete sie erleichtert auf.

»Möchten Sie Kaffee oder lieber Schokolade?« fragte Galena fröhlich.

Bemüht, sich so natürlich wie möglich zu geben, blickte Nicole das Mädchen lächelnd an und antwortete: »Bitte etwas Kaffee.« Sie zögerte einen Augenblick und fragte dann vorsichtig: »Wo ist Saber?«

Galena sah sie verwirrt an. »Saber? Ach, Sie meinen den Herrn. Er ist geschäftlich unterwegs und wird erst morgen oder übermorgen zurückkommen. Er hat uns aufgetragen, es Ihnen hier so schön wie möglich zu machen und dafür zu sorgen, daß Sie sich wohlfühlen und Sie alles bekommen, was Sie wünschen.«

Nicole blickte Galena nachdenklich an. Wieviel hatte er den Dienstboten wohl erzählt? Wußten Sie Bescheid über ihre wirkliche Situation? Und bis zu welchem Punkt würden sie ihr gehorchen? Falls Saber keine gegenteiligen Anweisungen erteilt hatte, würde nichts sie davon abhalten, während seiner Abwesenheit zu verschwinden. Nun, es gab nur eine Möglichkeit, das herauszufinden. »Ich möchte ein Bad haben, etwas zum Anziehen und zu essen«, sagte sie daher unvermittelt.

Galena verließ den Raum, um nach wenigen Minuten zurückzukehren. Überm Arm trug sie ein paar Kleidungsstücke. »Der Herr war nicht sicher, daß Ihnen etwas davon paßt«, sagte sie zweifelnd. »Diese Sachen hier sind Ihnen wahrscheinlich zu kurz.«

Nicole ärgerte sich über die Anspielung, und sie antwortete mit dünnem Lächeln: »Ich gehe lieber nackt, als daß ich in ein Kleid von einer seiner Konkubinen schlüpfe. Ich werde meine eigenen Sachen anziehen.«

Galena war ehrlich entsetzt. »Aber das geht nicht! Eine Dame kann nicht in Hosen herumlaufen!«

»Ich glaube kaum, daß der Herr hier schon jemals eine Dame zu Gast gehabt hat«, entgegnete sie verächtlich. »Also bring mir meine Sachen oder irgend etwas anderes zum Anziehen. Es gibt doch sicher ein sauberes Hemd und eine Hose von einem Dienstboten, die ich mir ausleihen kann. Ich bin im Augenblick nicht sehr wählerisch.«

Galenas Augen waren weit vor Entsetzen, doch sie verließ das Zimmer und lief in die Halle hinunter. Eine Dame, welche die Kleider der Dienstboten trug – und noch dazu die eines Mannes! Immer wieder verstört den Kopf schüttelnd, berichtete sie Sanderson von Nicoles Wünschen. Auch er war fassungslos, gab ihr dann jedoch ein sauberes weißes Hemd und eine graue Baumwollhose.

Nachdem Nicole gebadet hatte und angezogen war, besichtigte sie das Haus. Unbewußt suchte sie nach etwas Bestimmtem, und ihre Augen leuchteten vor Aufregung, als sie die Waffenkammer am hinteren Ende des Hauses im Obergeschoß entdeckte.

Ein paar ausgestopfte Tierköpfe – von einem Fuchs, einem Puma und einem Reh – hingen an einer der Wände, an einer anderen hingen eine Reihe von Gemälden mit Jagdszenen. Die Möbel waren massiv, gemütlich und schon etwas abgenutzt. Ein wohlgefüllter Likörschrank stand in einer Ecke, doch Nicoles Interesse galt mehr dem Waffenregal.

Ohne Gewissensbisse zu haben, öffnete sie die Eichentür des Schranks und ließ ihren Blick über die Waffen gleiten, bis sie gefunden hatte, wonach sie suchte: ein rasierklingenscharfes Jagdmesser, eine kleine doppelläufige Pistole und etwas Munition. Nach langem Überlegen versteckte sie Messer, Pistole und Munition in der Schublade eines langen schmalen Tisches und verließ den Raum.

Dann nahm sie ein ausgiebiges Frühstück ein, denn sie war sehr hungrig. Das Leben geht weiter, dachte sie, ganz gleich, was geschieht. Sie erholte sich von Minute zu Minute mehr, und so verlangte sie nach dem Frühstück dreist nach einer von Sabers Jacken, die er zur Jagd trug, und ging hinaus.

Die kalte Novembersonne spendete nur wenig Wärme, ein eisiger Wind pfiff ums Haus. Nicole verkroch sich tiefer in der warmen Jacke und ging die von Eichen gesäumte Allee, die zum Fluß führte, hinunter. An einem langen hölzernen Steg, der weit in das schmutzige Wasser des Mississippi hineinragte, blieb sie stehen und überlegte, was sie als nächstes tun konnte.

Saber hatte offenbar niemanden über ihr wahres Verhältnis zueinander unterrichtet. Die Dienstboten behandelten sie wie einen Gast, einen etwas verrückten Gast zwar, aber doch wie einen Gast. Würden sie ihr soweit gehorchen, daß sie ihr einen Führer abordnen würden, der sie nach Grand Terre brachte?

Nicole wußte, daß sie sich hoffnungslos in den Sümpfen verirren würde, wenn sie allein versuchen wollte, den Weg zu finden. Geistesabwesend stieß sie einen Erdklumpen ins Wasser, ihr Gehirn arbeitete fieberhaft. Sie würde nicht tatenlos auf Sabers Rückkehr warten – sie mußte sofort fliehen.

Entschlossen lief sie zum Haus zurück. In der Halle begegnete ihr Sanderson, und sie erklärte unbefangen: »Ich will nicht auf die Rückkehr deines Herrn warten. Ich werde in der nächsten Stunde aufbrechen. Bitte, richte mir einen Korb mit Reiseproviant her und besorge mir jemanden, der mich nach Grand Terre bringt. Es tut mir leid, daß es so schnell gehen muß, aber da ich die Insel vor Einbruch der Dunkelheit erreichen will, muß ich sofort aufbrechen.«

Sie übersah seinen mißbilligenden Gesichtsausdruck, ging in die Waffenkammer und nahm die beiseitegeschafften Waffen an sich. Dann eilte sie in ihr Schlafzimmer und stellte erleichtert fest, daß es noch immer leer war. Ohne einen Blick auf das Bett zu werfen, ging sie auf eine Tür zu, die in ein angrenzendes zweites Schlafzimmer führte. Sie trat ein und schloß die Tür hinter sich.

Es war offensichtlich Sabers Schlafzimmer. Die massiven Möbel waren aus dunklem Holz, vor dem riesigen Bett hingen schwere dunkelrote Samtvorhänge. Doch Nicole schenkte der Einrichtung des Raumes keinerlei Beachtung; sie ging zielstrebig auf die auf einem Sekretär stehende offene Schmuckkassette zu, nahm eines von Sabers Taschentüchern und wickelte eine diamantene Krawattennadel, einen mit einem Smaragd und einer Perle besetzten Ring, eine weitere mit Rubinen besetzte Krawattennadel sowie noch einige andere wertvolle Schmuckstücke hinein. Auch ein paar Goldmünzen, die neben der Kassette lagen, steckte sie ohne die geringsten Gewissensbisse ein.

Dann begab sie sich in ihr Schlafzimmer zurück. Als sie glaubte, lange genug gewartet zu haben, ging sie ohne Hast die Treppe hinunter; auf ihrem Gesicht lag ein gelangweilter

Ausdruck, als sie Sanderson fragte: »Ist alles bereit? Ich möchte so bald wie möglich aufbrechen.«

Bevor er antworten konnte, stolperte ein kleiner Negerjunge herein, der einen riesigen Korb schleppte. »Es sieht so aus«, entgegnete Sanderson erleichtert. »Hier ist Ihr Reiseproviant, und Jonah, der sie begleiten wird, wartet bei den Docks.« Er hielt zögernd inne; es war offensichtlich, daß er nicht sicher war, richtig gehandelt zu haben, doch Nicole warf ihm einen keinen Widerspruch duldenden Blick zu.

»Wenn das alles ist, Madam«, sagte er schließlich, »wird Sie der kleine Samuel zu den Docks bringen.«

Nicole neigte freundlich den Kopf und folgte dem kleinen Jungen mit dem großen Korb, und sie mußte an sich halten, ihm nicht den Korb zu entreißen und wie eine Wilde zum Fluß hinunterzurennen. Ihr Herz hämmerte wie verrückt in ihrer Brust, doch auf ihrem Gesicht lag ein zufriedenes Lächeln. Als sie in dem kleinen Boot saß und auf das sich immer weiter entfernende Ufer zurückblickte, konnte sie ein erleichtertes Auflachen nicht unterdrücken. Der kleine Negerjunge, der sich in die Riemen legte, sah sie erstaunt an, doch sie kümmerte sich nicht um ihn. Sie hatte genug zu essen, eine Pistole, Geld und ihre Freiheit ...

12

Es war wirklich schon fast dunkel, als sie die Insel erreichte. Sie drückte ihrem Führer eine Goldmünze in die Hand, ergriff den Proviantkorb und ging langsam den Strand hinauf. Als sie außerhalb Jonahs Sichtweite war, versteckte sie sich im dichten Unterholz; sie mußte nachdenken.

Sie war entkommen. Sie besaß Waffen und hatte genug zu essen. Ihr nächster Schritt galt Allens Befreiung. War er noch auf dem Schiff? Sie hoffte, nicht. Von dort würde sie ihn kaum retten können. Es hatte sich sicher schon herumgesprochen, wer sie wirklich war, und sie konnte es deshalb nicht wagen, das Schiff noch einmal zu betreten.

Ein tiefer Seufzer entrang sich ihrer Brust. Das Leben durfte nicht so ungerecht sein. Sie brauchte Allen – brauchte ihn dringend.

Geistesabwesend öffnete sie den Korb und entdeckte ein ganzes gebratenes Huhn. Sie brach einen Schenkel ab und kaute gedankenverloren darauf herum. Vielleicht war Allen nicht mehr auf dem Schiff, vielleicht war er auf dem Weg nach New Orleans. Nein, er mußte noch auf dem Schiff sein, sonst wäre Saber nicht nach Grand Terre zurückgekehrt. Sie hätte die Dienstboten danach fragen sollen, wohin Saber wollte. Er konnte auf dem Weg nach New Orleans sein, er konnte sich aber auch – und bei diesem Gedanken schluckte sie nervös – noch hier auf der Insel befinden.

Ärgerlich warf sie den abgenagten Knochen weg, stand auf und wischte sich die Hände wie ein Junge am Hosenboden ab. Sie würde keine Angst vor ihm haben. Falls er sich auf der Insel befand, weilte er mit Sicherheit bei Lafitte, und solange sie nicht in die Nähe des Hauses von Lafitte kam, würde sie vor Saber sicher sein. Doch damit war das Problem, wie sie Allen helfen sollte, nicht gelöst.

Von ihrem Versteck aus, einem niedrigen, von Büschen bewachsenen Hügel, hatte sie einen ausgezeichneten Überblick über die Insel und die Bucht. Fast zufällig fiel ihr Blick auf das kleine Gefängnis. Allen könnte dort sein. Die Wahrscheinlichkeit, daß er sich wirklich dort befand, war zwar nicht sehr groß, doch es empfahl sich trotzdem, diese Frage zu klären.

Sie verbarg den Proviantkorb unter einem Busch, kroch aus ihrem Versteck und schlich vorsichtig von einem Haus zum anderen, bis sie das Gefängnis erreichte. Heftig atmend lehnte sie sich an eine Wand. Zweimal hatte sie Leute von der Mannschaft der »Belle Garce« gesehen, die betrunken von einer Wirtschaft zur nächsten torkelten. Sie hatte sich beide Male noch rechtzeitig verstecken können, doch es wurde ihr klar, in welcher Gefahr sie sich befand. Nicht auszudenken, was passierte, wenn man sie entdeckte.

Nachdem sie sich erholt und wieder etwas Mut gefaßt

hatte, machte sie sich daran, Allen zu suchen. Unter jedem der vergitterten Fenster blieb sie stehen und rief leise seinen Namen. Beim dritten Fenster antwortete er.

»Bist du allein?« flüsterte sie unendlich erleichtert.

»Um Gottes willen, Nick, was machst du hier?« Allen blickte nervös den dunklen Gang hinunter, in dem Saber vor nur einer Stunde verschwunden war, und fügte hastig hinzu: »Sprich schneller. Saber kommt womöglich zurück. Ist mit dir alles in Ordnung?«

Nicole nickte; dann wurde ihr bewußt, daß Allen sie nicht sehen konnte, und sie sagte: »Ja, aber laß uns keine Zeit mit Reden verschwenden. Ich bin gekommen, um dich zu befreien.«

Allen mußte unwillkürlich lächeln. Dieses Kind! Wie ruhig sie das sagte – als wäre ihr Vorhaben die einfachste Sache der Welt.

»Nick, ich will dich nicht entmutigen, aber ich bin angekettet, und an der Zellentür hängt ein eisernes Schloß.«

»Ach, wen kümmert das! Ich bin bewaffnet, in meiner Tasche steckt eine Pistole. Ich habe da eine Idee«, sagte sie, und ihre Stimme klang zuversichtlicher, als ihr zumute war. Allens Nähe ließ sie wieder hoffen. »Wer hat die Schlüssel? Wirst du bewacht?«

»Nein. Der einzige Wächter ist der alte Manuel, und er hält sich vorne auf. Er hat auch den Schlüssel zu meiner Zellentür, aber ich fürchte, den Schlüssel, mit dem meine Ketten geöffnet werden können, besitzt Saber.« Allens Stimme klang bedrückt.

Verdammter Kerl! Machte er denn nie einen Fehler? Dann wurde ihr die volle Bedeutung von Allens Worten klar. Saber war hier! Ihr ganzer Körper versteifte sich, Angst kroch ihren Rücken hinauf. Doch sie zwang sich, nicht in Panik zu geraten. Auch Saber war nur ein Mensch, dem Fehler unterlaufen konnten. Allein die Tatsache, daß sie hier war, konnte als Beweis dafür gelten.

»Bist du sicher, Allen? Kann den Schlüssel nicht doch der alte Mann haben?«

Allen runzelte die Stirn und erwiderte gedehnt: »Vielleicht hast du recht, Nick.«

Gewiß, für die Ketten war ein anderer Schlüssel benutzt worden, aber es gab eigentlich keinen Grund dafür, daß sich dieser Schlüssel nicht auch an dem Ring befand, der im Hauptraum des Gefängnisses hing. Allen hatte vermutet, daß Saber ihn bei sich trug, doch Nicks Anwesenheit ließ ihn anderer Meinung werden. Saber hatte nicht damit gerechnet, daß Nick hierherkommen würde. Er hatte sie also gründlich unterschätzt.

Disziplin wurde auf der Insel nicht sehr groß geschrieben, und der alte Manuel bekleidete sein Amt nur pro forma. Die wenigen Häftlinge, die im Gefängnis saßen, durften Besuche empfangen, sooft sie wollten, und oft genug händigte Manuel den Besuchern die Schlüssel aus, damit sie sich selbst Einlaß verschafften. Und kein Häftling hatte je versucht, diese Nachlässigkeit auszunutzen, denn niemand wollte sich mit Lafitte anlegen.

Auch Nicole war dieser Umstand bekannt. Ruhig ging sie daher auf die Eingangstür zu und trat ein. Einen Augenblick fürchtete sie, Saber könnte den alten Mann vor ihr gewarnt haben, trotzdem erklärte sie forsch: »Ich möchte Allen Ballard von der ›Belle Garce‹ besuchen. Wo ist er?«

Noch etwas benommen vom gewohnten Rumgenuß deutete Manuel vage in Richtung der Schlüssel. »Schließen Sie selbst auf. Er ist in der letzten Zelle hinten links.«

Ihr Puls hämmerte in ihren Schläfen, als sie mit zitternden Händen die Schlüssel ergriff. So gelassen wie möglich ging sie den langen Flur zu Allens Zelle hinunter und suchte nervös nach dem richtigen Schlüssel. Ihre Hände zitterten so sehr, daß kostbare Zeit verging, bis sie endlich die Tür geöffnet hatte. Überglücklich lief sie auf Allen zu. Als Nicole seine Verletzungen und seine zerrissene Kleidung bemerkte, warf sie sich aufschluchzend in seine Arme. »O Allen, dein Gesicht! Was haben sie mit dir gemacht? War es schlimm?«

Allen blickte sie mit einem warmen Lächeln voller Zuneigung an und flüsterte in ihre Haare, die seine Lippen berührten: »Nein, Nick. Jetzt, wo du hier bist, wird alles gut werden.«

Nicole drückte ihn an sich; Tränen des Mitleids standen in ihren Augen, und wie eine liebende Schwester küßte sie ihn. Doch für den großen, bärtigen Mann, der gerade die Zelle betrat, mußten sie den Eindruck eines echten Liebespaares erwecken. Außer sich vor Wut verzog er das Gesicht, seine Augen schienen Funken zu sprühen.

»Wie rührend!« rief er höhnisch.

Nicole und Allen fuhren auseinander. Nicoles Hand zuckte zur Pistole, als sie herumwirbelte und Saber breitbeinig in der Tür stehen sah.

Allen ahnte ihre Absicht und rief: »Nicht, Nick! Der Schuß würde eine Menge Leute herbeilocken! Du kämst nicht lebend davon!«

»Meinen Sie nicht eher, sie würde dann keine Zeit mehr haben, Sie zu befreien?« fragte Saber höhnisch.

Allen warf ihm einen wütenden Blick zu, doch es war Nicole, die Saber anfauchte: »Halten Sie den Mund, oder ich erschieße Sie!«

Er verbeugte sich ironisch. »Ihr Wunsch ist mir Befehl, Madam.«

Nicole hielt die Pistole weiter auf sein Herz gerichtet und sah ihn zornig an. »Stellen Sie sich an die Wand!«

Halb verärgert, halb belustigt gehorchte Saber und fragte in gleichgültigem Ton: »Willst du mich in Ketten legen wie den hier?«

Nicole nickte und ging vorsichtig auf ihn zu. Seine freundliche Art täuschte sie nicht im geringsten. Die Pistole in der einen Hand haltend, wollte sie ihm mit der anderen die Ketten anlegen, doch sie stellte bald fest, daß ihr das nicht gelang. Sie sah, daß es notwendig war, zuerst Allen von seinen Ketten zu befreien, doch zu ihrer großen Verzweiflung paßte keiner der Schlüssel am Schlüsselring zu dem Schloß an den Ketten Allens.

»Wenn du mich gefragt hättest, meine Liebe, hättest du dir das ersparen können«, erklärte Saber mit sanfter Stimme.

»Der Schlüssel, den du suchst, liegt in meinem Schreibtisch in meinem Büro bei Lafitte.«

Nicole warf dem lässig an der Wand lehnenden Saber einen düsteren Blick zu.

»Seien Sie still!« befahl sie und trat auf ihn zu. Es gab nur eine Lösung. Sie mußte Saber allein in Ketten legen und dann das Schloß an Allens Ketten mit einem Schuß sprengen. Danach würde ihnen allerdings nicht mehr viel Zeit zur Flucht bleiben, das war klar.

»Wenn Sie eine verdächtige Bewegung machen, erschieße ich Sie. Haben Sie mich verstanden?« sagte sie leise.

Saber sah ihr in die Augen und nickte langsam.

»Legen Sie Ihr linkes Handgelenk in die Kette über Ihnen«, fuhr Nicole fort. »Aber seien Sie vorsichtig, und denken Sie daran, daß ich Sie notfalls mit Freuden töte.«

Doch Saber verschränkte die Arme vor der Brust und entgegnete kalt: »Ich denke nicht daran, solch einen verdammten Blödsinn mitzumachen. Erschieß mich – wenn du den Mut dazu hast.«

Außer sich vor Wut schrie Nicole: »Verdammt noch mal, Saber! Tun Sie, was ich Ihnen sage!«

»Nein«, erwiderte er ungerührt.

»Sei vorsichtig, Nick«, warnte Allen sie. »Er will dich provozieren.«

Mit äußerster Willensanstrengung bemühte sich Nicole, ihre Fassung wiederzugewinnen. Doch es gelang ihr nicht. Als sie in sein höhnisches Gesicht blickte, vergaß sie alle Vorsicht, zerrte wütend an seinen vor der Brust verschränkten Armen und schrie: »Sie werden tun, was ich Ihnen sage – und wenn ich Sie dazu zwingen muß!«

Ihre Verletzung vergessend, hob sie die Pistole und versetzte ihm mit ihr einen kräftigen Hieb auf die Wange.

Sie stöhnte auf, als der Schmerz im Handgelenk sie an ihre Verletzung erinnerte, aber aus diesem Stöhnen wurde schnell ein Aufschrei der Wut, als Saber sich plötzlich vorbeugte und sie mit beiden Armen eisern umklammerte. Hilflos mußte Allen dem Kampf zusehen, und als die Pistole Nicoles Hand entglitt, wußte er, daß sie verloren hatte. Nicole hätte sich selbst verfluchen können. Wieder einmal war ihr Temperament mit ihr durchgegangen und hatte sie jede Vorsicht vergessen lassen.

»Gibst du auf, Nick?« fragte Saber triumphierend.

Sie blickte ihn haßerfüllt an und erwiderte zornbebend: »Das fragen Sie? Wie seltsam, da Sie doch sonst nur Befehle erteilen!«

Als er ihr grinsend ins Gesicht blickte, empfand er fast so etwas wie Bewunderung für sie. »Kannst du denn niemals Ruhe geben, du kleiner Mistkäfer?« fragte er amüsiert.

Nicole antwortete nicht; sie wollte ihm nicht den Gefallen tun, sich auf ein Wortgefecht mit ihm einzulassen.

»Hören Sie mir zu, Saber«, mischte sich Allen ein. »Sie müssen Nicole zurück zu ihrer Familie bringen. Schaffen Sie sie nach New Orleans, und setzen Sie sie in das erste Schiff nach Jamaica. Von dort wird sie leicht nach England weiterreisen können. Ich werde ihr die Überfahrt bezahlen und auch die Kosten für eine Begleiterin übernehmen. Unsere Differenzen gehen nur uns beide etwas an. Nicole hat nichts damit zu tun. Ich bitte Sie, Mann, geben Sie sie frei!«

Ein eisiger Ausdruck trat in Sabers Augen, und er blickte den angeketteten Mann verächtlich an. »Sie freigeben? Haben Sie den Verstand verloren? Warum sollte ich? Was könnte ich dabei gewinnen?«

Allens Gedanken arbeiteten fieberhaft; er suchte nach einem Argument, um Saber umzustimmen. Doch er hatte nichts zu bieten, und an Sabers besseren Charakter zu appellieren, war zwecklos – er hatte nur einen schlechten Charakter.

Nicole beendete ihr Schweigen. »Bitte nicht für mich, Allen«, sagte sie sanft. »Was geschehen ist, ist geschehen.« Sie warf entschlossen den Kopf zurück und fügte hinzu: »Ich werde mein Leben selbst in die Hand nehmen, und er wird keinen Einfluß darauf haben.« Sie musterte Saber verächtlich.

»Meinst du?« sagte Saber grinsend. Mit einem höhnischen Seitenblick auf Allen zog er Nicole enger an sich und verschloß ihr den Mund mit einem langen Kuß.

Nicole wehrte sich nicht; sie wußte, daß er das tat, um Allen zu quälen und ihr zu zeigen, daß sie ihm gehörte. Sie empfand nichts bei diesem Kuß – sie ertrug ihn, und als sich seine Lippen von den ihren lösten, atmete sie erleichtert auf.

Saber zog verärgert die Augenbrauen hoch, als er merkte, wie sie reagierte. Dann hob er die Pistole auf und steckte sie in seinen Ledergürtel. Danach wandte er sich wieder Nicole zu und ließ seine Hände in eindeutiger Weise über ihre Brust, ihre Hüften und ihre Schenkel gleiten. Bis ins Innerste gedemütigt von dieser so offen vor Allen praktizierten Intimität, stiegen ihr die Tränen in die Augen. Saber hatte seine Gründe für diese Demonstration. Er wollte Allen so deutlich wie möglich zeigen, daß Nicole ihm gehörte. Noch immer verfolgte ihn das Bild, wie Allen Nicole in der Bucht umarmt hatte, und er hätte sie am liebsten hier auf dem Boden vor Allens Augen genommen. Doch als er in Nicoles erstarrtes Gesicht blickte, verwarf er diesen Gedanken. Zum ersten Mal in seinem Leben verzichtete er einem anderen Menschen zuliebe auf die Erfüllung seiner Wünsche.

Ohne ein Wort zu sagen, steckte er das Messer und die Goldmünzen sowie den Schmuck, auf den er gestoßen war, als er Nicoles Körper gestreichelt hatte, ein. Dann ergriff er ihren Arm und führte das widerstrebende Mädchen zur Zellentür. Das Ganze erinnerte sie so stark an die kürzliche Szene auf der »Belle Garce«, daß sie ein erbittertes Lächeln nicht unterdrücken konnte.

»Du bist sehr uneinsichtig«, murmelte er, und seine Augen blitzten ironisch auf. »Du scheinst doch tatsächlich geglaubt zu haben, daß du mich austricksen kannst. Wirklich, mein lieber Nick, ich hätte dich für vernünftiger gehalten.«

Nicole hatte schon eine spontane Antwort auf den Lippen, doch dann besann sie sich eines Besseren und wandte sich schweigend ab.

»Sie brauchen sich keine Sorgen um sie zu machen«, wandte Saber sich noch einmal an Allen. »Wie Sie sehen, kümmere ich mich wirklich um ihr Schicksal.«

Fast gelähmt vor Verzweiflung beobachtete Allen, wie Saber Nicole zur Tür hinausschob und diese hinter sich verriegelte. Wieder allein, trommelte er in ohnmächtigem Zorn gegen die Wand. Arme Nicole! Er hätte nie auf sie hören dürfen und sie sofort nach England zurückbringen müssen, als er ihre wahre Identität entdeckt hatte. Jetzt war es zu spät. Sie war ebenso eine Gefangene Sabers wie er, und er konnte nichts tun, um ihr zu helfen. Wie mutig sie doch ist, dachte er, und eine Welle der Zuneigung überflutete ihn, als er an ihren Befreiungsversuch dachte. Zu spät erkannte er, daß es klüger gewesen wäre, sie zu seinen Vorgesetzten zu schicken, damit sie diesen von seiner Gefangennahme berichtet hätte. Dann wäre sie jetzt frei, und seine Verbündeten hätten sicher Wege gefunden, um ihn hier herauszuholen. Zweimal hatte Saber sie nun schon überlistet, und Allen fragte sich, ob das wohl immer so bleiben würde.

Nicole fühlte sich hundeelend. Ihr Handgelenk schmerzte sie entsetzlich, und sie fragte sich, ob es nun tatsächlich gebrochen war. Für Allen konnte sie im Augenblick nichts tun, und so verwandte sie ihre ganze Energie darauf, ihr Selbstvertrauen wiederzugewinnen. Es befriedigte sie ungeheuer, daß es ihr gelang, unbekümmert zu wirken, als sie an Sabers Seite Lafittes Haus betrat. Um nichts in der Welt hätte sie zugegeben, nervös und aufgeregt zu sein. Ihr Gang war aufrecht, ihr Kopf hocherhoben, und ihre Augen funkelten. Sie war nicht besiegt – sie hatte nur einen kleinen Rückschlag erlitten, das war alles.

Als kleiner Schiffsjunge hatte Nicole nie Gelegenheit gehabt, Lafittes Haus von innen zu sehen, und so blickte sie sich jetzt neugierig und staunend in dem imposanten Gebäude um. Doch die übertrieben pompöse Einrichtung sagte ihr nicht zu, und sie wandte sich nach einer Weile angewidert ab.

Saber schien ihre Gedanken zu erraten, denn er sagte mit einem gewissen Lächeln: »Es ist ein bißchen überladen hier, nicht wahr? Jean glaubt jedoch, daß man so etwas von ihm erwartet, und es ist auch tatsächlich so, daß ihm sein Haus vor neuen Kunden den Anstrich gibt, ein seriöser Geschäftsmann zu sein.«

Nachdem Nicole einmal beschlossen hatte, Saber als widerwärtigen Menschen zu betrachten, zuckte sie nur die Schultern, um anzuzeigen, daß dies alles weit unter ihrer Würde sei und sie Saber lediglich ertrug, weil sie – im Gegensatz zu ihm – eine gute Kinderstube genossen hatte und wußte, was sich gehörte. Sein belustigtes Lachen ignorierte sie und wandte ihm den Rücken zu.

Es war sicher unklug gewesen, ihn weiterhin mit Beschimpfungen zu verärgern und zu glauben, daß ein erneuter Angriff erfolgreich sein könnte. Sie war viel zu sehr eine Spielernatur, um nicht zu erkennen, wann das Glück sich von ihr abgewandt hatte. Sie wußte auch, daß sie innerlich noch zu aufgewühlt war, um klar und logisch zu denken. Und im Umgang mit Saber brauchte man Ruhe und Gelassenheit. Ihre einzige Verteidigung konnte im Augenblick ihre zur Schau getragene Gleichgültigkeit sein. Dummerweise jedoch warf sie einen Blick über ihre Schultern und bemerkte sein spöttisches Lächeln. »Amüsiert Sie irgend etwas?« fragte sie giftig.

»Ja, du amüsierst mich. Ich kann mich nicht erinnern, daß mir eine Frau – außer im Bett natürlich – je so viel Spaß gemacht hätte wie du«, entgegnete er provokativ.

Zum Glück betrat in diesem Augenblick Lafitte den Raum. »Ach, du bist zurückgekommen, mein Freund!« rief er erfreut. »Nachdem du die Nachricht erhalten hattest, daß jemand um das Gefängnis herumschleicht, bist du so schnell aufgebrochen, daß ich gar nicht mehr geglaubt habe, dich heute abend noch einmal zu sehen.«

Als er Nicoles schlanke Gestalt bemerkte, musterte er sie abschätzend. Einen Augenblick lang lag offene Bewunderung in seinem Blick, dann jedoch wandte er sich an Saber und murmelte: »Aber ja, ich begreife, sie ist sehr groß für eine Frau, und in diesen Kleidern erkennt man nichts von ihrer Figur. Was sagtest du, wie alt ist sie?«

Saber ignorierte Nicoles wütendes Gesicht und erwiderte:

»Achtzehn Jahre und ein paar Monate, glaube ich. Mit zurückgestecktem Haar sieht sie wirklich schrecklich aus, aber wenn sie es offen trägt, ist das schon eine andere Sache. Du verstehst, was ich meine?«

Bevor Nicole noch seine Absicht erkennen konnte, trat er neben sie und löste mit raschen Griffen ihre Haare.

Ihre Locken fielen nun bis auf ihre Schultern herab, und Lafitte sah sie voll Bewunderung an.

»Sehr hübsch«, stellte er fest. »Würdest du sie verkaufen? Ich zahle einen guten Preis.«

Entsetzt blickte Nicole Saber an; gegen ihren Willen schienen ihre Augen ihn anzuflehen, nein zu sagen.

Er warf ihr einen spöttischen Blick zu und wandte sich dann an Lafitte: »Vielleicht später. Ich bin ihrer noch nicht überdrüssig. Frag mich in einer Woche noch einmal.«

Nicole hatte eine hitzige Bemerkung ob seiner Unverschämtheit auf den Lippen, doch die Vorstellung, Lafittes Geliebte sein zu müssen, erfüllte sie mit noch mehr Widerwillen und Entsetzen als der Gedanke an Sabers Intimitäten, und so schwieg sie.

Saber schien auf eine Reaktion Nicoles zu warten, denn es verging fast eine Minute, bevor er sich mit einem wütenden Achselzucken wieder an Lafitte wandte. »Sie ist wirklich die vollkommene Frau – sie weiß sogar, wann sie den Mund zu halten hat.«

Nicoles Augen waren dunkel vor Wut, als sie Sabers ironischen Blick erwiderte, doch sie zwang sich weiterhin zur Ruhe.

Nachdenklich betrachtete Lafitte die beiden – den großen bärtigen Mann und das trotzige schlanke Mädchen. Letztere schien Saber eine Lektion zu erteilen, denn sie zeigte ihm, daß nicht alle Frauen seinem Charme und seinen Schmeicheleien erlagen. Saber mochte sich zwar nicht sonderlich um das Mädchen bemühen, doch es schien ihm Spaß zu machen, sie zu ärgern, und das war etwas, das Lafitte nie an ihm bemerkt hatte. Konnte es sein, daß Saber in die älteste Falle der Welt getappt war und sich in sie verliebt hatte? Falls es so war, dann war sich zumindest keiner der beiden dessen bewußt.

Neben dem Geldverdienen galt Lafittes größtes Interesse Liebesromanzen, und der Gedanke, daß sein hartherziger Freund sich verliebt haben könnte, amüsierte ihn. Mit einem belustigten Augenzwinkern fragte er: »Willst du früh zu Bett gehen, mein Freund? Ich hatte gedacht, wir könnten ein, zwei Runden Piquet spielen, aber wenn du anderes vorzögest, hätte ich dafür natürlich Verständnis.«

Saber erwiderte: »Sobald ich Nicole untergebracht habe, komme ich zu dir in die Bibliothek.«

»Nun, dann werde ich mich gleich um ein schönes Zimmer für sie kümmern.«

Doch Saber winkte ab; er ergriff Nicoles Arm, führte sie hinaus auf den Flur und schob sie die breite Treppe hinunter, die zu der Zimmerflucht führte, welche ihm von Lafitte zur Verfügung gestellt worden war. Er schloß die Tür hinter sich und sah Nicole mißbilligend an, und plötzlich merkte sie, daß seine gute Laune in Lafittes Gegenwart nur gespielt gewesen war, denn in seinen Augen stand eisige Wut. Doch Nicole wollte sich nicht einschüchtern lassen und fauchte ihn an: »Lassen Sie sich durch mich nicht aufhalten. Mr. Lafitte wartet sicher schon auf Sie.«

Verächtlich wollte sie sich von ihm abwenden, doch er riß sie herum und zwang sie, ihn anzusehen. Seine Lippen waren zu einem schmalen Strich zusammengepreßt, seine Augen schossen Blitze, seine Worte waren wie Peitschenhiebe. »Lafitte kann warten. Zuerst habe ich dir etwas zu sagen. Wenn ich mich recht entsinne, solltest du auf der Plantage bleiben. Ich möchte dich daran erinnern, daß ich meine Anweisungen nicht zum Spaß gebe, und die Tatsache, daß du meine Geliebte bist, ändert daran nichts. Hast du mich verstanden?«

»Ja, ich habe verstanden, Sie ... Sie Bestie!« erwiderte sie wütend und fuhr fort: »*Sie* sind es, der nichts versteht! Ich bin kein Beutestück, das Ihnen gehört, und ich will auch nicht Ihre Geliebte sein – oder irgend etwas anderes!«

Sie wollte sich ihm entwinden, doch er hielt sie eisern

umklammert. Sie rang mit ihm und fuhr ihn dabei an: »Lassen Sie mich los! Sie haben mir schon das Handgelenk verletzt. Wollen Sie das jetzt auch noch mit meiner Schulter machen?«

Er lockerte seinen Griff, ließ sie aber nicht ganz los. »Reiz mich nicht, kleine Füchsin. In meiner augenblicklichen Stimmung könnte ich dir jeden Knochen im Leib brechen, und es würde mir auch noch Spaß machen.«

»Wenn Sie mich so sehen, warum halten Sie mich dann gefangen?« gab sie zurück. »Jagen Sie mich doch zum Teufel, dann sind Sie von mir erlöst.«

Ein häßliches Lächeln spielte um seinen Mund, und er preßte sie wieder hart an sich. Nicole spürte sein Verlangen und glaubte, er wolle sie sofort nehmen. Seine Hände umschlossen ihr Gesäß und preßten sie noch enger an sich, so daß sie seine Erregung noch deutlicher spürte. »Das ist es, warum ich dich bei mir behalte«, flüsterte er heiser.

Nicole konnte die Tränen nicht mehr zurückhalten. »Kennen Sie denn kein Erbarmen? Haben Sie denn jede Moral vergessen?« Es war dumm, zu bitten – sie wußte es, doch die Worte drängten sich aus ihr heraus.

Er betrachtete sie aus schmalen Augen und erwiderte mit kalter Stimme: »Ich habe keine Moral. Ich begehre dich, Nicole, und nichts auf der Welt kann mich davon abhalten, dich so oft zu lieben, wie ich will. Schenke dir deine Tränen und Bitten. Wenn du dich künftig mehr an meine Worte erinnerst, wirst du dir viel Kummer und Angst ersparen. Aber du kannst sicher sein, daß ich dich reich entschädigen werde, wenn ich genug von dir habe.«

»Und wenn Sie mich nie leid werden?« fragte sie dumpf.

Er brach in höhnisches Gelächter aus. »Du schmeichelst dir, Nick. Keine Frau kann mich auf lange Zeit zufriedenstellen – und glaub mir, eigentlich bist du überhaupt nicht mein Typ.«

13

Der Raum kam ihr wie ein Grab vor, nachdem Saber gegangen war. Eine ganze Weile stand sie wie versteinert und starrte mit dumpfem Blick auf die geschlossene Tür. Er kann diese häßlichen Worte nicht ausgesprochen haben, dachte sie benommen. Doch dann durchlief ein Schauder ihren Körper. Ja, er konnte es! Er konnte sie aussprechen, und, was noch schlimmer war, er meinte sie auch so. Entmutigt ging sie zum Bett hinüber und warf sich mit dem Gesicht nach unten in die Kissen. Lange Zeit lag sie so da. Sie wollte an nichts mehr denken, aber die Gedanken ließen sie nicht los.

Wenn man nur die Zeit zurückdrehen könnte, dachte sie verzweifelt. Saber hatte gewußt, daß sie ein Mädchen war, und auch wenn sie nicht versucht hätte, die Code-Bücher zu stehlen, wäre Allen gefangengenommen worden, und sie hätte sich in Sabers Bett wiedergefunden, ob freiwillig oder nicht. Saber war aus purem Eigennutz auf ihren Handel eingegangen, und sie war dumm genug gewesen, zu glauben, daß auch er seinen Teil der Abmachung einhalten würde. Doch er hatte sie böse hintergangen, und jedesmal, wenn sie daran dachte, zog sich ihr Magen schmerzhaft zusammen. Einige Minuten malte sie sich die Illusion aus, daß Saber sie unterwürfig anhimmelte, während sie spöttisch auf seinen Gefühlen herumtrampelte.

Im ersten Moment war diese Vorstellung nichts als ein Wunschtraum, doch dann begann Nicole plötzlich, sie einer ernsthaften Prüfung zu unterziehen. Wenn es ihr gelingen würde, sich ihm so unentbehrlich zu machen, daß er ohne sie nicht mehr leben zu können glaubte? Wären dann ihre Rollen nicht umgekehrt? Wäre dann nicht sie die Stärkere? Würde Saber dann nicht alles tun, um ihr zu gefallen und ihr jeden Wunsch zu erfüllen? Zum Beispiel Allen die Freiheit zu schenken oder sogar die Markhams von ihrem Besitztum in England zu vertreiben?

Der Gedanke, daß sie Saber mit seinen eigenen Waffen

schlagen konnte, stärkte ihr ramponiertes Selbstbewußtsein. Alle möglichen Pläne erwog sie, und sie wanderte ruhelos durchs Zimmer, bis ihre erste Erregung abgeflaut war und ihr bewußt wurde, wie spät es schon war. Sie warf einen unsicheren Blick auf das Bett; der Gedanke, daß Saber sie bei seiner Rückkehr schlafend vorfinden könnte, gefiel ihr nicht. Doch blieb ihr schließlich nichts anderes übrig, als sich auszuziehen und ins Bett zu schlüpfen. Während sie sanft in den Schlaf hinüberglitt, dachte sie zuletzt noch daran, daß ihre Ankunft möglicherweise Sabers Pläne durchkreuzt und ihn in Schwierigkeiten gebracht hatte.

In Wirklichkeit aber bereitete ihm ihre Anwesenheit kaum Unannehmlichkeiten, auch wenn es ihm lieber gewesen wäre, sie Lafitte nicht vorgestellt zu haben. Davon abgesehen, änderte ihre Gegenwart seine Pläne nicht. Er hatte vorgehabt, am nächsten Morgen nach Thibodaux House zurückzukehren, und so würde er sich nun eben mit ihr zusammen auf den Rückweg machen.

Als er in die Bibliothek zurückkehrte, ignorierte er Lafittes offensichtliche Neugier. Er schenkte sich ein Glas Brandy ein und machte es sich in einem Sessel bequem. Anschließend verbrachten die beiden Männer den Rest des Abends so, wie sie es ursprünglich geplant hatten – rauchend und trinkend beim Piquetspiel. Falls Lafitte erwartete, daß Saber sich früh zurückziehen würde, täuschte er sich. Saber blieb bis weit nach Mitternacht und sprach über alles Mögliche, nur nicht über die Frau in seinem Schlafzimmer.

Als Lafitte gar keine Hoffnung mehr hegen konnte, daß Saber noch über Nicole reden würde, gähnte er unverhohlen und stand auf. »Mein Freund, bist du auch so müde wie ich? Oder schweigst du, weil deine Gedanken bei dem Mädchen sind?«

»Du willst schlafen gehen?«

»Ja. Du doch auch? Dich erwartet Schönes. Viel Vergnügen bei den Freuden der Liebe.«

Saber erwiderte verächtlich: »Liebe? Daß ihr Franzosen immer gleich an Liebe denken müßt. Dieses Mädchen ist nichts Besonderes, und sie bedeutet mir nicht mehr als eine der vielen, die ich schon aufgelesen habe.«

Er wünschte Lafitte kühl eine gute Nacht und ging durch die Halle zu seinem Schlafzimmer.

Überrascht blieb er stehen, als er feststellte, daß Nicole bereits schlief. Und je länger er sie anstarrte, desto wütender wurde er. Bei Gott, dachte er zornig, sie hat ein Gemüt wie ein Elefant!

Nicole schien seine Gegenwart im Schlaf zu spüren, denn sie wurde unruhig, öffnete schließlich die Augen, und sein Blick traf sie wie ein körperlicher Schlag. Sie blieb regungslos liegen und hoffte, daß ihr Gesicht nichts von ihren Gedanken verriet. Einige Sekunden lang kreuzten sich ihre Blicke, keiner von beiden war in der Lage, seine Augen von denen des anderen zu lösen. Den Blick noch immer auf Nicole gerichtet, streckte Saber die Hand aus und zog langsam die Bettdecke zurück. Sie wehrte sich nicht, und auch, als seine Hand zart über ihre Brust strich, rührte sie sich nicht und kämpfte Abwehrreaktionen in sich nieder.

Ihr immer noch in die Augen sehend, ließ er seine Hand von ihrer Brust zu ihrem Leib hinuntergleiten, bis sie dann zwischen ihren Schenkeln ein Weilchen still liegenblieb. Ein hartes, fast raubtierhaftes Lächeln spielte um seinen Mund, als Nicole ein Stöhnen der Angst und der Lust zugleich hören ließ.

Sie konnte nichts dagegen tun, daß sie sich nicht mehr in der Gewalt hatte, und sie wußte, daß ihre Augen sie verrieten, während er – zum Teufel mit ihm! – noch immer ungerührt schien. Verzweifelt bemühte sie sich, ihre Fassung nicht ganz zu verlieren, doch es gab ein Dutzend Anzeichen, die ihr Inneres bloßlegten. Ihre Augen waren dunkel und weit vor Leidenschaft, ihre Brustwarzen steif vor Verlangen.

Mit heiserer Stimme fauchte sie ihn an: »Ich hasse Sie, Saber!«

Er schien jedoch ihre Worte gar nicht gehört zu haben. Völlig verwirrt fragte sie sich, ob er sie womöglich für gestern abend bestrafen wollte. Dann aber glitten seine Finger ins

Zentrum ihrer Lust, und sie war nicht mehr in der Lage, zusammenhängend zu denken. Der Schock seiner zärtlichen Berührung durchfuhr ihren ganzen Körper, und sie glaubte zu vergehen, als er seine Bewegungen fortsetzte. Sie kämpfte gegen ihre Gefühle an, solange sie konnte, dann wandte sie sich mit einem wilden Aufstöhnen von ihm ab und warf sich auf die Seite.

Halb auf der Seite, halb auf dem Bauch liegend, rang sie darum, wieder ruhig zu werden, doch das lustvolle, fast schmerzhafte Ziehen zwischen ihren Beinen fieberte nach Erlösung.

Jetzt wirkte auch sein Gesicht nicht mehr ausdruckslos, das brennende Verlangen in seinen Augen verriet ihr, daß auch er so weit war wie sie. In Windeseile entkleidete er sich und drängte seinen harten Körper gegen ihren Rücken. Sie spürte die Wärme seines Atems an ihrem Ohr und fühlte, wie ihre Körper zueinander drängten. Sie berührten sich in ihrer ganzen Länge, seine Brust lag an ihrem Rücken, ihr Gesäß schmiegte sich an seinen Leib, und seine Beine glichen sich der Lage der ihren an. Sie wollte ein bißchen von ihm abrükken, doch sein starker Arm hielt sie fest, und er flüsterte: »Die letzte Nacht verlief sehr unglücklich, und ich möchte das ändern. Hilf mir, Nicole, laß mich dich lieben.«

Sie hörte kaum, was er sagte, denn schon lag seine Hand wieder auf ihrer Brust, um dann auch wieder zwischen ihre Schenkel zu gleiten. Sie nahm alles und zugleich nichts mehr um sich herum war, außer ihrem brennenden Verlangen – sie spürte seinen Arm, der über ihre Hüften glitt, seinen heißen, stoßweise gehenden Atem, als er fühlte, wie sie sich ihm entgegendrängte, und sein hartes Glied, das zwischen ihren Schenkeln zuckte. Er drang nicht gleich in sie ein, sondern nahm sich viel Zeit für ein zärtliches Vorspiel. Sie hörte sich aufschreien, als seine Hand sie zum Höhepunkt führte, und hatte nur den einen Gedanken, daß dieses Gefühl nie aufhören möge. Sie hatte sich dann kaum erholt, als er, noch immer auf der Seite liegend, sanft in sie eindrang, während seine Hände ihren Körper an sich preßten. Wie ein erstickendes

Feuer, das zu neuem Leben erwacht, erwiderte ihr Körper seine Bewegungen; unbewußt bog sie sich ihm entgegen, um ihn noch tiefer in sie eindringen zu lassen. Als sie schließlich beide den Höhepunkt erreichten, schien jeder Nerv in ihrem Körper in einem Ausbruch der Lust zu explodieren.

Nach Atem ringend und noch immer benommen, lag sie neben ihm und war sich seiner Gegenwart kaum noch bewußt. Langsam, sehr langsam kehrte ihr normales Denken zurück. Nun war ihr klar, warum jene Frauen ihm so schamlos nachliefen.

Widerwillig drehte sie sich um und sah ihn an. Er lag auf dem Rücken und beobachtete sie. Lange blickte sie ihn an und fragte sich, wie sie ihn hatte hassen und sich gleichzeitig mit jeder Faser ihres Herzens nach ihm hatte sehnen können. Mit trotziger Stimme sagte sie: »Ich hasse Sie immer noch.«

Er schüttelte den Kopf, und zwar nicht mit diesem überheblichen, ironischen Lächeln, das sie so gut kannte, sondern mit einem zärtlichen. »Weißt du, daß du genau das gesagt hast, was ich erwartet habe? Aber es mag vielleicht sein, daß mich deine Seele haßt. Dein Körper tut es nicht.«

Er legte sich auf die Seite, so daß ihre Gesichter nur noch Zentimeter voneinander entfernt waren. Sanft wanderte seine Hand über ihren Leib und blieb auf dem dunklen Dreieck zwischen ihren Beinen liegen. Nicoles Körper versteifte sich, und sie versuchte, das schon wieder in ihr aufsteigende Verlangen zurückzudämmen.

»Siehst du«, lachte er leise. »Trotz allem könnte ich deine Lust schon wieder entfachen.« Rauh verschloß er mit seinen Lippen ihren Mund. Es war ein Kuß wie alle anderen zuvor, tief und warm, sanft und fordernd zugleich. Er hob dann den Kopf, und seine Stimme war heiser vor Erregung, als er flüsterte: »Soll ich, Nick? Soll ich es dir beweisen?«

Sie schüttelte benommen den Kopf und sah ihn gequält an. Er brauchte ihr nicht zu beweisen, was sie beide nur zu gut wußten.

Saber unternahm keinen Versuch, sie umzustimmen. Statt dessen zog er sie sanft an sich, küßte zärtlich ihre Stirn und murmelte: »Schlaf jetzt, Nicole. Wir haben einen langen Tag vor uns.«

Nicole kuschelte sich an ihn und war bald darauf eingeschlafen. Saber hingegen lag noch lange wach und dachte über die Zukunft nach.

Lafitte und er wollten heute abend den Kaufvertrag für die »Belle Garce« abschließen, und morgen früh würde er sich mit Nicole und einer beträchtlichen Summe auf den Heimweg machen. Auch über das weitere Schicksal seines Gefangenen würde er heute abend reden müssen – Ballard sollte noch ein paar Monate als unfreiwilliger Gast in Lafittes Verlies bleiben, denn Saber hatte noch nicht entschieden, was endgültig mit ihm geschehen sollte.

Ein weiteres Problem verband sich mit Nick. Sie wird bald hinter mein Geheimnis kommen, dachte er, und ich wüßte jetzt schon gern, wie sie reagieren wird, wenn sie erfährt, daß ich und Christopher Saxon ein und dieselbe Person sind.

Christopher Saxon! Der Gedanke, daß er in weniger als vierundzwanzig Stunden seinen wirklichen Namen wieder tragen sollte, befriedigte ihn auf seltsame Weise; das Doppelleben als bärtiger Pirat und glattrasierter Plantagenbesitzer würde vorbei sein.

Alles hatte angefangen, als er und Higgins von der britischen Marine desertierten. Um Nachforschungen zu entgehen, hatte er den Namen Saber Lacey angenommen. Als er sich später Lafitte angeschlossen hatte, schlug dieser ihm das Doppelleben vor, das ihm eine Menge Vorteile bringen würde. Er hatte an seinen Großvater in England gedacht und zugestimmt. Und so war er als Kapitän Saber auf der »Belle Garce« gefahren und hatte sich als Christopher Saxon ein Vermögen am Spieltisch erworben.

Als Saber war er nie in New Orleans erschienen, doch als Christopher Saxon war er regelmäßig in die Stadt gekommen. Als Saxon hatte er jedes Jahr mehrere Monate in Thibodaux House zugebracht und war dann wieder für Monate verschwunden. Aber wen kümmerte das? Und wem konnte es auffallen, daß während Saxons Abwesenheit Saber nach

Grand Terre kam und die »Belle Garce« draußen auf See Verwüstungen anrichtete? Niemandem außer Nick.

Kühl sagte er sich, daß ihm das egal sei. Und doch ... Nick konnte leicht sein Ansehen in der Gesellschaft von New Orleans zerstören. Spielte das eine Rolle für ihn?

Die Kaperei war kein unehrenhafter Beruf, und doch würden verschiedene Leute die Nase rümpfen und hinter seinem Rücken über ihn tuscheln, und in einigen Häusern würde er kein gern gesehener Gast mehr sein. Doch dieses Risiko würde er auf sich nehmen müssen, und außerdem – was kümmerte ihn die sogenannte Gesellschaft? Er konnte Nick natürlich auch bei Lafitte lassen, doch dieser Gedanke gefiel ihm ganz und gar nicht.

Erinnerungen sind etwas schwer Begreifliches; andere Erinnerungen an Nick kehrten zurück – er sah ihre schlanke Gestalt vor sich, wie sie, flink wie ein Affe, in der Takelage herumturnte, den Ausdruck wilder Begeisterung in ihren Augen beim Toben der Schlacht; er entsann sich der Art, wie sie konzentriert ihre Lippen zusammenpreßte, wenn sie am Schreibtisch arbeitete. Tausend Bilder von Nick standen vor seinem geistigen Auge, und er fragte sich, warum er ihr Geheimnis nicht früher entdeckt hatte.

Vielleicht hatte er es unbewußt schon getan gehabt, denn er hatte sie stets auf eine leicht ironische, neckende Art und Weise behandelt, die niemandem sonst auffiel; er hatte ihre Unverschämtheiten bis zu einem erstaunlichen Grad toleriert, und er hatte – absichtlich oder nicht – stets darauf geachtet, daß sie bei einem Gefecht nicht zu Schaden kam. Widerstrebend mußte er sich eingestehen, daß er sie eigentlich schon immer gemocht hatte. Er hatte zwar nie einen Gedanken an sie verschwendet, wenn er als Christopher Saxon verschwand, und er fragte sich jetzt, was sie während seiner Abwesenheit wohl gemacht hatte. Voll Widerwillen dachte er an Allen Ballard, der die ganze Zeit bei ihr auf der »Belle Garce« gewesen war. Keimte etwas wie Eifersucht in ihm?

Seine Gedanken ließen ihn keinen Schlaf finden, und so stand er schließlich auf. Er schenkte sich einen Cognac ein und ging ungeduldig in dem dunklen Zimmer umher, während seine Gedanken aus unerklärlichen Gründen in eine Richtung wanderten, die ihm gar nicht behagte. Erinnerungen erwachten in ihm, die er bisher in den tiefsten Winkel seines Herzens verbannt hatte. Wenn er an Nicole dachte, mußte er zwangsläufig auch an ihre Mutter und seine Erlebnisse mit ihr denken. Heute konnte er diesen Erinnerungen nicht entfliehen, und voll Verzweiflung dachte er an die bezaubernde Annabelle und an seinen Onkel.

Wenn er daran dachte, wie schamlos sie ihn für ihre Zwecke benutzt hatten, wurde ihm fast übel vor Wut. Wie lange hatte Annabelles Gatte schon geahnt, daß es noch einen anderen Mann gab? Wohl nicht allzulange, denn sonst hätte sie ihm keine Hörner aufsetzen können. Saber sah alles deutlich vor sich – die Affäre zwischen seinem Onkel Robert und der temperamentvollen Frau eines Nachbarn. Hatten sie ihn aus Angst vor Entdeckung geopfert? Oder hatte sein Onkel viel verbrecherischere Ziele verfolgt? Wie leicht hätte er, Saber, bei der Marine den Tod finden können, und sein Onkel hätte dann sowohl das Vermögen seines Großvaters als auch das der Saxons geerbt.

Heiße Wut stieg in ihm auf, als er an diese weit zurückliegenden Tage dachte. Oh, wie er sie angebetet hatte, diese schillernde Annabelle mit ihren roten Haaren und einem Körper, der einen Mann um den Verstand bringen konnte! Wie listig sie ihn umgarnt hatte, und wie töricht er ihr sein Herz zu Füßen gelegt hatte! Er war nicht in der Lage gewesen, seine Bewunderung für sie zu verbergen, und die Erwachsenen hatten sich über seine jugendliche Schwärmerei amüsiert. Doch sie hatten keine Ahnung, daß er sich heimlich mit Annabelle im Pavillon traf und sie ihn in die Geheimnisse der körperlichen Liebe einweihte. Aber er war sicher, daß Robert von diesen verschwiegenen Treffen gewußt hatte. Doch hatte Robert auch gewußt, welch heiße Liebesstunden sie im Pavillon verbrachten? Hatte er gewußt, daß die erfahrene Annabelle ihn in die Praktiken der Lust einführte? Irgendwie mochte Christopher das nicht glauben. Annabelle war wie ein Rauschgift für ihn gewesen; sie hatte ihn gereizt und mit ihm gespielt und sich über seine Liebesschwüre lustig gemacht. Doch er hatte alles ertragen, sogar daß sie sich in Gegenwart anderer über ihn amüsierte, denn er wußte, daß er in ihren Armen wieder die höchsten Wonnen würde genießen können. Wie sehr er sich noch heute für seine Dummheit verachtete! Er konnte nicht ganz bei Verstand gewesen sein, zu glauben, daß eine zehn Jahre ältere Frau, die in der Blüte ihrer Jahre stand, sich in einen unerfahrenen fünfzehnjährigen Jungen wirklich verliebte.

Jetzt wußte er natürlich, daß sie ihn nicht geliebt hatte. Er wußte es seit jenem schrecklichen schwarzen Augenblick, in dem sein Großvater ihm mit wutverzerrtem Gesicht die entsetzlichsten Anschuldigungen ins Gesicht schleuderte und sie – diese falsche Hexe! – herzzerreißend in ihr Taschentuch schluchzte und schrie, daß er sie vergewaltigt und später erpreßt habe, damit sie ihm weiter zu Willen sci. Noch heute erinnerte er sich an die dumpfe Wut, die ihn erfüllt hatte, und an seine Verzweiflung über das grausame Ende seiner Träume. Annabelles Ehemann hatte steif neben ihr gestanden, und seine Miene hatte deutlich seine Enttäuschung darüber zum Ausdruck gebracht, daß er, Christopher, noch ein Junge war, mit dem man sich nicht duellieren konnte. Und sein Stolz hatte Christopher verboten, sich zu verteidigen und die Wahrheit zu sagen. Er war nur wie versteinert gewesen, und etwas in ihm war an diesem Tag gestorben. Er war aus dem Zimmer gegangen und sogleich Robert in die Arme gelaufen. Böse dachte er daran, welch leichtes Spiel die beiden mit ihm gehabt hatten. Doch ihm waren die Zusammenhänge und die Beziehung zwischen Robert und Annabelle damals noch nicht klar gewesen, und er war wie Wachs in den Händen seines Onkels gewesen, als Robert ihm scheinbar mitfühlend vorschlug, für eine Weile von zu Hause fortzugehen und sich in einem Landgasthof einzuquartieren. Scheinheilig hatte Robert ihn beruhigt, als sie bei einem Bier zusammen im Hinterzimmer des Gasthofes saßen. Und wieder überflutete ihn eine Welle eiskalter Wut, als er an diese letzte häßliche Szene dachte – geknebelt und gefesselt hatte er mitansehen müssen, wie Annabelle und Robert sich wie die Tiere auf dem Boden paarten, und bis heute hatte er nicht den Ausdruck in Annabelles Augen vergessen, als sie ihre Röcke glättete und fragte: »Was ist mit ihm? Wie willst du ihn jetzt, nachdem er seinen Zweck erfüllt hat, loswerden?«

Robert hatte sie lachend an sich gezogen. »Mach dir wegen ihm keine Gedanken. Morgen schon wird er irgendwo auf See sein, und mein Vater und dein Mann werden glauben, daß er aus Scham davongelaufen ist.«

Der Gedanke an diese schrecklichen Stunden ließ Christopher am ganzen Körper zittern; seine Hand umklammerte das Cognacglas, bis die Knöchel weiß hervortraten. Zum Teufel mit ihnen beiden! dachte er haßerfüllt und goß sich einen weiteren Cognac ein. Doch er wollte nicht mehr an die Vergangenheit denken. Das war vorbei, und er war fertig damit; es würde ihn nur kaputtmachen, weiter darüber nachzugrübeln. Du kannst nichts mehr ändern an dem, was geschehen ist, sagte er sich, und Annabelle ist ohnehin tot, ertrunken im Meer.

Doch Rachegefühle lassen sich nicht so ohne weiteres beiseite schieben, und unwillkürlich wanderten seine Gedanken zu Nicole. Welche Ironie des Schicksals, daß Annabelles Tochter ausgerechnet ihm in die Hände fallen mußte! Er gestand sich ein, daß es ihm eine gewisse Freude bereitete, Nick zu quälen und sie sich gefügig zu machen und sie – er war ehrlich genug, das zuzugeben – für die Sünden ihrer Mutter büßen zu lassen.

2. TEIL

Christopher

»Liebe macht blind,
und Liebende erkennen nicht,
wie töricht sie handeln.«
Shakespeare,
»Der Kaufmann von Venedig«

14

Ein verächtlicher Ausdruck lag auf Christopher Saxons Gesicht, als er der sich träge dahinschleppenden Unterhaltung lauschte. Warum um alles in der Welt er sich von seinem Freund Eustace Croix dazu hatte überreden lassen, die Soiree der Lavilles zu besuchen, würde er nie begreifen. Er hätte wissen müssen, wie sehr ihn das alles langweilen würde. Die Lavilles und die meisten ihrer Gäste waren schon fortgeschrittenen Alters; er mußte verrückt gewesen sein, Eustaces Bitte, ihn zu dieser Soiree zu begleiten, nicht abgelehnt zu haben.

Christopher Saxon war kein umgänglicher Mann. Er war still und zurückhaltend, und es war nicht leicht, seine Freundschaft zu gewinnen. Viele sahen in ihm deshalb einen kalten, gefühllosen Menschen. Wenn ihm etwas nicht paßte, pflegte er sich mit einem leichten Schulterzucken abzuwenden. Das bedeutete jedoch nicht, daß er unbeliebt gewesen wäre oder man ihn gar gemieden hätte. Ganz im Gegenteil! Wenn er sich in der Stadt aufhielt, erhielt er täglich Einladungen zu Partys oder Bällen. Dank seines Reichtums und seines guten Aussehens gehörte er zu den ausgesprochenen Favoriten der Mütter mit heiratsfähigen Töchtern.

Es mangelte ihm also nie an Abwechslung und Unterhaltung, doch er schloß bewußt keine Freundschaften. Freunde interessierten sich für die persönlichsten, intimsten Dinge und machten ihre Besuche häufig zu den unpassendsten Gelegenheiten.

Doch die Gesellschaft respektierte ihn so, wie er war. Er besaß gute Manieren, stammte aus einer angesehenen englischen Familie, und niemand konnte ihm etwas nachsagen. Gewiß gab es ein paar Vertreter des kreolischen Adels, die sich noch daran erinnerten, unter welch zweifelhaften Umständen er seinen Reichtum erworben hatte – sein komfortables Haus im Vieux Carré und seine Plantagen und Thibodaux House –, doch das waren nur wenige, und selbst sie hegten keinen Zweifel daran, daß der junge Eugene Thibodaux sein gesamtes Vermögen leichtsinnig verspielt hatte.

Eine scharfe Frage der schrecklichen Matrone an seiner Seite riß ihn aus seinen Gedanken zurück in die Gegenwart, und er zwang sich, sich auf die Unterhaltung zu konzentrieren. Als er der tödlich langweiligen Gesellschaft endlich zu entfliehen vermochte, konnte er seine Erleichterung kaum verbergen. Nie wieder würde er einer dieser endlosen Abendeinladungen der Lavilles Folge leisten!

Er kehrte in sein nur wenige Häuserblocks von Lafittes Wohnsitz entferntes, stuckverziertes Haus zurück und stellte fest, daß er noch nicht müde war. Einen Augenblick spielte er mit dem Gedanken, in eines der Bordelle oder Kaffeehäuser zu gehen, doch dann verwarf er diesen Gedanken wieder. Er ließ sich einen Whisky bringen, zog seinen Abendanzug aus und streifte einen Morgenmantel aus schwarzer Seide über. Dann trat er auf den Balkon hinaus.

Lange Zeit blieb er dort stehen und starrte gedankenverloren vor sich hin. Er hätte mit seinem Leben zufrieden sein müssen, doch er war es nicht. Vieles, das früher seine Aufmerksamkeit gefesselt hatte, interessierte ihn nicht mehr, und erschrocken stellte er fest, daß er sich an einem Punkt befand, wo er nicht mehr weiter wußte.

Den Kapitän Saber gab es nicht mehr. Die Führung der Plantage beanspruchte ihn nur in sehr geringem Maße. Das eintönige Leben eines biederen Bürgers war nichts für ihn, und er war gar nicht mehr sicher, ob es klug gewesen war, die »Belle Garce« zu verkaufen.

Vielleicht bin ich einfach nicht geschaffen für ein bequemes, tatenloses Leben, dachte er. Die letzten Wochen waren nicht so angenehm verlaufen, wie er es erwartet hatte. Es fehlte jeglicher Nervenkitzel. Dabei verlief dieser Aufenthalt in seinem Haus nicht anders als alle anderen zuvor auch. Gewiß, er wußte, daß er nicht mehr Kapitän Saber sein würde, doch das konnte nicht der Grund für seine Unzufriedenheit sein. Er langweilte sich, schlicht und einfach gesagt. Ich hätte Nick mitnehmen sollen, dachte er; sie würde schon für Abwechslung gesorgt haben. Und er fragte sich, was sie wohl heute abend machte. Wahrscheinlich besuchte sie eine Hexenmeisterin, um sich das Rezept für einen Gifttrunk geben zu lassen, mit dem sie ihn ins Jenseits befördern konnte.

Zu seinem größten Mißfallen hatte er erfahren müssen, daß seine Gedanken immer wieder, oft zu den unpassendsten Gelegenheiten, zu Nick wanderten. Während er mit einer der Ballschönheiten tanzte und in ihre wirklich verlockenden Augen sah, entdeckte er, daß ihm Nicks Augen besser gefielen. Als er auf einer Soiree der charmanten Nichte seines Gastgebers vorgestellt wurde und ihren feingeschwungenen Mund betrachtete, mußte er an Nicks weiche, zum Küssen einladende Lippen denken. Bei einem Besuch in der Oper fiel ihm eine aufregende braunhaarige Schönheit auf, doch ihre glänzenden Locken kamen ihm blaß und farblos vor, verglichen mit Nicks rötlich schimmerndem dunklem Haar. Diese beunruhigenden Gedanken ärgerten und störten ihn, und er verwünschte sich selbst, weil die aufsässige, kleine Füchsin ihm ständig im Kopf herumging. Zornig vor sich hin fluchend, ging er ins Zimmer zurück.

Als er am nächsten Morgen aufwachte, schob er alle Gedanken an die Zukunft beiseite und stürzte sich in eine wilde Aktivität. In den letzten Wochen vor Weihnachten sah man ihn darum auf jeder Soiree in den vornehmen Salons von New Orleans. Jede Minute seiner Zeit war ausgefüllt, und er zweifelte nicht daran, daß das genau das Richtige für ihn war. Dieses ruhelose Leben wäre mit Sicherheit endlos so weitergegangen, hätte er nicht der Einladung zum Weihnachtsball des Gouverneurs Folge geleistet. Dort nämlich traf er auf einen Menschen, der die Erinnerung an die Vergangenheit sofort wieder aufleben ließ.

Dieser Mensch war eine kleine Frau von etwa fünfundsechzig Jahren, mit hellen blauen Augen und weißen Haaren; sie war einfach, aber sauber gekleidet wie eine Erzieherin oder Lehrerin. Er bemerkte sie nicht sofort, denn wem fiel eine solch farblose Erscheinung schon auf?

Er hätte auch nie sagen können, warum er überhaupt auf sie aufmerksam wurde. War es ihre Art, den Kopf zu neigen, oder waren es ihre schnellen Bewegungen, die eine tief in ihm schlummernde Erinnerung wachriefen? Jedenfalls starrte er plötzlich wie gebannt über die überfüllte Tanzfläche hinweg zu ihr hinüber.

Er war sicher, sie zu kennen, und ließ sich schließlich Miss Leala Dumas vorstellen, zu der die alte Dame zu gehören schien. Und dann erfuhr er ihren Namen – Mrs. Eggleston!

Als er diesen Namen hörte, fühlte er sich in seine Kindheit zurückversetzt. Er war wieder zwölf und schmeichelte ihr Zuckerstückchen ab. Sie hatte sich kaum verändert, nur ihre blauen Augen hatten ihren Glanz verloren; auf ihrem noch recht glatten Gesicht lag ein leicht gequälter Zug.

Als sie seinen Namen hörte, sah sie ihn an und sagte: »O Christopher, wie schön, dich nach so langer Zeit wiederzusehen!«

Verblüfft und verwirrt über ihre Unbefangenheit murmelte er: »Auch ich freue mich, Madam. Aber sagen Sie mir, wieso sind Sie hier?«

Sie zögerte, und ihm entging nicht, wie unsicher sie zu Miss Dumas hinüberblickte, die ihr Mißfallen darüber, daß der elegante Monsieur Saxon ihrer Begleiterin mehr Aufmerksamkeit schenkte als ihr, deutlich zeigte. Er war daher auch nicht verwundert, als sie nervös erwiderte: »Ach, das ist eine sehr lange Geschichte, mit der ich dich jetzt nicht langweilen möchte. Willst du Miss Dumas nicht zum nächsten Tanz auffordern?«

Höflich kam Christopher ihrer Bitte nach und führte die nun strahlende Miss Dumas auf die Tanzfläche. Anschließend zog er diskret Erkundigungen über Mrs. Eggleston ein.

Mrs. Eggleston verdiente sich ihren bescheidenen Lebensunterhalt damit, daß sie jedermann auf Abruf zu Diensten war. Christopher war nicht zufriedengestellt von dem, was man ihm über Mrs. Eggleston erzählte, und so wartete er, bis Miss Dumas wieder zum Tanz aufgefordert wurde, benutzte die Gelegenheit, sich an Mrs. Eggleston zu wenden, und lud sie höflich ein, ihn am übernächsten Tag zu besuchen. Sie zögerte, seine Einladung anzunehmen, sagte jedoch schließlich zu, um ihn nicht zu verletzen, worauf Christopher zufrieden das Spielzimmer aufsuchte.

Seine Gedanken verweilten noch lange bei Mrs. Eggleston. Er hatte sie schon immer sehr gern gemocht, und die Vorstellung, daß sie solch eingebildeten, herrschsüchtigen Personen wie dieser Miss Dumas zu Diensten sein mußte, regte ihn auf. Sie war stets freundlich zu ihm gewesen, und er vergegenwärtigte sich die vielen fröhlichen Nachmittage, die er in ihrem Haus verbracht hatte.

Doch dann gewann sein normales ironisches Wesen wieder die Oberhand, und er zwang sich, nicht mehr an sie zu denken. Wenn er nicht achtgab, würde er sich noch ernsthaft Sorgen um sie machen, und er hatte sich geschworen, sich nie wieder um einen Menschen zu sorgen; so entließ er sie schließlich aus seinen Gedanken.

Wenig später saß er bei ein paar Freunden an einem der zahlreichen im Raum verteilten Kartentische. Viele der älteren männlichen Gäste, die froh waren, den wachsamen Augen ihrer Ehefrauen für eine Weile entronnen zu sein, saßen hier beim Whistspiel zusammen. Die meisten jungen Männer waren im Ballsaal, doch Christopher hatte keine Schwierigkeiten, drei Bekannte zu finden, die froh waren, in ihm einen vierten Spieler zu gewinnen. Er hatte schon mehrere Runden gespielt, als er plötzlich Teile einer dicht neben ihm geführten

Unterhaltung auffing.

Er vernahm Lafittes Namen und ließ seinen Blick unauffällig zu der zu seiner Linken sitzenden Gruppe von Männern wandern. Drei von ihnen kannte er nur flüchtig, doch die beiden anderen waren ihm wohlbekannt – Daniel Patterson und Jason Savage.

Patterson war Angehöriger der in New Orleans stationierten Marine, und an ihn hatte Christopher die Code-Bücher gehen lassen. Natürlich hatte Christopher wenig mit Patterson zu tun, aber da dieser der Oberbefehlshaber der Marine war, hielt Christopher es für wichtig, sich Liebkind zu machen, da es ja nie verkehrt war, ein gutes Verhältnis zu denen zu haben, die einem schaden konnten – und Patterson war ein ausgesprochener Gegner Lafittes.

Jason Savage kannte er nicht persönlich. Was er über ihn wußte, hatte er gesprächs- oder gerüchteweise über ihn gehört, doch er war sich klar darüber, daß Savage kein Mann war, den man schneiden oder ignorieren konnte. Er schien das besondere Vertrauen des Gouverneurs Claiborne zu besitzen und genoß sowohl bei den Kreolen als auch bei den Amerikanern hohes Ansehen. Vor einigen Jahren war Christopher Savages Frau Catherine vorgestellt worden, und er hatte sich der weitverbreiteten Meinung angeschlossen, daß sie eine der schönsten Frauen war, die New Orleans seit langem gesehen hatte. Doch nicht deshalb interessierte sich Christopher für Savage, sondern weil bei ihm alle Fäden zusammenliefen. Obwohl er neutral und unparteiisch war, schien er seine Hände fest auf der Lebensader des ganzen Staates Louisiana liegen zu haben. Und so zeigte Christopher mehr als nur höfliches Interesse für alles, was Savage tat und ließ.

»Ich sage dir, ich verstehe das nicht«, hörte er Patterson gerade sagen. »Weder, wie sie in mein Büro kommen konnten, noch, warum einer von Lafittes Mordbuben so etwas tun sollte.«

»Vielleicht glaubte der Betreffende, etwas dabei zu gewinnen«, entgegnete Savage in seiner typischen schleppenden Sprechweise. »Vielleicht eine Belohnung oder auch nur eine

Entschuldigung. Wer weiß? Und wen kümmert's?« fügte er leise hinzu.

Aufgebracht über Savages kühle Worte, stieß Patterson hervor: »Nein, Jason, das war es nicht! Die Bücher sind auf irgendeine geheimnisvolle Weise in mein Büro geschmuggelt worden. Es lag nichts dabei – kein Brief, keine Legitimation, gar nichts. Nur die Bücher. Ich habe alle meine Leute befragt, aber niemand weiß, wie sie dahin gelangt sind. Wenn die Person, die sie gebracht hat, Geld hätte haben wollen, wären die Bücher bestimmt mit einer Botschaft gekoppelt gewesen.«

»Bist du sicher, daß sie echt sind? Es wäre doch möglich, daß die Engländer dir verfängliches Zeug zugeschoben haben.«

Einer der Männer machte eine spöttische Bemerkung, die Patterson sehr zu ärgern schien, und Christopher, der angestrengt lauschte, mußte in sich hineinlächeln. »Die Bücher sind echt!« fauchte Patterson wütend. »Schließlich verstehen wir unser Handwerk!«

Die Männer wandten sich einem anderen Thema zu, und Christopher wollte sich schon erheben und aufbrechen, als Patterson wiederum etwas sagte, das seine Aufmerksamkeit fesselte und ihn an seinem Platz festhielt.

»... Angriff auf New Orleans.«

»Ach, hören Sie auf, Daniel! Die Engländer werden ihre Truppen und ihre Flotte bei uns nicht verstärken. Sie sind viel zu beschäftigt an der kanadischen Grenze und bei den Great Lakes, als daß sie eine ernsthafte Bedrohung für uns sein könnten«, gab ein Geschäftsmann zu bedenken.

Patterson zuckte die Schultern und sagte nichts mehr. Es war Savage, der das Thema nicht einschlafen ließ, indem er meinte: »Das würde ich nicht sagen, John. Die Eroberung New Orleans' wäre von höchster strategischer Bedeutung für sie. Sie brauchen einen Sieg, um ihre Kriegspolitik fortsetzen zu können, und die Eroberung New Orleans' würde ihnen einen entscheidenden Vorteil bei den Friedensgesprächen in St. Petersburg bringen. Sie haben das Vermittlungsangebot des Zaren ausgeschlagen und den Wunsch nach direkten Verhandlungen geäußert. Und vielleicht haben sie das deshalb getan, weil sie noch einen entscheidenden Sieg erringen wollen, um ihre Macht zu stärken, ehe sie sich an den Verhandlungstisch setzen. Also schiebe die Möglichkeit eines Angriffs auf New Orleans nicht einfach zur Seite.« Jason wandte sich nun direkt an Patterson: »Ist ein Angriff auf die Stadt geplant? Hast du Beweise – oder ist es nur eine Spekulation?«

Patterson rutschte unbehaglich auf seinem Stuhl hin und her. »Es gibt keine konkreten Informationen darüber, nur Andeutungen. In einer Depesche, die wir kürzlich abfangen konnten, wurde ein Feldzug im Süden Amerikas erwähnt.«

»Willst du damit sagen, daß der Gouverneur davon weiß und nichts unternimmt?« fragte einer der Männer.

Patterson wand sich voll Unbehagen und wünschte, er hätte dieses Thema nie angeschnitten. Er sagte ein paar Worte, die Christopher nicht verstehen konnte, doch die drei Männer schienen beruhigt zu sein, obwohl einer von ihnen sich begierig an Jason wandte: »Dein Onkel genießt hohes Ansehen in englischen Regierungskreisen. Glaubst du, daß du etwas von ihm erfahren kannst?«

Jason lachte leise auf, und in diesem Augenblick begegneten seine Augen Christophers Blick. Ein Weilchen ruhten ihre Blicke ineinander, und Christopher war sicher, daß Jason wußte, daß er mehr als nur ein oberflächliches Interesse an der Unterhaltung am Nebentisch nahm. Dann wandte sich Jason wieder an den Fragesteller und antwortete: »Roxbury ist alt und steht treu zu England. Wenn ich so dumm wäre, nach England zu reisen, würde mein Onkel das sofort spitzkriegen, und ich könnte nicht nur nichts von ihm erfahren, sondern er würde auch dafür sorgen, daß mein Aufenthalt in England so kurz und unerfreulich wie nur möglich ausfallen würde. Ihr müßt euch schon einen anderen Dummen suchen, der auf eure Idee eingeht.« Und plötzlich wanderten Savages Augen wieder zu Christopher, und in ihnen stand eine stumme Drohung. Christopher tat, als bemerke er diesen Blick nicht. Als er wenig später das Spielzimmer verließ, glaubte er Jasons Augen in seinem Rücken zu spüren, und er war sicher, daß bald einige neugierige Fragen über ihn gestellt werden würden.

In Wirklichkeit gab es kaum etwas, was Jason Savage nicht schon über ihn wußte. Nachdenklich starrte er noch eine ganze Weile auf die Tür, durch die Christopher soeben verschwunden war, und erst als Patterson mit erhobener Stimme eine Frage wiederholte, widmete er sich wieder konzentriert der Unterhaltung.

Nach einer Weile entschuldigte er sich und verließ den Raum. Jeder, der ihn beobachtete, glaubte, er wolle dem lauten Spielzimmer entfliehen, um ein wenig frische Luft zu schöpfen.

Er ging in den Garten, der nach den pausenlosen Regenfällen des Tages im düsteren Licht des Abends naß und glänzend dalag. Er kam an ein schmiedeeisernes Tor, öffnete es und ging über die aufgeweichte Straße zu einem kleinen Wagenbau.

»Jake?« rief er leise.

»Ich bin hier«, antwortete eine brummige Stimme von einem Heuhaufen in einer Ecke her.

Jason bemühte sich, mit einem Lächeln über seine innere Anspannung hinwegzutäuschen, als Jake, ein kleiner, schlampig gekleideter Mann mit aschblondem, schlechtgeschnittenem Haar und einem struppigen Bart, sich aus dem Stroh erhob und auf ihn zukam. Jakes Alter hätte man beim besten Willen nicht schätzen können. Er konnte ebensogut dreißig wie fünfzig Jahre alt sein. Er spuckte einen Tabakpriem und eine undefinierbare braune Flüssigkeit aus, was den Eindruck eines ungehobelten Burschen, den er erweckte, noch verstärkte und ihn nicht gerade sympathisch erscheinen ließ.

Jasons hohe, schlanke Gestalt, gekleidet in einen eleganten schwarzen samtenen Abendanzug und eine blütenweiße Weste, hätte in keinem größeren Kontrast zu Jakes Erscheinung stehen können.

»Hast du ihn gesehen?« fragte Jake.

Jason nickte. »Gerade eben. Er ist sehr schwer zu durchschauen. Bist du sicher, daß wir ihm trauen können? Es würde mir absolut nicht gefallen, wenn die Engländer erführen, wie besorgt Claiborne wegen eines möglichen Angriffs auf New Orleans ist – oder gar, wie wenig Streitkräfte zur Verteidigung der Stadt zur Verfügung stehen.«

»Verdammt, Jason! Bin ich nun mit diesem Teufelskerl die letzten vier Monate zusammen gewesen oder nicht?«

Jake hielt einen Augenblick inne, um einen weiteren Priem zur Seite zu spucken, dann fuhr er fort: »Saxon ist vielleicht ein verdammter Pirat, der sich Kapitän Saber nennt, doch die Engländer mag er ganz und gar nicht. Wenn er nicht durch und durch Amerikaner wäre, hätte er Higgins nie mit den Code-Büchern zu Patterson geschickt. Er hegt sicher keinerlei Sympathien für die Engländer.«

Jasons grüne Augen waren zu schmalen Schlitzen geworden, als er entgegnete: »Also gut, ich werde dich beim Wort nehmen. Und da du mich in den letzten fünf Jahren nie enttäuscht hast, nehme ich an, daß du auch diesmal weißt, was du sagst.«

»Das ist verdammt wahr. Man nennt mich nicht umsonst Jake die Katze.«

Jason mußte lachen; er griff in seine Westentasche, zog ein paar Goldmünzen hervor und legte sie in Jakes ausgestreckte Hand. »Das wird für eine Weile reichen. Ich schlage vor, daß du noch heute nacht nach Terre du Coeur fährst. Für den Fall, daß dir jemand an den Kragen will, möchte ich dich aus der Schußlinie haben.«

»Ich habe keine Angst«, entgegnete Jake großspurig.

Jasons Lächeln verflüchtigte sich, als er sagte: »Das weiß ich. Aber, mein Freund, ich habe deinen Kopf damals in Natchez-under-the-hill nicht vor diesem verrückten Schiffer gerettet, damit du ihn jetzt verlierst. Geh nach Terre du Coeur.« Jason wandte sich zur Tür. »Tu, was ich dir sage«, erklärte er noch einmal.

»Jaja«, brummte Jake.

Dann kehrte Jason in das Haus des Gouverneurs zurück. Bald schon entdeckte er wieder Christopher, der selbstsicher und charmant Konversation machte. Ja, dachte er, Christopher Saxon ist der richtige Mann für die Rolle, die wir ihm zugedacht haben.

15

Nach dem Abendessen am nächsten Tag hatte Christopher es sich vor dem Kamin gemütlich gemacht. Sein Butler trat ein. »Sir, ein Mister Jason Savage wünscht Sie zu sprechen.«

Überrascht und leicht verwirrt erhob sich Christopher, um seinen Gast zu begrüßen.

»Welch ein Glück, daß Sie heute abend zu Hause sind«, sagte Jason und schüttelte Christophers Hand. »Ich wollte Ihnen schon früher meine Aufwartung machen, doch es kam immer wieder etwas dazwischen.«

Christopher lächelte höflich, aber äußerst wachsam. »So geht es einem manchmal. Darf ich Ihnen einen Drink anbieten? Sherry, Portwein oder vielleicht einen Brandy?«

»Ein Brandy wäre nicht schlecht.«

Nachdem die Drinks serviert waren, setzten sich die beiden Männer ans Feuer.

Savage sah sich in dem elegant eingerichteten Raum um; die schweren grünen Damastvorhänge waren als Schutz gegen die winterliche Kälte zugezogen; auf dem Boden lagen echte Brüsseler Teppiche, an den Wänden standen wuchtige Bücherregale aus Mahagoniholz.

»Ich sehe, Sie haben hier kaum etwas verändert, seit Sie es von den Thibodaux übernommen haben«, bemerkte Jason schließlich.

Christopher war auf der Hut. »Sind Sie deshalb gekommen?« fragte er trocken und nippte an seinem Brandy. »Um zu sehen, welche Veränderungen ich nicht vorgenommen habe?«

»Natürlich nicht, und ich bin sicher, Sie wissen das auch«, erwiderte Jason lächelnd.

»Warum also sind Sie hier? Ich möchte nicht unhöflich sein, aber ich glaube nicht, daß Sie gekommen sind, um sich über

Banalitäten mit mir zu unterhalten. Kann ich etwas für Sie tun?«

Christophers Direktheit brachte Jason in Verlegenheit. Wie sollte er den Grund seines Besuches erklären? Es wäre ihm lieber gewesen, etwas mehr Zeit zu haben, und er war auch nicht sicher, ob er die Angelegenheit gleich bei der ersten Begegnung zur Sprache bringen sollte. Unglücklicherweise schien Saxon nicht in der Stimmung für eine oberflächliche Unterhaltung zu sein, und so sah Jason keinen anderen Weg, als in medias res zu gehen, indem er sagte: »Ich möchte, daß Sie für mich nach England fahren.«

Christopher sah ihn erstaunt an. »Ich bitte um Verzeihung, aber fühlen Sie sich nicht wohl? Wir befinden uns im Krieg mit England.«

»Sehr wahr, doch einer wie Sie ist trotzdem in der Lage, dorthin zu reisen.«

»Und warum, zum Teufel, sollte ich das tun?«

Jason sah ihn bedeutungsvoll an, bevor er leise erwiderte: »Weil ich wissen möchte, wie ernst es den Engländern mit einem Angriff auf New Orleans ist.«

Christopher ließ sich langsam in den Sessel zurücksinken; tausend Gedanken jagten durch seinen Kopf. Was immer er von Savages Besuch erwartet hatte – so etwas bestimmt nicht.

»Warum gerade ich?« fragte er nach einer Weile.

Jason blickte angestrengt auf den Brandy in seinem Glas. »Warum nicht Sie?«

Christopher stand ungeduldig auf. »Man kommt nicht zu einem Fremden mit einem solchen Anliegen. Ich bin kein Narr, Savage. Sagen Sie mir, was für ein Spiel Sie spielen.«

Jason sah Christopher freundlich lächelnd an und erwiderte: »Ich spiele überhaupt kein Spiel. Ich trage mich bereits seit ein paar Monaten mit dem Gedanken, jemanden nach England zu schicken – die Idee kam mir schon lange, bevor an einen Angriff auf New Orleans zu denken war.«

Noch immer verwirrt wiederholte Christopher: »Und warum haben Sie gerade mich für diese Aufgabe ausgesucht? Ich bin kein Diplomat, und ich habe keinerlei politisches

Interesse; außerdem bin ich ein Fremder für Sie. Ich könnte sogar ein englischer Spion sein.«

»Sind Sie es?« fragte Jason sanft.

Christopher warf ihm einen bösen Blick zu und herrschte ihn an: »Natürlich nicht! Aber Sie wissen es nicht, Sie haben nichts als mein Wort!«

Jason lächelte dünn. »Doch, ich weiß es, mein Freund. Wie ich eben schon sagte, spiele ich kein Spiel. Seit ich vorhabe, jemanden nach England zu schicken, suche ich nach dem richtigen Mann für diese Aufgabe.« Er legte eine Pause ein, um dann um so überraschender fortzufahren: »Ich muß zugeben, daß ich Sie zunächst nicht in Betracht gezogen habe, aber Sie erweckten meine Neugier, und seit ein paar Monaten habe ich Sie beobachten lassen.« Er hielt inne, um mit Bedacht hinzuzufügen: »Kapitän Saber!«

Christopher ließ sich die Erregung, die sich seiner bei der Erwähnung dieses Namens bemächtigt hatte, nicht anmerken. Er war sich immer im klaren darüber gewesen, daß sein Doppelspiel eines Tages aufgedeckt werden würde. Es bestand aber noch kein Grund zur Aufregung. Ausschlaggebend war jetzt, ob und wie Savage sein Wissen gegen ihn verwenden wollte. Christopher glaubte nicht, daß Savage ihn den Behörden ausliefern würde. »Gut, ich gebe zu, ich bin Kapitän Saber – aber ich bin kein gemeiner Pirat«, murmelte er mit einem Schulterzucken.

»Mein Freund, Sie mißverstehen mich«, entgegnete Jason lächelnd. »Ich liebe tatkräftige Männer. Ihr Leben als Kapitän Saber interessiert mich nicht. Und wenn ich festgestellt hätte, daß Sie wirklich ein Spion sind, wäre dieser heutige Besuch nie zustande gekommen. Darf ich ehrlich sein?«

»Waren Sie das bis jetzt nicht?« fragte Christopher verärgert.

»Vielleicht nicht ganz. Sie fragten, warum ich gerade Sie ausgewählt habe, und ich will es Ihnen sagen. Es gibt niemanden sonst, den ich mit dieser Aufgabe betrauen könnte. Von einem mir treu ergebenen Mann weiß ich alles über Sie, so auch, daß Sie England nicht besonders lieben – obwohl Sie selbst Engländer sind.«

»Eines sollten wir klarstellen, Savage – ich bin kein Engländer. Ich bin es nicht mehr, seit man mich vor fünfzehn Jahren in die britische Marine gezwungen hat. Ich bin Wahlamerikaner«, entgegnete Christopher mit Nachdruck.

»Schon gut, schon gut. Wenn Sie also so sehr Amerikaner sind, wie Sie sagen, werden Sie doch sicher gern etwas für Amerika tun.« Jason trank einen Schluck und fuhr fort: »Wie Sie ja selbst wissen, verläuft dieser Krieg leider nicht so wie ursprünglich erwartet. Wenn wir nicht aufpassen, werden wir bald geschlagen sein. Mit der Eroberung Kanadas begann das ganze Übel, und Amerika wird froh sein, wenn es seine eigenen Grenzen verteidigen kann. Daran, kanadisches Land zu erobern, ist gar nicht zu denken. Ich kann nicht verstehen, wie Madison Männern wie Henry Clay und John Calhoun vertrauen kann. Und jeder, der glaubt, dieser verdammte Krieg sei bald vorüber, ist ein verdammter Narr. Ich wünsche bei Gott –« Jason hielt mitten im Satz inne, er merkte selbst, daß er viel zuviel Engagement zeigte. »Verzeihen Sie. Ich wollte Ihnen nicht mit meiner persönlichen Auffassung über diesen Krieg auf die Nerven gehen. Aber es ist wahr – er muß ein Ende haben, und ich möchte nicht, daß New Orleans auch noch mit hineingezogen wird.«

Nachdenklich fragte Christopher: »Glauben Sie wirklich, daß die Engländer uns angreifen wollen? Zugegeben, sie haben eine schlagkräftige Flotte im Golf – aber die meisten ihrer Truppen, Schiffe und Soldaten sind im Norden.«

»Das stimmt. Denken Sie jedoch bitte daran, daß Napoleon im Oktober in Leipzig eine schwere Niederlage erlitten hat. Der englische Feldmarschall Wellington ist vor Monaten über die Pyrenäen nach Frankreich eingedrungen, und ich bin sicher, daß er die Kämpfe für sich entscheiden wird. Sobald Napoleon endgültig geschlagen ist, wird nichts die Engländer davon abhalten, sich gegen uns zu wenden. Die Eroberung New Orleans' wäre ein entsetzlicher Schlag für unser Land.« Jason fuhr sich mit den Fingern durch seine dichten schwarzen Haare. »Alle meine Informationen deuten darauf hin, daß die Engländer einen großangelegten Angriff im Süden der Vereinigten Staaten planen – einen Überraschungsangriff, wie sie hoffen. New Orleans wird zwar nicht ausdrücklich erwähnt, doch ich bin überzeugt, daß es ihr Angriffsziel sein wird.«

Christopher hatte sich bereits entschlossen, den Auftrag zu übernehmen. Jasons Ansichten stimmten mit den seinen überein; auch er war sich über den Ernst der Lage im klaren. Die Amerikaner waren aus Fort George an der Mündung des Niagara verdrängt worden; die Engländer hatten die Stadt Newark niedergebrannt und befanden sich im Anmarsch auf Fort Niagara, während ihre indianischen Verbündeten die Stadt Lewiston in New York angriffen. Es gab nur schlechte Nachrichten, wenn man von Kapitän Persys Sieg am Erie-See absah. Der Tod Tecumsehs hatte die Hoffnungen der Indianer auf ein starkes Bündnis zerstört. Es existierten zu viel Fronten in diesem Krieg, von Kanada bis Florida, überall gab es leichtere oder schwerere Gefechte ohne echte Sieger oder Verlierer. Der Krieg von 1812 erwies sich mehr und mehr als sinnlos.

Die Nachricht über einen möglichen Angriff auf New Orleans riß Christopher aus seiner Passivität dem Kriegsgeschehen gegenüber heraus. Er wollte alles in seiner Macht Stehende tun, um das zu verhindern. »Wenn Sie es wünschen, werde ich nach England gehen«, erklärte er unvermittelt. »Doch ich sehe mich außerstande, mir vorzustellen, daß ich eine große Hilfe für Sie sein kann. Als ich das letzte Mal dort weilte, war ich noch ein Kind, und ich besitze keine oder nur sehr wenige Beziehungen.«

»Ich erwarte keine Wunderdinge, mein Freund. Ich weiß, daß Sie vielleicht nichts herausfinden werden. Ich bin mir Ihrer Lage sehr wohl bewußt, und auch ich werde Ihnen nicht allzu viele Türen öffnen können – aus verständlichen Gründen.«

»Wegen Ihres Onkels?« fragte Christopher.

Jason erwiderte: »Sie kennen meine Verhältnisse? Oder haben Sie unsere gestrige Unterhaltung auf dem Ball des

Gouverneurs belauscht?«

»Gewiß«, antwortete Christopher grinsend. »Sie wollen doch einen Mann, der Augen und Ohren offenhält, oder?«

»So ist es«, entgegnete Jason belustigt. »Deshalb sind Sie auch der Mann, den ich brauche. Aber vergessen Sie nicht, daß Sie ganz auf sich selbst gestellt sein werden. Ich kann Ihnen zwar ein paar Leute empfehlen, aber nur mündlich. Empfehlungsschreiben von mir wären gefährlich. Wenn bekannt würde, daß wir uns kennen, würde man jeden Ihrer Schritte überwachen. Es wird eine schwierige Aufgabe für Sie werden.«

Christopher nickte. »Ich werde tun, was ich kann. Doch ich brauche schon etwas genauere Instruktionen. Was nützt es, wenn ich erfahre, daß ein Angriff bevorsteht, ich jedoch keine Beweise dafür habe? Und welche Beweise brauchen Sie?«

Jason sah ihn ein paar Sekunden lang nachdenklich an, bevor er antwortete: »Ihr Wort wird mir genügen.«

Als Christopher ihn ungläubig anstarrte, fügte er hinzu: »Ich brauche etwas Greifbareres als nur Gerüchte, um es den Militärs vorzulegen. Ich werde mich für Sie verbürgen, und die Militärs werden mir glauben.« Er verzog das Gesicht und fügte hinzu: »Und wenn ein Mann wie ich denen von einem bevorstehenden Angriff auf die Stadt berichtet und sie uns trotzdem keine Truppen schicken, bin ich mit meinem Latein am Ende.« Mit harter Stimme fuhr er fort: »Gouverneur Claiborne bittet ständig um Truppennachschub, aber man reagiert nicht darauf – und das darf nicht so weitergehen!«

»Nehmen Sie da nicht ein großes Risiko auf sich? Woher wollen Sie wissen, daß ich Sie nicht hintergehen werde?« fragte Christopher.

»Das könnten Sie, natürlich«, gab Jason freimütig zu. »Aber ich kenne Ihre Gefühle gegen die Engländer, und ich weiß auch, daß Sie hier in Louisiana Grundbesitz haben, den Sie sicher nicht durch einen Krieg zerstört sehen oder gar verlieren möchten. Sie haben sich hier niedergelassen, noch bevor der Krieg begann.«

Christopher sah Jason noch immer skeptisch an, doch dann lächelte letzterer in der für ihn typischen Weise und sagte: »Und es gibt Zeiten, in denen ich mich auf meinen Instinkt verlassen muß.«

»Wann soll ich abreisen?«

»Am liebsten wäre es mir natürlich, wenn Sie das nächste Schiff nehmen würden, doch Sie brauchen einen offiziellen Grund für die Rückkehr in Ihre Heimat. Oder haben Sie daran nicht gedacht?«

Christopher erwiderte: »Doch, ich habe daran gedacht, und ich glaube, mir kommt da eine Idee. Aber dafür brauche ich Zeit, mindestens einen oder zwei Monate.«

Jason zog die Augenbrauen zusammen und entgegnete ernst: »Sie wissen, wie sehr die Zeit drängt?«

»Sicher, doch ich weiß nicht, wie ich es schneller bewerkstelligen sollte. Andererseits kennen wir den Standort unserer Feinde, und Sie sagen selbst, es ist nicht einmal sicher, daß ihr Angriffsziel New Orleans ist. Ich glaube einfach nicht, daß mit solch einer Aktion vor dem Herbst zu rechnen ist. Außerdem müßten sie Napoleon geschlagen haben, und bis dahin werden sie noch alle Hände voll zu tun haben.« Christopher hielt inne und versuchte herauszufinden, wie Jason seine Worte aufgefaßt hatte.

Dieser sah ihn eindringlich an, und Christopher fuhr bedächtig fort: »Wenn Sie mit mir übereinstimmen, werden Sie zugeben, daß ich, wenn ich im April in England ankomme, genügend Zeit haben werde, um in Erfahrung zu bringen, was die Engländer planen, und um gegebenenfalls rechtzeitig vor ihnen wieder hier zu sein. Ich räume ein, es könnte zu spät sein, aber ich brauche einen vertretbaren Grund für meine Reise, wenn sie erfolgreich sein soll.«

»Was für einen Plan haben Sie?« fragte Jason.

Christopher zögerte. Sein Plan war noch sehr verschwommen, und das Gelingen desselben hing von so vielen Faktoren ab, nicht zuletzt von Mrs. Eggleston und Nick. Und er mochte sich keinem anderen anvertrauen; er war es gewohnt, das zu tun, was er tun wollte. Schließlich erwiderte er in möglichst gleichgültigem Ton: »Gestern abend traf ich eine alte Bekannte, eine Mrs. Eggleston.«

»Die Begleiterin von Miss Dumas?«

Erstaunt blickte Christopher ihn an. Gab es denn gar nichts, was Jason nicht wußte? Schließlich nickte Christopher. »So ist es. Früher lebte sie in England in der Nähe des Anwesens meines Großvaters. Sie war die Frau eines Colonels im Ruhestand.«

»So?«

Mit knappen Worten erzählte Christopher von Nicole – ohne aber etwas von ihren persönlichen Beziehungen zu ihm zu erwähnen. Jason entging freilich die Veränderung in Christophers tiefer Stimme nicht, und er zog daraus seine Schlüsse – dsa Mädchen war Christopher zweifellos nicht gleichgültig. Doch er verriet nichts von seinen Erkenntnissen und fragte nachdenklich: »Sie glauben, Sie könnten die letzten fünf Jahre im Leben dieses Mädchens ausradieren und es im März der Welt als Dame präsentieren?«

Christopher zuckte die Schultern. »Es müßte möglich sein. Schließlich hat sie die ersten dreizehn Jahre ihres Lebens wie alle anderen jungen Damen verbracht, und ich glaube auch, daß Mrs. Eggleston in der Lage sein wird, die rauhen Kanten etwas abzuschleifen.«

»Das können wir nur hoffen, doch ich muß Ihnen auf jeden Fall meine Anerkennung zollen, daß Sie so schnell einen Plan entwickelt haben.«

Christopher murmelte lächelnd: »Danke. Ich hoffe, Sie werden auch weiterhin so zufrieden mit mir sein.«

»Ich bin überzeugt davon – schließlich habe ich mich noch selten in jemandem getäuscht.«

Christopher neigte kaum merklich den Kopf, und Jason erhob sich. »Ich glaube, wir haben das Wichtigste in bemerkenswert kurzer Zeit geklärt. Sie werden jetzt genug zu tun haben mit der Realisierung Ihrer Pläne, aber halten Sie mich auf dem laufenden. Ich werde Sie benachrichtigen, falls eine neue Entwicklung der Lage ein schnelleres Handeln erforderlich macht.«

»Wenn das Ergebnis meines Besuches bei Mrs. Eggleston zufriedenstellend ist, werde ich am Donnerstag nach Thibodaux House zurückkehren.«

Nachdem Jason gegangen war, lief Christopher ruhelos in der Bibliothek auf und ab. Einerseits hielt er sich für den größten Narren, weil er sich auf die Sache eingelassen hatte, andererseits freute er sich auf die Aufgabe, etwas für das Land, in dem er lebte, zu tun und dadurch die Leere in seinem augenblicklichen Leben auszufüllen.

Er betrachtete sich zwar nicht als Patriot, doch New Orleans war »seine« Stadt, und er wollte sie nicht durch einen Krieg zerstört sehen. Der Gedanke, daß die Engländer Louisiana unter ihre Herrschaft bringen könnten, war ihm unerträglich, und er würde sich selbst verachtet haben, wenn er dagegen nichts unternommen und tatenlos zugesehen hätte. Und er gratulierte sich selbst zu dem Einfall, Nicole als Erbin nach England zurückzubringen.

Jason, der ebenfalls ruhelos in seiner Bibliothek umherging, war von quälenden Zweifeln erfüllt. Saxons Plan war sicher bewundernswert, doch er, Jason, war älter und nicht so ungestüm wie Christopher und übersah nicht die Hindernisse und Schwierigkeiten.

Nachdem er eine Zeitlang ins Feuer gestarrt hatte, setzte er sich an seinen Schreibtisch und begann einen Brief an James Monroe, den Staatssekretär, zu schreiben. Es waren kurze Zeilen, und als er sie noch einmal überflogen hatte, versiegelte er den Brief. Christopher brauchte von diesem Brief nichts zu erfahren. Falls Monroe Savages Vorschlag aufgriff, würde das eine große Hilfe sein.

Auch Christopher überprüfte seinen Plan auf alle möglichen Mängel und Lücken hin. Nicole würde ihm keine Schwierigkeiten bereiten, und auch Mrs. Eggleston würde bereit sein, mitzumachen, wenn sie die Geschichte, die er ihr erzählen wollte, glaubte. Natürlich durfte er ihr die wahren Gründe seiner Reise nach England nicht verraten, und auch seine wirklichen Beziehungen zu Nicole mußten Mrs. Eggleston verborgen bleiben.

Die gestrige Begegnung mit Mrs. Eggleston war ein Schock für ihn gewesen, und er hätte nicht sagen können, ob es ein erfreulicher oder ein unerfreulicher war.

Als Kind hatten ihn seine Eltern häufig allein gelassen mit seinen Sorgen und Nöten; sie hatten sich mehr um ihre gesellschaftlichen Verpflichtungen als um ihren Sprößling gekümmert. Und so hatte er sich mit seinen Problemen stets an Mrs. Eggleston gewandt, den einzigen Menschen neben seinem jähzornigen Großvater, für den er eine tiefere Zuneigung empfunden hatte. Er war gerade zehn Jahre alt gewesen, als seine Eltern bei einem Unfall in ihrer Kutsche ums Leben gekommen waren, und danach hatte er sich noch mehr in die Wärme und Geborgenheit, die Mrs. Eggleston für ihn bedeutete, geflüchtet.

Er fühlte sich nicht ganz wohl bei dem Gedanken, sie ohne ihr Wissen für sein Vorhaben einzuspannen, doch schließlich war das auch für sie besser als das Leben, das sie jetzt führte.

Am nächsten Tag stattete ihm Mrs. Eggleston den vereinbarten Besuch ab. Er hatte sich entschlossen, ihr vorläufig nichts von Nicoles Existenz zu verraten. Wenn Mrs. Eggleston erst einmal unter seinem Schutz stand, würde er ihr sowohl Nicoles ständige Anwesenheit auf seiner Plantage als auch die Tatsache, daß sie die letzten fünf Jahre bei ihm gewesen war, besser erklären können.

Obwohl er ihr von seinem Piratenleben würde erzählen müssen, brauchte er ihr jedoch nichts von seiner Beziehung zu Lafitte zu verraten, und auch nichts davon, daß er die »Belle Garce« als Kapitän Saber geführt hatte.

Das größte Problem würde darin bestehen, Mrs. Eggleston dazu zu bewegen, die letzten fünf Jahre ihres eigenen Lebens zu verleugnen und zu erklären, diese Zeit mit Nicole verbracht zu haben.

Zunächst einmal mußte er erreichen, daß sie ihre Stellung bei Leala Dumas aufgab. Er wollte ihr die Führung seines Hauses anbieten – dies freilich gedachte er auf jeden Fall zu tun, denn er wollte nicht zulassen, daß sie ihr augenblickliches

Leben weiterführte. Sie würde keinerlei Schaden nehmen, und er würde sich stets um ihr Wohlergehen kümmern. Doch erst mußte er sie einmal davon überzeugen, daß sie in seinem Haus willkommen war.

Er unterbreitete ihr seinen Vorschlag so behutsam und charmant wie möglich. Absolut überzeugt davon, daß sie darauf eingehen würde, plante er sogar schon, sie noch am selben Abend in sein Haus in der Dauphine Street übersiedeln zu lassen. Doch er hatte die Rechnung ohne Mrs. Eggleston gemacht.

Sein liebevolles Angebot rührte sie zu Tränen, und sie flüsterte mit zitternden Lippen: »Das ist hinreißend von dir, Christopher, aber ich muß trotzdem ablehnen. Eines Tages willst du vielleicht heiraten, und dann würdest du dein großherziges Angebot bereuen. Ich komme ganz gut zurecht und kann es nicht zulassen, daß du ein solches Opfer bringst und dich mit einer alten Frau belastest. Ich habe ein wenig gespart, und wenn ich eines Tages nicht mehr arbeiten kann, reicht es mir zumindest zu einem bescheidenen Leben aus.«

»Und bis dahin sind Sie dieser dummen Ziege auf Gedeih und Verderb ausgeliefert, die nicht wert ist, den Boden unter Ihren Füßen zu fegen«, brach es aus ihm heraus. »Bei Gott, Madam, ich hätte Sie für klüger gehalten. Warum wollen Sie das Aschenbrödel spielen, obwohl ich Ihnen ein solch aufrichtiges Angebot mache?«

Seinen Plan hatte er völlig vergessen; er war nur noch wütend, weil sie sich nicht bereit zeigte, seine Hilfe anzunehmen.

»Immer noch dieses überschäumende Temperament, Christopher«, sagte sie mit leichtem Tadel. »Ich hatte gehofft, du seist inzwischen erwachsen geworden.«

Christopher zwang sich zur Ruhe und wählte mit Bedacht seine nächsten Worte. »Madam, Sie benehmen sich äußerst unklug. Sie wollen anscheinend weiterhin diese eingebildete Person bedienen, die auch eines Tages heiraten und Sie zum Teufel jagen wird. Ist das wirklich Ihr Wunsch?«

»Nein, nicht ganz«, erwiderte sie. »Ich würde gern für

kleine Kinder sorgen und den Rest meines Lebens in einer Familie verbringen.« Sie seufzte. »Doch alle wollen junge Kindermädchen. Sie sagen, ich sei zu alt dafür, und vielleicht haben sie sogar recht. Du siehst, ich bin gezwungen, als Gesellschafterin meinen Lebensunterhalt zu bestreiten. Miss Dumas ist aber gar nicht so schrecklich, Christopher. Vorher war ich bei einer ältlichen französischen Emigrantin angestellt, und die ging mir sehr auf die Nerven. Miss Dumas ist ein Engel, verglichen mit Madame Bavoir«, erklärte sie und hatte damit, ohne es zu wollen, ein klares Bild ihres trostlosen Lebens gezeichnet. Sie legte die Hand auf seinen Arm und fragte leise: »Du bist mir doch nicht böse?«

Er war aber böse, sehr böse sogar, und das ging aus seiner ironischen Antwort hervor, die lautete: »Natürlich bin ich nicht böse. Es freut mich ungemein, wenn mir meine Großherzigkeit vor die Füße geworfen wird.« Zum erstenmal seit Jahren hatte er das Bedürfnis gehabt, einem Menschen zu helfen, und das war nun sein Erfolg.

Seine Worte gingen ihr zu Herzen, und sie blickte zur Seite. Als er es nach einer Weile nicht mehr ertragen konnte, sie so verzweifelt dasitzen zu sehen, fragte er in etwas milderem Ton: »Was haben Sie denn nun wirklich dagegen? Mögen Sie nicht mit einem Junggesellen unter einem Dach leben? Wenn das der Fall sein sollte, könnten Sie auch in einem anderen Haus wohnen. Doch ich versichere Ihnen, daß wir uns gegenseitig nicht im Weg sein würden. Mir würde es Freude machen, mit Ihnen gemeinsam bei Tisch zu sitzen und zu wissen, daß jemand auf mich wartet, wenn ich nach Haus komme.«

»Wenn du das willst, warum heiratest du dann nicht?« erwiderte sie. »Deine Ehefrau sollte auf dich warten, und keine alte Frau.« Sie seufzte. »Zu schade, daß du nicht verheiratet bist und Kinder hast – du würdest mich sicher nicht zu alt für ein Kindermädchen finden.«

»Soll das heißen, daß Sie dann für mich arbeiten würden?« fragte er und schöpfte neue Hoffnung.

»Natürlich würde ich das.«

Er verdrehte die Augen. »Mein Gott, ist das zu glauben? Also gut, Madam, geben Sir mir noch ein oder zwei Wochen Zeit – ich habe noch einiges zu erledigen. Dann werde ich Ihnen einen Vorschlag machen, der Ihnen hoffentlich besser gefallen wird.«

Wenig später verließ Mrs. Eggleston sein Haus.

16

Die Bibliothek von Thibodaux House war ein schmaler, langer Raum. Sie erstreckte sich durch das ganze Haus; an den schmalen Seiten des Raumes befanden sich zwei große Fenster. An einer der langen Wände stand ein herrlicher Kamin aus moosgrünem Marmor, daneben führte eine mit Schnitzereien verzierte Tür in die Haupthalle des Hauses. Über dem Kamin hing ein riesiger goldgerahmter Spiegel, vor dem Feuer waren ein großer Tisch aus Edelholz und zwei zierliche Stühle mit roten Bezügen gruppiert. An der Stirnseite des Raumes standen ein eleganter spanischer Schreibtisch aus dunklem Holz, dahinter ein schwarzer Lederstuhl und am gegenüberliegenden Ende unter einem der Fenster ein langer, schmaler Tisch, der ebenfalls aus dunklem Holz war. Gegenüber dem Kamin befanden sich zwei französische Türen, die auf die Veranda hinausführten.

Die Bibliothek war zweifellos einer der schönsten Räume des Hauses, und Nicole verbrachte viel Zeit darin, besonders an solch grauen, trüben Nachmittagen wie dem heutigen. Trotz aller Proteste Galenas trug sie noch immer Männerkleidung; sie hatte geschworen, lieber nackt zu gehen, als ein Kleid von einer ehemaligen Geliebten Sabers zu tragen. Nur nachts oder wenn die graue Hose und das weiße Hemd gewaschen werden mußten, zog sie sie aus.

Gedankenverloren stand Nicole am Fenster und starrte hinaus. Weihnachten war vorüber, und das neue Jahr war schon eine Woche alt, doch Saber war noch nicht zurückgekehrt. Ein vierzehntägiger Dauerregen hatte sie ans Haus gefesselt, und wenn sie nicht, begleitet von einem stets mürrisch blickenden schwarzen Reitknecht, ausreiten konnte, fühlte sie sich wie eine eingesperrte Raubkatze. Wütend schleuderte sie das Buch, in dem sie gerade geblättert hatte, auf die Erde. Gewöhnlich ging sie sehr sorgfältig mit den Bänden um, doch die Untätigkeit und das Gefühl der Hilflosigkeit zerrten an ihren Nerven.

Die vergangenen qualvollen Wochen hatten ihre Spuren hinterlassen. Ihre Haut hatte ihre rosige Farbe verloren und war jetzt zart und weiß, was ihr jedoch sehr gut zu Gesicht stand. Sie hatte abgenommen, und die Wangenknochen traten stärker hervor. Trotz ihrer Größe wirkte sie zart und zerbrechlich.

Plötzliche Geräusche in der Halle rissen sie aus ihren unruhigen Gedanken. Sie lauschte angestrengt und wußte sofort, daß Saber zurückgekommen war.

Sie ignorierte das aufgeregte Klopfen ihres Herzens und zwang sich, ruhig in der Bibliothek zu warten. Sie machte sich nichts vor – sie war aufgeregt, doch nur, weil sie an die bevorstehenden Auseinandersetzungen mit ihm denken mußte. Daß es solche geben würde, stand außer Zweifel.

Immer noch angestrengt horchend, vernahm sie plötzlich eine fremde weibliche Stimme, und ihr Körper versteifte sich. Durch die dicken Wände konnte sie die Worte nicht verstehen, doch sie war überzeugt, daß er eine neue Gespielin mitgebracht hatte. So stand es also um ihre Hoffnung, ihn in sich verliebt zu machen!

Mehrere Minuten vergingen, und aus den zu ihr dringenden Geräuschen schloß sie, daß er viel Gepäck bei sich haben mußte. Wieder dachte sie an die Frau und stieß lautlose Verwünschungen aus.

Sie war so damit beschäftigt, sich zur Ruhe zu zwingen, daß sie es nicht sofort wahrnahm, als die Tür zur Bibliothek geöffnet wurde. In der Annahme, es sei nur Sanderson, der ihr Sabers Rückkehr melden wolle, warf sie einen Blick über die Schulter, und ihr Herz schien stehen bleiben zu wollen, als ihr Sabers elegante Erscheinung ins Auge fiel.

Fast hätte sie ihn nicht erkannt; er trug helle Reithosen, eine blaue Jacke mit schönen silbernen Knöpfen sowie eine gestreifte Weste, und er bot so das Bild eines mit erlesenem Geschmack gekleideten Mannes.

Er trug keinen Bart mehr, und Nicole bemerkte erstaunt, wie sehr ihn das veränderte. Er hatte kein klassisch schönes Gesicht – die Nase war ein wenig zu groß, und die Augen lagen zu tief in den Höhlen, trotzdem war es ein äußerst anziehendes, markantes Gesicht, und das intensive Bernsteingold seiner Augen zog jeden Betrachter in seinen Bann.

Ein vages Lächeln spielte um seine Lippen, als er seine Handschuhe aus Büffelleder auszog und leise fragte: »Keine Begrüßung, Nick? Ich dachte, du würdest dich freuen, mich nach so langer Zeit wiederzusehen.«

Abermals bemerkte sie, wie ihr Herz schneller zu schlagen begann, doch sie zwang sich, gleichgültig zu erscheinen, und murmelte: »Freuen sich etwa Fische, wenn der Hai zurückkommt? Ich bezweifle es. Und Sie wissen, daß es nur einen Grund gibt, weshalb ich mich immer noch im Genuß Ihrer ... Gastfreundschaft befinde. Oder haben Sie Allen vergessen?«

Sein Lächeln verschwand. »Nein, ich habe den guten Allen nicht vergessen, du kleine Schlange, doch du betonst mir das zu sehr.«

Nicole sah ihn mit überlegenem Lächeln an und wandte sich wieder dem Fenster zu. Mit jedem Nerv spürte sie seine Gegenwart, doch sie drehte ihm weiter den Rücken zu.

Sein Atem streifte ihre Haare, und sie war sich seiner Nähe fast schmerzhaft bewußt. »Wieso nur möchte ich dich immer quälen und küssen zugleich?« murmelte er zärtlich.

Ohne eine Antwort abzuwarten, drehte er sie zu sich herum, und bevor sie seine Absicht auch nur ahnen konnte, umfaßte er mit beiden Händen ihren Kopf, bog ihn zurück und preßte seine Lippen in einem leidenschaftlichen Kuß auf ihren Mund. Eine heiße Woge des Verlangens durchflutete Nicole, und ohne nachzudenken, drängte sie sich gegen ihn. Lange standen sie in inniger Umarmung; sein Kuß war von fast verzweifelter Leidenschaft, und seine Hände, die eben noch ihren Kopf mit hartem Griff umklammert hatten, begannen ihn jetzt zu liebkosen.

Mit Gewalt löste er seinen Mund von ihren Lippen und blickte in ihr Gesicht. Er fühlte, wie sehr er sich in ihren unergründlichen Augen verlor, und murmelte: »O Gott, Nick, du bist eine Hexe!« Er preßte sie noch fester an sich und bedeckte ihr Gesicht mit Küssen.

Nicole versuchte gar nicht erst, gegen ihre Gefühle anzukämpfen – sie war viel zu glücklich, wieder in seinen Armen zu liegen. Später würde sie sich wegen ihrer Dummheit verwünschen und verfluchen, aber nicht jetzt!

Ein diskretes Klopfen an der Tür riß beide aus ihrer Versunkenheit; widerstrebend lösten sie sich voneinander, und Christopher rief ungeduldig: »Ja, was ist?«

Sanderson trat ein und sah seinen Herrn mit einem um Entschuldigung bittenden Blick an. »Sir, Miss Mauer möchte wissen, ob Sie irgendwelche Anweisungen für sie haben, bevor sie mit dem Auspacken beginnt.«

Schwer atmend strich Christopher durch sein dichtes schwarzes Haar und knurrte: »Der Teufel soll sie holen!« Dann wurde er sich seines ungerechten Verhaltens bewußt, und etwas freundlicher fügte er hinzu: »Hast du ihr das Zimmer gezeigt?«

»Ja, Sir, wie befohlen im dritten Stock. Sie hat gerade einen kleinen Imbiß zu sich genommen und ist bereit, mit ihrer Arbeit zu beginnen.«

»Das soll sie!«

Sanderson verbeugte sich und verließ den Raum.

Während der kurzen Unterhaltung der beiden Männer war es Nicole gelungen, ihre Selbstbeherrschung wiederzugewinnen. Ein dummes Gefühl der Eifersucht niederkämpfend, spottete sie: »Nun hat er gleich zwei Frauen. Haben Sie keine Angst, mit uns nicht fertigzuwerden?« Mit süßlichem Lächeln fügte sie hinzu: »Wenn Sie Ersatz für mich gefunden haben, dann kann ich Ihnen gar nicht sagen, wie froh ich darüber bin. Soll ich meine Nachfolgerin willkommen heißen? Ich werde auch gern mein Zimmer für sie räumen. Es ist nicht nötig, daß Miss ... hm ... Mauer im gleichen Stockwerk mit den Dienstboten wohnt. Ich werde das sofort erledigen.«

»Halt den Mund, Nick!« sagte er trocken. Auch er war wieder ruhig geworden, seine gewohnte Unerschütterlichkeit war zurückgekehrt. Er blickte gleichgültig in ihr wütendes Gesicht und verwirrte sie völlig, als er erklärte: »Miss Mauer ist eine Angestellte. Du hast eine sehr schlechte Meinung von mir, mein Kind. Sie wird dein Mädchen sein, deine Kleider ändern und dich ein wenig beaufsichtigen, wenn ich nicht da bin.«

Als sie auffahren wollte, setzte er rasch hinzu: »Sei still, bis ich ausgeredet habe. Miss Mauer hat für Frauen aus besten Kreisen gearbeitet. Ab morgen wird sie anfangen, dir beizubringen, wie sich eine Dame deines Standes zu benehmen hat. Du wirst dich zusammennehmen und ihre Anweisungen befolgen. Du wirst aufhören, in diesem Seemannsjargon zu reden, den du so liebst. Und du wirst dich darauf vorbereiten, nach England zurückzukehren.«

Nicole starrte ihn bestürzt an. »Nach England zurückzukehren?« wiederholte sie mit einer Stimme, die nicht ihr zu gehören schien.

Christopher nickte und verspürte plötzlich ein heftiges Ziehen in der Magengegend, als er sich bewußt wurde, was das für ihn bedeutete. Ob ihm dieses Unbehagen der Gedanke an die vor ihm liegenden Schwierigkeiten bereitete oder die Gewißheit, daß er bald keine Macht mehr über Nicole haben würde, das hätte er nicht sagen können.

»Ja, Nick«, erwiderte er schließlich gedehnt. »Und deshalb möchte ich, daß du alles in deinen Kräften Stehende tust, um eine Dame zu werden. Miss Mauer ist nur ein Anfang; ich hoffe, in Kürze eine richtige Erzieherin für dich aufzutreiben. Wir haben nicht viel Zeit«, fügte er nachdenklich hinzu, »und darum wirst du hart an dir arbeiten müssen, damit rasch eine junge Dame aus dir wird.«

»Warum?« fragte sie verwirrt.

»Weil ich es sage«, erklärte Christopher schroff.

»Erreichen Sie immer, was Sie wollen?« antwortete Nicole erbittert.

»Natürlich.«

Sie starrte ihn einen Augenblick schweigend an und wandte sich dann mit einem verächtlichen Ausruf zur Tür. Sie hatte schon die Hand an der Türklinke, als Christophers Worte sie stoppten. »Du hast ab heute ein anderes Zimmer.«

Sie wandte sich noch einmal nach ihm um und fragte mit kalter Stimme: »Warum? Achten wir plötzlich auf Sitte und Anstand?«

Er nickte. »Von jetzt an wirst du alles, was zwischen uns war, vergessen. Für Miss Mauer bist du mein Mündel. Deine Erzieherin, eine Mrs. Eggleston übrigens, kann wegen einer Lungenentzündung im Augenblick noch nicht hier sein. Und weil ich noch zu jung bin, um mir erlauben zu können, ein hübsches junges Mädchen ohne Anstandsdame bei mir wohnen zu haben, bin ich nicht nach Hause gekommen, solange deine Erzieherin krank war bzw. ist. Erst als Miss Mauer sich bereit erklärte, einzuspringen, bin ich zurückgekommen. Trotzdem wird es das Beste sein, wenn Mrs. Eggleston bald ihren Dienst antritt.« Er hatte völlig emotionslos gesprochen, so als erteile er Nicole eine Lektion, die sie unverzüglich zu lernen habe.

Doch Nicole war anderer Meinung und schrie außer sich vor Wut: »Erwarten Sie, daß ich Ihnen diese Lügen abnehme?«

Christopher ging schnell auf sie zu und ergriff ihre Hände. »Du tätest gut daran, mir zu glauben. Von jetzt an giltst du als mein Mündel. Mrs. Eggleston ist deine Erzieherin, und du wirst diese Geschichte jedem erzählen, der danach fragt. Wenn du es nicht tust und meine Pläne durchkreuzt, wirst du mich als den Teufel kennenlernen, für den du mich immer gehalten hast.« Und leise fügte er hinzu: »Vergiß nicht, daß Allens Leben von dir abhängt. Wenn du dich mir widersetzt, werde ich ihn eigenhändig umbringen.«

Nicole spürte, wie ernst es ihm damit war. »Warum?« fragte sie. »Warum tun Sie das? Was haben Sie vor?«

Christopher verstand sich und seine Gefühle selbst nicht mehr, und weil er sich unsicher und verwirrt fühlte, fuhr er sie in unangemessen barschem Ton an: »Weil es mir Spaß macht! Ich werde dich so bald wie möglich nach England zurückbringen. Ich hoffe, daß wir im Februar schon aufbrechen können, vielleicht sogar noch früher, wenn du gelehrig genug bist. Miss Mauer wird deine Maße nehmen, und ich werde noch in dieser Woche nach New Orleans fahren und neue Garderobe für dich kaufen. Ich habe dich und Mrs. Eggleston im Norden getroffen und hierhergebracht.« Mit dünnem Lächeln fügte er hinzu: »Auf dieser Schiffsreise ist Mrs. Eggleston auch krank geworden, denn das Schiff ist auf mysteriöse Weise gesunken, und ihr beide wart froh, mit dem Leben davonzukommen.«

»Warum?« fragte Nicole benommen. »Warum haben wir im Norden gelebt?«

»Als du vor fünf Jahren von Beddington's Corner weggelaufen bist, war Mrs. Eggleston bei dir.«

Sie starrte ihn an, als habe er den Verstand verloren, und wiederholte verständnislos: »Ich bin mit Mrs. Eggleston weggelaufen? Um alles in der Welt, warum?«

»Ja. Es war äußerst unverantwortlich von dir, aber Mrs. Eggleston hatte eben Mitleid mit dir – außerdem hatte sie erst bemerkt, daß du dich in ihrer Kutsche versteckt hattest, als ihr in London angekommen wart.«

Sie sah ihn fast hysterisch an. »Sie müssen verrückt sein. Niemand wird Ihnen diese Geschichte glauben – überdies, wer ist diese Mrs. Eggleston?« Doch plötzlich veränderte sich ihr Gesichtsausdruck. Erkennen flackerte in ihren Augen auf, und sie fragte ungläubig: »Mrs. Eggleston? Colonel Egglestons Witwe?«

Christopher nickte: »Genau die. Ich habe sie zufällig in New Orleans getroffen.«

Einen Augenblick sah er sie nachdenklich an, dann ergriff er ihre Hand und zog sie zu den am Kamin stehenden Stühlen hin. Er setzte sich und bedeutete ihr, ebenfalls Platz zu nehmen. Wie in Trance kam Nicole seiner Aufforderung nach.

»Woher kennen Sie Mrs. Eggleston?« fragte sie schließlich. »Und was macht sie hier?«

Christopher zögerte. Wieviel sollte er ihr erzählen? Rasch entschied er, daß sie den wahren Grund ihrer Reise nach England nicht erfahren durfte. Sollte sie ruhig glauben, er habe eine Anwandlung von Verantwortungsbewußtsein und wolle sie deshalb nach Hause zurückbringen. »Hast du dich nie gefragt, wer ich bin und was ich vor fünf Jahren in England gemacht habe?« fragte er vorsichtig.

»Sie wollten ein paar Seeleute anheuern«, erwiderte sie verwirrt. »Zumindest hat Sally das gesagt.«

»Sally?«

»Sally Brown. Ihre Schwester Peggy arbeitet in dem Gasthof, und sie hatte gehört, wie Sie herumfragten.«

Christopher grinste. »Daher wußtest du das also. Na schön, Nick, ich bin Lord Saxons Enkel. Von jetzt an vergißt du am besten, daß es Kapitän Saber je gegeben hat. Mein Name ist Christopher Saxon – nicht Saber.«

Ein paar Sekunden lang blickte Nicole ihn fassungslos an. »Der Christopher, der damals davongelaufen ist?«

Ein bitterer Zug trat auf sein Gesicht. »Genau der.«

»Dann kennen Sie natürlich Mrs. Eggleston«, stellte sie fest. »Sie kennen jeden in Beddington's Corner.«

»Nicht alle«, korrigierte er. »Die Markhams kenne ich zum Beispiel nicht.«

»Oh!« entgegnete sie ausdruckslos. Die Gedanken überschlugen sich in ihrem Kopf. Warum war er Pirat geworden? Und warum, zum Teufel, wollte er sie jetzt nach England zurückbringen?

»Ist das alles, was du zu sagen hast?« fragte er erstaunt.

Sie suchte nach Worten. »Hm, nein ... ich war nur so schockiert, daß Sie jemand sind, den ich mein Leben lang gekannt habe – unsere Familien waren Nachbarn, sogar gute Freunde.« Als sie sich wieder etwas gefaßt hatte, sagte sie beißend: »Ich bin neugierig, was Sie mir noch alles zu erzählen haben.« Plötzlich schien ihr die ganze Bedeutung seiner Worte klar zu werden, und sie schrie: »Sie sind wahrhaftig eine Bestie. Solange ich Sie für Kapitän Saber hielt, konnte ich Sie zum Teil noch verstehen – jetzt nicht mehr! Sie haben eine gute Erziehung genossen! Ihr Großvater ist ein Lord! Ich hätte Besseres von Ihnen erwartet!«

Christophers Züge umwölkten sich, sein Lächeln verschwand, und sein Gesicht wirkte kalt und abweisend. »Ich warne dich, Nick«, sagte er gefährlich leise. »Es steht dir nicht zu, über mich zu richten. Ich bin, wie ich bin – aus welchen Gründen auch immer, und nichts davon geht dich etwas an. Das einzige, an was du dich zu halten hast, ist die Geschichte, die wir erzählen werden.«

Nicole schluckte eine wütende Entgegnung hinunter, sprang auf und sagte höhnisch: »Das Intrigieren scheint Ihr besonderes Talent zu sein. Ich bin sicher, Sie werden sich auch dafür eine plausible Erklärung einfallen lassen – also sagen Sie mir, warum wir im Norden gelebt haben. Wie haben Mrs. Eggleston und ich diese letzten fünf Jahre verbracht? Und warum erlitten wir das große Mißgeschick, Ihnen zu begegnen?«

Auch Christopher war wütend, vor allem, als er daran dachte, daß er nie in diese erniedrigende Lage geraten wäre, wenn ihre Mutter, diese Schlampe, nicht so bereitwillig ihre Beine breitgemacht hätte. Er erhob sich und schrie: »Wahrhaftig ein Mißgeschick! Du kannst verdammt froh sein, daß ich dich nicht erwürge und in den Fluß werfe! Treib es nicht zu weit, Nick!«

Nicole bereute es, ihn in Wut gebracht zu haben, und sagte hastig in ruhigerem Ton: »Sie können nicht erwarten, daß ich ergeben hinnehme, was Sie getan haben – und ich glaube, Sie würden es im umgekehrten Fall auch nicht tun.«

Insgeheim mußte er ihr recht geben, doch er sagte ihr das natürlich nicht.

Als er beharrlich schwieg, meinte Nicole mit spröder Stimme: »Also erzählen Sie mir die Geschichte, die ich zu lernen habe, damit wir diese Farce endlich hinter uns bringen.«

»Sehr gut. Nun, ich wiederhole, du bist mit Mrs. Eggleston

weggelaufen, als sie vor fünf Jahren England verließ. In den vergangenen Jahren habt ihr in einer kleinen Stadt in Kanada gelebt. Wegen der Kämpfe an der Grenze hielt es Mrs. Eggleston schließlich für besser, diese Gegend zu verlassen. Außerdem glaubte sie, es sei an der Zeit, daß du in deine Heimat zurückkehren und deine Rechte wahrnehmen solltest. Unglücklicherweise sank euer Schiff bei einem Angriff amerikanischer Piraten, und ihr wurdet nach Charleston gebracht. Zufällig war ich auch gerade dort – ich wollte einen Kauffahrer erwerben –, und so begegneten wir uns. Als ich von eurem Pech erfuhr« – er deutete eine ironische Verbeugung in ihre Richtung an – »entschloß ich mich sofort, euch zu helfen. Wir reisten nach New Orleans, wo Mrs. Eggleston krank wurde und vorerst dort verbleiben mußte. Ich brachte dich nach Thibodaux House und fuhr nach New Orleans zurück. Ich bin gerade erst zurückgekommen mit einem Dienstmädchen für dich und neuen Kleidern, da du die deinen ja beim Untergang des Schiffes verloren hast. Ich werde in ein paar Tagen wieder nach New Orleans reisen, um deine Garderobe zu vervollständigen und die wiederhergestellte Mrs. Eggleston abzuholen.« Er sah Nicole prüfend an, um zu sehen, wie sie die Geschichte aufnahm. Doch manchmal konnte auch Nicole sich beherrschen, und sie blickte ihn ausdruckslos an und verriet nichts von ihren Empfindungen. Er fuhr also fort: »Bald werde ich darangehen, unsere Reise nach London vorzubereiten, und«, fügte er herausfordernd hinzu, »wenn du tust, was ich sage, werde ich Allen freilassen, zum angemessenen Zeitpunkt natürlich!«

Christopher war recht zufrieden mit seiner Geschichte. Alles paßte zusammen, und was noch viel wichtiger war – es würde nahezu unmöglich sein, den Schwindel aufzudecken, denn zwischen diesem und der Wahrheit lagen ein Ozean und ein Krieg. Und wer sollte auch interessiert daran sein? Mrs. Eggleston war ein Muster an Ehrenhaftigkeit, und sie würde sich viel zu sehr schämen vor ihren Freundinnen in England, als daß sie ihnen die Wahrheit erzählen würde. Diese Freunde glaubten, sie habe England verlassen, weil sie es nach dem

Tod des Colonels nicht mehr hatte ertragen können, weiter in ihrem Haus zu leben, und sie sei zu entfernten Verwandten nach Kanada gezogen. Ein Zufall, der Christopher sehr gelegen kam.

So sollte es ihnen eigentlich gelingen, mit den ersten Schwierigkeiten fertigzuwerden. Die Erklärung über die vergangenen fünf Jahre war einleuchtend, und auch Mrs. Egglestons und Nicoles Wunsch, nach England zurückzukehren, war durchaus glaubhaft. Christophers eigenes Erscheinen auf der Szene konnte die Glaubwürdigkeit der Geschichte eventuell zwar ein wenig untergraben, doch nur für jemanden, der ungewöhnlich mißtrauisch war.

Von den Markhams allerdings konnten gewisse Schwierigkeiten kommen. Doch da stand Nick nicht allein – sowohl Mrs. Eggleston als auch er sprangen ihr bei, und Christopher war überzeugt, daß auch sein Großvater, falls er noch lebte, ihr helfen würde.

Sobald Nicks Anspruch gesichert war und sie ihr Vermögen wiedergewonnen hatte, konnte sie ihm nicht mehr von Nutzen sein. Bis dahin jedoch glaubte er, die wesentlichen Informationen erhalten zu haben und nach New Orleans zurückkehren zu können. Einen Augenblick stimmte ihn der Gedanke, sie in England zurücklassen zu müssen, traurig, doch er schob ihn sogleich wieder beiseite. Nicole bedeutete ihm nichts – er hatte sich lediglich ein bißchen an sie gewöhnt. Barsch sagte er daher: »Glaubst du, daß du das alles in deinem Kopf behalten kannst? Du besitzt eine schnelle Auffassungsgabe, und so sollte es dir eigentlich nicht allzu schwerfallen.«

Nicole nickte; ihr Herz lag wie ein Stein in ihrer Brust. »Sonst noch etwas?« fragte sie tonlos. »Kann ich nun mein Zimmer aufsuchen?«

Er ärgerte sich, ohne genau zu wissen, warum. »Ja, das kannst du. Verschwinde!« herrschte er sie an.

Ohne ein weiteres Wort verließ Nicole die Bibliothek. In der Halle begegnete ihr Galena, die ihr mit betont unbeteiligtem Gesicht das Zimmer im zweiten Stock zeigte, das sie ab jetzt bewohnen sollte. Saber – oder Christopher, wie er nun genannt werden wollte – zu fragen, hätte sie nicht über sich gebracht.

Sie verstand sich selbst nicht mehr. Warum empfand sie dieses entsetzliche Gefühl der Leere? Als sie die im ganzen Zimmer verstreuten Gepäckstücke bemerkte, warf sie sich mit einem unterdrückten Aufschluchzen aufs Bett.

Natürlich weinte sie nicht – sie weinte nie! –, doch sie war nahe daran. Sie biß sich auf die zitternden Lippen und sagte sich immer wieder, daß sie das glücklichste Mädchen der Welt sei. Allen würde frei sein ... vielleicht. Sie brauchte Sabers, nein, Saxons Belästigungen nicht mehr über sich ergehen zu lassen, und er würde sie nach England zurückbringen und ihr helfen, zu ihrem Recht zu kommen. Doch das alles bedeutete ihr nichts. Das einzige, was sie wollte, war, mit Christopher zu streiten, zu kämpfen und schließlich in seine Arme zu sinken.

Diese Gedanken waren lächerlich, und sie sagte sich, nur der unerwartete Schock darüber, daß alle ihre Wünsche in Erfüllung gehen sollten, sei schuld an ihrer Niedergeschlagenheit. Sie zwang sich, nicht mehr daran zu denken, und widmete ihre Aufmerksamkeit all den hübschen Dingen, die Christopher ihr mitgebracht hatte.

Sie läutete nach Galena, und kurz darauf machten sie sich zu zweit daran, die Koffer und Kisten auszupacken. Christopher hatte gesagt, er habe ihr nur ein paar neue Sachen mitgebracht, doch als Nicole das halbe Dutzend herrlicher Kleider sah, konnte sie kaum glauben, sie jemals alle tragen zu können.

Einer jungen Frau, die jahrelang nur in Männerkleidung steckte, mußte diese Ausstattung wirklich verschwenderisch vorkommen, und die Gewißheit, bald noch mehr an solcher Garderobe zu erhalten, raubte ihr fast den Atem.

In einem Koffer befand sich all der modische Schnickschnack, den die Frauen lieben, und Nicole stellte fest, daß auch sie keine Ausnahme bildete. Voll Vergnügen zog sie ein zartes seidenes Unterkleid hervor, ein paar seidene Tücher, Kämme, Bürsten, einen mit Perlen besetzten ovalen Handspiegel, duftende Seifen und Badeöle und verschiedene Parfümfläschchen.

In kindischer Freude lief Nicole hin und her, ergriff bald diesen, bald jenen Gegenstand und ließ sich schließlich in ein hastig zubereitetes duftendes Bad sinken und entspannte sich wohlig in dem warmen, weichen Wasser. Später half Galena ihr eines der neuen Nachtgewänder und den dazu passenden Hausmantel überzuziehen, und sie bürstete ihr auch die langen Locken, während sie selbst gedankenverloren in das kleine Kaminfeuer blickte.

In ihr reifte dabei ein Entschluß. Sie wollte nicht mehr an Saber denken – oder an Christopher, wie sie ihn nennen sollte, obwohl er für sie stets Saber bleiben würde, ganz gleich, was die Zukunft bringen mochte. Ab jetzt würde sie hart an sich arbeiten, um wieder in die Gesellschaft zurückkehren zu können. Was immer er vorhatte, er tat genau das, was sie wünschte. Das einzig Störende war, daß Allen nicht sofort frei sein würde. Nachdenklich runzelte sie die Stirn. Christopher hatte gesagt, er würde ihn freilassen, doch konnte sie ihm trauen? Ja, entschied sie nach einer Weile. Auch wenn er sich manchmal als gerissener Teufel erwies, so hielt er doch oft seine Versprechen. Aber was war, wenn er ihm zwar die Freiheit schenkte, ihn jedoch geradewegs in die Arme der Amerikaner laufen ließ?

Sie hätte ihn unbedingt fragen sollen. Sie wollte aufspringen, um zu ihm zu laufen, doch Galena drückte sie sanft auf den Stuhl zurück. Natürlich konnte sie ihm nicht in diesem unpassenden Aufzug gegenübertreten.

Sie schlief schlecht in dieser Nacht, wachte immer wieder auf und warf sich ruhelos im Bett hin und her. Sie redete sich zwar ein, sie schliefe schlecht wegen ihrer neuen Umgebung, doch tief in ihrem Innern wußte sie, daß andere Gründe dafür die Ursache waren.

Sie hatte zwar immer daran geglaubt, eines Tages nach England zurückzukehren, doch über den Zeitpunkt hatte sie sich nie Gedanken gemacht. Sie hatte bisher mehr oder weniger in den Tag hineingelebt, doch jetzt, wo die Ereignisse sich überschlugen, horchte sie zum ersten Mal in sich hinein, und was sie dort entdeckte, gefiel ihr gar nicht.

Es hatte wenig Sinn, die große körperliche Anziehungskraft zwischen Christopher und ihr zu leugnen. Diese war nun einmal da, ob ihr das nun gefiel oder nicht. Nicole wußte sehr gut, daß ihre ständige Unruhe ihre Wurzel in ihrem körperlichen Verlangen nach ihm hatte. Sie hätte viel darum gegeben, noch in dem Zimmer neben ihm schlafen zu können und zu wissen, daß er zu ihr kommen würde. Diese Erkenntnis erschreckte und beschämte sie, doch es war die Wahrheit.

Darüber, ob sie wirklich gern nach England zurückkehren würde, war sie sich viel weniger klar. Auf keinen Fall würde sie es wollen, wenn das die Trennung von Christopher bedeutete.

Schließlich gab sie den Gedanken an Schlaf auf. Sie erkannte, wie sehr sie sich im Netz ihrer Gefühle verstrickt hatte. Ihr Stolz würde ihr nicht erlauben, ihren langgehegten Wunsch, die Markhams davonzujagen, aufzugeben, und sie war sich ebenfalls klar darüber, daß Christopher seine Pläne nicht ändern würde. Er hätte sich gewundert über ihren Sinneswandel und hätte Fragen gestellt und vielleicht sogar etwas geahnt, das sie selbst nie auszusprechen gewagt hätte. Als Miss Mauer am nächsten Tag ihr Zimmer betrat, blickte ihr ein unausgeschlafenes junges Mädchen aus schwarzumränderten Augen entgegen.

Miss Mauer sah genau so aus, wie man sich die Erzieherin einer jungen Dame aus besseren Kreisen vorstellte – graue, zu einem Knoten zusammengesteckte Haare, ein schlichtes Kleid, brave schwarze Spangenschuhe. Sie war nicht groß und nicht sehr hübsch, doch ihre lebhaften Augen, ihr freundliches Lächeln und ihre schnellen, sicheren Bewegungen ließen sie auf Anhieb sympathisch wirken. Ihre Stimme war angenehm, und ein leichter Akzent erinnerte an ihre französische Herkunft.

Nach einem schnellen prüfenden Blick durchs Zimmer fragte sie: »Möchte Mademoiselle sich ankleiden?«

Nicole setzte sich auf die Bettkante und blickte Miss Mauer

mit gemischten Gefühlen an. Am liebsten hätte sie ihr befohlen, das Zimmer zu verlassen, doch da sie wußte, daß das unzweifelhaft eine Auseinandersetzung mit Christopher nach sich gezogen hätte und Miss Mauer ja nur ihre Pflicht erfüllte, erwiderte sie schließlich widerstrebend: »Das sollte ich wohl.« Und in einer Anwandlung von Ehrlichkeit, die ihr sofort Miss Mauers Sympathie einbrachte, fügte sie hinzu: »Wissen Sie, ich hatte noch nie ein eigenes Mädchen, und ich bitte Sie, mir zu zeigen, was ich tun soll.«

Sie hätte nichts Besseres sagen können, um die Zuneigung Miss Mauers zu erringen, die es gewohnt war, verwöhnten Modepuppen und alternden Schönheiten zu dienen, und für die deshalb Nicole eine erfrischende Abwechslung darstellte. Und nachdem Nicole einmal beschlossen hatte, sich in das Unvermeidliche zu schicken, verlief alles besser und harmonischer, als sie erwartet hatte.

Zunächst probierte sie die neuen Kleider an; Miss Mauer steckte ab, was zu ändern war, und machte sich sogleich daran, ein Kleid zu ändern, das Nicole noch an diesem Tag tragen sollte.

Es war ein goldbraunes Taftkleid mit modischen langen Ärmeln und winzigen Knöpfen an den Ärmelbündchen. Die Taille war hochgezogen; in den viel zu tiefen Ausschnitt setzte Miss Mauer eine farblich passende Spitze ein.

Während Miss Mauer eifrig bei der Arbeit saß, führten sie eine lockere Unterhaltung. Nicole war jedoch sehr vorsichtig mit dem, was sie sagte, und wünschte, sie hätte Christopher gefragt, welche Anweisungen er Miss Mauer gegeben hatte.

Nachdem das Kleid zur beiderseitigen Zufriedenheit fertiggestellt war, schlug Miss Mauer vor, daß sie sich vor dem Ankleiden noch etwas mehr mit Nicoles Haaren befassen sollten.

Überrascht und ein wenig mißtrauisch fragte Nicole: »Wie meinen Sie das?«

»Sie haben wunderschöne Haare, Mademoiselle, aber sie sind vielleicht etwas zu lang und schlecht geschnitten, nicht wahr?«

Nicole sah in den Spiegel und pflichtete ihr vorsichtig bei: »Ja, sie sind wohl etwas zu lang; ich habe mir auch nie viel Mühe mit ihnen gegeben.«

Mutig geworden, schlug Miss Mauer vor: »Wenn ich sie ein wenig kürze, sind sie leichter zu bändigen und ließen sich auch viel modischer frisieren.«

Nicole war sicher, daß Christopher das nicht gefallen würde, und stimmte daher bereitwillig zu. Und so begaben sie sich – wenn auch aus unterschiedlichen Motiven – daran, die »neue« Nicole zu kreieren.

Zwei Stunden später betrachtete sich eine sehr modern gekleidete junge Dame im Spiegel. Ihr Haar reichte nicht mehr bis auf die Schultern; Miss Mauer hatte es in duftige Locken auf dem Hinterkopf aufgesteckt, und nur eine einzige langgezogene Korkenzieherlocke fiel weich auf ihre Schultern hinab. Das Kleid saß wie angegossen, und das goldene Braun harmonisierte auf das beste mit ihrem Haar. Ein zarter, um ihre Schultern drapierter Schal und goldfarbene Seidenschuhe vervollkommneten das Bild. Lange starrte Nicole auf das hochgewachsene, mit erlesenem Geschmack gekleidete Wesen im Spiegel, und sie konnte nicht fassen, daß diese elegante junge Dame sie selbst war.

Angstvoll fragte sie sich, ob diese »neue« Nicole Christopher besser gefallen würde als die alte. Oder würde er sie weiterhin mal brutal, mal zärtlich behandeln, sich dann von ihr abwenden und sich die nächste suchen?

17

Wenn die Ereignisse des gestrigen Tages schon Nicole aus dem Gleichgewicht geworfen hatten, so war dies bei Christopher in noch viel stärkerem Maße der Fall. Er hatte nicht erwartet, daß ihn das Wiedersehen mit ihr derart erregen und glücklich machen würde, und auch nicht, daß ihn der Gedanke an eine Trennung von ihr traurig stimmen würde. Und die Erkenntnis, daß eine Frau solche Gefühle in ihm erwecken konnte, erfüllte ihn mit Zorn.

Ärgerlich verließ er die Bibliothek und wies Sanderson an, verschiedene Getränke in die Waffenkammer zu bringen. Wenige Minuten später saß er auf dem schon etwas abgewetzten Ledersofa vor dem Kamin und stürzte einen Whisky nach dem anderen hinunter. Er betrank sich äußerst selten, doch nun wollte er einfach an nichts mehr denken.

Er redete sich ein, daß alles zum besten stünde und ihm die Trennung von Nicole nur deshalb leid täte, weil er ihres Körpers noch nicht überdrüssig war. Im Herzen bedeutete sie ihm nichts – sie sei, ebenso wie Mrs. Eggleston, nichts als eine Schachfigur, die er nach Belieben hin- und herschöbe.

Er war jedenfalls bis ins Innerste aufgewühlt. Er hielt sich für einen harten Mann, und das war er auch, aber seit er beschlossen hatte, das Piratenleben und die Beziehung zu Lafitte aufzugeben, wies der Mantel aus Kälte und Gefühllosigkeit, mit dem er sich so viele Jahre hindurch umgeben hatte, eine Reihe von Rissen auf.

Er hätte nicht sagen können, daß er sich für die Sicherheit von New Orleans nur aus purem Egoismus einsetzte – er wollte lediglich seine eigenen Interessen wahren. Auch für seine Besorgnis um Mrs. Eggleston konnte er einen Vorwand finden. Schließlich war sie immer gut zu ihm gewesen, und außerdem benutzte er sie ebenfalls für seine eigenen Zwecke, oder nicht? Und auch wenn er Nicole Ashford zu ihren Verwandten nach England zurückbrachte, verfolgte er dabei wieder nur seine eigenen Interessen.

Nachdem er sich nun also vor sich selbst so schlecht wie möglich gemacht und sich überzeugt hatte, daß er wirklich das herzlose Biest war, als das Nicole ihn bezeichnete, fuhr er fort, sich sinnlos zu betrinken.

Am nächsten Morgen wachte er in ziemlich übler Verfassung auf, doch einiges war ihm in der vergangenen Nacht klarer geworden. Er würde sich nicht mehr den Kopf über seine Handlungen zerbrechen.

Hastig zog er ein Paar Wildlederhosen und Stiefel an und machte sich auf den Weg zu seinem Verwalter Hans Bartel, um mit ihm die Geschäftsbücher durchzusehen.

Die Prüfung verlief zu seiner Zufriedenheit, und nachdem er einige Neuerungen, die während seiner Abwesenheit eingeführt worden waren, gutgeheißen hatte, kehrte er frohgestimmt ins Haus zurück. Daß er sich insgeheim darauf freute, Nicole wiederzusehen und sie in ihren neuen Kleidern bewundern zu können, hätte er sich nie eingestanden. Er wollte gerade nach oben in sein Zimmer gehen, um sich zum Essen umzuziehen, als ihm Nicole auf der Treppe entgegenkam. Wie erstarrt blieben beide stehen und sahen sich schweigend an.

Nicole war blaß geworden; die plötzliche Begegnung mit ihm ließ ihr Herz schneller schlagen, und auch Christopher konnte das warme Aufleuchten seiner Augen nicht verbergen, als er voll Bewunderung ihre liebliche Erscheinung anstarrte.

Als sie sich nach einer Weile wieder gefangen hatten, sagte Christopher lächelnd: »Sehr hübsch. Du machst mir Vergnügen, meine Liebe.«

Nicole vergaß ihre Rolle und fauchte: »Darauf würde ich mich nicht verlassen. Schöne Federn müssen nicht unbedingt einen fügsamen Vogel ausmachen.«

Christopher packte ihr Handgelenk und riß sie zu sich herum. Sie waren jetzt beide wütend, und Christopher kämpfte gegen das plötzlich in ihm aufsteigende Verlangen, sie zu lieben, an. Er konnte sich kaum noch beherrschen und knurrte: »Wenn du in Gegenwart anderer so redest, wird es dein Verderben sein.« Wieder stieg das Bild, wie Allen sie in der kleinen Bucht geküßt hatte, vor seinem geistigen Auge auf, und er fügte grimmig hinzu: »Und Allen wird sterben.«

»Sie gemeiner Hund!« keuchte sie und versuchte, sich aus seiner Umklammerung zu befreien.

Die häßliche Szene war ihm selbst zuwider, und er ließ Nicole los. »Habe ich mich klar genug ausgedrückt?« fragte er.

Sich den Arm reibend, erwiderte Nicole: »Absolut klar.«

Sein Blick war so kalt, daß Nicole ihm am liebsten in sein hübsches Gesicht geschlagen hätte.

»Dann wirst du wohl in Zukunft deine Zunge besser im Zaum halten«, murmelte er.

Außer sich vor Wut drehte Nicole sich um und lief ohne ein weiteres Wort davon. Christopher starrte ihr nach, dann zuckte er die Schultern und ging schnell in sein Zimmer hinauf, wo er sich mit Higgins' Hilfe rasch umkleidete.

»Ist alles in Ordnung? Hast du dich schon eingewöhnt?« fragte er.

»O ja«, entgegnete Higgins fröhlich. »Es ist gut, wieder hier zu sein, und ich bin ungeheuer froh, daß wir nicht mehr zur See fahren. Ich werde langsam zu alt, um ständig in der Welt herumzugondeln.«

»Gewöhne dich nicht zu sehr an das häusliche Leben, mein Freund«, antwortete Christopher. »Denk daran, daß wir in spätestens sechs Wochen nach England fahren.«

Higgins nickte, sein Lächeln verschwand. »Ob dies klug ist?« fragte er zweifelnd. »Wir befinden uns immer noch im Krieg mit England, und wir beide gelten immer noch als Deserteure. Die Gefahr, die von Onkel Robert ausgeht, ist groß.«

»Ich bin mir dieser Gefahr durchaus bewußt, doch es ist unsere Pflicht, Miss Ashford nach Hause zurückzubringen. Und man liebt den Krieg in England ebensowenig wie hier. Wir werden es schon schaffen«, entgegnete Christopher zuversichtlich und war froh, daß er Higgins nichts von den wahren Gründen für ihre Reise erzählt hatte. Wenn Higgins nichts davon wußte, konnte ihm das vielleicht sogar das Leben retten, falls ihre Mission doch entdeckt und sie gefangengenommen werden sollten.

Higgins ahnte nichts von diesen Gedanken Christophers, und da er aus Erfahrung wußte, daß Christopher durch nichts von einem einmal gefaßten Entschluß abzubringen war, zuckte er nur die Schultern und hob die achtlos über einen Stuhl geworfene Hose Christophers auf.

Nicole hatte sich in der Zwischenzeit wieder abreagiert, doch innerlich war sie ebenso wütend auf sich selbst wie auf Christopher. Sie hatte ruhig und höflich sein wollen, und wie hatte sie sich benommen, kaum, daß sie seiner ansichtig geworden war? Mit langen Schritten lief sie in der Bibliothek auf und ab und bedachte sich mit Schimpfwörtern, die einer Marktfrau zur Ehre gereicht hätten. Langsam legte sich der Sturm in ihrem Inneren, und so befand sie sich schließlich in gelassener Stimmung, als sie mit Christopher zusammen das Mittagessen einnahm.

Während des Mahles machte nur Christopher hin und wieder eine belanglose Bemerkung. Als sie den letzten Gang beendet hatten, schob er seinen Stuhl zurück, erhob sich und sagte: »Ich möchte mit dir in der Bibliothek reden – sofort!«

»Oh, das tut mir leid«, erwiderte Nicole, »aber Miss Mauer und ich haben heute nachmittag zu tun. Vielleicht heute abend?«

Mit zwei raschen Schritten war er bei ihr, zerrte sie von ihrem Stuhl hoch und zog sie an dem erschrockenen Sanderson vorbei hinter sich her in die Bibliothek.

Nicole atmete schwer, doch sie bemühte sich, kühl zu bleiben. »War das nötig?« fragte sie. »Sie erwarten von mir, daß ich mich wie eine Dame benehme, aber Ihr eigenes Benehmen ist wohl kaum das eines Gentleman.«

»Wenn ich einen Gentleman spielen soll, dann behandle mich gefälligst nicht, als wäre ich Luft für dich. Ich verlange von dir nicht, daß du über deine Lage erfreut bist, doch du solltest dich daran gewöhnen, in mir deinen Vormund zu sehen und mich entsprechend zu respektieren.«

Nicole biß sich auf die Lippen und erwiderte in erzwungener Ruhe: »Es tut mir leid, wenn Ihnen meine Manieren nicht gefallen. Sie dürfen nicht vergessen, daß es lange her ist, daß ich am gesellschaftlichen Leben teilnahm.«

»Deine Manieren sind gar nicht so schlecht, meine Liebe. Es ist deine Einstellung zu mir, die du ändern mußt.«

Nicole sah ihn an und entgegnete grimmig: »Meine Einstellung zu Ihnen ist die, die Sie verdienen. Ich habe weder vergessen, daß Sie mich ständig mit Allen erpressen, noch, daß Sie mir meine Unschuld geraubt haben.«

Er umfaßte ihre Schultern. In ihr verärgertes Gesicht blikkend, sagte er ernst: »Glaubst du, es macht mir Spaß, Allen als Waffe gegen dich zu benutzen?«

Die bloße Berührung seiner Hände genügte, um ihr Blut schneller pulsieren zu lassen.

»Glaubst du das?« wiederholte er seine Frage.

»Ich weiß nicht!« schrie sie.

Ihre Antwort schien ihn nicht zu befriedigen. »Du läßt mir kaum eine andere Wahl«, sagte er verbittert. »Du mußt mir bedingungslos gehorchen – und Allen scheint der einzige Mensch zu sein, der dir etwas bedeutet. Deshalb benutze ich ihn als Hebel.« Und vorwurfsvoll fügte er hinzu: »Für ihn warst du sogar bereit, mit mir zu schlafen.«

Nicole hielt seinem Blick stand. »Ich habe es nicht vergessen«, entgegnete sie ruhig. »Und auch nicht, daß Sie mich hereingelegt haben. Glauben Sie, daß ich je vergessen kann, was geschehen ist?«

»Nein«, antwortete er leise. »Du wirst es nicht vergessen, aber ... ich auch nicht.«

Er ließ sie los, und Nicole trat sofort ein paar Schritte zurück. Eine Zeitlang starrte er sie nachdenklich an, dann fragte er: »Bist du bereit, mir auf halbem Wege entgegenzukommen, oder sollen wir diesen andauernden Krieg weiter fortführen?«

Vorsichtig erwiderte Nicole: »Ich werde versuchen, Sie wie meinen Vormund zu behandeln, aber erwarten Sie nicht, daß es mir Freude macht.«

Er nickte. »Das sollte genügen«, entgegnete er. »Mehr würde wohl den Rahmen deiner Möglichkeiten sprengen.«

Den Rest des Tages verbrachte Nicole in ziemlicher Verwirrung. Sie konnte ihn einfach nicht verstehen – einmal behandelte er sie grausam und brutal, dann wieder voll Verlangen. In der einen Minute befragte er sie über irgend etwas nach ihrer Meinung, als wäre diese von Bedeutung für ihn, in der nächsten ließ er sie wieder völlig links liegen.

Am Mittwoch mußte Christopher nach New Orleans abreisen, und bis dahin begegneten sie einander mit ausgesuchter Höflichkeit.

Am Morgen vor seiner Abreise stellte Nicole ihm eine Frage, die sie schon seit längerem mit sich herumtrug. »Was weiß Mrs. Eggleston von mir? Wie haben Sie ihr meine Anwesenheit hier erklärt?«

»Noch gar nicht.«

Verwundert sah sie ihn an. »Sie haben ihr noch gar nicht gesagt, daß ich hier bin?«

»Nein. Ich habe aber vor, ihr einen Teil der Wahrheit zu sagen, ehe sie herkommt. Ich werde ihr mitteilen, daß du dich verkleidet und als Schiffsjunge bei mir gearbeitet hast und daß ich erst vor kurzem hinter dein Geheimnis gekommen bin. Als ich es jedoch einmal aufgedeckt hatte, bin ich sofort daran gegangen, die Dinge zurechtzurücken – daher auch deine jetzige Situation.«

Verwirrt blickte Nicole ihn an. »Aber«, fragte sie, »was ist dann mit der Geschichte, die Sie mir erzählt haben – daß ich mit ihr in Kanada gelebt habe?«

»Mach dir darüber keine Gedanken. Ich bin sicher, Mrs. Eggleston wird uns helfen, doch im Augenblick braucht sie nicht mehr zu wissen.« Er zögerte und fragte dann: »Wirst du in der Lage sein, ihr vorerst eine gekürzte Version unserer Geschichte zu geben, und die andere – bezüglich eures Aufenthalts in Kanada – später in England folgen zu lassen?«

»Das erwarten Sie wohl von mir?« entgegnete Nicole erbittert.

»Ja«, sagte er kalt.

Den Rest des Tages verbrachte Christopher in fieberhafter Aktivität; er wollte nicht mehr an Nicole denken, und daran, wie begehrenswert er sie fand.

Als er zum Nachtmahl herunterkam, war Nicole schon im Eßzimmer. Sie trug ein bezauberndes Seidenkleid, dessen warme grüne Farbe ihrer zarten elfenbeinfarbenen Haut sehr schmeichelte. Das Kleid war, der Mode entsprechend, sehr tief ausgeschnitten, und Christopher mußte sich zwingen, den Blick von ihrem aufregenden Dekolleté abzuwenden. Ihr Haar fiel ihr in kunstvollen kleinen Locken ins Gesicht, und er verspürte den verrückten Wunsch, die Stelle zu küssen, wo ihr schlanker Hals in ihre nackte Schulter überging. Während er sie voll Bewunderung anstarrte, überkam ihn das unwiderstehliche Verlangen, ihr das Kleid vom Leib zu reißen und ihre kunstvolle Frisur im heißen Liebesakt zu zerstören.

Ihr Parfüm duftete betörend, doch er kämpfte sein Verlangen nieder und schob ihr den Stuhl zurecht, bevor er am anderen Ende des Tisches Platz nahm. Wütend über sich selbst und sie, weil sie solche Gefühle in ihm erweckte, klingelte er nach Sanderson. Während der ganzen Mahlzeit spürte er sein brennendes Verlangen, und er reagierte mit solcher Kürze auf ihre höflichen Versuche, eine Unterhaltung in Gang zu bringen, daß sie es bald ganz aufgab.

Als das Essen endlich beendet war, stand sie erleichtert auf, wünschte ihm kühl eine gute Nacht und verließ niedergeschlagen den Raum. Christopher nahm kaum wahr, daß sie aus dem Zimmer ging, und es dauerte noch geraume Zeit, bis er sich wieder beruhigt hatte. Dann verließ er das Haus, um an der frischen Luft spazierenzugehen. Doch es hatte wieder zu regnen angefangen, und so kehrte er, nachdem er nur kurze Zeit durch den Nieselregen gelaufen war, in noch düstererer Stimmung ins Haus zurück. Er ging in sein Schlafzimmer, zog sich um und schenkte sich einen Whisky ein.

Er war so schlecht gelaunt, daß Higgins, der sonst gerne einen abendlichen Schwatz mit ihm hielt, nach einem Blick in sein finsteres Gesicht schnell das Zimmer verließ und sich lieber seinen Pflichten zuwandte.

Aus dem leichten Regen wurde bald ein schwerer Gewittersturm. Christopher stand an der geöffneten Verandatür und beobachtete die über den schwarzen Nachthimmel zuckenden Blitze. Er war nicht müde, und die Urgewalten des Unwetters erfüllten ihn mit wilder, primitiver Erregung. Er trat auf die regennasse Veranda hinaus und ließ sich den Regen ins Gesicht peitschen. Fast hätte er glauben können, wieder auf der Brücke der »Belle Garce« zu stehen. Und wie im Traum lenkte er seine Schritte zu Nicoles Schlafzimmer.

Nicole war vom Brausen des Sturms aufgewacht und beobachtete fasziniert die wild aufzuckenden Blitze und lauschte dem Grollen des Donners. Sie richtete sich im Bett auf und spürte die frische Nachtluft auf ihrer nackten Haut. Obwohl ihr die neuen Nachthemden sehr gefielen, liebte sie das Gefühl der weichen Betten auf ihrem bloßen Körper doch noch mehr und schlief deshalb nackt. Mit ans Kinn gezogenen Knien starrte sie gebannt auf den sich ständig verändernden Nachthimmel.

Obwohl sie sich in der Geborgenheit ihres Schlafzimmers befand, erinnerte das Unwetter sie an die wilden Stürme auf See, auch wenn es nicht ganz so aufregend war, denn es fehlte das Schlingern der »Belle Garce« unter ihren Füßen. Wehmütig dachte sie an den Geschmack des Regens auf ihren Lippen und an das Zerren des Windes in ihren Haaren. Hastig zog sie eines der neuen Nachtgewänder über und rannte barfuß zur Verandatür.

Sie hatte diese gerade geöffnet, als ein mächtiger Donner die Nacht erbeben ließ. Es folgten mehrere grelle Blitze, in deren gleißendem Licht Christophers hohe Gestalt, die, Nicole den Rücken zukehrend, am Geländer lehnte, wie ein Phantom spukhaft aufleuchtete.

Als Nicole ihn erkannte, blieb sie wie angewurzelt an der Verandatür stehen. Der Sturm preßte das Gewand gegen ihren Körper und zeichnete deutlich die Rundungen ihrer Brust und ihrer Schenkel ab. Erschrocken über sein plötzliches Auftauchen ließ sie die Verandatür los, und der Wind warf diese krachend gegen die Wand.

Christopher fuhr herum, und sie blickten sich lange schweigend an. Sein Gesicht war naß vom Regen, und die immer wieder die Nacht erhellenden Blitze ließen sein Haar silbern aufleuchten. Nicole spürte, wie ihr das Atmen plötzlich schwerfiel. Erschrocken über die Empfindungen, die er in ihr weckte, taumelte sie ins Zimmer zurück, doch Christopher war im Nu neben ihr und zog sie mit einem heiseren »Nick!« in seine Arme.

Sie kämpfte einen Kampf gegen sich und gegen Christopher, doch es gab kein Entrinnen vor ihm und seinem warmen, fordernden Kuß. Während er sie an sich preßte, war sie sich seiner erregenden Gegenwart bewußt wie nie zuvor – des süßen Duftes seiner Haut, seiner langen Beine, die sich gegen die ihren drängten, und vor allem ihrer beider Nacktheit, denn bei ihrer wilden Umarmung klaffte sein Gewand ebenso auseinander wie das ihre, und Nicole zog scharf den Atem ein, als sie sein hartes Glied spürte.

Und Christopher, verloren im Rausch seiner Sinne, hatte nicht die Absicht, sich gegen seine Gefühle zu wehren. Nicole lag in seinen Armen, und er dachte an nichts anderes als an dieses berauschende Gefühl, ihren weichen, biegsamen Körper, der sich gegen den seinen drängte, zu spüren. Sie verschmolzen ineinander, und ihre Körper ergänzten sich, als seien sie füreinander geschaffen. Nie zuvor hatte eine Frau solche Empfindungen in ihm geweckt. Einen flüchtigen Augenblick wünschte er sich, sie möge ihn nicht so verachten, doch jetzt spielte auch dies keine Rolle mehr – alles, was zählte, war, daß er von diesem Druck zwischen seinen Schenkeln erlöst zu werden wünschte, und Nicole schien die einzige Frau zu sein, die in der Lage war, sein schmerzhaftes Verlangen zu befriedigen. Während er fortfuhr, sie zu küssen, und während seine Hände ihren Kopf streichelten, wuchs auch Nicoles Verlangen, und sie gab sich den sie überflutenden Wogen der Lust hemmungslos hin, wußte sie doch auch umgekehrt, daß nur Christopher dieses Verlangen stillen konnte.

Er spürte ihre Hingabe und blickte sie aus Augen, die dunkel waren vor Verlangen, an. »O Gott, Nick! Erlöse mich!«

Er war sich seiner Worte und ihrer möglichen Bedeutung gar nicht bewußt. Langsam begann er ihr das Nachtgewand abzustreifen, und Nicole, die am ganzen Körper vor lustvoller Erwartung zitterte, machte keinen Versuch, ihn daran zu hindern. Dann hob er sie auf seine Arme und trug sie zum Bett.

Was nun folgte, übertraf jeden anderen ihrer bisherigen

Liebesakte. Langsam und zärtlich bewegten sie sich wie in Trance, und Nicole erlebte zum ersten Mal, was »Liebe« bedeutete. Denn sie liebten sich – und das bedeutete nicht nur die Befriedigung primitiver, animalischer Lust – sie liebten sich auf eine Weise, welche die natürlichsten und schönsten ihrer Gefühle füreinander offenlegte.

Christophers Haut war warm und weich wie Samt unter ihren Fingerspitzen, als ihre Hände langsam über seinen Körper glitten und sein Gesicht, seine Nase, seinen leidenschaftlichen Mund erforschten. Sie wanderten über seine von schwarzem, erstaunlich weichem Haar bedeckte Brust, glitten über seinen Rücken, seinen Hals. Und sie war es, die ihre Lippen auf seinen Mund preßte, während sie mit beiden Händen sein Gesicht umfaßte.

Halb von Sinnen gab sich Christopher ihren erregenden Berührungen hin, die ihm fast den Atem nahmen. Er ertrug diesen lustvollen Schmerz, solange er konnte, doch als ihre Brust die seine berührte und ihre Hände sein Glied umschlossen, zog er sie laut aufstöhnend unter sich. »Quäl mich, ja!« keuchte er.

Seine Lippen glitten über ihren Hals zu ihrem Busen hinunter, während seine Hände ihre sanft geschwungenen Hüften streichelten.

Er saugte an ihren empfindsamen Brustwarzen, und Nicole spürte, wie ein Schauer ihren Körper durchlief, als sich seine Hand sanft zwischen ihre Schenkel schob. Die zarte und doch fordernde Berührung seiner Finger erweckte einen süßen, brennenden Schmerz in ihr, und ihr Körper begann, sich im Rhythmus seiner streichelnden Hand zu bewegen. Doch dieses Mal gab sie sich nicht zufrieden mit der passiven Rolle; ihr Mund suchte den seinen, und ihre Finger tasteten sich dorthin, wo auch er sie am liebsten hatte. Als ihre Hand ihn umschloß, drang er mit einem tiefen, heiseren Aufstöhnen in sie ein.

Er war in ihr und füllte sie aus, bis ihr ein leiser Seufzer der Lust entschlüpfte, und als er ein wenig zögerte, schlang sie ihre Beine um seine Lenden und flüsterte heiser: »Nein!

Geh nicht fort, bitte!«

Ein Schauer durchlief seinen Körper, und er begann, sich langsam, fast träge in ihr zu bewegen, während sein Mund hungrig über ihr Gesicht glitt.

Nicole spürte nur noch ihn, jede Faser ihres Körpers fieberte ihm entgegen. Es war, als wollte sie ihn ganz in sich aufsaugen – den Duft seiner Haut, den schwachen Tabakgeruch, den scharfen Whiskygeschmack. Im wilden Taumel ihrer Sinne glitt ihr hungriger Mund über seinen Hals, spürte den salzigen Geschmack seiner Schultern, um wieder zu seinem zärtlich-wilden Kuß zurückzukehren, der berauschend war wie Wein.

Das sanfte Kitzeln seiner Brusthaare an ihren steil aufgerichteten Warzen, die Berührung seiner harten Beine trieben sie höher und höher auf den Wogen der Lust, bis ihr Körper sich unkontrolliert, wie rasend, unter ihm bewegte, während seine Hände ihre Hüfte umschlossen und versuchten, ihre Bewegungen zu lenken.

Die alles verzehrende Flamme der Leidenschaft löschte jeden Gedanken aus, und als sich ihre Lust endlich in nicht enden wollender Ekstase entlud, grub sie, laut seinen Namen schreiend, ihre Fingernägel in seinen Rücken.

Fast bewußtlos von den unbeschreiblichen Wonnen, die er ihr bereitet hatte, trieb sie unter ihm dahin und nahm seine Bewegungen auf, als auch er sich nicht länger beherrschen konnte und sich in ihr verströmte.

Danach gab es keine Worte zwischen ihnen, nur Schweigen und dieses halbtrunkene Gefühl, das solch intensiver Liebesraserei zu folgen pflegt. Völlig erschöpft und zufrieden legte Nicole ihren Kopf an seine Schultern und schlief wie ein Kind beinahe sofort ein.

Christopher fiel es nicht so leicht, einzuschlafen. Aus seinen mannigfachen Erfahrungen wußte er, daß das heute mehr gewesen war als ein zufälliger Liebesakt. Nachdenklich starrte er auf Nicoles Gesicht hinunter. Im Schlaf trug es die Süße kindlicher Unschuld, ihr Mund schwang sich im weichen, zärtlichen Bogen, ihr flammendes Haar lockte sich über ihrer

Wange. Während er sie betrachtete, erfüllten ihn die seltsamsten Empfindungen – Verwirrung und Bestürzung über die widersprüchlichen Gefühle, die sie in ihm erweckte, und die zwingende Erkenntnis, daß sie ihm gehörte. Und diese Erkenntnis war äußerst befremdend und verwirrend für einen Mann, für den Frauen bisher nichts als ein angenehmes Spielzeug gewesen waren. Tief in seinem Innern empfand er ein gewisses Maß an Zuneigung für dieses Mädchen an seiner Seite – wenn auch nicht für Nicole Ashford, so doch für Nick. Noch heute erinnerte er sich lebhaft an ihren mageren kleinen Körper, der sich in jener Nacht vor fünf Jahren, als sie Beddington's Corner verlassen hatten, gegen ihn gedrängt hatte. Was für eine kleine Teufelskatze sie doch gewesen war! Wenn es etwas gab, das er bewunderte, so war es Mut. Und zweifellos war seine Nick einer der mutigsten und kühnsten kleinen Teufel gewesen, die ihm je begegnet waren. Und aus unerklärlichen Gründen mußte er plötzlich an die Gefahren denken, denen sie in all den Jahren auf der »Belle Garce« ausgesetzt gewesen war, und instinktiv schlang er seine Arme fester um sie. Er würde jeden umbringen, der ihr ein Leid zufügte. Doch dann mußte er lächeln. Arme Nick, die größte Gefahr für sie ging von ihm selbst aus.

Schläfrig ließ er seine Wange in ihr Haar sinken. Er würde heute keine Zeit mehr damit verschwenden, über Nick nachzudenken. Es war niemals gut, sich gefühlsmäßig mit einer Frau zu beschäftigen – Frauen waren ein angenehmer Zeitvertreib im Bett, mehr nicht. Man darf niemals zärtliche Gefühle für eine Frau entwickeln, dachte er schläfrig.

18

Das Aufwachen fiel Nicole am nächsten Morgen schwer. Halb noch schlafend lag sie in ihrem Bett, zum ersten Mal seit Wochen körperlich und seelisch völlig entspannt und zufrieden. Mit einem sanften Lächeln reckte und streckte sie sich genüßlich und tastete nach Christophers Kopfkissen.

Wann er ihr Bett verlassen hatte, wußte sie nicht, doch sie vermutete, daß es kurz vor Tagesanbruch gewesen sein mußte. Nach dem ins Zimmer fallenden schwachen Lichtschimmer zu urteilen, konnte es nicht allzulange her sein. Seinem Bett haftete noch etwas von der Wärme seines Körpers an. Ihre Arme umschlangen sein Kissen, als wäre es sein großer, starker Körper. Sie fühlte sich glücklich.

Ihre Wangen ins Kopfkissen gedrückt, gestand sie sich ein, daß sie Christopher Saxon liebte. Und aus irgendwelchen unerklärlichen Gründen flößte ihr diese Erkenntnis weder Angst noch Schrecken ein. Was immer das für sie bedeuten und wieviel Kummer ihr die Zukunft bringen mochte, sie konnte es nicht länger leugnen.

Fast beschämt gestand sie sich ein, daß ihre ganze Wut und ihr Abscheu gegen Kapitän Saber eine Art Selbstschutz gewesen waren, ein Versuch, die wachsende Zuneigung, die sie für ihn empfand, zu ignorieren. Und auch die Tatsache, daß sie sich gemeinsam mit Allen gegen ihn gestellt hatte, war nur als ein Versuch zu werten, diese unbestimmten Sehnsüchte ihres Herzens zu unterdrücken.

Ein trauriges Lächeln trat auf ihr Gesicht, und sie schüttelte den Kopf, als sie an die anderen Frauen und die heißen Liebesnächte, die er mit ihnen verbracht hatte, dachte. Doch die letzte Nacht sei etwas anderes gewesen, redete sie sich ein.

Nachdenklich blickte sie auf sein Kopfkissen hinab. Er hatte sie ohne jede Erklärung allein gelassen. Sicher nur deshalb, weil er nicht will, daß unser Verhältnis zum Gesprächsthema für das ganze Haus wird, sagte sie sich.

Entschlossen warf sie die Bettdecke zurück und läutete nach Miss Mauer. Er hätte mich auch sicher nicht verlassen, wenn er noch an seinem ursprünglichen Plan festhalten will, dachte sie. Und inständig wünschte sie, daß das, was zwischen ihnen geschehen war, seine Zukunftspläne geändert haben möge.

Nach einem kurzen Bad schlüpfte sie mit Miss Mauers Hilfe in ein gelbes Musselinkleid und bürstete flüchtig ihr wirres Haar. In ihrer Ungeduld konnte sie es kaum erwarten, bis Miss Mauer ein gelbes Seidenband um ihre Locken geschlungen hatte.

Christopher muß etwas für mich empfinden, dachte sie eigensinnig. Wenn er sie nach dieser Nacht noch immer mit dieser kühlen Gleichgültigkeit behandelte, würde sie ihn hassen. Ihre Gefühle waren noch zu jung und zu zart, als daß sie Gleichgültigkeit oder gar Ablehnung hätte ertragen können. Sie brauchte Gewißheit, irgendein kleines Zeichen, das ihr zeigte, daß die letzte Nacht auch für ihn etwas Besonderes gewesen war.

Als sie durch die Halle lief und sein Gepäck an der Tür entdeckte, atmete sie erleichtert auf. Er war also noch nicht abgereist, andererseits war der Anblick der gepackten Taschen auch nicht gerade sehr ermunternd. Er wollte also noch immer an diesem Morgen aufbrechen. Sicher hat er eine einleuchtende Erklärung für seine Reise, sagte sie sich, und er ist nur noch nicht abgefahren, weil er mit mir reden will.

Voller Inbrunst hoffte sie, nein glaubte sie, daß die plötzliche Erkenntnis ihrer Liebe zu ihm ähnliche Gefühle auch in ihm hervorgerufen hatte. Sie war bereit, ihm mehr als nur auf halbem Wege entgegenzukommen, in jeder Beziehung. Wenn er wollte, würde sie es akzeptieren, daß sie seine Geliebte wurde, denn sie wußte, daß er sie eines Tages lieben würde. Doch sie würde es nicht ertragen können, wenn er sich von ihr abwandte. Sie wollte ihn nicht hassen müssen – sie wollte ihn lieben. Und sie war sicher, daß er etwas für sie empfand.

Einen Augenblick blieb sie unschlüssig in der Halle stehen; sie wußte nicht, wo sie ihn finden konnte. Doch als sie dann zögernd auf die Bibliothek zugehen wollte, trat Sanderson aus dem gegenüberliegenden Eßzimmer in die Halle.

Sie bemerkend, sagte er: »Guten Morgen, Miss Nicole. Sie sind heute wirklich früh auf.«

»Haben Sie Mr. Saxon gesehen?« fragte sie hoffnungsvoll. »Er ist doch noch nicht abgereist, oder?«

»O nein, er wird erst in etwa einer Stunde aufbrechen. Ich

habe ihm gerade das Frühstück gebracht. Wollen Sie ihm Gesellschaft leisten?«

»Ja.«

Als sie kurz darauf das Eßzimmer betrat, blickte Christopher überrascht auf. Sie sieht heute morgen ganz besonders reizend aus, dachte er. Das leichte Rot auf ihren Wangen und der Glanz in ihren Augen lassen sie noch schöner wirken. Und als er ihr glänzendes Haar betrachtete und daran dachte, wie es in der vergangenen Nacht auf dem Kissen ausgebreitet gelegen hatte, verspürte er einen leichten stechenden Schmerz in seinem Innern.

Mit einem unsicheren Lächeln auf den Lippen ging sie zu ihrem Stuhl und murmelte scheu: »Guten Morgen.«

Sanderson schenkte ihr eine Tasse Kaffee ein und verließ dann den Raum, wohl um sich um ihr Frühstück zu kümmern.

Sie starrten sich über den Tisch hinweg an, und Nicole erkannte plötzlich auf erschreckende Weise, daß sie nicht wußte, was sie sagen sollte. Was sagte man zu einem Mann, mit dem man die Nacht verbracht hatte – insbesondere eine Nacht wie diese? Was zu einem Mann wie Christopher?

Er war schon reisefertig angekleidet, und Nicole bemerkte, daß sein Gesicht wieder diesen abweisenden, verschlossenen Ausdruck trug, den sie so fürchtete. Doch als sie die tiefen Ringe unter seinen Augen erkannte, huschte ein zufriedenes Lächeln über ihr Gesicht. Sie wußte, warum er zu wenig geschlafen hatte.

Ihm entging ihr zufriedenes Lächeln nicht, und er mußte sofort daran denken, daß das gleiche Lächeln auf dem Gesicht ihrer Mutter gelegen hatte, wenn sie besonders erfreut über etwas gewesen war.

Während er erbittert auf ihren lächelnden Mund starrte, geriet er plötzlich in Wut bei dem Gedanken, wie leicht er in die gleiche Falle wie damals hätte tappen können. Dieses Lächeln erinnerte ihn schmerzlich an etwas, an das er nicht mehr denken wollte. »Worüber lachst du? Ich würde gern mitlachen«, sagte er kalt.

Sein häßlicher Ton erschreckte sie, und ihr Lächeln verschwand. »Ich habe über nichts Besonderes gelacht. Es ist einfach ein sehr schöner Morgen«, erwiderte sie. Es betrübte sie, ihn so mißgestimmt zu sehen, zumal sie die Ursache dafür nicht kannte. Wie gern hätte sie irgend etwas gesagt oder getan, um das in der Luft liegende Unheil abzuwenden.

Doch Christopher war nicht von seinem Vorurteil abzubringen und fragte böse: »Lachst du immer, nur weil es ein schöner Morgen ist? Das kommt mir blöd vor.«

Klirrend stellte sie die Tasse auf die Untertasse, ihre gehobene Stimmung war verflogen. Sie wollte ihm nicht widersprechen, andererseits seine Provokationen aber auch nicht wortlos schlucken. »Sind Sie morgens immer so schlecht gelaunt?« fragte sie daher.

»Erinnerst du dich nicht mehr, Nick? Es ist doch gar nicht so lange her, seit wir auf der ›Belle Garce‹ waren, und du hast sicher noch nicht vergessen, in welcher Stimmung ich mich gewöhnlich nach einer mit einer Dirne verbrachten Nacht befand.« Getrieben von seiner Wut über sich selbst, schleuderte er ihr das Wort »Dirne« ins Gesicht. Er konnte nicht mehr logisch denken; alles, was er denken konnte, war, daß Annabelles Tochter ihm gegenübersaß – Annabelles liebliche Tochter, deren Schönheit Annabelles seichtes, hübsches Lärvchen verblassen ließ wie ein edler Diamant einen Glasscherben.

Er war ein gebranntes Kind und nicht mehr fähig, seinen Gefühlen nachzugeben, nachdem er einmal betrogen worden war. Er war innerlich aufgewühlt und wütend zugleich – wütend, weil Nick Empfindungen in ihm weckte, die er schon lange für tot gehalten hatte, und auch wütend, weil er nicht beurteilen konnte, ob diese Gefühle echt oder falsch waren. Er hatte nur den einen Wunsch, seine Gleichgültigkeit Frauen gegenüber wiederzugewinnen und die vergangene Nacht gewissermaßen auszulöschen.

Bei seinen häßlichen Worten schien irgend etwas in Nicole zu zerspringen. Sie sah all ihre Träume zerstört, und bei dem Ausdruck »Dirne« geriet sie außer sich vor Wut. »Wie können

Sie es wagen?« schrie sie. Am ganzen Körper zitternd, griff sie nach der Tasse aus zartem China-Porzellan und schleuderte sie auf ihn.

Er duckte sich, und die Tasse verfehlte ihr Ziel, doch ein Teil des heißen Kaffees klatschte ihm an den Kopf. Beide waren aufgesprungen und starrten sich über den Tisch hinweg wutentbrannt an.

»Jetzt reicht's!« schrie er sie an.

Nicoles Lippen kräuselten sich vor Abscheu. »Meinen Sie? Ich habe noch nicht einmal angefangen!« Begleitet von diesen Worten segelte die Untertasse auf seinen Kopf zu, und er konnte gerade noch ihr und auch der schweren Pfeffermühle ausweichen, die ihr folgte. Er war so überrascht, daß er dem massiven Salzstreuer nicht mehr entging und voll davon in den Magen getroffen wurde.

Ihre Wut verlieh Nicole ungeahnte Kräfte. Suchend blickte sie sich nach einem weiteren Gegenstand um, mit dem sie ihren Peiniger bombardieren konnte. Ihr Blick fiel auf den massiven silbernen Kerzenständer, der in der Mitte des Tisches stand. Mit einem wilden Fluch, der einem Seemann zur Ehre gereicht hätte, schleuderte sie ihn in Christophers Richtung. Zum Glück verfehlte er sein Ziel, doch er krachte genau in dem Augenblick gegen die Wand, in dem Sanderson ahnungslos mit Nicoles Frühstück das Zimmer betrat.

Nicole verlor keine Zeit, entriß dem verdutzten Diener das beladene Tablett und schleuderte es auf Christopher. »Sie gemeiner Hund!« fauchte sie dabei. Das Tablett traf ihn voll an der Brust, die klebrige Eimasse bekleckerte sein Hemd.

Dann erlahmte Nicole und stellte ihr Bombardement ein.

Fassungslos starrte Sanderson seinen Herrn an, der versuchte, mit der Serviette sein Hemd zu reinigen.

»Du kannst gehen«, sagte Christopher ruhig zu Sanderson. »Miss Nicole und ich werden bald mit dem Frühstück fertig sein.«

Sanderson starrte ihn immer noch aus weitaufgerissenen Augen an. »Sehr wohl, Sir«, sagte er und verließ den Raum.

Schweigen senkte sich über das Zimmer. Christophers ruhige Worte hatten Nicoles wilde Wut ein wenig besänftigt, und sie betrachtete leicht entsetzt das Schlachtfeld.

Christopher sah sie aufmerksam an. Er hatte schon viele Hitzköpfe gekannt, aber Nicole übertraf sie alle. Obwohl er sehr aufgebracht war, mußte er sich das Lachen verkneifen. Er hatte einen Streit gewollt, und er hatte ihn bekommen. Ihm wurde bewußt, welch lächerliche Figur er abgeben mußte, und er fragte: »Ist das Gewitter jetzt vorbei?«

Nicole fühlte sich hundeelend. Ihre Wut war ebenso schnell verflogen, wie sie gekommen war, und sie hatte nur noch den Wunsch, sich irgendwo zu verkriechen und zu sterben. Mit blinden Augen stolperte sie zur Tür, doch Christopher eilte ihr nach und hielt sie am Arm fest. »Geh nicht, Nick«, bat er sanft.

Ihre offensichtliche Verzweiflung rührte ihn. »Es tut mir leid, Nick. Ich hätte das nicht sagen dürfen.« Und mit einem beinahe zärtlichen Lächeln fuhr er fort: »Ich glaube, heute morgen reitet mich der Teufel, Liebling. Bitte vergiß, was ich gesagt habe, und laß uns noch einmal von vorne anfangen.«

Nicole sah ihn abwägend an; sie mochte weder seiner schmeichelnden Stimme noch seinem warmen Lächeln trauen. Er hatte sie zu oft hintergangen und verletzt, und sie konnte ihm die letzte Entgleisung nicht verzeihen. Auch wenn ihre größte Wut abgeflaut war, war sie doch noch böse auf ihn.

»Nein«, entgegnete sie ruhig. »Wir werden nicht mehr von vorne anfangen. Sie haben mir deutlich zu verstehen gegeben, was Sie von mir halten, und es ist alles wieder so wie vor der vergangenen Nacht. Diese Nacht war ein Irrtum, und Sie dürfen versichert sein, daß sie sich nicht wiederholen wird.«

Entschieden entzog sie ihm ihren Arm und wandte sich der Tür zu. »Ich hoffe, Sie haben eine angenehme Reise«, sagte sie noch höflich. »Und ich freue mich, Mrs. Eggleston wiederzusehen – sie war einmal eine sehr gute Freundin von mir.«

Damit verließ sie das Eßzimmer, und Christopher starrte blaß und verzweifelt auf die geschlossene Tür. Er hatte das

Gefühl, etwas Unwiederbringliches zerstört zu haben, und er hätte alles dafür gegeben, diese letzten Minuten ungeschehen machen zu können. Doch er hatte sich dann bald wieder gefangen; er dachte an Annabelles Gemeinheit und verfluchte sämtliche Frauen – allen voran Nick!

Was ist nur los mit mir? dachte er, als wenig später sein Boot langsam flußabwärts in Richtung New Orleans glitt. Was, zum Teufel, war mit ihm geschehen? Nick ging ihm nicht mehr aus dem Kopf. Er entwickelte Gefühle, die er nach dem grausamen Erlebnis mit Annabelle für immer für gestorben gehalten hatte. Doch er wollte niemanden mehr an sich heranlassen, und er beschloß, Nick auf Distanz zu halten. Er würde sich nicht verlieben, nicht mehr in seinem Alter und schon gar nicht in Nick. Während der restlichen Fahrt errichtete er eine hohe eisige Mauer zwischen sich und Nick, und er war überzeugt, die Dinge wieder in der Hand zu haben.

Zufrieden mit sich selbst suchte er Mrs. Eggleston noch am gleichen Nachmittag auf. Miss Dumas war in den letzten Wochen besonders anstrengend gewesen, und Mrs. Eggleston fand sich bereit, ihren Stolz zu vergessen und jedes Angebot anzunehmen, das Christopher ihr unterbreitete.

Nicoles Schicksal ging ihr zu Herzen, und sie erklärte sich damit einverstanden, die Stellung bei Christopher anzutreten.

Gebannt hörte sie zu, als Christopher ihr Nicoles vermeintliche Geschichte erzählte.

»Diese Nicole Ashford«, sagte sie schließlich augenzwinkernd, »sie war schon immer ziemlich abenteuerlustig. Und obwohl ich entsetzt bin, daß eine junge Dame ihrer Herkunft derart unziemliche Dinge tut, muß ich gestehen, daß es mich nicht überrascht. Sie war sehr unglücklich nach dem Tod ihrer Eltern, und die Markhams waren dann nicht gerade sehr nett zu ihr. Ich bin glücklich, mich um sie kümmern zu können.«

Sie schüttelte ihren ergrauten Kopf und sah Christopher beifällig an. »Du bist so gut, und Nicole kann sich glücklich schätzen, daß gerade du ihre Maskerade entdeckt hast. Stell dir vor, wie schrecklich es gewesen wäre, wenn sie einem skrupellosen Kerl in die Hände gefallen wäre, der ihre Lage ausgenutzt hätte.«

Christopher fühlte sich ziemlich unbehaglich ob dieses unverdienten Lobes und verkroch sich so tief wie möglich in seinem Sessel. »Es war eine Selbstverständlichkeit und wirklich nicht der Rede wert.«

»Aber Christopher«, widersprach Mrs. Eggleston. »Was wäre gewesen, wenn sie an einen geraten wäre, der ihr ... ihre Unschuld geraubt hätte.« Ihre Stimme war nur noch ein Flüstern. »Man darf gar nicht daran denken. Sie hat riesiges Glück gehabt, dir begegnet zu sein. Es hätte ihr Gott weiß was zustoßen können.«

Christopher wechselte hastig das Thema. »Nun, das liegt ja jetzt alles hinter ihr.«

Er atmete tief durch; jetzt begann der schwierigere Teil, das wußte er. »Natürlich möchte ich sie zu ihrer Familie zurückbringen«, erklärte er. »Ich finde es ungeheuer wichtig, daß wir sie so schnell wie möglich nach England schaffen, trotz dieses unglücklichen Krieges.«

»Das wird nicht einfach sein, Christopher«, entgegnete Mrs. Eggleston bekümmert.

Er haßte sich selbst, daß er sie so hintergehen mußte, doch er wußte um die Notwendigkeit dieser Lüge und sagte: »Natürlich wird es das nicht sein, doch mit Ihrer Hilfe wird es uns gelingen.«

Mrs. Eggleston runzelte die Stirn. »Ich denke an den Skandal, den es geben wird, wenn bekannt wird, daß Nicole in diesen langen Jahren als Junge verkleidet auf einem Schiff gelebt hat.« Sie hielt einen Augenblick inne, um dann sehr ernst fortzufahren: »Das dürfen wir nicht zulassen, Christopher. Sie könnte daran zugrunde gehen.«

»Was schlagen Sie vor?« fragte Christopher mit ausdrucksloser Miene.

Sie blickte ihn nervös an. Sie sagte sich, daß das alles nicht geschehen wäre, wenn sie Nicole damals nicht allein gelassen hätte, und sie war deshalb dazu bereit, nun alles in ihrer Kraft Stehende zu tun, um Nicoles Leben wieder in Ordnung zu bringen. Sie würde sogar schwindeln, wenn es sein mußte. Doch Christopher sollte nicht denken, daß sie sich leichtfertig dazu hergeben wollte, und so dauerte es eine ganze Weile, bis sie erwiderte: »Wir könnten zum Beispiel eine Lüge verbreiten – wir könnten sagen, daß sie mit mir zusammen war.«

Er verachtete sich selbst, als er scheinbar ihr die Initiative überließ. »Ja, natürlich. Ich hätte daran denken sollen. Lassen Sie mich überlegen, ob mir nicht eine passende Geschichte einfällt, mit deren Hilfe wir Nicoles Vergangenheit vertuschen können – wenn es Ihnen nichts ausmacht.«

»Wann soll ich den Dumas Bescheid geben?« fragte Mrs. Eggleston.

»Noch heute«, antwortete er. »Ich möchte, daß Sie noch heute abend dieses Haus verlassen.«

Als er ihr erschrockenes Zögern bemerkte, machte er ihr eilends klar, welch wichtige Rolle die Zeit für ihre Geschichte spielte und daß jeder Tag, den Nicole noch ohne sie verbrachte, das ganze Gefüge ihrer Lügengeschichte ins Wanken bringen konnte. Der Gedanke, daß der armen kleinen Nicole möglicherweise ein Schaden entstehen könnte, war der alten Dame unerträglich, und ohne weitere Einwände begann sie zu packen.

In einem kurzen Schreiben an Miss Dumas entschuldigte sie sich für ihren plötzlichen Aufbruch. Es widerstrebte ihr zwar, ihren bisherigen Arbeitsplatz auf diese Weise zu verlassen, doch Christopher ließ ihr keine andere Möglichkeit.

Sie blieben noch zwei Tage in New Orleans. Christopher übergab der Schneiderin Nicoles Maße und brachte es fertig, Mrs. Eggleston davon zu überzeugen, daß auch sie eine völlig neue Garderobe benötigte, wenn ihr Unternehmen Aussicht auf Erfolg haben sollte.

Anfangs sträubte sie sich dagegen, doch Christopher überwand auch diesen Widerstand.

In New Orleans besprach sich Christopher auch noch mit seinem Bankier, wie seine Geschäfte während seiner Abwesenheit weitergeführt werden sollten. Und er verabredete sich mit Jason Savage zum Abendessen.

Nach einem erlesenen Mahl stellte Jason zufrieden fest: »Sie scheinen wenig Zeit zu verlieren. Sind Sie zufrieden mit dem Ablauf der Dinge?«

Christopher verzog das Gesicht. »O ja. Ich werde langsam perfekt darin, ahnungslose Damen hinters Licht zu führen.«

»Ist das gar so schlimm?« fragte Jason belustigt.

»Sehr schlimm«, erwiderte Christopher. »Ich hätte nicht gedacht, daß es mir etwas ausmachen würde. Das einzig Positive daran ist, daß die Sache einem guten Zweck dient und Mrs. Eggleston letztlich auch selbst davon profitieren wird.«

Jason war erfreut über diese Äußerung. Er hatte sich mit Saxon auf ein ziemliches Risiko eingelassen, denn trotz seines persönlichen positiven Eindrucks und Jakes Aussage über Saxon war er sich des Mannes nicht ganz sicher gewesen. So war er nun recht erleichtert, festzustellen, daß Christopher nicht ganz so kalt und skrupellos war, wie er auf andere oft wirkte. Doch er hätte zu gern gewußt, was für ein Mensch Christopher wirklich war. Ein Gentleman aus guter Familie, Pirat, Plantagenbesitzer, Spieler, einer von Lafittes Leuten und jetzt auch noch Patriot – oder Spion? Wer war dieser Mann wirklich? Nachdenklich betrachtete Jason Christophers hartes und doch irgendwie unglückliches Gesicht. Nun, die Zukunft würde zeigen, ob es richtig war, Christophers Hilfe in Anspruch genommen zu haben. Entschieden schob Savage diese Gedanken beiseite und fragte: »Wann, glauben Sie, können Sie aufbrechen? Sie müssen es mir rechtzeitig sagen, denn ich muß ein Schiff finden, das bereit ist, das Risiko, den Engländern im Golf in die Hände zu fallen, auf sich zu nehmen.«

»Ich brauche wenigstens noch einen Monat Zeit. Mitte Februar werden wir reisen können, wenn es das Wetter erlaubt.«

Jason erinnerte sich mit Schrecken daran, wie er vor ein paar Jahren im Winter den Ozean überquert hatte, und nickte. »Das Wetter, ja, das behält sich das letzte Wort vor. Ich werde mich jedenfalls schon bald um einen Kapitän bemühen, der bereit ist, Sie nach England zu bringen. Es wäre falsch, damit bis zur letzten Minute zu warten.«

Christopher erwiderte: »Hieß es ursprünglich nicht, daß wir bis zum Herbst Zeit hätten, weil das bedeuten würde, daß Napoleon in Europa endgültig besiegt ist?«

»Wer kann das mit Gewißheit sagen? Ich verlasse mich nicht auf Imponderabilien.«

Christopher lächelte gequält; er war nicht besonders glücklich über die vor ihm liegenden Schwierigkeiten. Die ganze Sache barg zu viele Unsicherheitsfaktoren in sich. »Es wäre mir lieber, wenn wir mehr hätten, auf das wir uns stützen könnten, zum Beispiel eine Kontaktperson, die mir die gewünschten Informationen liefert. Aber da das nun einmal nicht der Fall ist, muß ich selbst sehen, wie ich zurechtkomme. Ich kann nur hoffen, daß am Ende alles gut geht.«

»So ist es«, nickte Jason. »Wissen Sie, was mich von Ihnen noch interessieren würde?«

»Was?«

»Wie Sie es eigentlich fertiggebracht haben, sich von Lafitte zu trennen, ohne ihn sich zum Feind zu machen.«

Christopher zögerte mit der Antwort; dieses Thema schien ihm nicht besonders zu behagen, doch dann erklärte er achselzuckend: »Mit seinen Schmuggelgeschäften hatte ich nie etwas zu tun; das soll aber nicht heißen, daß ich mich von Lafitte lossagen will, um mich selbst zu rechtfertigen. Ich war Pirat. Natürlich wußte ich, daß meine Beute in New Orleans geschmuggelt wurde, und wahrscheinlich machte mich allein dieses Wissen in den Augen vieler auch schon zum Schmuggler. Aber im Grunde wußte ich sehr wenig über Jeans Geschäfte. Er kann sicher sein, daß ich ihn nie verraten würde, auch wenn Claiborne die Belohnung für seine Ergreifung noch tausendmal erhöhte. Er ist ein guter Freund, und er liebt Louisiana. Seine Waren sind offenbar sehr gefragt, denn es mangelt ihm nie an Käufern.«

»Doch er verstößt gegen das Gesetz mit jedem Stück Ware, das in die Stadt kommt«, erklärte Jason erbittert. »Und Claiborne wird nicht aufgeben.«

»Ich weiß«, pflichtete Christopher ihm ernst bei. »Als ich Jean verließ, habe ich ihm deshalb auch geraten, das Schmuggeln aufzugeben, doch er will nicht. Und wer sagt denn, daß ihm das Glück nicht weiterhin hold bleibt?«

»Mag sein. Aber er wird von Tag zu Tag unverschämter, und man kann nicht erwarten, daß Claiborne ein solches Verhalten ewig hinnimmt.«

Damit beendeten sie das Thema, unterhielten sich noch eine Zeitlang über belanglose Dinge und trennten sich schließlich.

19

Nicole war es nach einer Woche schlafloser Nächte schließlich gelungen, ihren größten Schmerz zu überwinden. Sie war zu der bitteren Erkenntnis gelangt, daß sich Christopher niemals in eine Frau verlieben würde, und so beschloß sie, nicht mehr an ihn zu denken. Grimmig wandte sie all ihre Energie daran, mit Miss Mauers Hilfe zu einer Dame zu werden.

»Eine Dame macht nicht so große Schritte, meine Liebe. Nein, bitte, kauern Sie sich nicht derart in den Sessel, ma petite. Sie müssen sich anmutig bewegen wie eine Blume im Sommerwind – ja. Nein, nein! Nicht so – so!«

So ging das Tag für Tag. Anfangs reagierte Nicole oft beleidigt und böse, rannte schimpfend aus dem Zimmer, um kurz darauf beschämt zurückzukommen.

Higgins war dieses Mal in Thibodaux House geblieben, denn nach der Szene im Eßzimmer traute Christopher Nicole nicht mehr so ganz. Nicole fühlte sich recht wohl in der Gesellschaft des ehemaligen Ersten Steuermannes der »Belle Garce«. Er war ihr vertraut, und sie hatte ihn schon immer gemocht. Mit ihm konnte sie Erinnerungen aus den vergangenen fünf Jahren austauschen und lachen über dieses oder jenes Ereignis, und sie konnte vor allem sie selbst sein. Mit ihm saß sie stundenlang gar nicht damenhaft bei irgendeinem Würfelspiel auf der Erde.

Unglücklicherweise wurden sie dabei von Christopher und Mrs. Eggleston überrascht, als diese eines Nachmittags eintrafen. Nicole und Higgins lagerten vor dem Kamin auf der Erde; der Teppich war etwas zurückgerollt, damit die Würfel auf dem glatten Boden besser rollen konnten. Nicole, die sich vorgebeugt hatte und gespannt Higgins letzten Wurf verfolgte, bemerkte zunächst nichts von der Ankunft der beiden. Als aber Christopher ein eisiges »Stören wir?« von sich gab, sprang Higgins schuldbewußt auf die Beine, murmelte, daß er sich wohl besser um das Gepäck kümmere, und verließ mit beachtlicher Geschwindigkeit den Raum.

Nicole machte keine Anstalten, aufzustehen; auf ihre Hände gestützt, blickte sie trotzig in Christophers empörtes Gesicht und murmelte: »Oh, Sie sind schon zurück? Schade, ich hätte das Spiel gern zu Ende gespielt. Ich habe nämlich gerade verloren und schulde Higgins über eine halbe Million Pfund.«

Christopher preßte die Lippen zusammen; fast hätte er laut herausgelacht über ihr unmögliches Benehmen, doch er beherrschte sich, zog sie hoch und sagte, an Mrs. Eggleston gewandt: »Sie sehen, Ihre Aufgabe wird nicht leicht sein.«

Mrs. Eggleston betrachtete das große schlanke Mädchen vor sich und begrub für immer alle Gedanken an die »kleine« Nicole. Das hübsche Kleid, das Nicole trug, und die gepflegte Lockenfrisur ließen Mrs. Eggleston hoffen, daß das Mädchen doch nicht zu sehr ein »Junge« war. Sie war dankbar dafür, daß Nicole wenigstens aussah wie eine Dame.

Den Kopf leicht zur Seite geneigt, sagte sie mit warmem Lächeln: »Hallo, liebe Nicole! Wer hätte damals, als wir uns in Ashland trennen mußten, geglaubt, daß wir uns eines Tages in diesem Land wiedersehen würden?«

Obwohl Mrs. Eggleston versuchte, es sich nicht anmerken zu lassen, erkannte Nicole doch, daß sie sehr müde von den Strapazen der Reise war. Schnell ging sie zu ihr, legte einen Arm um ihre Schulter und schlug vor: »Darf ich Ihnen Ihr Zimmer zeigen? Sie würden sicher gern Ihre Beine vor dem Kamin hochlegen.«

»O ja, das würde ich wirklich gern tun«, bekannte Mrs. Eggleston seufzend.

»Eine Tasse Tee wäre sicher auch nicht zu verachten«, fuhr Nicole fort.

»Gewiß nicht, liebe Nicole. Du bist sehr besorgt um mich.«

Christopher betrachtete die beiden mit gemischten Gefühlen. Er war jedoch froh, daß die zwei Frauen sich offensichtlich mochten, und auch erleichtert, daß sie Nicole nicht bei noch viel üblerem Treiben als dem Würfelspiel überrascht hatten. Higgins freilich sollte sich lieber eine gute Entschuldigung zurechtlegen. Wie leicht hätte der Anblick der beiden Spieler Mrs. Eggleston vor den Kopf stoßen und dadurch seinen ganzen Plan zunichte machen können!

Mrs. Eggleston, die jetzt, begleitet von Nicole, in ihr Zimmer ging, freute sich, daß Nicole nichts von ihrer herzlichen Spontaneität verloren hatte. Es war viel angenehmer, einen Schüler zu unterrichten, den man mochte, und Mrs. Eggleston mochte Nicole Ashford. Sie war überzeugt, ihr alles Notwendige beibringen zu können.

Auch Nicole war froh, daß der erste Schritt zu ihrer Rückkehr nach England so gut verlaufen war. Insgeheim hatte sie sich vor dem Wiedersehen mit Mrs. Eggleston gefürchtet, und sie wußte nicht, wie sie reagiert hätte, wenn Mrs. Eggleston sie wegen des Würfelspiels getadelt hätte.

Das Zimmer paßte wunderbar zu einer alten Dame; es war gemütlich eingerichtet, die Wände hatten einen warmen, rosa Anstrich. Ein dicker Teppich in zarten Pastellfarben bedeckte den Boden, mehrere zierliche Stühle standen in dem Raum verteilt, das einladende Bett war mit einer Decke in sehr blassem Rosa bedeckt.

Die fleißige Galena zündete rasch das Feuer an und fragte, nachdem sie Mrs. Eggleston aus dem Mantel geholfen hatte, ob sie etwas zu trinken wünsche.

Als Nicole sich vergewissert hatte, daß es Mrs. Eggleston an nichts fehlte, zog sie sich taktvoll zurück. »Wir sehen uns dann beim Essen«, sagte sie, um der alten Dame Zeit zu lassen, sich von der langen Reise zu erholen.

Wenig später saß Mrs. Eggleston mit hochgelegten Beinen, eine gute Tasse Tee in Händen haltend, vor dem Feuer. Sie war nicht ganz so zufrieden mit Christophers Geschichte, wie sie tat. Sie kannte ihn von Kindheit an und wußte genau, daß er log. Sicher stimmte einiges von dem, was er ihr erzählt hatte, doch sie wußte auch, daß er klug genug gewesen war, einige Fünkchen Wahrheit in seine Geschichte einfließen zu lassen.

Aber wo begann die Lüge?

Christopher wäre erstaunt gewesen, wie schnell Mrs. Eggleston die Möglichkeit in Betracht zog, daß er Nicole entehrt habe. Seufzend setzte sie ihre Tasse ab. Sie wollte nicht länger daran denken, daß er zu so etwas fähig sein konnte.

Doch irgend etwas war zwischen den zwei jungen Leuten, das spürte sie. Sie hatte sie beide schon in der Wiege gekannt. Mrs. Eggleston dachte an all die häßlichen Ereignisse in Beddington's Corner und wünschte sich zum tausendsten Mal, daß sie und der Colonel nicht verreist gewesen wären, als Annabelle ihre häßliche Geschichte erzählt hatte.

Vom ersten Augenblick an, als ihr die Gerüchte zu Ohren gekommen waren, hatte sie gewußt, daß diese nicht der Wahrheit entsprechen konnten. Wenn sie daran dachte, welch sanfter, sensibler Junge Christopher einmal gewesen und was für ein harter, verbitterter Mann nun aus ihm geworden war, wandte sich ihr Herz voll Haß gegen die tote Annabelle.

Ihr war immer klar gewesen, daß Annabelle eine gewissenlose Hure war, aber daß sie ihr Spiel so weit treiben würde, hätte sie bis zu jener Szene nicht für möglich gehalten. Doch das lag jetzt alles weit hinter ihnen. Jetzt waren Christopher und Nicole erwachsen, und vielleicht würde aus dieser seltsamen Begegnung der drei Menschen eines Tages noch etwas Gutes und Wertvolles erwachsen. Mit diesen hoffnungsvollen Gedanken nickte Mrs. Eggleston ein.

Christopher war zufrieden mit der bisherigen Entwicklung der Dinge – abgesehen von seinem Verhältnis zu Nick.

In der folgenden Woche hätte er sich wieder und wieder

verfluchen können wegen seines wachsenden Vorurteils Nick gegenüber. Notgedrungen mußte er sich immer wieder in ihrer Gesellschaft aufhalten. Dann saß er ihr gegenüber und bemühte sich krampfhaft, auch an der von Mrs. Eggleston gewünschten Konversation teilzunehmen, weil die alte Erzieherin das als wichtigen Punkt auf Nicks Weg zur Dame ansah.

Nicole war in Christophers Gegenwart meist steif und verklemmt, und Mrs. Eggleston belehrte sie dann: »Du mußt viel lockerer und entspannter in Gesellschaft eines Gentleman sein, meine Liebe. Benimm dich nicht so ... gekünstelt. Laß es uns noch einmal versuchen. Ihr trefft euch in der Halle, und Christopher begleitet dich herein und führt dich zu deinem Platz.«

So versuchten sie es wieder und wieder, bis Nicole sich endlich weniger steif und verkrampft benahm – doch Christophers Gegenwart war sie sich ständig auf schier unerträgliche Weise bewußt.

Erbittert wandte Nicole all ihre Energie auf, die vergangenen fünf Jahre vergessen zu machen. Sie lernte, freundlich und zurückhaltend zu lächeln, wenn sie Christopher begrüßte, lernte, eine höfliche Unterhaltung zu führen, während sie bei Tisch saßen, und unter Mrs. Egglestons behutsamer Führung erlernte sie die Feinheiten, die zu einer nachmittäglichen Einladung zum Tee gehörten. Auch ihre schulische Ausbildung wies Lücken auf. In der kurzen Zeit, die zur Verfügung stand, durfte man allerdings nicht erwarten, daß Nicole allzuviel neuen Stoff in sich aufnehmen konnte. Außerdem brauchte nach Mrs. Egglestons Meinung eine junge Dame nicht unbedingt klug zu sein; viel wichtiger waren Charme und Anmut, gutes Aussehen und gute Manieren.

Und bald schon war es für Nicole zur Selbstverständlichkeit geworden, die Dienste von Galena und Miss Mauer und den anderen Dienstboten in Anspruch zu nehmen. Nur selten sehnte sie sich noch nach der Freiheit, die sie früher genossen hatte. Auch die jetzige neue Lebensform hatte ihre Vorteile, und die Gegenwart von Mrs. Eggleston erleichterte ihr den Verkehr mit Christopher sehr. Je länger Nicole diese Übungen praktizierte, desto sicherer und natürlicher wurden ihre Umgangsformen, und bald schon hielt auch das gesellschaftliche Leben Einzug in Thibodaux House.

Einmal luden sie Hans und seine junge Frau zum Tee ein, und Nicole übte ihre Pflichten als Mündel des Gastgebers mit selbstverständlicher Würde und großem Charme aus. Auch als sie auf die Nachbarplantage zum Essen eingeladen waren, war sie trotz anfänglicher Nervosität ihrer Rolle in untadeliger Weise gewachsen.

Christopher verfolgte ihre Fortschritte halb bewundernd, halb feindselig, denn wenn er auch zufrieden darüber war, daß sie sich zu einer wirklichen jungen Dame entwickelte, so gefiel ihm doch das Tempo nicht, in dem sich diese Entwicklung vollzog. Sah ihn Nicole mit einem Lächeln an, das wirklich dem Lächeln entsprach, das ein Mündel seinem Vormund zu schenken hatte, fühlte er sich auf schmerzhafte Weise an Annabelles böses Komödienspiel erinnert. In Gegenwart anderer hatte auch Annabelle ihm gegenüber ein gleichgültiges Benehmen an den Tag gelegt, während sie sich, allein mit ihm, voll leidenschaftlicher Hingabe gezeigt hatte. Sie sind beide gleich, dachte er verächtlich.

In den Nächten jedoch, in denen er keinen Schlaf finden konnte, weil er daran denken mußte, wie Nicole – gar nicht so weit entfernt – in ihrem Bett lag, war er nicht mehr unbedingt dieser Meinung. Tagsüber konnte er sich hinter seiner zur Schau getragenen Gleichgültigkeit verbergen, doch die Nächte waren lang, und Schlaf kann man nicht erzwingen. Besonders schlimm war es, als Nicole das Tanzen und das Benehmen bei einem Ball lernen sollte, denn sie beim Tanz in den Armen zu halten bedeutete ihm Vergnügen und Qual zugleich.

Auch Nicole empfand Ähnliches; die Berührung seiner Arme, seiner Hände, ja, seines Körpers beim Tanzen bereitete ihr schier unerträgliche Qualen, doch zum Glück verwandte Mrs. Eggleston nicht allzuviel Zeit auf diese Tanzübungen.

Schließlich war der Tag gekommen, an dem Christopher, nach Rücksprache mit Mrs. Eggleston, beschloß, die gemeinsame Reise nach New Orleans anzutreten. Kurz nach ihrer Ankunft suchte er Jason Savage auf.

Ohne Umschweife kam Jason auf den ihn am meisten interessierenden Punkt zu sprechen. »Sie müssen Gedanken lesen können. Erst gestern sandte ich Ihnen ein Schreiben, in dem ich Sie bat, nach New Orleans zu kommen, falls Miss Ashford schon einigermaßen gesellschaftsfähig sein sollte. Ich nehme an, sie ist es.«

Christopher nickte. »Ich glaube, ja. Zumindest bin ich der Meinung, daß ihr nur noch ein allerletzter Schliff fehlt, den sie sich hier in der Stadt aneignen kann. Sie muß lernen, sich in der Gesellschaft zu bewegen und nicht alles nur mit Mrs. Eggleston und mir allein durchzuüben.«

»Ausgezeichnet! In Ihrer Abwesenheit habe ich ein paar Dinge organisiert, die hoffentlich Ihren Beifall finden werden. Eine Sache allerdings habe ich vorher nicht mit Ihnen besprochen und ich hoffe, Sie halten mich deshalb nicht für eigenmächtig.«

Christopher sah ihn aufmerksam an und fragte ruhig: »Worum handelt es sich?«

Die beiden Männer saßen sich in der Bibliothek in Jason Savages Haus gegenüber. Jason ergriff einen Bogen Papier und reichte ihn Christopher.

Der Brief war kurz, und Christopher brauchte nur wenige Augenblicke, um seinen Inhalt zu erfassen. Mit völlig ausdrucksloser Miene stellte er fest: »Ich soll also als inoffizieller Vertreter der Vereinigten Staaten reisen. Darf ich fragen, wie es Ihnen gelungen ist, Monroes Einwilligung zu erwirken?«

Lächelnd lehnte sich Jason in seinem Sessel zurück. »Ich erklärte, daß ich gern meinen eigenen Stellvertreter nach England senden würde, der mich über die augenblickliche Lage auf dem laufenden hält, und daß dieser viel effektiver arbeiten kann, wenn er im staatlichen Auftrag reist. Und wie Sie sehen, hat sich der Staatssekretär meiner Auffassung angeschlossen.«

Christopher erwiderte nachdenklich: »Bis zu einem gewissen Grad sehe ich ein, daß dieser Weg besser ist als mein ursprünglicher Plan – wenn man davon absieht, daß ich dann von vornherein als ins amerikanische Lager gehörig abgestempelt bin. Vorher hätte man das nur vermuten können. Mit diesem Empfehlungsschreiben des Staatssekretärs der Vereinigten Staaten jedoch gibt es keinen Zweifel mehr, auf welcher Seite ich stehe.«

»Ja, das ist mir durchaus klar. Doch das ändert unsere Pläne in keiner Weise. Es kann nur eine Hilfe sein, den schwachen Punkt in unserem Projekt zu stärken. Ihre Aufgabe wird nach wie vor die gleiche sein.«

»Da stimme ich Ihnen zu«, meinte Christopher ruhig. »Ein offizieller Auftrag wird meinen Weg ebnen, und wenn die Engländer glauben, daß ich wirklich nur ein Beobachter bin, werden sie nicht erstaunt sein, wenn ich gewisse Fragen stelle. Und wenn ich das geschickt mache, werden sie keinen Verdacht schöpfen. Diese Empfehlungsschreiben, die Monroe erwähnt, können meine Aufgabe erleichtern und erschweren zugleich.«

»Ich bin sicher, Sie werden, je nach Lage, das Richtige tun«, bemerkte Jason.

»Vielleicht kann ich sogar noch zusätzlichen Nutzen daraus ziehen – schließlich bin ich es gewöhnt, den Engländern ein Schnippchen zu schlagen.«

»Es wird Sie auf jeden Fall als Begleiter und Vormund von Nicole Ashford glaubwürdiger machen.«

»Ja, das stimmt«, antwortete Christopher nur, und Jason wunderte sich über den Mangel an Begeisterung in seiner Stimme.

Das Thema wechselnd, sagte Jason: »Da Sie gerade erst angekommen sind, glaube ich nicht, daß Sie Lafitte schon aufgesucht haben.«

»So ist es«, erwiderte Christopher.

»Dann wissen Sie das Neueste noch nicht, Saxon?«

»Was?«

»Lafitte ist diesmal ein wenig zu weit gegangen. Es wurde eigens ein Staatsbeamter, ein gewisser Mr. Stout, mit einem Regierungstrupp von zwölf Mann zu ihm geschickt, um eine gewisse Transaktion zu stoppen. Unglücklicherweise fiel der

Trupp Lafittes Mordbuben in die Hände. Mr. Stout und zwei seiner Männer wurden getötet. Die übrigen zehn hält Lafitte jetzt in seinem Gefängnis in Grand Terre gefangen. Wie Sie sich vorstellen können, ist der Gouverneur außer sich vor Wut, und ich muß sagen, ich kann ihn verstehen. Lafittes Aktionen sind eine Schande für New Orleans und Louisiana.«

»Es gibt Leute, die anderer Meinung sind.«

Jason sah ihn scharf an. »Sie auch?«

Christopher verzog spöttisch den Mund. »O nein, ich nicht«, murmelte er. »Ich habe ihn gewarnt, daß seine Zeit vorüber ist, doch ich stieß bei ihm auf taube Ohren.«

»Es ist ein Jammer. Jean Lafitte besitzt viele bewundernswerte Eigenschaften.« Jason hielt inne, um zögernd hinzuzufügen: »Wären Sie bereit, zu ihm zu gehen und ihn zu überreden, die Gefangenen freizulassen?«

»Ich habe diese Frage fast erwartet«, antwortete Christopher.

»Würden Sie es tun?«

Christopher zuckte die Schultern. »Ich habe ohnehin geschäftlich in Grand Terre zu tun, also mache ich es. Ich kann Ihnen aber keinen Erfolg versprechen – nein, wirklich nicht.«

»Das muß uns genügen«, meinte Jason nicht gerade begeistert.

Christopher wollte sich erheben, doch Jason bedeutete ihm mit einer Handbewegung, noch zu bleiben. »Wir sind noch nicht fertig. Das Wichtigste steht noch aus. Ich habe mit dem Kapitän eines holländischen Schiffes verhandelt. Er ist bereit, in etwa zehn Tagen mit Ihnen nach England aufzubrechen. Das Schiff ist die ›Scheveningen‹. Ich kenne es und auch den Kapitän sehr gut. Ihre Reise wird unter den witterungsbedingten Umständen so angenehm wie möglich verlaufen.«

»Sie lassen mir nicht viel Zeit für meinen Besuch bei Lafitte, nicht wahr?«

»Ihre Reise nach England ist wichtiger. Wenn es Ihnen zu viele Umstände macht, Lafitte aufzusuchen, verzichten Sie besser darauf und treffen weiter Ihre Reisevorbereitungen.«

Christopher blickte ihn abschätzend an. »Meinen Sie, daß

Sie und Ihre Frau bereit wären, Nicole und Mrs. Eggleston unter Ihre Fittiche zu nehmen, während ich in Grand Terre bin? Die beiden kennen niemanden hier in New Orleans, und Nicole braucht gesellschaftlichen Kontakt.«

Jason warf ihm einen halb belustigten, halb ärgerlichen Blick zu. Dann entgegnete er in spöttischem Ton: »Sie verstehen sich gut darauf, Ihre Vorteile aus der Situation zu ziehen. Ja, verdammt noch mal, Catherine und ich würden uns um Nicole kümmern.«

Grinsend erhob sich Christopher. »Nicole wird Ihrem Ansehen in der Gesellschaft von New Orleans nicht schaden. Sie sollten sie allerdings nicht mit Glücksspielern in Berührung kommen lassen – sie scheint des öfteren mit meiner Dienerschaft gespielt zu haben.«

Jason schloß entsetzt die Augen bei der Vorstellung, wie Nicole die ausschließlich für Männer bestimmten Spielsalons stürmte. »Kommen Sie mit Nicole und Mrs. Eggleston heute abend zum Essen zu mir. Danach werde ich wissen, ob ich es wagen kann, sie bei mir aufzunehmen«, sagte er seufzend.

»Sehr liebenswürdig«, erwiderte Christopher erfreut. »Wann erwarten Sie uns?«

»So gegen sieben. Ich hoffe, daß meine Frau es mir nicht übelnimmt, so kurzfristig Gäste in Kauf nehmen zu müssen. Auf Wiedersehen.«

Leise vor sich hinpfeifend, ging Christopher zu seinem Haus zurück, wo er sich zu den beiden Damen gesellte, die sich in dem kleinen Salon neben dem Hof aufhielten.

Ein kleines Feuer im Ofen sollte die Feuchtigkeit vertreiben, die sich im Winter in den Häusern von New Orleans einzunisten pflegte. Nicole stand an der Verandatür und starrte auf den sonst so einladend aussehenden Hof hinaus, während Mrs. Eggleston über eine Handarbeit gebeugt saß. Beide Damen blickten auf, als Christopher eintrat, und Nicole, die ihn beobachtete, als er auf Mrs. Eggleston zuging und sich neben ihr auf einen Stuhl setzte, ärgerte sich, daß schon sein bloßer Anblick ihr Blut in Wallung brachte. Sie verachtete sich wegen dieser Schwäche und wünschte inständig, er sollte schielen oder ein pockennarbiges Gesicht haben. Vielleicht wäre sie dann in der Lage gewesen, sich der starken Anziehungskraft, die er auf sie ausübte, zu entziehen. Widerwillig gestand sie sich ein, daß er seit Mrs. Egglestons Ankunft stets höflich zu ihr gewesen war und sie mit untadeliger Korrektheit behandelt hatte. Wenn sie nur vergessen könnte, wie sie in seinen Armen gelegen und er ihr die höchsten Wonnen der Lust bereitet hatte. Wäre sie noch immer das unberührte Mädchen gewesen, für das Mrs. Eggleston sie hielt, würde es nicht so weh tun. Doch jetzt, wo sie den Zauber seines Kusses erfahren hatte, bedeutete es eine unermeßliche Qual für sie, daß er sie fast wie eine Fremde behandelte. Aber was kann ich schon anderes von ihm erwarten? dachte sie traurig.

Christopher sah sie voll Bewunderung an. Das blaue Kleid unterstrich ihre schlanke Figur, ihre Haare fielen in kleinen Locken bis zu ihren Schultern hinunter. Er beobachtete sie unter halbgesenkten Lidern hervor und fragte sich, wie sie wohl die Neuigkeiten, die er für sie hatte, aufnehmen würde.

Kaum ein Muskel regte sich in ihrem Gesicht, als er von der Abendeinladung zu den Savages berichtete, doch als er hinzufügte, daß sie in etwa zehn Tagen ihre Reise nach England antreten würden, sah sie ihn erschrocken an.

»In zehn Tagen?« wiederholte sie mit dünner Stimme. »Werden wir bis dahin fertig sein?«

»Aber ja, meine Liebe«, meinte Mrs. Eggleston ermunternd. »Du hast nichts zu befürchten. Da Mr. und Mrs. Savage sich bereit erklärt haben, uns in die Gesellschaft von New Orleans einzuführen, wirst du noch reichlich Gelegenheit haben, deine Manieren zu vervollkommnen.« Lächelnd fügte sie hinzu: »Falls das überhaupt noch nötig ist.«

»Wenn Sie meinen«, entgegnete Nicole unsicher.

Das Essen bei den Savages verlief sehr erfreulich. Catherine, Savages Frau, die in ihrem blaßlila Kleid, welches das Veilchenblau ihrer Augen noch vertiefte, ganz bezaubernd aussah, verwickelte Mrs. Eggleston sofort in ein angeregtes Gespräch. Anfangs fühlte Nicole sich entsetzlich unsicher und befangen, doch bald schon beteiligte auch sie sich ungezwungen an der Unterhaltung.

Während die Herren nach dem Essen bei einem Brandy und einer Zigarre beisammen saßen, führte Catherine die beiden Damen in einen geräumigen Salon, dessen Einrichtung ganz in Goldtönen gehalten war.

Zu gern hätte sie gewußt, welcher Art die Beziehung zwischen Christopher und Nicole wirklich war. Was für ein schönes Mädchen sie doch ist, dachte sie mit einem leichten Anflug von Neid, den sie gar nicht nötig hatte.

Als die Gäste gegangen waren und Catherine bei der abendlichen Toilette war, unterhielt sie sich mit Jason über Nicole. Jason trug einen grünen Hausmantel. Voll Bewunderung betrachtete er seine hübsche Frau, die vor dem Spiegel saß und ihre schwarzen Locken bürstete, die fast bis zu ihrer schlanken Taille reichten. Er war so versunken in den bezaubernden Anblick, den sie bot, daß er ihren Worten kaum Beachtung schenkte, bis sie in besorgtem Ton sagte: »Nicole Ashford ist eines der hübschesten Mädchen, die mir je begegnet sind, und ich hoffe nur, daß Christopher Saxon sie gut behandelt. Ich möchte nicht, daß man ihr weh tut – Männer können so gedankenlos sein.«

Schnell trat Jason neben sie, zog sie in seine Arme und sagte ein bißchen vorwurfsvoll: »Ich dachte, du hättest deine Meinung über mich inzwischen geändert.«

»Das habe ich auch, Liebling. Trotzdem weiß ich noch, wie unglücklich du mich früher gemacht hast. Ich wünsche ihr nicht, daß sie auch solche Qualen erleiden muß.«

Jason zuckte seine breiten Schultern. »Damit müssen die beiden selbst fertig werden. Mich interessierst nur du.« Er blickte in ihr zartes Gesicht und murmelte mit heiserer Stimme: »Ich liebe dich, Catherine, sehr! Und jetzt möchte ich nichts anderes als dich besitzen.« Er neigte den Kopf und küßte sie leidenschaftlich, und Catherine schob alle Gedanken an Nicole Ashford beiseite und gab sich ihrem Mann hin.

20

Noch bevor die Insel in Sicht kam, fühlte Christopher die veränderte Atmosphäre. Instinktiv spürte er, daß man ihn in seinem kleinen Boot vom dichtbewachsenen Ufer aus beobachtete, spürte er die Bedrohung, die in der Luft lag, obwohl die Insel sich äußerlich nicht verändert hatte.

Er hatte seinen eleganten Anzug gegen die Uniform Kapitän Sabers umgetauscht und sich seit zwei Tagen nicht mehr rasiert.

Niemand hielt ihn auf, als er auf Lafittes Haus zuging, doch noch immer spürte er, daß er beobachtet wurde. Die Piraten schienen sich seit dem Angriff auf die Männer des Gouverneurs nicht mehr sicher zu fühlen. Sie gingen zwar nach wie vor ihren Vergnügungen nach, wie Christopher aus den Schreien und dem Gelächter schließen konnte, die aus den Bordellen und Spielkasinos an seine Ohren drangen, es lagen auch nicht weniger Schiffe als sonst in der Bucht, doch unverkennbar hing eine feindselige Atmosphäre über der Insel.

Vor dem Gefängnis patrouillierten Wachtposten, und für Christopher bestand kein Zweifel, daß Stouts Leute dort gefangengehalten wurden. Bewaffnete Männer, unter ihnen Dominique You, begegneten ihm auch auf seinem Weg zu Lafittes Haus, doch wiederum hielt ihn niemand auf, da die meisten ihn wohl noch als Kapitän Saber kannten.

Lafitte begrüßte ihn lebhaft, doch er wirkte wachsam. Christopher war klar, daß es unter diesen Umständen sinnlos war, höfliche Konversation zu machen, und fragte mit kühlem Gesichtsausdruck: »Du weißt, warum ich hier bin?«

Lafitte zuckte die Achseln. »Aber natürlich, mon ami. Es kann nur einen Grund für deine Rückkehr ausgerechnet zu diesem Zeitpunkt geben – es sei denn, du willst lediglich zu diesem Spion von der ›Belle Garce‹.«

Christopher schüttelte verneinend den Kopf, worauf Lafitte sagte: »Du möchtest also auf mich einreden, daß ich die Männer des Gouverneurs freilasse?«

»Gibt es irgend etwas, was du nicht sofort erahnst?« antwortete Christopher mit einer Gegenfrage und riskierte dabei ein Lächeln.

Lafittes Augen waren hart, als er entgegnete: »Es gibt allerhand, was ich nicht weiß. Zum Beispiel weiß ich nicht, wieweit du auf der Seite Clairbornes stehst, mon ami.«

Christophers Lächeln war verschwunden, als er zornig antwortete: »Bist du verrückt, Jean? Du wirst mich doch nicht in solchem Verdacht haben?«

Lafitte zuckte die Schultern. »Warum nicht? So etwas soll schon vorgekommen sein.«

Christopher betrachtete ihn forschend; er war sich plötzlich nicht mehr sicher über seine Einstellung zu diesem Mann. Lafitte erwiderte seinen Blick, doch seine schwarzen Augen verrieten nichts von seinen Gedanken. Schließlich erklärte Christopher ruhig: »Wenn du das von mir denkst, habe ich nichts mehr zu sagen.« Er wartete einen Augenblick, und als Lafitte nichts erwiderte, stand er auf und sagte: »Ich gehe.«

Lafitte brummte: »Setz dich. Was willst du?«

»Das habe ich dir schon gesagt.«

»Du möchtest, daß ich die Gefangenen freilasse. Warum?«

»Weil das klug von dir wäre. Du hast das Gesetz gebrochen, Jean – und du brichst es noch immer. Du kannst dem Gouverneur nicht verübeln, wenn er versucht, deine Aktivitäten zu bremsen.«

Wütend sprang Lafitte auf. »Wie kannst du so etwas sagen! Welches Gesetz habe ich gebrochen? Ein Gesetz, das von deinen vollgefressenen amerikanischen Geschäftsleuten verabschiedet wurde, damit sie eine Monopolstellung einnehmen können! Ich schere mich so viel um dieses Gesetz!« brüllte Lafitte und schnippte mit den Fingern. »Meine Ware ist besser, und ich verkaufe sie billiger – und damit verstoße ich gegen das Gesetz? Sag mir, warum die Amerikaner bevorzugt werden sollen, und warum ich Einfuhrsteuern für meine Waren bezahlen soll?«

Grimmig erwiderte Christopher: »Ich bin nicht hier, um darüber mit dir zu diskutieren. Ich will dich dazu überreden, die Leute des Gouverneurs freizulassen.«

»Warum sollte ich?« antwortete Lafitte düster. »Sie sind wunderbare Geiseln.«

»Du bist ein Narr, das zu glauben!« erklärte Christopher eindringlich. »Hör zu, Jean, dieses Mal bist du zu weit gegangen. Du hast drei in Staatsdiensten stehende Männer getötet. Glaubst du, Claiborne wird das hinnehmen? Er wird alles tun, um dich zu vernichten. Wenn du die Männer freiläßt, werden sich die Gemüter vielleicht wieder beruhigen, und man wird eventuell annehmen, du seist doch kein gewöhnlicher Pirat, der jeden, der ihm im Weg steht, umbringt oder gefangennimmt.«

Lafitte blickte ihn listig an. »Ich glaube nicht, daß Claiborne mit seinen Forderungen weit kommt«, sagte er. »Gold, in den richtigen Taschen, wird gewisse Leute in der Regierung taub für Claibornes Bitten machen, mon ami.«

Aufgebracht erwiderte Christopher: »Sehr gut, versuch es zur Abwechslung einmal mit Bestechung! Aber ich warne dich, Jean. Deine Zeit ist vorbei. Recht und Gesetz gewinnen immer mehr an Bedeutung. Du bist ein verdammter Narr, nicht zu erkennen, daß die öffentliche Meinung sich mehr und mehr gegen dich wendet.«

»Pah! Was verstehst du davon? Sie reißen sich noch immer um meine Ware. Trotz Stouts dummen Einschreitens war meine letzte Transaktion ein Riesenerfolg. Bis jetzt verschiffe ich noch immer Tag für Tag meine Schmuggelware über Donaldsville und finde genügend Käufer – Käufer, die nicht bereit sind, die überhöhten Preise der ehrenwerten Geschäftsleute zu bezahlen. Auch in einem öffentlichen Wettbewerb würde sich zeigen, wessen Ware die Käufer bevorzugen.«

Erregt sprang Christopher auf. »Meinetwegen, Jean – aber ich wiederhole, ich bin hier, um dir diese Gefangenen zu entreißen, verstehst du? Komm zur Vernunft!«

Lange Zeit blieb Lafitte die Antwort schuldig. Er schien angestrengt nachzudenken und die Vor- und Nachteile einer Freilassung der Geiseln gegeneinander abzuwägen. Schließlich sagte er: »Also gut, du sollst deinen Willen haben.«

»Können wir noch heute aufbrechen?« fragte Christopher zupackend.

Lafitte zuckte die Schultern. »Wenn du es willst. Ich werde dir drei kleine Boote zur Verfügung stellen. Einige der Gefangenen sind, bis auf ein paar Schrammen, unverletzt und werden in der Lage sein, zu rudern. Als Zeichen meines guten Willens werde ich euch auch noch Proviant mitgeben. Meine Leute werden euch bis kurz vor die Stadt begleiten, wenn du nichts dagegen hast.«

Doch, Christopher hatte etwas dagegen, aber er wußte, daß Lafitte seine Einwände nicht akzeptieren würde. Er hoffte nur, daß Lafittes Männer ihnen unterwegs nicht die Kehle durchschneiden würden, und erwiderte reserviert: »Nein, ich habe nichts dagegen.«

Lange Zeit sahen sie sich schweigend an. Nach so vielen Jahren aufrichtiger Freundschaft standen sie sich zum ersten Mal in feindlichen Lagern gegenüber. Es war Lafitte, der schließlich das Schweigen brach. »Es ist ein Jammer, daß unsere Beziehung so enden muß. Aber ich vertraue dir, mein Freund, daß du mich nicht hintergehen wirst.«

Christopher antwortete nicht. Genausogut wie Lafitte wußte er, daß nichts und niemand die Bande, die sie jahrelang verbunden hatten, würde zerreißen können.

»Was ist mit Allen Ballard?« fragte Lafitte plötzlich in das bedrückende Schweigen hinein.

Christopher zuckte mit den Schultern. »Es wäre mir lieb, wenn du ihn noch in deinem Gefängnis verwahren würdest.«

Lafitte nickte. »Gut.«

Christopher fuhr fort: »Du kannst ihm die Ketten abnehmen lassen, aber vergewissere dich, daß er nicht entfliehen kann. Ich werde in einer Woche nach England reisen. Falls ich im September noch nicht zurück bin, kannst du ihn freilassen.«

Lafitte sah ihn überrascht an. »Freilassen? Einen Spion?«

Mit ausdruckslosem Gesicht erwiderte Christopher: »Ja, ich habe es versprochen. Wir haben nicht mehr viel zu befürchten von ihm. Die Informationen, die er besitzt, werden dann überholt und nutzlos sein.«

»Du hast dich wirklich verändert, mein Freund. Es gab mal eine Zeit, da hättest du ihn, ohne mit der Wimper zu zucken, aufhängen lassen.«

»Vielleicht. Vielleicht schmeichelt es aber auch meiner Eitelkeit, mich großmütig zu zeigen und ihn laufen zu lassen.«

Lafitte winkte ab. »Schon gut. Ich werde deinem Wunsch nachkommen.«

Es gab nichts mehr, was einen längeren Aufenthalt auf Grand Terre notwendig gemacht hätte. Christopher erhob sich also und sagte: »Wenn du nichts dagegen hast, möchte ich so schnell wie möglich aufbrechen.«

Sie verabschiedeten sich kurz voneinander, und zwei Stunden später befand Christopher sich mit den Gefangenen und Lafittes Eskorte auf dem Weg nach New Orleans.

Die Fahrt verlief ohne Probleme, doch war es Christopher unmöglich zu schlafen. Er traute den hartgesottenen Männern Lafittes, von denen sie begleitet wurden, nicht über den Weg. Und auch die Gefangenen bereiteten ihm Sorgen; drei oder vier von ihnen waren schwer verletzt, die anderen sehr schwach; so konnte er nur hoffen, daß keiner von ihnen sterben würde, bevor sie die Stadt erreichten.

Doch alle überstanden die Reise, und Christopher atmete erleichtert auf, als ihre unfreiwillige Eskorte sie ein paar Meilen vor New Orleans verließ. Bald darauf steuerten sie den schmalen Landungssteg an, in dessen Nähe das Lagerhaus lag, bei dem Christopher sich mit Jason treffen wollte.

Mit einem großen Satz sprang Christopher auf den Steg und bemerkte sofort die kleine Gruppe von Männern, die von dem halbverfallenen Lagerhaus her auf sie zukam. An ihrer Spitze erkannte er Jason und zu seiner Überraschung auch Daniel Patterson, der in seiner eleganten Marineuniform in dieser schmutzigen Gegend ziemlich deplaciert wirkte. Christopher war sich nicht im klaren darüber gewesen, wie die Übergabe vonstatten gehen sollte, doch die Tatsache, daß Patterson hier war, erfüllte ihn mit bösen Vorahnungen. Jason nahm ihn rasch beiseite und murmelte: »Patterson ist nicht sehr erfreut über die Art und Weise, wie ich die Dinge in die Hand genommen habe. Ich würde zu gern wissen, wie er uns auf die Schliche gekommen ist. Mir scheint, die Geheimagenten der Marine sind nicht ganz so nutzlos, wie ich bisher angenommen habe.«

Er hielt einen Augenblick inne und fuhr dann noch leiser fort: »Ich habe wichtige Neuigkeiten für Sie – Sie segeln am Donnerstag, also übermorgen. Aber genug davon jetzt, ich werde es Ihnen später erklären. Sagen Sie mir, wie die Dinge stehen.«

Pattersons Leute waren gerade dabei, den Gefangenen an Land zu helfen. Ein paar konnten den Steg ohne fremde Hilfe erklimmen; die anderen, die nicht in der Lage waren, zu gehen, wurden auf Tragbahren gelegt und fortgeschafft.

Christopher beobachtete die Szene und sagte dabei: »Es ging, so gut ich es erwarten konnte. Lafitte liefert die Leute als Beweis seines guten Willens aus, um zu demonstrieren, daß er alles nur getan hat, um – wie jeder andere gute Geschäftsmann – seine Geschäfte zu schützen.«

»So einfach ist das nicht, und Lafitte weiß das auch verdammt genau«, knurrte Jason erbittert.

Christopher zuckte nur die Schultern, doch bevor er noch etwas erwidern konnte, sah er Patterson mit verschlossenem Gesicht auf sich zukommen.

Commodore Daniel T. Patterson war ein ernster Mann. Seine förmliche Begrüßung ließ erkennen, daß er vom eigenmächtigen Vorgehen Jasons und Christophers nicht sehr erbaut war.

»Ich möchte mit Ihnen reden«, sagte er zu Christopher.

Es war eher ein Befehl als eine Bitte, und Christopher, welcher der ganzen Angelegenheit langsam überdrüssig zu werden begann, fragte knapp: »Jetzt?«

»Ja, jetzt!« fauchte Patterson.

Christopher warf Jason einen fragenden Blick zu, doch in der Dunkelheit konnte er dessen Gesichtsausdruck nicht erkennen, und er gewann mehr und mehr den Eindruck, daß Jason ebenso interessiert war an dem, was er zu sagen hatte, wie Patterson.

Resigniert aufseufzend erklärte er daher: »Also gut, bringen wir es hinter uns. Ich habe in den letzten beiden Tagen kaum geschlafen, und meine Verfassung ist nicht die beste. Aber wenn Sie darauf bestehen ...«

Als sie das Lagerhaus betraten, schlug ihnen feuchte, muffige Luft entgegen, die mit dem schwachen Duft von vor Jahren eingelagerten Gewürzen vermischt war. Das hölzerne Gebäude war leer, und ihre Schritte hallten dumpf von den hohen Wänden wider. Patterson führte sie in einen Raum, der früher wohl einmal das Büro gewesen war. Der Raum war leer bis auf zwei morsche Stühle und einen häßlichen, rissigen Schreibtisch. Eine auf dem Schreibtisch stehende Laterne warf ein schwaches Licht in den Raum, und Christopher fragte sich, ob er nicht der größte Narr sei, den es auf der Welt gab. Den angebotenen Stuhl lehnte er ab und lehnte sich statt dessen mit vor der Brust verschränkten Armen gegen die Wand, während er Patterson, der die Tür hinter ihnen schloß, wachsam aus schmalen Augen beobachtete.

Mit einer Selbstverständlichkeit, die erkennen ließ, daß er schon des öfteren hier gewesen war, öffnete Jason eine der Schreibtischschubladen und nahm drei schmierige Gläser und eine Flasche billigen Whisky heraus.

Mit ironischem Grinsen sagte Jason: »Ich hoffe, Sie entschuldigen die Qualität des Whiskys. Doch die Bewohner dieses Viertels bevorzugen die härteren Sorten. Mögen Sie, meine Herren?«

Patterson schüttelte den Kopf; er wollte ihrem Gespräch keinen vertraulichen Charakter geben. Christopher verwarf den Gedanken, daß der Whisky möglicherweise verdorben sein könnte, und mehr, um Patterson zu ärgern, als aus seinem Bedürfnis nach Schnaps nickte er und sah zu, wie Jason für ihn und sich selbst zwei Gläser vollschenkte.

Er wartete, bis Jason an seinem Glas genippt hatte, bevor er selbst auch einen Schluck zu sich nahm. Dann sah er die beiden Männer forschend an. Wieviel hat Patterson herausgefunden, und wieviel hat Jason ihm erzählt, fragte er sich. Es war offensichtlich, daß Patterson ihn so ziemlich auf eine Stufe mit dem berüchtigten Lafitte stellte, und Patterson richtete auch genau die Fragen an ihn, die zu erwarten waren: »Wie groß ist Lafittes Streitmacht? Über wieviel Munition verfügt er? Auf welcher Route befördert er seine Ware in die Stadt? Wie viele Schiffe liegen in der Bucht von Grand Terre?«

Die Fragen schienen kein Ende zu nehmen, doch auf alle schüttelte Christopher nur mit ausdruckslosem Gesicht den Kopf und murmelte: »Ich weiß es nicht. Ich habe sie nicht gezählt, und es interessiert mich auch gar nicht. Sie verschwenden Ihre Zeit, und die meine auch.«

Jason schien sich für nichts als den Inhalt seines Glases zu interessieren; er starrte es an, als enthielte es die Antwort auf alle Fragen, die Patterson stellte. Die Zeit verging, und als Christopher unergiebig blieb, verlor Patterson die Geduld und schrie: »Antworten Sie, verdammt noch mal, oder ich lasse Sie einsperren! Dann werden wir ja sehen, wie sehr Sie das alles interessiert!«

»Ich habe genug von Ihnen, Patterson«, erwiderte Christopher mit sanfter Stimme. »Sperren Sie mich ein, wenn Sie es wagen. Sollten Sie dumm genug sein, das zu tun, kann ich Ihnen versprechen, daß Sie mich binnen achtundvierzig Stunden in der Metairie Road zum Duell wiedersehen werden.«

Patterson erbleichte, doch bevor er etwas erwidern konnte, mischte sich Jason ein. »Laß es gut sein, Daniel«, sagte er ruhig. »Du hast keinerlei Beweise gegen ihn – und immerhin hat er die Freilassung der Gefangenen erwirkt.«

»Ich habe das nicht vergessen«, erwiderte Patterson steif, »aber auch nicht, daß er recht intime Beziehungen zu diesem Gesetzlosen unterhalten hat. Er könnte uns in die Lage versetzen, dem infamen Treiben der Gebrüder Lafitte ein Ende zu setzen, wenn er wollte.«

»Da stimme ich dir zu«, antwortete Jason seufzend. »Aber ich habe dir auch angekündigt, daß Mr. Saxon ein sehr eigenwilliger Mann ist.«

Christopher stieß sich von der Wand ab, stellte sein Glas auf den Schreibtisch und fragte: »Darf ich jetzt gehen?«

»Nein«, erwiderte Jason. »Patterson ist zwar fertig mit Ihnen, aber ich noch nicht. Langsam frage ich mich, wie ich so leichtsinnig sein konnte, einem Mann wie Ihnen eine solch wichtige Aufgabe zu übertragen.«

Pattersons Gesichtsausdruck ließ keinen Zweifel daran, was er von Christopher hielt. Er verabschiedete sich kurz von Jason und verließ, ohne Christopher noch einmal eines Blickes zu würdigen, das Lagerhaus.

Als Christopher mit Jason allein war, erklärte er, ihn kalt und abweisend ansehend, geradeheraus: »Das hat mir gar nicht gefallen. Weder diese Ausfragerei noch, daß Patterson überhaupt in Erscheinung getreten ist.«

Jason mied seinen Blick. »Sie können es ihm nicht verübeln, wenn er versucht, soviel wie möglich über Lafitte in Erfahrung zu bringen.«

Im nachhinein kam Christopher diese ganze Episode wie ein Test vor – Jason wollte vielleicht – im Zusammenwirken mit Patterson – herausfinden, ob er in der Lage war, die Freilassung der Geiseln zu erwirken, andererseits aber auch, wie es um seine Loyalität Jean Lafitte gegenüber stand.

»Das Ganze hätte auch ein Täuschungsmanöver sein können«, sagte Christopher schließlich aus seinen Gedanken heraus.

Auf Jasons erstaunten Blick fügte er hinzu: »Jean und ich hätten gemeinsame Sache machen können. Er hätte die Gefangenen freilassen können, nur damit Sie mir noch mehr Vertrauen schenken.«

Jason blickte ihn frostig an. »Glauben Sie, daß ich daran nicht auch gedacht habe? Ich gebe sogar zu, daß ich mir noch immer kein rechtes Bild von Ihnen machen kann. Ich werde erst wieder ruhig schlafen können, wenn ich Sie auf dem Weg nach England weiß, denn ich traue Ihnen nicht ganz, was Lafitte betrifft.«

»Dann überrascht es mich, daß Sie mich überhaupt nach England schicken«, erklärte Christopher grinsend. »Oder haben Sie Ihre Pläne geändert?«

»Seien Sie nicht albern. Natürlich nicht. Das kann ich ja

nun nicht mehr, auch wenn mir Ihre Beziehungen zu Lafitte zu denken geben«, erwiderte Jason gereizt. Dann erhellte ein plötzliches Lächeln sein Gesicht; er bot Christopher einen weiteren Drink an und sagte: »Genug davon. Lassen Sie uns über Ihre Reise nach England reden.«

Christopher stimmte bereitwillig zu; er trank den zweiten Whisky, auch wenn er sich fragte, wie dieses Teufelsgebräu seinem leeren Magen bekommen werde. »Sie erwähnten vorhin, daß der Reisetermin vorgezogen worden ist?«

»Ja, auf übermorgen. Ich wollte es Ihnen schon bei unserem letzten Treffen sagen, wurde jedoch umgestimmt, als ich erfuhr, daß Monroe das englische Angebot direkter Verhandlungen akzeptiert hatte.«

»Hmm. Meiner Meinung nach hätte er das schon viel früher tun sollen. Jetzt werden die Engländer versuchen, noch soviel wie möglich zu gewinnen, bevor der Frieden geschlossen wird.«

»Das befürchte ich auch. Um so wichtiger ist es jetzt, jemanden in England zu haben, der auf unserer Seite steht.«

»Haben wir keinen offiziellen Repräsentanten?« fragte Christopher.

»Nur einen Mann namens Reuben Beastly. Er tritt für unsere Kriegsgefangenen ein. Ich glaube, Monroe hat auch an ihn ein Empfehlungsschreiben beigefügt. Und dann gibt es noch den jungen Sekretär von Albert Gallatin, der sich in London aufhält. Ich glaube, er beobachtet die allgemeine Stimmung und berichtet Gallatin darüber. Ebenso wie Sie, nein, noch mehr als Sie, hält er sich als Privatperson in England auf – er besitzt keine Empfehlungsschreiben des Staatssekretärs.«

»Werde ich ihn treffen?«

»Nein. Ich glaube nicht, daß er uns irgendwie von Nutzen sein kann, doch ich werde Ihnen später noch genauere Informationen über ihn geben.«

Zum drittenmal wurde Whisky eingeschenkt, und während Christopher wieder sein Glas leerte, wurde ihm klar, daß er sehr bald betrunken sein würde, wenn er noch länger blieb.

Doch Jason schien es nicht eilig zu haben, die Unterhaltung zu beenden, denn er erklärte amüsiert: »Ich muß Ihnen zu Ihrem Mündel gratulieren.«

Mißtrauisch und voll böser Ahnungen wiederholte Christopher: »Gratulieren?«

»Ja. Sie sagten, sie würde mich nicht blamieren. Nun, sie hat es nicht getan, obwohl sie mich im Kartenspiel geschlagen hat – sie spielt sehr gut. Übrigens ist es sehr bedauerlich, daß Sie am Donnerstag abreisen, denn die Freier werden vor Ihrem Haus Schlange stehen. Nicoles Manieren sind ausgezeichnet. Wir waren beim Gouverneur zum Abendessen eingeladen, und Claiborne zeigte sich ganz hingerissen von ihr – aber nur platonisch, wenn Sie verstehen, was ich meine. Er ist seiner Frau treu ergeben. Wir waren auch in der Oper. Die Aufführung selbst war gar nicht so besonders, Nicole hingegen war ein durchschlagender Erfolg. Ich hatte Angst, ich müßte uns unseren Weg freischießen.«

Ein seltsames Glitzern trat in Christophers Augen, das Jason nicht definieren konnte, und in seiner Stimme schwang ein gefährlicher Unterton, als er leise fragte: »Und hat sie jemanden gefunden, der sie interessierte?«

»Das kann ich Ihnen leider nicht sagen. Aber Sie werden es sicher selbst herausfinden – schließlich sind Sie ihr Vormund.«

»Vielleicht.« Christopher wechselte das Thema. »Wurde schon ein Ort für die Friedensverhandlungen festgesetzt?«

»Nein. Vergessen Sie nicht, daß Monroe dieses Schreiben erst vor knapp einem Monat abgefaßt hat – es dürfte noch nicht einmal in England angekommen sein. Es wurde auch eine neue Kommission gebildet. John Adams wird der Vorsitzende sein, die anderen sind James Bayard, Henry Clay, Jonathan Russell und Albert Gallatin. Und Madison ernannte Campbell zum neuen Schatzmeister. Eine imposante Gruppe, nicht wahr?«

»Aber werden sie irgend etwas erreichen können?« fragte Christopher zweifelnd.

Jason zuckte die Schultern. »Nun, Gallatin und Bayard

sind zur Zeit am Hof des Zaren in Rußland, wahrscheinlich, um die Friedensverhandlungen mit England zu erörtern. Hoffentlich sind sie erfolgreicher, als sie es bisher waren.«

Sie unterhielten sich noch eine Weile und trafen zwei wesentliche Entscheidungen. Zum einen vereinbarten sie einen einfachen Code, mit dessen Hilfe Jason Christopher Nachrichten zukommen lassen konnte. Es war ihnen zwar klar, daß während des Krieges die Briefe England möglicherweise nie erreichen würden, doch Jason versprach, alles zu tun, um Christopher über die Ereignisse in New Orleans zu unterrichten.

Der zweite Punkt war wesentlich problematischer. Es würde sehr schwer sein, England während des Krieges mit den Vereinigten Staaten wieder zu verlassen, denn es fuhren offensichtlich keine Schiffe nach Amerika. Falls es Christopher gelingen sollte, in den Besitz irgendwelcher wichtiger Dokumente zu gelangen, würde es aber von äußerster Wichtigkeit sein, sie möglichst schnell nach Amerika zu schaffen. Es würde keine Zeit bleiben, sie auf Umwegen dorthin zu befördern.

Nach langem Für und Wider kamen sie überein, die Hilfe einiger Piraten in Anspruch zu nehmen, die, wie Jason wußte, regelmäßig vor der englischen Küste kreuzten. Christopher fand es ziemlich amüsant, daß gerade Jason sich mit Piraten verbünden wollte, und er sagte dies auch grinsend, doch Jason herrschte ihn daraufhin ungehalten an: »Bei diesen Leuten handelt es sich um ehrenhafte Piraten!«

Christopher war klug genug, sich dazu nicht mehr zu äußern.

Nachdem die Probleme zu ihrer Zufriedenheit besprochen waren, tranken sie weiter Whisky, und erst als die Flasche keinen Tropfen mehr hergab und sie beide stockbetrunken waren, torkelten sie in Richtung ihrer Häuser davon. Es hatte zu regnen begonnen, und Christopher zog fluchend seine dünne Jacke enger um sich. Als Jason das bemerkte, meinte er lachend: »Warten Sie, bis Sie in England sind, mein Freund. Warten Sie, bis Sie den englischen Regen kennenlernen.«

3. TEIL

Der Schurke und die Füchsin

»Ich hasse und ich liebe,
Warum ich es tue,
magst du fragen –
ich weiß es nicht.
Doch es ist so,
und ich muß leiden.«
Catullus

21

Dieser Winter war einer der längsten und härtesten, die London seit Jahrhunderten erlebt hatte. Die Themse war zu einer einzigen Eisbahn geworden, so daß man sie ungefährdet zu Fuß oder mit dem Wagen überqueren konnte. Als die klirrende Kälte endlich vorüber war, kam der Schnee. Sechs Wochen lang schneite es ununterbrochen, London schien in den Schneemassen zu ersticken.

Als Christopher Saxon zusammen mit Nicole Ashford und Mrs. Eggleston von Bord der »Scheveningen« ging, war das Wetter noch immer rauh und ungemütlich. Schimpfend über die unwirtlichen Witterungsverhältnisse, hatte Christopher die beiden Damen sofort ins Grillions-Hotel, einen modernen Bau in der Albemarle Street, gebracht.

Die erste Woche verging schnell. Christopher hatte viel zu erledigen; er mußte einen Bankier aufsuchen, um einen Kredit aufzunehmen, Pferde und eine Kutsche mieten und einen Agenten für die Abwicklung seiner Geschäfte suchen.

Die Damen hatten sofort Gefallen daran gefunden, durch die Geschäftsstraßen zu bummeln, und Nicole überredete Mrs. Eggleston nach deren anfänglichem Widerstand, ihre

Garderobe um einige elegante Stücke zu erweitern. Christopher schrieb die beiden Damen in Colburnes Leihbücherei ein und fand sogar noch Zeit, sie bei einigen ihrer Stadtbummel zu begleiten.

Erstaunlicherweise benutzte Christopher zunächst keines der Empfehlungsschreiben des amerikanischen Staatssekretärs, und er bemühte sich auch nicht, Nicoles Pflegeeltern ausfindig zu machen. Statt dessen stattete er dem Somerset House einen Besuch ab, jener Institution, bei der alle Geburten, Eheschließungen und Sterbefälle registriert waren. Zu seiner grenzenlosen Erleichterung entdeckte er, daß Simon Saxon noch immer der sechste Lord of Saxony war. Sein Großvater lebte also noch, und wieder einmal fragte er sich, wie der jähzornige alte Mann seine Rückkehr wohl aufnehmen würde. Doch er sprach mit niemandem darüber, und obwohl er wußte, daß sein Großvater sich zur Zeit in seinem Londoner Haus aufhielt, unternahm er nichts, um eine Begegnung in die Wege zu leiten. Er versuchte, die Stimmung unter der Bevölkerung auszumachen, und hielt Augen und Ohren offen, um sich nichts von den sich wie Lauffeuer verbreitenden Neuigkeiten und Gerüchten entgehen zu lassen.

Sein erster offizieller Besuch galt Alexander Baring, dem Direktor des großen Bankhauses Hope & Baring, das die amerikanischen Interessen in England vertrat. Baring war auch Parlamentsmitglied und hatte alles versucht, um den Krieg gegen Amerika zu verhindern und eine Aufhebung der Verfügung zu erreichen, die den Engländern das Recht verlieh, amerikanische Schiffe an der Weiterfahrt zu hindern. Er begrüßte Christopher herzlich, bat ihn, Platz zu nehmen, und begann, nachdem er ihm eine Zigarre und eine Erfrischung angeboten hatte, Monroes Empfehlungsschreiben zu lesen. Dann hob er den Blick und erklärte: »Ich möchte Sie nicht entmutigen, doch ich fürchte, ich kann im Augenblick nichts für Sie tun. Sie sind nicht in offiziellem Auftrag hier, und unsere Länder befinden sich noch immer im Krieg gegeneinander. Ich kann Sie in die Londoner Gesellschaft einführen, aber ich fürchte, damit sind meine Möglichkeiten auch schon erschöpft.«

Christopher nickte. »Natürlich. Mehr habe ich auch nicht erwartet.« Er lächelte verbindlich. »Ich kann nur hoffen, daß Sie sich auch weiterhin für unsere Belange einsetzen.«

»In diesem Punkt möchte ich Sie beruhigen, doch leider kann ich nur sehr wenig an der verdammten Situation ändern. Zumindest haben die Amerikaner jetzt eine Kommission gebildet, die sich für Friedensgespräche einsetzt.« Mit einem verlegenen Lächeln fügte er hinzu: »Wenn nur England das gleiche tun würde und wir endlich einen Ort für die Friedensverhandlungen festsetzen könnten.«

Christopher sah ihn überrascht an. »Verzeihen Sie, ich dachte, die Gespräche sollten in Göteborg in Schweden stattfinden?«

Baring schüttelte den Kopf. »Nein. Göteborg war wohl eine Zeitlang im Gespräch, doch jetzt hat man – aus welchen Gründen auch immer – Gent in Ostflandern in Erwägung gezogen.«

»Ich verstehe«, meinte Christopher nachdenklich. »Und dieser Wechsel des Verhandlungsortes wird zweifellos den Beginn der Gespräche um Wochen, wenn nicht gar um Monate hinausschieben, nicht wahr?«

»Ich fürchte, ja. Aber seien wir guter Hoffnung – auch England wünscht den Frieden.«

Christopher stimmte ihm höflich zu; er wollte Baring seine gegenteilige Ansicht nicht darlegen. Schließlich war Baring Mitglied des Parlaments und hatte als solches vor allem die Interessen Englands im Auge, auch wenn er vielleicht wirklich den Frieden wollte. Nachdem sie einige weitere Höflichkeitsfloskeln ausgetauscht hatten, verabschiedete Christopher sich. Er kehrte in sein Hotel zurück, wo er lange Zeit unruhig im eleganten Salon seiner Suite auf und ab ging.

Schließlich gesellte er sich zu den Damen, die im Salon ihren Tee einnahmen. Es war Mrs. Eggleston, welche die Rede auf seine Familie brachte. »Wann werden wir deine Familie besuchen, Christopher? Wir sind jetzt schon über eine Woche in London, und wir haben noch niemanden von deiner Familie von deiner Ankunft benachrichtigt.«

Christopher sah sie bestürzt an; er hatte seine Familie bisher gemieden, weil er nicht sicher war, daß er in der Lage sein würde, den möglichen Beschimpfungen und Vorwürfen entgegenzutreten. Wie würde sein Großvater ihn aufnehmen? Und Robert... würde er ein neues Komplott gegen ihn schmieden? Das Wiedersehen mit seiner Familie würde nur Komplikationen bringen, die ihm im Augenblick ganz und gar nicht in sein Konzept paßten.

Leider war Mrs. Eggleston nicht bereit, ihm eine andere Wahl zu lassen. »Nun, Christopher?« fragte sie, als er noch immer schwieg.

Einen Fluch unterdrückend, erwiderte er schließlich widerwillig: »Ich könnte heute abend in der Cavendish Street vorsprechen und zumindest meine Karte abgeben, falls ich niemanden antreffe.«

Mrs. Eggleston blickte ihn forschend an, doch ehe sie sich dazu äußern konnte, mischte sich Nicole mit einer Frage ein, die schon längere Zeit im Raum gestanden hatte, auf deren Beantwortung jedoch weder sie noch Christopher sehr erpicht waren. »Wissen mein Onkel und meine Tante, daß ich zurückgekommen bin? Haben Sie ihnen geschrieben, oder soll ich es tun?«

Am liebsten hätte er gar nicht geantwortet; er ärgerte sich und fühlte sich in die Enge getrieben. »Nein, ich habe auch nicht vermutet, daß du es so eilig hast, in den Schoß deiner Familie zurückzukehren.« Diese Worte waren ungerecht; Christopher wußte es und bedauerte sie sofort.

Nicoles Augen wurden dunkel vor Zorn, und Mrs. Eggleston übernahm die Rolle der Schlichtenden. »Ich bin sicher, Nicole hat es nicht so gemeint, Christopher. Du solltest in Gegenwart von Damen nicht so reden.«

Christopher unterdrückte seine erneut aufsteigende Wut und zwang sich zur Ruhe. »Ich bitte um Entschuldigung. Ich werde sofort darangehen, Ihre Wünsche zu erfüllen.« Damit verbeugte er sich förmlich und verließ den Raum.

»Was ist nur mit ihm los?« fragte Mrs. Eggleston, leicht irritiert durch seine schlechte Laune. »Ich habe ihn noch nie so erlebt.«

Sie kennt ihn eben nicht, dachte Nicole ärgerlich und setzte klirrend ihre Tasse ab. Doch sie wußte sich inzwischen zu benehmen und erwiderte leichthin: »Vielleicht fühlt er sich nicht wohl, oder sein Besuch bei Mr. Baring ist nicht so verlaufen, wie er ihn sich gewünscht hatte. Wer weiß?«

Mrs. Eggleston blickte sie nachdenklich an. »Das könnte sein«, meinte sie. »Doch ich habe das Gefühl, es steckt mehr dahinter.«

Sie hatte natürlich recht mit ihrer Annahme. Man erwartete von ihm, etwas zu tun, das er ganz und gar nicht wollte. Und während er die Damen verließ, verfluchte er sein Schicksal, das ihm Nicole Ashford, ihre Mutter – diese verdammte, betörende Annabelle –, seinen Onkel Robert und Jason Savage über den Weg hatte laufen lassen.

In den folgenden Stunden setze er mehrere Briefe an die Markhams auf, zerknüllte sie alle wieder und warf sie in den kalten Kamin in seinem Zimmer. Er wußte jedoch, daß ein längeres Hinauszögern ihre Geschichte unglaubwürdig machen würde, und ergriff noch einmal einen leeren Bogen Papier, den er aber ebenfalls gleich wieder zerknüllte.

Er würde den Markhams nicht schreiben – nicht jetzt, und die Gründe dafür gingen niemanden etwas an! Der Teufel sollte jeden holen, der ihn danach fragte – Nicole eingeschlossen!

Er wußte, daß er sie unmöglich noch länger in seinem Junggesellenhaushalt behalten durfte; daran änderte auch Mrs. Egglestons Anwesenheit nichts. Er hätte die Markhams sofort nach ihrer Ankunft in England benachrichtigen müssen, doch wenn sie erst einmal wußten, wo Nicole war, gab es keine legale Möglichkeit mehr für ihn, sie daran zu hindern, Nicole zu sich zu holen.

Nachdenklich starrte er auf seine glänzenden Stiefelspitzen. Allein würde er ihr nicht helfen können. Doch sein Großvater war ein Lord, und wenn die Geschichte, die Nicole allen erzählt hatte, der Wahrheit entsprach, würde er eine Menge für sie tun können. Er war sehr einflußreich, und es würde ihm vielleicht sogar möglich sein, die Vormundschaft der Markhams rückgängig zu machen. Dann freilich würde sich eine neue Frage stellen: Wer sollte an die Stelle der Markhams treten?

Vielleicht ein Ehemann, sagte sich Christopher, doch sofort wurde ihm bewußt, in welche Richtung seine Gedanken liefen, und er fuhr wie von der Tarantel gestochen in die Höhe. Er als Nicoles Ehemann?

Um Gottes willen, nein! Das war lächerlich. Sie mochten sich nicht, abgesehen von der seltsamen Anziehungskraft, die ihre Körper aufeinander ausübten. Aber das würde nachlassen. Nein, er würde ihr nicht die Ehe als Ausweg aus ihren Problemen anbieten.

Er fand keine Lösung, doch er faßte einen Entschluß in diesen Stunden, in denen er allein in seinem Zimmer saß. Er würde seinen Großvater aufsuchen – sofort!

Er läutete nach Higgins und kleidete sich für den bevorstehenden Besuch besonders sorgfältig an – braune Reithosen, eine schlichte einreihige weiße Weste und eine schwarze Samtjacke mit flachen goldenen Knöpfen. Dann bürstete er sein dichtes schwarzes Haar und bot so das Bild eines untadeligen Enkels. Würde aber auch Lord Saxon dieser Meinung sein?

Christopher näherte sich dem großen, stattlichen Haus in der Cavendish Street mit sehr gemischten Gefühlen. Er fürchtete sich zwar nicht, weder vor seinem Großvater noch vor seinem Onkel Robert, doch er fühlte sich ziemlich unbehaglich. Er wußte, daß sein Großvater es ohne weiteres fertigbringen würde, ihn hinauszuwerfen, und daß Robert ihn mit Freuden einen Deserteur nennen würde.

Auf sein Klopfen hin öffnete ihm ein Butler in betont würdevoller Haltung. Ohne Kommentar überreichte ihm Christopher seine Karte und sagte: »Ich möchte Lord Saxon sprechen ... wenn er zu Hause ist. In einer persönlichen Angelegenheit.«

Als der Butler Christophers Name las, flackerte einen Moment ein schwaches Interesse in seinen trüben Augen auf. »Wenn Sie hier bitte warten wollen. Ich werde sehen, ob Lord Saxon Sie empfangen kann«, sagte er und ging den langen weißen Flur hinunter.

Jetzt, im entscheidenden Augenblick, war Christopher plötzlich von Ungeduld erfüllt und schritt ruhelos über den dekorativ verlegten Steinfußboden.

Plötzlich jedoch versteifte sich sein Körper, als eine Tür aufschwang und eine wohlbekannte Stimme dröhnend rief: »Wo, zum Teufel, ist er? Du hühnerköpfiger Gemütsmensch! Laß ihn nicht wie einen Bettler warten! Begreifst du nicht – mein Enkel ist heimgekehrt!«

Ein großer, hagerer, elegant gekleideter Mann trat in die Halle; seine Augen leuchteten wie funkelndes Gold, sein dunkles Gesicht war von Furchen durchzogen, zu denen das dichte schwarze Haar in krassem Gegensatz stand. Die Ähnlichkeit zwischen den beiden Männern war unglaublich – so würde Christopher in vierzig Jahren aussehen! Als Simon in Christophers glattes männliches Gesicht starrte, war es ihm, als sähe er sich selbst.

»Nun«, sagte der alte Mann, »du bist also zurückgekommen. Es war aber auch höchste Zeit.«

»Das Gefühl habe ich auch«, entgegnete Christopher grinsend. »Sie sehen noch genauso wie früher aus, Sir, wenn ich das bemerken darf.« Sein Grinsen verschwand, als seine Augen forschend über die lieben, vertrauten Züge des alten Mannes wanderten. »Nach allem, was ich gehört habe, hatte ich nicht erwartet, Sie so wohlauf vorzufinden. Ich bin glücklich, daß Sie wieder gesund sind.«

Simon erwiderte: »Du kleiner Teufel, was hast du dir eigentlich dabei gedacht, so mir nichts, dir nichts zu verschwinden? Du hast mich damit beinahe umgebracht. Aber jetzt bist du da – und das freut mich!«

Kaum hatte er den Satz beendet, bellte er den wartenden Butler an: »Und du Dummkopf, was stehst du hier herum? Sorge dafür, daß Zimmer für ihn hergerichtet werden!«

Sein glühender Blick kehrte zu Christopher zurück, und er fragte: »Wo ist dein Gepäck? Sage mir nicht, daß du keines hast.«

Vorsichtig entgegnete Christopher: »Ich wohne im Grillions, und bevor du weitere Verfügungen triffst, möchte ich dich warnen. Ich bin nicht allein.«

»Verheiratet, was? Nun, das ist gut, mein Junge, vorausgesetzt, sie ist ein ordentliches Mädchen. Ich will keine Schlampe in meinem Haus – ob sie deine Frau ist oder nicht. Aber komm, laß uns in mein Arbeitszimmer gehen.«

Mit festem Griff umklammerte er Christophers Arm, während er ihm mit der anderen Hand herzlich auf die Schulter klopfte. »Zum Teufel, mein Junge, das ist eine angenehme Überraschung«, knurrte er mit belegter Stimme, als er ihn in sein Arbeitszimmer führte.

Um seine Bewegung zu überspielen, sagte er rauh: »Setz dich. Setz dich.« Er trat an den Likörschrank und nahm eine Flasche edlen französischen Brandy heraus und schenkte zwei Gläser ein. Dann nahm auch er Platz und meinte: »Nun sag mir, du Schlingel, warum du damals fortgelaufen bist. Du mußtest doch wissen, daß mein Zorn verfliegen würde. Verdammt noch mal, Junge! Wenn du nur gewartet hättest, hätte ich dir alles erklären können.«

Verblüfft starrte Christopher ihn an. »Erklären?«

»Natürlich! Verdammt, Christopher, was sollte ich denn anderes tun? Da war die heulende Annabelle, die schwor, von dir vergewaltigt worden zu sein. Adrian war außer sich vor Eifersucht – ich mußte einfach so handeln.« Beinahe bittend fügte er hinzu: »Ich weiß, ich war sehr hart zu dir, und das hattest du nicht verdient.« Er hielt inne, als er Christophers fassungslosen Blick bemerkte. »Ich mußte so handeln – ich konnte Adrian doch schlecht sagen, daß seine Frau eine Lügnerin und eine Hure und mein Sohn ihr Liebhaber sei.«

Sprachlos starrte Christopher ihn an. Dann stieß er hervor: »Sie haben es gewußt?«

»Natürlich habe ich es gewußt. Nicht das freilich, daß sie

dich als Sündenbock benutzen wollten. Schon länger wußte ich aber, daß Robert ein Verhältnis mit Annabelle hatte und Annabelle mit deiner jugendlichen Liebe nur spielte. Doch mir ist nie der Gedanke gekommen, daß sie Adrian glauben machen wollten, du seist der Mann, der ihm Hörner aufsetzte.« Betrübt fügte er hinzu: »Ich hätte nie für möglich gehalten, daß man dich bestrafen könnte. Doch ich will ehrlich sein ... ich war sehr wütend an jenem Tag auf dich, weil du solch ein romantischer Narr warst. Und auf Robert und Annabelle hatte ich eine Wut, weil sie die ganze verdammte Situation geschaffen hatten. Und mich selbst hätte ich ohrfeigen können, weil ich ihnen nicht noch früher auf die Schliche gekommen war.« Er blickte Christopher gequält an und fragte leise: »War es wirklich nötig, auf diese Weise zu verschwinden? Du hättest doch wissen müssen, daß ich dich nie verurteilt hätte, ohne dich vorher angehört zu haben. Warum hast du mich in den fünfzehn Jahren nie wissen lassen, wo du bist? Hast du nie daran gedacht, daß ich mir Sorgen machen könnte? Ich bin fast verrückt geworden vor Angst um dich.«

Christopher hatte sich noch nie in seinem Leben so unsicher gefühlt, und es war ihm unmöglich, sich zu rechtfertigen. Ganz offensichtlich hatte Simon keine Ahnung, daß Robert ihn, Christopher, buchstäblich verkauft hatte, und er schien auch nichts davon zu wissen, daß er vor fünf Jahren hier gewesen war, um sich mit ihm auszusöhnen. So sehr er seinen Onkel Robert auch haßte und verachtete, er brachte es nicht fertig, ihn nun zu verraten. Er wollte dem alten Mann die Entäuschung über seinen einzigen lebenden Sohn ersparen. Er wußte, daß die Wahrheit ihn umbringen würde, und so beschloß er, mit niemandem über das, was zwischen Robert und ihm vorgefallen war, zu reden. Seinem Großvater ruhig in die Augen sehend, sprach er in reuevollem Ton die gnädige Lüge aus: »Sie sagten damals, daß Sie mich nie wiedersehen wollten, Sir, und ich habe mich danach gerichtet.«

Simon verzog schmerzlich das Gesicht, und Christopher verwünschte seine Plumpheit. »Ich bitte Sie, Sir, nehmen

Sie es nicht so schwer. Ich bin durch meine eigene Dummheit in diese Situation geraten, und ich muß von Sinnen gewesen sein, als ich so einfach davonlief. Niemand hat mich davon abhalten können. Bitte, machen Sie sich keine Vorwürfe.« Er bemerkte, wie sich das Gesicht seines Großvaters ein wenig aufhellte, und fuhr fort: »Im übrigen war es nur zu meinem Besten. Wie viele andere junge Männer bin ich zur Marine gegangen, und ich muß sagen, diese Entscheidung war gut, auch wenn ich manchmal ein recht gefährliches Leben geführt habe.«

»Du warst bei der Marine?« fragte Simon und blickte ihm forschend ins Gesicht.

Christopher verabscheute sich selbst, doch er antwortete in ruhigem Ton: »Warum nicht? Als ich damals fortlief, begab ich mich in das kleine Dorf hinter Beddington's Corner und traf dort zufällig ein paar Seeleute. Und was sie von ihrem Leben auf See erzählten, klang so aufregend, daß ich fragte, ob ich mit ihnen gehen dürfe.« Und mit fester Stimme fügte er hinzu: »Ich habe es nie bereut, Sir. Nur, daß ich im bösen von Ihnen gegangen bin, hat mich bedrückt.«

Simon gab sich mit seiner Entschuldigung zufrieden. »Genug. Das ist vorbei, und jetzt bist du wieder zu Hause. Und es ist gut so«, sagte er. »Du bist mein Erbe, vergiß das nicht. Wenn ich sterbe, geht der Titel und alles, was dazu gehört, an dich.«

Wieder einmal drängte sich Christopher der Verdacht auf, daß Robert aus verbrecherischen Motiven heraus sein Verschwinden und seinen Tod gewünscht hatte. Das Vermögen der Saxons war außergewöhnlich groß, und der Titel eines Baron von Saxony war ein alter, angesehener Name, den zu tragen jeder Mann stolz sein konnte. Doch würde Robert Saxon dafür einen Mord begehen?

Christophers Züge verrieten nichts von seinen Gedanken, als er erwiderte: »Es ist noch viel zu früh, um über Ihren Tod zu sprechen. Ich bin sicher, es werden noch viele Jahre vergehen, bevor ich Lord Saxon werde.« Er begann, anfangs noch stockend, seinem Großvater sein abenteuerliches Leben zu schildern. Dabei bemühte er sich, sich soweit wie möglich an die Wahrheit zu halten. Das war nicht immer leicht, insbesondere, als es zu erklären galt, warum er die Marine verlassen hatte und nie mehr nach England zurückgekehrt war.

Simon mißbilligte, daß Christopher eine Karriere bei der Marine so leichtfertig ausgeschlagen hatte, und Christopher wäre nicht in der Lage gewesen, sich zu rechtfertigen, ohne Robert schwer zu belasten. So erklärte er denn mit einem leichten Achselzucken nur: »Ich habe meine Zeit abgedient und erkannt, daß das Leben eines englischen Seemannes nichts für mich war.« Über sein Leben als Pirat ging er hinweg und machte seinen Großvater glauben, daß er sein Vermögen beim Kartenspiel gewonnen habe – was zum Teil ja auch der Wahrheit entsprach.

»Du hast deine Frau nicht ein einziges Mal erwähnt«, stellte Simon fest. »Warum?«

Mit entwaffnendem Lächeln erwiderte Christopher: »Weil ich keine Frau habe, Sir. Ich glaube, ich muß Ihnen die Umstände etwas ausführlicher erklären.«

»Dann los – fasse dich aber kurz!«

So berichtete Christopher von seiner zufälligen Begegnung mit Mrs. Eggleston und Nicole Ashford, doch er hatte Mrs. Egglestons Namen kaum ausgesprochen, als er einen gespannten Ausdruck auf dem Gesicht seines Onkels bemerkte.

»Letitia Eggleston?« fragte Simon ungeduldig. »Du weißt, wo Letty ist?«

Überrascht stieß Christopher hervor: »Letty? Sie meinen Mrs. Eggleston?«

»Natürlich, verdammt noch mal! Ich habe sie nie anders als Letty genannt. Und wenn sie nicht ein solcher Hitzkopf gewesen wäre, keinem Argument zugänglich –« Simon brach mitten im Satz ab und sah seinen ihn fassungslos anstarrenden Enkel an. »Nun schau nicht so entgeistert. Wenn sie also nicht so dumm und nicht stur und überheblich gewesen wäre, hättest du in ihr heute deine Großmutter vor dir.«

Christopher blickte ihn benommen an; die Vorstellung, daß sein halsstarriger Großvater einmal vorgehabt hatte, die brave, nette Mrs. Eggleston zu heiraten, verschlug ihm vorübergehend die Sprache. Als er sich von seiner Verblüffung erholt hatte, fragte er zögernd: »Sie waren mit ihr verlobt?«

»Ja, verdammt noch mal! Habe ich das nicht gerade gesagt? Doch wir hatten einen entsetzlichen Streit, nach dem ich wie ein kleiner eigensinniger Junge davongestürmt bin und geschworen habe, sie nie wiederzusehen. Aus purem Trotz hielt ich zwei Wochen später um die Hand deiner Großmutter an. Und das, mein Junge, war der größte Fehler meines Lebens.«

Christopher schwieg verständnisvoll. Simon, dem bewußt zu werden schien, daß er zuviel von sich selbst preisgegeben hatte, brummte: »Das ist wahrscheinlich alles sehr langweilig für dich. Nun erzähl mir, wieso Letty mit dir nach England gekommen ist.«

Christopher fuhr fort, seine Geschichte zu spinnen, und Simon hörte ihm schweigend zu. Nicht einmal die Existenz Nicole Ashfords schien ihn aus der Fassung zu bringen.

»Das Küken war also die ganze Zeit bei Letty«, knurrte Simon, als Christopher seine Geschichte beendet hatte. »Ich habe allerdings selbst manchmal auch schon so etwas vermutet. Ich wußte, daß Letty das Kind liebte und Nicoles Onkel und ihre Tante wahre Drachen waren. Was also sollen wir jetzt tun?« Er blickte Christopher durchdringend an. »Soll ich sie zu mir nehmen?«

»Wenn Sie wollen«, antwortete Christopher sofort. »Es ist nicht richtig von mir, den Markhams Nicoles Aufenthaltsort zu verschweigen, und ich weiß, daß sie im gleichen Augenblick, da sie ihn erfahren, über sie herfallen und sie auf dem Land einsperren werden. Sie werden wahrscheinlich nicht einmal Mrs. Eggleston erlauben, sie zu begleiten.«

»Zweifellos. Sie haben seit Jahren von Nicoles Vermögen in Saus und Braus gelebt – jedermann weiß es. Sie haben sogar versucht, sie für tot erklären zu lassen, doch die Behörden wiesen ihren Antrag ab. Es hieß, damit müßte gewartet werden bis zu Nicoles einundzwanzigstem Geburtstag. Die Markhams, besonders dieser Pimpf Edward, waren ganz schön wütend.« Simon kicherte schadenfroh. »Ich würde gern sein Gesicht sehen, wenn er erfährt, daß die Kleine zurück ist.«

Christopher lächelte grimmig. »Er wird mir Rede und Antwort stehen müssen.«

Aha, dachte Simon erfreut, daher weht der Wind also. Seine Augen strahlten, als er erklärte: »Heute ist es zu spät, um die Damen herzubringen, aber ich erwarte, daß du sie mir morgen präsentierst.«

22

Der Umzug zum Cavendish Square ging reibungslos vonstatten. Trotz seines schnellen Einverständnisses, das Angebot seines Großvaters anzunehmen, hatte Christopher gewisse Vorbehalte. Es widerstrebte ihm, den alten Mann auszunutzen, doch dann sagte er sich, daß es Simon sicher sehr verletzt haben würde, wenn er sich geweigert hätte. Zudem war ihm klar, daß es keine andere Möglichkeit für ihn gab.

Auch Mrs. Eggleston äußerte Bedenken, als Christopher ihr von seinem Vorhaben berichtete, wenngleich diese anderer Natur waren. »Aber ist das denn richtig, Christopher?« fragte sie. »Für dich zweifellos, aber Nicole und ich sind nicht verwandt mit Lord Saxon. Was werden die Leute sagen, wenn wir in seinem Haus wohnen?«

Daran hatte Christopher gar nicht gedacht. Solange Nicole bei ihm lebte, reichte Mrs. Egglestons Rolle als Anstandsdame aus, doch wer übernahm diese Aufgabe für Mrs. Eggleston, wenn sie in Simons Haus lebte?

Da weder Christopher noch sein Großvater mit Nicole verwandt waren, war die Situation schon sehr ungewöhnlich. Es konnte dem Lord nicht daran gelegen sein, ins Gerede zu kommen.

Das Ganze wirkte zwar recht lächerlich, wenn man das Alter der beiden Betroffenen in Betracht zog, doch wenn man an ihre lang zurückliegende Beziehung zueinander dachte – und es würde mit Sicherheit Leute geben, die sich daran erinnerten –, ergab sich hier ein Problem, das gelöst werden mußte.

Zum Glück mangelte es Simon nicht an Ideen, und als Christopher ihn am nächsten Morgen aufsuchte und ihm Mrs. Egglestons Bedenken vortrug, erklärte er mit dröhnender Stimme: »Ist dir das jetzt erst eingefallen, mein Junge? Nun, ich habe schon gestern abend daran gedacht.« Ein selbstgefälliges Lächeln spielte um seinen Mund, als er fortfuhr: »Ich habe meine Schwester Regina gebeten, mich zu besuchen. Sie ist verwitwet und lebt in einem kleinen Haus in Chigwell in Essex. Noch gestern abend sandte ich einen Boten zu ihr, und dieser ist vor zehn Minuten mit ihrer Antwort zurückgekehrt. Sie wird heute abend eintreffen, und somit dürfte den Moralaposteln Genüge getan sein.«

Christopher kehrte ins Hotel zurück und berichtete Mrs. Eggleston von Simons Aktionen, worauf sie gerührt murmelte: »Wie klug von ihm! Aber das war er ja schon immer.«

Und so begannen die Dienstboten mit den Vorbereitungen für den Umzug.

Am späten Nachmittag waren die Damen in einer geschmackvoll eingerichteten Suite im zweiten Stockwerk untergebracht, zu der ein getrenntes Schlaf- und Ankleidezimmer für jede gehörten. Gemeinsam bewohnten sie einen hübschen Salon, der ganz in sanftem Gelb gehalten und dessen Boden mit einem herrlichen saphirblauen Teppich ausgelegt war. Christophers Zimmer lagen am Ende des breiten, rotweiß tapezierten Ganges auf der gegenüberliegenden Seite des Hauses und waren nicht minder elegant eingerichtet als die der beiden Damen. Die Zimmer der Dienstboten befanden sich im dritten Stock.

Regina traf drei Stunden später als erwartet ein. Ihre Ankunft verursachte einige Aufregung, denn sie reiste mit einer Zofe, einer Friseuse, ihrem ganz persönlichen Pagen sowie einem Reitknecht und einem Fahrer an.

Lady Regina Darby war eine große Frau. Sie besaß eine lange Nase, einen breiten Mund und ein ausgeprägtes, energisches Kinn. Wie ihr Bruder Simon hatte sie schwarzes Haar, das jedoch, obwohl sie fünfzehn Jahre jünger als er war, bereits von silbergrauen Strähnen durchzogen war. Unter ihrem langen, eleganten Mantel trug sie ein tiefrotes Kleid. Ihr Haar war zu einem strengen, doch äußerst attraktiven Knoten zurückgesteckt, der ihre stark ausgeprägten Wangenknochen noch unterstrich. Sie strahlte Würde und Erhabenheit aus, war jedoch ebenso gutmütig, wie sie furchterregend sein konnte.

Während sie in das Zimmer hereinrauschte, rief sie: »Meine Lieben, es tut mir so leid, daß ich mich verspätet habe, doch ich habe es einfach nicht eher geschafft!« Sie warf ihrem Bruder einen schelmischen Blick zu und sagte tadelnd: »Wirklich, Simon, du solltest daran denken, wie alt du bist, und nicht so ungestüm sein.« Noch ehe er etwas erwidern konnte, eilte Regina auf die verwirrte Mrs. Eggleston zu und umarmte sie herzlich. »Liebste Letitia! Wie wundervoll, dich wiederzusehen! Wie konntest du nur so von uns gehen? Wie schön, daß du bei Simon bist! Wir werden reichlich Zeit haben, uns zu unterhalten.«

Dann fiel ihr Blick auf Nicole, die höflich wartend neben dem niedrigen Sofa stand. »Meine Liebe! Welch hübsches Mädchen du geworden bist! Die Herren werden vor unserer Tür Schlange stehen. Oh, ich weiß, ich werde meine Freude daran haben. Ich schwöre, wir werden vierzehn Tage lang keinen einzigen Abend für uns haben.«

Nicole freute sich. Wie lieb Lady Regina doch war. Sie machte einen anmutigen Knicks und sagte: »Danke für das Kompliment. Es ist sehr freundlich von Ihnen und Lord Saxon, uns hier aufzunehmen, und ich hoffe, ich werde Sie nicht enttäuschen.«

»Enttäuschen? Meine Liebe, ich bin nie enttäuscht worden. Niemand würde es wagen, mich zu enttäuschen«, entgegnete Regina augenzwinkernd.

Als sie sich umwandte, fiel ihr Blick auf Christopher, der lässig am Kaminsims lehnte. In seiner schwarzen Samtjacke und den hellen Reithosen bot er das Bild eines Mannes, den keine Frau übersehen konnte. Regina betrachtete ihn eingehend, doch ihr Gesicht verriet nichts von ihren Gedanken.

»Nun, Christopher?« sagte sie kühl. »Willst du jetzt hier bleiben, oder gedenkst du wieder ohne Vorwarnung zu verschwinden und deinem Großvater noch einmal soviel Leid zuzufügen?«

»Regina!« rief Simon dröhnend.

»O Gott!« stieß Mrs. Eggleston entsetzt hervor. Alles ist so erfreulich verlaufen, dachte sie unglücklich, aber ich habe Reginas scharfe Zunge vergessen.

Christopher entgegnete mit ironischem Lächeln: »Ich bin zurückgekommen. Finden Sie es richtig, mich mit Fragen nach meiner Abreise zu begrüßen?«

»Nun, ich muß zugeben, du bist ein sehr gutaussehender, schlagfertiger Mann geworden. Aber versuche nicht, mich einzuschüchtern«, wies sie ihn zurecht. Und als Simon sich einlenkend einmischen wollte, rief sie: »Sei still, mein Lieber! Wir gehören alle zu einer Familie, und da werden eben auch manchmal unangenehme Fragen gestellt. Also, nun erzähl schon, Christopher, ich sterbe sonst vor Neugier.«

Der Abend verging schnell, denn Regina unterhielt die anderen mit allen möglichen Klatschgeschichten. Sie stellte auch nur wenige Fragen. Christopher war auf der Hut vor ihr. Er fühlte, daß seine Tante seine Geschichte nicht so ohne weiteres akzeptieren würde, und mehrmals spürte er den forschenden, mißtrauischen Blick ihrer dunklen Augen auf sich ruhen.

In dieser Nacht fand Christopher kaum Schlaf. Zweifel und eine leichte Enttäuschung bohrten in ihm. Ich muß ein Narr gewesen sein, zu glauben, ich könnte nach England zurückkehren, Nicole und Mrs. Eggleston beiseite stellen wie lästige Gepäckstücke, meinem Großvater etwas vorlügen, die Pläne über den Angriff auf New Orleans aufspüren und dann vergnügt wieder nach Amerika segeln.

Am nächsten Morgen gedachte Simon mit Christopher einen Bummel über die St.-James-Street zu machen; er wollte ihm die verschiedenen Herrenclubs zeigen. Doch als Christopher zum Frühstück herunterkam, fand er schon eine von einem Boten abgegebene Nachricht vor. Er las sie und runzelte nachdenklich die Stirn. Warum wollte Alexander Baring ihn so schnell wie möglich sehen? Aber dann zuckte er die Achseln – er würde es früh genug erfahren.

Er ging zu Simon, entschuldigte sich und machte sich auf den Weg zu Baring. Als er wenig später in dessen Haus eintraf, wurde er in die Bibliothek geführt, wo Baring sich mit einem Mann mittleren Alters unterhielt. Als Christopher eintrat, sprang Baring auf und eilte ihm entgegen.

»Gut, daß Sie so schnell gekommen sind. Ich hatte es gehofft. Ich glaube, ich habe eine angenehme Überraschung für Sie.« Er führte ihn zu dem anderen Mann, der sitzengeblieben war.

»Albert, das ist der Mann, von dem ich dir erzählt habe. Monroe lobt ihn in den höchsten Tönen, wenn ich das erwähnen darf. Christopher Saxon, darf ich Ihnen Mr. Albert Gallatin vorstellen? Es wird dich interessieren, Albert, daß Mr. Saxon vor knapp zwei Wochen aus New Orleans hier angekommen ist. Ich bin sicher, ihr beide habt euch viel zu sagen.«

Christopher starrte Gallatin erstaunt an und rief, nachdem sie sich die Hände geschüttelt hatten: »Sir! Ich hätte nie erwartet, Sie in London zu treffen! Erst vor kurzem hörte ich, Sie seien in Petersburg in Rußland.«

Gallatin lächelte grimmig. »Das war ich auch – ich habe mir die Hacken abgelaufen und monatelang den Touristen gespielt. Doch als ich nichts erreichte, beschlossen Bayard und ich, abzureisen. Ich hoffte, daß Alexander ein paar gute Nachrichten für mich hätte, aber ich fürchte, daß nichts geschehen ist.«

Baring schien sich ziemlich unbehaglich zu fühlen. »Ich habe in meinen Briefen erklärt, daß meine Regierung Vermittlungsverhandlungen ablehnt. Sie wünscht die Einmischung fremder Staaten in unseren Konflikt nicht. Und da dein Mr. Madison endlich Castlereaghs Vorschlägen für direkte Verhandlungen zugestimmt hat, scheint ein sehr wesentliches Hindernis beseitigt zu sein.«

»Und die Frage der Seeblockade?« fragte Gallatin trocken.

Baring wurde immer nervöser. »Wir können eure Forderungen nicht akzeptieren, ohne unsere Marine zu verlieren. Es ist zwecklos und unrealistisch, darüber wie über irgendeine Rechtsfrage zu diskutieren. Verdammt, Albert, wir kämpfen ums Überleben.«

Gallatin schien nicht sonderlich berührt von Barings leidenschaftlichen Worten zu sein, doch Christopher fand sie äußerst interessant. Die Vereinigten Staaten hatten England den Krieg hauptsächlich wegen der Gefangennahme amerikanischer Seeleute erklärt. Aber selbst jetzt, wo Friedensverhandlungen im Gespräch waren, schien England nicht bereit zu sein, diesen Hauptstreitpunkt auch nur in Betracht zu ziehen. Kühl fragte Christopher daher: »Sie finden es also richtig, Mr. Baring, daß Ihre Kriegsschiffe unsere Schiffe auf hoher See anhalten, amerikanische Bürger gefangennehmen und sie zwingen, in der britischen Marine zu dienen?« Diese Frage ging Christopher unter die Haut – war nicht auch er in die Marine gezwungen worden? Wenn ihn als Engländer diese Erfahrung schon verbittert hatte, um wieviel mehr mußte sie dann erst einen Amerikaner treffen?

Baring erwiderte nichts auf Christophers Frage. Er billigte diese Praktiken zwar nicht, doch er konnte wenig tun, um sie zu stoppen. Zudem befanden sich britische Deserteure auf diesen amerikanischen Schiffen, die für den Kampf gegen Napoleon gebraucht wurden. Wenn überhaupt, so wurden nur wenige amerikanische Seeleute gefangengenommen.

Es war Gallatin, ein ruhiger, zurückhaltender Mann, der die aufkommende Feindseligkeit zerstreute, indem er ruhig feststellte: »Es ist wohl weniger eine Frage des Rechts als eine der Vernunft, daß diese Praktiken eingestellt werden.« Er blickte Baring lächelnd an, bevor er fortfuhr: »Da unsere Regierungen direkten Verhandlungen zugestimmt haben, brauchen wir hier darüber eigentlich nicht mehr zu diskutieren. Worüber also sollen wir dann reden? Über das Wetter?«

»Ich weiß auch nicht«, meinte Baring, »wie die Gespräche sich entwickeln werden. Im Augenblick muß es uns genügen, zu wissen, daß der Weg zu direkten Verhandlungen frei ist.« Lächelnd fügte er hinzu: »Dir ist bekannt, wie diese Dinge oft ablaufen.«

Das wußte Gallatin in der Tat. Zunächst gab es das Vermittlungsangebot des Zaren, das die Amerikaner in Übereinstimmung mit Ramonzow, dem russischen Kanzler, energisch befürwortet hatten. Jetzt hatten sie direkten Verhandlungen zugestimmt und auch schon eine Verhandlungskommission gebildet, nur um erkennen zu müssen, daß die Engländer noch keine Kommission ernannt hatten, sondern im Gegenteil einen Wechsel des Verhandlungsortes wünschten. Manchmal glaubte er, daß sie niemals zu Friedensverhandlungen an einem Tisch sitzen würden. Daher auch sein und Bayards spontaner Besuch in England.

In all den Monaten, die sie in Rußland verbracht hatten, hatten sie nichts erreicht, absolut nichts. Und da er des Wartens überdrüssig geworden war, hatten er und Bayard John Quincy Adams, den amerikanischen Gesandten in Rußland, allein in Petersburg zurückgelassen. Gallatin mußte eingestehen, daß die ganze Reise nach Rußland ein Fiasko gewesen war. Als er und Bayard vor fast einem Jahr in Petersburg eingetroffen waren, hatten sie als erstes erfahren, daß die Engländer das Angebot des Zaren ausgeschlagen hatten. Sie hatten daraufhin sofort wieder nach Amerika zurückreisen wollen, doch die Etikette gebot ihnen zu bleiben. Als offizielle Gesandte mußten sie dem Zaren ihre Aufwartung machen und ihre Empfehlungsschreiben vorweisen. Danach war es an dem Zaren gewesen, zu entscheiden, wann er sein Vermittlungsbemühen als gescheitert ansah. So waren Bayard und er in den folgenden neun Monaten unfreiwillige Touristen gewesen. Ja, er wußte in der Tat, wie »diese Dinge abliefen«.

Auch Christopher hatte seine eigene Meinung über die Lage der Dinge. Gallatin mochte zwar glauben, daß die Verzögerung der Friedensgespräche durch Zufälle und um die Form zu wahren verursacht worden war, doch Christopher gewann mehr und mehr die Überzeugung, daß die Engländer die Verhandlungen absichtlich zum Stillstand brachten, um Zeit für einen tödlichen Schlag gegen die Vereinigten Staaten zu gewinnen. Diesen Verdacht durfte er jedoch

Baring gegenüber nicht äußern, und so traf er, kurz bevor sie aufbrachen, eine Verabredung mit Gallatin allein.

Weder er noch Jason Savage hatten mit der Ankunft von Gallatin und Bayard in London gerechnet. Schaden konnten ihm die beiden jedoch nicht, im Gegenteil, er hoffte sogar, daß sie ihm von Nutzen waren. Er fragte sich aber, was die zwei in London erreichen zu können glaubten.

Wie er waren auch sie Touristen ohne diplomatischen Status in einem feindlichen Land. Sie waren von allen offiziellen Empfängen ausgeschlossen und würden wahrscheinlich nichts weiter tun können, als möglichst viele Informationen aufzufangen. Er selbst hingegen würde versuchen müssen, zu den offiziellen Stellen vorzudringen, um genaue Informationen über die Pläne der Engländer in den Südstaaten, insbesondere in New Orleans, zu ergattern.

Gallatin und Bayard befanden sich in einer völlig anderen Lage. Sie waren Mitglieder der von den Vereinigten Staaten ernannten Friedenskommission, er hingegen vertrat, trotz Monroes Empfehlungsschreiben, ausschließlich private Interessen.

Und so verbrachte er die Zeit bis zu seinem Treffen mit Gallatin in einem Zustand äußerster Ungeduld und Nervosität. Er wollte mit niemandem reden, mied daher den Cavendish Square und wanderte ziellos durch die Straßen. Schon fünfzehn Minuten vor der verabredeten Zeit fand er sich vor Gallatins Wohnsitz ein und wurde sogleich von ihm empfangen.

Christopher betrachtete ihn eindringlich; er war neugierig, den Mann näher kennenzulernen, dessen Ernennung zum Mitglied der Friedenskommission so lange geheimgehalten worden war und für soviel Aufregung im Kongreß gesorgt hatte. Gallatin war gewiß nicht der Typ eines ungestümen Kämpfers. Er war vielmehr ein geduldiger, zurückhaltender Mann, der alles bis ins kleinste durchdachte und nicht zu schnellen Entscheidungen neigte. Christopher hoffte, daß die anderen Mitglieder der Friedenskommission vom gleichen Kaliber waren.

Freundlich lächelnd wartete Gallatin, bis Christopher ihm gegenüber Platz genommen hatte. »Nun, junger Mann, was kann ich für Sie tun?« fragte er dann.

»Ich bin nicht sicher, daß Sie etwas für mich tun können«, entgegnete Christopher. »Ich wollte Sie nur allein sprechen.«

Gallatin sah ihn leicht überrascht an. »Sie wollen mir etwas sagen, das Sie in Gegenwart Barings nicht zur Sprache bringen konnten?«

»Ja. Ich bin überzeugt, daß Mr. Baring unsere Interessen aufrichtig vertritt, doch ich habe den starken Verdacht, daß die Verzögerung der Friedensverhandlungen beabsichtigt ist. Ich glaube, daß Castlereagh den Beginn der Gespräche bewußt hinausschiebt, um England in die Lage zu versetzen, noch einen großen Sieg gegen Amerika zu erringen und damit eine stärkere Position bei den Verhandlungen einzunehmen.«

»Ja, auch ich glaube, daß ihm genau das vorschwebt.«

»Auch Sie sind überzeugt davon?« fragte Christopher, und seine Verblüffung über die ruhigen Worte Gallatins stand ihm deutlich ins Gesicht geschrieben.

»O ja, mein junger Freund«, antwortete Gallatin müde. »Ich bin mehr als sicher, daß die Engländer das vorhaben. Nach ihrem Sieg über Napoleon fühlen sie sich sehr stark und möchten uns bestimmt gern eine schwere Schlappe beibringen.«

Das soll mir eine Lehre sein, dachte Christopher. Ich habe den stillen Mr. Gallatin offensichtlich unterschätzt.

Gallatin, der ihn eingehend betrachtete, schien seine Gedanken zu erraten, denn er sagte: »Ich habe mich daran gewöhnt, daß die Leute das eine sagen und das andere denken. Doch ich glaube nicht, daß Sie oder ich irgend etwas Entscheidendes tun können. Ich werde Monroe meinen Verdacht mitteilen, und ich hoffe, daß er einsehen wird, daß wir froh sein können, wenn wir unsere Grenzen, so wie sie vor dem Krieg bestanden haben, erhalten können. Ich werde ihn warnen, daß die Briten irgendwann in diesem Jahr eine Großoffensive planen, und ihm raten, so schnell wie möglich Frieden zu schließen. Unsere Nation würde sonst in große Gefahr geraten. Den Gedanken an eine Eroberung Kanadas sollten wir schleunigst vergessen, damit wir uns nicht, ehe wir es uns versehen, unter britischer Oberherrschaft wiederfinden.«

»Genau das ist auch meine Meinung. Ich bin sehr erleichtert, daß Sie dem Staatssekretär in dieser Angelegenheit schreiben wollen. Wo ich gehe und stehe, sehe ich Beweise der Überlegenheit der Engländer«, sagte Christopher ernst. »Und ich muß gestehen, ich habe mir große Sorgen deswegen gemacht. Unser Kongreß muß in einer Traumwelt leben, wenn er glaubt, daß wir in diesem Krieg noch irgend etwas gewinnen können.«

Gallatin blickte Christopher gequält an. »Er lebt in einer Traumwelt«, pflichtete er ihm bei, und da diesem Thema nichts mehr hinzuzufügen war, fuhr er nach einer Weile fort: »Ich danke Ihnen, daß Sie gekommen sind, um mir Ihren Verdacht mitzuteilen. Sie haben mehr Gelegenheit, Informationen zu sammeln, und ich muß gestehen, daß ich froh bin, mit meiner Meinung nicht allein dazustehen. Ich hoffe nur, daß ich Monroe und Madison überzeugen kann.«

»Das hoffe ich auch«, entgegnete Christopher und erhob sich. »Wenn ich Ihnen irgendwie behilflich sein kann, Sir, zögern Sie nicht, es mich wissen zu lassen. Ich würde mich glücklich schätzen, etwas für Sie tun zu können.« Es war ein ernst gemeintes Angebot, denn Christopher respektierte Gallatin instinktiv.

Auch Gallatin erhob sich und reichte Christopher die Hand. »Wenn nötig, werde ich sicher auf Ihr Angebot zurückkommen. Und zögern auch Sie keine Sekunde, zu mir zu kommen, wenn ich Ihnen behilflich sein kann. Wir Amerikaner müssen zusammenhalten, nicht wahr?«

Christopher lächelte. »Besonders, wenn wir uns in einem Land befinden, das im Krieg mit uns liegt.«

Lachend pflichtete Gallatin ihm bei: »Natürlich, besonders dann.«

Es war eine angenehme Beendigung ihres Gesprächs, und Christopher machte sich zufrieden und in der Gewißheit, kein Narr zu sein, auf den Heimweg.

23

Robert Saxon befand sich auf dem Rückweg nach London. Wütend trieb er seine beiden Braunen zu größerer Eile an. Auf seinem früher einmal gutgeschnittenen Gesicht, in dem ein ausschweifender Lebenswandel längst seine Spuren hinterlassen hatte, lag ein düsterer Ausdruck. Zum Teufel mit ihm! dachte er böse. Warum ist er nicht gestorben, und Simon, der alte Narr, mit ihm?

Robert Saxon war ein ausgesprochen ichbezogener Mensch, der für niemanden außer sich selbst ein positives Gefühl aufbringen konnte. Er war kalt und hatte in seinem ganzen Leben nur zwei Ziele verfolgt: das eine war ihm versagt geblieben, weil er der zweitgeborene Sohn gewesen war; das andere war ihm durch einen harten Schicksalsschlag vereitelt worden.

Doch Robert war kein Mann, der sich von solchen Kleinigkeiten wie einem älteren Bruder oder der Tatsache, daß die Frau, die er begehrte, verheiratet war, von seinem Ziel abbringen ließ. Seinen Bruder zu beseitigen war keine Schwierigkeit für ihn gewesen. Er hatte Gaylord und seine Frau vor vielen Jahren auf einer Vergnügungsreise nach Cornwall begleitet – bis sie an eine besonders gefährliche Strecke der Küstenstraße gelangten. Als sie zum letzten Mal an einer Poststation halt machten, um die Pferde zu wechseln, hatte Robert erklärt, daß er dort bleiben und auf ein paar Freunde warten wolle. Gaylord hatte leichten Herzens zugestimmt und keinerlei Arg in dem Vorschlag seines Bruders entdeckt. Und so war er, seinem Bruder Robert fröhlich zuwinkend, ahnungslos mit seiner Frau davongefahren. Nach kurzer Zeit waren die Zugriemen, die Robert teilweise eingeschnitten hatte, gerissen, und die Kutsche war ins Meer gestürzt. Nur ihr kleiner Sohn Christopher war zurückgeblieben und Robert seitdem ein Dorn im Auge gewesen. Doch Robert konnte auch sehr geduldig sein, und er war sicher, daß es ihm auf irgendeine Weise gelingen würde, auch noch seinen kleinen Neffen aus dem Weg zu räumen.

Durch Gaylords Unfall war Robert seinem Ziel ein großes Stück nähergekommen, doch daß Annabelle bei dem vorgetäuschten Unfall mit ihrer Jacht, der ihrem Ehemann den Tod bringen sollte, ebenfalls ums Leben kam, war nicht geplant gewesen, denn Robert hatte die schöne junge Witwe später heiraten wollen. Blanke Wut und Verzweiflung hatten ihn erfaßt, als er die Nachricht von ihrem Tod erhalten hatte, und noch nach Jahren fragte er sich, was damals schiefgelaufen war. Warum war dieser dämliche Bengel Giles mit an Bord gewesen? Hatte Adrian das Komplott entdeckt und seine Frau als letzten Racheakt mit in den Tod genommen? Oder war Annabelle bei dem Versuch, ihren Sohn zu retten, ums Leben gekommen? Auf diese Fragen würde er wohl nie eine Antwort finden, und wie eine ätzende Säure hatten sie sechs Jahre lang sein Herz zerfressen und den letzten Rest an Gutem, der vielleicht noch in ihm gewesen war, ausgemerzt.

Ohne Annabelle war aus ihm ein von Dämonen getriebener Mann geworden; die einzige Befriedigung für ihn war die Gewißheit, daß er der nächste Lord Saxon sein würde. Doch dann war vor fünf Jahren Christopher zurückgekehrt. Christopher, von dem er gehofft hatte, daß er auf See den Tod gefunden hatte. Und wieder war er gezwungen, sich der einzigen Person, die seinen Plänen im Weg stand, zu entledigen. Damals hatte er einen kaltblütigen Mord geplant, doch Christopher war es gelungen zu entkommen.

Seine Augen wurden zu schmalen Schlitzen, als er mit wilden Peitschenhieben die dahinjagenden Pferde zu noch größerem Tempo antrieb. Sein Mund verzog sich zu einem grausamen Lächeln, und voller Ingrimm schwor er sich: Dieses Mal wirst du mir nicht entkommen, mein kleiner Neffe. Dieses Mal nicht – und wenn ich es mit meinen eigenen Händen tun muß.

Simons Nachricht von Christophers plötzlicher Rückkehr hatte ihn am späten Nachmittag erreicht, als er sich bei ein paar Freunden in Kent aufhielt. Unter einem Vorwand hatte er sich so bald wie möglich nach dem Abendessen verabschiedet. Er wußte zwar, daß er London in dieser Nacht nicht mehr erreichen würde, doch die wilde Fahrt durch die Nacht tat ihm gut und half ihm, die nötige Ruhe und Gelassenheit für die bevorstehende Begegnung mit Christopher wiederzugewinnen.

Er wußte nicht, was Christopher Simon erzählt hatte. Sein Vater hatte ihm lediglich mitgeteilt, daß Christopher sich bei ihm am Cavendish Square aufhielt. Robert war blaß geworden, als er las, daß Christopher lebte und zurückgekommen war, denn es war nicht schwer gewesen, zwischen den Zeilen zu lesen, daß die beiden sich ausgesöhnt hatten. Fluchend hatte er den Brief seines Vaters zerrissen.

Roberts Verhältnis zu seinem Vater war nie sehr herzlich gewesen. Einen Teil des Jahres hielt sich Simon in seinem Haus am Cavendish Square auf, den Sommer verbrachte er in Brighton, um sich dann wieder in die Ruhe und Abgeschiedenheit seines Besitzes in Surrey zurückzuziehen. Auch Robert lebte in London, wo er eine elegante und teure Wohnung in der Stratton Street bewohnte. Doch er sah seinen Vater nur selten, meist nur, wenn er in finanzielle Schwierigkeiten geraten war, und bei einigen offiziellen Anlässen in London oder Brighton.

Roberts stets kränkliche Frau war vor sieben Jahren bei der Entbindung ihres totgeborenen Kindes gestorben, und nach ihrem Tod war in ihm der Entschluß gereift, Adrian umzubringen, um seine Witwe Annabelle heiraten zu können. Voll bitterer Ironie dachte er oft daran, daß ausgerechnet sein eigener Plan ihm den einzigen Menschen genommen hatte, der ihm je etwas bedeutet hatte.

Für seine beiden Kinder empfand er kaum etwas, und auch sie brachten ihm wenig Zuneigung entgegen. Seine Tochter Anne war glücklich verheiratet mit einem jungen Adeligen und erwartete in York ihr drittes Kind. Sein Sohn studierte immer noch in Eton, und Robert hoffte, daß Simon den Jungen fördern und finanziell unterstützen würde, wenn er die Schule in ein paar Jahren verließ.

Wenn Christopher seiner Verwunderung darüber, daß niemand Roberts Namen erwähnte, laut Ausdruck gegeben hätte, würde Regina ihm in ziemlich scharfer Form erklärt haben, daß der Grund dafür in Roberts kalter, gefühlloser Art lag. Robert besaß zwar einen gewissen Charme und konnte auf jemanden, der ihn nur flüchtig kannte, sogar recht anziehend wirken, doch in seiner Familie war er nicht sehr beliebt.

Simon liebte seinen jüngsten Sohn zwar, doch er kannte auch seine Fehler und seine wüsten Ausschweifungen – allzu oft schon hatte er ihn aus peinlichen, ja widerwärtigen Situationen retten müssen. Und niemand wußte, zu welchen Gemeinheiten und Grausamkeiten Robert tatsächlich noch fähig war. Einen Mord würde ihm aber sogar Regina nicht zugetraut haben. Doch Robert hegte tatsächlich Mordgedanken, als seine Kutsche sich London näherte.

Auch an die Markhams hatte Simon eine Nachricht geschickt und Wut und Bestürzung damit ausgelöst.

»Mein Gott, ich kann es nicht glauben! Nicole muß tot sein! Das muß ein Irrtum sein!« hatte Edward geschrien, als seine Eltern ihm die Neuigkeit mitteilten. »Was macht sie in London? Wenn es wirklich Nicole ist, wäre sie sofort hier aufgekreuzt. Es muß ein Irrtum sein. Ich glaube es einfach nicht.«

Simons Nachricht war so höflich wie möglich gehalten, wie in dem Schreiben an seinen Sohn hatte er sich sehr kurz gefaßt und lediglich das Nötigste mitgeteilt. Ihre Nichte Nicole Ashford hielte sich zu einem Besuch am Cavendish Square auf. Sie wäre vor etwa vierzehn Tagen aus Amerika zurückgekehrt. Ob sie sie nicht in London besuchen wollten?

»Besuchen?« schrie Edward wutentbrannt. »Sie wird auf der Stelle zu uns kommen! Was glaubt Lord Saxon, wer er ist? *Ihr* habt die Vormundschaft über sie, nicht er!«

Edward war überzeugt gewesen, daß Nicole tot und es nur noch eine Frage der Zeit sei, bis ihr Vermögen ihm gehören würde. Die ganze Familie Markham hatte inzwischen geglaubt, daß Nicole ums Leben gekommen war.

Robert traf am Morgen in London ein, wo er sich zunächst in seine Wohnung in der Stratton Street begab, um ein wenig Schlaf nachzuholen. Erst am Nachmittag stand er auf und kleidete sich mit gewohnter Nachlässigkeit für den Besuch im Hause seines Vaters an.

Am Cavendish Square hatte man sich zur nachmittäglichen Teestunde am Kamin in dem großen Salon eingefunden. Lady Darby hatte die Rolle der Gastgeberin übernommen und schenkte Tee aus der schweren silbernen Teekanne ein. Nicole, die ein zartgrünes Baumwollkleid trug, saß neben Mrs. Eggleston auf der zweisitzigen Couch aus rosa Brokat.

Christopher war gerade in eine angeregte Unterhaltung mit seinem Großvater vertieft, als Robert angekündigt wurde.

Leicht überrascht blickten die drei Damen auf, und Regina fragte sich, was Robert wohl von Simon wollen könnte. Wahrscheinlich war er verstimmt über Christophers Rückkehr, nachdem er sich schon als Simons Erben betrachtet hatte. Doch sie hoffte, daß er sich dieses Mal wie ein Gentleman benehmen würde.

Nachdem seine erste Wut sich etwas gelegt hatte, hatte Robert sich gut in der Gewalt, und er war klug genug, seinen Ärger nicht zu zeigen. Doch dann sah er sich einer Tatsache gegenüber, die ihn vorübergehend jeden Gedanken an Christopher vergessen ließ.

Daß Regina sich bei Simon aufhielt, war nichts Ungewöhnliches – sie besuchte ihn des öfteren. Aber Simon hatte in seinem Brief nichts von Mrs. Eggleston und Nicole erwähnt, so daß sich Robert völlig unvorbereitet mit Annabelles Tochter konfrontiert sah.

Er wußte sofort, daß sie ihre Tochter war. Ihr Haar besaß zwar nicht die intensiv rote Farbe wie das ihrer Mutter, doch alles andere erinnerte ihn schlagartig an Annabelle. Nicole hatte auch Annabelles zarte pfirsichfarbene Haut, ihren verführerisch geschwungenen Mund, die gerade, ein wenig arrogant wirkende Nase und den gleichen, schlanken, vollbusigen Körper. Obwohl ihre Augen nicht von dem geheimnisvollen Grün wie Annabelles Augen waren, besaßen sie doch die gleiche Form.

Nur mit Mühe konnte Robert sich aus dem Bann ihrer topasbraunen Augen lösen. An Mrs. Eggleston vermochte er sich nur sehr vage zu erinnern. Während Regina sie ihm vorstellte, hatte er Zeit, seine Fassung wiederzugewinnen.

Ein kühles Lächeln spielte um seine Lippen, als er sagte: »Welch erfreuliche Überraschung, Sie wiederzusehen, Mrs. Eggleston! Ich hoffe, Sie werden eine angenehme Zeit in London verbringen.«

Mrs. Eggleston murmelte eine Erwiderung, doch Robert hatte sich schon wieder von ihr abgewandt. Er hatte sich wieder soweit unter Kontrolle, daß er es wagen konnte, sich Annabelles Tochter zuzuwenden. Er konnte aber nicht verhindern, daß er ihre Hand länger als nötig in der seinen hielt und schließlich ihre schlanken Finger küßte.

Eine leichte Röte überzog Nicoles Wangen unter seinem durchdringenden Blick. Robert war bezaubert, und in diesem Moment ging die leidenschaftliche Liebe, die er einst für Annabelle empfunden hatte, auf ihre Tochter über. Er vergaß alles andere um sich her, und erst Simons ironische Stimme rief ihn wieder zur Ordnung.

»Hör auf, die Wirkung deines unangezweifelten Charmes an meinen Gästen auszuprobieren, und begrüße deinen Neffen.«

Jetzt fiel Robert auch der Grund für seinen Besuch am Cavendish Square wieder ein, doch er unterdrückte seine Wut und blickte Christopher lächelnd entgegen. »Entschuldige«, sagte er ruhig, »es geschieht selten, daß du solch reizende Gäste hast, so daß ich mich fast vergessen habe. Hallo, Christopher.«

Christopher schien zu Stein erstarrt. Sein Gesicht war verschlossen, doch in seiner Stimme klang ein drohender Ausdruck, als er sich formell verbeugte und trocken sagte: »Onkel, wie außerordentlich befriedigend, dich nach so vielen Jahren wiederzusehen.«

Robert zog die Augenbrauen zusammen. »Befriedigend?«

Mit spöttischem Lächeln nickte Christopher. »Ja. Du ahnst nicht, wie sehr ich mich gesehnt habe, dich wiederzusehen.«

Roberts Augen wurden schmal bei Christophers zweideutigen Worten, doch er erwiderte scheinbar unberührt: »Ich werde mich bemühen, dich nicht zu enttäuschen.«

»Davon bin ich überzeugt, und ich ... freue mich schon darauf«, entgegnete Christopher übertrieben höflich.

Auf Roberts Gesicht trat ein gespannter Ausdruck, doch ehe er etwas erwidern konnte, mischte sich Simon ein, der spürte, daß diese eigenartige Unterhaltung zu weit zu gehen drohte.

»Genug jetzt. Du siehst gut aus, mein Junge. Ich hatte nicht erwartet, dich vor nächster Woche zu sehen.«

»Das bezweifle ich«, antwortete Robert mit kaltem Lächeln. »Du konntest dir doch denken, daß meine Neugier auf Christopher mich umgehend zu dir eilen lassen würde. Schließlich kommt es nicht oft vor, daß ein vom Tod Auferstandener in das Haus seiner Vorfahren zurückkehrt.«

Am nächsten Morgen bat Christopher seinen Großvater gleich nach dem Frühstück um ein Gespräch unter vier Augen. Simon hatte so etwas schon erwartet, stimmte bereitwillig zu und führte Christopher in sein Arbeitszimmer. Simon, der morgens nie in der besten Stimmung war, schloß die Tür hinter sich und fragte barsch: »Nun, was gibt es? Was bedrückt dich so sehr, daß ich nicht einmal zu Ende frühstücken kann?«

Christopher wußte, daß sein Großvater sein Frühstück schon vor über einer halben Stunde beendet hatte, und ignorierte den Vorwurf. Er wartete, bis sein Großvater hinter dem Schreibtisch Platz genommen hatte, und sagte ernst: »Es hat nicht viel zu bedeuten, trotzdem fürchte ich, daß das, was ich dir zu sagen habe, dir nicht sehr gefallen wird.«

Simons Körper versteifte sich; er fürchtete, die Wahrheit zu erfahren. Die Angst vor dem, was er nun hören würde, schnürte ihm die Kehle zu, so daß er Christopher nur stumm anstarren konnte. Als er aber dann die einfachen Worte vernahm, konnte er nur verständnislos erwidern: »Du willst ausziehen? Weil du eine eigene Wohnung haben willst?«

Genau das hatte Christopher vor. In der vergangenen schlaflosen Nacht hatte er diese wichtige Entscheidung getroffen. Er konnte unmöglich weiter bei Simon wohnen. In den folgenden Wochen würde er einige Leute treffen und ein paar Dinge erledigen müssen, von denen niemand etwas erfahren durfte. Wenn er etwas erreichen wollte, brauchte er Bewegungsfreiheit; er mußte kommen und gehen können, wann er wollte, ohne daß jemand irgendwelche Fragen stellte.

Christopher hatte einen Widerspruch erwartet, doch Simon erwiderte nur leichthin: »Tu, was du willst. Ich kann es dir nicht verbieten.« Er blickte in Christophers verblüfftes Gesicht, und fragte trocken: »Du wirst mich doch sicher gelegentlich besuchen, nicht wahr?«

»Selbstverständlich. Sie haben also nichts dagegen, daß ich meinen Agenten beauftrage, eine passende Wohnung für mich zu suchen?« fragte er höflich, obwohl beide wußten, daß diese Frage überflüssig und nur eine Formsache war.

»Und ob ich etwas dagegen habe! Ich bezweifle aber, daß dich das stören würde. Ich bin dir nur dankbar, daß du Nicole und Letty nicht mitnehmen willst.« Ein weiches Lächeln erhellte Simons Gesicht.

Die Markhams trafen am Donnerstag in London ein. Erstaunlicherweise weigerte sich Edward, seine Eltern bei ihrem Besuch am Cavendish Square zu begleiten. Er besaß etwas mehr Verstand als seine Eltern, und ihm war klar, daß Lord Saxon ihnen Nicole nicht widerstandslos überlassen würde. Er konnte sich genau vorstellen, wie die Begegnung verlaufen würde. Er sah den stolzen Lord Saxon vor sich, der kühl und unerschütterlich an seinem Entschluß festhielt, während sein Vater wütend und hilflos herumschrie und seine Mutter einen ihrer hysterischen Anfälle bekam. Nein, dachte er, ich werde sie nicht begleiten.

Sollten seine Eltern ruhig Drohungen und Verwünschungen ausstoßen – er würde den aufrichtigen Cousin spielen, der, seine Entrüstung über das Verhalten seiner Eltern nur mühsam verbergend, versuchte, Nicoles Vertrauen zu gewinnen. Sollte es seinen Eltern nicht gelingen, Nicole wieder unter ihre Obhut zu bringen, würde er es auf seine Weise versuchen. Er hatte keine Lust, bei dem unerfreulichen Auftritt dabeizusein, an den Nicole sich sicher noch lange mit

Abscheu erinnern würde.

Im Hinblick auf seine anfängliche Wut und Empörung konnten seine Eltern seine plötzliche, scheinbar gleichgültige Haltung nicht ganz verstehen, denn von seinen eigenen Plänen hatte er ihnen nichts verraten.

Also machten sich William und Agatha am Freitagmorgen allein auf den Weg zu Lord Saxon.

Twickham, der Butler, empfing sie auf besonders hochmütige Art, nachdem Simon ihm eingeschärft hatte, die Markhams so herablassend wie möglich zu behandeln. Geringschätzig sah er sie von oben bis unten an und sagte dann kühl: »Wenn Sie bitte warten wollen. Ich werde sehen, ob mein Herr heute morgen empfängt.«

Er ließ sie in der Halle stehen und ging mit würdevollen Schritten davon. Er fand seinen Herrn im Frühstückszimmer und meldete in verschwörerischem Ton: »Sie sind da, Sir. Ich habe sie in der Halle warten lassen.«

»Gut«, nickte Simon zufrieden. »Meinst du, wir sollten sie länger als eine halbe Stunde warten lassen?«

Twickham konnte sich nicht erinnern, seinen Herrn in den letzten Jahren jemals so aufgekratzt gesehen zu haben. »Nein, Sir, eine halbe Stunde dürfte genügen«, erwiderte er, und der Anflug eines Lächelns glitt über sein Gesicht. »Der Herr macht ohnehin einen sehr ungeduldigen Eindruck. Das Warten wird ganz schön an seinen Nerven zerren.«

Vergnügt rieb Simon sich die Hände. »Du weißt, Twickham, daß ich meinen Spaß daran haben will. Es ist wirklich eine gute Sache, daß mein Enkel zurückgekommen ist. Ich habe seit Jahren nicht mehr so viel Abwechslung gehabt.«

24

Das Haus wirkte verlassen, als Christopher, aus dem Wintergarten kommend, die Halle betrat. Auf seine Frage erklärte ihm Twickham, daß sein Großvater ausgegangen sei. Lady Darby und Mrs. Eggleston hätten sich zu ihrer Schneiderin, Mrs. Bell, begeben. Einen Augenblick zögerte Christopher; er dachte daran, seinem Großvater zu folgen, doch dann beschloß er, Markham aufzusuchen. Das würde ihn auf andere Gedanken bringen. Er nickte Twickham zu und stieg die Treppe hinauf.

Higgins erwartete ihn bereits. »Die Markhams sind in einem Hotel in Piccadilly abgestiegen. Hier ist die Adresse«, teilte er Christopher mit und reichte ihm ein Stück Papier.

Christopher warf einen flüchtigen Blick auf den Zettel. »Danke«, erwiderte er knapp. Dann fiel ihm die Verabredung mit seinem Agenten ein, und er brummte: »Higgins, geh zu diesem Jenkins. Ich sollte ihn schon vor einer Stunde treffen. Entschuldige mich bei ihm. Denk dir irgend etwas aus und schau dir die Wohnung an, die er anzubieten hat. Ich überlasse die Entscheidung ganz dir.«

Es bereitete Christopher keine Mühe, William Markham zu finden.

William war nicht überrascht, als Christopher gemeldet wurde. Er war auf eine erneute Begegnung mit einem der Saxons vorbereitet, doch Christophers einschüchterndes Auftreten irritierte ihn dann doch.

Als William Christopher mit gefährlich glitzernden Augen auf sich zukommen sah, wich er voll Unbehagen zurück.

Christopher machte keinen Versuch, seine Gefühle gegenüber William zu verbergen. »Sie haben meinem Großvater heute morgen einen Besuch abgestattet«, herrschte er ihn statt einer Begrüßung an.

»Ja«, antwortete William ängstlich, doch dann erinnerte er sich an die Behandlung, die er im Hause am Cavendish

Square erfahren hatte, und fuhr etwas energischer fort: »Und ich sage Ihnen, junger Mann, man hat sich dort einiges herausgenommen. Man vergaß, daß Miss Ashford mein Mündel ist. Ihr Großvater hat kein Recht, sich einzumischen, auch wenn er ein Lord ist.«

»Auch wenn Sie sie schlagen?« fragte Christopher mit seidenweicher Stimme.

William schluckte nervös. »Sie war unverschämt, und als ihr Vormund ...« Er versuchte, seiner Stimme einen drohenden Klang zu geben. »Als ihr gesetzlicher Vormund habe ich das Recht, sie zu bestrafen. Sie war unverschämt, Sir!«

Fast liebevoll ließ Christopher die Reitpeitsche, die er in der Hand hielt, durch seine Hände gleiten, während er William unentwegt anblickte. »Sie irren sich«, erwiderte er kalt. »Sie haben mit Miss Ashford nichts mehr zu tun, seit sie vor fünf Jahren vor Ihnen davongelaufen ist.«

Williams Gesicht wurde dunkel vor Wut, doch Christopher übersah es. »Ich gebe Ihnen einen guten Rat, Mr. Markham«, fuhr er fort. »Vergessen Sie Nicole Ashford, kehren Sie auf Ihre Farm zurück. Nicole wird bei meinem Großvater gut aufgehoben sein. Wenn Sie meinen Rat jedoch nicht befolgen wollen ...« Er hielt inne, und ein häßliches Lächeln spielte um seinen Mund. »Ich fürchte, dann wird es unsere leidige Pflicht sein, Nachforschungen darüber anzustellen, wie Sie Nicoles Gelder in den letzten Jahren verwaltet haben.«

William konnte sich nur mit Mühe beherrschen. »Wie können Sie es wagen! Ich werde Sie aus dem Hotel werfen lassen, junger Mann. Und wenn ich meinen Rechtsanwalt erreiche, werden Sie erkennen, daß es unklug ist, einen ehrenwerten Menschen zu verdächtigen.«

»Ehrenwert?« rief Christopher höhnisch. »Das glaube ich kaum. Und ich bin sicher, daß sich unser Verdacht bestätigen wird.«

William wußte, daß er sich keine Untersuchung leisten konnte. »Nun – wir sollten in Ruhe darüber reden«, warf er daher das Steuer herum.

»Aber tun wir das nicht?« fragte Christopher trocken.

»Ja, ja.« William versuchte, das Gesicht zu wahren, und entgegnete in friedlicherem Ton: »Setzen Sie sich bitte. Vielleicht können wir zu einer Einigung kommen.«

»Es gibt nur eine Möglichkeit: Sie und Ihre Frau gehen zurück auf Ihre Farm und vergessen Nicole Ashford«, erklärte Christopher mit harter Stimme. »Außerdem werden Sie meinem Großvater Nicoles Vermögenslage darlegen. Falls Sie das nicht tun«, fügte er drohend hinzu, »werden Sie schon sehen, was passiert.«

Die Wut drohte William zu ersticken, sein Gesicht nahm eine beängstigend rote Farbe an, als er mit erstickter Stimme zustimmte: »Ja, ich bin einverstanden.« Er hätte wahnsinnig werden können, doch es durfte einfach nicht zu einer Überprüfung der Bücher durch Dritte kommen. Es war viel besser, auf Nicole und ihr Vermögen zu verzichten und zu versuchen, das zu behalten, was ihm rechtmäßig gehörte, als auch dies noch gegen die Saxons aufs Spiel zu setzen.

»Sehr schön«, sagte Christopher schneidenden Tones. Er drehte sich auf dem Absatz um, doch dann wandte er sich noch einmal zu William um. »Ach, noch etwas ...« Und mit raschem Schlag zog er William die Reitpeitsche quer übers Gesicht. Seine Augen waren nur noch schmale Schlitze, als er drohend hinzufügte: »Legen Sie nie wieder Hand an Nicole Ashford. Das nächste Mal würde ich Sie töten.«

Wortlos starrte William ihm nach, als er den Raum verließ. Er hätte vor Wut und Scham laut aufheulen mögen, doch dann sagte er sich, daß er froh sein müsse, daß es so für ihn abgegangen war.

Während Christophers Besuch bei William Markham hatte Higgins eine Wohnung für ihn ausgesucht, die auch Christophers Zustimmung fand. Etwa eine Woche später zog Christopher in sein neues Heim ein.

Die Wohnung in der Ryder Street war sehr gemütlich, er besaß einen netten Freundeskreis und führte das angenehme Leben vieler junger Aristokraten. Allzu häufige Verwandtenbesuche paßten nicht zu diesem Lebensstil.

Und so vergingen die Wochen und Monate. Während Nicole sich weiter in die Londoner Gesellschaft einführen ließ, verbrachte Christopher seine Tage und Nächte damit, nach Hinweisen und Beweisen über die strategischen Pläne der Engländer zu suchen.

Im Mai fand Nicoles großer Ball statt – er wurde als *das* gesellschaftliche Ereignis des Jahres gepriesen, sogar der Prinzregent war als Gast zugegen. Nicole sah bezaubernder denn je aus in ihrem weißen, mit Gold besetzten Satinkleid; ihr Haar war hochgesteckt, kostbare Perlen schimmerten an ihrem Hals. Sie war unbestritten der bewunderte und begehrte Mittelpunkt des Festes.

Christopher war zwar auch anwesend, doch er gehörte nicht zu denen, die ihr den Hof machten, sondern forderte sie nur zu einem Pflichttanz auf, bevor er sich ins Spielzimmer zurückzog.

Im Mai ritt Wellington als britischer Botschafter in Paris ein, und schließlich trat auch Albert Gallatin als Mitglied der Friedensdelegation in Erscheinung.

Unterstützt von Alexander Baring hatten Gallatin und Bayard freundliche Aufnahme in privaten Kreisen gefunden und ihr Bestes getan, um einen baldigen Beginn der Friedensgespräche in Gent herbeizuführen. Nach vielen tatenlosen Wochen nominierten endlich auch die Engländer ihre Kommission – drei Männer von solch geringen Fähigkeiten, daß selbst Gallatin entsetzt war. Zu dieser Kommission gehörten der unbedeutende Rechtsanwalt William Adams, Henry Coulburn, ein unbekannter Unterstaatssekretär aus dem Kriegsministerium, und Vize-Admiral Lord Gambier, der die Kommission leitete. Zu guter Letzt wurde noch der in Washington sehr unbeliebte Anthony St. John Baker zum Sekretär ernannt.

Die Erfolgsaussichten für die Friedensgespräche waren demnach als denkbar gering anzusehen.

Im Juni erhielt Christopher das erste verschlüsselte Schreiben von Jason Savage. Überrascht und erfreut öffnete er es, doch seine Freude verwandelte sich in Niedergeschlagenheit, als er den Brief las. Jason teilte ihm mit, daß Pierre Lafitte im April von einer Dragonerabteilung verhaftet worden war; die Steuerbehörden hatten dafür gesorgt, daß Lafittes Gesuch, gegen eine Bürgschaft freigelassen zu werden, abgelehnt wurde. Christopher fragte sich, wie Jean wohl auf die Verhaftung seines Bruders reagiert haben mochte – immerhin war der Brief schon zwei Monate alt.

Das besonders hartnäckige Gerücht, daß fünfundzwanzigtausend britische Soldaten sich auf dem Seeweg nach Amerika befänden, veranlaßte Christopher, noch einmal Albert Gallatin aufzusuchen. Die Begegnung verlief in sehr düsterer Stimmung, und fußend auf Christophers Informationen, teilte Gallatin Monroe mit, daß diese Truppen seiner Meinung nach Angriffe auf Washington, Baltimore und New York durchführen würden. Gallatin und Christopher waren übereinstimmend der Meinung, daß es äußerst unklug wäre, wenn Amerika auf irgendwelchen außergewöhnlichen britischen Zugeständnissen bei den Friedensverhandlungen bestünde. Die Engländer waren zu stark und hielten sich nach dem erfolgreichen Krieg gegen Napoleon für unschlagbar. Schließlich begab sich Gallatin, der erkannt hatte, daß er in England nichts mehr für sein Land tun konnte, am 6. Juli 1814 nach Gent zu den Friedensverhandlungen.

Am 8. August 1814 begannen die Friedensgespräche. Christopher fühlte sich erleichtert, doch seine Unruhe und Enttäuschung wuchsen von Stunde zu Stunde. Er war mehr denn je überzeugt davon, daß England einen Großangriff auf eine amerikanische Großstadt plante, aber er war nicht mehr so sicher, daß das Ziel New Orleans sein würde.

Eines Abends, als seine Stimmung auf den Nullpunkt gesunken war, ließ einer seiner neuen Bekannten, ein Hauptmann Buckley, der schon ziemlich angetrunken war, ein paar Bemerkungen fallen, die Christopher sofort hellwach werden ließen. Buckley sprach von großen Truppenverschiffungen und ging sogar so weit, anzudeuten, daß ein Großangriff im Gebiet der Great Lakes nur eine Finte darstellen und das wirkliche Angriffsziel New Orleans sein werde. Christopher verbarg seine Erregung und erklärte leichthin: »Was kümmert es mich, mein Freund! Ich bin hier in England. Noch ein Drink?«

Als er sich wenig später in seiner Wohnung befand, setzte er sich jedoch sofort hin und verfaßte eine Nachricht an Gallatin, in der Hoffnung, daß sie für die Verhandlungen von Nutzen sein konnte.

Mit der Zeit begannen die langen durchzechten Nächte in den verrauchten Spielsalons und den Vergnügungsetablissements ihre Spuren zu hinterlassen. Christophers Gesicht war schmal geworden, er selbst wurde von Tag zu Tag nervöser und erregbarer. Er hatte zwar eine Menge Gerüchte aufgefangen, doch noch immer keinen konkreten Beweis in Händen.

In seiner Verzweiflung suchte er immer wieder das Kriegsministerium auf, wo er inzwischen schon ein wohlbekannter Gast war. Scheinbar gelangweilt ging er durch die verschiedenen Büros und fragte sich, hinter welchen Türen die ersehnten Informationen verborgen waren. Es war eine wahrhaft deprimierende Tätigkeit.

Obwohl Christopher seine Freunde sehr geschickt in zwei Gruppen unterteilt hatte, geschah es hin und wieder, daß sich seine Interessen bei der einen oder anderen Person überschnitten. Er kam sich immer elender und erbärmlicher vor, denn er wurde sich bewußt, daß er ein Spion war, der seine Freunde skrupellos betrog.

Doch dann rief er sich ins Gedächtnis zurück, daß er alles für seine neue Heimat tat. Inzwischen war er auch zu der Überzeugung gekommen, daß sich der größte Teil der englischen Bevölkerung wenig für den Krieg gegen Amerika interessierte. Der schreckliche Krieg gegen Napoleon hatte die meisten derart mitgenommen, daß sie keine Gedanken mehr an die geringfügige Auseinandersetzung mit diesen heißblütigen Kolonisten verschwenden mochten. Sie betrachteten diesen Krieg mehr als eine Art harmlosen Familienstreits, den England schon beilegen würde.

25

Mit der Zeit glaubte Nicole selbst daran, daß die seltsame Anziehungskraft, die zwischen ihr und Christopher bestanden hatte, ein für allemal gestorben sei. Sie konnte ihm jetzt unbefangen gegenübertreten, wann immer sie sich auf einer Gesellschaft begegneten.

Für diese Veränderung war zu einem großen Teil Robert Saxon verantwortlich. Er war gebildet und geistreich und unterschied sich auf angenehme Weise von ihren glühenden jugendlichen Verehrern. Trotz seiner Zurückhaltung war sich Nicole durchaus bewußt, daß sie das Ziel seiner Wünsche war.

Roberts Gesellschaft war ihr durchaus angenehm. Mit seinen schlagfertigen Bemerkungen brachte er sie immer wieder zum Lachen, und wenn er sie mit seinen meergrünen Augen ansah, begann ihr Blut ein wenig schneller zu pulsieren, und sie fragte sich manchmal, wie es wohl sein würde, wenn er sie küßte.

Eines Abends im Vauxhall Garden drängte er sie sehr entschieden auf einen verschwiegenen schmalen Pfad.

Sie sah an diesem Abend besonders bezaubernd aus in einem weiten, duftigen Kleid; ihr Haar fiel in weichen Locken auf ihre zarten Schultern herab. Ihre Hand ruhte leicht auf Roberts Arm, und ihre braunen Augen funkelten vor Vergnügen, als sie fröhlich feststellte: »Sie benehmen sich unmöglich! Lady Darby wird sehr wütend auf uns sein.«

»Solange *Sie* nicht wütend auf mich sind, stört mich das wenig«, erwiderte Robert. Das Mondlicht ließ seine silbernen Haarsträhnen aufleuchten, und in seinem dunklen Anzug mit den goldenen Knöpfen sah er sehr vornehm aus.

»Oh, ich bin nicht wütend«, antwortete Nicole wahrheitsgemäß. »Manchmal fühle ich mich so eingeengt, daß ich laut schreien möchte. Ich sehe nicht ein, warum wir zwei nicht einmal einen Spaziergang ohne Aufsichtsperson machen dürfen.«

Robert schien ihre Gedanken lesen zu können, und als er in ihr liebliches Antlitz blickte, zog sich sein Herz schmerzhaft zusammen, und er nahm sie, ohne nachzudenken, in seine Arme. »Eine so schöne junge Frau wie Sie braucht immer eine Aufpasserin, meine Liebe. Sie lassen Sie nie aus den Augen, weil sie befürchten, daß so etwas passieren könnte.« Damit preßte er seinen Mund auf ihre Lippen.

Nicole gab sich seiner Umarmung bereitwillig hin, ihr geschundenes Herz schien unter seinen ungestümen Küssen aufzuleben. Als er sie endlich losließ, waren seine Augen dunkel vor Erregung und Zärtlichkeit. Heftig atmend, murmelte er heiser: »Ich liebe dich, Nicole. Ich bete dich an, mein süßer Liebling.« Wieder zog er sie an sich und übersäte ihr Gesicht mit kleinen Küssen, bis sich ihre Lippen wieder zu einem langen, verzehrenden Kuß fanden. In diesem Augenblick erschien Regina.

Sie war zunächst schockiert, dann wütend und starrte ungläubig die engumschlungen Dastehenden an. Dann schrie sie: »Bist du verrückt geworden, Robert? Was hat das zu bedeuten?«

Langsam lösten sich die beiden voneinander. Nicole, der die Erkenntnis, daß ein solch attraktiver, kluger Mann wie Robert sie lieben könnte, ungeheuer schmeichelte, blickte Lady Darby verwirrt an, während Robert lächelnd auf diese zutrat und beschwichtigend erklärte: »Ich weiß, ich weiß, liebe Tante, es ist sehr ungewöhnlich, aber Nicole und ich ...«

Regina herrschte ihn an: »Mit dir rede ich gleich. Nicole, du gehst sofort zu Lord Saxon und Mrs. Eggleston zurück. Ich werde zu Hause mit dir sprechen. Du bist wirklich eine Enttäuschung für mich, mein Kind, das darfst du mir glauben. Also geh jetzt!«

Schlagartig kehrte Nicole in die Realität zurück, doch sie war bereit zu kämpfen und hob trotzig den Kopf. Ehe sie aber etwas entgegnen konnte, sagte Robert zu ihr: »Geh, mein Liebes. Es ist besser, wenn Lady Darby und ich allein sprechen.«

Nicole warf Lady Darby einen vielsagenden Blick zu, ehe sie sich entfernte. Sie war kaum außer Sichtweite, als Robert sich kühl an seine Tante wandte: »War es nötig, in diesem Ton mit meiner zukünftigen Frau zu sprechen?«

Diese Mitteilung verschlug Regina vorübergehend die Sprache. »Mit deiner zukünftigen Frau?« wiederholte sie nach einer Weile dümmlich.

»Ja. Ich habe zwar noch nicht mit meinem Vater gesprochen, wie es sich gehört hätte, doch er wird gewiß keine Einwände haben«, erklärte Robert. »Wenn du es wünschst, werde ich warten, bis ich mit ihm gesprochen habe, bevor ich Nicole einen offiziellen Antrag mache. Doch das ist nur eine Formsache. Ich habe vor, sie zu heiraten, und ich bin sicher, daß auch sie ja sagen wird.«

»Da irrst du dich«, entgegnete Regina mit eisiger Stimme und erhobenem Kopf. »Christopher und Nicole sind einander schon lange versprochen – und dein Vater hat bereits sein Einverständnis gegeben.« Sie hatte beschlossen, daß Christopher und Nicole ein Paar werden sollten, und nichts anderes kam für sie in Frage.

Roberts Gesicht hatte sich gerötet. »Das glaube ich nicht«, platzte er zornig heraus. »Er ließ sich doch in diesem Sommer kaum bei ihr blicken? *Ich* war es, der ständig an ihrer Seite war, nicht *er*. Sie trifft sich mit *mir*, nicht mit *ihm*.«

Regina blickte ihn nur gelangweilt an. »Das hat nichts zu bedeuten, mein lieber Neffe. Wenn du dich lächerlich machen willst mit einem Mädchen, das jünger ist als deine Tochter, so ist das deine Sache. Schlag dir Nicole Ashford aus dem Kopf – sie ist nicht für dich bestimmt. Sie wird Christopher heiraten, du kannst mich beim Wort nehmen.«

Robert verbeugte sich mit einem häßlichen Lächeln auf den Lippen. »Wir werden sehen, liebe Tante, wir werden sehen.«

Regina blickte ihm nach, als er wütend davonstürmte. Er wird Schwierigkeiten machen, dachte sie ärgerlich. Zu dumm, daß Nicole auf seinen Charme hereingefallen ist. Doch dann zuckte sie gleichgültig die Schultern – ein Rückschlag würde ihm sicher gut tun. Wenn aber ihr Plan gelingen sollte, mußte sie sofort mit Simon reden. Sie mußte ihn von der Notwendigkeit ihrer Notlüge überzeugen, und sie hoffte nur, daß er es ihr nicht zu schwer machen würde.

Christopher begann seinen Tag mit der morgendlichen Fechtstunde bei Angelo. Nachdem er ein paar Monate lang in Jacksons Salon geboxt hatte, ging er jetzt wieder seinem Lieblingssport, dem Fechten, nach.

An diesem Morgen hatte er sich mit Hauptmann Buckley zum Fechten verabredet.

Christopher war ein hervorragender Fechter, den sich nur wenige als Gegner in einem echten Kampf gewünscht hätten. Der ein paar Jahre ältere Buckley war selbst auch kein Anfänger, allerdings erheblich kleiner als Christopher, und was ihm an Größe fehlte, versuchte er mit seinem Mundwerk wettzumachen.

Sie verbeugten sich voreinander, dann berührten sich kurz die Spitzen ihrer Rapiere. In der nächsten halben Stunde war die Luft erfüllt von dem Geräusch ihrer durch die Luft sausenden und gegeneinander klirrenden Stahlklingen.

Schwer atmend und hilflos gegenüber Christophers Waffe bat Hauptmann Buckley schließlich um eine Pause. »Zum Teufel, Christopher, warum senken Sie niemals Ihre Dekkung? Ein paarmal glaubte ich, ich könnte einen Treffer landen, doch Sie sind einfach zu schnell für mich.«

Im Augenblick waren sie die einzigen auf dem hölzernen Fechtboden. Alle anderen standen lachend und schwatzend an der Vorderseite des Hauses beisammen.

Hauptmann Buckley ging zu der Gruppe hinüber und fragte neugierig: »Was fesselt denn Ihre Aufmerksamkeit dermaßen, meine Herren?«

»Es ist Daventry. Er erzählt eine urkomische Geschichte vom Hof. Hören Sie zu«, sagte einer.

Christopher interessierte sich nicht allzusehr für den Hofklatsch und hörte nur mit halbem Ohr zu, bis sein Blick plötzlich an Robert hängenblieb.

Robert war offensichtlich erst zusammen mit Daventry gekommen, denn Christopher hatte ihn vorher nicht bemerkt.

Er hatte eigentlich zuerst mit Nicole ins reine kommen wollen, ehe er seine Fehde mit Christopher wieder aufnahm, aber die gestrige Auseinandersetzung mit Regina hatte ihm schmerzhaft klargemacht, daß Christopher noch immer seine Pläne durchkreuzen konnte. Die Vorstellung, daß Nicole Christophers Frau werden könnte, ließ den alten Haß und seine Wut auf Christopher erneut auflodern. Und als er den Gegenstand seines Hasses, der soviel jünger war als er und so gut aussah, heute entdeckt hatte, konnte er sich kaum mehr beherrschen.

»Für einen, der so offensichtlich untrainiert ist wie du, bist du recht gut mit ihm fertiggeworden«, begrüßte er Christopher, halb wahnsinnig vor Eifersucht.

Christopher sah ihn kühl an. »Woher willst du wissen, daß ich untrainiert bin? Ich denke, gut gekämpft zu haben.«

Robert zuckte die Achseln und griff spielerisch nach einem der vielen Rapiere, die an der Wand des Studios lehnten. »Nun ja, du hast zweifellos ein paar gute Tricks angewandt«, sagte er geringschätzig und ließ die blitzende Klinge des Rapiers durch seine Hand gleiten. »Ich jedoch habe meinen Gegner in einem Duell getötet, mein Lieber.«

»Wie?« fragte Christopher spöttisch. »Von hinten?«

»Du Schwein!« stieß Robert zwischen zusammengepreßten Zähnen hervor, und ohne nachzudenken, zog er die Schutzkappe von der Klinge und griff Christopher mit der nun ungeschützten Klinge an.

Schnell wie eine Katze wich Christopher Roberts plötzlichem Angriff aus.

Robert stieß wild mit der Klinge nach ihm, doch konzentriert, wachsam und ohne Hast, beinahe träge, parierte Christopher den Angriff.

Er wartete eine Weile, bis er erkannte, daß Robert den ungleichen Kampf weiter fortsetzen wollte, dann erklärte er ruhig: »Die Schutzkappe deines Rapiers ist ab. Oder hast du das nicht bemerkt?«

Robert grinste satanisch. »Tatsächlich? Ich fürchte, ich weiß nicht, wovon du redest.« Wieder unternahm er einen Angriff, dem Christopher jedoch abermals ohne Mühe ausweichen konnte.

Christophers Zorn erreichte nun ein gefährliches Stadium, und er höhnte: »Du wirst dich etwas mehr anstrengen müssen, Onkel. Oder bleibst du nur über die Schwachen und Dummen Sieger?«

Wilder Haß stand in Roberts Augen. »Diese Worte wirst du noch bereuen, das verspreche ich dir«, stieß er hervor.

Klirrend trafen sich ihre Klingen, und Robert startete mit kalten, haßerfüllten Augen eine Serie tödlicher Angriffe.

Kühl überblickte Christopher die Situation. Er konnte nicht glauben, daß Robert den Versuch wagen würde, ihn hier vor so vielen Menschen zu töten, doch in den haßerfüllten Augen seines Onkels stand ein Ausdruck, der ihn erkennen ließ, daß Robert nicht mehr Herr seiner Handlungen war. Christopher warf einen schnellen Blick zu den noch immer schwatzend beisammenstehenden Männern hinüber, aber im Augenblick schenkte ihnen niemand Beachtung. Er hätte natürlich um Hilfe rufen können, doch er verwarf diesen Gedanken sofort wieder – sein Stolz verbot es ihm.

Sie kämpften erbittert weiter, als Buckley plötzlich schrie: »Mein Gott, Mr. Saxon! Sie haben keine Kappe an Ihrem Rapier! Vorsicht! Vorsicht!«

Christopher glaubte, daß Robert den Kampf jetzt, nachdem man auf sie aufmerksam geworden war, aufgeben würde, und senkte die Deckung. Prompt konnte Robert der Versuchung nicht widerstehen und setzte einen gezielten, todbringenden Stich an, aber Christophers schnelle Reaktion verhinderte, daß er voll getroffen wurde. Immerhin streifte die Klinge seinen Arm und hinterließ einen breiten Schnitt, aus dem das Blut hervorquoll.

Buckley war als erster bei ihnen. Auch die anderen, die den Ernst der Lage jetzt erkannt zu haben schienen, eilten herbei.

Trotzdem wollten alle noch an einen Zufall glauben – einen schrecklichen Zufall, der jedem von ihnen hätte passieren können. Es hatte zwar so ausgesehen, als ob Robert, der sich seiner nackten Klinge offensichtlich nicht bewußt war, vorsätzlich seinen letzten Angriff nicht abgebrochen hatte. Und

Roberts Selbsterhaltungstrieb überwog seinen Haß auf Christopher, deshalb zog er schnell seinen Vorteil aus dieser falschen Einschätzung der Lage durch die anderen, schleuderte entsetzt die Klinge von sich und rief: »Um Gottes willen! Ich hatte keine Ahnung! Bist du verletzt, Neffe?«

Christopher mußte an sich halten, um Robert nicht an die Kehle zu springen. Seine Verletzung war nicht so leicht, wie sie aussah. Er verlor Blut in einem beängstigenden Ausmaß. Buckley band seinen Arm gerade mit einem Taschentuch ab, als Christopher mit leiser, tiefer Stimme zu Robert sagte: »Ich werde überleben. Pech für dich.«

Buckley sah beide scharf an, doch Robert, der sich bereits zum Gehen gewandt hatte, erklärte besorgt: »Ich muß einen Arzt finden. Wo ist der nächste Chirurg? Mein Neffe muß sofort behandelt werden.«

Christopher überhörte die beschwörenden Bitten der herumstehenden Männer und zog seinen Straßenanzug an. Das einzige, wozu er sich bereit erklärte, war, sich bis zur Ankunft des Arztes ruhig zu verhalten.

Der Arzt blickte besorgt, als er die lange, tiefe Wunde Christophers untersuchte, doch nachdem er sie desinfiziert und verbunden hatte, erklärte er, es sei alles in Ordnung, Christopher brauche nur ein paar Wochen Ruhe. Er gab Christopher noch Instruktionen für die weitere Behandlung. In den ersten beiden Tagen müsse zweimal täglich der Verband gewechselt und der Arm so lange in einer Schlinge getragen werden, bis die Wunde gut genug verheilt sei, um nicht mehr aufplatzen zu können. Dann packte er seine Tasche ein und verabschiedete sich wieder.

Robert hatte die Zeit inzwischen gut für sich genutzt; sein Gesicht trug einen derart besorgten Ausdruck, daß Christopher nur erbittert die Zähne zusammenbeißen konnte. Niemand stellte Roberts offensichtliche Besorgnis in Frage, und nachdem sich Christopher, begleitet von Buckley, entfernt hatte, war der ganze Vorfall vergessen – es war schließlich nur ein unglücklicher Zufall, oder?

Die Nachricht von Christophers Verletzung traf noch vor

dem Mittagessen am Cavendish Square ein, und als Nicole sie vernahm, spürte sie einen scharfen Stich in der Herzgegend. Einen kurzen Augenblick kam ihr der Gedanke, daß sie an dem Vorfall schuld sein könne, doch dann sagte sie sich auch, daß es sicher nur ein solch unglücklicher Zufall gewesen war, wie alle behaupteten. Sie gewann aber immerhin die niederschmetternde Erkenntnis, daß Christopher noch die Macht besaß, ihr Herz zu bewegen, ob sie es wollte oder nicht.

Lord Saxon machte sich sofort auf den Weg in die Ryder Street, um sich persönlich nach dem Befinden seines Enkels zu erkundigen. Robert, der sich bei seinem Vater für den Vorfall entschuldigen wollte, hatte ihm die Nachricht überbracht, und nach einer heftigen Auseinandersetzung mit ihm hatte Simon keine Zweifel mehr daran, daß Robert für den Vorfall verantwortlich war.

Christopher lag im Bett, als sein Großvater eintraf. Er war blaß durch den hohen Blutverlust, seine Augen waren schwer und fiebrig, doch als er den besorgten Ausdruck in Simons Gesicht sah, richtete er sich auf und lächelte ihn an.

»Was für eine blöde Geschichte!« erklärte er mit Bedauern. »Ich weiß nicht, wer von uns beiden sich dümmer angestellt hat – Robert, weil er nicht bemerkt hat, daß die Kappe ab war, oder ich, weil ich nicht schnell genug ausgewichen bin.«

Die leichthin gesprochenen Worte erreichten ihren Zweck, sie beruhigten den alten Mann. Christopher hätte nie gewollt, daß Simon von Roberts absichtlichem Angriff auf ihn erfuhr. Das Wissen darum hätte Simon nur unglücklich gemacht, und so setzte Christopher alles daran, seinen Großvater zu überzeugen, daß es wirklich nur ein unglücklicher Zufall gewesen war. Mit Robert würde er später abrechnen.

Regina war recht erfreut über die veränderte Situation. Nach diesem Vorfall hatte Robert jede Chance auf Nicoles Hand eingebüßt, denn Simon würde jetzt sein Einverständnis zu dieser Verbindung nicht mehr geben. Und auch Nicole, die zarte Seele, würde voller Mitgefühl an den armen, verwundet im Bett liegenden Christopher denken. Doch Regina wußte auch, daß es nicht genügte, darauf zu hoffen, daß Christophers Krankheit Nicoles Herz rühren würde. Sie selbst mußte zusätzlich etwas unternehmen, damit Robert nicht weiter ungehindert Nicole den Hof machen konnte.

Zwei Tage später, am Donnerstag, erfuhr Nicole, daß sie Robert in Zukunft nicht mehr so oft sehen durfte. Es gehörte zu ihren lieben Gewohnheiten, mit ihm auszureiten, und so erklärte sie beiläufig während des Frühstücks: »Das wird wieder ein schöner Tag heute. Ich werde mit Robert ausreiten.«

»Ich fürchte, du wirst in der nächsten Zeit nicht mehr mit Robert ausreiten«, entgegnete Regina kühl.

»Wie bitte?« fragte Nicole betroffen. Sie wußte, daß Regina sehr verärgert war wegen des Vorfalls im Vauxhall Garden, doch nachdem sie ihre Strafpredigt erhalten und Regina zwei Tage lang die Schmollende gespielt hatte, war Nicole des Glaubens gewesen, daß die Angelegenheit vergessen sei.

»Ihr beide habt es in empörendem Maße an gutem Benehmen fehlen lassen. Man kann dir ja offensichtlich nicht vertrauen«, erwiderte Regina ungeduldig. »Wir haben daher beschlossen, daß es besser ist, wenn du meinen Neffen nicht mehr so oft siehst.«

Nicoles Augen verengten sich, ihr Mund wurde hart. »Sie verbieten mir, ihn zu sehen?« fragte sie in aufsässigem Ton.

»Aber nein«, lenkte Mrs. Eggleston ein. »Nicht für immer. Wir finden nur, daß er dich ein wenig zu offenkundig umwirbt und du daher nicht mehr so oft mit ihm zusammen sein solltest. Es ist nicht schicklich, verstehst du?«

Wütend und empört beendete Nicole das Frühstück; der Toast schmeckte plötzlich trocken, der Tee wie abgestandenes Wasser. Wenn sie sich bisher schon eingeengt gefühlt hatte, so machte ihr das heutige Gespräch noch deutlicher, wie wenig Freiheit man einer jungen Dame ihres Standes zugestand. Ihre Finger zitterten vor unterdrückter Wut, als sie ihre Tasse absetzte. Ihren Ärger nur mühsam unterdrückend, fragte sie hölzern: »Wenn ich also nicht ausreiten darf, was soll ich dann tun?«

Mrs. Eggleston lächelte sie freundlich an. »Aber, mein Liebes, hast du vergessen, daß Lord Lindley uns heute morgen einen Besuch abstatten wollte?«

Nicole schnitt eine wenig damenhafte Grimasse. Sie hatte es vergessen, und sie war sich auch gar nicht so sicher, ob sie Lord Lindley in seinem offenkundigen Interesse für sie bestärken wollte. Als er jedoch wenig später zusammen mit einem Bekannten in den Morgensalon geführt wurde, begrüßte sie die beiden jungen Männer äußerst herzlich.

Normalerweise war Lord Lindley ein sehr schüchterner junger Mann, doch heute war er voller Unternehmungsgeist und Übermut. Das schien ausschließlich an dem jungen Mann, der sich in seiner Begleitung befand, zu liegen. »Ich hoffe, Sie verzeihen mir, daß ich Jennings-Smythe einfach mitgebracht habe. Doch er ist gerade erst aus Amerika zurückgekommen, und ich möchte, daß er sich hier möglichst wohlfühlt. Er ist auf dem besten Weg, ein Held zu werden, müssen Sie wissen.« Als Nicole ihn mit einem fragenden Blick ansah, fuhr er fort: »Wirklich. Erst vergangenes Jahr griff ein berüchtigter Pirat, ein gewisser Kapitän Saber, sein Schiff an und nahm ihn gefangen. Doch Jennings-Smythe gelang es zu fliehen.«

Bemüht, ihre Erregung und den Schrecken zu verbergen, der ihren Körper bei der Erwähnung von Sabers Namen durchzuckt hatte, lächelte Nicole den zurückhaltenden jungen Mann an Lord Lindleys Seite vage an. In der verzweifelten Hoffnung, sich verhört zu haben, fragte sie dümmlich: »Ist das wahr? Hat dieser Mann Sie gefangengenommen?«

Jennings-Smythe lächelte eifrig. »O ja. Kapitän Saber von der ›Belle Garce‹ hat mein Schiff beinahe versenkt, und wir waren gezwungen, uns zu ergeben. Ich wurde mit all den anderen auf irgendeine kleine Insel gebracht, wo es mir dann aber gelang, zu fliehen. Es war kein Gefängnis, in dem ich festgehalten wurde, sondern nur eine Art Schmugglerlager.«

»Tatsächlich?« erwiderte Nicole mit ausdruckslosem Lächeln und fügte hinzu: »Haben Sie ihn gesehen, diesen Kapitän Saber?«

Jennings-Smythe blickte sie an. »Nun – nur einmal, aber ich kann Ihnen versichern, ich würde ihn wiedererkennen. Er ist kein Mann, den man vergißt.«

Nicole murmelte irgend etwas Unverständliches und war über die Maßen erleichtert, als Regina und Mrs. Eggleston sich zu ihnen gesellten.

Als sie sich endlich zurückziehen konnte, lief sie auf ihr Zimmer – sie hatte nur einen Gedanken, daß sie Christopher warnen mußte. Und da sie keine Lust hatte, einen langen Brief zu schreiben, beschloß sie, es ihm persönlich zu sagen. Sie schrieb also eine kurze Notiz, in der sie ihm nur mitteilte, daß sie ihn sofort sprechen müsse, und ließ diese durch Miss Mauer zu ihm bringen.

Unruhig und nervös ging sie in ihrem Zimmer auf und ab und wartete ängstlich auf Christophers Antwort. Als sie sie dann bekam, war sie erleichtert und enttäuscht zugleich. Mr. Saxon, so hieß es, halte sich mit Higgins für unbestimmte Zeit in Sussex auf.

26

Der Entschluß, nach Sussex zu fahren, war Christopher nicht schwergefallen. Es war die geeignetste Gegend, um sich von seiner Verletzung zu erholen.

Die Vorstellung, von seiner Großtante und Mrs. Eggleston bemuttert und von seinem besorgten Großvater tagtäglich besucht zu werden, war ihm ein Greuel gewesen. Auch seine Freunde waren ihm eher ein Anlaß, zu verschwinden als in seiner Wohnung zu verbleiben. In dem Bestreben, ihn aufzuheitern und abzulenken, waren sie scharenweise in seine Wohnung gestürmt und hatten seinen Brandy getrunken. Nein, London war nicht der richtige Ort, um zu genesen.

Vor allem war ihm auch klar geworden, daß er hinter einer Fata Morgana herjagte. Es war ein Wunschtraum von ihm und Jason gewesen, zu glauben, er könne irgendwelche Hinweise von Bedeutung finden. Jetzt hatte er diese Hoffnung aufgegeben und war zu der Erkenntnis gelangt, daß er genug Zeit in England verschwendet hatte. In New Orleans gab es mehr für ihn zu tun als hier. Es war eine bittere Entscheidung, doch sein Entschluß stand fest, und um nach New Orleans zurücksegeln zu können, mußte er zunächst einen günstigen Ort für seine Abreise finden. Und dieser Ort war Sussex.

Seine Verletzung bot ihm einen erstklassigen Vorwand, die Stadt zu verlassen – niemandem würde es seltsam erscheinen, wenn er an der Küste ein paar Tage der Ruhe und Erholung suchte. Trotz der Schmerzen, die ihm seine Wunde noch immer bereitete, nutzte er die Zeit gut, indem er ein einsames Landhaus am Strand mietete.

Nur noch einen letzten Versuch wollte er unternehmen, um an die ersehnten Informationen heranzukommen. Er mietete das Haus bis zum ersten Oktober, denn der dreißigste September war einer der Termine, die er und Jason für ein Treffen mit dem Piratenschiff festgelegt hatten. Wenn er bis zu diesem Termin erfolglos bleiben sollte, würde er das vereinbarte Signal geben und England mit leeren Händen verlassen.

Die Zeit in Sussex verging schnell, Christopher erholte sich zusehends. Higgins und er verbrachten die Tage mit langen Wanderungen an der Küste entlang. Christopher wagte es sogar, in dem kalten Wasser zu schwimmen; manchmal verbrachte er ganze Nachmittage damit, auf einem der ins Meer ragenden Felsen zu liegen. Dank der frischen Seeluft war sein Schlaf tief und ruhig. Das einzige, was seinen Frieden trübte, war, daß er eines Tages ein paar Meilen entfernt ein hübsches Strandhaus entdeckte und es sofort als dasjenige wiedererkannte, welches Robert sich gemietet hatte.

Er hatte dieses Haus völlig vergessen, und nun kehrten Erinnerungen an seine Kindheit zurück. Häufig hatte er damals mit seinem Großvater die Spätsommer in Brighton verbracht, und dann hatten sie Robert und seine Familie in diesem Haus besucht. Seltsam, daß er das vergessen hatte. Doch er schob diese Reminiszenzen entschieden beiseite; er wollte sich durch die Gedanken an Robert seinen Frieden nicht vergällen lassen.

Jetzt hatte er viel Zeit nachzudenken. Während er träge im Sand lag, stellte er erstaunt fest, daß es nicht viel in seinem Leben gab, das er bereute.

Vielleicht wünschte er sich, sich nicht so töricht in Annabelle verliebt zu haben – doch allzusehr bedrückte ihn das nicht. Auch seinen Widerwillen gegen seine Rolle als amerikanischer Spion versuchte er abzubauen. Wenn ihm dieser Auftrag wirklich so verhaßt gewesen wäre, hätte er ihn sicher nicht übernommen.

Seine Gedanken wanderten auch zu Nicole. Sie sollte mir eigentlich dankbar sein, sagte er sich; schließlich habe ich ihr mehr Abenteuer und Aufregung geboten, als jede andere Frau sie je erleben wird. Wenn sie erst einmal mit einem langweiligen, ehrenhaften Ehemann verheiratet ist und eine Schar Kinder an ihrer Schürze hängen hat, wird sie sicher gerne an diese Zeit zurückdenken. Bei dieser Vorstellung mußte er unwillkürlich laut auflachen. Nicole als brave Hausfrau und besorgte Mutter! Doch was kümmerte es ihn? In weniger als einem Monat würde er nach Amerika zurücksegeln, und Nicole – nun, Nicole würde sich für einen ihrer vielen Verehrer entscheiden.

Plötzlich stieg das Bild ihres schönen Körpers vor seinem geistigen Auge auf, und sofort spürte er wieder das alte Verlangen. Fluchend sprang er auf, zog sich aus und sprang ins Wasser. Es war eiskalt, und sein verletzter Arm bereitete ihm Schmerzen, doch mit wütenden Zügen schwamm er trotzdem weiter hinaus, bis seine Vernunft zurückkehrte und er wieder umdrehen konnte. Geistesabwesend ging er zu seinen Kleidern zurück und warf sich auf sein Handtuch. Der Sprung in die kalte See hatte die Gedanken an Nicole vertrieben, und als er jetzt wieder aufs Meer hinausstarrte, wanderten seine Gedanken zu seinem Großvater.

Angestrengt überlegte er, wie er ihm seinen Entschluß, nach Amerika zurückzukehren, plausibel machen sollte. Er konnte nicht ohne Abschied wie ein Dieb in der Nacht verschwinden. Er dachte nicht gerne über diese unangenehmen Dinge nach, doch er mußte ihnen ins Auge sehen. Er konnte nicht einfach sagen: »Es war schön bei Ihnen, Großvater, aber jetzt muß ich nach New Orleans zurückkehren.« Seufzend beschloß er schließlich, die Dinge auf sich zukommen zu lassen. Wenn es soweit war, würde ihm schon etwas einfallen.

Am Ende der zweiten Woche faßte er den Entschluß, nach London zurückzukehren. Seine Wunde war gut verheilt und verursachte ihm keine Beschwerden mehr. Und da er sich einen festen Termin für seine Abreise nach Amerika gesetzt hatte, drängte es ihn, einen letzten Versuch zu unternehmen, um seine glücklose Mission vielleicht doch noch zum Erfolg zu führen.

Als er am nächsten Tag bei Einbruch der Dunkelheit in seiner Wohnung in London eintraf, fand er einen Stapel von Briefen, Karten und Einladungen vor. Er blätterte sie flüchtig durch und nahm sich vor, sie sich nach dem Essen genauer anzusehen. Er badete, zog seinen Hausmantel aus Brokat an und nahm in aller Ruhe das ausgezeichnete Essen, das seine Wirtin ihm zubereitet hatte, ein. Erst als er, genüßlich eine Zigarre rauchend, in einem bequemen Sessel Platz genommen hatte, griff er wieder zu den Briefen. Es war schon nach zehn Uhr, als er Nicoles Nachricht entdeckte.

Nachdenklich las er ihr Schreiben. Was, zum Teufel, hatte das zu bedeuten? Als sein Blick auf ihre Unterschrift fiel, wurde er noch nachdenklicher. Es konnte nur einen Grund geben, warum sie mit »Nick« unterzeichnet hatte. Was immer sie ihm zu sagen hatte, es mußte mit »Kapitän Saber« zusammenhängen. Und die verdammte Nachricht war schon zwei Wochen alt!

Er warf die halbgerauchte Zigarre in den Kamin, rief nach Higgins, kleidete sich hastig an und befand sich wenig später auf dem Weg zum Cavendish Square. Doch zu seiner Enttäuschung war Nicole nicht zu Hause. Miss Ashford, so wurde ihm erklärt, befinde sich mit Lady Darby und Mrs. Eggleston auf einer Gesellschaft bei Almack.

Unterdrückt vor sich hinfluchend, eilte Christopher die Treppe hinunter und warf einen Blick auf seine Uhr. Es war noch nicht ganz elf, mit etwas Glück würde er in der King Street sein, bevor man die Türen schloß und keine Nachzügler mehr einließ. Nach elf Uhr wurde niemandem mehr Zutritt gewährt, nicht einmal dem großen Wellington persönlich. Zum Glück trug Christopher Kniebundhosen, denn nur diese waren dort zugelassen.

Eine Minute vor elf war Christopher bei Almack. Er gab seinen Hut und Mantel ab und betrat wenig später die Empfangshalle. Suchend blickte er sich nach Nicole um und entdeckte sie ohne Schwierigkeit. Wie immer war sie von einer Schar von Bewunderern umringt. Ihre nackten Schultern schimmerten rosig über der goldenen Seide ihres Kleides, ihr Haar glänzte rötlich im Schein des riesigen Kristallüsters.

Eine Weile starrte Christopher zu Nicole hinüber, und es traf ihn wie ein Schock, als er plötzlich erkannte, daß sie mehr als eine bezaubernde, begehrenswerte Frau für ihn war. Und wieder sagte er sich, daß er ein Narr war, sich von ihr zurückgezogen zu haben. Doch dann zuckte er die Achseln – Frauen sind alle gleich. In diesem Moment bemerkte er Robert, der neben Nicole stand und lachend in ihr Gesicht blickte. Seine Augen verengten sich. Seine Nasenflügel bebten wie die einer Raubkatze, die ihr Territorium gegen einen Eindringling verteidigen will. Ein überwältigendes Gefühl durchströmte ihn. Er hatte nur den einen Wunsch, diesen verlockenden Körper in seinen Armen zu halten.

Mit langen Schritten eilte er über das Parkett und kam gerade in dem Augenblick bei Nicole an, in dem Robert sie zu einem Walzer auf die Tanzfläche führen wollte. Spöttisch lächelnd trat er den beiden in den Weg, verbeugte sich und murmelte: »Ich glaube, das ist mein Tanz.« Und bevor Robert oder Nicole seine Absicht erkennen konnte, zog er Nicole auf die Tanzfläche.

Sein unerwartetes Auftauchen und die vertraute Berührung seiner Hände ließen Nicoles Herz schneller schlagen. Als sie den verwegenen Ausdruck in seinen Augen bemerkte, mußte sie unwillkürlich lachen. In belustigtem Ton sagte sie: »Christopher! Wie konnten Sie? Robert wird wütend sein.«

Doch er zuckte nur lächelnd die Schultern. »Was kümmert es mich, solange du mir nicht böse bist. Bist du es?«

Verwirrt blickte sie in sein dunkles Gesicht. Irgend etwas, das sie nicht definieren konnte, war anders an ihm, und während sie ihn weiter ansah, trat ein seltsamer Ausdruck in seine Augen, der ihren Puls noch mehr ansteigen ließ. »Nein«, erwiderte sie schließlich. »Ich bin nicht böse.« Und sie schenkte ihm ein solch warmes, glückliches Lächeln, daß eine heiße Woge der Freude ihn durchströmte und er mit belegter Stimme entgegnete: »Wenn du mich so ansiehst, ist es gut, daß wir unter so vielen Menschen sind. Ich glaube, ich könnte sonst nicht mehr für mich garantieren.«

Nicole warf ihm einen verführerischen Blick unter ihren dichten gebogenen Wimpern zu. »Oh! Ich habe keine Ahnung, was Sie meinen«, antwortete sie.

Der Blick, mit dem er ihr Gesicht umfing, steigerte ihre Verwirrung, und als der Druck seiner Arme sich verstärkte, sah sie hastig zur Seite. Zum Glück erinnerte sich Christopher rechtzeitig daran, daß sie sich auf der geheiligten Tanzfläche von Almack befanden, und lockerte seinen Griff wieder. Mit trägem Lächeln antwortete er: »Du weißt genau, was ich meine, du kleine Wildkatze.«

Eine Zeitlang tanzten sie schweigend weiter, und Nicole war sich der Nähe seines Körpers deutlich bewußt. Plötzlich kehrten Erinnerungen an die Stunden zurück, in denen seine Hände zärtlich und fordernd zugleich über ihren Körper geglitten waren, und sie versteifte sich unwillkürlich. Als könnte er ihre Gedanken erraten, meinte Christopher sanft: »Du brauchst keine Angst zu haben, ich werde dir nichts tun.« Und trocken fügte er hinzu: »Hier bist du sicher.«

Beide schwiegen, bis Christopher unvermittelt fragte: »Warum wolltest du mich sprechen?«

»Jennings-Smythe von dem englischen Schiff, das Sie voriges Jahr gekapert haben, ist in London.«

Eingedenk der vielen Augenpaare, die auf sie gerichtet waren, unterdrückte Christopher seine Erregung. »Bist du sicher?« fragte er.

Nicole nickte. »O ja«, erwiderte sie und fügte ängstlich hinzu: »Er ist auch hier in diesem Saal. Ich habe ihn vorhin gesehen.«

»Verdammt!«

»Sie müssen verschwinden.«

Plötzlich grinste er. »Würde es dir denn etwas ausmachen, Nick, wenn ich hier hochginge?«

All ihre mühsam aufrechterhaltene Selbstbeherrschung, ihre scheinbare Verliebtheit in Robert bröckelten dahin. Ja, es wäre himmlisch, wenn ich deine Frage verneinen könnte, dachte sie verzweifelt. Doch ich würde sterben, wenn dir etwas zustieße. Schließlich nahm sie sich zusammen und erwiderte leichthin: »Es wäre schrecklich für mich, würde sich doch jeder über meine Beziehung zu Ihnen Gedanken machen müssen.«

Sein Gesicht gefror zu einer steinernen Maske; ein kalter Ausdruck trat in seine Augen. Fortan schwieg er.

Als der Tanz beendet war, brachte Christopher sie zu Robert zurück und verbeugte sich wortlos. Schon im Fortgehen begriffen, drehte er sich noch einmal nach ihr um. »Danke, daß du mir gesagt hast, daß Leutnant Jennings-Smythe hier ist. Ich werde gleich zu ihm gehen.«

»Sind Sie verrückt?« rief Nicole entsetzt.

Aber Christopher lächelte nur, es war ein häßliches Lächeln.

Dieser sture, eigensinnige Esel, dachte Nicole voller Wut. Gleichzeitig jedoch dachte sie entsetzt: O Gott, Christopher, tu's nicht!

Doch sie konnte ihn nicht zurückhalten und blickte ihm unglücklich nach, als er auf Jennings-Smythe zuging. Sie hielt den Atem an, als sie sah, wie er dem erstaunten jungen Mann die Hand schüttelte.

Sie konnte zwar nicht verstehen, was die beiden miteinander sprachen, doch es schien ihr, als sei ihre Angst unbegründet. Jennings-Smythe erkannte den großen schlanken Mann, der da so lässig vor ihm stand, nicht.

Wütend und erleichtert zugleich blickte Nicole schließlich

weg. Robert Saxon, dem ihre Angst nicht entgangen war, bemerkte beiläufig: »Mein Neffe scheint dich erzürnt zu haben?«

Sie wußte, daß es klüger gewesen wäre, Roberts Mißtrauen zu zerstreuen und ihn von diesem Thema abzulenken, doch sie war zu aufgewühlt, um irgend etwas sagen zu können, und so fühlte sie sich unsagbar erleichtert, als Lady Darby kurze Zeit später auf sie zutrat und in einem Ton, der keinen Widerspruch duldete, erklärte, daß sie jetzt aufbrechen müßten. Ergeben verließ sie hinter der alten Dame den Ballsaal. Zu Hause lehnte sie die angebotene Schokolade ab und zog sich auf ihr Zimmer zurück.

Auch Christopher hatte den Ballsaal bald nach Nicole verlassen. Nachdem seine Wut über Nicoles Worte verraucht war, wurde ihm klar, wie leichtsinnig er gehandelt hatte, als er Jennings-Smythe begrüßt hatte. Doch obwohl dieser ihn nicht erkannt hatte, nahm Christopher sich vor, den jungen Mann in Zukunft zu meiden. Wenn Jennings-Smythe ihn öfter und länger sah, bestand doch noch die Möglichkeit, daß er ihn eines Tages erkannte, und darauf wollte Christopher es nicht ankommen lassen.

Es war schon spät, doch er hatte noch keine Lust, schlafen zu gehen, und so machte er sich auf die Suche nach Buckley.

Nachdem er mehrere Clubs ohne Erfolg nach ihm abgeklopft hatte, fand er ihn schließlich in seiner Wohnung. Er saß mit zwei Angehörigen der Horse Guards zusammen, und alle waren schon ziemlich angetrunken.

Christopher fühlte sich nicht sehr wohl in der angeheiterten Runde, doch er war sofort hellwach, als Buckley erklärte: »Wir haben Anlaß zu feiern – mein Schiff verläßt bald den Hafen.«

»Wirklich? Wohin soll's denn gehen?« fragte Christopher beiläufig.

Buckley warf ihm einen schläfrigen Blick zu. »Das ist streng geheim. Doch ich wurde aufgefordert, mich abreisebereit zu halten.«

Er nahm einen Schluck und kicherte: »Ich wette, die Reise

geht nach Amerika. Jedermann weiß, daß wir einen Angriff planen.«

»Man weiß aber nicht, wer die Offensive befehligen wird«, erklärte einer der beiden Angehörigen der Horse Guards, ein untersetzter, dicklicher Mann.

Nachdenklich in sein Weinglas blickend, murmelte Christopher. »Ich frage mich, ob überhaupt jemand etwas Genaues über diesen Angriff auf Amerika weiß. Ich habe schon vor Monaten gehört, daß ein solcher Angriff geplant ist, doch niemand scheint genau zu wissen, wann und wo.« Mit entwaffnendem Lächeln fügte er hinzu: »Ich glaube, meine Freunde, ihr sucht lediglich einen Vorwand, um euch betrinken zu können.«

»Das ist nicht wahr«, widersprach Buckley. »Ich habe gestern zufällig das Memorandum auf Major Blacks Schreibtisch gesehen.«

»Oh, noch so ein berühmtes Memorandum«, entgegnete Christopher spöttisch, doch seine Augen blickten wachsam, und seine Gedanken überschlugen sich. Buckley war betrunken genug, um Geheimnisse auszuplaudern, und die Unterhaltung war auf ganz zufällige, natürliche Weise bei diesem Thema angelangt, so daß Christopher hoffen konnte, noch mehr zu erfahren. Die Umstände waren günstig.

»Es ist so! Es stand alles in dem Memorandum, die Truppen, das Angriffsziel und das Datum«, sagte Buckley.

»Tatsächlich?« fragte Christopher mit skeptischer Miene. »Wenn das wirklich stimmt, was ich freilich bezweifle, dann sagen Sie uns doch, was Sie gelesen haben.«

Buckley öffnete den Mund, schloß ihn jedoch sogleich wieder. »Das ist eine geheime Staatssache«, rief er sich selbst in Erinnerung. »Ich hätte nicht darüber sprechen dürfen.«

»Sie haben es aber getan«, sagte Christopher und fügte spöttisch hinzu: »Wenn Major Black das Memorandum derart leichtsinnig herumliegen läßt, dann wundert es mich überhaupt, daß es nicht gänzlich verlorengeht.«

Einer der beiden Männer von den Horse Guards lachte laut auf. »Weiß Gott, Saxon, da haben Sie recht! Beim Kriegsministerium gehen andauernd solche Memoranden verloren.

Vorigen Monat verschwand eines, und es verflossen zwei Wochen, bis es wiedergefunden wurde. Einer der zuständigen Offiziere hatte lautstark verkündet, es sei gestohlen worden, bis man es schließlich auf seinem Schreibtisch entdeckte.«

Auch Christopher stimmte in das allgemeine Gelächter ein, innerlich jedoch verfluchte er diese Unterbrechung. Jetzt mußte er, ohne sich verdächtig zu machen, das Gespräch unauffällig wieder auf das Memorandum Blacks zurückführen. Es war der erste konkrete Hinweis, auf den er seit seiner Ankunft in England gestoßen war, und er würde diese Gelegenheit um keinen Preis der Welt ungenutzt verstreichen lassen. »Dann bleibt wohl nur zu hoffen, daß Major Blacks Memorandum nicht das gleiche Schicksal erleidet«, meinte er daher achselzuckend.

Und das Glück war ihm hold, denn Buckley griff den Faden auf. »Da besteht keine Gefahr. Major Black hat es inzwischen so sicher eingeschlossen wie eine Jungfrau im Kloster.«

»Oh«, entgegnete Christopher ironisch, »ich habe schon von so mancher Jungfrau gehört, die aus solch einem Kloster ausgebrochen ist.«

Buckley warf ihm ein belustigtes Lächeln zu. »Mag sein, doch in diesem Fall ist das Kloster ein eiserner Safe in Blacks Büro.«

Offensichtlich das Interesse verlierend, zuckte Christopher die Achseln. »Ja, dann ...«

Er zwang sich, noch eine Stunde zu bleiben und mit den anderen zu lachen und zu trinken, doch insgeheim entwikkelte er bereits einen Plan. Während er in den frühen Morgenstunden langsam nach Hause ging, war er längst entschlossen, das Memorandum an sich zu bringen. Ja, er würde es stehlen, und zwar bald. Aber auch nicht zu bald, dachte er enttäuscht, als ihm einfiel, daß das nächste amerikanische Schiff erst am dreißigsten September eintreffen würde.

Erregt und aufgewühlt betrat er seine Wohnung und kleidete sich tief in Gedanken versunken aus. Wenn er das Memorandum sofort stahl, würde er ein Dokument mit sich herumtragen müssen, das ihn den Kopf kosten konnte. Es dreißig Tage lang bei sich zu behalten wäre Wahnsinn gewesen.

Aber auch noch lange zu warten konnte verhängnisvoll sein. Er wußte, wo sich das Memorandum im Augenblick befand, doch würde es auch noch in ein oder zwei Wochen dort sein?

In dieser Nacht fand er keinen Schlaf; ruhelos wälzte er sich im Bett herum und suchte nach einer Möglichkeit, sein Wissen um das Memorandum zu seinem Vorteil auszunutzen. Ohne Frage würde er noch ein, zwei Tage warten müssen, ehe er dem Kriegsministerium wieder einen seiner häufigen Besuche abstattete, um sich in Major Blacks Büro umzusehen. Der Safe bereitete ihm wenig Kopfzerbrechen – er traute sich zu, jedes Schloß zu knacken.

Das Stehlen des Memorandums war das geringste Problem, das schwierigste war das Zeitproblem. Wütend verfluchte er die Tücke des Schicksals, das ihm diese Entdeckung zwei Tage nach dem August-Treffen mit dem Piratenschiff beschert hatte. Er wußte, er durfte seinen Plan nicht lange hinausschieben. Was konnte in diesen dreißig Tagen bis zur Ankunft des nächsten Schiffes alles geschehen!

27

Nicole läutete nach Miss Mauer und erklärte ihr, daß sie einen Spaziergang im Hyde Park unternehmen wolle. Wie immer, wenn sie das Haus verließ, wurde sie von einer Dienstbotin begleitet – eine Maßnahme, die ihr zutiefst verhaßt war. Doch da es meist Galena war, die mit ihr ging, bemühte sie sich, diese ihren Ärger nicht allzusehr spüren zu lassen. Schließlich tat Galena nur ihre Pflicht.

So ging Nicole, tief in Gedanken versunken und dicht gefolgt von Galena, langsam einen der vielen hübschen Wege des Parks entlang. Sie hatte weder Augen für die spät blühenden Kornblumen noch für die Gänseblümchen, welche die saftige grüne Wiese bedeckten. Was für ein entsetzliches Durcheinander habe ich doch aus meinem Leben gemacht, dachte sie niedergeschlagen.

Sie hatte Amerika verlassen, um einem Übel zu entgehen, doch sie war vom Regen in die Traufe gekommen. Dinge, die sie sonst widerspruchslos hingenommen hätte, störten und quälten sie, so daß sie glaubte, verrückt zu werden. Der Mangel an Freiheit, die ständige Aufsicht, die Tatsache, daß jeder ihrer neuen Bekannten zuerst von Lord Saxon und Lady Darby begutachtet werden mußte, das ständige »Das tut man nicht« – all das hing ihr zum Hals heraus.

Ihr wurde plötzlich bewußt, daß sie nicht länger in dieser nach starren gesellschaftlichen Normen gefügten Welt leben konnte. Sie empfand eine immer stärker werdende Sehnsucht nach Freiheit. Sie wollte die Fesseln, die der Erbin Nicole Ashford angelegt waren, abwerfen und wieder Nick sein, die ungestüme, keinen gesellschaftlichen Zwängen unterworfene Nick, die anziehen konnte, was sie wollte, und die mögen durfte, wen sie mögen wollte.

Und sie erkannte, daß der einzige Ausweg aus dieser Situation eine Heirat war. Verheiratete Frauen genießen wesentlich mehr Freiheit, sagte sie sich nachdenklich, und wenn ich auf dem Land leben sollte, wo das tägliche Leben natürlicher und weniger verkrampft verläuft, würde ich sicher nicht so eingeengt sein.

Ein bitteres Lächeln spielte um ihren Mund. Wen sollte sie heiraten? Es gab nur einen Mann, an den in diesem Zusammenhang zu denken es sie drängte, doch eine Ehe mit Christopher war unvorstellbar. Wenn sie noch in diesem schwärmerischen Traum mit Robert leben könnte! Doch sie hatte inzwischen erkannt, daß ihre Gefühle für ihn nichts anderes als eben Schwärmerei waren. Und eine Ehe mit einem Mann, den sie nicht liebte, kam nicht in Frage. Außerdem, so erinnerte sie sich, war Robert nahe daran gewesen, Hausverbot für Cavendish Square zu bekommen. Man würde also einer Ehe mit ihm bestimmt nicht so ohne weiteres zustimmen. Es gab zwar noch einige andere, doch keinen, auf dessen Gesellschaft sie nicht, ohne eine Träne zu vergießen, verzichten konnte.

Vielleicht ist in Brighton alles anders, dachte sie. Doch dann seufzte sie resigniert. Wen glaubte sie überzeugen zu können? Christopher würde dort sein, und wann immer er in ihrer Nähe war, gab es keinen Frieden für sie. Wenn ich ihn doch nur aus ganzem Herzen lieben oder hassen könnte, dachte sie verzweifelt. Aber dann schüttelte sie die unliebsamen Gedanken ab. Brighton liegt vor mir, und ich sollte mich darauf freuen, entschied sie. Was für einen Sinn hat es, ständig über Dinge nachzugrübeln, die ich doch nicht ändern kann?

Sie wollte Galena gerade sagen, daß sie nach Hause gehen würden, als Roberts Stimme an ihr Ohr drang.

»Bei allem, was heilig ist! Nicole!« Aus seiner Stimme sprach seine ganze Freude, sie zu sehen, und Nicole blickte lächelnd zu ihm hinauf, als er geschickt seinen Wagen neben sie lenkte.

»Hallo, Robert! Wie geht es dir?« erwiderte sie fröhlich seinen Gruß, und ihr wurde plötzlich bewußt, daß es das erste Mal war, daß sie sich seit damals, als sie sich geküßt hatten, allein sahen.

Auch Robert war sich dessen bewußt, und er entgegnete, ohne zu zögern: »Machst du eine Spazierfahrt mit mir? Dein Mädchen kann am Südausgang auf uns warten. Und wenn meine Tante es nicht billigt, daß ich mit dir ausreite, so wird sie vielleicht nichts gegen eine Spazierfahrt haben.«

Nicole stimmte bereitwillig zu; eine Anwandlung von Aufsässigkeit gegenüber Lord Saxon und Lady Darby trieb sie, sich in Selbständigkeit zu üben. Als sie wenig später neben Robert in der Kutsche saß, erklärte sie lachend: »Du weißt, daß wir in Lady Darbys Augen jetzt als anstands- und ehrlos gelten.«

Ein warmer Glanz lag in Roberts meergrünen Augen, als er erwiderte: »Und was kümmert uns das? Es ist ein herrlicher Tag, und wir sind zusammen – nur das zählt.«

Früher hätte Nicole soviel Offenheit vielleicht gefallen, nicht jedoch an diesem Morgen, nicht jetzt, wo sie wußte, daß sie seine Gefühle nicht erwidern konnte. Plötzlich erkannte sie, daß diese Spazierfahrt mit Robert nicht das Klügste war, und sie wünschte, sie hätte seine Einladung nicht angenommen. Ziemlich reserviert entgegnete sie daher: »Ja, es ist wirklich ein herrlicher Tag, und es war sehr freundlich von dir, mich einzuladen.«

Robert bemerkte ihre Zurückhaltung, und er verlor etwas von seinem Überschwang. »Würdest du mich lieber nicht begleiten?« fragte er.

Nicole schluckte verlegen, denn ihr war sehr wohl bewußt, daß sie Robert lange genug zu seinen Aufmerksamkeiten ermuntert hatte. Und jetzt hatte sie die unangenehme Aufgabe, ihm klarzumachen, daß sie ihn zwar mochte und auch gerne mit ihm zusammen war, er ihr jedoch nie mehr als ein guter Freund sein konnte.

Robert spürte das schnell, doch er ließ ihr keine Zeit zu breiten Erklärungen, sondern fragte brüsk: »Es stimmt also? Du willst Christopher heiraten?«

Nicole wurde bleich, und ihre Augen waren groß und weit, als sie tonlos sagte: »Christopher heiraten?«

Robert blickte starr geradeaus auf die Ohren seiner Pferde und erklärte schonungslos: »Möchtest du mir das verheimlichen? Meine liebe Tante hat es mir damals im Vauxhall Garden schon gesagt.«

Ein paar Sekunden lang war Nicole, hin- und hergerissen zwischen blinder Wut und freudiger Hoffnung, sprachlos. Schließlich gewann die Wut die Oberhand, und sie fragte, Roberts Arm umklammernd: »Wovon redest du? Christopher ist der letzte, den ich heiraten würde. Glaub mir das.«

Robert musterte sie abschätzend. Seine Augen wanderten von ihrem wütenden Gesicht zu ihrem heftig wogenden Busen, und so etwas wie Befriedigung und neue Hoffnung erfüllten ihn.

»Und Regina?« erwiderte er. »Sie sagte, es sei schon alles klar.«

»Das werden wir sehen!« rief Nicole wütend. »Bring mich zu Galena. Ich will sofort wissen, was sich hinter meinem

Rücken abspielt. Deine Tante und dein Vater werden mir genau erklären müssen, was sie vorhaben, und es wird mir eine besondere Freude sein, ihnen zu sagen, daß sie die Rechnung ohne den Wirt gemacht haben.«

Robert war darüber erfreut und wendete rasch den Wagen. Er beneidete Regina und seinen Vater um die bevorstehende Unterredung nicht. Nicoles Wut und Überraschung waren echt gewesen. Sie hatte ganz offensichtlich nichts von diesen Plänen gewußt, und ebenso offensichtlich war sie nicht gewillt, sich ihnen zu fügen. Robert hatte sich lange nicht mehr so wohl und so beschwingt gefühlt wie jetzt, als er der sich in Richtung Cavendish Square entfernenden Nicole nachblickte.

Wildentschlossen eilte Nicole die Straße entlang; sie war so außer sich vor Zorn, daß sie Galenas inständiger Bitte, doch langsamer zu gehen, überhaupt kein Gehör schenkte. Sie glaubte, noch nie so wütend gewesen zu sein, und fauchte den unschuldigen, sie an der Tür in Empfang nehmenden Twickham an: »Wo ist Lord Saxon? Ich will ihn sofort sprechen.«

Leicht verwirrt von dieser streitbaren Amazone mit den blitzenden Augen erwiderte Twickham: »Lord Saxon ist mit Mrs. Eggleston zum Bischof gegangen.« Und strahlend fügte er hinzu: »Sie werden heiraten, Miss – am Sonntag.«

Zuerst mochte Nicole ihm nicht glauben, dann jedoch verdrängte eine Woge der Freude ihren Zweifel, und sie vergewisserte sich: »Lord Saxon will Mrs. Eggleston heiraten?«

Twickham nickte heftig und fuhr eifrig fort: »Gewiß, Miss. Ist das nicht romantisch? Vor knapp einer Stunde hat er ihr den Antrag gemacht, und sie hat ja gesagt. Ich kann Ihnen gar nicht sagen, wie ich mich freue.« Sich hastig zur Ordnung rufend, fuhr er in würdevollem Ton fort: »Sie wollen um eine Sondergenehmigung ersuchen, und Lady Darby ist zu einem Buchdrucker gegangen, um Heiratsanzeigen setzen zu lassen.« Dann vergaß er wieder seine reservierte Haltung und ließ sich zu einem Tadel hinreißen: »Es wird leider nur eine kleine Hochzeit sein, wissen Sie. Es bleibt angeblich keine

Zeit für große Vorbereitungen. Es werden nur wenige Freunde und Verwandte eingeladen.«

Nicole nickte leicht benommen und ging dann wie in Trance die Treppe zu ihrem Zimmer hinauf. Lord Saxon und Mrs. Eggleston wollten heiraten! Es war eigentlich keine Überraschung, und doch versetzte sie diese Mitteilung in Erstaunen. Der Gedanke, daß zwei Menschen in diesem Alter sich noch einmal verlieben konnten und heirateten, war schwer zu verarbeiten; es erschien andererseits jedoch auch wieder logisch. Was konnte verständlicher sein, als daß Lord Saxon seine verlorene Liebe heiratete? Was hatte Liebe mit dem Alter zu tun? Wenigstens für diese beiden liegt die Zukunft klar und strahlend vor ihnen, dachte Nicole aufseufzend, und plötzlich fiel ihr wieder ein, weshalb sie eigentlich hergekommen war.

Wieder wütend schritt sie in ihrem Zimmer auf und ab. Wie konnten sie es wagen? Und Christopher! Er sollte nur warten, bis sie sich wiedersahen! Plötzlich wurden ihre Augen schmal, und sie verhielt den Schritt. Lord Saxon und Lady Darby waren im Moment nicht erreichbar, aber, bei Gott, Christopher war zu sprechen!

Ihr Entschluß war schnell gefaßt; sie läutete nach Miss Mauer, kleidete sich um und eilte an dem protestierenden Twickham vorbei aus dem Haus.

Mit trotzig erhobenem Kinn hastete sie durch die Straßen. Christophers Heimtücke versetzte sie in maßlose Wut. Daß er, der sie auf solch spöttische, demütigende Art behandelt hatte, der ihr monatelang aus dem Weg gegangen war, der sich ihr gegenüber benommen hatte, als sei sie eine billige kleine Hure, daß er die Frechheit besaß, einer Heirat mit ihr zuzustimmen, brachte sie zur Weißglut. In dieser bis zum äußersten angespannten Stimmung kam sie bei seiner Wohnung in der Ryder Street an.

Ein völlig verblüffter Higgins öffnete ihr die Tür und führte sie in die Wohnung.

»Aber, Miss Nicole, was machen Sie hier? Sie sollten nicht hier sein. Und schon gar nicht ohne Begleitung. Ist niemand bei Ihnen, kein Diener, kein Mädchen?«

Nicole warf ihren Mantel auf einen der tiefen Ledersessel. »Ich will Christopher sprechen. Und ich will ihn jetzt sprechen. Was ich ihm zu sagen habe, ist streng vertraulich. Ich bin es leid, ständig und überallhin begleitet zu werden.« Mit funkelnden Augen fügte sie hinzu: »Wie Sie wissen, bin ich durchaus in der Lage, meinen Weg allein zu finden. Also, wo ist Christopher?«

Der Wahrheit entsprechend, erwiderte Higgins: »Ich habe keine Ahnung. Er ging heute früh aus dem Haus, um seinen Großvater zu besuchen, und er machte keine Andeutung, wo er danach hingehen wollte. Er sagte, er werde zum Abendessen nicht zu Hause sein, also erwarte ich ihn erst spät zurück.«

Ein wenig gefaßter, doch noch immer sehr wütend fragte Nicole: »Was wissen Sie von der absurden Abmachung, daß Christopher mich heiraten will?«

Higgins' Augen wurden groß, sein Gesicht trug den Ausdruck größter Verblüffung, als er sie fassungslos anstarrte. »Sie und Christopher werden heiraten?« fragte er aber schließlich mit unverhohlener Freude in der Stimme.

Nicole warf ihm einen zornigen Blick zu. »Keineswegs! Robert Saxon erzählte mir heute morgen, daß eine entsprechende Vereinbarung getroffen worden sei. Ich will deshalb hier klarstellen, daß ich dem auf keinen Fall zustimmen werde. Wissen Sie etwas von einer solchen Vereinbarung?«

Higgins gewann seine Fassung schnell zurück, und bei der Erwähnung von Roberts Namen umwölkte sich seine Stirn. »Der hat Ihnen das erzählt?«

»Ja, ich traf ihn heute morgen zufällig im Hyde Park, und er hat es mir berichtet.«

»Und Sie glauben ihm?« fragte Higgins mißbilligend.

Leise Zweifel regten sich in Nicole, und sie erwiderte mit leicht unsicherer Stimme: »Warum nicht? Warum sollte er mir eine solche Lüge auftischen? Schließlich ist er Christophers Onkel.«

Higgins betrachtete sie nachdenklich; die neue Entwicklung der Dinge behagte ihm sehr. Einen Augenblick hatte er geglaubt, daß Christopher ihn nicht in seine Heiratspläne eingeweiht hätte, doch als Roberts Name fiel, wußte er es besser. Und er faßte den Entschluß, Nicole über ein paar Dinge aufzuklären. Ihr die Wahrheit über ihre Mutter zu sagen war schwierig, doch es mußte sein. Schließlich war Annabelle schon seit sieben Jahren tot. Nicole war damals noch ein Kind gewesen und hatte den Verlust ihrer Eltern sicherlich überwunden.

Die Autorität des ehemaligen Ersten Steuermanns der »Belle Garce« hervorkehrend, befahl er Nicole, das pausenlose Umherwandern aufzugeben und sich hinzusetzen. Nicole focht einen inneren Kampf aus, doch schließlich setzte sie sich steif auf das bequeme, weiche Sofa. Ihre Augen blitzten noch immer voller Angriffslust, als sie spröde fragte: »Warum sollte ich Robert Saxon nicht glauben? Er war stets freundlich zu mir – etwas, das ich von Christopher nicht behaupten kann.«

Higgins nahm ihr gegenüber Platz. Seine Hände lagen auf seinen Schenkeln. Dann beugte er sich vor und erklärte mit ernstem Ausdruck in den sonst so fröhlichen Augen: »Ich werde Ihnen jetzt etwas erzählen, das Sie wahrscheinlich nicht wissen. Es wird Ihnen nicht gefallen und Ihnen eventuell weh tun. Es geschah vor vielen Jahren, und wenn Sie die Geschichte kennen, werden Sie keine so hohe Meinung mehr von Robert Saxon haben und nicht mehr so schlecht über Christopher denken.«

Nicoles Gesichtsausdruck war voller Skepsis, doch der Respekt vor dem Mann ihr gegenüber war nicht klein. Sie vertraute Higgins. Er hatte sie nie belogen und sie stets anständig und gerecht behandelt. Und so wartete sie geduldig auf das, was er ihr zu sagen hatte, denn sie wußte, daß er ihr keine Unwahrheiten erzählen würde. Doch als er zum ersten Mal ihre Mutter und Robert erwähnte, zog sie scharf die Luft ein. Sie mochte nicht glauben, daß ihre Mutter und der Mann, den zu heiraten sie selbst in Betracht gezogen hatte, ein Liebespaar gewesen sein sollten. Higgins' Eröffnung hinterließ einen häßlichen Geschmack in ihrem Mund, doch nach einem erbitterten inneren Kampf akzeptierte sie seine Worte.

Sie mußte sie akzeptieren, erklärten sie doch Roberts unvermittelte Werbung, seine leidenschaftliche Liebeserklärung im Vauxhall Garden und das seltsame Glitzern seiner meergrünen Augen, wenn er sie manchmal gedankenverloren anstarrte. Der Gedanke, nur ein Ersatz für Roberts verbotene Leidenschaft für ihre Mutter gewesen zu sein, deprimierte sie zutiefst, und sie blickte unglücklich in Higgins' vertrautes Gesicht. Ihre Stimme klang klein und jämmerlich, als sie ihn aufforderte: »Fahren Sie fort. Ich nehme an, es kommt noch schlimmer.«

»In der Tat, Nick, in der Tat«, antwortete Higgins traurig und strich sich mit einer unsicheren Gebärde über das schon etwas schüttere braune Haar, als wisse er nicht, wie er fortfahren solle. Schließlich sah er Nicole gerade in die Augen und erzählte ihr ohne Umschweife den Rest der Geschichte – wie ihre Mutter Christopher verführt hatte, wie sie und Robert den Jungen für ihre selbstsüchtigen Zwecke benutzt hatten, wie Robert vor seiner letzten schändlichen Tat nicht zurückgeschreckt war.

Schweigen senkte sich über die beiden, nachdem Higgins geendet hatte. Als Higgins den Anblick ihres erstarrten, verzweifelten Gesichts nicht mehr ertragen konnte, stand er auf, machte sich am Schreibtisch zu schaffen und sagte: »Jetzt werden Sie begreifen, warum man Robert Saxon nicht trauen kann. Und verstehen Sie nun auch, warum Christopher sich Ihnen gegenüber so seltsam benimmt?«

In seiner Stimme lag keine Kritik, nur Bedauern und Mitleid, doch in ihrer tiefen Verzweiflung hörte Nicole ihn kaum. Sie wollte sprechen, indes, ihre Stimme versagte ihr den Dienst. Sie schluckte, wollte die entsetzlichen Eröffnungen über ihre Mutter und über Roberts grausame Handlungen beiseiteschieben. Doch die schrecklichen Gedanken kehrten zurück, quälten sie und ließen ihr keine Ruhe, als sie Higgins mit bleichem, schmerzverzerrtem Gesicht anstarrte, als wolle sie ihn bitten, die fürchterlichen Worte zu widerrufen. Die Tatsache, daß ihre eigene Mutter mit Christopher geschlafen und den Zauber seines dunklen Körpers gekannt hatte, ließ sie fröstelnd erschauern. Mit zitternden Lippen versuchte sie erneut zu sprechen und Higgins' Mitteilungen in Abrede zu stellen, doch die Worte wollten ihr nicht von den Lippen. Ich werde es nicht ableugnen können, dachte sie kläglich, denn tief in ihrem Herzen wußte sie, daß Higgins die Wahrheit gesprochen hatte. Es war die Erklärung für so viele unbegreifliche Dinge – die kaum verhohlene Feindschaft zwischen Christopher und Robert, die Augenblicke, in denen Christopher sie ansah, als haßte er sie. Es enthüllte auch die Ursache für Christophers häufige Grausamkeit ihr gegenüber ... er hatte sie für die Taten ihrer Mutter bestrafen wollen.

Angstvoll aufstöhnend vergrub sie das Gesicht in ihren Händen, worauf Higgins, den ihre offensichtliche Verzweiflung sehr bedrückte, ihr ein Glas Brandy einschenkte und sie mit rauher Herzlichkeit dazu zwang, es auszutrinken.

»Es besteht keine Veranlassung, sich jetzt dermaßen zu grämen, Nick«, versuchte er sie sanft zu beruhigen, und bereute schon, ihr das Ganze erzählt zu haben. »Das alles geschah vor vielen Jahren. Ihnen kann man doch keine Vorwürfe machen.«

Nicole starrte ihn mit stumpfem Blick an und erklärte traurig: »Christopher macht mir aber Vorwürfe.«

Higgins seufzte. »Nun, das bestreite ich nicht«, gab er zu. »Aber vielleicht sehen Sie ihn jetzt mit anderen Augen. Und wenn Sie ihn besser verstehen, wird es Ihnen auch leichterfallen, ihn richtig zu behandeln. Und er – das können Sie nicht abstreiten, wenn Sie ehrlich sind, Nick –, er ist bereit, Ihnen auf halbem Wege entgegenzukommen.«

Die Benommenheit fiel langsam von ihr ab, und sie fragte zögernd: »Versuchen Sie etwa zu kuppeln, Higgins?«

Higgins setzte eine schuldbewußte Miene auf. »Nun ja, Nick, Sie können nicht abstreiten, daß Sie und Christopher ein äußerst attraktives Paar wären.«

Nicole erhob sich und erwiderte abweisend: »Mag sein, aber Sie müssen doch zugeben, daß wir nicht sehr ... herzlich miteinander umgehen. Ich glaube, Sie haben zuviel von Christophers Wein getrunken, Higgins.«

Als er nichts erwiderte, fügte sie müde hinzu: »Schon gut, Higgins. Ich hätte mich nicht so gehen lassen dürfen. Ich weiß nicht, ob ich Ihnen danken oder Sie verwünschen soll. Für den Augenblick bin ich Ihnen jedenfalls dankbar, denn Ihre Eröffnungen machen mir zumindest vieles verständlicher.« Sie hielt inne und runzelte nachdenklich die Stirn, dann fügte sie in fast entschuldigendem Ton hinzu: »Ich sehe, daß man Roberts Worten nicht trauen kann, aber in diesem besonderen Fall glaube ich, daß er die Wahrheit gesprochen hat, Higgins. Die Wahrheit, soweit er sie kennt, und ich will der Sache auf den Grund gehen. Irgend jemand muß ihm von diesen Eheplänen erzählt haben.« Sie machte eine Pause und versuchte sich Roberts genaue Worte in Erinnerung zu rufen. »Lady Darby«, sagte sie schließlich.

Sie waren so in ihr Gespräch und ihre Gedanken vertieft, daß sie nicht merkten, wie die Tür aufging. Perplex fuhren sie daher herum, als sie plötzlich Schritte vernahmen und Christopher vor ihnen stand.

Wer von den dreien am meisten erschrocken war, hätte man nicht sagen können. Nicole und Higgins hatten nicht mit Christophers Rückkehr gerechnet, und dieser war ebenso erstaunt, Nick in seiner Wohnung vorzufinden.

»Was, zum Teufel, machst du hier?« herrschte er Nicole an und blickte sich suchend um. Er schien überzeugt, auch Lady Darby oder Mrs. Eggleston zu entdecken.

Nicole befeuchtete ihre Lippen, und Higgins suchte krampfhaft nach einem Vorwand, sich zurückziehen zu können, und verließ schließlich, eine unverständliche Erklärung murmelnd, den Raum. Eine Zeitlang starrten sich Nicole und Christopher schweigend an, bis letzterer seine Frage wiederholte: »Nun? Würdest du mir freundlicherweise erklären, was du hier willst?«

Nicole wünschte verzweifelt, daß sie sich seiner Gegenwart als Mann nicht so deutlich bewußt wäre; sie zögerte, aber als sie den eindringlichen Blick seiner bernsteinfarbenen Augen nicht mehr ertragen konnte, schrie sie: »Ich habe heute morgen mit Robert gesprochen, und er sagte mir, daß es beschlossene Sache sei, daß Sie mich heiraten!«

Fassungslos starrte Christopher sie an. Die wildesten Gedanken überschlugen sich in seinem Kopf. »Mach keine Witze«, knurrte er schließlich. »Glaub mir, es gibt keine solche Vereinbarung; zumindest weiß ich nichts davon«, fügte er wahrheitsgemäß hinzu.

»Aber Robert sagt, es sei alles arrangiert«, beharrte sie störrisch. »Sogar Ihr Großvater hat sein Einverständnis erklärt.«

»Das wage ich zu bezweifeln«, bemerkte Christopher skeptisch. »Simon mag sehr eigenwillig sein, doch er ist kein Dummkopf, und es würde ihm nie in den Sinn kommen, eine Heirat zwischen uns zu arrangieren.«

Nicole schluckte die scharfe Antwort, die ihr auf der Zunge lag, hinunter und entgegnete ruhig: »Das, was Robert mir sagte, klang sehr glaubwürdig. Er hatte es von Regina.«

Christopher ergab sich in das Unvermeidliche und bat Nicole, Platz zu nehmen. Dann meinte er gleichmütig: »Ich schlage vor, du beginnst von Anfang an und erzählst mir, was du weißt. Wann hat Regina Robert davon erzählt?«

Nicole zögerte; sie hatte plötzlich keine Lust mehr, das Gespräch fortzusetzen. Seinem Blick ausweichend, erwiderte sie verdrossen: »Vor ein paar Wochen waren wir im Vauxhall Garden. An diesem Abend war Lady Darby kurz mit Robert allein und hat es ihm gesagt.«

Christophers Augen wurden schmal.

»Warum, glaubst du, hat sie das getan?« fragte er in gefährlich sanftem Ton.

»Ich habe keine Ahnung.«

Diese Antwort schien ihn nicht zu befriedigen; er streckte die Hand aus, hob ihr Kinn und zwang sie, ihn anzusehen. »Ihr beide habt nicht zufällig unter einer Decke gesteckt?«

Die flammende Röte, die ihre Wangen überzog, war Antwort genug. Er ließ ihr Kinn ebenso abrupt los, wie er es ergriffen hatte, fast so, als hätte er sich an ihrer Haut verbrannt. Seine Stimme war kalt, als er sagte: »Ich kenne meine

Großtante, und falls Regina euch bei Intimitäten ertappt hat, wäre sie durchaus in der Lage zu lügen, wenn das ihren Zielen entgegenkommt. Schon seit ein paar Wochen merke ich, daß sie uns aus irgendwelchen Gründen gern verheiratet sähe. Und ich vermute, daß sie Robert das Erstbeste sagte, was ihr gerade einfiel. Doch du kannst versichert sein, daß ich im Augenblick nicht die Absicht habe, dich zu heiraten. Du kannst Roberts Geschichte also getrost vergessen.« Sein Blick war hart und spöttisch, als er fortfuhr: »Glaube mir, wenn ich die Absicht hätte, dich zu heiraten, würdest du es wissen – ich würde es dir schon klarmachen.«

Wütend sprang Nicole auf; sie umklammerte ihre Handtasche so fest, daß die Knöchel ihrer Finger weiß hervortraten, und fauchte ihn an: »Vielen Dank! Es erleichtert mich ungeheuer zu wissen, daß ich keine Angst zu haben brauche, je ein solches Ungeheuer wie Sie heiraten zu müssen.«

Er blickte sie an, und ein seltsamer Ausdruck trat in sein Gesicht, als er in beinahe drohendem Ton entgegnete: »Ich sagte, ›im Augenblick‹ hätte ich nicht die Absicht, dich zu heiraten.«

Nicole geriet außer sich vor Wut. Sie vergaß, daß eine Ehe mit Christopher ihr sehnlichster Wunsch war und sie ihn noch vor kurzer Zeit wegen des großen Unrechts, das ihm von Robert und ihrer Mutter zugefügt worden war, bedauert hatte, und schrie ihn zornig an: »Sie Biest! Glauben Sie im Ernst, daß Sie nur Ihre Meinung zu ändern bräuchten und ich gar nichts dazu zu sagen hätte?«

Mit einem trägen Lächeln auf den Lippen tat er einen Schritt auf sie zu, und ehe sie seine Absicht erraten konnte, zog er sie in seine Arme. Sein Mund war nur Zentimeter von dem ihren entfernt, als er spöttisch erwiderte: »Oh, ich bin sicher, daß du eine Menge dazu zu sagen hättest, doch es gibt verschiedene Möglichkeiten, mit einem widerspenstigen jungen Mädchen umzugehen, das nicht weiß, was es will.«

Nicole zuckte zurück, aber Christopher verstärkte nur seinen Griff und küßte ihren Mund hart und fordernd und schien auf eine Erwiderung zu warten. Sein Kuß war wild und zärtlich in einem, wie immer, und mit einem leisen Aufstöhnen der Scham und Lust zugleich gab sie sich seinem Kuß hin. Sie war sich seines wilden, männlichen Verlangens fast schmerzhaft bewußt, des harten Drucks seiner Schenkel und der Kraft seiner Arme, die sie hielten, und kämpfte verzweifelt gegen den übermächtigen Drang an, seine Zärtlichkeiten zu erwidern und die hungrige Umarmung so enden zu lassen, wie die Natur es wollte – indem er sie hochhob und zu seinem Bett im angrenzenden Zimmer trug.

Doch als ihre Hände seinen dunklen Kopf zu liebkosen begannen, kam die Erinnerung an das, was Higgins ihr erzählt hatte, zurück wie eine giftige Schlange aus einer schwarzen Höhle. Sie dachte daran, daß auch ihre Mutter diesen Zauber kennengelernt hatte, und entwand sich energisch seinen Armen.

Christopher machte keinen Versuch, sie wieder an sich zu ziehen, sondern sah sie nur aus schmalen Augen an und sagte mit eisiger Stimme: »Wenn du dich Robert gegenüber so verhalten hast und Regina euch dabei erwischte, wundert es mich nicht, daß sie zu dieser Notlüge griff.«

»Zumindest hatte Robert soviel Anstand, sich nicht einer Frau aufzudrängen, die ihn nicht will«, erwiderte Nicole mit funkelnden Augen.

»Die nicht will?« scheute sich Christopher nicht zu antworten. »Du hast ebenso gewollt wie ich.«

»Schluß damit!« sagte Nicole ärgerlich. »Ich bin nicht gekommen, um mit Ihnen zu streiten. Glauben Sie mir, ich habe nicht die Absicht, mich von Ihnen verführen zu lassen, auch wenn es vielleicht anders aussieht. Und wenn Sie nur für einen Penny Anstand hätten, würden Sie mich nicht in eine solch unwürdige Situation bringen.«

Ein bedauerndes Lächeln zuckte um seinen Mund. »Da magst du recht haben, aber wir haben ja bereits übereinstimmend festgestellt, daß ich kein Gentleman bin und daß du, mein kleiner Feuerkopf, keine Dame bist. Ich glaube, an dieser Situation sind wir beide gleichermaßen schuld.«

Plötzlich war alle Kampfeslust von ihr abgefallen, seine

Offenheit hatte sie wieder einmal entwaffnet. »Wenigstens stimmen wir in diesem einen Punkt überein. Und jetzt sollte ich, glaube ich, lieber gehen, bevor wieder etwas unsere augenblickliche Harmonie stört.«

Eine scheinbar endlose Minute lang starrte Christopher sie an; er sah sehr wohl den gepeinigten Ausdruck in ihren Augen. Und er verspürte wieder den Drang, sie tröstend in die Arme zu nehmen. Dann jedoch schalt er sich einen Narren, zuckte die Schultern und sagte laut: »Ich werde einen Wagen rufen lassen und dich zum Cavendish Square zurückbringen. Wenn wir Glück haben, wird niemand erfahren, daß du hier warst. Was hast du gesagt, als du das Haus verlassen hast?«

»Ich habe gar nichts gesagt, bin einfach nur weggegangen«, erwiderte Nicole; sie war sich nicht ganz sicher, ob sie seine Hilfe begehrte oder nicht. Sie fühlte sich wegen des Verhaltens ihrer Mutter in seiner Schuld, und zum ersten Mal im Laufe ihrer Beziehung schämte sie sich, weil sie so schlecht von ihm gedacht hatte. Durch Higgins' Eröffnungen hatte sie ein neues Bild von Christopher gewonnen, und sie mußte sich erst an den Gedanken gewöhnen, daß auch er verletzbar war. Eine seltsame Welle von Zärtlichkeit für ihn überflutete sie, und einen kurzen Moment war sie versucht, ihm ihre widersprüchlichen Empfindungen mitzuteilen. Doch nach einem Blick in sein Gesicht erstarb dieser Impuls, und sie vertraute sich ergeben seiner Führung an.

Ohne Zwischenfall kamen sie am Cavendish Square an. Nicoles ungewohntes gehorsames Verhalten reizte Christopher, so daß er in ärgerlichem Ton sagte: »Hör bitte mit diesem entsagungsvollen Getue auf. Es steht dir nicht, glaub mir. Wo sind mein Großvater und die Damen?« setzte er hinzu.

Erst jetzt dachte Nicole wieder an das, was Twickham ihr mitgeteilt hatte. Ihr Zorn verflog, und ihre Augen strahlten vor Freude, als sie erwiderte: »O Christopher, das habe ich Ihnen ja noch gar nicht gesagt. Ihr Großvater und Mrs. Eggleston wollen heiraten. An diesem Sonntag.«

Wenn sie geglaubt hatte, ihn mit dieser Neuigkeit überraschen zu können, so sah sie sich enttäuscht, denn er zeigte sich überhaupt nicht erstaunt. »Ich habe mich schon lange gefragt, wann er sich dazu aufraffen würde«, entgegnete er gelassen.

»Sie haben es erwartet?« fragte Nicole beinahe vorwurfsvoll.

»Natürlich«, antwortete er mit spöttischem Lächeln. »Jeder, der Augen im Kopf hatte, mußte erkennen, daß es nur eine Frage der Zeit war, bis Simon sich erklären würde. Und es bestand keinerlei Zweifel, daß Mrs. Eggleston ja sagen würde.«

Ihre Enttäuschung verbergend, erwiderte Nicole mürrisch: »Sie brauchen nicht darüber zu spotten. Ich freue mich jedenfalls über diese Entwicklung, und ich lasse mir mein Vergnügen nicht durch Ihren Zynismus zerstören.«

Ungläubig sah Christopher sie an und fragte trocken: »Könnte ich dir wirklich die Stimmung verderben?«

Voll Entsetzen hörte Nicole sich antworten: »Sie wissen genau, daß Sie es können, Christopher. Sie wissen es schon lange.«

Christopher erstarrte; seine Augen sahen ihr forschend ins Gesicht, doch sie wich seinem Blick aus. Die Luft schien vor Spannung zu knistern, als Christopher über ihre spontane Entgegnung nachdachte; er schien nicht glauben zu wollen, was ihre Worte andeuteten. Nicole konnte seinen Blick nicht länger ertragen; sie fürchtete, er könne auf den Grund ihres Herzens sehen, und erklärte beunruhigt: »Ich möchte nicht ewig Streit mit Ihnen haben, insbesondere nicht mehr, seit ich im Haus Ihres Großvaters lebe. Außerdem verdanke ich Ihnen viel. Ich möchte, daß wir unsere Beziehungen normalisieren, daß wir das Vergangene vergessen und höflich und nett wie gute Bekannte miteinander umgehen.«

»Gute Bekannte?« wiederholte er schneidend, und seine verrückte, sehnsüchtige Hoffnung, ihre Worte hätten ihm mehr offenbaren wollen, erstarb abrupt. Den Raum mit langen Schritten durchmessend, packte er brutal ihren Arm und zwang sie, ihn anzusehen. »Freunde?« schleuderte er ihr ins Gesicht. »Zwischen uns kann es niemals Freundschaft geben! Vergiß nicht, daß du in meiner Schuld stehst, Nick! Erinnere dich daran, wenn dein schmutziges kleines Gewissen dich wieder einmal quälen sollte!«

Mit einer verächtlichen Bewegung ließ er ihren Arm los und sagte in arrogantem Ton, als er zur Tür ging: »Nachdem ich dich beruhigt habe, daß du mich nicht zu heiraten brauchst, ist es wohl das Beste, wenn ich gehe. Bitte richte dem glücklichen Paar meine Gratulation aus, wenn es zurückkommt.«

Mit wilden Schritten stürmte er hinaus, als wolle er ganz London zwischen sich und Nicole legen, doch an der Haustür hielt ihn Regina auf.

»O Christopher, hier bist du! Hast du die Neuigkeit schon gehört? Ist das nicht aufregend?« plapperte sie und fragte sich insgeheim, was der düstere Ausdruck seines Gesichts zu bedeuten hatte.

»Ja, ich habe es gehört«, antwortete er kurzangebunden. »Nicole hat es mir soeben erzählt.«

Regina ignorierte, daß er gerade hatte aufbrechen wollen. Er hatte also Nicole besucht, und sie plapperte weiter: »Bleib noch ein wenig, ja? Ich habe tausend Pläne für die Hochzeit, und du bist sein Enkel. Ich möchte mit dir darüber reden.«

Beinahe unhöflich erwiderte Christopher: »Ich bin sicher, Sie können seine Hochzeit sehr gut allein organisieren, liebe Tante. Wenn Sie mich jetzt entschuldigen wollen?«

Regina sah ihn ernüchtert an und schimpfte: »Du bist wirklich der sturste junge Mann, den ich kenne. Es ist ein Jammer, daß Robert nicht etwas mehr von deinem heißen Blut mitbekommen hat.«

Christopher verbeugte sich provozierend. »Soll ich zu ihm gehen, Madam, und ihn bitten, diesen Fehler zu korrigieren?«

»Sei nicht albern. Du weißt, ich habe es nicht so gemeint«, antwortete Regina beschwichtigend. »Wirklich, Christopher, du bringst es fertig, jeden gegen dich aufzubringen. Wie geht es deinem Arm?«

»Sehr gut, danke. Es war nur ein Kratzer.« Sein Blick wurde plötzlich scharf. »Vielleicht sollte ich doch bleiben«, sagte er dann. »Es gibt da noch etwas, das ich Nicole gern fragen würde.«

Er betrat den blauen Salon so plötzlich wieder, daß Nicole erschrocken aufblickte. Noch immer unter dem Eindruck der vorausgegangenen Auseinandersetzung, sah sie ihm mißtrauisch entgegen, als er auf sie zukam.

Mit einem spöttischen Lächeln auf den Lippen sagte er: »Lauf nicht weg, meine Liebe. Ich möchte mit dir noch einmal reden, und wir haben nicht viel Zeit.« Nach kurzer Pause fügte er hinzu: »Regina ist zurück und wird uns Gesellschaft leisten.«

Seine Arroganz und sein herablassender Ton ärgerten sie. »Ich meine, wir beide haben heute schon genug miteinander geredet«, fauchte sie.

»Nun, vielleicht solltest du mir trotzdem lieber noch einmal zuhören.«

»Warum?«

»Ganz einfach. Ich halte es für ratsam, daß wir nichts von dem, was Robert dir gesagt hat, erwähnen.« Als er ihren zweifelnden Blick bemerkte, fuhr er fort: »Regina hat das Robert gegenüber meiner Ansicht nach ganz spontan erwähnt, weil ihr nichts anderes einfiel. Wenn wir jetzt darüber reden, wird es nur Komplikationen geben.« Und mit entwaffnender Offenheit fügte er hinzu: »Ich habe keine große Lust, ihr oder meinem Großvater zu erklären, wie abwegig der Gedanke an eine Heirat zwischen uns ist. Wenn wir uns Ärger ersparen wollen, ist es das Beste, dieses Gerücht zu ignorieren. Und mehr als ein Gerücht ist es nicht, glaub mir.«

Nicole zögerte einen Augenblick, dann nickte sie. »Gut, ich werde schweigen«, stimmte sie zu. Sie hatte nur den einen Wunsch, allein zu sein, um über die Ereignisse dieses alptraumhaften Nachmittags nachdenken zu können. Doch Christopher schien es nicht eilig zu haben, und als sie ihn fragend ansah, meinte er: »Da ist noch etwas, das ich dich fragen möchte. Kannst du mir genau sagen, an welchem

Abend Regina das in die Welt gesetzt hat?«

Nicole runzelte die Stirn und erwiderte: »Warum wollen Sie das wissen?«

»Weil ich glaube, daß es mir helfen wird, etwas zu verstehen, über das ich mir schon vierzehn Tage lang den Kopf zerbreche.«

Nicole blickte ihn nachdenklich an; sie hätte gern gewußt, warum dieses Datum für ihn so wichtig war. Dann plötzlich glaubte sie, die Erklärung gefunden zu haben, und ihre Augen wurden weit vor Entsetzen, als sie tonlos antwortete: »Es war an dem Abend vor Ihrer Verletzung beim Fechten.«

Christopher nickte erbittert. »Danke, meine Liebe. Das sagt mir alles.«

»O Christopher! Das kann nicht sein! Er hat es nicht absichtlich getan, nicht wahr?« Es klang beschwörend, aber in Wirklichkeit erwartete sie, nichts anderes zu hören als das, was auch kam.

»Das wird sich zeigen«, erwiderte Christopher mit gefährlich leiser Stimme, und seine Augen waren kalt und unergründlich.

28

Nachdem er erfahren hatte, was er wissen wollte, wäre Christopher am liebsten sofort aufgebrochen, doch er wußte, daß er das nicht tun konnte, ohne unhöflich zu erscheinen. So ergab er sich in sein Schicksal, und es gelang ihm sogar, ein gewisses Vergnügen an dem seltsamen Nachmittag zu gewinnen, so daß er schließlich auch Reginas Einladung zum Abendessen annahm. Er vergaß darüber sogar für eine Weile das Memorandum.

Wegen des Memorandums war er auch am Nachmittag so plötzlich in seine Wohnung zurückgekehrt. Nach der Unterhaltung am Abend zuvor wollte er Buckleys Gesellschaft im Augenblick lieber meiden, und da er keinen anderen Ort fand, wo er in Ruhe hätte nachdenken können, kehrte er in die Ryder Street zurück. Doch Nicoles unerwartetes Auftauchen in seiner Wohnung hatte seine Pläne durchkreuzt, und nachdem er endlich Roberts Angriff beim Fechten mit dem, was Nicole ihm erzählt hatte, in Verbindung gebracht hatte, wollte er das Haus seines Großvaters nicht verlassen, bevor er seine Schlußfolgerung bestätigt fand.

Eine Weile spielte er mit dem Gedanken, Robert über das Täuschungsmanöver Reginas aufzuklären, doch dann verwarf er diese Idee wieder. Die Vorstellung, welche Qualen Robert deswegen durchlitten hatte, verschaffte ihm ein gewisses Vergnügen.

Das Abendessen verlief in angenehmer Stimmung; Robert und Christopher waren die einzigen Gäste. Robert nahm die Nachricht von der bevorstehenden Heirat seines Vaters ziemlich interesselos auf und murmelte seine Glückwünsche in einem Ton, der seine Gleichgültigkeit kaum verbarg. Christopher hingegen sprach seine aufrichtigen Glückwünsche aus. Diese Heirat paßte ausgezeichnet in seine Pläne – mit Letitia als seiner Frau würde Simon seinen Enkel nach dessen Abreise nicht allzusehr vermissen, und das wiederum erleichterte Christophers Gewissen ganz wesentlich.

So wenig Interesse Robert für die Eheschließung seines Vaters zeigte, so sehr bemühte er sich während des ganzen Abendessens um Nicole. Diese hingegen begegnete ihm reserviert. Nachdenklich betrachtete Robert sie, nachdem sie auch seinem zweiten Versuch, ein Gespräch unter vier Augen mit ihr zu führen, ausgewichen war. Er fragte sich, ob ihr plötzlich reserviertes Verhalten etwas mit ihrem Gespräch am Vormittag zu tun haben konnte. Sie hatte eine mögliche Verbindung zu Christopher so entschieden und energisch bestritten, daß ihr jetziges Benehmen ihn einigermaßen verwirrte. Existierten die Heiratspläne vielleicht doch? Hatten sein Vater und Regina soviel Druck auf Nicole ausgeübt, daß sie ihren Forderungen schließlich nachgegeben hatte? Dieser Gedanke behagte ihm ganz und gar nicht, und so schob er ihn nach einer Weile entschieden beiseite. Warum aber mied sie ihn dann? Warum benahm sie sich so, als sei ihr seine

Gesellschaft zuwider?

Als er seinem Rivalen einen mißtrauischen Blick zuwarf, fing er den Funken wissender Belustigung auf, der in Christophers Augen glomm, und heiße Wut stieg in ihm auf. Es war offensichtlich, daß Christopher den Grund für Nicoles seltsames Verhalten kannte, und wieder empfand Robert den blinden Haß auf seinen Neffen. Eines Tages, so schwor er sich, werde ich dich beiseiteschaffen, ebenso, wie ich deinen Vater beiseitegeschafft habe.

Als könne er Roberts Gedanken lesen, warf Christopher ihm ein grimmiges Lächeln zu und hob ihm spöttisch sein Glas entgegen.

Nach dem, was Nicole über Robert erfahren hatte, konnte sie seinen Anblick kaum mehr ertragen. Der Gedanke, daß sie einmal daran gedacht hatte, ihn zu heiraten, erfüllte sie mit Abscheu, und während sie die beiden Männer unter gesenkten Lidern hervor beobachtete, fragte sie sich, wie es Christopher fertigbrachte, Robert gelassen zu begegnen.

In dieser Fähigkeit hatte sich aber Christopher seit Jahren geübt; er hatte gelernt, des wilden, finsteren Hasses Herr zu werden, der an seiner Seele fraß. Er hatte jahrelang mit seinen Rachegedanken gelebt, doch wie ein jagender Tiger konnte er warten.

Es bestand kein Zweifel für ihn, daß Robert eines Tages ihm gehörte, und dann würde er keine Gnade walten lassen. Und so lächelte er seinem Onkel beherrscht zu und leitete, nachdem der letzte Toast auf das Brautpaar ausgebracht war, seinen Aufbruch in die Wege. Natürlich versprach er, der Hochzeit am Sonntag beizuwohnen.

Erst als er sich in der Halle von seinem Großvater verabschiedete, kam die Rede noch einmal auf ihre baldige Reise nach Brighton. »Unsere diesbezüglichen Pläne ändern sich durch unsere Heirat nicht. Allerdings werden Letty und ich erst gegen Ende September dort sein«, bemerkte Simon. »Wir beide fahren am Montag nach Beddington's Corner. Ich halte es für besser, ein paar Wochen mit Letty allein zu sein, bevor wir zu Regina und Nicole nach Brighton fahren.«

Christopher lachte belustigt auf und erwiderte keck: »Sie können es nicht erwarten, richtig zu flirten?«

»Nun ja«, meinte der alte Herr etwas verlegen, »zu einer Vermählung gehören nun einmal Flitterwochen; außerdem hat Letty den Wunsch, Beddington's Corner wiederzusehen, und ich möchte ihr das nicht verweigern. Sie hat dort viele Freunde, denen sie seit Jahren nicht mehr begegnet ist. Vergiß nicht, daß Letty und ich dort zusammen aufgewachsen sind.«

Seine Augen bekamen plötzlich einen verträumten Glanz, als er leise hinzufügte: »Beddington's Corner birgt eine Menge Erinnerungen für uns beide.«

Christopher erwiderte nichts, denn darauf gab es nichts zu erwidern. Nach kurzem Schweigen fuhr Simon in leicht verdrossenem Ton fort: »Robert wird Gina und Nicole nach Brighton begleiten. Willst du dich ihnen anschließen?«

Bei der Erwähnung von Roberts Namen erstarb in Christopher jegliche Lust, nach Brighton zu fahren. Der Hauptgrund für seine Zusage war Simon gewesen; ohne diesen sah er keine Veranlassung, den Badeort aufzusuchen. Auch schien es ihm klüger zu sein, bis zur Ankunft des amerikanischen Piratenschiffes in London zu verbleiben, wo er vielleicht noch weitere Einzelheiten über die britischen Pläne in Erfahrung bringen konnte. Er antwortete also beiläufig: »Nein. Ich habe zu viele Verpflichtungen hier in London, um für längere Zeit verreisen zu können.« Als er Simons verärgerten Blick bemerkte, fügte er hastig hinzu: »Sie können versichert sein, daß ich in Brighton sein werde, wenn Sie und Mrs. Eggleston die Flitterwochen beendet haben.«

»Ich nehme also an, ich muß dir dankbar sein, daß du nach Brighton kommen willst, wenn ich dort bin«, knurrte Simon ärgerlich, als Christopher sich der Tür zuwandte.

»Aber nein«, beteuerte er grinsend.

»Sieh zu, daß du am Sonntag hier bist.«

Christopher ging, und da es erst kurz nach zehn Uhr und ein schöner Abend war, fühlte er sich noch sehr munter und unternehmungslustig, als sein Wagen vor seinem Haus hielt. Seine Wohnung betretend, erkannte er zu seiner Überraschung Buckley, der wie ein eingesperrter Tiger im Zimmer auf und ab ging und ausrief: »Da sind Sie ja endlich! Ich fürchtete schon, Sie kommen überhaupt nicht. Ihr Diener sagte mir, daß Sie bei Ihrem Großvater seien, doch daß das so lange dauern würde, dachte ich nicht.«

Christopher befahl Higgins, eine Flasche Brandy zu bringen, und fragte Buckley, ihn eindringlich musternd: »Was führt Sie zu mir?«

Buckley wirkte nervös und zerfahren, und Christophers Wachsamkeit wuchs. Was, zum Teufel, beunruhigte den Hauptmann?

Er kam nicht dahinter, so sehr er sich auch den Kopf zerbrach, während sie sich über Belanglosigkeiten unterhielten.

Higgins erschien mit dem Brandy, schenkte den beiden ein und machte sich dann im hinteren Teil des Raumes zu schaffen. Er tat zwar, als interessiere ihn nicht, was die beiden zu besprechen hatten, doch in Wirklichkeit spitzte er seine Ohren. Christopher mochte ihm zwar ständig versichern, es sei alles in Ordnung, doch er wußte es besser.

Buckley blickte kurz zu Higgins hinüber, dann beugte er sich vertraulich zu Christophers Ohr und sagte mit leiser, drängender Stimme: »Ich hoffe, Sie vergessen unsere Unterhaltung von gestern abend. Wir hatten alle zuviel getrunken, und ich glaube, ich habe Dinge gesagt, die ich besser verschwiegen hätte.«

Christopher blickte ihn mit ausdrucksloser Miene an. »Wovon reden Sie, mein lieber Buckley?«

Buckleys rosiges Gesicht wurde noch röter, als er voll Unbehagen erwiderte: »Ich hätte dieses verdammte Memorandum nicht erwähnen dürfen. Und ich bitte Sie um Ihr Ehrenwort, daß Sie nichts darüber verlauten lassen.«

Christopher sah ihn bewußt herablassend an und entgegnete betont förmlich: »Wofür halten Sie mich? Ich bin kein Klatschweib. Warum sollte ich mit jemandem darüber reden? Es war ein vertrauliches Gespräch, und es ist nicht meine Art, mir anvertraute Dinge auszuplaudern.«

Christophers Entrüstung schien Buckley ungeheuer zu erleichtern, und er murmelte einige beschwichtigende Entschuldigungen. Christopher fragte sich, ob Buckley sich eigentlich bewußt war, wie töricht er sich verhielt. Selbst wenn er kein so großes Interesse an dem Memorandum gehabt hätte, würde Buckleys Benehmen am gestrigen Abend seine Neugier geweckt haben, und einen Augenblick dachte Christopher an die Möglichkeit, daß man ihm absichtlich einen Köder hatte zuwerfen wollen, daß also irgend jemand sein ganz persönliches Interesse an den Vorgängen in Whitehall wecken wollte. Nein, entschied er dann, das kann nicht sein. Buckley bemühte sich zu intensiv, seine Fahrlässigkeit auszubügeln. Buckleys einziger Wunsch war es gewesen, sich Christophers Verschwiegenheit über das Memorandum zu versichern, und nachdem er diese Versicherung erhalten hatte, machte er bald darauf Anstalten, aufzubrechen. Als Christopher ihn zur Tür begleitete, fragte er beiläufig: »Werde ich Sie morgen abend auf Lady Bagelys Ball sehen?«

»Nein, mein Freund. Die nächsten vierzehn Tage werde ich nicht in der Stadt sein.«

Auf Christophers fragenden Blick hin fügte er hinzu: »Meine Mutter liegt krank darnieder, und sie fürchtet, daß es mit ihr zu Ende geht. Da mein Kommandeur ein guter Freund unserer Familie ist, hat er mich für ein paar Wochen nach Hause beordert, damit ich ihr beistehe.«

»So schlimm ist es?«

Buckley grinste plötzlich. »O nein! Sie hat das mindestens dreimal im Jahr, und ich glaube, sie wäre höchst beleidigt, wenn sie einmal ernsthaft krank wäre – sie genießt die Aufmerksamkeit, die man ihr schenkt, viel zu sehr, um wirklich krank zu werden.«

Christophers Lächeln verschwand, als Buckley außer Sichtweite war. Er sagte sich, daß er seine Wahl gut getroffen hatte, als er Buckley als Informanten über einen möglichen Angriff auf New Orleans ausgesucht hatte. Und er dankte Gott, daß es Buckley offenbar so schwerfiel, den Mund zu halten.

Er wünschte Higgins kurz eine gute Nacht und ging ins

Bett. Doch er schlief nicht, sondern starrte stundenlang an die Decke und zerbrach sich den Kopf darüber, wie er am besten an das Memorandum herankommen konnte. Daß er es stehlen mußte, stand außer Frage, und er glaubte, daß er allein eine größere Chance zu entkommen hatte als mit einem Helfershelfer. Er würde Higgins also nichts sagen, sondern ihn vor vollendete Tatsachen stellen. Er hegte zwar keine Zweifel, daß Higgins vertrauenswürdig war, doch er fürchtete die endlosen Diskussionen, wenn er ihn schon vor der Tat einweihte. Hatte er das Memorandum erst einmal in Händen, war noch immer Zeit genug, Higgins' Talente als Fälscher in Anspruch zu nehmen. Auch für den Fall, daß er entdeckt und geschnappt wurde, war es besser, Higgins so lange wie möglich aus der Sache herauszuhalten.

Am folgenden Morgen stand er noch vor Higgins auf, verzichtete auf eine Rasur und zog hastig einen alten abgetragenen Anzug an. Dann machte er sich schnell auf den Weg in die Newton und Dyott Street im St.-Giles-Viertel. Ursprünglich hatte er vorgehabt, die berüchtigte Gegend von Whitechapel aufzusuchen, hatte sich dann jedoch für St. Giles als den Platz, der seinen Zwecken am weitesten entgegenkam, entschieden. In der Newton und Dyott Street befanden sich die Hauptquartiere der Einbrecher, auf deren Werkzeuge für das Knacken des Safes in Major Blacks Büro er angewiesen war. Bald hatte er gefunden, was er suchte, kaufte noch ein paar Schlösser unterschiedlicher Größe dazu und machte sich wieder auf den Heimweg.

Sorgfältig versteckte er seine seltsamen Einkäufe in der obersten Schublade der Eichenkommode in seinem Schlafzimmer und entledigte sich seiner Kleidung. Dann läutete er nach Higgins, um sich saubere Sachen und heißes Wasser für eine Rasur bringen zu lassen.

Eine Stunde später hätte niemand mehr den elegant gekleideten jungen Herrn, der sich auf dem Weg zu einigen Schreibwarenhändlern befand, mit dem abgerissenen, abenteuerlich aussehenden Kerl in Verbindung bringen können, der sich kurz zuvor im St.-Giles-Viertel herumgetrieben hatte. In verschiedenen Geschäften kaufte er eine Reihe von verschiedenen Federn und Tinten sowie Papier von unterschiedlicher Beschaffenheit. Pünktlich zum Mittagessen war er wieder in der Ryder Street, verstaute hastig seine Schreibutensilien in einem Fach des Sideboards und läutete nach Higgins, um sich das Essen servieren zu lassen.

Sofort nach dem Essen ging er in sein Schlafzimmer und steckte ein Paar Handschuhe in die Innentasche seiner Jacke, informierte Higgins, daß er zum Abendessen wieder zurück sein werde, und machte sich auf den Weg nach Whitehall, wo sich das Kriegsministerium befand. Dort erkundigte er sich nach Blacks Büro.

Er hatte den Major ein- oder zweimal gesehen, kannte ihn also flüchtig, war aber noch nie in seinem Büro gewesen. Vor der Tür des Büros angelangt, nahm er allen Mut zusammen, setzte sein charmantestes Lächeln auf und trat ein. »Entschuldigen Sie, Sir«, sagte er, sich im Zimmer umsehend. »Ich dachte, Hauptmann Buckley wäre bei Ihnen.«

Der Major, ein großer, kräftiger Mann, entgegnete: »Nein, den können Sie momentan nirgends finden. Er hat nämlich zwei Wochen Urlaub bekommen. Kann *ich* Ihnen helfen?«

Christopher, dessen scharfer Blick sofort den in einer Ecke stehenden Safe entdeckt hatte, sah ihn lächelnd an. »Nicht nötig, danke. Es handelt sich um nichts Besonderes. Er hat gestern abend seine Handschuhe bei mir liegen lassen, und da ich gerade in der Gegend war, wollte ich sie ihm vorbeibringen.«

»Sie können sie hier lassen, wenn Sie wollen«, bot Major Black ihm an.

»Danke, aber ich werde Buckley wahrscheinlich noch vor Ihnen wiedersehen. Vielen Dank.«

Christopher steckte die Handschuhe wieder in seine Jakkentasche, und da der Major offenbar in Gesprächslaune war, blieb Christopher noch eine Weile. Er nutzte die Zeit gut und betrachtete, sooft es ging, prüfend den Safe. Soweit er es beurteilen konnte, würde der Kasten kein Problem für ihn sein.

In die Ryder Street zurückgekehrt, schickte er Higgins mit ein paar Aufträgen in die Stadt. Er wollte in der nächsten Stunde nicht gestört werden. Er holte die erstandenen Werkzeuge heraus und legte sich einen genauen Plan zurecht, wie er den Safe öffnen wollte. Higgins' Rückkehr setzte dieser Tätigkeit ein Ende. Christopher begutachtete wortreich Higgins' Einkäufe, doch dieser war nicht dumm. Er wußte genau, daß Christopher ihn kreuz und quer durch London geschickt hatte, um allein zu sein.

In den nächsten beiden Tagen verbrachte Christopher etliche Stunden damit, die verschiedenen Schlösser, die er gekauft hatte, aufzubrechen. Nach dem Abendessen schlüpfte er in einen dunklen Mantel, begab sich in die Nähe des Kriegsministeriums und beobachtete die Wachtposten. Der Zeitpunkt der Wachablösung war von äußerster Wichtigkeit für ihn.

Schließlich war die Nacht gekommen, in der er zuschlagen wollte. Er gab Higgins für den Rest des Abends frei und verbrachte die Zeit bis zwei Uhr früh damit, ruhelos in seiner Wohnung umherzulaufen. Als es Zeit war, aufzubrechen, zog er hastig seinen eleganten Anzug aus und schlüpfte in eine dunkle Reithose und einen enganliegenden schwarzen Pullover. Nachdem er etwas Feuerstein, eine Kerze und die Einbruchswerkzeuge in seine Tasche gesteckt hatte, verließ er sein Haus.

Als er beim Kriegsministerium ankam, schwärzte er in einer dunklen Ecke mit Ruß sein Gesicht und wartete, bis die Wache um die Ecke verschwunden war. Dann öffnete er eines der Fenster und schlüpfte katzengleich hinein. Er war sicher, daß sein Eindringen unbemerkt geblieben war, und huschte durch den langen, verlassenen Korridor zu Major Blacks Büro.

Die Tür war verschlossen, doch das hatte er erwartet. Er kniete nieder und begann, immer wieder vorsichtig um sich blickend, das Schloß zu öffnen. Als ihm das gelungen war, trat er ein und stellte schnell einen Stuhl unter die Türklinke. Falls jemand ihn stören sollte, würde er dadurch wenigstens etwas Zeit gewinnen, um sich durchs Fenster in Sicherheit zu bringen. Er durchquerte den Raum und warf einen Blick auf die von Gaslaternen erhellte Straße unter ihm. Drei Stockwerke – notfalls würde das ein böser Sprung werden, dachte er bedrückt.

Der Safe war rasch geöffnet. Er enthielt nur einen einzelnen Bogen Papier, doch für Christopher bedeutete dieser alles. Das Memorandum. Als Christopher es hastig überflog, preßte er erbittert die Lippen zusammen, doch er wollte keine Zeit verschwenden, steckte das Memorandum in seine Jackentasche, schloß den Safe wieder und stellte den Stuhl an den alten Platz zurück. Dann trat er in den Gang hinaus und zog die Tür hinter sich zu.

Geräuschlos schlich er die Treppe hinunter und verließ das Gebäude auf demselben Weg, auf dem er gekommen war.

Zu Hause angekommen, legte er das Memorandum auf den Tisch und begann sein Gesicht abzuwaschen. Doch das Memorandum lockte mit unwiderstehlicher Macht, und so setzte er sich mit noch immer halbschwarzem Gesicht an den Tisch und fing an zu lesen.

General Sir Edward Pakenham sollte die Offensive befehligen. Als Christopher das las, stieß er einen leisen Pfiff aus. Also Pakenham würde es sein, der Schwager des großen Wellington. Irgendwann in der ersten Novemberwoche würde er mit seinen Truppen in geheimem Auftrag von Spithead aus lossegeln.

Ihr erstes Ziel würde Jamaika sein, wo sie in der Negril Bay mit Admiral Cochranes Flotte zusammentreffen sollten, um gemeinsam unter General John Lamberts Führung ihr endgültiges Ziel New Orleans anzusteuern.

Nachdenklich ließ Christopher das Memorandum auf den Tisch sinken. Falls er Glück hatte, konnte er schon in New Orleans sein, wenn Pakenham nach Jamaika aufbrach, vorausgesetzt, daß alles nach Plan verlief. Ging alles gut, hatte er noch sechs Wochen Zeit, um sich auf den Angriff vorzubereiten. Das müßte genügen, sagte sich Christopher.

Das leise Geräusch der aufschwingenden Schlafzimmertür machte ihm klar, daß er nicht mehr allein war. Er fuhr herum und blickte in Higgins' erstauntes, ja entsetztes Gesicht.

»Christopher!« schrie Higgins, offenbar beeindruckt von dem Ruß auf Christophers Gesicht.

Nun ist es also soweit, dachte Christopher gereizt. Jetzt mußte er Higgins die wahren Gründe für ihren Aufenthalt in England erklären.

Ein paar Sekunden lang starrten sich die beiden Freunde an, dann brach Higgins das Schweigen, indem er ruhig fragte: »Hast du das Memorandum gefunden?«

Christophers Augen wurden weit, doch er fing sich schnell wieder. »Wie lange weißt du es schon?«

Mit unschuldsvoller Miene erwiderte Higgins: »Erst seit Hauptmann Buckleys kürzlichem Besuch, als ich ihn zufällig von einem gewissen Memorandum reden hörte.« Grinsend fuhr er fort: »Ich kenne dich so gut, Christopher, und mir war sofort klar, daß es dein sehnlichster Wunsch war, an das Memorandum heranzukommen.«

Erschrocken stöhnte Christopher auf. »Ich bete zu Gott, daß niemand sonst meine Gedanken so gut lesen kann wie du.«

»Nein, das steht nicht zu befürchten. Es ist nur – wir haben zu oft gegen die Engländer gekämpft und zu viele gefährliche Situationen gemeinsam durchgestanden, als daß ich es nicht geahnt hätte.«

Ein liebevolles Lächeln huschte über Christophers Gesicht. »Das haben wir, mein Freund, das haben wir.«

In der nächsten Stunde weihte Christopher Higgins in alles ein und sprach dann den wichtigsten Punkt, die Fälschung, an.

Higgins nickte. »Ich habe mir schon so etwas Ähnliches gedacht. Hast du wirklich geglaubt, ich würde dich im Stich lassen?«

»Nein. Ich wollte dich nur nicht in etwas hineinziehen, das uns beide an den Galgen bringen kann.«

»Mal den Teufel nicht an die Wand. Wir werden es schon schaffen«, entgegnete Higgins zuversichtlich und fügte mit einem fröhlichen Aufblitzen seiner braunen Augen hinzu:

»Ich war einer der Besten in dem Geschäft, bis die Bow Street sich für mich zu interessieren begann.«

Christopher klopfte Higgins auf die schmächtigen Schultern und fragte: »Nun, mein Freund, glaubst du, daß du noch immer gut bist?«

»Aber sicher, verdammt noch mal! Ich werde es dir beweisen.«

Als Christopher einige Stunden später die beiden Papiere miteinander verglich, sah er zu seiner großen Freude, daß sie völlig identisch waren. Alles, was jetzt noch zu tun blieb, war, das falsche Memorandum wieder in den Safe zu legen.

Die beiden Männer hatten diesen Punkt bis ins kleinste Detail durchgesprochen. Es war gefährlich, ebenso gefährlich wie das Stehlen des echten Memorandums. Schließlich kamen sie überein, daß es klüger wäre, den riskanten Weg von heute nacht nicht noch einmal zu wiederholen. Statt dessen sollte Christopher am Tag darauf abermals Major Blacks Büro aufsuchen und in einem günstigen Augenblick, der sich sicher bieten würde, das gefälschte Memorandum unter die Papiere auf Blacks Schreibtisch mischen. Nicht ganz so einfach würde es sein, einen Vorwand für seinen erneuten Besuch in Blacks Büro zu finden, doch Christopher meinte, es würde ihm schon etwas einfallen, und wenn es die unschuldige Frage nach der Heimatadresse von Buckley war.

Am nächsten Tag suchte Christopher, wie geplant, Major Black auf und erkundigte sich nach Buckleys Heimatadresse. Er versuchte, soviel Zeit wie möglich zu gewinnen, ohne sich verdächtig zu machen, doch es bot sich keine Gelegenheit, das Memorandum auf Major Blacks Schreibtisch zu deponieren. Er hatte sich schon verabschiedet und zerbrach sich den Kopf nach einer anderen Möglichkeit, als er mit dem Adjutanten des Majors zusammenstieß, der das Büro mit einem Stapel Akten unter dem Arm betreten wollte. Die Akten fielen auf den Boden, und während Christopher, Entschuldigungen murmelnd, beim hastigen Aufsammeln half, gelang es ihm, das Memorandum aus seiner Tasche zu holen und unter die Papiere zu mischen.

Er entschuldigte sich immer noch, doch der Adjutant, ein sehr gutaussehender junger Mann, murmelte nur: »Es war meine Unachtsamkeit, Sir. Ich war in zu großer Eile.«

Christopher drückte ein letztes Mal sein Bedauern aus und ging zufrieden davon. Das Memorandum würde gefunden werden, und niemand würde mit Sicherheit sagen können, wo es gewesen war.

Nun hieß es nur noch warten. Er und Higgins würden London erst einen Tag vor dem Treffen mit dem Piratenschiff verlassen. Sie würden morgens nach Brighton fahren, und irgendwann im Laufe des Tages würde er seinen Großvater besuchen. Vor dieser Begegnung fürchtete er sich schon jetzt, denn er konnte ihm weder eine Erklärung noch eine Entschuldigung anbieten.

Was, zum Teufel, sollte er sagen? Einen Augenblick dachte er daran, ihm lediglich einen Brief zu schreiben, doch er verwarf diesen Gedanken sofort wieder. Nein, er würde sich nicht davonschleichen – irgendwie mußte er Simon auf seine Abreise vorbereiten, er durfte ihm jedoch keinen Hinweis auf den wahren Grund seiner Rückkehr nach Amerika geben.

An Nicole wollte er nicht denken. Der Gedanke an sie erfüllte ihn mit Sehnsucht und Verlangen, doch er wollte sich nicht in dem Netz verfangen, das sie so kunstvoll um ihn spann. Der Gedanke, sie zu heiraten, ging ihm nicht aus dem Kopf, so daß er fürchtete, den Verstand zu verlieren. Um nicht noch mehr an sie gebunden zu sein, war es sicher das Beste für ihn, einen Ozean zwischen sie und ihn zu bringen. Er konnte sie doch nicht bitten, auf ihn zu warten – oder doch? Entschieden schob Christopher diesen Gedanken beiseite. Bei Gott, das würde er nie tun, niemals!

Und während er sich an diesem Abend von einer blonden Tänzerin verwöhnen ließ, war er sicher, die richtige Entscheidung getroffen zu haben. Eine Frau war so gut wie die andere, und die Zeit würde schon die seltsame, fast schmerzhafte Sehnsucht ersterben lassen, die ihn erfüllte, wenn er an eine Zukunft ohne ein braunäugiges Mädchen in seinen Armen dachte.

4. TEIL

Spuren der Liebe

»Le coeur a ses raisons
que la raison ne connaît point.«

»Das Herz folgt seinen eigenen Gesetzen,
die oft bar aller Vernunft sind.«
Französisches Sprichwort

29

Mit Brighton verbanden sich für Nicole keine glücklichen Erinnerungen. Hier waren ihre Eltern und ihr Bruder ertrunken, und als sie und Regina eines Tages an dem hübschen Landhaus der Ashfords vorbeifuhren, konnte sie nicht verhindern, daß eine Welle des Schmerzes sie bei der Erinnerung an jenen Tag überflutete. Regina hatte vorgeschlagen, einen Rundgang durch das Haus zu machen, um festzustellen, ob die Markhams während ihrer Abwesenheit irgendwelche Veränderungen vorgenommen oder Schäden angerichtet hatten. Nicole hatte jedoch heftig abgelehnt. Sie glaubte, es nicht ertragen zu können, dieses Haus noch einmal zu betreten.

Die neue Lady Saxon fehlte Nicole sehr, obwohl Regina die Freundlichkeit in Person war und ihr ihren Ausrutscher mit Robert verziehen hatte. Doch Reginas Sympathie war kein Ersatz für Lady Saxons warme, verständnisvolle Art und für Lord Saxons liebevoll-brummiges Wesen. Das Haus wirkte öde und leer ohne die Neuvermählten.

Aber es gab auch Schönes für sie in Brighton. Sie liebte das Tosen der gegen die Kaimauer rollenden Brandung, und sie fand Vergnügen daran, begleitet von Galena am Strand spazierenzugehen, während die frische Seeluft ihre blassen

Wangen rötete und ihr Haar zerzauste. Obwohl sich auch hier die Angehörigen der oberen Zehntausend in Massen tummelten, herrschte eine gelockerte Atmosphäre, und Nicole genoß ihre etwas großzügiger bemessene Freiheit. Vielleicht habe ich mich ja schon an dieses Dasein gewöhnt und werde zeit meines Lebens auf solche Weise dahinvegetieren, ohne mich gegen die starre Gesellschaftsordnung aufzubäumen, dachte sie unglücklich.

Als sie eines Septembernachmittags allein in ihrem Zimmer saß, wanderten ihre Gedanken zu Robert und ihrer seltsamen Beziehung zu ihm. Nicole konnte ihm nicht sagen, daß sie ihm nicht mehr vertraute, oder daß sie nie zu vergessen vermochte, daß er der Geliebte ihrer Mutter gewesen war und Christopher so niederträchtig behandelt hatte.

Nach außen hin schien ihre abweisende Haltung Robert nicht zu bedrücken, doch innerlich war er rasend eifersüchtig. Er hatte versucht, Jennings-Smythe nähere Einzelheiten über Kapitän Saber zu entlocken, doch dieser hatte stets nur lächelnd abgewinkt. Er erfuhr zwar noch die eine oder andere Kleinigkeit, doch nichts, was Christopher in engere Verbindung zu Kapitän Saber gebracht hätte. Schließlich gelangte Robert zu der Einsicht, daß seine einzige Chance der Einsatz eines Detektivs war.

Am vierundzwanzigsten September trafen Simon und Letitia in Brighton ein; beide wirkten unglaublich glücklich. Mit ihrer Ankunft in der Kings Road kehrte auch wieder Leben in das stille Haus ein. Freunde und Bekannte kamen, um ihre Glückwünsche auszusprechen und sie in Brighton willkommen zu heißen.

Mit ihrer Ankunft endete auch Nicoles Passivität; jetzt brachte sie es sogar fertig, auch Robert hin und wieder ein Lächeln zu schenken. Sie redete sich zwar ein, daß ihr plötzlicher neuer Unternehmungsgeist mit Simons und Letitias Rückkehr zusammenhing, doch in ihrem Inneren wußte sie, daß ihre Unruhe in Christophers bevorstehendem Erscheinen in Brighton begründet lag.

Christopher hatte im Moment seine eigenen Sorgen. Das Warten fiel ihm nicht leicht, und die Vorstellung, daß Jennings-Smythe ihm doch noch zum Verderben werden konnte, machte es ihm auch nicht leichter.

Er hatte bereits verlauten lassen, daß er London bald verlassen würde. Er hatte seine Schulden bezahlt und seine Wirtin von seiner Abreise unterrichtet; auch seine Koffer waren schon gepackt. Das Memorandum trug er in einem kleinen Lederbeutel an seiner Taille. Er war bereit.

Der September verging nur langsam. Christopher wußte noch immer nicht, was er seinem Großvater sagen sollte, und das bedrückte ihn mehr und mehr. Er schämte sich nicht für das, was er getan hatte, aber würde Simon es verstehen, wenn er davon erfuhr? Er war sich seiner häßlichen Rolle als Spion mehr und mehr bewußt, doch das Schlimmste kam am Morgen des achtundzwanzigsten September.

Nach einem ausgedehnten Abschiedsgelage mit Hauptmann Buckley war er spät aufgestanden. Er hatte Kopfschmerzen und einen faden Geschmack im Mund. Er hatte gerade seine vierte Tasse Kaffee getrunken, als Higgins eintrat und die Londoner Times mit den Worten »Sie haben Washington niedergebrannt!« auf den Tisch knallte.

Ungläubig sah Christopher die dickgedruckten Schlagzeilen. Washington niedergebrannt? Mit blassem Gesicht las er den Artikel.

Kapitän Harry Smith war aus Amerika zurückgekehrt – in der erstaunlich kurzen Zeit von einundzwanzig Tagen hatte er diese Strecke zurückgelegt – und hatte die Nachricht von der Eroberung Washingtons mitgebracht. Mitte April hatten die Engländer die amerikanischen Truppen zurückgedrängt. Danach waren britische Truppen plündernd in die Hauptstadt eingedrungen. General Robert Ross persönlich hatte den Befehl erteilt, das Weiße Haus, das Capitol, die Schatzkammer und ebenfalls das Kriegsministerium zu zerstören.

Voll Erbitterung las Christopher den Bericht über die Brandschatzung der amerikanischen Hauptstadt, und alle Gewissensbisse, die er vielleicht empfunden hatte, schwanden.

Außer sich vor Wut schrie er: »Bei Gott, diesen infamen Angriff werden sie bereuen! Laß sie nur nach New Orleans kommen – dort werden wir ihnen zeigen, daß man unsere Hauptstadt nicht ungestraft angreifen kann!«

Früh am nächsten Morgen brachen Christopher und Higgins auf und trafen kurz nach Mittag in Brighton ein. Simon freute sich riesig.

»Wie schön, dich zu sehen, mein Junge!« rief er dröhnend, als Christopher die Bibliothek betrat, wo Simon bei der Lektüre der neuesten Renn-Nachrichten saß.

»Auch ich freue mich, Sir. Das Eheleben bekommt Ihnen wohl gut. Sie sehen glücklich und zufrieden aus, und Lady Saxon ist regelrecht aufgeblüht.«

»Nicht wahr?« entgegnete Simon voller Freude. »Es war eine schöne Zeit in Beddington's Corner. Wir haben beschlossen, am ersten Oktober wieder dorthin zu fahren. Gina kann Nicole die Sehenswürdigkeiten von Brighton zeigen, falls das Kind keine Lust hat, hier auf dem Land zu versauern.«

Christopher lächelte verstohlen; er überlegte, ob er die günstige Stimmung ausnutzen und seinem Großvater sagen sollte, daß er morgen nacht abreisen wolle. Er suchte nach Worten, doch seine Kehle war wie zugeschnürt. Er konnte nicht gleich nach der Begrüßung dem alten Mann sagen, daß er abreisen wollte. Also beschloß er, damit noch zu warten und die kostbaren Augenblicke, die er mit seinem Großvater allein war, zu genießen.

Nicole hörte erst von Christophers Ankunft, als sie sich zu den von Regina zum Tee eingeladenen Gästen gesellte. Als sie ihn so plötzlich sah, tat ihr Herz einen schmerzhaften Sprung. Sie zwang sich zu einem höflichen Lächeln.

»Nun, mein Kind«, begrüßte er sie mit leicht spöttischer Miene, während seine Augen ihre liebreizende Erscheinung aufnahmen. »Du siehst sehr hübsch aus. Brighton scheint dir gut zu tun.«

Gewollt kühl erwiderte sie: »Brighton? Ja, das ist möglich, weil ich da nicht in Ihrer Nähe zu sein brauche.«

Seine Augen wurden dunkel, und einen Moment glaubte

sie, er würde aufbrausen, doch er zuckte nur die Achseln. »Noch immer eine solch spitze Zunge, Nick?« fragte er mit hochgezogenen Brauen und schlenderte ohne ein weiteres Wort davon.

30

Christopher sah seinem letzten Tag in England mit einiger Aufregung entgegen. Auch mit Angst. Am meisten fürchtete er das Gespräch mit seinem Großvater – der Gedanke an diesen Abschied war ihm unerträglich. Er wußte noch immer nicht, wie er Simon erklären sollte, daß er irgendwann zwischen Einbruch der Dunkelheit und Mitternacht nach Amerika abreisen müsse.

Bereits jetzt freute sich der alte Mann auf das fröhliche Weihnachtsfest, das sie, wie er glaubte, gemeinsam in Beddington's Corner verbringen würden. Er hatte sogar schon vage Andeutungen gemacht, daß sein Haus in London bald ganz Christopher gehören würde, da er und Letitia das ruhige Beddington's Corner vorzogen.

Ruhelos lief Christopher im Haus umher. Einmal mußte er sogar laut auflachen bei dem Gedanken, daß er sich wie ein kleiner Schuljunge vor dem Gespräch mit Simon fürchtete. England hat mich verändert, dachte er ein wenig traurig. Ich bin nahe daran, ein braver Bürger zu werden. Warum sonst geht mir das alles so nahe, und warum sonst habe ich soviel Angst, mit Großvater zu reden? Und Nicole …

Nicole saß gerade in der Bibliothek, bemüht, sich in ein Buch zu vertiefen. Doch wie immer, wenn sie allein war, wanderten ihre Gedanken auch jetzt zu Christopher. Aufseufzend klappte sie das Buch zu. Welchen Sinn hatte es, an ihn zu denken? Sich wegen etwas zu quälen, das sie nicht ändern konnte?

Plötzlich ertrug sie das Alleinsein nicht mehr und wandte sich entschlossen zur Tür. Sie hatte sie beinahe erreicht, als die Tür aufschwang und sie fast getroffen hätte.

»Mein Gott, Nicole, ich hätte dich verletzen können«, stieß Christopher erschrocken hervor und blieb in der offenen Tür stehen.

Sein Gesicht wirkte schmaler, härter als sonst, und in seinen Augen lag ein Ausdruck, den sie sich nicht erklären konnte – eine innere Unruhe, und sie wußte nicht, was der Anlaß für seinen Besuch in Brighton war. Schließlich gelang es ihr, gelassen zu fragen: »Bleiben Sie länger?«

Christopher zögerte einen Moment, doch dann erwiderte er achselzuckend: »Ich kann leider gar nicht bleiben.« Als er ihren erstaunten Blick bemerkte, fügte er hinzu: »Higgins und ich werden heute in meinem Haus in Rottingdean übernachten.« Und mit einem sorglosen Lächeln schloß er: »Wer weiß, was morgen ist.« Mehr konnte und wollte er nicht sagen.

Doch Nicole kannte ihn zu gut; ihn eindringlich ansehend, fragte sie voll böser Ahnungen: »Sie reisen ab, nicht wahr? Sie fahren zurück nach Louisiana.«

Ohne es zu wollen, antwortete Christopher: »Ja, Nick. Ja, das werde ich.«

Er war über sich selbst entsetzt. Er hatte es ihr nicht sagen wollen, schon gar nicht, ehe er nicht mit seinem Großvater gesprochen hatte. Doch als sie ihn so direkt gefragt hatte, war es ihm eben herausgerutscht.

Nicole war erstarrt; ihr ganzer Körper schien von Entsetzen und Trauer erfaßt. Er reiste ab. Kein Christopher mehr, der sie verhöhnte und sie verrückt machte vor Leidenschaft und Wut. Ich sollte froh sein, versuchte sie sich einzureden. Ihr Stolz kehrte zurück, und sie entgegnete kühl: »Wie schön!« Ihre großen topasbraunen Augen schimmerten unter den langen Wimpern, ein erzwungenes Lächeln lag um ihren Mund, als sie betont fröhlich fortfuhr: »Sie müssen glücklich sein, mich endlich loszuwerden. Ich habe Ihnen nie gedankt für all das, was Sie für mich getan haben. Ich hoffe also, daß Sie mir jetzt, wo unsere Wege sich endgültig trennen, erlauben werden –«

»Hör auf, Nick!« fuhr Christopher sie an; seine Wangenmuskeln zuckten vor unterdrückter Erregung.

Doch Nicole schüttelte den Kopf und fuhr eigensinnig fort: »Nein! Lassen Sie mich! Ich muß Ihnen sagen –«

Christopher unterbrach sie auf die einzige ihm mögliche Art und Weise. Er ergriff ihre schlanken Arme, zog sie an sich und verschloß ihren Mund mit seinen Lippen. Es war ein langer Kuß, hungrig und drängend, der sie beide bis ins Innerste aufwühlte. Er barg ihren Kopf an seiner Schulter und küßte ihre langen Locken.

»Sag nichts mehr«, murmelte er. »Worte bedeuten nichts zwischen uns. Wir sagen Dinge, die wir nicht meinen, und wir lassen uns von unseren Stimmungen zu sehr hinreißen. Vielleicht werden wir eines Tages in der Lage sein, wie vernünftige Menschen miteinander zu reden, aber, der Himmel verzeih mir, was dich betrifft, kann ich nicht vernünftig sein.«

Erstaunt hob sie den Kopf und starrte ihn an. Sie öffnete den Mund, doch kein Ton kam über ihre Lippen. Christopher, der ständig daran denken mußte, daß sich ab morgen in wachsender Ausdehnung ein Ozean zwischen sie legen werde, konnte der Verlockung ihres Körpers nicht länger widerstehen. Wieder zog er sie an sich, seine Hände glitten liebkosend über ihren Rücken und ihre Hüften und ließen Nicole spüren, wie sehr er sie begehrte. Doch dann erinnerte er sich daran, wo er sich befand, und schob sie sanft von sich. »Du bist anregender als jeder Wein, Nick«, sagte er mit gequältem Lächeln. »Du kannst einen Mann dazu bringen, den Kopf zu verlieren und Dinge zu tun, die er später bereut.«

Nicole mißverstand seine Worte, und ihr Körper versteifte sich, doch Christopher ließ ihr keine Gelegenheit, etwas zu erwidern, sondern zwang sie mit sanfter Gewalt, sich auf eines der Sofas zu setzen. Dann hockte er sich neben sie auf die Lehne des Sofas und schlug lässig die Beine übereinander. Er sah Nicole mit einem seltsamen Blick an, einem Blick voll Bedauern und harter Entschlossenheit, und sagte: »Ich habe dich nicht immer richtig behandelt, doch ich will mich nicht für das, was ich getan habe, entschuldigen.« Er hielt inne, um achselzuckend fortzufahren: »Doch ich glaube, ich würde alles noch einmal genauso machen. Ich habe dich begehrt, und ich begehre dich noch immer, und ich muß gestehen, daß mich noch nie eine Frau so erregt und verwirrt hat wie du. Glaube mir, ich bin froh, wenn ich dich nicht mehr sehe.«

Die grausam dahingesprochenen Worte trafen sie wie Schläge ins Gesicht. Sie hatte immer gewußt, daß er glücklich sein werde, sie nicht mehr zu sehen, doch dieses unverhohlene Eingeständnis verletzte sie tief. Nervös spielte sie mit dem Stoff ihres Kleides, um das Zittern ihrer Hände zu verbergen; das Gesicht hatte sie abgewandt aus Angst, ihm zu verraten, wie tief er sie getroffen hatte.

Christopher beobachtete sie eindringlich; er war sich bewußt, wie häßlich er sich benahm, doch er war nicht in der Lage, es zu ändern. Im Umgang mit Nicole fehlte ihm jegliches Taktgefühl. Er sagte die falschen Worte, tat die falschen Dinge. Und ein allgemeiner, höflicher Umgangston schien auch nicht das Richtige zu sein, wie er aus ihrem verschlossenen Gesicht ersehen konnte.

Nicole spürte Christophers forschenden Blick und wußte, daß sie irgendeine abschwächende Bemerkung machen, ein belustigtes Lachen von sich geben sollte, doch die Worte schienen ihr im Hals steckenzubleiben. Zum Glück kam ihr ihr Stolz zu Hilfe, und sie entgegnete mit freundlichem Lächeln: »Nun, ich nehme an, es sollte mir eine gewisse Befriedigung verschaffen, Sie – wie Sie sagen – verwirrt zu haben.«

»Verdammt, Nicole! Wir führen doch nicht Krieg gegeneinander«, knurrte Christopher. Er wollte mehr von ihr hören als nur eine ironische Bemerkung, wußte aber nicht genau, worauf er wartete.

Doch Nicole war zu sehr mit ihrem eigenen Schmerz beschäftigt, um das seltsame Drängen in seiner Stimme wahrzunehmen. Alles, was sie bemerkte, war der kaum verhüllte Ärger in seinem Gesicht. Und voll schmerzlicher Resignation erkannte sie, warum es nie etwas anderes als böse Worte zwischen ihnen geben konnte – wegen ihrer Mutter. Ihr Magen zog sich schmerzhaft zusammen, wenn sie an den grausamen Betrug dachte, den ihre Mutter an ihm begangen hatte. Konnte sie es ihm verübeln, wenn er sie dafür haßte? Ihr weh tat?

Resigniert sagte sie daher: »Ja, Christopher, hören wir auf damit. Ich weiß, was vor vielen Jahren geschehen ist, und ich weiß deshalb auch, warum Sie mich so hassen. Sie sagen, es gibt keinen Krieg zwischen uns, doch Sie lügen.« Ein Anflug ihres alten Temperaments kehrte zurück, und sie fuhr leidenschaftlich fort: »Es wird immer Krieg zwischen uns herrschen. Dafür hat meine Mutter gesorgt. Ich könnte mich tausend Jahre lang darum bemühen, es Sie vergessen zu lassen, könnte mich von Ihnen mit Füßen treten lassen – es wäre mir doch nie möglich, den Haß zu besiegen, der Sie erfüllt.«

Christopher wurde still, sehr still; steil hoben sich seine schwarzen Augenbrauen über den schmal gewordenen Augen. »Wovon sprichst du?« fragte er.

Nicole sprang auf und erwiderte: »Higgins hat mir von Ihnen und meiner Mutter erzählt. Wie sie und Robert Sie hintergangen haben, und wie Robert Sie an die Marine verkauft hat.«

Christopher war von eiskalter Wut erfüllt. Seine Stimme klang drohend, als er fragte: »Und bist du deshalb so verständnisvoll? So entgegenkommend, wenn ich dich küssen will? Weil diese alte, traurige Geschichte dein Mitleid erregt hat? Bitte, erspare mir das.«

Er stand abrupt auf, warf Nicole einen verächtlichen Blick zu und knurrte: »Du scheint vergessen zu haben, was in der Vergangenheit geschehen ist. Ich nicht. Ich brauche das Mitleid von Annabelles Tochter nicht.«

Nicole war außer sich. Jedes Bedauern über das, was ihre Mutter getan hatte, sogar ihr eigener Schmerz wegen seiner Abreise schwand. Mit weißem Gesicht und funkelnden Augen sprang sie auf ihn zu und schlug ihm, ehe er noch ihre Absicht erkennen konnte, ins Gesicht. »Sie gemeiner Bastard!« schrie sie mit Tränen der Wut in den Augen.

Nun selbst wütend, umklammerte Christopher ihre Schultern mit eisernem Griff. »Das reicht, glaube ich«, preßte er hervor. »Wir haben uns alles gesagt, was zu sagen ist, und ich werde mich jetzt verabschieden. Wenn wir Glück haben, werden wir uns vor meiner Abreise nicht mehr sehen. Sei versichert, ich werde mich verdammt bemühen, dir aus dem Weg zu gehen.«

Nicole war undeutlich bewußt, daß sie sich hinter ihrer Wut versteckte; sie sah ihn mit einem Blick voll unverhohlener Verachtung an und schrie: »So, werden Sie das? Bei Gott, ich segne den Tag, an dem Sie fortsegeln! Je früher, desto besser!«

Ein seltsamer Glanz stand in seinen Augen, mit denen er ihr aufgewühltes Gesicht betrachtete. Als wolle er sich jeden Zug darin einprägen, dachte Nicole seltsam berührt. Doch dann verzog er seinen Mund zu einem spöttischen Lächeln und entgegnete kühl: »Das ist die Nick, die ich kenne. Und hier ist noch etwas, das dich an mich erinnern soll.«

Abrupt zog er sie in seine Arme, verschloß ihren Mund mit einem leidenschaftlichen Kuß und preßte ihren Körper an sich. Sein Kuß war wie eine verzehrende Flamme. Hart und fordernd zwang er sie, sein bewußt kaltblütiges Verlangen zu erwidern. Verzweifelt kämpfte Nicole gegen das jäh in ihr aufkeimende Verlangen an, doch ihre Lippen gaben ihr keine Möglichkeit, zu entrinnen; unerbittlich forderten sie, daß sie dem Verlangen, das jeden Nerv ihres Körpers durchströmte, nachgab. Unbewußt drängte sie sich näher an ihn. Zum Teufel mit ihm! dachte sie. Zum Teufel mit ihm, daß ich mich so nach seiner Liebe sehne! Zum Teufel mit ihm!

Christopher focht seinen eigenen Kampf; sein Verlangen nach ihr war nahezu unerträglich – einmal noch wollte er sich in ihr verlieren, einmal noch ihren bebenden Körper unter sich spüren, ihren weichen Mund fühlen, ihren ureigenen Duft in sich aufnehmen. O Gott, fragte er sich voll dumpfer Wut, warum gerade sie unter allen Frauen der Welt? Hatte er nicht schon einmal erfahren, welch unselige Macht eine Ashford besaß, aus wieviel Lüge und Lust, Hinterhältigkeit und Leidenschaft diese schöne Hexe bestand? Entschlossen, das verlockende seidene Netz zu zerreißen, das sie um ihn spann, löste Christopher seinen Mund von Nicoles Lippen und schob sie von sich. Schwer atmend und mit noch immer vor Leidenschaft brennenden Augen sagte er: »Ich glaube, für uns beide wird es einiges geben, an das wir uns erinnern werden, Nick – ob wir es wollen oder nicht.« Er wandte sich zur Tür, drehte sich jedoch noch einmal halb nach ihr um und sagte über die Schulter hinweg: »Ich habe noch keine festen Reisepläne und habe auch noch nicht mit meinem Großvater gesprochen. Ich wäre dir dankbar, wenn du mit niemandem darüber reden würdest, bevor ich es selbst tue.«

Nicole wagte nicht, ihn anzusehen, aus Angst vor ihren eigenen Gefühlen. Sie nickte benommen und konzentrierte sich darauf, die törichten Tränen zurückzuhalten, die in ihren Augen schimmerten. Sie sah kaum mehr, wie er mit steifen Schritten den Raum verließ.

Das Geräusch der ins Schloß fallenden Tür noch immer in den Ohren, sank Nicole auf dem Sofa nieder. Er ist fort, dachte sie dumpf. Nein, das stimmt nicht, erst in ein paar Tagen wird er fort sein. In ein paar Tagen, in denen ich mich normal benehmen, scherzen und lachen und verbergen muß, daß ich innerlich sterbe. Voll seelischer Qual schloß sie die Augen. Ich werde es schaffen, dachte sie verzweifelt. Eines Tages werde ich ihn vergessen. Ich werde ihn vergessen müssen.

Robert Saxon hatte in ganz London Nachforschungen über den berüchtigten Kapitän Saber anstellen lassen und herausgefunden, daß auf den Kopf dieses amerikanischen Piraten immer noch eine Belohnung ausgesetzt war. Doch außer Jennings-Smythes Überraschungsschrei hatte er nichts, das ihm weiterhelfen konnte. Er selbst zweifelte nicht daran, daß Christopher Kapitän Saber war, und er fieberte danach, Simon diese Tatsache ins Gesicht zu schleudern. Er würde dafür sorgen, daß jedermann die Wahrheit über Christopher erfuhr; was für ein Schurke er in Wirklichkeit war.

Am Nachmittag machte Robert sich auf den Weg zur Kings Road in der Hoffnung, Nicole zu einer Spazierfahrt überreden zu können. Daß es schon fast fünf Uhr war, störte ihn nicht. Es wurde nicht vor sieben Uhr dunkel, und bis dahin würde er Nicole längst wieder nach Hause gebracht haben.

Doch er wurde enttäuscht. Nicole, so sagte man ihm, sei in den Park gegangen und würde erst in etwa einer halben Stunde wieder zurückkommen. Unschlüssig, ob er sich auf den Weg machen sollte, um sie zu suchen, blieb er in der Halle stehen, als Simon auf ihn zutrat und sagte: »Ich möchte mit dir reden.«

Ärgerlich sah Robert ihn an. »Muß das jetzt sein? Ich wollte mich gerade nach Nicole umsehen.«

»Das kann warten!« erklärte Simon mit Bestimmtheit. »Ich habe dir etwas zu sagen, und zwar sofort!«

Robert zuckte die Achseln und folgte seinem Vater ins Arbeitszimmer. Simon setzte sich hinter den Ahornschreibtisch im englischen Stil, während Robert ungeduldig in der Mitte des Raumes stehenblieb.

»Nun«, fragte Robert gereizt. »Was ist los? Ich habe nicht viel Zeit.«

»Setz dich«, sagte Simon und wies mit kaltem, verächtlichem Blick auf den Stuhl. Widerstrebend folgte Robert der Aufforderung; das merkwürdige Verhalten seines Vaters machte ihm klar, daß etwas nicht in Ordnung war.

Nachdem Simon von Letty das erfahren hatte, was zwischen seinem Sohn und seinem Enkel vorgefallen war, hatte er zwei Tage völlig apathisch dahingelebt. Trotz der vielen Enttäuschungen, die ihm von Robert in all den Jahren schon bereitet worden waren, hatte er seinen Sohn immer noch geliebt, doch dessen niederträchtiges Verhalten Christopher gegenüber konnte er ihm nun nicht mehr verzeihen. Als das erste Entsetzen und der Abscheu ein wenig abgeklungen waren, hatte Simon geglaubt, daß er, wenn er Robert auch nie mehr wie bisher würde lieben können, imstande sein werde, ihm auch in Zukunft mit einer gewissen Zuneigung zu begegnen. Doch nach zwei schlaflosen Nächten wußte er, daß er dazu nicht in der Lage war. Alle Liebe zu seinem Sohn war gestorben, und er hielt es nur für fair und anständig, Robert zu erklären, warum er im Hause seines Vaters nicht mehr willkommen war. Diese Entscheidung war für Simon die schwerste seines Lebens, doch tief in seinem Herzen hatte er erkannt, daß Robert durch und durch verdorben war und daß man ihn nicht ändern konnte. Simon vermochte die schändlichen Taten seines Sohnes aber auch nicht zu ignorieren. Es war eine schmerzliche, bittere Erkenntnis gewesen, doch jetzt, wo der gefürchtete Augenblick gekommen war, stellte Simon erstaunt fest, wie wenig ihn das alles noch berührte. Er hatte befürchtet, daß er nicht in der Lage sein würde, seinen Entschluß durchzuführen, doch er konnte es.

Mit kaltem, versteinertem Gesicht sagte er ungerührt: »Dies wird das letzte Mal sein, daß du in meinem Haus bist – in irgendeinem meiner Häuser. Ich habe in all den Jahren vieles hingenommen, einen Skandal nach dem anderen geschluckt. Ich habe deine Schulden beglichen und mich unzählige Male für dich eingesetzt. Doch das ist nun vorbei. Du bist zu weit gegangen, Robert, mit dem, was du Christopher angetan hast. Der Himmel möge mir vergeben, aber ich kann dich nicht dafür bestrafen. Es war schlimm genug, daß du und Annabelle Ashford ihn benutzt habt, um euer schamloses Verhältnis zu verdecken, aber dann hast du ihn auch noch verkauft, ihn in den beinahe sicheren Tod geschickt! Das kann ich nicht mehr akzeptieren.« Jetzt verlor Simon doch seine Selbstbeherrschung und fragte in fast flehendem Ton: »Warum, Robert? Großer Gott, warum? Er war ein solch lieber Junge, er hat niemandem etwas zuleide getan. Wirklich, ich werde nie verstehen, wie du so etwas tun konntest.« Simon hielt inne, sein Gesicht wirkte plötzlich sehr alt. »Es hätte seinen Tod bedeuten können. Weckt nicht einmal das die Reue in dir?«

Robert war bleich geworden, seine schlimmsten Befürchtungen hatten sich bewahrheitet. Christopher hatte es fertiggebracht, seinen eigenen Vater gegen ihn aufzubringen. Wut und Erbitterung erfüllten ihn, und er erwiderte trotzig: »Es hat ihm nicht geschadet. Jedermann kann sehen, daß er davon profitiert hat.«

Ungläubig starrte Simon ihn an; voll Schmerz und Empörung erkannte er, daß Robert in dem, was er getan hatte, nichts Unrechtes sah. Ein Gefühl der Leere breitete sich in ihm aus, als er müde zugab: »Ja, es scheint so. Doch das lag nicht in deiner Absicht, oder?« Er wartete nicht auf eine Antwort – er kannte sie. Barsch sagte er daher: »Leb wohl, Robert. Dem Himmel sei Dank, daß Christopher trotz allem, was er durchmachen mußte, zu einem so anständigen jungen Mann geworden ist. Dadurch habe ich zumindest einen Enkel, auf den ich stolz sein kann.«

Außer sich vor Wut sprang Robert auf und schrie mit wildem Augenausdruck: »Da irrst du dich! Du hältst ihn für edel und rein! Aber er ist nichts anderes als ein gewöhnlicher Pirat! Ein Schurke, der von der Admiralität gesucht wird wegen der Verbrechen, die er gegen sein eigenes Land begangen hat! Frag doch deinen braven Christopher nach Kapitän Saber! Frag ihn, und du wirst sehen, daß er nicht das reine Wesen ist, für das du ihn hältst! Er war ein gemeiner Pirat!«

»Schweig!« rief Simon mit dröhnender Stimme; sein Gesicht war dunkel vor Wut. »Du lügst, um dich selbst reinzuwaschen! Ich werde das nicht zulassen! Verschwinde sofort aus meinem Haus! Sofort, sage ich, oder ich lasse dich hinausprügeln!«

Nicht mehr fähig, vernünftig zu denken, stemmte Robert die Hände auf den Schreibtisch, beugte sich dicht zu seinem Vater vor und schrie: »Das ist ungerecht! *Ihn* solltest du so behandeln! Er war ein Pirat! Leutnant Jennings-Smythe hat ihn erkannt!« Leichtfertig spann er seine Geschichte weiter und fuhr voll Leidenschaft fort: »Es ist wahr. Der Leutnant hat es mir gesagt. Wenn du mir nicht glaubst, frag ihn selbst, dann wirst du es hören.«

Lange starrte Simon ihn an. Robert wirkte so sicher, daß Simon nachdenklich wurde, doch voll Entsetzen erkannte er, daß Roberts Anschuldigungen ihn nicht störten. Mochte Christopher ruhig ein Pirat gewesen sein – es spielte keine Rolle für ihn. Trotzdem wollte er, sozusagen als letzte Konzession an seinen Sohn, mit Christopher reden. Ruhig sagte er: »Ja, ich werde mich informieren. Doch ob er ein Pirat war oder nicht, es ändert nichts an der Beziehung zwischen dir und mir. Wenn ich mit ihm gesprochen habe, wirst du dieses Haus verlassen. Erspar es mir, dich bis dahin noch einmal zu sehen.« Damit erhob er sich und ging aus dem Zimmer.

Ein böses Lächeln auf den Lippen, ließ sich Robert auf einen Stuhl nieder. Nun soll Christopher sehen, wie er sich da herauswindet, dachte er. Mag man mich verdammen und verbannen, Christopher wird mein Schicksal teilen.

Simon mochte nicht durch einen der Dienstboten Christopher zu sich rufen lassen, sondern er eilte direkt in dessen Zimmer hinauf. Als er, ohne anzuklopfen, hineinstürmte, blickten ihm Christopher und Higgins erstaunt entgegen.

Simon herrschte Higgins an: »Sie verschwinden! Ich möchte mit meinem Enkel allein sprechen.«

Higgins sah Christopher fragend an, und als dieser zustimmend nickte, verbeugte er sich und verließ den Raum.

»War es nötig, ihn so anzufahren?« fragte Christopher ruhig. »Ich schätze Higgins sehr, müssen Sie wissen.«

»Hör zu. Was ich dir zu sagen habe, geht nur uns beide etwas an. Wenn du es wünschst, werde ich mich später bei ihm entschuldigen.«

Christopher zog ironisch die Augenbrauen hoch. »Entschuldigen? Das würde ich gern sehen. Sie haben sich noch nie bei jemandem entschuldigt.«

»Hör zu«, wiederholte Simon ungeduldig. »Unten in meinem Arbeitszimmer sitzt Robert. Er hat schwere Anschuldigungen gegen dich erhoben.« Simon hielt inne und sah seinen Enkel forschend an. Dann sagte er geradeheraus: »Er behauptet, du warst ein Pirat. Es fiel der Name eines Kapitän Saber. Die Admiralität sucht dich. Ist das wahr?«

Christopher nickte. »Ja, das stimmt!« erwiderte er knapp. Weiter nichts. Was hätte er sagen sollen? Wortreich sein Bedauern ausdrücken? Hinausschreien, daß es nicht seine Schuld gewesen sei, sondern die Umstände ihn dazu getrieben hätten? O nein! dachte er erbittert.

Dieses offene Eingeständnis war jetzt doch ein harter

Schlag für Simon. Er hatte es nicht wirklich geglaubt – hatte es nicht glauben wollen. In seinen bernsteinfarbenen Augen lag ein müder Ausdruck, als er sich schwer auf einen nahe stehenden Stuhl sinken ließ. »Großer Gott!« sagte er dumpf.

Vor diesem Augenblick hatte Christopher sich stets gefürchtet. Er hatte gehofft, England verlassen zu können, ohne daß Simon von Kapitän Saber erfuhr. Er hatte ihm diesen Schlag ersparen wollen. So oft er sich in Gedanken diese Szene auch vorgespielt hatte – der Anblick des schmerzgebeugten alten Mannes war für ihn nun schlimmer als alles, was er sich vorgestellt hatte. Mit traurigen Augen starrte er seinen Großvater an, krampfhaft nach Worten suchend, die dessen Schmerz lindern konnten.

Endlich sagte er mit tonloser Stimme: »Ich hätte Ihnen das gerne erspart, wenn ich gekonnt hätte. Doch ich kann meine Vergangenheit nicht mehr ändern.« Er ließ sich auf die Knie fallen und strich sanft über Simons von blauen Adern durchzogene Hände. »Ich kann Sie nicht einmal um Vergebung bitten für das, was ich getan habe.« Ein flehender Ton lag in seiner Stimme, als er fortfuhr: »Jeder muß zusehen, wie er zurechtkommt. Ich erwarte nicht, daß Sie meine Handlungen billigen, doch verdammen Sie mich nicht für das, was ich war – ein amerikanischer Pirat, anfangs von den Umständen dazu gezwungen, später aus freien Stücken.«

Bei Christophers letzten Worten war Simons Kopf in die Höhe geflogen, seine Augen bohrten sich in die seines Enkels.

»Ein Amerikaner?« rief Simon dröhnend.

Christopher nickte. »Ja«, sagte er, »New Orleans ist meine neue Heimat. Mein Glück, meine Zukunft – alles liegt in den Vereinigten Staaten. Ja, ich war ein Pirat. Ich war dieser Kapitän Saber. Ja, ich habe britische Schiffe angegriffen. Ich habe sie sogar versenkt«, bekannte er seufzend. »Sie müssen wissen, es gab einmal eine Zeit, in der ich alles gehaßt habe, was mit England zusammenhing. Ich habe mein Leben nach meinen eigenen Gesetzen gelebt, und ich kann nicht einmal behaupten, daß es mir leid täte.«

»Bewunderungswürdig«, erwiderte Simon sarkastisch.

Christophers Körper versteifte sich, und er stand auf. »Ich wollte Sie nicht belustigen«, sagte er unangenehm berührt.

»Du belustigst mich weiß Gott nicht, Junge«, polterte Simon, »aber, hol's der Teufel, du magst ein Amerikaner sein, du magst ein Pirat gewesen sein – vor allem bist du mein Enkel und mein Erbe.«

Christopher blickte ihn forschend an. Simons Worte ließen ihn neue Hoffnung schöpfen, doch er war sich noch immer nicht sicher, wie tief sein Geständnis den Großvater getroffen hatte. Jedenfalls schien sich Simon langsam zu erholen, obwohl das, was er soeben erfahren hatte, ein fürchterlicher Schlag für ihn gewesen sein mußte. »Was mich hauptsächlich interessiert«, fuhr er fort, »ist, ob du jemandem Schaden zugefügt hast. Damit meine ich nicht diejenigen, die bei den Kämpfen mit deinem Piratenschiff Schaden genommen haben. Das war wohl unvermeidlich.« Er zögerte und bedachte Christopher mit einem vorwurfsvollen Blick. »Das heißt nicht, daß es mir nicht lieber wäre, du wärst nicht dieser Kapitän Saber gewesen und du hättest dich England gegenüber nicht so illoyal verhalten. Es hat aber keinen Sinn, etwas zu bejammern, das man nicht mehr ändern kann. Du bist nun einmal, wie du bist, und ich möchte dich nicht verdammen, nur weil wir nicht der gleichen politischen Meinung sind.«

Christopher verzog das Gesicht zu einem zweifelnden Grinsen. »Glauben Sie, daß auch Robert Ihre Einstellung teilen wird?«

»Das überlaß mir«, sagte Simon. »Ich werde schon dafür sorgen, daß er aufhört, seine Greuelgeschichten zu verbreiten.«

»Das wird nicht so einfach sein, Sir. Es besteht eine« – Christopher hielt inne und wählte bedachtsam seine nächsten Worte – »eine gewisse Feindschaft zwischen uns, und ich glaube nicht, daß er den Mund halten wird, nur weil Sie es wünschen.« Er zögerte, er wußte nicht, wie er fortfahren sollte. In wenigen Stunden würde das amerikanische Schiff erscheinen. Das war jetzt die Minute, in der er Simon über seine Abreise unterrichten konnte. Doch er durfte ihm nicht einfach sagen: »Ich gehe nach Amerika zurück.« In Simon würde sofort der Verdacht wach werden, daß er, Christopher, aus persönlichen Gründen nach England zurückgekehrt war, und das würde dem alten Mann noch mehr Kummer bereiten. Einen »Kapitän Saber« konnte er ja noch verzeihen, aber einen »Spion«? Sicher nicht. Plötzlich kam Christopher der erlösende Gedanke – er konnte Robert als Grund für seine Abreise vorschieben.

»Ich glaube, es wäre das Beste, wenn ich nach Amerika zurückginge«, sagte er daher. »Noch heute nacht. Ehe Robert Ärger machen kann. Wenn dieser Krieg erst einmal vorüber ist, wird meine Vergangenheit keine Gefahr mehr für mich darstellen, und dann werde ich zurückkommen. Doch bis dahin, fürchte ich, kann ich es nicht riskieren, hier zu bleiben, Sir.«

Als er Simons verstörten Blick bemerkte, fügte er hinzu: »Jennings-Smythe ahnt, wer ich bin. Er kann mich zu jeder Zeit als Kapitän Saber identifizieren.«

»Aber wie willst du von hier wegkommen?« fragte Simon. »Es fahren keine Schiffe nach Amerika.«

»Ich kann heute nacht nach Frankreich segeln. Von dort aus nehme ich ein Schiff nach Westindien oder Kuba. Vielleicht gelingt es mir auch, ein Schiff zu erreichen, das die Blockade durchbrechen will. Machen Sie sich diesbezüglich keine Sorgen – ich werde es schon schaffen.«

Simon gefiel Christophers Vorhaben ganz und gar nicht, doch er erkannte auch die Gefahr, in der der Junge hier schwebte.

»Der Teufel hole den ganzen Krieg!« knurrte er und schwieg verbissen, als ihm Christopher auseinandersetzte: »Es ist doch kein Abschied für immer. Und dieses Mal wissen Sie, wo ich bin und daß ich wiederkomme. Ich werde bald wiederkommen, das verspreche ich Ihnen.«

Langsam stand Simon auf. Er konnte jetzt nicht Lebewohl sagen. Sie würden noch einmal allein miteinander reden können, bevor Christopher aufbrach. Vielleicht war er dann in der Lage, dem Jungen Adieu zu sagen ohne diesen verräterischen Glanz in den Augen.

Christophers Blick ausweichend, sagte er: »Nach dem Abendessen werden wir beide uns in meinem Arbeitszimmer noch einmal zusammensetzen. In der Zwischenzeit spreche ich mit Robert. Ich werde ihm sagen, ich hätte dich nicht gefunden. Vorläufig habe er das Maul zu halten. Das wird ihn zumindest bis morgen zum Schweigen bringen. Du kannst dann schon in Dover sein.«

Christopher nickte. »Und die Damen? Was werden Sie denen sagen?«

»Ganz einfach: daß du in dringenden Geschäften nach Frankreich fahren mußtest und sie nicht darüber reden sollen. Jeder andere, der nach dir fragt, wird dieselbe Antwort erhalten. Früher oder später werden sie aufhören zu fragen.« Auf seine Stiefel hinuntersehend, fügte Simon streng hinzu: »Du kommst zurück, sobald du kannst!«

Christopher umfing seinen Großvater mit einem liebevollen Blick; er bemühte sich nicht, seine Gefühle zu verbergen. Ein warmes Lächeln erhellte seine Züge, und seine ganze Zuneigung stand in seinen sonst so harten Augen, als er langsam sagte: »Es tut mir leid, daß alles so kommen mußte. Und es tut mir leid, daß Sie wegen mir lügen müssen. Das nächste Mal wird es keinen Grund mehr für eine solche überstürzte Abreise geben, das verspreche ich Ihnen.«

»Das möchte ich mir auch ausbitten«, knurrte Simon und wandte sich zur Tür. »Ich weiß gar nicht, warum ich mit dir meine Zeit verschwende. Robert wartet unten auf mich.«

Lange, lange Zeit starrte Christopher auf die Tür, durch die Simon verschwunden war. Traurigkeit erfüllte ihn, dumpfer Schmerz stach in seinem Herzen.

Als Simon in sein Arbeitszimmer hinunterkam, fand er es leer vor. Auf seine Frage gab Twickenham die verwirrende Erklärung, daß Robert zusammen mit Nicole und ihrem Mädchen Galena das Haus verlassen habe.

31

Roberts Haus war nicht sehr groß, doch ungewöhnlich behaglich und gemütlich eingerichtet. Es besaß eine kleine Empfangshalle; der Salon, in den man Nicole führte, war sehr hübsch. Ein Feuer brannte in dem Kachelofen, und der Butler brachte bald eine Tasse mit dampfendem Glühwein.

Nicole hatte ihren Mantel achtlos auf einen in der Nähe stehenden Stuhl geworfen, wärmte sich am Feuer und schlürfte die heiße Flüssigkeit. Robert über den Rand ihrer Tasse hinweg ansehend, sagte sie ruhig: »Eine wirklich harmlose ›Spazierfahrt‹! Bring mich nach Hause!«

Sie blickte sich verstohlen in dem Raum um. Doch es schien nichts zu geben, das ihr von Nutzen sein konnte. Es war ein schlichter, männlicher Raum – dunkle Ledersessel, goldbraune Teppiche, schwere lila Vorhänge, die zugezogen waren. Als sie die Glastüren betrachtete, die nach draußen führten, hatte sie einen Augenblick das unbehagliche Gefühl, beobachtet zu werden, doch sie verwarf diese Empfindung schnell als dumme Einbildung.

Falls die Türen nicht verschlossen sind, ist es mir ein leichtes, meinen Mantel zu ergreifen und in die Nacht hinauszurennen, dachte sie. Vage erinnerte sie sich, daß die Strecke bis zur Küste felsig und zerklüftet war; dort würde sie sich leicht bis zum Morgen verborgen halten können. Langsam begann sie, sich zum Mantel hinzuschleichen, doch Robert vereitelte ihr Vorhaben, indem er sich, sicher ohne Absicht, zwischen sie und das Ziel ihrer Wünsche stellte. Er ergriff ihre Hand, küßte sie und sagte: »Meine Liebe, du weißt nicht, wie oft ich davon geträumt habe, daß du hier bei mir wohnen würdest. Ich habe dich gesehen, so wie du jetzt bist, dein Haar im Schein des Feuers glänzend, deine Haut in Gold gebadet.«

Nicole schluckte; sie wußte nicht, ob sie lachen oder ihm ins Gesicht schlagen sollte. Aus Angst, ihre Augen könnten sie verraten, blickte sie hastig zur Seite und entzog ihm, langsam zurückweichend, ihre Hand. Ohne ihn anzusehen, murmelte sie: »Ich bin so erschöpft und habe Kopfschmerzen. Bitte verzeih mir, wenn ich nicht auf deine Komplimente eingehe; die Ereignisse der letzten Zeit haben mich doch sehr mitgenommen.« Es war eine plumpe Ausflucht, und wenn Robert nicht so verliebt in sie gewesen wäre, hätte er es auch bemerkt. So jedoch erwiderte er mit liebevoller Besorgnis nur: »Wenn du dich gern hinlegen möchtest, kann meine Haushälterin, Mrs. Simpkins, dich in eines der Schlafzimmer führen.«

Das lag nun ganz und gar nicht in Nicoles Absicht – ein Schlafzimmer war der letzte Platz, wo sie sich in Roberts Haus aufhalten wollte. Als sie sich verzweifelt im Raum umblickte, blieben ihre Augen an zwei Degen hängen, die über dem Kamin gekreuzt an der Wand hingen. Auf einen Mann einzustechen war aber etwas, das selbst Nicole zuviel war. Außerdem glaubte sie nicht, daß es ihr gelingen würde, einen Degen von der Wand zu reißen, bevor Robert sie daran hätte hindern können.

Ihre einzige Chance war also doch das Schlafzimmer, das sie freilich ohne Galena keinesfalls betreten wollte. Die Hand an den Kopf legend, sagte sie mit schwankender Stimme: »O diese Kopfschmerzen! Ich glaube, ich sollte mich wirklich hinlegen. Gib mir aber mein Mädchen mit. Galena versteht sich darauf, mir bei diesen Anfällen zu helfen.«

Zu ihrem Erstaunen kam Robert ihrer Bitte ohne Widerrede nach, und Augenblicke später führte die Haushälterin sie die Treppe hinauf. Galena folgte ihr in höchster Besorgnis dicht auf den Fersen.

»O bitte, Mrs. Simpkins«, flehte Nicole im weinerlichen Ton einer verwöhnten Diva die Haushälterin an, »lassen Sie uns allein. Mein Mädchen weiß am besten, wie mir bei diesen entsetzlichen Anfällen zu helfen ist.«

Galena starrte ihre Herrin fassungslos an; seit sie sie kannte, war sie nicht einen Tag krank gewesen. Doch sie war ein kluges Mädchen und sagte nichts, sondern nickte nur zustimmend mit dem Kopf.

Mrs. Simpkins, die glaubte, die zukünftige Frau ihres Herrn vor sich zu haben, verließ widerspruchslos das Schlafzimmer. Dies hier war eine gute Stellung, die sie nicht verlieren wollte.

Nicole wartete kaum, bis Mrs. Simpkins die Tür hinter sich geschlossen hatte, richtete sich schon wieder auf und schleuderte den Kräuterbeutel, den man ihr auf die Stirn gelegt hatte, in die Ecke.

Unruhig beobachtete Galena, wie Nicole zu einem der Fenster rannte und nach unten blickte. Dann eilte Nicole zum Bett zurück und begann, rücksichtslos die seidenen Vorhänge herunterzureißen. Entsetzt schrie Galena auf: »Miss Nicole, was tun Sie? Was haben Sie vor?«

Nicole sah sie beinahe fröhlich an. »Wir fliehen«, erwiderte sie leichthin. »Komm und hilf mir. Binde die Vorhänge an den Fuß des Armsessels dort. Der Stoff müßte fest genug sein, um unser Gewicht auszuhalten.«

Als Galena sie verständnislos anstarrte, fügte Nicole hastig hinzu: »Wir dürfen Robert Saxon nicht trauen. Ich befürchte, daß er mich kompromittieren will. Also müssen wir fliehen.«

Schweigend half ihr Galena, doch sie hatte Bedenken. Als sie aus dem Fenster des Schlafzimmers, das im dritten Stockwerk lag, hinunterblickte, meinte sie jammernd: »Miss Nicole, ich kann es nicht. Ich werde fallen, ich weiß es ganz genau. Es ist zu hoch.«

Grimmig starrte Nicole das Mädchen an. Sie hätte es ihr befehlen können, doch es wäre nichts dabei zu gewinnen gewesen. Wenn Galena glaubte, sie würde fallen, würde sie bestimmt fallen und dabei wahrscheinlich noch laut schreien.

»Also gut«, entgegnete Nicole resigniert. »Dann werde ich es allein tun. Laß mir nur ein paar Minuten Zeit, wenn ich unten angekommen bin. Geh dann in die Küche hinunter, als wäre alles in Ordnung. Sag der Haushälterin, daß ich eingeschlafen sei und auf keinen Fall gestört werden dürfe. Das dürfte mir etwa eine Stunde Vorsprung verschaffen, und bis dahin werde ich hoffentlich jemanden gefunden haben, der Lord Saxon eine Nachricht überbringt.«

»Miss Nicole, Sie dürfen mich nicht allein lassen.«

»Ich habe keine andere Wahl, Galena«, erwiderte Nicole hart. »Also tu, was ich dir sage. Dir wird nichts geschehen. Verhalte dich einfach so, als wüßtest du von nichts, und sei ebenso überrascht wie die anderen, wenn mein Verschwinden entdeckt wird. Hast du mich verstanden?«

Mit vor Angst riesengroßen Augen nickte Galena. »Aber Sie haben keinen Mantel, Miss Nicole«, gab sie zu bedenken. »Sie werden sich eine Lungenentzündung holen.«

Nicole warf Galena einen strengen Blick zu und entgegnete leidenschaftlich: »Wenn es mich vor Robert Saxon retten würde, liefe ich mitten im Winter nackt durch Brighton. Nun hör auf mit deinem Gejammere und hilf mir.«

Das Fenster ließ sich ohne Schwierigkeiten öffnen; gewandt kletterte Nicole auf den Fenstersims und packte den Vorhangstoff mit festem Griff. Einen Augenblick hing sie so, dann ließ sie sich vorsichtig hinuntergleiten. Das Ganze dauerte nur wenige Sekunden. Die unzähligen Male, die sie in der Takelage der »Belle Garce« herumgeklettert war, kamen ihr jetzt zustatten. Doch ihr Herz schlug bis zum Hals, als sie unten angekommen war und zum Fenster emporblickte. Dann winkte sie der am Fenster stehenden Galena zu, raffte ihre Röcke und rannte in Richtung der See davon. Sie wußte, daß Rottingdean höchstens drei Meilen östlich von Roberts Haus lag, und glaubte, es in einer Stunde erreichen zu können. Und dort würde sie sicher jemanden finden, der Lord Saxon benachrichtigte.

Während sie am Strand entlanghastete, wanderten ihre Augen über die See und nahmen ohne besonderes Interesse die Segel der Schiffe auf, die in einiger Entfernung vom Ufer vor Anker lagen. Ein wehmütiges Lächeln lag um ihren Mund, als sie an die sorglosen Tage auf der »Belle Garce« dachte, an jene Zeit, in der sie Christophers Liebe noch nicht kennengelernt und sie und Allen ihren wahnwitzigen Plan noch nicht gefaßt hatten. Und schuldbewußt wurde ihr klar, daß sie seit Wochen nicht mehr an Allen gedacht hatte. Christopher hatte gesagt, daß er freigelassen würde. Vielleicht ist er es in diesem

Augenblick schon, wünschte sie sich verzweifelt.

Als sie so über den mondbeschienenen Strand lief, fühlte sie sich auf seltsame Weise sorglos und frei. Doch sie hatte keine Zeit zum Träumen – sie mußte den Saxons eine Nachricht zukommen lassen. Hastig kletterte sie über die Felsen zur Straße hinauf.

Anfangs hatten sich weder Simon noch Christopher viel Gedanken gemacht, obwohl es ein wenig seltsam erschien, daß Robert so erpicht darauf gewesen war, Nicole und Galena mit seinem Wagen abzuholen. Doch je länger Christopher darüber nachdachte, desto mehr beunruhigte ihn die Angelegenheit. Drei Personen in Roberts verhältnismäßig kleinem Wagen?

Um sieben Uhr abends waren beide Männer mehr als beunruhigt. Den Damen sagten sie nichts, um sie nicht aufzuregen. Als Regina nach Nicole fragte, erklärte Simon hastig: »Ach, ich vergaß, es dir zu sagen – ich habe ihr die Erlaubnis gegeben, zum Abendessen zu den Untons zu gehen. Du weißt, wie verliebt der junge Unton in sie ist, und ich sah keinen Grund, es ihr nicht zu gestatten. Schließlich warst du selbst gestern abend auch dort und kannst deshalb nichts dagegen haben.«

»Natürlich habe ich nichts dagegen. Es ist nur ... es ist nicht Nicoles Art, ohne etwas zu sagen zu verschwinden. Hinterließ sie nicht, wann sie wiederkommen wollte?«

Simon zögerte, und Christopher fuhr an seiner Stelle fort: »Ziemlich spät, nehme ich an. Bestimmt nicht vor Mitternacht. Sie brauchen sich keine Sorgen zu machen. Unton und sein Sohn werden sich um sie kümmern.«

Simon warf Christopher einen dankbaren Blick zu, und man ließ das Thema fallen. Die beiden Männer vergaßen es jedoch nicht. Als sie kurze Zeit später in Simons Arbeitszimmer saßen, erklärte Christopher plötzlich: »Ich möchte zu Robert reiten, um zu sehen, ob er zu Hause ist. Also, erwarten Sie mich bitte nicht so schnell zurück.«

»Hältst du das für klug, Christopher, in Anbetracht der

Gefühle, die er gegen dich hegt?«

Christophers Augen waren hart, als er grimmig erwiderte: »Ich habe keine Angst vor Robert. Er ist vermutlich der einzige, der weiß, was geschehen ist und wo sich Nicole befindet. In einer Stunde kann ich bei ihm sein und müßte noch vor zehn Uhr wieder zurückkommen. Machen Sie sich keine Sorgen – ich habe mich jahrelang in acht genommen, warum nicht auch heute?«

Higgins war gar nicht angetan von Christophers Vorhaben. »Du bist verrückt, sage ich dir. Nicole kann sehr gut allein auf sich aufpassen. Es wäre etwas anderes, wenn wir nicht heute nacht dieses Schiff erreichen müßten. Also, jage nicht hinter dieser kleinen Raubkatze her. Wahrscheinlich befindet sie sich ohnehin in Sicherheit.«

»Schweig, Higgins, und tu, was ich dir gesagt habe!« entgegnete Christopher mit ausdrucksloser Miene. »Hast du alles gepackt?«

Higgins wußte, daß es sinnlos war, ihn umstimmen zu wollen, und antwortete säuerlich: »Ja, wir haben schließlich nicht mehr allzuviel Zeit.«

»Also gut. Du kommst mit. Roberts Haus ist nur etwa eine Meile von unserem Treffpunkt entfernt. Ich gehe voraus und lasse dich ... und das Memorandum dort.«

Higgins starrte ihn betroffen an. »Willst du damit sagen, daß du hier bleibst und ich allein nach Amerika zurückfahren soll?«

»Nein«, stieß Christopher ärgerlich hervor. »Wir beide fahren, es sei denn, ich werde aufgehalten. Sollte das passieren und ich zu spät kommen, wirst auf jeden Fall du mit dem Memorandum New Orleans erreichen.«

Christopher ließ sich nicht umstimmen, obwohl sich Higgins noch während des ganzen Weges zu Roberts Wohnung darum bemühte.

Als sie dort angekommen waren, erklärte ihnen der Butler, daß Robert nicht da sei, jedoch zum Abendessen zurückerwartet werde. Christopher hinterließ keine Nachricht für ihn. Er sagte, es gäbe keinen besonderen Grund für seinen Besuch.

Er wolle morgen wiederkommen. Beiläufig erwähnte er, es sei auch nicht nötig, Robert von seinem Besuch zu unterrichten. Der Diener verbeugte sich höflich, und einen Augenblick später befanden sich Christopher und Higgins auf dem Weg zu dem kleinen Landhaus, in dem sie während Christophers Genesungsurlaub gewohnt hatten.

Der Abschied war kurz. Als Christopher sich von Higgins bei dem Häuschen trennte, sagte er nur: »Ich werde gegen Mitternacht zurück sein; wenn nicht – warte nicht auf mich. Sorge dafür, daß Jason Savage das Memorandum sofort nach deiner Ankunft in New Orleans erhält.« Als er Higgins' düsteren, unglücklichen Gesichtsausdruck bemerkte, fügte er zuversichtlich hinzu: »Ich werde es schon schaffen, Higgins. Doch für den Fall, daß ich das Schiff nicht mehr erreiche, werde ich bestimmt noch vor Beginn der Kämpfe in New Orleans sein, das verspreche ich dir hundertprozentig.«

Während er zur Kings Road zurückritt, wanderten seine Gedanken wieder zu Nicole. Wahrscheinlich sitzt sie jetzt gemütlich zu Hause am Kamin, dachte er ärgerlich, als er die Außenbezirke von Brighton erreichte. Und ich hoffe, daß sie eine gute Erklärung für ihr Verschwinden hat.

Simon trat ihm gleich in der Halle entgegen, und aus seinem unzufriedenen Gesicht war deutlich zu erkennen, daß Nicole noch nicht zurück war. »Was hast du herausgefunden?« fragte er ungeduldig.

Christopher streifte seine Handschuhe ab und wärmte seine Hände am Kaminfeuer. »Nichts«, mußte er zugeben. »Robert wird zum Abendessen zurückerwartet.«

In Christophers Gesicht arbeitete es, als er aufseufzend fortfuhr: »Ich muß trotzdem heute nacht fort. Nicoles Verschwinden ändert nichts daran. Ich könnte sie aber dafür erwürgen. Der Verdacht liegt nahe, daß sie es absichtlich getan hat.«

Simon sah ihn prüfend an. »Es scheint, du nimmst das zu persönlich«, entgegnete er. »Es besteht keine Notwendigkeit, deine Reisepläne zu ändern. Nicole wird sicher wieder auftauchen, und sicher hat sie eine plausible Erklärung für ihr

Verschwinden. Da macht es keinen Unterschied, ob du da bist oder nicht.«

»Ich hoffe, Sie haben recht«, sagte Christopher. »Sind die Damen noch auf? Dann werde ich sie wohl begrüßen. Es ist das mindeste, was ich tun sollte, in Anbetracht der Tatsache, daß es eigentlich ein Abschiedsbesuch ist.«

Simon nickte und blieb allein in seinem Arbeitszimmer sitzen, während Christopher in den Salon hinüberging. Regina wunderte sich zwar, als er Letitia so herzlich umarmte, doch sie dachte sich nichts dabei. Wann benahm sich Christopher schon einmal wie ein normaler junger Mann?

Langsam ging Christopher ins Arbeitszimmer zurück; er wußte, daß er seinem Großvater jetzt endgültig Lebewohl sagen mußte. Simon saß hinter seinem Schreibtisch; auch ihm war klar, daß der Augenblick des Abschieds gekommen war. Sein Herz lag schwer wie ein Stein in seiner Brust, als er seinen Enkel auf sich zukommen sah.

Traurig blickte Christopher in das bekümmerte Gesicht des alten Mannes. »Großvater«, begann er zögernd, »ich gehe nicht gern fort unter diesen Umständen, doch es muß sein, und zwar gleich. Higgins wartet schon in Rottingdean auf mich; von dort werden wir nach Dover und dann weiter nach Frankreich fahren.« Er schämte sich vor sich selbst wegen seiner Lüge, doch es war unvermeidlich, daß er Simon die Wahrheit vorenthielt. »Ich werde Sie vermissen«, fügte er aufrichtig hinzu. »Und meine neue Großmutter auch.« Er räusperte sich und fuhr ernst fort: »Ich bin sicher, daß in nicht allzu langer Zeit Frieden zwischen England und den Vereinigten Staaten geschlossen wird. Vielleicht kann ich deshalb im nächsten Sommer schon wieder hier sein. Wenn wir uns also jetzt Lebewohl sagen, denken Sie daran, daß es vielleicht nur für ein paar Monate ist.«

Simon hatte sich im Augenblick gut in der Gewalt und herrschte ihn an: »Jaja, quatsch nur, ich erwarte Letitia und werde ganz gut ohne dich auskommen.« Er starrte angestrengt auf die Schreibtischplatte und fügte beiläufig hinzu: »Ich habe darüber nachgedacht. Es ist sicher nicht gut, wenn ein frischvermähltes Paar ständig mit einem Haufen Verwandten zusammen ist. Wenn du im nächsten Sommer zurückkommst, wird das sicher anders sein. Du wirst vielleicht nicht verstehen, was ich meine, weil du noch nie verheiratet warst, doch ich glaube kaum, daß Letitia und ich dich in der nächsten Zeit allzusehr vermissen werden.«

Christopher konnte ein Lachen kaum unterdrücken und erwiderte belustigt: »Oh, daran hatte ich noch gar nicht gedacht. Vielleicht ist es also sogar ein Glück, daß alles so gekommen ist.«

Simon starrte ihn an. »Ja, ja, das ist es. Und wenn du schon gehen mußt, dann geh jetzt gleich, bitte.«

Als er die Qual in Simons Stimme hörte, erlosch Christophers Lächeln; er streckte seine Hand über den Schreibtisch aus, und als Simon sie mit festem Griff umschloß, sagte er schlicht: »Auf Wiedersehen, Großvater. Bis zum nächsten Sommer.«

»Wiedersehen, Junge.«

Es war kalt geworden, als Christopher wenig später auf seinem Pferd zu Roberts Haus galoppierte. Wenn alles nach Plan verlief, würden er und Higgins in weniger als zwei Stunden auf dem Weg nach New Orleans sein.

Und wieder dachte er an Nicole. Wo sie wohl sein mochte? Wenn es auch wahrscheinlich für ihre lange Abwesenheit eine einleuchtende Erklärung gab, so hätte er diese doch gern gekannt. Dutzende von möglichen Gründen für ihre Abwesenheit fielen ihm ein, doch für keinen konnte er sich entscheiden. Er hatte das permanente unbestimmte Gefühl, daß sie sich in irgendeiner Gefahr befand. Auch wenn er sich immer wieder sagte, daß Roberts Wagen wahrscheinlich ein Rad verloren hatte oder sie durch Freunde aufgehalten worden waren, blieb dennoch dieses Unbehagen. Und da er sich Sorgen machte – was er sich zwar nie eingestanden hätte –, wurde er immer wütender auf Nicole, weil sie so unverantwortlich gehandelt hatte. Verdammtes Luder! Er würde keinen Gedanken mehr an sie verschwenden!

Christopher stieg ab, band sein Pferd an einem Pfahl fest und begab sich zur Eingangstür, wo ihm der helle Lichtschein an der Seite von Roberts Haus auffiel.

Dort stand offensichtlich eine Tür offen, und nach kurzem Zögern schlich Christopher über den Pfad und starrte, sich außerhalb des Lichtkreises haltend, in den Salon.

Seltsamerweise war das erste, was er bemerkte, nicht Robert, sondern Nicoles Mantel, der noch immer auf einem in der Nähe der Türen stehenden Stuhl lag. Er erkannte ihn sofort, denn er selbst hatte ihn in New Orleans für sie gekauft. Diese kleine Hure, dachte er böse, diese verdammte kleine Hure! Wütend trat er einen Schritt vor, und in diesem Augenblick bemerkte er, daß der Salon nicht leer war. Robert war da.

Fast wäre Christopher spontan in den Lichtkreis getreten – die plötzlich auf ihn einstürmende Erkenntnis ließ ihn alle Vorsicht vergessen. Ganz offensichtlich war Nicole bei ihrem Liebhaber. Nicole war anscheinend auch nicht besser als ihre Mutter.

Christopher mußte irgendein Geräusch gemacht haben, oder aber Robert hatte ganz einfach gespürt, daß jemand in der Nähe war. Jedenfalls blickte er sich plötzlich um und starrte den eintretenden Christopher an. Dann richtete er sich langsam auf. »So«, sagte er, »wir haben uns also doch noch getroffen.«

Es bedurfte keiner Worte zwischen ihnen; jeder wußte, daß in dieser Nacht der letzte tödliche Kampf zwischen ihnen stattfinden würde. Der ganze seit Jahren angestaute Haß würde jetzt beigelegt werden – ertränkt in Blut.

Christopher nickte und kam mit langen, federnden Schritten weiter in den Raum herein. Er sah Robert nicht an, sondern ließ seinen Blick fast gelangweilt im Raum umherschweifen, als er seinen Mantel auszog. Während er die Ärmel seines weißen Hemdes hochkrempelte, fragte er knapp: »Was nehmen wir, Pistolen oder Degen?«

In beinahe geschäftsmäßigem Ton erwiderte Robert: »Degen.«

Beide Männer begannen mit tödlicher Erbitterung, die schweren Möbel an die Wände zu schieben, bis sie eine große freie Fläche geschaffen hatten. Noch immer schweigend setzten sie sich auf den Boden und zogen Schuhe und Strümpfe aus; sie wußten, daß sie barfuß schneller und standsicherer waren.

Dann ging Christopher zum Kamin und nahm einen Degen von der Wand. Langsam ließ er ihn durch seine Hand gleiten, um die Schärfe der Klinge zu prüfen. Er war zufrieden. Nun wandte er sich Robert zu, der inzwischen auch seinen Degen in der Hand hielt, und erklärte anerkennend: »Ich muß dich loben. Dies ist eine ausgezeichnete Waffe.«

Robert verbeugte sich ironisch und erwiderte grinsend: »Hast du je an mir etwas gesehen, das nicht vom Besten war, sei es ein Degen oder eine Frau?«

Ein kalter Glanz trat in Christophers Augen, als er böse antwortete: »Aber besitzt du sie wirklich, alter Mann ... oder besser, kannst du sie halten?«

Der Hieb saß, und Roberts Lippen wurden schmal vor Zorn; seine Hand schloß sich fester um den Griff des Degens. »Bei Gott, dafür wirst du bezahlen!« rief er. »En garde!«

Christopher wich Roberts rasendem Angriff gewandt aus und sagte höhnisch: »Du wirst dich schon ein wenig mehr anstrengen müssen, alter Mann. Dieses Mal kämpfen wir unter gleichen Bedingungen.«

Robert knurrte, doch er beherrschte sich, denn er ahnte Christophers Taktik, ihn in Wut zu bringen. Sein Gesicht war eine grinsende Fratze, als er spöttisch erwiderte: »Das sind große Worte von einem Mann, der vor einem Degen davonläuft. Komm näher, Bürschchen, und wir werden sehen, was wirklich hinter deiner Großmäuligkeit steckt.«

Christopher sagte nichts darauf; sein Gesicht zeigte einen gelangweilten Ausdruck, als er beinahe geringschätzig Roberts Angriff parierte und leichtfüßig vor dem älteren Mann davontanzte.

»Verdammter Kerl! Komm und kämpfe!« stieß Robert hervor.

»Das werde ich, Onkel, das werde ich«, antwortete Christopher kalt; dann jedoch änderte er plötzlich seine passive Haltung und trieb Robert mit einem blitzschnellen Angriff vor sich her.

Sie kämpften schweigend und verbissen; nichts als das leise Tappen ihrer nackten Füße, das Klirren ihrer Degen und das Knistern des Feuers war zu hören. Der Tod schien greifbar im Raum zu stehen, und diese beklemmende Atmosphäre verstärkte sich noch, als Robert bei zunehmender Dauer des Kampfes nichts anderes mehr tat, als Christophers rasende Angriffe blindlings abzuwehren. Er war müde, und er wußte es – er wußte, daß es kein Entrinnen vor Christophers Degen gab.

Der Atem der beiden ging in schnellen, schweren Stößen. Robert konnte gerade noch eine auf sein Herz gerichtete Attacke parieren. Er war zu langsam; wieder schlug Christophers Degen klirrend gegen den seinen, bevor er ihm über seine Deckung hinweg eine lange, stark blutende Wunde im Arm beibrachte.

Mit einem katzenhaften Lächeln auf den Lippen sagte Christopher sanft: »Das war ich dir schuldig, Onkel.«

Robert kämpfte einen verzweifelten Kampf, doch all seine überhasteten Angriffe konnte Christopher souverän parieren.

Außer Atem, aber sehr deutlich fragte Christopher: »Wo ist sie?«

Nun war es an Robert zu lächeln. »Oben in meinem Bett ... wo sonst?«

Er bereute seine Worte sofort, denn Christophers Klinge traf seine Wange. »Und wie ist sie dahin gekommen?«

Robert hatte keine Kraft mehr, um anzugreifen; er konnte nur noch Christophers immer schneller und gefährlicher werdenden Attacken parieren. Sein ganzer Arm schmerzte ihn, Schweißtropfen standen auf seiner Stirn.

»Antworte! Wie ist sie hierhergekommen?«

»Hast du je erlebt, daß ich ... mich mit meinen Eroberungen ... brüste?« keuchte Robert, sich den Anstrich eines Gentleman gebend.

Es war das letzte, was Robert Saxon sagte. Er hatte keine Luft mehr, um zu sprechen, und mußte all seine Energie darauf verwenden, Christophers tödlichen Stichen zu entgehen.

Sekunden später war das Ende gekommen. Christopher startete einen direkten Angriff auf Roberts Herz. Robert machte einen verzweifelten Versuch, auszuweichen, doch es war zu spät. Die Spitze von Christophers Degen bohrte sich tief in ihr Ziel. Es war vorbei.

Unbewegt betrachtete Christopher Roberts Leichnam, um den sich eine Blutlache bildete, und stellte verwundert fest, daß er nichts empfand. Er hatte Robert beinahe sein ganzes Leben lang gehaßt und verachtet, und sein Sieg hätte ihn nun mit Triumph erfüllen müssen, doch er empfand nichts als Leere, Erschöpfung und Gleichgültigkeit gegenüber dem auf dem Boden liegenden Leichnam.

Er mußte sehr lange so dagestanden haben. Was ihn schließlich aus seiner Benommenheit herausriß, hätte er selbst nicht sagen können. Vielleicht war es das Knistern des Feuers oder das Donnern der Brandung. Jedenfalls gab er sich einen inneren Stoß. Der Haß zwischen ihm und Robert war erloschen – doch zu welch entsetzlichem, bitterem Preis!

Das Schlagen der Uhr über dem Kamin erinnerte ihn daran, daß die Zeit verging und das Schiff unten am Strand auf ihn wartete. Grimmig blickte er sich um. Dann rollte er seine Ärmel herunter und zog Schuhe und Strümpfe und den Mantel an. Er beeilte sich – die Zeit drängte. Doch der Gedanke an die in Roberts Bett schlafende Nicole ließ ihn nicht los, und er wußte, daß er sie noch einmal sehen mußte, bevor er aufbrach. Er mußte sich mit eigenen Augen davon überzeugen, daß sie wirklich das verlogene Biest war, für das er sie hielt.

Ein zaghaftes Klopfen an der Tür unterbrach seine Gedanken. Er durchquerte schnell den Salon und preßte sich eng an die Wand neben der Tür. Wieder klopfte es, und nach kurzem Zögern wurde die Tür langsam geöffnet.

Vorsichtig betrat Galena den Raum, Furcht und Besorgnis

standen in ihrem Gesicht. Beinahe krank vor Angst um ihre Herrin hatte sie schließlich all ihren Mut zusammengenommen, um Mr. Robert zu melden, was Nicole getan hatte. Vielleicht hat Miss Nicole die Situation mißverstanden, versuchte sie sich einzureden. Und außerdem, so entschuldigte sie sich vor sich selbst, wird sie ohne Mantel draußen erfrieren, wenn ich nichts unternehme.

Sie hatte den Raum kaum betreten, als Christopher geschmeidig wie ein Panther mit der Schulter die Tür zudrückte und eine Hand über Galenas Mund legte. »Still!« zischte er ihr ins Ohr. Als er sich nach der Leiche umsah, stellte er befriedigt fest, daß man diese von seiner Stelle aus nicht sehen konnte, da sie von der Couch verdeckt wurde. Ihr noch immer den Mund zuhaltend, drängte er Galena zum Schreibtisch hinüber und zwang sie, ihn anzusehen.

Während sie ihn aus weitaufgerissenen Augen anstarrte, formten ihre Lippen lautlos seinen Namen.

Er bedeutete ihr, leise zu sein, und nahm die Hand von ihrem Mund.

»Master Christopher!« stieß sie erleichtert hervor. »Ich habe gewußt, daß Sie kommen.« Dann erinnerte sie sich plötzlich daran, warum sie hier war, und rief: »O Master Christopher, Sie müssen Sie retten. Sie ist zum Strand hinuntergerannt. Sie müssen sie finden und zurückbringen.« Und besorgt fügte sie hinzu: »Sie hat keinen Mantel bei sich.«

Christophers Gedanken überschlugen sich; er vermutete fälschlicherweise, daß Nicole irgendwie seine Ankunft mitbekommen hatte und vor ihm geflohen war. Hastig begann er, einen kurzen Brief an seinen Großvater zu schreiben. »Großvater, ich schreibe Ihnen in Eile, da ich, wie geplant, sofort nach Frankreich aufbrechen muß. Nicole befindet sich in Sicherheit – aber zu einem entsetzlichen Preis! Christopher.« Dann ergriff er Nicoles Mantel und drängte Galena, stets darauf achtend, daß sie den Toten nicht zu Gesicht bekam, aus dem Salon und weiter über den kleinen Pfad, den er noch vor kurzem selbst benützt hatte. Als er bei seinem Pferd angekommen war, zog er Galena Nicoles Mantel über, drückte ihr den Brief in die Hand und hob sie in den Sattel.

»Ich bin überzeugt davon, daß du reiten kannst, Galena«, sagte er grinsend. »Du wirst Lord Saxon diesen Brief bringen. Mach dir wegen deiner Herrin keine Sorgen – ich werde mich um sie kümmern.« Er zögerte, fuhr aber dann fort: »Ich wäre dir dankbar, wenn du niemandem außer meinem Großvater erzählen würdest, daß ich heute nacht hier war. Verstanden?«

Galena nickte wie in Trance. Dann versetzte Christopher dem Pferd einen kräftigen Klaps in die Seiten, und Galena klammerte sich an den Zügeln fest, als das Tier losgaloppierte. Christopher sah ihnen kurz nach, drehte sich um und rannte zum Strand hinunter. Sein einziger Gedanke war, Nicole zu finden, und dann ...

Nicole befand sich in einer sehr mißlichen Lage. Sie war unvorsichtig gewesen in ihrer Eile, war über einen halb im Sand versteckten Felsen gestolpert und hatte sich dabei böse den Knöchel verstaucht. Der Schmerz war fürchterlich, doch er war nichts gegen die Wut darüber, von einem so dummen Unfall aufgehalten zu werden. Zornig saß sie im Sand; ihre sinnlosen Versuche, zu dem kleinen Haus über ihr hinaufzuklettern, hatte sie fast schon aufgegeben. Der Knöchel trug sie nicht mehr, sie konnte höchstens auf dem Bauch weiterkriechen. Sie hatte sich schon entschlossen, sich auf diese Weise fortzubewegen, als ihr das Blinksignal eines Schiffes auffiel. Neugierig warf sie einen Blick zur Klippe zurück und glaubte, im Schein des Mondes die Umrisse eines Mannes auszumachen.

Einen atemraubenden Augenblick glaubte sie, den Mann zu erkennen, doch sie verwarf diesen Gedanken sogleich wieder als törichte Einbildung. Warum sollte Higgins um diese Zeit hier sein und Signale mit einem Schiff austauschen?

Doch plötzlich erinnerte sie sich daran, daß Christopher, als er ihr von seiner baldigen Abreise erzählt hatte, ein kleines Haus an der Küste erwähnt hatte. Angestrengt spähte sie aufs Meer hinaus und war nicht überrascht, als sie sah, daß ein kleines Boot ins Wasser gelassen wurde und ein paar Männer auf das Ufer zuruderten.

Fast schon amüsiert beobachtete sie dann, wie Higgins die Klippe hinunterkletterte. In dieser Nacht schien sie wirklich von einer Verlegenheit in die andere zu geraten. Christopher wird mich töten, wenn er mich hier findet, dachte sie mit einem hysterischen kleinen Kichern – doch lieber lasse ich mich von ihm umbringen, ehe ich Roberts Frau werde.

Als Higgins fast neben ihr war, rief sie ihm leise zu: »Higgins! Ich weiß, es ist eine außergewöhnliche Zeit, aber würden Sie Christopher bitte sagen, daß ich hier bin?«

Higgins blieb wie angewurzelt stehen. »Was machen Sie hier? Christopher sucht Sie überall – er wird sogar das Schiff versäumen, wenn er Sie nicht findet.«

Entsetzt starrte sie ihn an. »O Gott!« murmelte sie. Sie konnte sich genau vorstellen, was geschehen war, und der Gedanke, daß er sie umbringen würde, erschien ihr jetzt gar nicht mehr so absurd.

Sich nervös auf die Lippen beißend, beobachtete sie, wie das kleine Boot näher kam. »Was werden Sie tun?« fragte sie schließlich. »Werden Sie ihnen sagen, daß Sie nicht mitfahren?«

Higgins warf ihr einen ungewissen Blick zu. »Nein, ich werde auf alle Fälle mitfahren. Dieses Schiff segelt nach New Orleans, und Christopher hat mir befohlen, notfalls auch ohne ihn an Bord zu gehen.«

»Ich verstehe«, antwortete sie langsam, und plötzlich wurde ihr vieles klar. Dieses Treffen mußte schon vereinbart worden sein, bevor sie New Orleans verlassen hatten, und der Gedanke, daß Christopher das Schiff ihretwegen versäumte, erfüllte sie mit Entsetzen. Zum Teufel, es ist doch nicht meine Schuld! sagte sie sich aber dann trotzig. Ich habe ihn nicht gebeten, nach mir zu suchen.

»Sehen Sie da«, unterbrach Higgins aufgeregt ihre Gedanken, und ihr Herz drohte stillzustehen, als sie die große heranstürmende Gestalt erkannte. Augenblicke später war Christopher bei ihnen, und ein merkwürdiger Ausdruck trat auf sein Gesicht, als er Nicole im Sand sitzen sah.

»So, so«, sagte er gedehnt, »wen haben wir denn hier? Ein armes, unglückliches Mädchen? Oder die davongelaufene Geliebte meines Onkels?« Ohne ihr Zeit für eine Antwort zu lassen, zerrte er sie hoch.

Ängstlich sah sie ihn an und bemühte sich, den stechenden Schmerz in ihrem Knöchel zu ignorieren. Beinahe demütig entgegnete sie schließlich: »Ich habe mir den Knöchel verletzt, sonst wäre ich nicht hier. Und«, fuhr sie verzweifelt fort, »ich habe nicht gewollt, daß es so kommt.«

Christopher starrte sie schweigend an; so viele widersprüchliche Empfindungen erfüllten ihn, daß er selbst nicht wußte, was er fühlte. Er hatte geglaubt, die einzigen Gefühle, die er für sie entwickeln könnte, seien Abscheu oder Lust. Doch jetzt spürte er, daß da noch etwas anderes war, etwas, das er nicht definieren konnte und das ihn innerlich zerriß.

Ein kräftiger Wind war aufgekommen; er ließ Nicoles lange rotbraune Locken um ihre Schultern fliegen und preßte den dünnen Stoff ihres Kleides gegen ihren schlanken Körper. Dieser Anblick erinnerte ihn an Dinge, die er vergessen wollte. Ich begehre sie nicht, sagte er sich erbittert. Sie hatte ihm nichts als Ärger gebracht, vom ersten Augenblick an, in dem er ihr begegnet war, und jetzt hätte sie beinahe die Arbeit von Monaten zunichte gemacht. Als eine kleine Ewigkeit verrann und Christopher noch immer nichts sagte, ließ Higgins die beiden taktvoll allein und ging zum Ufer hinunter, um auf das Boot zu warten.

Nicole schluckte; sein harter, unerbittlicher Gesichtsausdruck zerrte an ihren Nerven, seine kaum unterdrückte Wut ließ all ihren Mut schwinden, und stammelnd begann sie: »Ich ... ich ...«

»Was?« explodierte Christopher. »Tut es dir leid? Ist es dafür nicht ein wenig spät? Ein Mann ist deinetwegen gestorben! Mein Gott, Nicole, ich lasse dich kaum einen Monat allein, und was finde ich vor? Trümmer und Chaos! Und was soll ich jetzt mit dir machen?«

Mit zornig aufblitzenden Augen erwiderte sie: »Sie werden gar nichts mit mir machen. Ich habe es bis hierhin allein geschafft, und ich bin sicher, daß ich keine Hilfe von jemandem wie Ihnen brauche. Gehen Sie zu Ihrem verdammten Schiff.«

Higgins' Stimme ließ ihn herumfahren. Vor sich hinfluchend, hob er die sich heftig sträubende Nicole auf seine Arme und trug sie zum Wasser hinunter. Sie unsanft auf den Boden setzend, befahl er streng: »So, hier bleibst du jetzt und hörst mir zu! Robert ist tot. Und wenn du ihn auch nicht selbst umgebracht hast, so bist du doch für seinen Tod verantwortlich.« Bitter fügte er hinzu: »Du ähnelst deiner Mutter wirklich sehr.«

Nicole erblaßte, ihre Augen wurden weit und dunkel. Die Nachricht vom Tod Roberts war ein schwerer Schock für sie, doch was sie am meisten entsetzte, war die Tatsache, daß Christopher ihr seinen Tod zur Last legte. Sie hatte gewußt, daß er alles falsch verstehen würde, aber so? Es ist so typisch für ihn, mich mit meiner Mutter auf eine Stufe zu stellen, dachte sie gekränkt. »Wenn ich ein Mann wäre, würden Sie das nicht gesagt haben. Wenn ich ein Mann wäre, würden wir uns beim Duell wiedersehen, noch bevor die Sonne aufgeht. Wie können Sie es wagen! Wie können Sie es wagen, mich zu verurteilen, ohne überhaupt zu wissen, was geschehen ist, Sie überhebliches Ungeheuer – ich hoffe, daß Ihr Schiff untergeht!« Es war ein hilfloser, kindischer Anfall; Nicole wußte es und biß sich wütend auf ihre Lippen. Wenn sie ihn doch nur einmal so treffen könnte, daß es ihm die Sprache verschlug!

Ihre Worte hatten aber doch so aufrichtig geklungen, daß Christopher nachdenklich geworden war. Indes, es blieb ihm keine Zeit, um die Angelegenheit noch weiter zu diskutieren. Aufgewühlt und gepeinigt von Empfindungen, die er nicht definieren konnte oder wollte, war Christopher zum ersten Mal in seinem Leben unentschlossen. Diese Frau war schuld an allem. Es hatte keinen Sinn zu leugnen, daß er sie begehrte, sogar jetzt noch, wo er wußte, daß Robert mit ihr geschlafen, ihre süßen Lippen gespürt hatte. Ja, sogar jetzt noch sehnte er sich danach, ihren nackten Körper unter sich zu spüren, zu fühlen, wie sie erbebte, wenn er in sie eindrang. Und plötzlich war der Gedanke da – warum sollte er sie hier zurücklassen?

Es war eine wahnwitzige Idee, doch er konnte sie nicht mehr abschütteln. Prüfend blickte er hinunter zu dem Boot. Es hatte die Brandung erreicht, und in wenigen Sekunden würde er gehen müssen. Higgins begann bereits durch das schäumende Wasser zu waten – er mußte ihm sofort folgen! Wieder blickte er in ihr verführerisches Gesicht und blieben seine Augen an ihren vollen Lippen hängen. Und in diesem Moment war er nicht mehr Christopher Saxon, er war Kapitän Saber!

Christopher Saxon hatte vorgehabt, sie bei seinem Großvater zu lassen, wo er sie sicher und geborgen wußte. Christopher wäre nach Amerika gesegelt und hätte versucht, sie zu vergessen. Doch Kapitän Saber versagte sich nie etwas, das er haben wollte, und er wollte diese Frau haben!

Seine blauschwarzen Haare wehten im Wind, seine Augen glitzerten. Empfindungen und Gefühle, die er in den langen Monaten in England verleugnet hatte, durchfluteten ihn ungehemmt, als sein Blick ihren schlanken Körper umfing. Sein Entschluß war gefaßt, und ehe Nicole noch seine Absicht ahnen konnte, verschloß er ihren Mund mit einem harten Kuß und warf sie sich mühelos über die Schulter.

Ihre Schreie und das Hämmern ihrer Fäuste auf seinen Rücken ignorierend, stieg er ins Wasser und watete auf das Boot zu. Als er es erreicht hatte, setzte er sie beinahe übermütig auf die hölzernen Planken. Eine Sekunde später kletterte er, unterstützt von dem begeisterten Higgins, ins Boot. Dann blickte er noch einmal zurück auf den verlassenen, in Mondlicht getauchten Strand. Jetzt endlich konnte er England ohne Reue und Bedauern verlassen. »Wir sind alle an Bord«, wandte er sich an einen der Seeleute. »Lassen Sie uns hier verschwinden, ehe uns ein britisches Kriegsschiff entdeckt.«

Einen Augenblick schienen die Männer zu zögern, dann jedoch ruderten sie achselzuckend auf die See hinaus. Einer von ihnen konnte jedoch nicht umhin zu bemerken: »Niemand hat etwas von einer Frau gesagt. Kapitän Baker wird gar nicht erfreut sein, wenn er sie zu Gesicht bekommt.«

Christopher blickte in Nicoles wütendes Gesicht, strich über ihre zerzausten Locken und erwiderte lächelnd: »Es tut mir leid wegen des zusätzlichen Fahrgastes, aber die Dame und ich haben noch über wichtige Geschäfte zu reden – und New Orleans ist der richtige Platz dafür.«

32

Die Seereise nach New Orleans war ein Alptraum. Zweimal wurden sie von britischen Kriegsschiffen gesichtet, einmal sogar beschossen, und nur eine Nebelbank rettete sie und ermöglichte es ihnen, zu entkommen. Das Wetter war fürchterlich; ein Sturm schien dem anderen zu folgen.

Der Kapitän war verständlicherweise verärgert über das unerwartete und unwillkommene Auftauchen einer Frau an Bord, und Nicole verbrachte die ganze Reise in einer winzigen Kabine. Es gab keine Ruhe, nicht den geringsten Komfort, und Nicole begann, das goldfarbene Seidenkleid zu hassen, das sie seit ihrer überstürzten Abreise aus England trug. Christopher und Nicole redeten kaum miteinander; beide fühlten, daß das nicht die richtige Zeit für eine Fortsetzung ihrer erbitterten Auseinandersetzungen war. Und wann immer sich trotzdem ein Streit anzubahnen drohte, stellte sich Higgins als schützender Prellbock zwischen sie.

Tag für Tag rannte Nicole, immer wütender werdend, in ihrer Kammer umher. Sie fühlte sich wie ein Tier, das in der Falle saß.

Christopher ging es nicht viel anders, obwohl er sich auf dem Schiff frei bewegen konnte und auch die einer Seefahrt angemessene Kleidung trug. Die Reise schien sich ewig hinzuziehen, endlos erstreckte sich das Meer vor ihnen.

Was Nicole betraf, so konnte er sich nur selbst verwünschen, daß er sich zu solch einer impulsiven, unüberlegten Handlung hatte hinreißen lassen. Was um alles in der Welt soll ich mit ihr anfangen, fragte er sich ärgerlich, während sich das Schiff durch die aufgewühlte See kämpfte. Was sollte er seinem Großvater schreiben? Dieser Gedanke war ihm bisher nicht gekommen, und er starrte düster in die tosenden Wellen.

Simon ahnte sicher, daß Nicole bei ihm war. Er hatte es zwischen den Zeilen seines Briefes lesen können. Außerdem hatte er, Christopher, Galena gesagt, er werde sich um ihre Herrin kümmern. Einen flüchtigen Augenblick kam ihm der Gedanke, daß er schon zu diesem Zeitpunkt gewußt hatte, daß er Nicole mitnehmen würde – falls er sie fand. Doch noch lächerlicher und bedrückender war, daß er tief in seinem Inneren wußte, daß er nicht nach New Orleans gefahren wäre, wenn er sie nicht gefunden hätte.

Die langen Wochen auf See trugen nicht zur Lösung seiner Probleme bei. Nacht für Nacht trieb ihn das körperliche Verlangen an Deck, wanderten seine Gedanken zu der in ihrer kleinen Kabine schlafenden Nicole.

Oh, er hätte sich mit Gewalt Einlaß verschaffen und sie nehmen können; zu jeder beliebigen Tages- oder Nachtzeit hätte er seinen Hunger stillen können, doch er sehnte sich nach mehr als der bloßen Befriedigung seiner Lust. Und wie ein Mann, der unerwartet ein weißglühendes Stück Eisen in die Hand bekommt, zuckte er vor der Erkenntnis zurück, daß das, was er von ihr wollte, Liebe war.

Alle drei atmeten erleichtert auf, als sie in der zweiten Novemberwoche in New Orleans ankamen. Das Wetter war dort allerdings auch nicht einladender, als es auf See gewesen war. Ein kalter Regen peitschte vom Meer her durch die Straßen und verwandelte sie in einen sumpfigen Morast.

Als die drei Christophers elegantes Haus im Vieux Carré betraten, begrüßte sie ein einladendes Feuer im großen Salon. Eine hastig geschriebene Nachricht, die er von einem der vielen im Hafen herumlungernden Streuner hatte überbringen lassen, hatte Sanderson auf seine Ankunft vorbereitet. Nicole wurde wieder in das gleiche Zimmer gebracht, das sie vor ihrer Abreise nach England bewohnt hatte. Christopher ließ sich heißen Rum servieren, während er sich am Feuer wärmte.

Dabei berichtete ihm Sanderson die letzten Neuigkeiten. Dann machte sich Christopher auf den Weg zu Jason Savage. Zuerst hatte er einen Boten dorthin schicken wollen, um zu erfahren, ob sich die Savages in ihrem Haus in New Orleans aufhielten, doch seine Unruhe und Ungeduld ließen ihn keine unnötige Zeit verschwenden. Und so kämpfte er sich durch den strömenden Regen zu Jasons Wohnung.

Glücklicherweise war Jason zu Hause; er saß an seinem Schreibtisch und kramte lustlos in einigen Geschäftspapieren, als Christopher die Bibliothek betrat. Ein herzliches Lächeln lag auf seinen Zügen, als er Christopher mit ausgestreckten Händen entgegeneilte. »Bei Gott!« rief er halb belustigt, halb ernsthaft. »Es ist höchste Zeit, daß Sie kommen. Ich glaubte schon, mein Instinkt hätte mich getrogen gehabt.«

Christopher grinste nur. »Glauben Sie mir, es gab Zeiten, in denen ich uns beide für verrückt hielt, daß wir uns auf dieses Unterfangen eingelassen hatten«, erwiderte Christopher. »Ich war mit meiner Weisheit am Ende und schon fast überzeugt davon, versagt zu haben, als die Dinge sich plötzlich zum Positiven entwickelten. Lesen Sie selbst.« Er reichte Jason das Memorandum, setzte sich auf die Schreibtischkante und fügte hinzu: »Es könnte mehr enthalten – doch es ist der Beweis, daß ein Angriff geplant ist, und es liefert uns immerhin einige wertvolle Anhaltspunkte.«

»Hm, ja«, bemerkte Jason, als er das Memorandum überflogen hatte. »Das ist genau das, was ich erhofft habe. Ich muß es sofort zu Claiborne bringen – er ist in den letzten Monaten beinahe verrückt geworden. Und die Zeitungen haben alles noch schlimmer gemacht. Jeden Tag berichten sie über den drohenden Angriff auf New Orleans, und trotzdem scheint man nichts tun zu können. Wir haben viel zu wenig Soldaten in der Stadt, und die Verteidigungsvorkehrungen, die getroffen wurden, sind bei weitem nicht ausreichend.«

»In all den Monaten meiner Abwesenheit scheint sich nichts geändert zu haben«, stellte Christopher erbost fest.

»Nun ja, einiges hat sich doch getan«, räumte Jason ein. »John Armstrong trat von seinem Amt als Kriegsminister zurück, Monroe ist an seine Stelle getreten. Und obwohl Washington niedergebrannt wurde, ist es uns in letzter Zeit nicht allzu schlecht ergangen. Sie werden es vor Ihrer Abreise aus England vielleicht nicht mehr erfahren haben – Prevosts Versuch, die Vereinigten Staaten über den Lake Champlain und das Hudson Valley zu erobern, wurde zurückgewiesen. Unseren Sieg haben wir einem jungen Leutnant zu verdanken. Mit nur vier größeren Kriegsschiffen und zehn Kanonenbooten vernichtete er bei Plattsburgh die britische Flotte, und Prevost war gezwungen, seine Offensive aufzugeben und nach Kanada zurückzuweichen. Und wenn auch die finanzielle Lage unseres Landes nicht zum Besten steht, so werden wir mit etwas Glück zwar leicht geschädigt, aber doch relativ heil davonkommen.«

Christophers Lippen verzogen sich spöttisch. »Falls es uns nicht gelingt, New Orleans gegen Pakenhams Truppen zu verteidigen, sieht es ganz und gar nicht mehr rosig für uns aus. Die Engländer würden liebend gern den ganzen Staat Louisiana einnehmen, um den Mississippi unter Kontrolle zu haben. Und wenn wir nicht bald Truppen herbekommen, haben sie gute Chancen, daß ihnen das gelingt. Admiral Cochrane wird Pakenham mit seiner Flotte unterstützen, und zusammen mit der Armee werden die Engländer über uns wie ein Rudel Wölfe über eine Schafherde herfallen.«

»Nicht unbedingt«, erwiderte Jason. »Ich vergaß, Ihnen zu sagen, daß General Ross tot ist. Er wurde im September beim Angriff auf Baltimore, der ein Fehlschlag war, getötet. Sie sehen, wir haben ihnen die Zähne gezeigt.«

Christopher seufzte. »Vielleicht haben Sie recht – doch die Aussichten sind nicht sehr ermutigend. Und vergessen Sie nicht, daß die Friedensverhandlungen in Gent ein kritisches Stadium erreicht haben und wir von dort nicht auf schnelle Hilfe hoffen können.«

»Da stimme ich Ihnen zu. Aber mit diesem Memorandum können wir Andrew Jackson überzeugen, daß New Orleans wirklich in Gefahr ist. Und dann wird er mit seinen Truppen kommen. Er wird nicht zulassen, daß die Engländer Louisiana einnehmen.«

Christopher sah ihn skeptisch an. »Ich hoffe, das stimmt. Und was kann *ich* noch tun?«

Jason lehnte sich in seinem Stuhl zurück. »Ich möchte, daß Sie mich begleiten, wenn ich dem Gouverneur das Memorandum überbringe«, sagte er nach kurzer Überlegung. »Schließlich haben wir Ihnen diese Information zu verdanken – Ehre, wem Ehre gebührt! Und was noch viel wichtiger ist: Der Gouverneur braucht jeden fähigen Mann.« Mit bitterem Lächeln fügte Jason hinzu: »Der kreolische Teil unserer Bevölkerung ignoriert wie üblich die Situation, und außer einigen wenigen reden sich die Bewohner der Stadt ein, daß keinerlei Gefahr besteht. Und das sind die größten Feinde, die Claiborne zu bekämpfen hat – Apathie und Unwissenheit.«

Christopher verzog das Gesicht. »Ich hoffe, Sie wissen, was Sie tun, wenn Sie dem Gouverneur einen üblen Piraten wie mich empfehlen. Haben Sie keine Angst, daß es Ihnen schaden könnte, wenn er von meiner Beziehung zu Lafitte erfährt?«

Einen Augenblick schien Jason erschrocken, dann jedoch blitzten seine grünen Augen spöttisch auf, als er entgegnete: »Um mir zu schaden, bedarf es schon etwas mehr, mein Lieber. Vergessen Sie nicht, daß ich dem Gouverneur zu einem großen Teil nur deshalb so von Nutzen sein kann, weil ich so viele üble Piraten, wie Sie einer sind, an der Hand habe.«

Ein amüsiertes Lächeln stand in Christophers Augen. »Dann stehe ich Ihnen also zu Diensten, Sir.«

Sie begaben sich umgehend zum Gouverneur, und während Christopher Claiborne beobachtete, wie dieser das Memorandum las, war er sich nicht sicher, ob ihn dessen Inhalt schokkierte oder ob er ihm gefiel. Claibornes Gesicht zeigte keine Regung, als er das Memorandum auf die Platte seines Schreibtisches legte. Er faltete die Hände, dann aber sah er die beiden ihm gegenüber sitzenden Männer freundlich an.

»Nun«, begann er, »wenn *das* Jackson nicht überzeugt, wird ihn nichts mehr überzeugen. Ich hoffe nur, daß er dadurch erkennt, daß das Angriffsziel der Engländer New Orleans und nicht Mobile ist. Er und Monroe glauben immer noch, daß die Engländer versuchen werden, Mobile anzugreifen, und so konzentrieren sie sich völlig auf dieses Gebiet.« Clairbornes leichter Virginia-Akzent war auch heute, nach elf Jahren New Orleans, nicht zu überhören, als er fortfuhr: »Ich selbst bin der Meinung, daß sie von der Küste her angreifen werden, doch ich bin nur Zivilist.«

Dazu gab es nicht mehr viel zu sagen, und so verabschiedeten sich Savage und Christopher nach einer kurzen, höflichen Unterhaltung, während der Claiborne noch ein paarmal Christophers Unternehmen lobte.

Das Bad tat Nicole unendlich gut. Nach langen Wochen auf See, wo sie sich nur mit Salzwasser hatte waschen können, war das frische, heiße Süßwasser die reinste Wohltat. Genießerisch räkelte sie sich in dem weichen, angenehm duftenden Wasser, legte ihren Kopf auf den Rand der Wanne und schloß die Augen. Sie hätte stundenlang so liegen können, doch mit der Zeit wurde das Wasser kalt. Also seifte sie sich von oben bis unten ab und ließ sich von ihrer schwarzen Zofe Nuomi die Haare waschen.

Später saß sie, in ein flauschiges Badetuch gehüllt, am Feuer, während Nuomi ihr geduldig die Haare trocken bürstete. Seit Wochen hatte sie sich nicht mehr so sauber und entspannt gefühlt. Das gleichmäßige Bürsten ließ sie beinahe einschlafen, und als ihre Haare trocken waren, beschloß sie, sich eine Weile hinzulegen.

Es war später Nachmittag, der Himmel war noch immer wolkenverhangen, und Nicole konnte dem Gedanken an ein richtiges Bett nicht widerstehen. Sie schlief ruhig und tief und wachte erst Stunden später, als es bereits dunkel war, wieder auf. Die Matratze war weich wie eine Wolke, und wohlig kuschelte sich Nicole in die Wärme ihres Bettes. Sie wollte sich gerade wieder umdrehen, um weiterzuschlafen, als Nuomi mit einer Kerze in der Hand eintrat.

»Was ist?« fragte Nicole.

»O Madam, ich wollte Sie nicht wecken. Doch Master Christopher befahl mir nachzusehen, ob Sie noch schlafen.«

»Du hast mich nicht geweckt. Ich wollte gerade nach dir läuten«, log Nicole.

Erleichtert atmete Nuomi auf; sie fand es inzwischen recht angenehm, für die neue Herrin zu arbeiten. Schnell zündete sie eine Lampe an und half Nicole beim Anziehen.

Das graue Musselinkleid war wunderschön, doch Nicole hätte es – nach all den Wochen in dem goldfarbenen Kleid – auch bewundert, wenn es aus derbem Sackleinen gewesen wäre.

Schuhe hatte sie damals allerdings nicht hier gelassen, und als Nicole jetzt auf ihre nackten Füße hinunterstarrte, die unter dem Kleid hervorlugten, fühlte sie sich schmerzlich an jenen Abend auf den Bermudas erinnert. Wie anders mein Leben doch verlaufen wäre, wenn ich Allens Rat befolgt hätte, dachte sie reuevoll. Und wieder fragte sie sich, was aus Allen geworden sein mochte. Christopher hatte versprochen, ihn freizulassen, und sie hoffte verzweifelt, daß er dieses Mal sein Versprechen gehalten hatte – ihre Beziehung war ohnehin schon durch soviel Bitterkeit und Vorwürfe belastet. Allen mußte frei sein! Sie mochte nicht daran denken, daß Christopher ihn den Amerikanern ausgeliefert haben und Allen als Spion hingerichtet worden sein könnte. Sie traute Christopher Saxon zwar eine ganze Menge zu, das jedoch nicht.

Das Schuhproblem war schnell gelöst, denn sie hatten ja noch die goldenen Seidenschuhe, die sie auf der Seereise getragen hatte. Ein nachlässig über die Schulter gelegter Schal aus dünnem, glänzendem Stoff vervollständigte ihre Garderobe, und nach einem prüfenden Blick in den Spiegel ging sie zufrieden in den Salon hinunter.

Wie erwartet, war Christopher bereits anwesend, und wieder durchfuhren sie bei seinem Anblick freudige Erregung und Schmerz zugleich. Er stand, lässig an den Kaminsims gelehnt, da und starrte gedankenverloren in die knisternden

Flammen. »Hast du gut geschlafen?« fragte er höflich.

»Danke, ja. Das Bett ist eine Wohltat nach dem Notlager auf dem Schiff«, erwiderte sie.

Er schien guter Dinge zu sein. In der schmal geschnittenen gelben Hose und einer tadellos sitzenden flaschengrünen Jacke ließ er das Herz fast jeder Frau schneller schlagen. Auch Nicole erging es nicht anders, als er auf sie zukam und ihr höflich einen Stuhl am Feuer anbot. Sie zögerte, beschloß dann jedoch, so zu tun, als sei nichts geschehen, und nahm Platz.

Beide wirkten unnatürlich und verkrampft und benahmen sich wie Fremde, die sich zum ersten Mal begegnen.

»Möchtest du einen Sherry?« fragte Christopher förmlich. »Ich glaube, es dauert noch eine Weile, bis das Essen serviert wird.«

Nicole kam sich vor wie eine Stoffpuppe, als sie mit einem albernen Lächeln auf den Lippen erwiderte: »Ja, gern.«

Christopher ging zum anderen Ende des Raumes hinüber, wo ein Tablett mit verschiedenen Kristallkaraffen stand, und schenkte ihr schweigend ein Glas ein. Noch immer schweigend trat er neben sie und reichte ihr das Glas. Als sich dabei ihre Finger trafen, reagierten beide, als hätten sie ein glühendes Eisen berührt. Christophers Hand zuckte zurück, und Nicole hätte beinahe das Glas fallen lassen.

Das Schweigen wurde immer beklemmender; jeder der beiden war sich der Gegenwart des anderen auf nahezu unerträgliche Weise bewußt, jeder schien darauf zu warten, daß der andere den ersten Schritt tat, das erste Wort sagte. Doch keiner tat es.

Das Knistern und Prasseln des Feuers hallte in der Stille des Raumes wider. Nicole rutschte unbehaglich auf ihrem Stuhl hin und her und nippte verlegen an ihrem Sherry.

Christopher war wieder an den Kamin getreten und starrte wie gebannt ins Feuer. Auf dem Kaminsims stand ein halbvolles Glas Brandy. Er ergriff es und stürzte den Inhalt in einem Zug hinunter. Dann drehte er sich unvermittelt um und sah sie an.

Ein verwirrendes Lächeln lag um seinen Mund, als er amüsiert fragte: »Hast du mir nichts zu sagen? Ich warte schon die ganze Zeit darauf, daß du mich mit deiner scharfen Zunge zerreißt. Sag mir nicht, daß du die Sprache verloren hast. Komm, sprich es dir von der Seele, du wartest doch schon seit Wochen darauf.«

Nicole versteifte sich, ihre Augen blitzten zornig auf. Doch sie beherrschte sich und antwortete gelassen: »Ihnen die Meinung zu sagen würde mir nicht weiterhelfen, und ich habe nicht vor, mich von Ihnen provozieren zu lassen.«

Christopher zog die Augenbrauen hoch. »Nun, ich werde dich beim Wort nehmen«, erwiderte er. »Doch ich bin sicher, daß du mir etwas zu sagen hast, zum Beispiel über mein Betragen.«

Nicole erhob sich und stellte sehr entschieden ihr Glas auf einen nahe stehenden Tisch. »Ja, ich habe etwas zu sagen, aber in erster Linie möchte ich Sie etwas fragen. Darf ich?«

»Bitte.«

»Was haben Sie mit mir vor?«

Begehrlich wanderte Christophers Blick über ihren schlanken Körper, blieb hängen an ihrem hochangesetzten Busen, ihrem glänzenden Haar, ehe er zu ihrem vollen Mund zurückkehrte. »Nun, ich habe da verschiedene Pläne, meine Liebe«, murmelte er. »Und ich hoffe, daß du damit einverstanden sein wirst.« Seine Augen ruhten noch immer auf ihrem Mund, als er auf sie zutrat und so dicht vor ihr stehenblieb, daß ihre Körper sich beinahe berührten. »Ich begehre dich, Nicole«, gestand er aufrichtig. »Ich begehre dich, wie ich noch nie eine Frau begehrt habe.« Seine Augen brannten vor plötzlich aufkeimendem Verlangen. »Du warst bereit, Roberts Geliebte zu werden, warum nicht auch wieder die meine?«

Nicole schien zu Eis erstarrt, und Christopher fuhr hastig fort: »Ich habe dir die Chance geboten, ein anständiges Leben zu führen, habe dich in die Gesellschaft eingeführt. Aber nein, das war es nicht, was du wolltest. O nein! Du warst bereit, all das wegzuwerfen, um Roberts Gespielin zu werden. Nun, meine Liebe, als meine Gespielin wird es dir viel besser gehen. Glaube mir, ich werde sehr großzügig sein – du wirst ein eigenes Haus bekommen, einen Wagen, Diener, alles, was du willst. Wie lautet deine Antwort?«

Ihre topasfarbenen Augen glitzerten wie goldbraune Juwelen in ihrem blassen Gesicht, als sie ihn wutentbrannt anschrie: »Sie überschätzen Ihren Charme! Selbst wenn ich im Sterben läge und Sie mir das Leben schenken könnten, würde meine Antwort die gleiche sein – nein, niemals! Ihre Geliebte werden? Hah! Lieber würde ich mich an alle Männer der Welt verkaufen, als Ihre Umarmung zu ertragen!«

Christopher packte wütend ihre Schultern. »Das magst du zwar sagen«, erklärte er dicht vor ihrem Mund, »doch dein Körper spricht eine andere Sprache.«

Brutal verschloß er ihre Lippen mit seinem Mund und zog sie hart und ohne jede Zärtlichkeit an sich. Sofort erwachten in Nicole Erinnerungen an frühere Liebesnächte, in denen sie in seinen Armen glücklich gewesen war. Wenn er sie weiter so brutal geküßt hätte, wäre sie vielleicht nicht weich geworden, doch als ahnte er, daß er mit Gewalt nichts erreichen konnte, wurde Christophers Kuß zärtlicher.

Nicole spürte, wie in ihr die altvertraute Sehnsucht nach seiner Liebe erwachte, und kämpfte verzweifelt dagegen an. Sie wollte nicht wieder in seinen dunklen Bann geraten. Doch es war zuviel für sie, seine Hände umschlossen ihre Taille und zogen sie näher an sich, und durch ihr Kleid hindurch spürte sie sein Verlangen. Seine Hände glitten liebkosend über ihre Hüften, ihren Rücken, sein Kuß war warm und hungrig, und Nicole fühlte, wie ihr Widerstand schmolz.

Ein plötzliches Klopfen an der Tür ließ Christopher erstarren. Er stieß einen unterdrückten Fluch aus und fragte: »Ja, wer ist da?«

»Sanderson«, war die ruhige Antwort. »Das Essen ist serviert, Sir.«

Christopher glättete seine Beinkleider. »Ja, wir kommen gleich«, knurrte er. Halb belustigt, halb ärgerlich wandte er sich dann an Nicole: »Es scheint, daß wir dieses interessante Spiel auf später verschieben müssen.«

Mit zitternden Händen und ohne ihn anzusehen ordnete Nicole ihre Röcke und bezwang den Wunsch, ihm ins Gesicht zu schlagen. Mit steifen Schritten ging sie auf die Tür zu, die in die Haupthalle führte. Sie gestattete ihm sogar, ihr die Tür aufzuhalten, dann schritt sie, eine Hand korrekt auf seinen Arm gelegt, an seiner Seite ins Speisezimmer.

Während des Essens führten sie eine lächerlich fröhliche Unterhaltung, zum einen wegen Sandersons Anwesenheit, zum anderen, weil keiner von ihnen so recht wußte, was er sagen sollte. Beide waren mit ihren Gedanken bei der vor ihnen liegenden Nacht und ließen den größten Teil des Essens zu der enttäuschten Köchin in die Küche zurückgehen.

Ein wenig ruhiger ließ sich Nicole nach dem Essen von Christopher zurück in den Salon führen. Nachdem sie auf dem Sofa Platz genommen hatte, nahm sie dankend den starken schwarzen Kaffee entgegen, den Sanderson auf einem silbernen Tablett servierte. Christopher zog einen Brandy vor.

Das Essen war eine Art Waffenstillstand gewesen, ein trügerischer zwar, doch immerhin eine kurze Zeit der Ruhe. Christopher ließ keinen Zweifel daran, daß er diese Zeit für beendet ansah, denn kaum hatte sich die Tür hinter Sanderson geschlossen, als er Nicole anfuhr: »Nun, mein Angebot gilt noch immer. Und rede dich nicht damit heraus, daß du Zeit zum Nachdenken brauchst. Wie lautet deine Antwort? frage ich noch einmal.«

»Ich sehe keine Veranlassung, über Ihr Angebot nachzudenken!« fauchte sie ihn mit zornig blitzenden Augen an. »Ich habe es Ihnen vorhin gesagt, und ich sage es jetzt noch einmal – ich werde nie Ihre Geliebte werden!«

Mit heftig wogendem Busen stand sie auf, und ihre Stimme bebte vor unterdrückter Erregung, als sie hitzig fortfuhr: »Ich bin erstaunt, daß Sie ein solch verdorbenes Wesen wie mich um sich haben wollen. Schließlich bin ich so undankbar gewesen, dem angenehmen Leben, das Sie für mich arrangiert haben, den Rücken zu kehren, Ihren Großvater zu beleidigen und mit einem Mann zu schlafen, der diesen Namen nicht verdient, einem Mann, der der Geliebte meiner eigenen Mutter war.« Tränen standen in ihren schönen Augen, ihr Mund zitterte in dem Bemühen, diese Tränen zurückzuhalten, und voll innerer Qual und Wut schrie sie: »O ja, vergessen wir, daß ich die Tochter meiner Mutter bin! Wir wissen beide, daß sie gemein und verlogen und eine Ehebrecherin war! Und ich sage Ihnen eines, Christopher, wenn Sie mich dazu zwingen, werde ich mich bemühen, Ihnen zu zeigen, daß ich genauso wie meine Mutter sein kann! Um Himmels willen, lassen Sie mich gehen! Zahlen Sie mir die Überfahrt zurück nach England! Schicken Sie mich weg, damit wir beide Frieden finden können!«

Christopher war bleich geworden bei ihren Worten und entgegnete voll Bitterkeit: »Ich kann es nicht. An all das, was du gesagt hast, habe ich gedacht. Es hat mich innerlich zerrissen, Tag für Tag, Nacht für Nacht. Aber ich kann dich nicht gehen lassen.«

Es war ein Geständnis, das er nicht hatte machen wollen, das er sogar vor sich selbst hatte verleugnen wollen. Und voller Wut, daß er ihr, wie er glaubte, eine weitere Waffe in die Hand gegeben hatte, stürzte er seinen Brandy hinunter. Dann knallte er das Glas so hart auf den Kaminsims, daß es zersplitterte, und stürmte ohne ein weiteres Wort zur Tür. Jeder seiner Schritte verriet deutlich seinen Ärger und seine Wut. An der Tür drehte er sich noch einmal nach Nicole um, die wie erstarrt neben dem Sofa stand. Dann fiel die Tür mit einem dumpfen Knall hinter ihm ins Schloß. In diesem letzten Blick, mit dem er sie angesehen hatte, hatte soviel Zorn und Abscheu gestanden, daß es ihr den Atem nahm, und doch glaubte sie in seinen Augen etwas gesehen zu haben, etwas wie ... wie ...

Während sie sich ruhelos in ihrem Bett hin- und herwälzte, mußte sie wieder und wieder an seine Worte denken. Sie mochte nicht glauben, daß er das gesagt hatte, was er gesagt hatte. Daß auch Christopher diese unsichtbaren Bande spürte, erfüllte sie mit neuer Hoffnung, doch es war ebenso offensichtlich, daß er sich selbst dafür haßte. Was soll ich nur tun? fragte sie sich unglücklich. Bleiben und hoffen, daß er mich eines Tages lieben wird, falls er überhaupt imstande ist zu lieben? Oder weiterhin gegen ihn ankämpfen und ihm zeigen, daß wir uns besser trennen sollten? Aber kannst du das überhaupt? flüsterte eine hämische Stimme in ihr.

Es gab keinen Ausweg aus diesem Dilemma. Stolz, gesunder Menschenverstand, ihre bisherigen Erfahrungen mit ihm und ein ausgeprägtes Gefühl des Selbstschutzes sagten ihr, daß sie vor ihm fliehen müsse. Doch ihr Herz wehrte sich dagegen, sich bewußt von ihm zu trennen.

Schließlich gab sie den Gedanken an Schlaf auf und erhob sich. Nur mit einem hauchdünnen, durchsichtigen Nachthemd aus cremefarbenem Batist bekleidet, lief sie barfuß im Zimmer umher. Das Feuer war beinahe heruntergebrannt, und um irgend etwas zu tun, legte sie ein paar kleine Holzscheite nach und blies in die Glut, bis die Flammen zu neuem Leben erwachten. Vom flackernden Licht des Feuers abgesehen, lag der Raum in tiefer Dunkelheit; nur ein schwacher Schimmer des Mondlichts kroch durch die geschlossenen Fensterläden. Nicole stieß sie auf und betrachtete den hoch am Himmel stehenden Mond. Es hatte wieder einmal aufgehört zu regnen, doch Feuchtigkeit und Nässe waren noch überall.

Seufzend ging sie zum Bett zurück und setzte sich mit angezogenen Knien auf die weiche Matratze. Sie wußte, daß sie nicht schlafen konnte, und starrte geistesabwesend in die Flammen. Was sollte sie tun? Sie verfügte über keinerlei eigene Mittel. Sie wußte nicht, wo sie hingehen sollte. England war zu weit entfernt, zu weit, um eine schnelle Lösung ihrer Probleme zu bieten. Verzweifelt erkannte sie, daß es, solange sie Christopher liebte, immer nur einen Ausweg aus ihrem Dilemma geben würde.

Ich habe ihn immer geliebt, gestand sie sich traurig ein. Sie hatte sich einreden wollen, daß es nicht so wäre, doch es hatte keinen Sinn, zu leugnen, daß sie sich etwas vorgemacht hatte. Wie immer er sich auch benahm – brutal, überheblich, einmal zärtlich, einmal grausam – sie liebte ihn. Sie konnte es nicht ändern.

Trotz dieser Erkenntnis wünschte sie sich verzweifelt, ihn verlassen zu können. Wenn sie blieb, würde sie nur noch mehr leiden, noch mehr Enttäuschungen hinnehmen müssen. Christopher würde sie niemals lieben. Er begehrte sie, ja, doch das hatte nichts mit Liebe zu tun, und seine Liebe war es, wonach sie sich sehnte.

Beinahe hätte sie hysterisch aufgelacht, als sie sich sein Gesicht vorstellte, wenn sie zu ihm sagen würde: »Lieben Sie mich. Begehren Sie mich nicht nur mit Ihrem Körper, sondern auch mit der Seele. Lieben Sie mich, verdammt noch mal!«

Doch was für einen Sinn hätte das? Sie war ja nicht einmal sicher, daß sie selbst in der Lage war, all das zu vergessen und zu verzeihen, was zwischen ihnen geschehen war. Dann lachte sie erbittert auf; auch wenn sie sich etwas anderes vorzumachen versuchte, wußte sie dennoch, daß sie, wenn er nur die geringste Andeutung machen würde, mehr zu wollen als nur ihren Körper, alle ihre Zweifel über Bord werfen und bereitwillig in seine Arme sinken würde. Zum Teufel mit ihm, aber sie liebte ihn!

Sie war so in ihre Gedanken versunken, daß sie erschrocken aufschrie, als die Tür geöffnet wurde. Voll Entsetzen sah sie Christopher im Türrahmen lehnen.

Es war offensichtlich, daß er betrunken war – sein Haar hing ihm wirr in die Stirn, die weiße Krawatte baumelte schief am Hals, die grüne Jacke hatte er achtlos über die Schulter geworfen, und sein Hemd war auf einer Seite aus der Hose gerutscht. Er schlug die Tür zu und kam langsam mit nicht mehr ganz sicheren Schritten auf sie zu. Sie wäre am liebsten weggelaufen, doch ihr Verstand sagte ihr, daß sie ihn in diesem Zustand nicht verärgern durfte, und so fragte sie, ihm ernst entgegensehend, nur kühl: »Was wollen Sie, Christopher?«

Ein schiefes Grinsen lag um seinen Mund. »Oh, das ist eine sehr gute Frage, meine Liebe«, antwortete er; seine

Aussprache war erstaunlich klar. Wie er es häufig tat, setzte er sich auf eine Ecke ihres Bettes, warf die Jacke achtlos auf den Boden und begann geistesabwesend, sich seiner Krawatte zu entledigen. Dabei fuhr er fort: »Ich habe lange darüber nachgedacht. Was will ich eigentlich wirklich?« Ohne Nicole anzusehen, warf er auch die Krawatte auf den Boden, zog die Stiefel aus und begann sein Hemd aufzuknöpfen.

Ängstlich wie ein in der Falle sitzendes Kaninchen beobachtete sie ihn und wagte nicht, sich zu bewegen. Sie wußte, daß sie hätte fortlaufen müssen, doch sie war nicht in der Lage dazu und blieb, ihn wie hypnotisiert anstarrend, regungslos sitzen. Nachdem auch sein Hemd auf dem Boden gelandet war, stand er auf, doch als er anfing, den Gürtel seiner Hose zu öffnen, rief Nicole ungehalten: »Was machen Sie da eigentlich?«

Ohne zu zögern, zog Christopher sich seelenruhig weiter aus. »Nun«, murmelte er, »das ist eine gute Frage, meine Liebe. Ich will dich haben.«

»Sie sind betrunken!« rief Nicole vorwurfsvoll und wich unwillkürlich vor ihm zurück.

»Nein, da irrst du dich«, antwortete er gelassen. »Ich habe viel getrunken, doch ich bin nicht betrunken. Ein bißchen beschwipst vielleicht und verrückt vor Verlangen nach einem betörenden Wesen, das mir keine Ruhe läßt.«

Nicole schluckte, Zentimeter um Zentimeter zurückweichend. So hatte sie ihn noch nie gesehen. Vielleicht war er wirklich nicht betrunken, doch er benahm sich äußerst seltsam. Er beugte sich vor und zog seine Hose aus, woraufhin Nicole aus dem Bett stürzen wollte. Doch schnell wie eine Schlange schoß Christophers Rechte vor und umklammerte ihr Handgelenk. »Nein!« sagte er ruhig. »Du gehst nicht weg, zumindest nicht, bevor ich mit dir fertig bin.«

Ihr Gesicht rötete sich vor Empörung, und sie bemühte sich verzweifelt, sich dem eisernen Griff seiner Hand zu entwinden. »Lassen Sie mich los, verdammt noch mal! Und verschwinden Sie aus meinem Schlafzimmer!« Ihre Blicke trafen sich, und was sie in seinen Augen las, steigerte nur ihre verzweifelten Bemühungen, ihm zu entfliehen.

Doch Christopher blieb ungerührt und sagte nur sanft: »Nein.« Und langsam streifte er ihr das Nachthemd herunter.

Sie hatte nie eine Chance, ihm zu entkommen, auch wenn sie sich noch so verzweifelt wehrte. Er kümmerte sich nicht um ihre Hiebe und Püffe, zog sie in seine Arme und küßte sie lang und hingebungsvoll.

Nicole verachtete sich, als sie spürte, wie ihr Körper auf seinen verzehrenden Kuß reagierte. Seine Hände glitten zärtlich über ihren nackten Körper, sein Mund hinterließ eine wie Feuer brennende Spur, als er über ihren Hals, ihre Brust glitt. »Bitte nicht, Christopher. Bitte, tun Sie das nicht«, wisperte sie.

Er hielt inne und starrte sie verwirrt an. »Aufhören?« stieß er heiser hervor. »Das kann ich nicht. Du sagst, du willst mich nicht. Aber du lügst, Nicole – du hast immer gelogen. Wenn du mich wirklich nicht wolltest, würde dies nicht geschehen.« Zärtlich liebkoste seine Hand ihre Brust, die rosigen Brustwarzen, die sich sofort steil aufrichteten und sie Lügen straften. »Und dies auch nicht«, fügte er hinzu, als seine Hand unvermittelt zwischen ihre Schenkel glitt und zart über ihr weiches Haarpolster strich.

Nicole stöhnte auf, leise und beschämt, und drängte sich an ihn; sie war nicht länger in der Lage, der zärtlichen Berührung seiner Hände zu widerstehen.

Er preßte sie an sich, seine Hände liebkosten die sanfte Rundung ihrer Hüften; schließlich legte er sich halb über sie, so daß sein Mund noch immer ihren süßen, verlockenden Körper auskosten konnte.

Wie der eines Verhungernden glitt Christophers Mund über ihre schlanke Gestalt und zog eine Spur leidenschaftlichen Verlangens über ihren Körper. Er küßte die zarte, heftig pulsierende Stelle unter ihrem Kehlkopf, liebkoste ihre Brust. Zärtlich bissen seine Zähne in ihre harten, aufgerichteten Brustwarzen. Mit einer Hand spielte er in ihrem Haar, während die andere ihren Leib streichelte und liebkoste, bis sie es nicht mehr ertragen zu können glaubte. Doch seine Hand drang nicht vor zu der Stelle, wo Nicole sie am meisten ersehnte.

Ihr ganzer Körper schien in Flammen zu stehen – zu lange hatte sie seine Liebe entbehrt. Ihr Leib drängte sich seiner Hand entgegen, ihre Hüften wiegten sich unbewußt im sinnlichen Rhythmus.

Langsam glitt Christopher über sie, drängte seine Beine zwischen ihre Schenkel, doch er drang noch nicht in sie ein, und er küßte sie auch nicht. Statt dessen glitt sein Mund über die zarte Haut ihres Körpers hinunter zu ihrem Bauch, und ein irrsinniges Gefühl der Lust erfüllte sie, als sein warmer Mund tiefer und tiefer wanderte.

Nicoles ganzer Körper zuckte zusammen vor Schreck und in wilder Lust, als seine Lippen die seidenweiche Haut zwischen ihren Schenkeln fanden, die seine Hände seinem Mund entgegenhoben. Instinktiv wich sie zurück vor diesen neuen, unbeschreiblichen Empfindungen, die Christopher in ihr weckte. Er hielt jedoch ihre Hüften unerbittlich fest, als seine Zunge sie liebkoste und erforschte. Die Berührung seines Mundes an einer Stelle, wo sie es nie für möglich gehalten hätte, war höchste Lust und Schmerz zugleich. Halb von Sinnen und völlig willenlos von den sie durchflutenden Empfindungen spürte Nicole nur noch Christopher, Christopher – und welch wunderbare Dinge er mit ihr tat; ihr Kopf flog von einer Seite zur anderen, während ihr Körper sich seiner heißen Zunge entgegendrängte. Sie stöhnte laut auf, als ihr Körper erbebend dem Höhepunkt ihrer Lust zutrieb; blind griff sie nach Christopher, wollte ihn berühren, schmecken, fühlen, ihm diese wilde, unbeschreibliche Lust mitteilen. Ihre Hände umklammerten seinen dunklen Kopf und preßten ihn mit einem animalischen Aufschrei der Befriedigung in das Zentrum ihrer Lust. Ihre leisen Lustschreie steigerten Christophers Erregung mehr als jede zärtliche Berührung; seine Zunge schien sie zu durchwühlen, zu durchbohren, bis sie eine Welle der Lust nach der anderen über sich hereinbrechen fühlte.

Ermattet, befriedigt und zu erschöpft, um sich zu bewegen,

spürte sie nur nebelhaft, wie Christopher über sie glitt, sein Mund ihre Lippen fand und er unten in sie eindrang. Sie spürte ihren ureigenen Duft auf seinen Lippen, als er sie tief und voller Leidenschaft küßte, während sein Körper sich langsam auf ihr bewegte. Plötzlich spürte sie erneut ihr Verlangen in sich aufsteigen, ihre Lethargie fiel abrupt von ihr ab, und ihr Körper drängte sich ihm wild entgegen, erwiderte die rhythmischen Bewegungen seines Körpers.

Christopher spürte nur noch sie, ihren schlanken Körper unter sich, ihre Hände, die wie von Sinnen über seinen Rücken, seine Hüften glitten. Und in diesem Augenblick vergaß er für immer alle anderen Frauen, die er je vor ihr gekannt hatte – es gab nur noch Nicole. Nicole mit ihrem weichen, hingebungsvollen Körper, ihren stolzen jungen Brüsten und ihren Händen, die ihn erregten, bis er es nicht länger ertragen konnte und sich mit einem tiefen, heiseren Aufstöhnen in ihr verströmte.

Nicole spürte, wie sich seine lang zurückgehaltene Leidenschaft entlud, und das Erzittern seines Körpers erfüllte sie mit bittersüßen Empfindungen. Halb besinnungslos erlebte sie noch einmal die unbeschreiblichen Gefühle der Lust, und wieder einmal erkannte sie, wie leicht er sie auf die höchsten Höhen der Leidenschaft zu führen verstand, wie hilflos sie in seinen Armen war.

33

Sie heirateten am nächsten Tag, in einem kleinen, etwa zwanzig Meilen nördlich von New Orleans gelegenen Ort. Ein Friedensrichter vollzog die Trauung, während Higgins mit breitem Grinsen als Trauzeuge danebenstand. Die Frau des Friedensrichters war hastig als zweiter Trauzeuge hinzugezogen worden, und sie erzählte ihrem Mann später, sie habe niemals ein schöneres Paar und zwei so ineinander verliebte Menschen gesehen.

Christopher konnte den Blick nicht von Nicole abwenden,

als habe er Angst, sie könne sich in Luft auflösen, und Nicole bemühte sich nicht, ihre aus ihren strahlenden Augen sprechende Liebe zu ihm zu verbergen. Sie hätte es begrüßt, wenn Lord und Lady Saxon zugegen gewesen wären, doch das einzige, was wirklich für sie zählte, war, daß Christopher sie liebte, sie so sehr liebte, daß er sie zu seiner Frau gemacht hatte.

Schweigend fuhren sie nach New Orleans zurück; die durch den pausenlosen Regen in der Luft hängende Feuchtigkeit ließ sie selbst in der gut abgedichteten Kutsche Christophers frösteln. Higgins hatte sich trotz Nicoles und Christophers energischer Proteste taktvoll zurückgezogen und verbrachte die vierstündige Reise neben dem Kutscher auf dem Kutschbock. Normalerweise dauerte die Fahrt nach New Orleans nicht so lange, doch der Regen hatte die Straße in einen schlammigen Morast verwandelt, und so kam die Kutsche nur langsam vorwärts.

Die beiden Menschen im Wageninneren fühlten sich zum ersten Mal, seit sie sich kannten, vollkommen glücklich und entspannt. Gewiß, es lagen noch viele Schwierigkeiten vor ihnen, doch mit Liebe, Verständnis und Geduld würde es ihnen gemeinsam gelingen, sie alle zu überwinden.

Sie trafen kurz vor Einbruch der Dunkelheit in der Dauphine Street ein, wo Christopher Nicole den Dienstboten sofort als seine ihm soeben angetraute Frau vorstellte.

Dann setzte Christopher sich an seinen Schreibtisch und schrieb zwei kurze Briefe. Der eine war an die Savages gerichtet, und Christopher teilte ihnen darin mit, daß er und seine Frau Nicole sich freuen würden, morgen abend mit ihnen zu speisen.

Das Verfassen des zweiten Briefes dauerte etwas länger, und es würde Wochen, wenn nicht gar Monate dauern, bis er sein Ziel in England erreichte. Der Empfänger dieses Schreibens war Lord Saxon, und Christopher berichtete ihm darin, daß er in New Orleans angekommen sei und Nicole sich bei ihm befinde, jedoch nicht als sein Mündel, sondern als seine Frau. Nach ein paar höflichen Fragen nach Simons

Befinden und dem Wohlergehen seiner Frau beendete Christopher den Brief mit dem Versprechen, daß er und seine Gattin im nächsten Sommer nach England zurückkehren würden.

Morgen wollte er sich bei Jason erkundigen, ob es irgendein Schiff gäbe, dem er den Brief an seinen Großvater mitgeben konnte.

Nachdem er diese vordringlichen Aufgaben erledigt hatte, lehnte er sich entspannt in seinem Sessel zurück und genoß den Gedanken, ein verheirateter Mann zu sein.

Mit einem halb zärtlichen, halb belustigten Lächeln auf den Lippen verließ er die Bibliothek, um das verführerische Geschöpf aufzusuchen, das jetzt seine Frau war. Er fand sie im großen Salon, wo sie sich mit dem Studium einiger Kleiderentwürfe beschäftigte.

Bei seinem Eintritt sah sie ihm mit beinahe schüchternem Ausdruck entgegen und fragte: »Hast du deine Geschäfte erledigt?«

»Ja, das habe ich.«

Christopher konnte sich nicht helfen, er mußte sie in seine Arme nehmen, und ihre Lippen fanden sich zu einem tiefen, leidenschaftlichen Kuß. »Du kleine Hexe!« stieß er schließlich heiser hervor. »Dafür ist jetzt nicht der richtige Zeitpunkt. Später, ja, denn ich werde bestimmt nicht wie gestern allein in meinem Bett schlafen.« Er wirkte zerknirscht. »Ich bekenne mich schuldig, doch ich wollte nicht, daß die Erinnerung an die Nacht vor der Hochzeit unsere Hochzeitsnacht trübt.« Beinahe beschämt fügte er hinzu: »Ich weiß, das ist sehr seltsam von mir, mein Liebes, doch es ist nun einmal so.«

Der unglaubliche Verdacht, daß sich unter Christophers rauher Schale ein sehr romantisches Herz verbarg, drängte sich Nicole auf, und laut auflachend sagte sie: »Christopher! Als nächstes wirst du mir sagen, daß es dir leid tut, mich in der ersten Zeit so roh behandelt zu haben.«

»Nein, ich bereue nichts von dem, was zwischen uns geschehen ist«, entgegnete er und fuhr in neckendem Ton fort: »Das einzige, was mir leid tut, ist, daß ich nicht gleich, nachdem ich dich zum ersten Mal gesehen habe, mein Schicksal erkannt und dich zum Traualtar geschleppt habe. Ich würde mir viel Schmerz und Ungewißheit erspart haben.«

»Hast du sehr gelitten?« konnte es sich Nicole nicht verkneifen zu fragen.

Christopher beugte sich über sie, sein Mund berührte beinahe den ihren, als er leise erwiderte: »Was glaubst du? Zuerst bereitete mir Allen schlaflose Nächte, und ich litt Qualen bei dem Gedanken, daß du in seinen Armen lägest.« Der zärtlich-belustigte Ton in seiner Stimme verschwand, und mit völlig verändertem Organ fuhr er fort: »Und dann erst in England – mein Gott, ich litt Höllenqualen! Eifersucht, Wut und Haß. Oh, ich habe gelitten, du kleiner Teufel!«

Sein Gesicht trug wieder jenen verschlossenen Ausdruck, den sie so gut kannte, und fast ein feindseliger Glanz lag in seinen Augen, als er auf sie herabsah. Dieses Mal hielt sie seinem Blick stand, und unendlich zart glitten ihre Finger über seinen Mund. »Das wäre alles nicht nötig gewesen. Du hättest mir nur zeigen müssen, was du empfindest.« Er wollte sich abwenden, doch Nicole hielt seinen Kopf fest. »Hör mir zu, du Dummer«, flüsterte sie an seinem Ohr. »Es hat immer nur dich für mich gegeben. Aber wie hätte ich es dir sagen sollen? Das eine Mal, als ich es versuchte, hast du mich so derb zurückgewiesen, daß ich sicher war, du empfändest nichts für mich – außer einem gewissen Maß an körperlichem Verlangen.«

Christopher verzog das Gesicht. »Ich habe dich sehr begehrt, mein Liebes, das bestreite ich nicht. Doch ich wollte vor der Bekanntschaft mit dir nie, daß eine Frau nur mir gehört; ich hatte nicht den Wunsch, eine Frau zu beschützen oder ihre Zukunft sicherzustellen. Und gar ein solch zersetzendes Gefühl wie Eifersucht habe ich nie gekannt. Dann aber hätte ich Robert und die anderen umbringen können.« Sein Gesicht wurde plötzlich wieder hart, als er hinzufügte: »Und ich hätte auch dich umbringen können, als ich entdeckte, daß du in jener letzten Nacht in England mit ihm zusammen warst.«

Forschend wanderten Nicoles Augen über sein Gesicht, und sehr behutsam sagte sie: »Robert war nie mehr für mich als ein guter Freund, Christopher. Als ich später erfuhr, was er dir angetan hatte, habe ich ihn gehaßt.«

Es bestand kein Zweifel mehr, daß die Engländer einen Angriff auf New Orleans in die Wege leiteten, um den unteren Mississippi unter ihre Kontrolle zu bringen. Sogar während der Friedensgespräche in Gent hatte Lord Liverpool dem Herzog von Wellington gegenüber erklärt, daß es wünschenswert sei, den Krieg gegen Amerika mit einem großen Sieg zu beenden.

Glückerlicherweise hatte Andrew Jackson die Absicht der Briten endlich erkannt und an Colonel Butler geschrieben, daß er New Orleans bis zum letzten Blutstropfen verteidigen wolle. Jackson hegte jedoch die gefährliche Vermutung, daß die Engländer nicht von der Küste her angreifen würden, sondern von Mobile aus. Er ließ daher seine Truppen in Mississippi, Kentucky und Tennessee aufmarschieren.

Er schickte Einheiten, frische Verpflegung und Waffen in ein auf einer langen, in ostwestlicher Richtung verlaufenden Landzunge gelegenes Fort und sicherte so die Mobile Bay ab, verstärkte die Truppen in Mobile selbst und sandte weitere Truppen nach Baton Rouge. Am siebten November marschierte er in Florida ein und stürmte Parsacola, wobei es ihm gelang, die Forts St. Rose und St. Michael zu erobern. Die englischen Regimenter zogen sich zurück, nachdem sie Fort Barrancas in Brand gesteckt hatten. Dieser Sieg war der erste nach Monaten und nährte in den Amerikanern neue Hoffnung. Jackson brach nach New Orleans auf, um die Stadt gegen alle möglichen Angriffe zu verteidigen.

Am Abend des Tages, an dem Christopher die Nachricht von Jacksons baldiger Ankunft erhalten hatte, saß er Savage in dessen Bibliothek gegenüber.

»Nun, das ist doch endlich etwas«, bemerkte Christopher. »Vielleicht wachen nun auch die Bürger dieser Stadt endlich aus ihrer Gleichgültigkeit auf.«

Jason sah ihn mit beinahe traurigem Lächeln an und entgegnete: »Glauben Sie? Ich habe da meine Zweifel, mein Freund. Die Regierung ist innerlich zerstritten, das Sicherheitskomitee wetteifert mit dem Verteidigungskomitee, und obwohl Jackson die Mobilmachung angeordnet hat, wird dieser Befehl von jedem, der keine Lust zu dienen hat, ignoriert. Wir sind in einer unglücklichen Lage, und ich frage mich, ob selbst ein so erfahrener General wie Jackson etwas daran ändern kann.«

Jasons Worte entsprachen zu sehr der Wahrheit, als daß Christopher so ohne weiteres darüber hätte hinweggehen können, und so dachte er noch immer über sie nach, als sie sich eine halbe Stunde später zu den Damen gesellten. Nicole erkannte sofort, in welch gedrückter Stimmung sich Christopher befand, und warf ihm ein aufmunterndes Lächeln zu.

Christophers und Nicoles Besuch bei den Savages diente teils dem Geschäft, teils dem Vergnügen. Während die Männer in der Bibliothek die jüngste politische Entwicklung diskutierten, genossen Nicole und Catherine einen Plausch unter Frauen. Die Freundschaft zwischen ihnen hatte sich schnell entwickelt; beide waren Engländerinnen und mit außergewöhnlichen, dynamischen Männern verheiratet. Anfangs hatte Nicole sich gegenüber der älteren Chatherine etwas befangen gefühlt, doch bald schon erkannte sie, daß Catherine hinter ihrem damenhaften Auftreten einen lebhaften Humor und äußerst unorthodoxe Ideen verbarg. Sie hatten zwar noch nicht jenen Grad der Vertraulichkeit erreicht, der ausgereicht hätte, sich alles über ihre Vergangenheit zu erzählen, doch Nicole fühlte sich in Catherines Gegenwart entspannt und gelöst, und sie amüsierte sich köstlich, als Catherine ihr ihre kleinen Tricks verriet, mit denen sie ihren autoritären Mann zu überlisten pflegte. Wie sehr Catherine ihren Mann bewunderte, der trotzdem Wachs in ihren Händen war, wurde Nicole rasch bewußt, und sie fragte sich, ob Christopher und sie ein ähnlich inniges Verhältnis zueinander gewinnen würden.

Nach Hause zurückgekehrt, saßen Christopher und Nicole

noch eine Weile in dem kleinen gemütlichen Salon zusammen. Nicole hatte nicht vergessen, wie bedrückt Christopher vorhin gewirkt hatte, und sie fragte abrupt: »Jason hat dir etwas erzählt, das dich sehr beschäftigt, nicht wahr?«

Christopher, der gerade einige Geschäftspapiere studierte, blickte überrascht auf. »Ach, nichts von Bedeutung«, erwiderte er leichthin. »Nur ein paar politische Neuigkeiten und nichts, worüber du dir deinen hübschen Kopf zerbrechen müßtest.«

Nicole sah ihn unwillig an und antwortete: »Ich bin keine Idiotin, wenn du mir etwas verschweigen willst, warum sagst du mir das nicht geradeaus?«

Aufseufzend blickte Christopher seine Frau an, die wie immer ein bezauberndes Bild bot, als sie ihm auf dem rosa Sofa gegenübersaß. Sie hatte ihr Haar zu einem Knoten aufgesteckt, kleine Locken ringelten sich bis zu ihrem Hals hinunter. Was sollte er ihr sagen?

Er mußte unwillkürlich lächeln, und als Nicole es bemerkte, wurde sie noch ärgerlicher. »Nun?« stieß sie hervor. »Willst du mir nicht antworten?«

»Beruhige dich, du kleiner Feuerkopf«, meinte Christopher lachend. »Du besitzt das hitzigste Temperament, das mir je begegnet ist. Ja, ich werde dir antworten.« Er stand auf, ging zu ihr hinüber und setzte sich neben sie auf das Sofa. »Es tut mir leid, wenn du dich nicht ernstgenommen fühlst, aber ich verstehe nicht, warum es dich interessiert, worüber ich mit Jason gesprochen habe.«

Nicole schämte sich ein wenig wegen ihrer Unbeherrschtheit und entgegnete kleinlaut: »Ich will nicht neugierig sein, und es interessiert mich auch nicht wirklich, was du mit Jason besprochen hast. Ich habe nur bemerkt, daß du nach eurem Gespräch bedrückt warst. Ist es ein Fehler, wenn ich wissen möchte, was dir Sorgen bereitet? Würde es dir im umgekehrten Fall nicht ebenso ergehen?«

Damit hatte sie ihn überrumpelt. Er sagte sich, daß das militärische Geheimnis in wenigen Tagen ohnehin allgemein bekannt sein würde, und erwiderte: »General Jackson ist auf dem Weg nach New Orleans. Wenn alles gut geht, wird er in einer Woche hier sein.«

»Ist es das, was dir Sorgen bereitet?« fragte Nicole ungläubig. »Hältst du das nicht für gut?«

»Doch, doch, ich bin froh, wenn er mit seinen Truppen kommt. Was mir Sorgen macht, ist die Gleichgültigkeit, die unter der Bevölkerung herrscht. Auch der beste General schafft es nicht, mit so etwas im eigenen Land fertigzuwerden.« Das war mehr, als er ihr hatte sagen wollen, doch es schien, daß er ihr nichts verheimlichen konnte – nicht, wenn sie entschlossen war, es zu erfahren.

Sie lehnte ihren Kopf an seine Schulter, spielte geistesabwesend am obersten Knopf seiner Jacke und fragte leise: »Wird die Stadt wirklich angegriffen werden? Ich weiß, die Zeitungen schreiben es, die Mobilmachung ist befohlen – du kannst die Truppen täglich auf dem Place d'Armes aufmarschieren sehen. Aber es sind nicht allzu viele, nicht wahr?«

»Welche Frage soll ich zuerst beantworten?« erwiderte Christopher neckend. Plötzlich interessierte er sich sehr für das seidige Haar an seiner Wange, doch Nicole puffte ihn in die Seite, und er beeilte sich zu sagen: »Also gut. Ja, ich glaube, daß ein Angriff auf die Stadt bevorsteht. Und ich glaube, daß Jackson sich irrt, wenn er denkt, daß die Engländer von Mobile aus angreifen werden. Doch er ist der General, und ich bin nur ein Zivilist. Ja, wir haben nicht viele Truppen, aber Jackson bringt Verstärkung mit. Bist du jetzt zufrieden?«

Sie schüttelte den Kopf. Mit kaum hörbarer Stimme stellte sie die Frage, die sie schon die ganze Zeit bewegte: »Wirst du dich an den Kämpfen beteiligen?«

Christopher seufzte und strich beruhigend über ihren Kopf. »Ja«, erwiderte er aufrichtig. »Du würdest doch auch nichts anderes von mir erwarten, oder?«

Ihre Kehle war wie zugeschnürt, als sie zu ihm aufblickte. »Wirst du vorsichtig sein?«

»Wenn eine so bezaubernde Frau auf mich wartet, werde ich wohl vorsichtig sein, das darfst du mir glauben.« Zärtlich küßte er ihren Mund, und sofort stieg das Verlangen wieder in ihr auf. Er begann, an den Bändern ihres Kleides zu nesteln.

Hingebungsvoll drängte sich Nicole an ihn, doch sie vergaß nicht, wo sie sich befanden, und fragte dicht an seinem Mund: »Sanderson?«

»Wenn es jemand wagen sollte, die Tür zu öffnen, werde ich ihm den Hals umdrehen«, flüsterte Christopher.

Nicole kicherte leise und gab sich ihm, ohne weiter nachzudenken, hin.

Als sie später im Bett lag und an ihre Unterhaltung zurückdachte, legte sich die Angst wie eine eiserne Faust um ihr Herz. Sanft berührte sie Christophers Körper, als wolle sie sich vergewissern, daß er noch da war und die bevorstehenden Kämpfe ihn ihr noch nicht genommen hatten.

Es würde nicht die erste Schlacht sein, die sie erlebte, doch dieses Mal würde es anders sein. Dieses Mal würde er draußen sein im Kampfgetümmel, während sie allein zurückblieb. Einen Augenblick dachte sie daran, ihm, als Junge verkleidet, in den Kampf zu folgen, doch sie verwarf diese Idee sofort wieder als töricht und undurchführbar.

Auf welcher Seite sie innerlich bei den bevorstehenden Kämpfen stehen würde, war ihr selbst nicht ganz klar. Christopher durfte nichts zustoßen, doch ob New Orleans in die Hände der Engländer fiel oder in denen der Amerikaner blieb, war ihr ziemlich gleichgültig. Christophers enge Verbundenheit Amerika und besonders Louisiana gegenüber hatte sie überrascht und beinahe ein wenig schockiert, und sie fühlte sich insgeheim beschämt, weil sie seine Gefühle nicht teilen konnte. Sie haßte diesen Krieg, der einem Bruderkrieg gleichkam. Der Gedanke, daß manch einer der jungen Offiziere, die sie während ihres Aufenthalts in England kennen- und schätzengelernt hatte, im Kampf gegen Christopher oder ihre neuen Freunde und Nachbarn getötet werden konnte, bedrückte sie ungeheuer.

Wie so oft in den letzten Tagen dachte sie auch an Allen, und dies nicht nur weil Christopher ihr vor kurzem beiläufig mitgeteilt hatte, daß Lafitte ihn den Engländern übergeben hatte, sondern auch weil sie es gern gesehen hätte, daß er ihre

Eheschließung mit Christopher erfuhr. Die Erwähnung Allens hatte ihr auch deutlich gemacht, wie weit sie davon entfernt war, die Vergangenheit zu vergessen. Christopher war nicht bereit gewesen, weitere Fragen über Allens Schicksal zu beantworten – seine schmal gewordenen Augen hatten eine deutliche Sprache gesprochen. Mißtrauen und Eifersucht hatten in den unergründlichen bernsteinfarbenen Tiefen gelauert.

Am zweiten Dezember traf General Jackson in New Orleans ein, und ein Aufatmen ging durch die Einwohner der Stadt. Die Apathie verschwand, obwohl die Kreolen noch immer nicht begreifen wollten, daß sie sich selbst würden verteidigen müssen. New Orleans hat schon viele Schlachten überstanden, sagten sie sich, warum nicht auch diese?

Von nun an glich New Orleans einem Bienenstock. Als erstes ließ Jackson die vielen, New Orleans umgebenden sumpfigen Wasserläufe durch gefällte Bäume blockieren. Christopher, der dieses Gebiet gut kannte und vor Tatendrang barst, bekam die Leitung dieser Aktion übertragen, und obwohl die Arbeit hart war, war er glücklich, daß nun endlich etwas für die Stadt getan wurde.

Am Lake Borgne wurde Patterson mit seinen Kriegsschiffen postiert, um die östlichen Zufahrten zur Stadt zu sperren. An seinem Entschluß, den unterhalb des Forts St. Philip gelegenen Teil des Flusses nicht zu verteidigen, hielt der General nach wie vor fest. So ließ er die leicht brennbaren Baracken in diesem Gebiet abreißen und brachte eine neue Geschützbatterie an dem alten, verlassenen Fort Bourbon und eine weitere eine halbe Meile flußabwärts in Stellung. Auch bei dem unterhalb der Stadt am Mississippi gelegenen English Turn und an der Bayon Terre aux Boeufs ließ er weitere Batterien auffahren.

Sechs Tage lang war der General auf Inspektionsreise unterwegs, doch seine Befehle und Anweisungen liefen ständig in der Stadt ein. Er forderte Truppen und Munition an und ließ die Sklaven von den Plantagen abberufen, um sie bei der

Errichtung von Erdwällen und neuen Stellungen einzusetzen. Dankbar nahm er auch das Angebot Pierre Jugeats an, ein Bataillon befreundeter Choctaw-Indianer einzusetzen, und er unterstützte Jean Baptiste Savary in seinem Bemühen, ein Bataillon aus farbigen Flüchtlingen aus Santo Domingo aufzustellen.

Nicole beobachtete diese Aktivitäten voll wachsender Unruhe und Angst. Sie sehnte sich nach Christopher und machte sich schreckliche Sorgen um ihn. Gleichzeitig schalt sie sich töricht, denn sie wußte, daß Christopher sich voll Begeisterung für die Verteidigung der Stadt einsetzte und nicht nur Zuschauer sein wollte.

Am zehnten Dezember kehrte Jackson nach New Orleans zurück, war jedoch zwei Tage später schon wieder unterwegs, um die Gegend oberhalb des Lake Borgne zu inspizieren. Schließlich brachte er eine weitere Geschützbatterie an der Chef Menteur Road in Stellung und verstärkte die Truppen auf Fort St. John. Damit hatte er alles getan, was mit den ihm zur Verfügung stehenden Mitteln möglich war.

Er war kaum in die Stadt zurückgekehrt, als ihn die Nachricht erreichte, daß englische Schiffe vor den Cat-and-Ship-Inseln am Lake Borgne geankert hatten. Er blieb jedoch noch immer bei seiner Überzeugung, daß dies lediglich ein Ablenkungsmanöver sei und die Engländer nie über den See angreifen würden, da dieser viel zu flach für ihre großen Schiffe sei.

Dann erreichte New Orleans die niederschmetternde Nachricht, daß die Engländer tatsächlich über den Lake Borgne angriffen und bereits die fünf Kriegsschiffe Pattersons in ihre Hand gebracht hatten. Jackson war außer sich. Nicht nur, daß er wertvolle Männer verloren hatte – jetzt konnten die Engländer ohne Schwierigkeiten auch seine leichten Schiffe für den Transport ihrer Truppen benutzen.

Die Nachricht von dem englischen Angriff über den Lake Borgne hatte eine Panik unter der Bevölkerung der Stadt ausgelöst. Am sechzehnten Dezember ließ Jackson das Kriegsrecht erklären.

Am zwanzigsten Dezember traf Generalmajor Coffee in

New Orleans ein, am Mittwoch der gleichen Woche rief Jackson den Krisenstab zu einer kurzen Besprechung im Hauptquartier zusammen. Auch Christopher gehörte zu den Sitzungsteilnehmern, und da Nicole zur Anprobe zu ihrer Schneiderin gehen wollte, verabredeten sie, daß er sie später dort abholen sollte.

Die Sitzung dauerte länger als erwartet, und Nicole machte sich, des Wartens müde, ohne Christopher auf den Heimweg. Dicht gefolgt von Nuomi, den Mantel fest um sich gezogen, eilte sie mit gesenktem Kopf aus Madame Colettes Salon, als sie plötzlich mit einem jungen Mann zusammenprallte.

Lächelnd trat sie einen Schritt zurück und sagte: »Verzeihen Sie bitte. Es tut mir schrecklich leid, ich habe Sie nicht gesehen.«

Im nächsten Augenblick wich alles Blut aus ihren Wangen, als sie in Allens Gesicht blickte.

Sekundenlang sprach keiner von ihnen ein Wort, Allens Gesicht war ebenso weiß wie das Nicoles. Fast unbewußt legte Nicole ihre Hand an seine Brust, als wolle sie sich vergewissern, daß er kein Trugbild war, sondern wirklich vor ihr stand. »Allen«, flüsterte sie schließlich kaum hörbar.

Er sah sich prüfend nach allen Seiten um, ergriff ihre Hand und sagte drängend: »Können wir irgendwo allein miteinander reden?«

Noch immer benommen von ihrer plötzlichen Begegnung, war Nicole nicht in der Lage, zu erkennen, was Allens Auftauchen in der Stadt ausgerechnet am Abend des Tages des englischen Angriffs bedeuten konnte. Langsam schüttelte sie den Kopf. Dann jedoch fiel ihr Blick auf Madame Colettes Geschäft, und sie murmelte zögernd: »Madame Colette wird uns sicher eines ihrer Ankleidezimmer zur Verfügung stellen.«

Das war nicht gerade das, was Allen sich gewünscht hatte, doch es mußte ihm genügen. Auch er hatte sich noch nicht von seiner Überraschung erholt, denn er war fest davon überzeugt gewesen, daß Nicole sich in England aufhielt. Er mußte dafür sorgen, daß sie schwieg, zumindest so lange, bis er New Orleans verlassen und seinem Kommandeur berichtet hatte, wie jämmerlich unzureichend die Maßnahmen zur Verteidigung der Stadt waren.

Es war nicht sein Wunsch gewesen, die Rolle des Spions zu übernehmen, doch es gab niemanden sonst, der das Gebiet so gut gekannt hätte wie er, und so hatte er sich widerstrebend einverstanden erklärt. Er war sich klar darüber, daß man ihn wiedererkennen konnte, doch er baute auf die winzige Hoffnung, daß während seiner Inhaftierung auf Grand Terre niemand etwas von seiner Tätigkeit als Spion gewußt hatte. Auch durch seine elegante Kleidung hoffte er, nicht mit dem Allen Ballard in Verbindung gebracht zu werden, der seinerzeit auf der »Belle Garce« gefahren war. Am wenigsten hatte er mit Nicoles Auftauchen in New Orleans gerechnet. Der Teufel muß seine Hände im Spiel haben, dachte er wütend. Eine halbe Stunde später, und ich wäre in Sicherheit gewesen.

Im gleichen Augenblick schlenderte auch Christopher auf Madame Colettes Laden zu, und er blieb unangenehm berührt stehen, als er seine Frau mit einem fremden jungen Mann zusammenstehen sah. Als die beiden sich umdrehten und wieder zu Madame Colettes Geschäft zurückgingen, starrte er ihnen ungläubig nach. Allen Ballard! Was, zum Teufel, machte der in New Orleans? Christopher brauchte nicht lange, um sich das denken zu können, und schritt mit grimmiger Miene auf den Modesalon zu.

Seine Frau unterstützte einen Spion! Bei Gott, das war nicht das erste Mal, daß sie sich trafen! Vielleicht hatte diese verlogene kleine Hexe Ballard schon die ganze Zeit mit Informationen beliefert. In seiner Wut war Christopher unfähig zu einem vernünftigen Gedanken. Er sah nur, daß Nicole mit Allen zusammen und offensichtlich eine Verräterin war.

Einen Augenblick dachte er sogar daran, den Behörden mitzuteilen, daß sich bei Madame Colette britische Spione aufhielten. Sollte Nicole doch für ihr Doppelleben bezahlen! Doch tief in seinem Herzen wußte er, daß er das nicht konnte. Was sie auch war, sie gehörte ihm. Diese Erkenntnis wühlte in seinem Inneren und zerstörte all den Frieden und das

Glück, das er in den letzten Wochen genossen hatte. Voll Bitterkeit erkannte er, wie leicht er ihrem Einfluß hätte erliegen können. Er hatte angefangen, ihren Liebesschwüren Glauben zu schenken, war bereit gewesen, sich einzugestehen, daß sie anders war als Annabelle, und nun das!

Vor Madame Colettes Salon blieb er kurz stehen. Er mußte Nicole vor den Folgen ihres Verrats bewahren. Sie war noch immer seine Frau, und er würde nicht zulassen, daß sie von Schurken wie Allen Ballard in den Schmutz gezogen wurde. Ballard würde sterben, bevor er Nicole weiter in die Angelegenheit verwickeln konnte.

Äußerlich kühl und gelassen betrat er schließlich das Modegeschäft. Er hatte sich vorgenommen, sich so natürlich wie möglich zu geben, bis er seine Hände um Ballards Hals legen würde. Doch sein Vorhaben wurde vereitelt. Nachdem er nämlich kaum den Laden betreten hatte, dirigierte ihn Madame Colette schon in den hinteren Teil des Raumes.

Als Madame Saxon zusammen mit einem jungen Mann zurückgekehrt war, hatte Madame Colette dies entsetzt und enttäuscht zugleich gesehen, und ihre Empörung war noch gewachsen, als Madame Saxon sie bat, eines der Ankleidezimmer für eine kurze, vertrauliche Unterhaltung benutzen zu dürfen. Ihre Ankleideräume wurden zwar des öfteren von verheirateten Damen für heimliche Treffen mit ihren Liebhabern benutzt, doch daß nun auch Madame Saxon in dieser Weise von ihnen Gebrauch machen würde, hätte die Schneiderin nie erwartet. Dank des Geldbündels, das Allen ihr hastig in die Hand gedrückt hatte, wäre sie dann freilich geneigt gewesen, Stillschweigen über die Angelegenheit zu bewahren, wenn nicht Mr. Saxon plötzlich aufgetaucht wäre.

Mr. Saxon war immer ein guter Kunde gewesen und würde es auch in Zukunft sein – ein viel besserer Kunde als seine Frau –, und Madame Colette hatte sich schnell entschieden, auf wessen Seite sie stand.

Ohne Umschweife berichtete sie daher Christopher, daß seine Frau sich mit einem jungen Mann im vorderen Ankleidezimmer aufhielt.

Währenddessen arbeiteten Nicoles Gedanken fieberhaft. Nachdem sie ihre erste Überraschung überwunden hatte, hatte sie bald erkannt, warum Allen in der Stadt war. Sie durfte nicht zulassen, daß er entkam, wenn sie verhindern wollte, daß er Informationen weiterleitete, die Christopher das Leben kosten konnten. Sie konnte ihn jedoch auch nicht den Behörden ausliefern, denn sie wußte, daß ihn das an den Galgen bringen würde. Die Erinnerung an seinen Kampf mit dem Hai stand noch zu lebhaft vor ihren Augen, und es war ihr klar, daß sie nicht in Frieden würde weiterleben können, wenn sie seinen Tod verursachte. Sie mußte ihn also auf irgendeine Weise daran hindern, die Stadt zu verlassen, bevor die Kämpfe vorüber waren.

Ihr Blick fiel auf den Ziegelstein, der als Wärmespender in einer Ecke des Raumes lag. Wenn es ihr gelang, Allen damit bewußtlos zu schlagen, könnte sie ihn mit Madame Colettes Hilfe fesseln und ihn so lange irgendwo in der Stadt versteckt halten, bis sein Wissen keine Gefahr mehr bedeutete. Dann würde sie ihn wieder freilassen.

Allens Gedanken verliefen insofern in ähnlicher Richtung, als er Nicole überwältigen und fesseln und sich dann aus dem Staub machen wollte. Bis man Nicole entdeckte, würde er längst in Sicherheit sein.

Auch Christopher hatte seine Pläne. Er mußte Madame Colette fortschicken, während er Allen zum Schweigen brachte, und die einzige Möglichkeit, die ihm einfiel, war, sie zum Heereshauptquartier zu schicken. Man würde dann zwar keinen lebenden Spion mehr vorfinden, sondern einen toten – einen, der nicht mehr reden konnte. Also erklärte er Madame Colette, daß sie sich auf den Weg machen solle, sobald er das Ankleidezimmer betreten würde.

Doch es kam alles ganz anders. Als Nicole ihr Täschchen fallen ließ, gelang es ihr, im Bücken den Ziegelstein zu ergreifen und unter ihrem Mantel zu verstecken. Allen wollte ihr gerade einen gezielten Kinnhaken versetzen, als Christopher mit wildentschlossenem Blick hereinstürmte und Madame Colette weisungsgemäß das Geschäft verließ.

Allen wirbelte herum, und sofort hob Nicole, die günstige Gelegenheit ausnutzend, den Ziegelstein und zielte auf seinen Kopf. Doch der Stein verfehlte sein Ziel und traf statt dessen Christopher mit voller Wucht auf der Brust. Nach Atem ringend, taumelte Christopher ins andere Zimmer zurück und sank zu Boden.

Allen, der keinen anderen Gedanken mehr hatte als den an Flucht, rannte aus dem Zimmer, und es verstrich ein kostbarer Moment, bis Nicole sich von ihrer Verblüffung über Christophers plötzliches Auftauchen erholt hatte. Als sie endlich erkannte, daß er ihr in den nächsten Sekunden nicht würde helfen können, rannte sie hinter Allen her.

Dieser hatte schon fast die Tür erreicht, und Nicole sah keine andere Möglichkeit, als ihn im Sprung zu ergreifen. Sie umklammerte seine Beine und brachte ihn zu Fall.

Für Christopher, der sich rasch wieder erholte, mußte es so aussehen, als wollten Nicole und Allen fliehen und als habe sie ihn im Laufen umgerissen. Er rappelte sich hoch und versetzte Allen einen Hieb auf die Kinnspitze. Allen sank erneut zusammen, und Nicole lockerte ihren Griff.

Christopher ließ sich auf die Knie fallen und legte seine Hände um Allens Hals, um ihn für immer zum Schweigen zu bringen. In diesem Augenblick jedoch kehrte Madame Colette mit einem Soldaten zurück, den sie kurz nach dem Verlassen ihres Geschäftes zufällig getroffen hatte.

Christopher wußte, daß er seine Chance verpaßt hatte, und stand resigniert auf. »Dieser Mann ist ein englischer Spion«, erklärte er kalt. »Ich habe ihn erkannt. Bringen Sie ihn fort, ich werde dem General selbst Bericht erstatten.«

Nicoles Herz lag schwer in ihrer Brust, als sie aus umwölkten Augen zusah, wie der Soldat Christophers Befehl befolgte, doch die wahren Ausmaße dessen, was vorgefallen war, waren ihr noch nicht völlig bewußt. Erst als Christopher mit stählernem Griff brutal ihren Arm umklammerte und sie überrascht zu ihm aufblickte, bemerkte sie die Enttäuschung und Wut in seinem Gesicht.

»Aber ich ...«, begann sie hilflos.

Christopher fuhr sie an: »Sei still! Sag kein Wort mehr, bevor wir zu Hause sind!«

Nachdenklich und verwirrt ließ sie sich von ihm fortzerren. Unterwegs versuchte sie noch einmal, ihm das Vorgefallene zu erklären, doch er schnitt ihr mit kalter Stimme das Wort ab: »Ich sagte ›später‹, und ich meinte es auch!«

Bis sie in der Dauphine Street ankamen, regten sich auch in Nicole Unmut und Enttäuschung. Christopher konnte doch nicht glauben, daß sie Allen absichtlich bei Madame Colette getroffen hatte! Das wäre absurd und dumm! Wenn er nicht mehr Vertrauen zu ihr hatte, war es traurig um ihre Ehe bestellt.

In der Mitte ihres Schlafzimmers stehend, fragte sie ihn wenig später: »Was ist los mit dir? Willst du nicht wissen, was geschehen ist?«

Christopher nahm einen großen Schluck von dem Brandy, den er sich eingeschenkt hatte, und erwiderte schneidend: »Nein, ich weiß es bereits! Und ich kann auf deine Lügen verzichten!«

Nicole zog scharf den Atem ein und schrie: »Dann sag mir, was du weißt! Ich weiß nämlich offensichtlich nichts davon, oder ich verstehe es nicht!«

»Wenn es so ist, werde ich es dir sagen«, erklärte Christopher mit grollender Stimme. »Als ich heute nachmittag meine inniggeliebte Frau abholen wollte, sah ich sie in zärtlicher Umarmung mit einem fremden jungen Mann auf der Straße stehen. Und nicht genug damit, die beiden verzogen sich auch noch in das Hinterzimmner von Madame Colette zu einem süßen Rendezvous. Und zu allem Überfluß war der Mann, mit dem sich meine kleine Frau traf, auch noch ein englischer Spion. Sag mir«, fragte er mit beißender Stimme, »hast du ihn mit Informationen versehen? Hast du dich deshalb so sehr dafür interessiert, was ich mache? Um die Informationen für deinen Verbündeten zu sammeln?«

Die in seiner Stimme und seinen Augen liegende Kälte ließ Nicole erbleichen. Daß er sie eines solchen Verrats an ihm für fähig hielt, nahm ihr jeden Kampfwillen. Müde antwortete sie: »Wenn du das glaubst, werde ich nicht versuchen, deine Meinung zu ändern. Willst du mich jetzt auch den Behörden übergeben? Ich würde es gern wissen, damit ich ein paar Sachen einpacken kann, die ich mitnehme.«

Christopher sah sie bestürzt an. Die Art, wie sie widerstandslos seine Anschuldigungen hinnahm, verwirrte ihn. Nein, er würde sie nicht den Behörden ausliefern, doch was sollte er tun? Glaubte er wirklich die entsetzlichen Dinge, die er ihr ins Gesicht geschleudert hatte? Wenn er ruhig darüber nachdachte, mußte er zugeben, daß manches an den Ereignissen des heutigen Nachmittags merkwürdig war. Warum hatte sie sich ausgerechnet vor Madame Colettes Salon mit Allen getroffen, wo sie doch wußte, daß er, Christopher, sie abholen würde? Und der Ziegelstein, der ihn getroffen hatte? Sie konnte nicht ahnen, daß er ins Zimmer stürzen würde – was also hatte sie mit dem Stein gewollt? Der häßliche Verdacht durchzuckte ihn, daß Allen einen Skandal hatte auslösen und Nicole ihre Ehre hatte verteidigen wollen. Wenn das wirklich so wäre ...

Er schluckte qualvoll, als er erkannte, daß er möglicherweise falsche Schlüsse gezogen hatte. Zögernd sagte er: »Nicole, ich ...«

Doch es war zu spät. Zutiefst verletzt sah Nicole ihn feindselig an. »Was?« schrie sie. »Ist dir noch etwas eingefallen, das du der Liste meiner Untaten hinzufügen kannst?«

»Nein, ich ...«, stammelte er hilflos, sich der Tragweite seiner Anschuldigungen erst jetzt richtig bewußt werdend.

Nicole blickte ihn verächtlich an. »Oder hast du noch einmal darüber nachgedacht?« fragte sie höhnisch. Auf Christophers kurzes Nicken hin rief sie mit wutentbranntem Gesicht: »Dazu ist es leider zu spät! Ich werde dich nie überzeugen können, daß ich anders als meine Mutter bin, nicht wahr? Du mußt dich an dieser fixen Idee festklammern, nicht wahr? Ich hoffe, es bereitet dir Freude. Und hab keine Angst, ich werde nicht mehr versuchen, deine Meinung zu ändern – ich würde lieber sterben, als noch länger meine Zeit mit dir zu verschwenden.« Ihre Stimme versagte ihr den

Dienst, Tränen standen in ihren Augen, als sie nach einer Weile tonlos hinzufügte: »Verlasse mein Zimmer. Ich glaube nicht, daß ich dich je wiedersehen möchte.«

Christopher machte eine Bewegung, um sie zu berühren, doch sie schob wütend seine Hand beiseite, wirbelte herum und warf sich aufschluchzend auf ihr Bett. Tränen rannen über ihr Gesicht, als sie mit erstickter Stimme wiederholte: »Geh und laß mich in Ruhe!«

Christopher wußte, daß sie zu tief verletzt war, um ihm zuzuhören, also verließ er zögernd den Raum und schloß leise die Tür hinter sich. Er war verzweifelt – mit einer einzigen gedankenlosen, eifersüchtigen Reaktion hatte er das zarte Band zwischen ihnen wieder zerrissen. Doch ich werde sie zurückgewinnen, dachte er unglücklich. Irgendwie wird es mir gelingen, vielleicht kann sie mir vergeben.

Aber in den nächsten Tagen bestätigte sich seine Hoffnung nicht. Nicole behandelte ihn wie einen Aussätzigen, und hilflos im Bewußtsein seiner Schuld war er nicht in der Lage, die Kluft zwischen ihnen zu überbrücken. Sollte dies das Ende dessen sein, was so zart begonnen hatte?

Immer häufiger floh er aus seinem Haus und hielt sich viel im Heereshauptquartier auf. So war er auch am dreiundzwanzigsten Dezember zugegen, als Major Gabriel Villère, Colonel de la Ronde und Dussan La Croix mit der alarmierenden Nachricht hereinstürmten, daß die Engländer auf Villères Plantage etwa neun Meilen von New Orleans entfernt ihr Lager aufgeschlagen hatten.

Jacksons durch eine gerade überstandene Gelbsucht geschwächter Körper schwankte, als er die Hiobsbotschaft erfuhr, dann jedoch strafften sich seine Schultern. Für Christopher, der ihn von der Tür her beobachtete, schien es, als ob er plötzlich an Kraft gewänne. Die bitteren Linien um seinen Mund verschwanden, er schien vor Vitalität zu strotzen und wirkte wie ein anderer Mann – ein Mann, der mit Feuer in den Augen und mutigem Herzen zu kämpfen verstand. Er blickte in die Runde und erklärte ruhig: »Meine Herren, die Engländer stehen vor der Tür. Heute nacht ist es soweit.«

Epilog

34

Was in den nächsten Tagen in den Ebenen von Chalmette unterhalb von New Orleans geschah, ist Geschichte geworden. Andrew Jackson errang einen überaus entscheidenden Sieg über die Engländer.

Entsetzlich viele Menschen mußten ihr Leben lassen; innerhalb von zwei Stunden verloren die Engländer über zweitausend Mann bei dem vergeblichen Versuch, die von Jackson errichteten Erdwälle zu stürmen. Die Amerikaner büßten siebzig Mann ein, doch für sie waren diese siebzig von der gleichen Bedeutung wie die zweitausend für die Engländer.

Unentschlossenheit und mangelnde Kommunikation zwischen den Kommandanten kostete die Engländer den Sieg in einer Schlacht, die sie eigentlich hätten gewinnen müssen. Ihre Truppen waren fast dreimal so stark wie die der Amerikaner; sie besaßen eine starke Flotte, die sie mit Nachschub versorgen und ihre hintere Flanke schützen konnte, und sie kämpften gegen eine Armee ungeübter Männer der verschiedensten Hautfarben und Sprachen. Doch dieser zusammengewürfelte Haufen rang den englischen Löwen nieder.

Die Ironie des Schicksals wollte es, daß diese Schlacht noch nach der Unterzeichnung des Genter Friedensvertrages ausgetragen wurde. Doch die Kunde vom Abschluß des Vertrages erreichte die Amerikaner erst im Februar, und zu diesem Zeitpunkt waren die Kämpfe bereits beendet.

Christopher und Jason warfen sich einen schiefen Blick zu, als eine Kopie des Vertrages New Orleans erreichte, doch sie enthielten sich eines Kommentars über dieses makabre Versehen. Es herrschte wieder Frieden, und das allein war von Bedeutung.

Als Christopher wenig später nachdenklich nach Hause zurückging, erfüllte ihn der Wunsch nach Frieden auch in seinem Heim. Frieden zwischen ihm und diesem eigensinnigen kleinen Hitzkopf, den er liebte und geheiratet hatte.

Beinahe drei Monate lang lebten sie nun schon in diesem Zustand der Feindseligkeit – Nicole hatte all seine Annäherungsversuche unnachgiebig abgelehnt. Und Christopher, der nicht wußte, wie er sich ihr gegenüber verhalten sollte, verkroch sich mehr und mehr hinter einer Maske der Gleichgültigkeit.

Er wußte, daß er ihr Unrecht getan hatte, und weil er nichts mehr fürchtete, als sie noch mehr zu verletzen, war sein Verhalten das Gegenteil von dem, was er hätte tun sollen.

Sie schienen in zwei verschiedenen Welten zu leben – Christopher ging seinen Geschäften nach, während Nicole lebhaften Anteil am gesellschaftlichen Leben in New Orleans nahm. Zwar besuchten sie gemeinsam verschiedene Veranstaltungen und Feste, doch das geschah nur des äußeren Anscheins wegen, und die Hin- und Rückfahrten zu und von diesen Veranstaltungen verliefen stets in tödlichem Schweigen.

In ihrem Heim gingen sie sich aus dem Weg. Häufig hatte Christopher das Haus bereits verlassen, wenn Nicole aufstand; abends speiste er meist mit Bekannten und überließ Nicole ihren eigenen Vergnügungen.

Anfangs hatte Christopher noch versucht, die Mauer aus Schweigen und Enttäuschung zu durchbrechen, aber weil er dabei stets sanft und behutsam vorgegangen war, anstatt mit seiner gewohnten Arroganz und Rücksichtslosigkeit aufzutreten, betrachtete Nicole merkwürdigerweise seine Bemühungen als halbherzig und unaufrichtig.

Doch er hatte auch etwas getan, das ihr Herz rührte und sie hoffen ließ, daß noch nicht alles verloren war. Kurz nach dem Ende der blutigen Auseinandersetzungen mit den Engländern hatte er ein Treffen zwischen ihr und Allen arrangiert. Es war ein kurzer Besuch gewesen, und während sie Allen durch die vergitterte Tür seiner Zelle betrachtete, fühlte sie sich lebhaft an eine ähnliche Situation auf Grand Terre erinnert.

Eine Zeitlang schwiegen sie; beide suchten nach Worten, bis Allen schließlich mit schiefem Grinsen murmelte: »Entweder bin ich ein schlechter Spion, oder dein Mann tritt als mein Racheengel auf.«

Nicole schluckte; voll Unbehagen dachte sie daran, daß es mehr ihre Schuld als die Christophers war, daß Allen jetzt hinter Gittern saß. Verlegen sagte sie daher: »Allen, es tut mir leid, daß ich dich nicht entkommen ließ, als du die Chance dazu hattest.« Groß und flehend hingen ihre Augen an seinem Gesicht. »Doch ich konnte es nicht, denn ich wußte, daß du Christophers Tod hättest verursachen können. Bitte, versteh mich.«

Allen lächelte beinahe sanft. »Das tu' ich, mein Kleines. Obwohl mir der Gedanke, aufgehängt zu werden, wirklich nicht gefällt, kann ich dir keinen Vorwurf machen.« Ein belustigter Funke glomm in seinen Augen auf, als er scherzhaft hinzufügte: »Ich hätte mir freilich gewünscht, daß du nicht so schnell und so entschlossen gewesen wärst, mich aufzuhalten. Was für eine Wildkatze du doch warst!«

»Mach hier keine Späße!« rief sie und umklammerte durch die Gitterstäbe seine Hand. »Ich werde versuchen, dir zu helfen. Vielleicht hängen sie dich doch nicht.«

»Vielleicht. Doch sie werden mich nie wie die anderen freilassen. Ein Spion ist etwas anderes als ein Soldat, der für sein Land kämpfte.« Ein Anflug von Bitterkeit klang in seiner Stimme. »Vielleicht kannst du deinen Mann dazu bringen, etwas für mich zu tun. Soviel ich weiß, hat er gute Beziehungen zu Claiborne und Jackson.«

Sie warf ihm einen ungewissen Blick zu. Allen hatte schon genug durchzustehen, er brauchte nicht auch noch zu wissen, daß er der Grund für die Entfremdung zwischen ihr und Christopher war. Es gab nicht mehr viel zu sagen, und so verabschiedete sie sich kurz darauf von ihm.

Seit diesem Tag hatte sie Allen nicht mehr gesehen, und Nicole wagte nicht, Christopher zu fragen, was mit Allen geschehen würde. Es war ihr damals nicht entgangen, daß hinter all seiner Wut und seinen Anschuldigungen Eifersucht gestanden hatte, und sie wollte diese nicht durch eine Frage nach Allens Schicksal erneut wecken. Und weil sie wußte, wie eifersüchtig er auf Allen war, erschien es ihr um so unverständlicher, daß er das Treffen zwischen ihr und Allen arrangiert hatte. Was hatte er sich erhofft – daß sie ihm den Beweis für seine Vermutungen liefern würde? Dann erinnerte sie sich an den warmen Ausdruck in seinen Augen, als er ihr mitgeteilt hatte, daß sie Allen sehen dürfe. Energisch schüttelte sie den Kopf. Christopher nett und freundlich? Absurd! Schnell unterdrückte sie diese spontane Regung und verkroch sich wieder hinter ihrer berechtigten Empörung. Christopher war ihrer Liebe nicht wert, und sie durfte ihm nicht trauen.

So hatte sie sich immer mehr in sich selbst zurückgezogen und entdeckte mit Schrecken, daß sie nicht mehr in der Lage war, aus diesem finsteren Loch herauszukommen. Sie war gefangen in diesem eisigen Gefängnis aus Wut und Verachtung, und auch Christopher schien keine Bemühungen mehr anzustellen, sie dort herauszuholen.

Während der auf die Schlacht von New Orleans folgenden Wochen ohne Furcht und Schrecken hatte Nicole Zeit, in Ruhe nachzudenken und in sich selbst hineinzuhorchen – und was sie dabei entdeckte, war nicht sehr erfreulich.

Wollte sie den Rest ihres Lebens wirklich in diesem Zustand der Gleichgültigkeit und Feindseligkeit verbringen? Wollte sie wirklich nie wieder Christophers Liebe spüren? Christopher versagte sich das Recht eines Ehemannes, und die Türen zwischen ihren Schlafzimmern blieben verschlossen. Waren ihre Wut und Empörung das wirklich wert?

Wenn sie ehrlich war, mußte sie sich eingestehen, daß sie dieselben Schlußfolgerungen wie er gezogen haben würde, wenn sie ihn in der gleichen Situation mit einer anderen Frau vorgefunden hätte. Konnte sie es ihm also überhaupt zum Vorwurf machen, ihr mißtraut zu haben? Und wieder war die Antwort ein unangenehmes Nein. Während sie in ihrem eleganten Zimmer saß und mit düsterem Blick zum Fenster hinausstarrte, fühlte sie sich immer unbehaglicher.

Sie hatte Christophers Versuche, sich ihr zu erklären und die Kluft zwischen ihnen zu überbrücken, mit solch eisiger Ablehnung zurückgewiesen, daß er diese Versuche inzwischen ganz aufgegeben hatte. Sie war so stolz und voller Verachtung gewesen, daß auch Christopher sich in sich selbst zurückgezogen hatte, sie ebenfalls ignorierte und mit kühler Höflichkeit behandelte. Wie um alles in der Welt konnte sie sich aus diesem Turm, in dem sie sich selbst gefangenhielt, befreien?

An einem sonnigen Märztag erhielt Christopher eine Nachricht von seinem Aufseher Bartel. Als er sie las, begann ein Gedanke in ihm Gestalt anzunehmen. Die Nachricht war kurz und besagte lediglich, daß man mit den jährlichen Anpflanzungen begonnen habe, daß jedoch noch einige Dinge zu besprechen seien. Rasch entschloß sich Christopher, nach Thibodaux House zu fahren. Vielleicht würden Nicole und er dort ohne den Trubel und die Ablenkungen des gesellschaftlichen Lebens in der Stadt wieder zueinander finden. Sein Entschluß war gefaßt, und er ging sofort daran, ihn seinen Dienstboten und vor allem seiner Frau mitzuteilen.

Dieser Entschluß schien ihn zu beflügeln und ihm neue Kraft zu verleihen. Nicole spürte es sofort, als er wenig später ihr Zimmer betrat. Der höfliche, freundliche Mann, als den sie ihn in den letzten Monaten kennengelernt hatte, war er nicht mehr, er trat wieder als jener arrogante, unnachgiebige, anziehende Mann auf, der er vor ihrer Hochzeit gewesen war.

Ein rätselhafter Ausdruck lag in seinen bernsteinfarbenen Augen, als er auf Nicole hinunterblickte. Sie saß auf einem winzigen Stuhl vor dem Fenster. Die hereinfallenden Sonnenstrahlen ließen ihr dunkles Haar rötlich aufleuchten und verstärkten den Glanz ihrer topasfarbenen Augen. Voll unverhohlener Bewunderung ließ er seinen Blick über ihre liebliche Erscheinung gleiten.

Sein Blick machte sie nervös; sie stand auf und fragte herablassend: »Ja? Was gibt es?«

Christopher lehnte sich gegen einen Bettpfosten. »Wie?« fragte er spöttisch. »Keine zärtliche Umarmung? Keine süße Begrüßung durch meine Frau?«

Nicoles Kopf flog in die Höhe; ihr Vorsatz, die Feindseligkeiten zwischen ihnen zu beenden, war sofort vergessen. »Wenn du dazu gekommen bist, kannst du gleich wieder gehen!« rief sie hitzig.

Christopher widerstand der Versuchung, sie weiter zu reizen, und erwiderte gelassen: »Ich dachte, es würde dich interessieren, zu erfahren, daß der Krieg offiziell beendet ist. Ich komme gerade von Jason, wir haben eine Kopie des Abkommens gelesen.« Er konnte nicht umhin, beißend hinzuzufügen: »Du kannst also beruhigt sein – dein geliebter Allen wird nicht gehängt werden.«

Nicole konnte ihre Erleichterung nicht ganz verbergen, und als Christopher dies bemerkte, kehrte seine Eifersucht, die er bisher mühsam bekämpft hatte, zurück und hinterließ einen bitteren Geschmack in seinem Mund. Es war ihm nicht leichtgefallen, ihr die Erlaubnis zu erwirken, Allen zu sehen, doch er hatte ihr zeigen wollen, daß er sie liebte und ihr vertraute. Aber es hatte nichts bewirkt, all seine Überwindung war umsonst gewesen – Nicole war freudestrahlend zu Allen gegangen, doch sie hatte ihre starre Haltung ihm gegenüber nicht geändert und ihm mit keinem Zeichen zu verstehen gegeben, daß sie Dankbarkeit empfand. Nun konnte er den erbitterten Haß und die Eifersucht, die monatelang an ihm gefressen hatten, nicht mehr unter Kontrolle halten. Er hatte sich bemüht, ihr Verständnis entgegenzubringen, hatte versucht, sich zu erklären, hatte sein körperliches Verlangen unterdrückt und sie sanft und höflich behandelt in der Hoffnung, sie würde die Gründe für seine damalige unüberlegte Reaktion eines Tages richtig erkennen – und wozu das alles? Nun war er es leid, den höflichen Gentleman zu spielen.

Sie widerwillig ansehend, erklärte er mit grausamer Härte: »Ich würde an deiner Stelle nicht so glücklich dreinschauen – es stehen ihm mit Sicherheit noch ein paar Jahre Gefängnis bevor. Vielleicht wird er eines Tages sogar wünschen, daß man ihn gehängt hätte.«

Nicole wurde blaß und griff haltsuchend nach der Lehne ihres Stuhles. Ohne ihn anzusehen, fragte sie leise: »Kannst du nichts für ihn tun?«

»Warum sollte ich?« antwortete er schneidend. »Ich kann nicht behaupten, daß er je irgend etwas getan hat, was meine Sympathie errungen hätte. Nun, vielleicht ist das in deinem Fall anders?«

Nicole sah ihm nun doch in die Augen und erwiderte leise: »Er hat mir einmal das Leben gerettet. Wir schwammen in einer dieser Lagunen an den Bermudas, und ein Hai –« Sie hielt inne, die Erinnerung an die Schrecken jenes Ereignisses ließ sie verstummen. Nach einer Weile zwang sie sich, fortzufahren: »Er befand sich in Sicherheit und hätte nicht ins Wasser zu springen brauchen, um mich zu retten. Doch er riskierte sein Leben für mich. Wenn er nicht gewesen wäre, stünde ich jetzt nicht hier – der Hai würde mich getötet haben. Verstehst du nun, daß ich etwas für ihn tun möchte? Es ist nicht Liebe, du Narr!« schrie sie. »Es ist Dankbarkeit, aber du bist zu dämlich, um das zu begreifen!«

Der Hieb saß, Christopher war erstarrt. Wieder einmal mußte er erkennen, wohin ihn seine Verbohrtheit getrieben hatte. Anstatt sich von Eifersucht zerfressen zu lassen, hätte er dankbar sein sollen, daß Allen an jenem Tag bei ihr gewesen war. Es war die reinste Ironie, daß ausgerechnet der Mann, den er als seinen gefährlichsten Rivalen betrachtet hatte, ihm Nicole geschenkt hatte.

Nicole erriet nichts von seinen Gefühlen, als er mit betont ausdrucksloser Stimme entgegnete: »Nun, wenn es so ist, sollte ich wohl doch etwas für Mr. Ballard tun, nicht wahr?

Schließlich wärst du ohne ihn nicht hier.«

Nicole sah ihn mißtrauisch an. »Was hast du vor?« fragte sie ihn vorsichtig.

Christopher zuckte die Achseln. »Ich werde mit Jason reden, vielleicht kann er mir weiterhelfen. Ich gehe noch heute nachmittag zu ihm.« Er schickte sich an, den Raum zu verlassen, wandte sich jedoch noch einmal nach ihr um. »Eigentlich wollte ich dir ganz etwas anderes sagen. Wir werden Ende der Woche nach Thibodaux House fahren. Bitte, laß bis dahin deine Koffer packen.«

Nicole nickte dumpf; sie wußte nicht, ob sie sich über diese Neuigkeit freuen sollte oder nicht. Einerseits begrüßte sie es, New Orleans verlassen zu können, doch nach Thibodaux House zurückzukehren, bevor sie mit Christopher ins reine gekommen war, erschien ihr auch nicht reizvoll.

Es war Christopher ernst gewesen, als er gesagt hatte, daß er mit Jason reden wolle, aber er wußte, daß er nicht viel würde erreichen können. Allen war ein Spion, und auch das Ende des Krieges änderte nichts an dieser Tatsache. Genau dies erklärte Savage auch, als Christopher zu ihm kam.

»Hm, ich glaube nicht, daß ich da etwas machen kann, mein Freund. Ich werde mich zwar der Sache annehmen, das verspreche ich Ihnen, doch ich fürchte, mein Eingreifen wird nicht viel nützen.«

Jasons Vermutung schien sich zu bestätigen. Aber Christopher, der nicht so leicht aufgab, machte sich selbst auf den Weg zum Gefängnis. Er ging jedoch nicht gleich zu Allen, sondern unterzog zunächst die Außenmauern des Gebäudes einer eingehenden Prüfung. Dann führte er ein längeres Gespräch mit einem der Wachtposten. Hätte jemand sie beobachtet, würde er das Geldbündel bemerkt haben, das Christopher dem Posten zusteckte. Zum Glück schenkte ihnen niemand Beachtung.

Christophers Gespräch mit Allen war kurz und irgendwie gezwungen. Die beiden Männer hatten sich nicht viel zu sagen, und Allen gewann den merkwürdigen Eindruck, daß Christopher sich mehr für die Beschaffenheit seiner Zelle als für ihn selbst interessierte. Und seine Abschiedsworte ließen Allen völlig verwirrt zurück. Was meinte Christopher damit, wenn er sagte: »Ich hoffe, Sie sind wirklich so schnell von Begriff, wie ich annehme.«

An diesem Abend nahmen Christopher und Nicole zum ersten Mal seit Monaten das Abendessen gemeinsam ein. Ihre Unterhaltung war steif und von Wachsamkeit geprägt, doch es war immerhin eine Unterhaltung – etwas, das sie seit Monaten nicht mehr gekannt hatten. Sie trug allerdings auch nicht zu einer Lockerung der Spannung zwischen ihnen bei. Christopher verließ unmittelbar nach dem Essen das Haus, wahrscheinlich, um eines der Kaffeehäuser oder einen Spielsalon aufzusuchen.

Nicole saß in ihrem Schlafzimmer vor dem Spiegel und bürstete nervös und unlustig ihr Haar. Was, zum Teufel, sollte sie tun? Sie mußte die Mauern zwischen Christopher und sich auf irgendeine Weise einreißen – und während sie ihren schlanken, geschmeidigen Körper im Spiegel betrachtete, glitt ein geheimnisvolles, katzenhaftes Lächeln über ihr Gesicht. Es war gewagt und skrupellos, doch irgendwie mußte sie Christopher in ihr Bett bringen. Dann würde sie ihm ohne Worte beweisen können, wie dumm und sinnlos der andauernde Kriegszustand zwischen ihnen war.

Den Entschluß zu fassen, ihren Mann zu verführen, war viel leichter, als ihn auszuführen. Sie wäre lieber behutsam vorgegangen und hätte es vorgezogen, ihm mit Andeutungen und kleinen Gesten zu verstehen zu geben, daß sie bereit war, ihm zu vergeben, aber sie wußte, daß es dafür zu spät war. Nein, sie mußte direkt und ohne Umschweife auf ihr Ziel losgehen. Der Gedanke, daß er sie zurückweisen oder voll kalter, überheblicher Genugtuung behandeln könnte, ließ sie aber immer wieder zögern, und so verschob sie die Verwirklichung ihres Planes von einem Tag auf den anderen.

Am Abend vor ihrer Abreise nach Thibodaux House nahm sie all ihren Mut zusammen und begann mit den Vorbereitungen für ihren Kampf. Sie nahm ein ausgiebiges, duftendes Bad, bürstete ihr Haar, bis es knisterte, und zog ein hauchdünnes Nachthemd aus grüner Seide an.

Dann wartete sie voll wachsender Ungeduld und Vorfreude auf Christophers Rückkehr, und als sie endlich Geräusche im Nebenzimmer vernahm, schlug ihr das Herz bis zum Hals. Sie stand auf, warf einen letzten prüfenden Blick in den Spiegel und erschrak, als ihr bewußt wurde, wie durchsichtig ihr Hemd war. Ihre Haut schimmerte wie mattes Elfenbein durch den hauchzarten Stoff, ihre rosa Brustwarzen waren deutlich zu erkennen, ebenso wie das dunkle Dreieck zwischen ihren Schenkeln. Sie schluckte, doch dann strafften sich ihre Schultern.

Sie wollte ihn verführen, oder nicht?

Entschlossen ging sie auf die Tür zu, die zu seinem Schlafzimmer führte, und wollte gerade die Hand auf die Klinke legen, als die Tür aufging.

Offensichtlich ebenso überrascht wie sie stand Christopher vor ihr; dann jedoch glitt ein erlöstes Lächeln über ihrer beider Gesichter, und Christopher murmelte grinsend: »Welches Bett nehmen wir, deines oder meines?«

Nicole unterdrückte ein Lachen; erlöst und befreit sank sie in seine Arme und flüsterte: »Deines, denke ich. Meines birgt schon so viele Erinnerungen, während deines ...«

All seine Liebe, die er in den letzten Monaten zurückgehalten hatte, stand in seinen Augen, als er sie an sich preßte. »Das werden wir nachholen«, flüsterte er dicht an ihrem Ohr. »Wir werden uns ein Leben lang daran erinnern.«

Er hielt sein Versprechen, denn er nahm sie mit solch zärtlicher, sanfter Glut, daß sie diese Nacht nie im Leben vergessen würde. Einem Leben, das erfüllt sein würde von Liebe und Zärtlichkeit. Jede seiner Bewegungen war ein Versprechen, jeder Kuß, jede Liebkosung.

Manchmal ist es leichter, etwas ohne Worte, nur mit der Sprache des Körpers auszudrücken, dachte Nicole, als sie schließlich erschöpft und glücklich nebeneinander lagen.

Wie lange sie dann geschlafen hatte, wußte sie nicht. Es fing jedoch gerade erst zu dämmern an, als Christopher sie sanft wachrüttelte. Aus verschlafenen Augen starrte sie ihn ungläubig an, als sie bemerkte, daß er bereits vollständig angekleidet war.

»Steh auf, du kleines Faultier«, sagte er neckend. »Wir haben noch etwas zu erledigen, bevor wir die Stadt verlassen.«

»Wovon sprichst du?« fragte sie träge und wollte ihren Kopf wieder in den Kissen vergraben.

Christopher zog jedoch unerbittlich ihre Bettdecke zurück und ergriff ihre Schultern. »Wach auf! Wach auf, oder ich gehe allein los, und du wirst nie erfahren, was mit Allen geschehen ist.«

Augenblicklich hellwach starrte Nicole ihn an. Leise Belustigung glomm in seinen Augen auf, als er auf die auf dem Waschtisch stehende Schüssel deutete. »Wenn du dich beeilst, kannst du es miterleben«, sagte er.

Wortlos sprang sie aus dem Bett, bespritzte ihren Körper mit Wasser und zog hastig das Hemd und die Reithosen an, die Christopher ihr reichte. »Reithosen?« fragte sie, ihn verwirrt ansehend.

»Ja, mein Liebling. Ich möchte nicht, daß irgend jemand deine äußerst weiblichen Kurven bemerkt.«

»Aber warum?«

»Warte es ab«, war seine Antwort.

Kurz darauf verließen sie das Haus und eilten über den Hof auf die Ställe zu, wo drei gesattelte Pferde auf sie warteten.

Schweigend ritten sie durch die verlassenen, nassen Straßen. Das dritte Pferd führte Christopher an den Zügeln hinter sich her. Erst als das Gefängnis in Sicht kam, ahnte Nicole, was Christopher vorhatte.

»Du bist verrückt!« stieß sie hervor.

»Ja, verrückt nach dir«, erwiderte er grinsend und ließ seinen Blick zärtlich über ihr Gesicht gleiten.

Sie streckte die Hand aus und umklammerte seinen Arm. »Hör zu, Christopher«, sagte sie ernst. »Allen bedeutet mir viel, doch nicht so viel, daß du dein Leben für ihn riskieren solltest. Ich liebe dich, Christopher – du brauchst das nicht für mich zu tun. Man könnte dich erschießen, oder – was genauso schlimm wäre – wir könnten beide im Gefängnis landen.«

Christopher grinste, seine Augen glitzerten, und Nicole hatte den Eindruck, als genieße er dieses Abenteuer. Aber seine Stimme war ernst, als er sagte: »Das ist durchaus möglich. Doch der diensthabende Wachtposten hat von mir einen ansehnlichen Betrag erhalten. Natürlich nur so lange, bis Allen frei ist. Dann wird er zum Schein einen Schuß in die Luft abfeuern.«

»Du weißt, ich erwarte nicht, daß du das tust, Christopher«, wiederholte Nicole eindringlich.

Ein seltsamer Ausdruck trat auf sein Gesicht, als er entgegnete: »Aber ich möchte es. Nun laß uns den guten Allen da rausholen, ja?«

Nicole wartete unter einer riesigen alten Zypresse, wo Christopher sie zurückgelassen hatte, und hielt den Zügel des dritten Pferdes. Atemlos sah sie zu, wie Christopher rasch das Seil, das er mitgenommen hatte, um die Gitterstäbe einer der Zellen wand, und ihr Herz schlug rasend, als er seinem Pferd die Sporen in die Seiten drückte und langsam ein Gitterstab nach dem anderen herausbrach.

Zuerst erschien dann Allens Kopf, dann seine Schultern, und auf Christophers Zeichen hin ritt Nicole schnell, das dritte Pferd hinter sich herziehend, heran. Als sie einen Soldaten um die Ecke des Gebäudes kommen sah, warf sie Allen die Zügel zu und schrie in panischem Schrecken: »Beeil dich, man hat Alarm ausgelöst!«

Allen zögerte keinen Augenblick, sprang in den Sattel, und die drei galoppierten bereits die verlassene Straße hinunter, als die ersten Schüsse fielen. Plötzlich stolperte Nicoles Pferd und stürzte laut aufwiehernd zu Boden. Glücklicherweise verlief der Sturz glimpflich, und Nicole hatte sich gerade wieder hochgerappelt, als sich Christophers Arm stählern um ihre Taille legte und sie sich mühelos vor ihm in den Sattel gesetzt fühlte.

Schnell wie der Wind flogen sie dahin, und bald schon lag New Orleans meilenweit hinter ihnen. Schließlich lenkte

Christopher sein Pferd in einen sumpfigen Zypressenhain hinein. Eine Zeitlang ritten sie schweigend über einen kaum erkennbaren Pfad, der an einem träge dahinfließenden Wasserlauf entlangführte.

Nach einer Weile brachte Christopher sein Pferd zum Stehen und stieg ab. Mit ausdrucksloser Miene wandte er sich an Allen und sagte knapp: »In der rechten Satteltasche finden Sie frische Kleidung. Ich schlage vor, Sie ziehen sie jetzt an.«

Allen nickte stumm und verschwand mit dem Kleiderbündel zwischen den Bäumen, um kurz darauf in eleganter Reithose und einer gutgeschnittenen Jacke zurückzukehren.

Sekundenlang standen die beiden Männer sich schweigend gegenüber, bis Nicole sich vom Pferd schwang, auf Christopher zuging und leise fragte: »Was jetzt?«

Christopher ergriff ihre Hand und lächelte zu ihr hinab. Die Zärtlichkeit in seinem Blick nahm ihr fast den Atem.

Er sah kurz zu Allen hinüber, bevor er erwiderte: »Unsere Wege werden sich nun trennen. Wir reiten nach Thibodaux House, und Allen wird auf irgendeine Weise seinen Weg nach England finden.« Er wandte sich direkt an Allen und erklärte kühl: »In der rechten Satteltasche finden Sie auch Geld, Proviant und eine Waffe in der linken. Ich nehme an, Sie werden es jetzt auch allein schaffen.«

Allen überhörte den provozierenden Ton in Christophers Stimme und entgegnete mit schwachem Lächeln: »Das werde ich. Da der Krieg offiziell beendet ist, wird es nicht schwer sein, ein Schiff zu finden, das mich nach England bringt.«

»Schön. Wenn Sie uns jetzt entschuldigen wollen«, erwiderte Christopher brüsk. »Wir haben eine lange Reise vor uns, und ich muß ein neues Pferd für meine Frau besorgen.«

Christopher drehte sich abrupt um und wollte Nicole mit sich ziehen. Doch diese warf ihm einen flehenden Blick zu, riß sich von ihm los und rannte zu Allen. Sie legte die Arme um seinen Hals und zog ihn an sich. »Gott mit dir, mein Freund. Vielleicht sehen wir uns eines Tages wieder.«

Allen strich zart über ihr Haar und murmelte: »Vielleicht, wer weiß? Werde glücklich, Nicole.«

Sie schenkte ihm ein letztes strahlendes Lächeln, drehte sich auf dem Absatz um und rannte zu Christopher zurück, der mit düsterer Miene neben seinem Pferd stand. Nicole berührte leicht seine Wange, und ein schuldbewußtes Lächeln zuckte um seinen Mund. Er stieg auf sein Pferd und zog Nicole hinter sich in den Sattel. Auch Allen schwang sich in den Sattel und fragte: »Auf welchem Weg umgehe ich am besten die Patrouillen?«

Christopher nickte nach Osten hin. »Reiten Sie etwa zwei Meilen diesen Pfad entlang, bis er in eine Hauptstraße einmündet. Wenn Sie dann weiter nach Norden reiten, werden Sie bald in Baton Rouge sein.«

Sie trennten sich ohne ein weiteres Wort. Christopher und Nicole ritten langsam, ohne ein bestimmtes Ziel, davon, während Allen in schnellem Galopp in östlicher Richtung verschwand. Nachdem sie eine Weile schweigend dahingeritten waren, hielt Christopher sein Pferd an, stieg ab und half Nicole aus dem Sattel.

Er zog sie neben sich auf einen gefällten Baumstamm, ergriff ihre Hand und fragte, ihr Gesicht mit einem liebevollen Blick umfangend: »Hast du Fragen?«

»Ja, eine«, erwiderte sie, und die Liebe, die in ihren Augen stand, als sie zu ihm aufsah, schien fast greifbar zu sein. »Warum hast du das getan?«

Er zögerte einen Moment, um dann mit betretener Miene zuzugeben: »Ich weiß es selbst nicht genau. Aber ich glaube, ich wollte ihm das Leben schenken, weil er das deine gerettet hat ... und ich wollte dir zeigen, wie sehr ich dich liebe. Um dir zu beweisen, daß ich all die häßlichen Dinge, deren ich dich beschuldigt habe, nie wirklich geglaubt habe. Und vor allem, um dir zu sagen, wie leid es mir tut, daß ich so dumm und verbohrt war.«

»Und du wirst nie wieder so sein?« murmelte Nicole ernst.

Christopher warf ihr einen nachdenklichen Blick zu. »Das kann ich dir nicht versprechen. Ich kann nur sagen, daß ich mich bemühen werde, keine voreiligen Schlüsse mehr zu ziehen, ohne dich vorher angehört zu haben. Doch ich kann dir nicht versprechen, daß ich nicht eines Tages wieder die Beherrschung verlieren und grob und rücksichtslos sein werde. Was ich dir jedoch versprechen kann«, sagte er mit belegter Stimme und strich ihr dabei zärtlich über die Wange, »ist, daß ich dich lieben werde, bis ich sterbe. Du bist in meinem Blut wie ein süßer, wilder Zauber, den ich nie verlieren möchte.«

Voller Liebe ruhten ihre Blicke ineinander, als Nicole fragte: »Und die Vergangenheit? Meine Mutter?«

Ein verschlossener Zug trat auf sein Gesicht. »Die Vergangenheit liegt hinter uns. Und auch darin habe ich mich geirrt – du bist in keiner Weise wie Annabelle.« Seine bernsteinfarbenen Augen blickten beinahe ein wenig traurig, als er fortfuhr: »Unser Leben wird sicher nicht immer rosig und unbeschwert sein. Es ist nicht immer leicht, mit mir zu leben. Ich habe zu viele Menschen vor den Kopf gestoßen, als daß du dich in dem Glauben wiegen könntest, daß ich über Nacht zum idealen Ehemann werde. Ich bezweifle sogar, daß ich das je sein werde. Aber laß es mich versuchen, Nicole.« Er zog sie plötzlich fester an sich und küßte sie voller Inbrunst. »O Gott«, stammelte er schließlich. »Ich liebe dich so sehr – das ist die einzige Sicherheit, die ich dir geben kann.«

Schweigend stiegen sie wieder auf ihr Pferd; Nicole saß hinter Christopher im Sattel und schlang ihre Arme um seine Brust. Einen Augenblick dachte sie daran, daß ihre gemeinsame Reise vor vielen Jahren auf eben diese Weise in Beddington's Corner begonnen hatte. Und bei diesem Gedanken schlossen sich ihre Arme fester um ihren Mann. Damals hatte eine drohende Zukunft voller Gefahren und Ungewißheiten vor ihr gelegen – heute jedoch gab es Christopher und ihre Liebe und einen neuen Anfang. Den Anfang zu einem wundervollen gemeinsamen Leben.